btb

Buch

Früher, in der Sowjetzeit, war alles besser, weil alles schlimmer war. Früher maß sich der Ruhm des Schriftstellers an der Menge der unveröffentlichten Bücher, früher war die Währung Wodka noch eine harte und Petrowitsch unbestrittene moralische Autorität im riesigen heruntergekommenen Wohnheim am Rande Moskaus. Aber eine neue Zeit hat sich durchgesetzt, und Petrowitschs »Underground« dünnt sich aus. Als er seinen Job als Wohnungshüter verliert, beginnt ein unerbittlicher Abstieg durch Obdachlosenasyl und den Untergrund der Moskauer Metro. Und irgendwann wacht Petrowitsch in eben der psychiatrischen Anstalt auf, in der man seinem Bruder, dem Maler des Underground, damals die Genialität abgewöhnt hat. Aber Petrowitsch ist zäh, denn er ist Russe, und womöglich gewinnt er nach seiner Flucht tatsächlich wieder ein Stück vom alten Leben, von der alten Würde zurück.

Petrowitsch schlägt sich wund an der Welt und bezieht doch allen Trost von ihr. Makanin tut es ihm gleich: die Plünderung sämtlicher nationalen Mythen und Charaktere von Dostojewski bis Lermontow, das Requiem auf die Zumutungen von Metaphysik und Gosse wird unversehens zur Liebeserklärung an den gefallenen, den geschundenen, aber nicht kleinzukriegenden Menschen.

Autor

Wladimir Makanin, geb. 1937 in Orsk, war Mathematiker und Filmemacher, bevor er 1965 literarisch debütierte. Makanin gilt heute als Klassiker unter den russischen Schriftstellern. 1993 erhielt er den Booker-Preis, 1998 den Puschkin-Preis für das Gesamtwerk, 1999 den russischen Staatspreis und 2001 den italienischen Penne-Preis. Zuletzt erschien in deutscher Übersetzung der Erzählband *Der kaukasische Gefangene*.

Wladimir Makanin

Underground oder Ein Held unserer Zeit

Roman

Aus dem Russischen von Annelore Nitschke

Mit einem Nachwort von Dagmar Burkhart

btb

Die Originalausgabe erschien 1998
unter dem Titel *Andegraund, ili Geroi naschego wremeni*
bei WAGRIUS, Moskau.

Die Übersetzung wurde gefördert vom Literarischen Colloquium Berlin mit Mitteln des Auswärtigen Amts und der Senatsverwaltung für Wissenschaft, Forschung und Kultur Berlin.

Verlagsgruppe Random House FSC-DEU-0100
Das FSC-zertifizierte Papier *Munken Print* für Taschenbücher aus dem btb Verlag liefert Arctic Paper Munkedals AB, Schweden.

1. Auflage
Genehmigte Taschenbuchausgabe September 2005 bei btb,
einem Unternehmen der Verlagsgruppe Random House GmbH

Umschlaggestaltung: Design Team München
Umschlagfoto: »Lenin hails a cab«, Komar & Melamid,
Wayne F. Yarks, The Sloane Gallery of Art.
Satz: Filmsatz Schröter, München
Druck und Einband: Clausen & Bosse, Leck
MM · Herstellung: Augustin Wiesbeck
Made in Germany
ISBN 3 442 73351 0

www.btb-verlag.de

»Der Held … ist ein Bildnis, aber nicht eines einzelnen Menschen: Es ist ein Bildnis, das sich aus allen Lastern unserer Generation in ihrer vollen Entfaltung zusammensetzt.«

MICHAIL LERMONTOW

ERSTER TEIL

Gänge

Schuhe aus, barfuß über die Teppiche. Der Sessel wartet; welcher Russe würde schon Heidegger lesen, wenn es Bibichins Übersetzung nicht gäbe! Doch kaum sitze ich still, bin sozusagen im Hier und Jetzt zur Ruhe gekommen, da tappt schon jemand vor der Tür herum. Es klingelt. Ich mache auf – hab nicht mal durch den Spion geschaut: Klar, daß es einer von dem Hochzeitsgelage auf unserem Stockwerk ist, wo es zwar schon dem Ende zu, aber immer noch hoch hergeht. Richtig: Kurnejew. Veras Mann. Glück gehabt.

»Petrowitsch, ich bin's.« Er guckt höflich, mit feuchten Augen. Sternhagelblau.

Tritt ein. Sieht sich um.

»Hütest du ein?« fragt er.

»Was denn sonst?«

»Schöne Wohnung«, sagt er. »Hat Stil.«

Ich weise ihm die Richtung (zeige sie ihm streng): »In die Küche mit dir. In die Küche, wenn du quatschen willst.« (Ich weiß schon, worüber. Über seine Frau. Der Ärmste.)

Voll, wie er ist, torkelt er doch geradewegs ins Zimmer. Ich herrsche ihn an:

»Nicht ins Zimmer. Wozu Dreck machen?!« (Den ich dann wegputzen muß. Dazu bin ich zu faul.)

»Verstehe. Die Teppiche …« Er ist in der Küche. Ich setze Teewasser auf. Wie alle Betrunkenen holt Kurnejew weit aus. »Ihr Hagestolze habt euer Leben. Wir Verheirateten haben unseres. Eine Ehefrau ist eine Ehefrau. Eine Ehefrau ist ein Schmerz und eine Wonne! Paare finden bekanntlich Einlaß im Himmel. Aber wie es so weit kommt, wie sie aufeinander getrimmt werden, wie das Schicksal des einen Stein für Stein an das Schicksal des anderen angepaßt wird, das wissen nicht alle. Ein Schriftsteller könnte sich dafür interessieren und etwas damit anfangen.« »Ja«, sage ich, »das kommt mir sehr gelegen. Schieß los!« (Wenn man mich braucht, um mir sein Herz auszuschütten, dann bin ich Schriftsteller. Das bin ich schon gewohnt. Wenn man mich nicht braucht, bin ich ein Verrückter, Wächter, Versager, Drückeberger, was auch immer, ein alter Graphomane eben.)

Ich würde ihn nur zu gerne hinauskomplimentieren. Aber das geht nicht. Ich habe bei Kurnejews schon öfter gut gegessen. Außerdem singt Kurnejew (ich verstehe etwas von angeheitertem Chorgesang). Und schließlich hat der Mann heute seine Tochter hergegeben. Es ist schon spät, man hat genug gefeiert, jetzt heißt es für die Gäste: marsch, nach Hause. Die letzten brechen gerade auf, aber Kurnejews Frau dirigiert noch immer die Tafel, wirbelt umher, schenkt ein, läßt die Flaschen fallen, häufelt die letzten Speisen auf ... und ihr Mann? Der hat gehörig getankt und ist gegangen. Ist schließlich sein eigener Herr. (Hat sich auf dem Gang herumgetrieben. Geraucht.) Jetzt hockt er hier, um alles loszuwerden, was ihn quält – normaler Fall!

»Vera war hübsch, als sie jung war«, erzählt er mir (Ehemann über Ehefrau).

»Sie ist immer noch hübsch.«

»Ach, bildhübsch war sie früher ...«

Ich werde hellhörig. Ah! Mir fällt ein, daß Vera etwas mit Chanjukow hat, mit dem Handwerker, dem Tausendsassa. Der gilt als leicht verrückt. Sieht aber gut aus. (Hat einen Tick. Er knirscht mit den Zähnen.)

Ich weiß mancherlei über diese Liebe: Bin Wächter und sehe viel auf den Etagen. Das ist der Grund, weshalb Kurnejew in letzter Zeit wie eine Klette an mir hängt. Mich im Gang aufhält. Mir eine gute Zigarette anbietet.

Aber im Wohnheim darf man nicht quatschen.

»Ich hab mit meiner Vera viel durchgemacht, Petrowitsch.

Gleich nach der Hochzeit fing es an. Dann kam unser Sohn. Aber auch der Kleine konnte uns nicht helfen.«

Pjotr Alexejewitsch Kurnejew ist hager – langer, hungriger Hals eines russischen Entwicklungsingenieurs. Und die typischen Geheimratsecken eines Ingenieurs, die bei ihm so mächtig sind, daß sie wie eine weiße Zange aussehen, die in seinen Schädel gezwickt ist.

Er erzählt:

»Wir nannten ihn Vitja ... Sie mochte immer schon Männer, die einen Knall haben. Was für ein Geschmack! Zuerst war es Bubnow, ein berüchtigter Streithammel in der Fabrik. Dann ein gelockter Filmvorführer. Dann hatte sie plötzlich einen Flieger. Der fragte sie: Was ist, Vera, machen wir die *Flatter*? Nimm Vitja. Dann hauen wir ab. Gesagt – getan. Aber der Mann hatte seine eigene Frau. Und seinen eigenen Vitja. Schwer zu sagen, was sich dieser Flieger damals gedacht hat ... Der war einfach dumm. Saudumm! Hat für die Kosmonauten trainiert. Ich habe erst nach Jahren begriffen, daß die Prahlsucht, der Drang zum Schönreden, die Menschen völlig um den Verstand bringt!«

Kurnejew hat jetzt den richtigen Tonfall gefunden. Er gibt sich Mühe. Seine Enthüllungen öffnen mein Herz. Denkt er.

»Warum hat er sie denn mitgenommen? Er hat sie doch nicht in eine andere Stadt gebracht, sondern nur mitten in die Pampa. Aber das war es eben: Es ging ihm ausschließlich um dieses: ›Hauen wir ab!‹ ... Ein erwachsener Mann. Und nur Stroh im Kopf. Meine Vera wurde vor Kummer krank. Fieber. Erbrechen. Sie mußte zurück. Dann stiegen sie irgendwo um. Und beim Umsteigen, in dem ganzen Trubel, in der Menge der Neulandsiedler, damals strömten sie in Scharen in die Steppe, wurde Vera ohnmächtig. Vielleicht nicht im Bahnhof, sondern im Zug. Sie weiß es nicht mehr. Sie kam in einer kleinen Rettungsstelle der Bahn wieder zu sich. Allein. Ohne Vitja ...«

Ich nicke. Diese uralte schaurige und durchaus verbreitete Geschichte, wie Vera Kurnejewa ihr Kind verlor, habe ich schon einmal gehört (allerdings ohne die Einzelheiten). Wie sie hierhin und dorthin rannte, weinte und an die Bahnhofsvorsteher telegrafierte, bis sie kein Geld mehr hatte. Nein. Das Kind war nirgendwo. Jemand hatte Vitja mitgenommen, ihren kleinen Vitja – wenn er wenigstens bei guten Menschen gelandet wäre, das wäre noch tröstlich. (Kurnejew guckte mich an: Hörte ich zu?) Sie kehrte ohne den Sohn nach Moskau zurück. Er, Kurnejew, brach sofort auf, ging ebenfalls verloren, hielt überall Ausschau, schickte Telegramme, fuhr herum, schlief auf Holzbänken an den unzähligen Stationen und Haltepunkten im gesamten Umkreis. Suchte und fragte überall – nichts.

»Wie sollte man ihn denn finden? Er hatte keine besonderen Merkmale. War ein einjähriger Bub. Früher hatten die Kinder irgendwelche Medaillons, Muttermale oder Zettel. Dann erfuhr ich auch noch, daß man diese kleinen weinenden Babys klaut, um mit ihnen bettelnd die Waggons abzuklappern. Die Bettler klauten Kinder. Für gewöhnlich, wenn die Mutter schlief. Mit einem Kind im Arm brauchte eine Bettlerin im Zug nicht mal zu singen. Sie verdiente etwas und fuhr gratis. Kinder sterben rasch in fremden Händen. Das macht diesen Leuten doch gar nichts aus – nach drei, vier Wochen verscharren sie es, fertig.«

Er vergoß eine betrunkene Träne. Sie war winzig und fahl, er wischte sie weg.

Ich bestärkte ihn – ja, ich hätte davon gehört. Habe gehört, daß Sie einen Sohn hatten, vor Natascha, die Sie gerade verheiratet haben. (Deren Hochzeit heute gefeiert wird.)

Kurnejew hob die Hände und seufzte, ja, das war die Geschichte, das war sein Kummer.

Er stellte die Teetasse sehr behutsam ab. Ich merkte an seinen Händen, an seinen Fingern, daß er gar nicht so betrunken war. Er ließ sich jetzt mit dem Erzählen Zeit. (Hatte mich schon am Mitleidshaken.)

»Ich fuhr damals an die Wolga, verbrachte zwei volle Monate

auf der Baustelle. Kam zurück – im Zimmer keine Menschenseele. Weder Vera noch Vitja. Ich suchte, rannte durch das ganze Heim. Damals wohnten hier noch Tausende. Es gab keine Wohnungen. In jedem Zimmer hauste eine Person, manchmal auch zwei oder drei. Ich rannte herum und rief: ›Vera-a! Vera-a!‹ Vielleicht hockte meine junge Frau noch bei irgendwem. Bislang war alles noch anständig. Weiß man's, warum ein Mann seine Frau ruft? Aber draußen wurde es dunkel, und in den Gängen gingen die Lampen an. Da schreit man nicht mehr laut herum. Die Menschen haben Feierabend! Jetzt fingen die qualvollen Minuten an: Ich ging von Tür zu Tür und lauschte.«

Er erzählte:

»Ich Dummkopf dachte immerzu, sie sei bei irgend jemandem. Hätte Vitja bei einer jungen Freundin abgeladen und sei selbst bei einem Kerl. Beim nächsten Verrückten ... Ich klapperte die Etagen ab, die Gänge, immer die Ohren gespitzt, und lauschte. Schaute in alle Zimmer rein. Entschuldigte mich. Polterte herum. Ein Zimmer nach dem anderen. Ja, ja, ich suchte meine Frau. War selbst ein junger Tropf! ... Dich könnten die Gepflogenheiten im Heim damals interessieren. Die Regel war nämlich: Wenn du deine Frau mit einem andern erwischt hast, dann tischt sie euch beiden sofort eine Flasche auf. Damit ihr euch beim Wodka auseinandersetzt. Und nicht gleich blutig schlagt.«

Er seufzte:

»Wenn eine Frau keine zwanzig ist, sollte sie noch kein Kind haben. Sie ist selbst noch ein Kind. Sie möchte spielen. Sie läßt sich mit einem Lebkuchen oder Bonbon verführen ... Erst als sie Vitja verloren hatte, erst als Natascha geboren war, erst da hat meine Vera was vom Leben begriffen.«

»Wie steht's mit der Hochzeit deiner Tochter – ist sie zu Ende?«

»Fast.«

Wir schwiegen eine Weile. Der tote kleine Vitja war noch bei uns. (Aber nicht lange, so kurz, wie er gelebt hatte. Die Pause ließ den kleinen Engel vorüberfliegen.)

»Tja«, sagte ich.

»Vera veränderte sich. Sie hatte begriffen. Und ich verzieh ihr. Es ging uns gut. Wir waren glücklich! Sehr glücklich! Ja, sie veränderte sich«, sagte Kurnejew mit Nachdruck. »Aber jetzt ist sie fünfundvierzig. Bald sechsundvierzig. Ein Schriftsteller sollte wissen, was für ein schwieriges Alter das ist …«

Er schaute mir in die Augen, als fragte er schon. Und (Seufzer) meinte nachdenklich:

»Du verstehst vielleicht was von Frauen. Aber verstehst du auch was von Ehefrauen?«

Ich zuckte die Achseln.

»Versuche zu verstehen«, Kurnejew schlich sich weiter in meine Seele ein, »fünfundvierzig, das ist ein besonderes Alter. Die Frau hat wieder Sehnsucht nach Zärtlichkeit. Wie ein junges Mädchen. Wie ein Kind. Und wir Männer tragen die Verantwortung.«

Ich sah, daß Kurnejew betrunken und aufrichtig war. Aber ich merkte nicht gleich, daß er gut zu erzählen verstand (von sich). Sein äußerlicher Gram hatte einen Stachel.

Er kam nämlich immer wieder sehr raffiniert auf jene fernen (und schmerzlichen) Minuten zurück, als er Vera auf den Gängen und in den Zimmern des Heims suchte. Er schien die Reihenfolge durcheinanderzubringen, aber das schien nur so. So erzählte er vom Leben mit seiner Frau (vom geglückten Leben), das Bild für die direkte Intervention in die Seele des Zuhörers blieb dagegen immer dasselbe: Wie er, Kurnejew, vor jeder verschlossenen Tür stand, Höllenqualen durchlitt und sich fragte: Ist sie hier? … Sein persönliches Geheimnis, das Geheimnis seines Zimmers, wurde fast zum ewigen, gemeinsamen Geheimnis …mten Korridors. Eine versperrte Tür bewahrt ihr Ge- …ejew ging an einer Tür vorbei, stockte, beschleu- … Schritt – war das nicht ein Zeichen? Jetzt dachte

Kurnejew (und ich mit ihm) auf dem Gang neben jeder versperrten Tür: Hatte er hier gestockt? Hatte hier sein Herz schneller geschlagen?

»Ich stand vor der Tür. Schmiegte mich gegen den Türspalt. Wagte nicht zu rufen und hauchte leise, fast ohne die Lippen zu bewegen: Veraa …«

Seine Stimme versagte aufs neue, und aufs neue hing ich, der Zuhörer, am Haken des Mitgefühls. Mit einer Verspätung von fünfundzwanzig Jahren suchte ich ebenfalls die Ehefrau Vera und den verschollenen einjährigen Jungen (versuchte, hinter den Türen sein hungriges, sehnsüchtiges Weinen zu vernehmen). Vor meinen Augen erstreckte sich verschwommen der vertraute Gang des Wohnheims, brannte das Licht, erschien das endlose (von der Erzählung aufgezwungene) nächtliche Labyrinth der Wohnungen und Zimmer mit verschlossenen Türen. Ich war ganz Ohr, Pjotr Alexejewitsch Kurnejew aber (der mir das Mitleiden einfach so, aus Versehen geschenkt hatte) rieb sich seine hohen Geheimratsecken. Unterdrückte einen Seufzer. Und wiederholte, daß man verrückt werden konnte, wenn man so auf die Blechziffern (die Nummer der geheimgehaltenen Wohnung) starrte, das *Holz der Tür* berührte und … nicht klopfte, nicht hineinging.

In dem Augenblick, da das Bild des Korridors allmählich in mir (in uns beiden) verblich, griff Kurnejew in seine Hosentasche. Eine kleine Flasche kam zum Vorschein. Trinken wir? … »Nein«, sagte ich, »heute nicht: Meine Leber tut weh.« … »Wie alt bist du? Fünfzig?« … »Vierundfünfzig.« … »Dann sind wir ja gleich alt! Darauf müssen wir trinken! Keine Bange! Mit vierundfünfzig darf sie weh tun – das sind nicht deine Probleme, das sind die Probleme deiner Leber!«

»Na schön«, sagte ich.

Doch er selbst trank nicht, er habe schon genug! Kurnejew überließ mir die Flasche auf dem Tisch, sie war warm, er hatte sie schon seit einer Stunde in der Hosentasche.

»Tee?« bot ich erneut an.

»Gibt's hier keinen Kaffee?«

»Vermutlich schon. Aber ich muß erst suchen. Von Kaffee haben *sie* mir nichts gesagt.«

Er willigte freudig ein:

»Dann suchen wir!«

Entweder hielt mich Kurnejew für einen Dummkopf (der die Regeln im Heim nicht kannte), oder er glaubte (aller Wahrscheinlichkeit nach), ich hätte Mitleid mit ihm und würde etwas über Vera und Chanjukow ausplaudern. Es kam ja vor, daß einer seine Klappe nicht halten konnte. Oder die Information einfach durchsickerte. Immerhin trieb ich mich auf den Etagen herum, wenn alle bei der Arbeit waren. Ab und zu fiel mir sicher etwas auf. Sah ich etwas.

Aber das war es ja (das war ja das Traurige), daß ich *sehen* konnte. Vera hatte sich nicht verändert. Und er auch nicht. Vielleicht beruhte es auf Gegenseitigkeit. Sie lief weg, und er suchte sie. Mit den Jahren hatte sie eine verdecktere, annehmbarere Form entwickelt. (Er auch.) Sie trieb es leiser und sorgfältiger. (Er auch.) Sie verschwand an dem Tag und zu der Stunde, wenn er auf Arbeit war. Und er klopfte nicht an die Türen, wenn er suchte. Er kam am Abend und bot nicht nur Wodka an, sondern auch ein vertrauliches Gespräch, damit ich mich verplapperte (oder ein anderer), in welcher Wohnung er sie suchen sollte …

Ein Jahr ums andere ging er lauernd an fremden Wohnungen vorüber; und konnte diesen Gang nicht verlassen. Grüßte die Leute. Rauchte am Fenster an der Stirnseite. Trug plötzlich den Teekessel in die Gemeinschaftsküche. (Obwohl jede Wohnung eine eigene Küche hat. Aber sein, Kurnejews, Gasherd war angeblich kaputt.) Er ging mit dem Teekessel hin, dann wieder zurück. Und immer an diesen und anderen Türen vorbei. Aber er schrie nicht mehr, gealtert, wie er war, rief nicht: »Vera! Vera!« und steckte seinen Kopf nicht in jede Türöffnung, sondern überlegte. Rätselte. Versuchte zu erraten. Er war lange Zeit ein ganz kleines Licht. Dann kam der Aufstieg in einem bekannten Konstruktionsbüro. Er leitete nun eine Abteilung. Reiste oft ins Ausland, als Fachmann für Demontage. Dann wurde er, wie üblich, von den geheimen Aufträgen entbunden, und der Ingenieur war wieder bei Null, im Grunde bestohlen – er hatte noch den Mut zu protestieren, mit einem Plakat über den Platz zu gehen und zu schreien, daß ihm seine Patente weder Ruhm noch Geld gebracht hätten. Für kurze Zeit tauchte sein Foto in der Presse auf. Kurnejew aus Wohnung Nr. 434 – Pjotr Alexejewitsch. Doch seither blickte er nicht mehr zurück. Arbeitete, wo er gerade gebraucht wurde, Hauptsache, er verdiente etwas. Sein Ehrgeiz war eingeschlafen. Jetzt war er alt. Viel hatte sich in den Jahrzehnten seines Lebens verändert – nur eins offenbar nicht: Er suchte seine Vera immer noch auf den Gängen. Ewige Suche. Öffnete, sich entschuldigend, fremde Türen und fragte überall.

Er hatte dieses Bild des leeren Korridors und der Suche nach der Frau selbst angeboten. War selbst in das Bild geraten, lebte selbst darin. Ich habe nichts damit zu tun. Obwohl ich noch einen Pinselstrich hinzufügen könnte.

Vor etwa fünf Jahren platzte Vera einmal bei mir herein (ich paßte gerade auf die Wohnung von Rasumowskis auf). Bei wem und wo sie so spät am Abend gewesen war, weiß ich nicht. Sie eilte auf dem Gang vorbei, ich hörte ihre Absätze, doch plötzlich klang das Klappern anders, weicher (kurz darauf wußte ich, daß sie die Schuhe ausgezogen hatte) – Vera ging weg, Kurnejew suchte sie und folgte jetzt offenbar ihrer Spur. Möglicherweise hatte er sie schon aufgespürt. Vor Vera machte der Gang einen Knick und endete in einem riskanten (manchmal gesperrten) Treppenhaus. Vielleicht dachte Vera, sie könne sich nicht mehr verstecken. Aber wahrscheinlich nicht. Sie verwischte einfach ihre Spur. Deshalb wählte sie die Eckwohnung, klopfte und klingelte nicht, sondern kratzte nur an der rauhen Tür. Ich hütete dort ein, bei den Rasumowskis. Ich begriff alles – und sie auch. Während sie hereingestürzt kam, legte sie den Finger auf den

Mund. Blieb hinter der Tür stehen, ich stand neben ihr. Gesicht vor Gesicht. Kurnejew ging auf dem Korridor an uns vorbei. Damals, also vor etwa fünf Jahren, hatte er noch einen viel nervöseren Schritt. Ich schwieg (sie gefiel mir schon lange, ich ihr nicht – für sie war ich ein Intellektueller, ein Penner). Sie legte wieder den Finger auf den Mund: psst. Die Welle des verbotenen Spiels vor der Tür schlug in Erregung um – es zog mich mit Macht zu Vera hin. Sie lächelte. Und bot mir plötzlich ihren Busen. Nimm ihn! Ich griff nach ihren Brüsten, knetete sie, es reizte mich nicht einfach nur, es überschwemmte mich. Weil es so still war. Kein Laut. (Wir schwiegen beide.) Dann wollte ich mehr, aber sie gab mir energisch zu verstehen: nein. Ließ sich nicht packen und hochheben, klammerte sich an die Türklinke. Mir blieben nur die Brüste, sie half sogar nach. Irgend etwas knackte unter meinen Fingern, Vera, die vielleicht das elegante Wäscheteil retten wollte, zog plötzlich mit einem Ruck den Büstenhalter aus und steckte ihn in die Handtasche. Den Busen kannst du haben. Aber kein Gramm mehr. Kurnejew schritt den Korridor dreimal ab (mindestens), rauf und runter. Rasumowskis waren für ein knappes halbes Jahr verreist, das wußte er. Er konnte nicht fassen, wohin Vera verschwunden war – er war doch dem Klappern ihrer Absätze gefolgt, war sie etwa gleich ins nächste Stockwerk hinaufgestiegen? Aber wie? … Er hatte nicht gehört, wie sie barfuß zu meiner Ecke geschlichen war. Einen Augenblick blieb er trotzdem vor Rasumowskis Tür stehen (mit Sicherheit, ich erinnere mich an das Stocken seines nervösen Schritts – das Stocken war das Zeichen). Aber er schritt weiter. Für die Dauer dieses trägen Augenblicks, dieses Stockens, standen wir beide (eine Sekunde) diesseits der Tür, und Kurnejew stand auf der anderen Seite. Drei Menschen, einen Schritt weit voneinander entfernt. Stille. Aber da ging der Ingenieur Kurnejew weiter und verriet seine Anwesenheit. Sobald seine Schritte endgültig verhallt waren, stieß Vera meine Hände zurück: »Schluß jetzt. Es reicht!«, trat entschlossen zur Tür und ging.

Ich suche den Kaffee in der Anrichte (in der Küche ist keiner), Kurnejew folgt mir, stapft behutsam über die Teppiche. Vielleicht ist er auch jetzt beunruhigt wegen seiner Frau und möchte wissen, wie die von ihren Besitzern verlassene Wohnung eingerichtet ist (wo man sich gegebenenfalls verstecken kann? ...). Tatsächlich, da ist der Kaffee, eine volle Dose! Das wundert mich nicht. Kaffee ist ein köstliches Getränk. Die Wohnungsinhaber verstecken ihn oft. Und oft finde ich ihn. Weiß nicht, warum sie ihn verstecken. Die Sobolews sind doch keine armen Leute – sie konnten schon immer ins Ausland reisen, hatten ein gutes Auskommen und waren im allgemeinen großzügig. Wenn sie wegfahren, holen sie mich. (Bin kein amtlicher Wachmann, komme nach Absprache und für wenig Geld. Ich bin ein Niemand. Aber so haben sie mehr Ruhe.)

Wir sind wieder in der Küche, Kaffee; und Kurnejew dreht die alte Leier:

»Wir, Petrowitsch, sind Männer, wir sind für die Frau verantwortlich ...«

Ich schweige.

»Wenn ein Mann die Frau eines anderen bei einem Fehltritt ertappt, dann müssen das nicht alle wissen, nicht wahr? Kein unnötiges Gerede. Kein Skandal. Wenn man den Ehemann diskret warnt, dann hilft man der Familie, eine schwierige Stunde gut zu überstehen ...«

Er wartet. Ich schweige.

In kleinen Schlucken trinken wir den bemerkenswert wohlschmeckenden Kaffee.

»Man muß die Familie schützen. Einfach und ehrlich. Das muß man einfach ...«

»Ja, ja, das muß man ...« Ich nicke. Vera ist eine stolze, schöne Frau mit guten Manieren. Ich nenne sie (in Gedanken) Madame.

Aber glaubt er im Ernst, daß ich ihm irgend etwas über sie sage? Oder hinterbringe. Sehe ich wirklich aus wie ein Mensch, der die Familie schützt? Das ist eine Beleidigung … Oder verbindet sich in seinem Ingenieursschädel das Getuschel über Ehefrauen damit, daß ich Erzählungen schreibe (vielmehr geschrieben habe), was hängst du dich wie eine Klette an mich, lieber Freund? möchte ich aufbrausen. Ich würde dir selbst ein Paar Hörner aufsetzen, wenn mir dieser blöde Chanjukow nicht zuvorgekommen wäre. Dieser dämliche Techniker. Dieser Handwerker!

Natürlich schweige ich. (Das wäre ja noch schöner!) Der Kaffee ist auch alle. Kurnejew hält die Tasse in der Luft, hält sie schief, und die letzten schweren Tropfen fallen auf die Untertasse. Schwarz auf weiß. Solche Tränen sollten die Menschen weinen.

»Solche Tränen gibt es nicht. Schade«, sagt er.

Ich schweige.

»Du erinnerst dich natürlich – bist ja der Gebildete bei uns –, daß der Kampf um Troja damit begann, daß Helena ihren Mann verließ. (Zur Antwort sollte ich ihm wohl etwas aus Heidegger verraten.) Helena bleibt Helena. So ist es, Petrowitsch … Die Familie zerbricht seit den Zeiten Homers. Aber trotzdem … trotzdem ist sie immer noch heil. Irgend etwas hält die Familie am Leben!«

Ich stiere auf den Kaffeesatz. Seine Frau betrügt ihn mit Chanjukow, mit dem Techniker, der alles kann, betrügt ihn leise, elegant, ohne Lärm und Skandal, was will er denn mehr?

»Das ganze Leben, Petrowitsch, stützt sich auf die Familie. Die ganze Welt stützt sich auf die Familie. Die Nation stützt sich auf die Familie. Sogar das Leben der Junggesellen, der rastlosen Schürzenjäger und Don Juans, stützt sich auf diese Familie …«

Ich spüre, wie sich meine Nerven anspannen. Er beichtet provokativ, verstellt sich vielleicht, jedenfalls treibt er mir das wahre Mitgefühl aus – halt, halt, ich höre ja gern zu, aber das ist auch alles. Ein Wächter ist für Wohnungen verantwortlich. Nicht für Ehefrauen im Alter von fünfundvierzig Jahren.

Sie haben mir unzählige Geschichten anvertraut: haben hier, bei mir, mal mit übersprudelnder, mal mit vorsichtiger Wahrheitsliebe ihren angesammelten, aufgestapelten Lebensmüll abgeladen. »Bei Petrowitsch reinschauen« hieß das bei ihnen (natürlich im Spaß). »Kommst du zur Beichte?« pflegte ich mürrisch zu fragen (ebenfalls im Spaß). Ich glaube, wenn sie sich an mir ausprobieren, befreien sie sich von verkappten Komplexen, Vorahnungen oder einfach nur kleinen seelischen Überlastungen. Im Westen, sagte Michail, würden ihnen die Psychiater riesige Summen abknöpfen. Ich tat das nicht. Ich servierte ihnen Tee. Manchmal Wodka. (Aber meistens kamen sie natürlich mit Wodka zu mir, mit einer ganzen Flasche.) Ich wurde also gebraucht. Und zwar gerade in meiner Eigenschaft als Versager, als *scheinbarer* Schriftsteller, weil das Ansehen des Schriftstellers in der frühen postsowjetischen Zeit immer noch hoch war – so aufgebläht und hoch, daß die Leute aus dem Heim, wäre ich ein echter Schriftsteller mit gedruckten Büchern gewesen, dessen Foto in ein oder zwei Blättchen erschien, sich nicht getraut hätten, an meiner Tür zu läuten, nicht einmal im Suff. (Und wenn sie sich dazu erkühnt hätten, dann hätten sie die Zeitung nachgeplappert.)

Oft ging es um Politik (besonders zur Einleitung): »Na, was gibt's *dort* Neues?« Der Frager wies mit einem Kopfnicken nach oben; ein spielerisches Nicken, während er drei Tage durchgesoffen hatte, konnte ich doch schnell mal im Kreml gewesen sein und *dort* mit Gorbi geredet haben. Natürlich auch um die Preise. Ich antwortete unwillig. Dann um die Frau. Die Kinder. Den blöden Boß. Das schlappe Glied (bei der Ehefrau – hör mal, sind das nur *Schübe,* oder geht das nun immer so?) Um die Nachbarn. Um Solschenizyn. Um die Zeitschriften im Westen und bei uns. Um die Krim – wieder ein Schlenker in die Politik –, wir bewegten uns im Kreis. Aber da sie zu mir kamen und es sowieso schon Abend war, duldete ich stets den Gast und seine Beichte und hörte zu. (Ohne wegen seines betrunkenen Vertrauens auch nur den geringsten Stolz zu verspüren.) Ich wußte natürlich, daß sie mich hinter meinem Rücken verachteten. Sie arbeiteten, ich nicht. Sie lebten in Wohnungen, ich auf Gängen. Sie waren vielleicht nicht besser, aber jedenfalls sicherer in die Umwelt, wie sie sich ausdrückten, integriert. Und die Welt selbst war einfach für sie. Sie umgab sie eben. Wie ein Becken. (Mit starker Wandung.) Mitunter war das Gespräch reines Gewäsch, Gequatsche, mein Gegenüber stammelte nur dummes Zeug, aber selbst in diesem (für mich anstrengenden) Fall wurde es in seiner Seele schließlich deutlich wärmer. Womit ich ihn so wärmte, blieb mir ein Rätsel. Er hatte sich eben eine Zeitlang ausgesprochen und seine Seele erleichtert. Nun lächelte er. War bereit zu gehen. Er hatte etwas bekommen und nahm es mit. Was denn nun? Das wußte er auch nicht, aber was er bekommen hatte, wärmte ihn. Jetzt brauchte er mich nicht mehr. Mein Gast stand auf, um zu gehen, und schon an der Tür fiel ihm zu seiner Freude ein, daß ich im Grunde ein Haufen Scheiße war, arbeitslos, sozial minderwertig, ein Wächter eben.

»Du lebst also in fremden Wänden?« sagte er, während er kopfschüttelnd ging. Diese verspätete Ohrfeige (der Selbstbestätigung) war seine unbeholfene Vergeltung meiner Bereitschaft, mir die angestauten Dummheiten aus seinem Leben anzuhören.

Wenn es ihm dreckig ging, begleitete ich ihn manchmal aus einem Gefühl der Menschlichkeit. Aus einem Gefühl der Menschlichkeit konnte er sich dann auch nicht von mir trennen. Wie Verwandte. Wir schlenderten durch den Gang, stiegen die Stufen zur nächsten, ebenfalls still und menschenleer gewordenen Etage hinauf – es war schon Nacht. Ich begleitete ihn zu seiner Wohnung, zu den nach Frau und Kindern duftenden Quadratmetern. Bis vor die Tür, dort fiel ihm ein, daß er noch eine rauchen mußte. Wir standen vor der Tür und rauchten.

»Na, nun geh schon. Du mußt morgen zur Arbeit«, sagte ich.

Er nickte:

»Ja, du hast es gut (da du nicht arbeitest). Leute wie du machen sich einen schönen Lenz«, verpaßte er mir nebenbei noch eine Ohrfeige. Und verschwand in der dunklen Türöffnung, nachdem er mir mit einer Handbewegung gute Nacht gewünscht hatte.

Ich stiefelte den Gang zurück. Kam an, räumte den Tisch ab, spülte seine und meine Tasse. Automatisch sang ich ein Lied vor mich hin, das mir meine verstorbene Mutter einst ins Herz gesenkt hatte.

Er hatte ja recht. Mein Ich fühlte sich wohl. Und es war Zeit, ins Bett zu gehen und zu schlafen.

Doch es trieb mich, den nächtlichen Gang auf und ab zu gehen. Gedämpftes Licht, Stille. Lampen waren selten. In den vielen Jahren in diesem riesigen Haus kannte ich verschiedene Frauen, doch die Zeit verging, ein Jahr wurde vom anderen überlagert, ein Gesicht vom anderen verdeckt; ein Fächer aus Jahren und Gesichtern, der sich nur noch schwer öffnen ließ. Deshalb konnte ich hier und jetzt zu so später Stunde höchstens noch mit Tatjana Saweljewna rechnen, der Arzthelferin im sechsten Stock. Sie war allerdings nicht ganz frei. Doch zu später nächtlicher Stunde (Psychologie), wenn der Besuch bei einer Frau Vorsicht und eine gewisse Risikobereitschaft erfordert, ist das eher ein Plus, weckt es eher den Jagdinstinkt und steigert beim Mann auf seiner nächtlichen Pirsch die Erregung. Da ist schon der sechste Stock. Und die bewußte schäbige Biegung. Zunächst wollen wir mal (horchend) vorbeigehen. Aber die Stille kann *ja* und *nein* bedeuten. (Tatjana Saweljewna hat einen Mitbewohner, vielleicht sogar Mann; er ist Fernfahrer.) Ich biege auf dem Gang um die Ecke und schaue aus dem Fenster auf der Ostseite – dort unten auf der Straße, hinter dem Flügel K (und gleich links vom Lebensmittelgeschäft), liegt das asphaltierte Quadrat, wo die Fahrzeuge über Nacht abgestellt werden. Dort steht gewöhnlich auch *sein*

Lastwagen. Ich starre hinunter: Der Laster ist nicht da. Aber vielleicht hat er ihn um die Ecke geparkt.

Mit gut fünfzig Jahren sollte man so spät am Abend lesen. Ein Buch, eine Zeitschrift, gemütlich zu Hause (im warmen Sessel). Was könnte schöner sein, als vor dem Einschlafen zu lesen? Wäre Heidegger nicht besser, als so herumzustreunen? Doch ich gehe. Nach und nach wächst der Übermut, *er und sie*! Das bewußte Fläschchen in der Tasche; die Leber tut nicht weh. Wie ein junger Spund. Die leeren Korridore begrüßen mich. Hoppla, hier komme ich. Das Hochgefühl des Augenblicks umbraust mich wie ein starker, sinnlicher Wind, gleich werden alle meine Sterne vom Himmel gepflückt.

Am Ende des Ganges huscht ein Schatten vorüber. Der ist jedoch scheuer als ich und verdrückt sich als erster. Recht so. (Irgendwo hat eine Lifttür geschnurrt. Jemand ist heimgekommen.) Da ist die Nordseite.

Den Übermut habe ich noch, aber er schwindet langsam, und mein Ich (Flugzeug, das in der Luft Treibstoff verliert) verlangt, daß ich ohne Umschweife handele. Ich gehe zu ihrer Tür. Die Arzthelferin Tatjana Saweljewna müßte mich eigentlich verstehen. Meine Hand zerschlägt die Stille: Ich klopfe energischer und lauter. Jetzt muß mich die Arzthelferin doch hören. »Wer ist da? ... Wir schla-aafen!« Ihre verschlafene Stimme, aber mehr noch ihr müder Ton und das gedämpfte »wir« aus dem Bett heraus erklären alles.

Aha: Ich höre, wie sich langsam die Tür öffnet. Die Arzthelferin im Morgenrock steht etwas benommen in der halbdunklen Türöffnung. »Er ist daheim«, flüstert mir Tatjana Saweljewna zu. Sie bekommt kaum den schlaftrunkenen Mund auf. (Versucht ein versöhnliches Lächeln.) Die Augen bringt sie überhaupt nicht auf.

»Alles klar«, sage ich. Spüre mein Herz, das sich mit der Unlust abfindet.

Wir schweigen. Tatjana Saweljewna tritt müde von einem

Fuß auf den anderen, und mit dieser Bewegung wirft mir der Wohnungsgeist zu guter Letzt den Duft ihres hastig unter dem Morgenmantel versteckten Körpers zu.

Da, aus der Tiefe des Korridors, dreißig Schritte weit entfernt, ertönt ein Schrei. Oder ein Stöhnen? Natürlich, wenn man so spät in der Nacht erregt ist, neigt man zur Übertreibung, aus irgendeinem Grund hört man dann entweder Schmerz oder Lust. (Ich denke flüchtig: Auf diesen Schrei hat der durch die Etagen rennende Kurnejew so viele Jahre gewartet.)

Wir blicken uns an, die Arzthelferin fragt:

»Was ist das?«

Ich zucke die Achseln – weiß nicht.

Wir stehen noch eine Weile da. Stille.

»Er ist daheim«, wiederholt die Arzthelferin; sie meint den Fernfahrer.

Ich winke verstehend. Alles klar.

Sie ist schon dabei, die Tür zu schließen. Ich gehe weiter, vorbei an den Türen, der Gang zieht sich endlos hin, je nun! ... Das Bild des Korridors, das bei Kurnejews Geschichte vor mir aufgetaucht ist, wächst sich jetzt zur Regel aus, beinahe zur allumfassenden Weltordnung. Sämtliche Männer der Welt, und ich bin keine Ausnahme, haben sich gleichsam auf diesen Gängen verirrt, verlaufen, ohnmächtig, die Frau zu finden, ein für allemal. Nur Korridore um sie herum, Korridore hier wie dort.

Was immer der Mann auch sagt, er lebt von der zufälligen Erfahrung, die ihm in der Jugend zugeflogen ist. Der Mann erwirbt sie leider nicht. Der Mann trägt nur ihr Bild aus. Dieses Spiel hat eine Doppelnatur und Ähnlichkeit mit dem Korridor – alle Türen sind einander von außen ähnlich. Und keine ist für den Armen die gesuchte. Ehefrauen verblassen, werden reizlos und enttäuschen. Geliebte lügen. Greisinnen gemahnen an den Knochenmann. Kinder hat er in Wirklichkeit auch nicht, Kinder kommen um, indem sie auf Bahnhöfen verlorengehen und Bettlerinnen in die Hände fallen oder einfach erwachsen werden, sich entfremden und abgrenzen – sie befinden sich in einer bunten Masse, im großen Haufen –, der Mann aber ist auf sich allein gestellt und begreift um so klarer, daß er sich auf seiner ständigen Wolfssuche überhaupt nicht verändert. Hänschen klein, geht allein … Der Mann geht also durch den nächtlichen Korridor, geht und geht, immer die Wohnungsnummern im Blick, die matt glänzenden Ziffern aus Blech – die lockende Verschlossenheit der Türen. Wozu, fragt er sich, taugen wir sonst noch, wenn es keine Kriege gibt? Der Mann ist selten zufrieden. Tür hin oder her, er ist nervös – aufgegeilt. Er ist wie das Leukom eines Blinden, strotzend vor Ingrimm und der Entschlossenheit zu sehen. Er will einfach nicht glauben, daß er, wenn er klopft, auf die Klingel drückt, mit der Schulter gegen die Tür rempelt oder ihr in der Hitze sogar einen Fußtritt gibt, als Antwort hört: »Wir schla-aafen!« Er will nicht hinnehmen, daß die Welt simpel ist und es für ihn keine andere Tür gibt – diese Tatsache existiert einfach nicht für ihn. Sie ist nicht unter diesen Türöffnungen, und ihre Nummer fehlt unter den matten Blechziffern.

Auch ist der Flur, ehrlich gesagt, lang, da gibt es allerhand zeitlich entfernte Biegungen, fünfzig und sechzig Jahre sind noch keine hundert.

»Uuh. Huuh!« Aus der Tiefe des Gangs schallte erneut das Echo des leidenschaftlichen Urlauts; dieses Stöhnen hört man sonst nur in frühen Jugendjahren.

Zudem dämmerte mir bereits … es waren bloß die alten Sytschows … schade!

Ich beschleunigte meinen Schritt und lachte endlich. Klopfte und stieß die Tür auf. Alle wußten, daß die alten Sytschows ewig miteinander Streit hatten, sich anraunzten, anbrüllten, in der Regel schlossen sie nicht die Tür, da sie Hilfe erwarteten. Wohnungsmief stieg mir in die Nase, muffige, abgewohnte Quadratmeter. Plus frischer Arzneigeruch. Beide litten an schwerem Hexenschuß. Sie hatten manchmal so starke Schmerzen, daß sie nicht aufstehen konnten. Diese Nächte zu zweit ohne Hilfe steckten ihnen in den Knochen!

Das gepaarte Stöhnen der Alten erklärte mir den Unterton der Leidenschaft, den ich zu hören geglaubt hatte: Da waren zwei krank – er und sie.

»Wenn doch nur einer käme! Nur ein Mensch, Gott im Himmel! Wenn doch nur einer vorbeiginge!« brummte, ja brüllte der alte Sytschow fast. »Wenn man niemanden braucht, trampelt alles wie eine Herde vorbei. Aber jetzt – keine Menschenseele ...«

»Die Wärmflasche?« fragte ich.

»Ja, ja. Schnell, mach schnell, Petrowitsch!« Der Alte ächzte.

Die alte Sytschicha stöhnte nur leise. Sie war bescheidener als er, geduldiger.

»Schnell, mach schon!« jammerte der Alte.

Ich ging in ihre winzige Küche. Sah die Wärmflaschen auf einen Blick – seine und ihre. Die Alte hatte die abgenützte, durchgescheuerte, die leckte wahrscheinlich, man mußte sie in ein Handtuch einschlagen. (Ich suchte mit den Augen ein Handtuch an der Wand.) Sytsch hatte sein Leben lang in der Autofabrik am Fließband gearbeitet, er war siebzig, gebeugt, ihm schmerzten die Arme – ich sollte ihm die Wärmflasche unter den Hals legen (dachte ich), zwischen die Schulterblätter. Der Alten natürlich ins Kreuz. Weil sie sich schämte, wenn ihr eine fremde Hand die Wärmflasche unter den Hintern schob. Unters Steißbein.

»Was machst du so lange?« knurrte Sytsch, der schon wesentlich lauter stöhnte.

»Wasser heiß.«

»Hast du etwa einen Eimer aufgesetzt?«

»Nein, aber Wasser für zwei.«

»Sie braucht nicht unbedingt eine Wärmflasche. Sie stellt sich nur an. Will mich nicht pflegen!«

Die Alte begann zu weinen:

»Ist das nicht schrecklich? … Schämen muß man sich, Petrowitsch, schämen.«

Auf dem Tisch Teller, Essensreste, Brot – die Alte hatte offenbar mit letzter Kraft Abendbrot gemacht und sich hingelegt. Sytsch hatte sich nach dem Essen ebenfalls hingelegt und angefangen zu stöhnen. Es hatte ihn umgehauen. Doch wer von beiden suchte die Arznei? (Trotz des Medikamentengeruchs hatte ich immer noch den würzigen Duft der schlaftrunkenen Arzthelferin in der Nase.)

Als ich fragte, ob ich nicht den Notarzt holen sollte, schrien beide Alten auf – nein, nein, die würden den einen mitnehmen, was wäre dann mit dem anderen? Und der Wohnung? … Nein, nein, Petrowitsch. Sie wollten zusammen krank sein und zusammen sterben. Zusammen – basta. Als seit Homer zerfallende Familie.

Ich bedauerte schon, daß ich hereingekommen war. Sytsch hätte selbst aufstehen sollen! Ich mochte die Sytschows nicht, besonders ihn nicht. Aber es war irgendwie peinlich, nachdem ich dem unartikulierten erotischen Ruf gefolgt war, nicht auf den artikulierten menschlichen zu reagieren. Wie jung hatten sie doch gestöhnt. Wie sinnlich. Sie hatten mit Schmerz gelockt, als Leidenschaft getarnt.

»Wird's bald, Petrowitsch?«

»Klappe!«

Der alte Sytschow sammelte Spielsachen aus Ton, er ließ sich nicht davon abbringen. Sie standen auf der alten Kommode, als hätten sie sich zu einer gemeinsamen Unternehmung versammelt. Wie auf einer Anhöhe, nebeneinander aufgereiht – Frauenfigürchen mit ausgebreiteten Armen, Bären mit ausgebreiteten Tatzen. Plump gemacht. Von weitem sah eins wie das andere aus. Das Fließband hatte auch hier die Seele des Alten geprägt: Gleichförmigkeit war angestrebt. Das alte Ekel beschimpfte seine Frau wohl auch, weil ihr Lebensgefühl nicht im Gleichklang mit der gleichmäßig tickenden Zeit war.

Ihre Schuld ihm gegenüber war groß: Sie war eine Frau, und sie war alt geworden. War nicht aus Ton, deshalb konnte er knurren, ihr Vorwürfe machen, ja sie fast aus dem Haus jagen, so verheerend hatte sie im zähen, ewigen Krieg gegen den Mann verloren. Dafür war ihr noch ein letzter Vorteil geblieben: Sie war eine Frau und würde noch zwanzig Jahre länger leben. Das rieb er ihr ständig unter die Nase. Sie wurde dann sofort rot und verlegen. (Schämte sich ihrer künftigen Langlebigkeit.) Er klapperte die Märkte ab, sammelte Spielzeug, trank auch mal ein Bierchen, während er auf dem Hof saß und Domino spielte, sie hingegen stand bis zu seiner Rückkehr am Herd und kochte. Sytschow kam heim und schlang alles hinunter, in großen Bissen, einen Riesenteller voll – vertilgte wahllos, was sie ihm vorsetzte.

Als ich ihm die Wärmflasche zwischen die knochigen Schulterblätter schob, schrie Sytsch auch mich an – noch ein bißchen weiter, noch ein bißchen weiter! ... Ächzte. Die alte Sytschicha (gleich käme ich zu ihr) war vom Warten ganz ausgelaugt, ihr Stöhnen klang so dünn wie das Fiepen einer Maus. Die Scham peinigte sie, und auch das Alter. Es gab noch einen Grund zur Verlegenheit: Wie sollte sie sich auf die undichte Wärmflasche legen?

»Hast du sie in ein Handtuch eingeschlagen, Petrowitsch?«

»Hab ich.«

Kaum wandte ich mich zur Tür, da begannen er und sie sich gegenseitig zu überschreien: Sollte ich das Licht ausmachen? Oder anlassen?

»Mach's aus, Petrowitsch. Zeit zum Schlafen ...« (Die Alte schlief bei Licht nur schlecht ein.)

»Bloß nicht«, giftete der Alte. »Vielleicht brauchen wir noch was.«

»Petrowitsch war doch schon da.«

»Blöde Kuh! Er war da, weil das Licht gebrannt hat ... Wie hätte er uns im Dunkeln erkennen sollen?«

»Ich möchte aber schlafen.«
»Mach die Augen zu und schlaf!«
»Mach das Licht aus, Petrowitsch. Ich flehe dich an …«
»Ja nicht!« kreischte der Alte.

Ich besitze die Gabe, durch die Tür zu erschnuppern, welche warmen Düfte die dahinterliegenden Wohnungsquadratmeter ausdünsten und wie schwach sie vom Geruch der kurzlebigen, etwa siebzig Jahre währenden, menschlichen Substanz überlagert werden. Die verschiedenen Wohnungen und Knicke des Gangs um die Ecke oder in ein totes Ende verwandeln diese Geruchswirklichkeit in einen Traum, einen Film, eine hartnäckige Illusion, eine Schachbrettwelt – in eine interessante, anheimelnde Hyperrealität. Mehr braucht der Mensch nicht: Mir reicht sie. Diese Welt der Gänge genügt mir vollkommen, ich brauche nicht die Schönheit Italiens oder Sibiriens jenseits des Baikalsees, die Wolkenkratzer New Yorks oder was auch immer. Ich brauche nicht einmal Moskau. (Obwohl ich Moskaus mitternächtliche, leere Metro schätze. Und Moskaus Veronika. Kluges Mädchen. Hat mich geliebt.)

Einst erschienen mir die Gänge und die mit Blechnummern versehenen Wohnungen, besonders aber die stillen Türen, von lauter Frauen bevölkert, die sich versteckten. Es waren füllige Frauen oder magere. Schöne oder unscheinbare. Sie waren überall. Hinter jeder stillen Tür. Sie schossen plötzlich auf den Gang hinaus oder verschwanden genauso plötzlich. Auf einmal traf man eine. (Oder mußte eine suchen.) Alles Frauen, die sich im Halbdunkel des Gangs verbargen und natürlich auf Liebe warteten – die Welt war übervoll. Von Gängen und Frauen. Männer tauchten ebenfalls kurz in ihrer Nähe auf, bildeten aber nur den Hintergrund, alltägliche Begleiterscheinung und mitunter so etwas wie ein Einrichtungsgegenstand, wie ein Tisch, ein Kühlschrank oder eine blitzende (manchmal auch rostige) Badewanne. Sie nahmen teil, mehr nicht.

Mein Alter und meine Praxis als Wächter (sowie meine Einschätzungsroutine, Verwesungshauch der Zeit) haben bei mir zu einer erstaunlichen Wahrnehmungsverschiebung auf den Gängen geführt. Sie ist noch nicht endgültig und vollzieht sich weiter: Die Frauen werden in meiner Vorstellung nach und nach, aber immer bestimmter von ihren Wohnungen verdrängt. Es gilt, meine, deine oder seine Anwesenheit über die Wohnung zu verstehen, nicht über die Frau – da verläuft jetzt der Strom (die Strömung) des Seins.

Die Frau hat gleichsam in ihren eigenen Quadratmetern Wurzeln geschlagen. *Die* sehe ich. Ich spüre sie (die Quadratmeter) durch die Mauern und Türen hindurch: rieche sie. Atme sie ein und erkenne sie. Die Gerüche der Wohnungen machen jetzt das vielfältige Antlitz der Welt aus.

Ich habe mir auch eine passende Erklärung und Rechtfertigung dafür überlegt: Als Wächter habe ich schließlich Sorge in diese Quadratmeter investiert, mein Privatleben. Ich nenne sie einfach *Q-meter.* Jeden Tag wandere ich durch die Gänge, zum Teil schon unter der Einwirkung der verkraftbaren Metaphysik, die ich ihnen aufgezwungen habe. (Die Gänge sind ja für das Bild nicht verantwortlich und an sich nicht daran schuld. Es handelt sich um normale Rundgänge durch die Etagen.)

Eineinhalb bis zwei Monate werde ich bei Sobolews wohnen, tolle Vierzimmerwohnung mit großem Badezimmer und riesigem Fernseher (ich mag freilich weder TV, noch dusele ich gern im warmen Wasser vor mich hin). Mit Telefon und Büchern. Fürs Einhüten zahlen sie nur ein paar lächerliche Piepen, aber über die schöne Wohnung freue ich mich. Ich kann leben. Natürlich behalte ich meinen Unterschlupf für Notfälle im Anbau – im Flügel K, wo Dienstreisende einander die Klinke in die Hand geben. Ein mieses Quartier, aber auf Dauer: ein Anker im Sumpf. Da habe ich einfach ein Bett. An das Bett schließe ich meine Schreibmaschine an, mit einer Metallkette, einer ziemlich starken. (Die ich unter den Schlitten geklemmt habe, damit man sie nicht klaut.) Ich schreibe nicht. Hab's aufgegeben. Aber die Schreibmaschine, meine alte Freundin (stammt noch aus Jugoslawien), verleiht mir einen gewissen Status. In Wirklichkeit verleiht sie mir nicht einmal einen Status, nichts, null, ist einfach Erinnerung. Wie ein aufgegriffener Penner plötzlich einen ausgefransten, speckigen, abgelaufenen Paß in der Hosentasche hat, immerhin einen Paß, wenn auch längst ohne Foto.

Rubljows, Konobejews und das Säuferpaar Schutow (was für Namen!), dafür hüte ich jetzt auch bei reichen Leuten ein, bei Sobolews – ich konveniere also: Die Sobolews sind für mich ein Schritt zum Gipfel, zum Kapital. Ihre starken, flauschigen Q-meter riechen nach Intellekt und Geld. Und nach was für einem Vertrauen!

»Petrowitsch« – Vorwurf in ihrer Stimme, dieser gutmütige, warme Vorwurf. »Petrowitsch, bitte! Du bist doch ein gebildeter Mann. Gib dich nicht mit *denen* ab ...«, und eine Handbewegung Richtung Flügel K.

»Gott bewahre!« rief ich aus. Ist ja begreiflich: Wer braucht schon einen Wächter, und sei er auch gebildet und fünfmal ehrlich, wenn er noch gestern mit den Zechbrüdern auf Dienstreise gesoffen hat?

Ich bin gekommen. Bin da. Schalte mit einer gewissen Feierlichkeit (beim Wandern aus einem Zimmer ins andere) das Licht ein. Mache Festbeleuchtung! Ziehe die Rolläden hoch und mime Leben in der Wohnung von Sobolews – täusche ihre Anwesenheit vor für etwaige Liebhaber fremden Besitzes, die sich auf der Straße unten für ihre Fenster interessieren. In einer Wohnung, die ich hüte, brauche ich nicht unbedingt zu schlafen. Ich muß sie nur abends kontrollieren. Ich passe noch auf eine im sechsten Stock auf – auf die von Rasumowskis.

Auf dem Weg dorthin (vielleicht einfach aus Trägheit) steuere ich wieder die Arzthelferin Tatjana Saweljewna an: Auf dieser Seite sind die Wohnungen ärmlicher und die Männer wesentlich primitiver, heiserer … Bevor ich klopfe, schaue ich erneut aus dem Fenster, ob der Laster unten steht. (Nein.) Trotzdem braucht man einen Vorwand, um eine Frau so spät am Abend zu wecken.

Die verletzte Hand – das war der Vorwand. (Sie war schon verheilt.) Ich zog den Schorf mit dem Fingernagel ab, der Schmerz flackerte auf – eine Zeitlang schaute ich zu, wie das Blut quoll (schwach). Ich würde sagen, ich hätte mich gestoßen.

Tatjana Saweljewna half den Leuten im Heim auch nach der Arbeit – verband, gab Tabletten. Aber um Mitternacht fauchte die Arzthelferin natürlich die Besucher an: Was seid ihr denn für Menschen, habt ihr gar keinen Anstand mehr! … »Wir schla-aafen« hieß, daß der Fernfahrer in ihrem Bett lag. Er fuhr die Strecke Moskau-Stawropol-Moskau, er schlief! Sülzte in den Federn! (Hatte er, der Fernfahrer, etwa seine Arbeit verloren?) Na gut. Sollten sie schlafen. (Ich habe ein gutes Herz.) Da ich Rasumowskis Wohnung bewachte (fast nebenan), hatte ich schon bald drei Monate das Vergnügen, ihre blitzsaubere Wohnung aufzusuchen. Ich hatte mit ihr Bekanntschaft geschlossen, als die verletzte linke Hand plötzlich zu pochen begann. Zum Verbinden ging ich zu ihr nach Hause (wollte nicht in der Poliklinik herumhängen) und schaute täglich bei ihr vorbei, ihr Mann, also der Fernfahrer, verdiente in diesen Tagen mit einem Nebenjob viel Geld im Süden.

Einmal überraschte er uns zusammen, merkte aber nichts. Tatjana Saweljewna war bereits dabei, mich zu verbinden (Glück gehabt) – außerdem sah der Fahrer meine verletzte Hand, ein Alibi für jetzt und alle Zukunft. Ob sie meine Pfote gegen Geld oder aus Mitleid verarztete – ich weiß nicht, wie sie es ihm erklärte.

Der Fahrer spürte etwas und war betrübt, wie mir schien. Aber er und ich – wir sahen uns ja nur selten. Ein anderes Mal kam er in einem absolut unpassenden Augenblick nach Hause, Tatjana Saweljewna stellte uns schleunigst eine Flasche Wodka auf den Tisch, der Fahrer und ich redeten dann ziemlich lange über Gorbatschow und Jelzin. Zum Glück hatte sich eine Flasche gefunden, und alle Gläser einschenken ist fast schon wie Friedenspfeife rauchen.

Ich schätze nicht nur ihre gemütlichen, warmen Q-meter, ich schätze auch ihren Körper. Sie ist keine Schönheit, hat aber einen hinreißenden Körper, zuweilen fürchte ich mich sogar ein wenig vor ihr (ihrem Körper), halte mich also zurück, führe Buch. Damit ich keinen Schlaganfall bekomme. Einmal war ich völlig weg, abgetreten, kam danach kaum wieder zu Puste. Gott sei Dank hat sie immer Medikamente zur Hand. Sie hat sie gehortet, als sie noch billig waren – sagt sie jedenfalls. Ich glaube, sie hat sie gestohlen. Natürlich hielt sie es nicht für Diebstahl. Schließlich war alles unser Gemeingut. Aber in letzter Zeit verdirbt ihr Charakter. Auch so ein Zeichen. Vielleicht sind die Medikamente bald alle. Und eine Rückkehr zu alten Zeiten ist nicht in Sicht.

Aber dafür, wie sie ist, bin ich dankbar. Ich bin ein bescheidener Mensch und ein ehrlicher Verbraucher, mir genügt ihr Körper, ihr Schoß und (besonders in den ersten Minuten) ihre helle sinnliche Freude. Mehr brauche ich nicht. Wir sprechen nicht einmal miteinander. Ein oder zwei Worte, aber auch die nur flüchtig ins Leere und wie ein gegenseitiges Schuldbekenntnis (schade, daß wir reden können) – und mit ganz kleinen Schrittchen, tripp-trapp, nähern wir uns dem Bett. Soso! Du hast dich doch erinnert. Strich. Wenn Tatjana Saweljewna die Wunde mit Jod betupft, pustet sie plötzlich mit aller Kraft darauf (pustet und pustet!) und fragt mit strahlenden Augen, als sei sie ein kleines Mädchen und ich eineinhalb, höchstens zwei Jahre alt:

»Tut's noch weh? ... Tut's nicht mehr weh?«

Und pustet wieder liebevoll.

Der Fahrer kam plötzlich hereingeschneit. Schleunigst stand wieder Wodka auf dem Tisch, wir tranken. Wilder Gesell. Unrasiert. Dazu noch die neue Angewohnheit, die Augen zu rollen.

Er dachte wohl die ganze Zeit an meine Hand, wann sie denn endlich verheilt sei. Ich dachte an ihren Körper und neckte mich selbst, für ein altes Underground-Herz täte es auch ein bescheidenerer, einfacherer weiblicher Körper. Du bedauerst nicht dein Herz, du bedauerst dich selbst.

Er kam zur Unzeit und in (für uns) gefährlicher Nähe zum Bett, tripp-trapp – ich war schon ausgezogen.

»Petrowitsch. Bleib über Nacht bei uns ... Es ist schon spät. Wohin gehst du denn!« beeilte sich Tatjana Saweljewna zu sagen. (Ich überlegte sogar, ob das nicht ein Wink sei, der Fahrer würde vielleicht morgen in aller Frühe wegfahren. Aber es war kein Wink. Nur weibliche Gutmütigkeit. Und ein bißchen Aufregung.)

Doch der Fahrer sagte:

»Nein. Ich möchte endlich mal wieder mit dir allein sein ...«

Er begleitete mich hinaus. (Von Dienstag auf Mittwoch ist er wohl immer zu Hause, kann ausschlafen.)

Ich verließ das Haus, schlenderte um das nächtliche Heim. Schnappte frische Luft. Spürte keinerlei Betrübtheit, nicht einmal das Gefühl eines Mißerfolgs, wie ich es manchmal in der Jugend hatte. Gar nichts. Bin eben ein alter Hund. (Ich würde bei Sobolews übernachten. Noch ein wenig lesen.) Ich ging die Straße entlang und dachte an Tatjana Saweljewnas warme Decke, an ihren prallen vierzigjährigen Körper.

Fast hätte mich der Bus überfahren.

Bei Sobolews koche ich mir eine köstliche Grütze. (Immer wieder lecke ich den großen Löffel ab, die Grütze köchelt.) Koche einen ganzen Topf voll, den Buchweizen haben mir Sobolews ein für allemal freigegeben.

Die Grütze köchelt auf kleiner Flamme, dann schlage ich sie in eine Decke ein – vorsichtig, liebevoll, ich versteh mich darauf. Die Grütze wird leben, atmen und zu jeder Tageszeit auf mich warten. Ich kann weggehen, durch die Etagen wandern. Die Gänge ...

Der Fahrer am Tisch, Tatjana Saweljewna neben ihm, sie steht ihm zur Verfügung wie seine eigene Hand, wie sein Fuß, wie sein Ohr, ja mehr als das – sie ist ihm vertraut. Doch ob man will oder nicht, unsere Intimität verändert etwas in ihr, und Tatjana Saweljewna, für Neues empfänglich, wird von Nacht zu Nacht zu einem anderen Menschen. (Das geschieht bei einer Frau langsam, aber unvermeidlich.) Der Fahrer, soeben von seinem Einsatz zurück und noch ganz frisch in seiner Wahrnehmung, spürt ebenfalls etwas Neues – er sieht sie an, dann mich, und ganz allmählich bohrt sich der Gedanke in sein Hirn: Was es im Leben nicht alles gibt, liegen die Veränderungen der Frau an der Zeit oder an der Gegenwart des alten Bocks? (Ich vermute, daß er mich in Gedanken so getauft hat, und dem Vergleich halte ich stand, wenn ich so durch die Etagen trotte, gealtert und zottelhaarig. Allerdings bin ich nicht geil. Ein Allerweltsbild. Nicht von uns und nicht erst heute ersonnen. Ein alter Bock eben.)

Das Dreieck ist in unserer Zeit ebenso natürlich wie die Flasche Wodka für drei. Ich sitze ihnen gegenüber: entspannt, ohne innere Verkrampfung. Und auch der Fahrer hängt vielleicht seinem vagen Gedanken nach, vielleicht auch nicht. Möglicherweise sind die Spitzen des Dreiecks (ich meine nicht seinen gelebten Alltag, sondern seinen Wesenskern) schon längst nicht mehr mit weiblich hysterischer oder auf ein Duell versessener Spannung aufgeladen. Das ist vorbei. Die vergangenen glorreichen zwei oder drei Jahrhunderte haben die frühere Dramaturgie aus dem Dreieck vollkommen herausgelaugt. (Man kann leben, ohne zu straucheln. Sofern man keine Dummheiten macht.) In der Nacht entdecke ich lauter Knutschflecke auf Tatjana Saweljewnas einer Brust, ihr Mann ist gerade weggefahren. Ich strenge mich in dieser Nacht ebenfalls an und liebe besonders ihre andere Brust (zufällig). Am Morgen steht sie vor dem Spiegel und betrachtet ihre beiden blaugesprenkelten Brüste. Lachend sagt sie:

»Na, habt ihr mich verschönert!«

Ihr Körper ist leicht zu erkennen. Ihre Sinnlichkeit ist schlicht, aber stark; sie will dich so und nicht anders, nicht weil es ein Verlangen gibt, sondern weil der erfahrene Griff wie ein uraltes Gleis ist. Wie versiegelter Honig.

Auf so wohlgebahnten Wegen begreift man eines Tages, daß auch der Fahrer mit genau denselben Bewegungen und Gewohnheiten von ihr Besitz ergreift. Wir sind kein Dreieck. Ich falle mit ihm zusammen. Ich erkenne (in mir) plötzlich Details von ihm. Nein, das erschreckt mich nicht, verwundert mich jedoch. Diese klar erkennbare, aber fremde Freude ist wie eine Wiederholung, fast wie Voyeurismus. Meine Hand bewegt sich wie seine. Ich ruhe mich genauso aus, erschlafft, im Dämmerschlaf auf dem Rücken. Obendrein rumoren seine verschlafenen Wünsche in mir, hervorgerufen von ihrer Anwesenheit, ihrem Körper. Sein heiserer Kratzehals, Blick, Husten, seine Zigaretten, ich kaufte mir sogar einmal dieselbe Marke, die er raucht.

Und ganz erstaunlich: Morgens schmerzen mir die Hände von seinem schweren Lenkrad. (Keineswegs im übertragenen Sinn – ich spüre wirklich ein Ziehen in den Händen.) Nachts träume ich von einer schlechtbeleuchteten, nächtlichen Straße, der Wagen holpert über ein Schlagloch, plötzlich reiße ich das Steuer herum und lenke den Laster nach rechts, auf den Feldweg, um nicht auf die zerstörte Brücke zu fahren.

Einmal brachte er aus dem Kaukasus eine Waffe mit … die kann man brauchen, wenn man Tag und Nacht auf Achse ist. Er hatte gutes Geld verdient und sich eine Knarre samt Patronen gekauft, das Tschetschenenpack aus den Verkaufsbuden vor dem Haus lauerte ihm auf und nahm ihm alles ab.

Ich war baff:

»Wieso hast du dich nicht gewehrt?«

Er lachte:

»Das Leben ist mir teurer.«

Eine warme Sommernacht, vier Uhr morgens. Ich am Fenster. Vor Glück lehne ich mich aus dem Fenster der Arzthelferin (sie liegt im Bett), strecke den Kopf und die nackten Schultern hinaus. Rauche. Morgendliche Wonne. Im Morgengrauen habe ich schon das Führerhaus des vertrauten Lastwagens erspäht. Der Fahrer kommt wieder einmal sehr früh nach Hause. Vielleicht sollte ich jetzt gleich gehen. Aber ich bin ganz entspannt. Rauche. Das kurze Glück tut gut. (Augenblick der Wahrheit.)

Unten, vor den Buden, sehe ich einen kurzen Balken (in der grauen Morgendämmerung glaube ich tatsächlich, da läge ein herausgerollter kurzer Balken, den man vergessen hat.) Es ist ein Leichnam. Unter den Fenstern – zwischen den Ahornbäumen – springt ein schmaler Asphaltweg ins Licht der Straßenlampen hinaus, daneben stehen drei Buden, in denen tagsüber die Kaukasier Handel treiben. Sie haben sich gestritten und ihre Reviere abgegrenzt. Haben auch den Frieden selbst wiederhergestellt – ohne Miliz. Aber offensichtlich nicht ohne Blutvergießen. Und nicht ohne Spuren. (Der kurze Balken ist ins Lampenlicht gerollt.) Vielleicht bin ich der erste, der ihn entdeckt hat. Aber natürlich zucke ich mit keiner Wimper. Er liegt gut. Und ich rauche. Nacht. Stille.

Am späteren Morgen, als ich schon zum Bäcker ging, erblickte ich ihn wieder: neben derselben Bude. Ein toter Kaukasier. Erschossen. (Man hatte ihn an den Rand des Asphalts geschoben, damit man vorbeikam, hatte ihn *gewälzt*, er lag auf dem Rücken.) Es nieselte. Die Zeitung, die auf seinem Gesicht lag, rutschte immer weiter herab und wurde im feinen Nieselregen dunkel. Man wartete auf die Miliz. Gerüchte: Die Tschetschenen (Besitzer des linken Kiosks) befehdeten angeblich die Kaukasier aus den beiden anderen Kiosken, die sich zur Abwehr zusammengeschlossen hätten. Einer sei erschossen worden, zwei verletzt, einer befinde sich auf der Intensivstation: nächtliche Abrechnung.

In jener vormorgendlichen Minute hatte er auf der Seite gelegen, tot, ich hatte im Halbdunkel den Lastwagen erspäht und geraucht. Es tagte. Ich konnte sehen, daß der kurze Balken Arme und Beine hatte. Eine Hand war ausgestreckt: als ob er lebte und mich mit dieser Hand um eine Zigarette bäte. Das Gesicht lag bloß. Der Morgen empfing mich kühl. Stille. Der Lastwagen war weg. Aber ich dachte, ich geh trotzdem.

Als ich mit dem Schlüssel an der Tür hantierte, fragte die Arzthelferin verschlafen:

»Soll ich die Hand verbinden?«

»Nein.«

Gänge, als Bild auf die ganze Welt übertragen, erblickte einmal (mindestens einmal) auch mein Bruder Wenja, der einst geniale Wenedikt.

Diese schmutzig getrampelten Verbindungsgänge addierten sich in ihrer Gesamtlänge zu mehreren Kilometern, und man könnte sich das Bild vorstellen, wie Wenedikt Petrowitsch geradewegs auf den Gang seines heutigen Irrenhauses hinaustrat, als er das Spinnengewebe der Amtsstuben verließ. Er trat hinaus und blickte sich nach beiden Richtungen um. Auf dem Gang wandelten Menschen in grauen Krankenhauskitteln. Dann gingen dort noch (etwas rascher) Menschen in weißen Kitteln. Es herrschte ein Leben nach Regeln. Leise und gesetzmäßig.

Plötzlich hatte er die Vorstellung, er sei in die vollkommene Welt in ihrer klar umrissenen Fülle geraten: in die Metaphysik der Krankensäle und der sich streng kreuzenden Krankenhausgänge. Einen Augenblick zweifelte Wenja – war das die ganze Welt? … Er blieb nachdenklich stehen und kniff die Augen zusammen. Stand ruhig da. Der Pfleger sah ihn. Dieser Pfleger, ebenfalls ein Mensch, stand ebenfalls ruhig da und würdigte die Magie der sich kreuzenden Gänge – das Wunder der Kreuzung. Stagnation der stillen Stunde. Wenja drehte sich zu dem Pfleger um und erklärte ihm, daß, wenn dies die ganze Welt sei, er, Wenedikt Petrowitsch, jetzt sofort etwas darin suchen und finden müsse, was ihm gehöre, aber er könne es einfach in keinem Krankensaal finden (vielleicht seine über die Welt verstreuten Zeichnungen): in diesem Saal? Oder vielleicht in jenem? Der breitschultrige Pfleger reagierte gutmütig, das kommt sogar bei Pflegern vor. Na schön, wenn du was verloren hast, dann such es. Ein kranker Mensch, soll er suchen und sich selbst überzeugen.

Und Wenedikt Petrowitsch suchte mit Erlaubnis: trat überall ein und schaute herum. Im einen, im anderen Krankensaal. Er kehrte sogar zur Kreuzung der Gänge zurück, zu dem selten gutmütigen Pfleger, und begab sich, nachdem er sich orientiert hatte, nun in die Gegenrichtung, in das linke Knie des Krankenhausgangs. Dort suchte er ebenfalls. Trat ein, schaute auf die Betten. Auf die Nachttische. In die Gesichter der sitzenden Patienten. (In jedem Fall suchte er auch auf den Gängen.) Ob Wenedikt Petrowitsch Zeichnungen suchte, ist schwer zu sagen. Oder seine frühen Kohleskizzen? Oder suchte er (was uns allen passiert) in den Krümmungen des Korridors nur seine Jugend und sich selbst, jung und lachend; mag sein.

Wenedikt Petrowitsch kehrte zu dem Pfleger zurück und blieb bei ihm stehen. Der fragte – wieder gutmütig:

»Na, was ist?«

Wenja (schon merklich ergraut, gealtert) zuckte die müden Achseln – er hatte nichts gefunden. Einfach nichts.

»Na, dann ein andermal«, sagte der Pfleger.

Wenedikt Petrowitsch nickte: ja ... Wie alle ihre Patienten war er folgsam und einsichtig (und bereit, ganz lange zu warten). Dann eben ein andermal, er wollte nicht streiten. Vielleicht wäre sein Gedächtnis an einem anderen Tag plötzlich schärfer, öffneten sich die Korridore, Krankensäle und Wände von selbst seinen Augen – und er fände auf Anhieb, was er suchte (was, das wußte er eben nicht mehr). Niedergeschlagen schlurfte er durch den Gang. Im verschlissenen Krankenhauskittel.

Ich kam ihm entgegen, brachte ihm Äpfel und Kringel zum Tee.

Neuland. Demokraten der ersten Stunde

Gawrila Popow, und hinter ihm andere, mit niedrigerem Rang. Dann immer noch niedrigere, und wenn sich das Kaliber kaum noch messen ließ, erschien *sie*, Veronika, *aus dem Bezirk soundso der Stadt Moskau*, Vertreterin der Demokraten, so wurde sie angekündigt. Ihre Gedichte vergaß man nicht zu erwähnen. Das war ja das Wichtigste an ihr, der kleinen Underground-Lyrikerin. Heute nicht mit dem breiten Haarband, sondern mit dem komischen dunklen Pony. Eine kleine stimmgewaltige Politikerin mit einem Pony bis zu den Brauen. Sie warb ebenfalls dafür, daß möglichst viele Moskauer auf die Prospekte und Plätze strömten – zu der angemeldeten Kundgebung, man muß den Behörden doch zeigen, was wir wollen und können! Wir sind nämlich das Volk, betonte sie.

»Na schön, wir kommen«, knurrte ich, ein Auge auf den Fernseher, das andere auf die Bereszowschen Blumentöpfe gerichtet. Blumengießen mit Leitungswasser. Die zweite Pflicht, die ich bei Bereszows zu erfüllen hatte, betraf das Klo: einmal am Tag die Kette ziehen und den Spülkasten leeren. (Sonst steht das Wasser ab und veralgt.) Ich zog zweimal nacheinander.

Das Rauschen des Wasserschwalls übertönte für einen Augenblick ihre flammenden Aufrufe. Aber das Oval im Fernseher stand mir weiter vor Augen: Veronikas Gesicht, die Leberflecke.

»Wir kommen alle! Und macht euch keine Hoffnung (das galt wahrscheinlich den Kommunisten) – wir vergessen die Zeit nicht und auch nicht den Ort!« schrie Veronika (sie war wieder zu hören). Die beiden vertrauten Leberflecke waren noch da. Neben der Nase. Und ein Gerstenkorn sproß am rechten Auge (auf der Kundgebung war es wohl windig).

Aber unter den Augen war alles sauber. Sie hatte weder Ringe noch ihre berühmten dunklen Tränensäcke, alle Achtung!

»Ist ja gut, ich komme!« versprach ich wieder brummig. Das Wasser floß bereits in die Blumentöpfe. Im dünnen Strahl. In so dünnem Strahl pflegte Veronika den Wein in sich hineinzuschütten, wobei sie angeekelt den Mund verzog. Das ganze volle Glas. Und das zweite volle Glas. Sie war eine kleine Säuferin, bevor sie Vertreterin der Demokraten im Bezirk soundso wurde. Ein nettes Mädchen. Schrieb Gedichte. Vielleicht kein wirklich echter Underground, etwas zu sehr mit Politik vergoren. Aber doch Gedichte. Sie soff richtig. An jenem frühen Morgen murmelte sie halb erstickt: »Keine Rettung. Keine Ärzte ...« Ich hatte auch gar nicht vor, jemanden für sie zu rufen; ich hatte in meinem Leben schon allerhand erlebt und genug Erfahrung (wie und womit im Flügel K schwerer Kater bei Frauen bekämpft wird). Normalerweise gabelte ich sie bei Iwanows, Petrows und Sidorows auf, bei den Neuankömmlingen im Flügel K, bei allen diesen Dienstreisenden, lustigen und auf ihre Weise leichtfertigen Menschen, wenn man objektiv ist, aber subjektiv gesehen (für mich und meine Anstrengungen, sie dort herauszuholen), waren sie schmutzig und gemein. Die Sache hing mir zum Hals raus. Um die Tour abzubrechen, nicht mit einem Punkt, aber wenigstens mit einem Komma, schnappte ich sie einmal und brachte sie (verschwendete Zeit) zu ihren alten Eltern, bei denen sie wohnte. Aber Pustekuchen! Veronika war flugs wieder hier und trank mit denselben Leuten weiter, ohne besondere Dramatik, wie das Leben so ist, grau und alltäglich.

Ich zählte ihre Leberflecke, lenkte sie ab. Tupfte mit der Fingerkuppe über ihre Wange und zählte: zwei, drei, vier ... bis sie mich wegstieß, meine Hände stanken nach billigem Tabak. An jenem denkwürdigen Morgen entriß ich sie diesen Typen aus Mittelasien (wie dunkelhäutigen Kindern; ihre feinen Hände rochen nach nichts). Veronika war schlecht. (Aber ihr war immer schlecht.) Sie bekam keine Luft; wollte auf die Straße oder wenigstens den Gang hinausstürzen. Ich ließ sie nicht – sie hätte dort gekotzt. Ich führte sie ans Fenster, sie stöhnte. »Hier hast du Luft. So viel du willst! Atme!« Aber Veronika konnte den Kopf nicht halten, war völlig abgeschlafft. Ihr Kopf fiel runter, auf das Fensterbrett, auf das Holz, und hölzern klang auch der Aufschlag. Ich hielt ihren Kopf, Nase und Mund zum Himmel, atme. Wickelte sie in ein Laken. Wie in der Sauna stand sie eingewickelt da, streckte ihr unglückliches Gesicht aus dem Fenster und atmete, atmete, atmete. Die Atemzüge setzten nur aus, wenn sie murmelte: *nicht die Rettung rufen, bitte* ... sie wollte nicht, daß die Weißkittel ihre Fahne röchen.

Die Qual des Katers, das körperliche Leiden, erlaubte ihr nicht, viel zu zeigen: Über ihr Gesicht huschte ein flüchtiger Versuch, zärtlich zu lächeln. Dennoch war die Stelle auf dem Fensterbrett im Flügel K der besondere Ort, wo mir ihr Gesicht zum erstenmal eine noch unklare Liebe auszudrücken versuchte. (Eine Taschenlampe in der Hand einer Halbwüchsigen: an – aus, an – aus.) Ich habe vergessen, in welchem Stockwerk das geschah, bin unschlüssig, ob es im vierten, fünften oder gar siebten Stock war – aber unabhängig vom Stockwerk und vom Gang existiert dieses Fensterbrett (in meinem Gedächtnis), und wo ihr Gesicht war, befindet sich ein kleiner hölzerner Fleck (eine Hand oder zwei Hände breit). Wie der Bildschirm eines schlechten Fernsehgeräts schickte mir ihr Gesicht undeutliche Signale der Liebe.

Ich war nicht stärker als diese Typen aus Mittelasien, die nach Moskau kamen, um mit Melonen zu handeln (sie waren zu viert, ich war allein), war nicht lauter, bösartiger und wohl auch nicht moralischer als sie – war ihnen auf keine Weise überlegen und nahm ihnen Veronika nur deshalb weg, schaffte es nur deshalb, sie ihnen wegzunehmen, weil ich mehr Erfahrung hatte. So kam das alles. Ich war seit langem in diesem Wohnheim, sie erst seit wenigen Tagen. Und den Plan von vier Leuten zu durchschauen ist viel einfacher, als den Ausbruch eines einzelnen vorauszuahnen. Weil es eben ein Ausbruch ist! Eine ganz primitive

Seelenregung. Schmerz, Schmerzschwelle. Wenn man eine gefallene (und zudem beleidigte, elende) Frau aus nächster Nähe erlebt, möchte man sich nicht nur sofort einmischen, sondern auch mit ihr leben. Ein blitzschneller – instinktiver – sinnlicher Impuls; diesen Ausbruch könnte man altmodisch Liebe nennen. So bezeichnete ich es auch: Ich gehe mit dem Wort gelassen um. »Warum schreibst du nicht über die Liebe?« fragte mich Veronika einmal naiv und auf den Kopf zu, wie alle Dichterinnen, ich zuckte nur die Achseln – die Leute wissen nicht immer genau, worüber sie schreiben.

Und ich weiß wohl auch nicht genau, worüber ich schreibe. (Vielmehr *worüber ich nicht mehr schreibe.*) Ich könnte es einem Fremden erklären. Das angepeilte Ziel ist bei weitem nicht auf Anhieb zu erkennen. Aber wie konnte ich der bereits wieder nüchternen Veronika erklären, daß meine Liebe zu ihr für mich vielleicht gar nicht als Gefühl existierte, wenn sie nicht durch diese Fensterbretter aufrechterhalten würde. Durch *unser* Fensterbrett (im vierten oder siebten Stock, ich hab's vergessen), auf dem sie damals hechelnd nach Luft schnappte, ein Fisch, der am Ufer im Gras zappelt. Und von dem wir (vom Fensterbrett) gemeinsam (sie stöhnte leise) die Spuren all dessen beseitigten, was ihr bescheidener Intellektuellenmagen getrunken, aber nicht vertragen hatte. Die Fensterbretter sind wie die Walfische, auf denen die Welt ruht. Es sind ganz normale, hölzerne und wegen der feuchten Witterung leicht verderbliche Fensterbretter (keine ewigen, ich mache mir nichts vor), auf denen sich die Liebe hält.

»Dichter denken nicht so«, distanzierte sich Veronika.

Ich stimmte zu. Selbstverständlich. In diesem Sinne sei ich von den Dichtern überhaupt nicht begeistert.

»Was begeistert dich denn an ihnen?« Sie glaubte mir nicht.

Ich erläuterte es – ihr hochstehender Geist, also ihre ständige Bereitschaft, um Sex zu kämpfen.

»Fhh!«

Die Bahn bremste vor der Station *Twerer Boulevard* ab – der Wagen war nicht voll (alle saßen, wir auch).

Da fiel mir ein, daß wir gerade unter einem sehr alten Gebäude durchfuhren, unter der kleinen Villa, wo die Literaturbonzen seinerzeit Platonow als Wächter und Straßenkehrer beschäftigt hatten. Wir fahren nicht unter, sondern neben dem Twerer Boulevard, antwortete Veronika, wir fahren *neben* Puschkin her (sie hielt mir stets Puschkin entgegen), neben Puschkin und den Soldaten der Chevaliergarde, neben jener ach so kurzen Renaissance des russischen Lebens, von der wir immer noch nur träumen können.

Sie war ein mageres Persönchen und fröstelte (es zog im Wagen). Ich ließ mich nicht beirren. Ich erklärte ihr, daß wir gerade jetzt *unter* dem Hof durchfuhren, den Platonow mit seinem Undergroundbesen gefegt hatte. Er scharrte bedächtig vor sich hin und kehrte den Müll zu einem Haufen zusammen. Aber (wiederum!) auch *unter* jener Erde, sagte Veronika, auf der Puschkins Füße herumgetrampelt sind. Ich lachte. Zum Kuckuck, was sollte der Streit! Moskau ist eine große Stadt, die reicht für alle. Die Größe wird hier von jenem einzigartigen Mitleid geschützt und verborgen, das einen tötet und zugleich versöhnt, ratsch, ratsch mit dem Besen (bedaure, bedaure, bedaure alle, nur nicht dich selbst!). Moskau löst unseren Schmerz auf und verteilt ihn um. Hier kann man sich mit keinem Menschen duellieren, allen genügt ein Quentchen unseres Schmerzes. Puschkin wäre am Leben geblieben, wenn er nicht nach Petersburg geeilt wäre. In Moskau hätte er sich ernsthaft mit der Errichtung eines kleinen Denkmals für seine Amme befaßt (sein Leid abgelassen). Hätte Eingaben gemacht. An den Zaren geschrieben … Ich neckte sie. (Aber es war nicht nur Geschwätzigkeit bei ratternden Rädern. Ich spürte bereits, daß sich Veronika von mir entfernte.) Was die Liebe betrifft, redete ich weiter auf Veronika ein, so möchte ich (verzeih) unglückliche Frauen lieben. Aber nicht über sie schreiben! Wenn man über die Liebe schreibt, schreibt man immer schlecht. Sie ist ein leichtverderbliches Gefühl. Platonow war deshalb so besonders gut, weil er allen, die schon ganz blöde von der stümperhaften Beschreibung der Liebe waren, etwas anderes entgegensetzte, nämlich das generelle *Nichtschreiben* über die Liebe. Kein Wunder, daß seine Leser vor Begeisterung aufheulten. (Sobald er tot war.) Die ganze russisch-sowjetische Welt fiel ihm zu Füßen. So stark war die Erleichterung. Sie waren dankbar. Ihre vom Alltag verzerrten, zertrampelten (schlecht und gezwungen liebenden) Seelen bedurften der *Nichterwähnung* der Liebe. Eine Schweigeminute. Eine Pause.

»Hör auf!« Sie, die Lyrikerin, ließ nichts unversucht, um meinen Redefluß zu stoppen oder auf Puschkin zurückzukommen. Auf die Soldaten der Chevaliergarde, deren Locken und Koteletten ziemlich vergessen waren (der Schnee deckte sie zu) … Und wenn er (Platonow) über geschlechtslose Menschen geschrieben hätte, über Menschen, die sich durch die Berührung ihrer Hände vermehren … das hätte er doch vor Aktschluß tun können, am Ende seines Straßenkehrerlebens! Natürlich nicht rundheraus und direkt, sondern irgendwie besonders; mit Bezug zum Kosmos und zugleich (als schlurfender Hausmeister) mit der russischen Verdruckstheit angesichts eines Tabuthemas. Wenn er wenigstens etwas über sie (die Eingeschlechtlichen) geschrieben hätte, dann hätte nicht nur die russische, sondern die ganze Welt vor Begeisterung aufgeheult. Wäre ihm zu Füßen gefallen. Würde ihn bis heute in den Himmel heben. Und preisen. (Ihn neu interpretieren!) Doch er zog es vor, sie nicht zu erwähnen, zog den Asphalt der Twerer Straße vor, die Pflastersteine, die Absätze der vorbeigehenden Frauen, den Blick aus gesenkten, verschwollenen Augen und die mönchische Arbeit der Hände, ratsch, ratsch mit dem Besen …

Veronika war in das Laken gewickelt, und so legte ich sie ins Bett; ließ sie in Ruhe, sie sollte ruhig einschlafen. Ich schloß das Zimmer ab. Stand da, wartend – da kam im Halbdunkel des Korridors mit katzenhaft weichen Schritten ein zarter Mann aus Mittelasien auf mich zu (einer von den dreien, die sie gebumst hatten, der vierte war sternhagelvoll). Er fragte sehr taktvoll:

»Wissen Sie vielleicht, in welchem Zimmer dieses Mädchen wohnt, ziemlich nett, groß, mit Glitzeraugen?« (Gute Beobachtungsgabe! Porträtist.)

»Weiß ich nicht, mein Freund.«

»Sie hat uns nämlich gebeten. Mich persönlich hat sie gebeten, sie am Morgen zu treffen. Ich sollte sie an den Zug erinnern«, log er taktvoll und schaute mir offen in die Augen. Schöne braune Augen.

»Auch vom Zug weiß ich nichts, mein Freund.«

Wir blickten einander in die Augen, beide ehrlich. Er bohrte noch ein wenig nach. Offenbar tat es ihm leid, daß sie Veronika, nachdem sie sie abgefüllt hatten, hastig und in Eile gebumst hatten (während es in Muße viel schöner gewesen wäre. Schade! Dann waren sie abgeschlafft. Wo steckte sie jetzt?). Eine Moskauer Hure war für sie natürlich nichts Neues. Trotzdem war es schade, sie einfach gehenzulassen. Und daß durch die Adern der Frau vielleicht noch ein Tropfen jüdischen Bluts rollte, verschaffte ihnen, den Orientalen, zusätzliches Vergnügen.

»Weiß ich nicht, mein Freund ...«

Ich machte eilends die Runde durch die Etagen und Gänge, um die Spuren zu beseitigen, und kehrte zu Veronika zurück. Gerade im richtigen Augenblick. Weil ich sie wieder ans Fenster führen mußte, just zu jenem Fensterbrett, wo sie atmete (nachdem sie den letzten Rest auf den Boden gekotzt hatte). Als sie dort, die Wange auf dem Brett, leise stöhnte, während sie Sauerstoff und ein wenig Kraft schöpfte, wußte ich bereits, daß ich sie lieben würde. Ich erahnte das herannahende Gefühl. Das Herz wurde mir schwer. (Nicht um zu zerfließen, anzutauen, wie in der Jugend. Natürlich hatte ich *Lust* zu lieben. Es handelte sich nicht um Sex, wir hatten auch zuvor schon mehrmals miteinander geschlafen.) Ich half ihr beim Waschen. Schalt sie, tadelte sie, deckte sie mit dem Laken zu – die Hände bewegten sich wieder, und die Worte standen mir wieder zur Verfügung. Das Vorgefühl der Liebe stellt sich ein, wenn sie schon ganz nah ist. An solchen Tagen schwillt das nasse, glitschige Herz (das ist ein Bild!), wird schwer wie von abgestandenem Wasser. Das Herz ist wie ein riesiger, rostroter Sumpf mit Schilfstengeln, Riedgras, Entengrütze und der Fähigkeit, unendlich viel aufzunehmen und zu verschlingen. Jetzt kann man in den Sumpf Steine werfen, spucken, Chemie verklappen, mit dem Traktor hineinfahren, Schafe hineintreiben – er wird alles schlucken.

Das war um so bemerkenswerter, als ich schon keine Erzählungen mehr schrieb. Die Wörter, artesische Gewohnheit, hatten sich angesammelt, es waren schon eine ganze Menge genauer, gut abgelagerter zärtlicher Wörter beisammen, aber sie steuerten nicht auf ein Blatt Papier zu, sondern auf dieses trinkende Geschöpf, das sich verloren hatte. Auf die kleine, magere Säuferin, die nicht für sich einstehen konnte. (Quälten sie die Gedichte? Oder die Tatsache, daß sie keine Anerkennung fanden? Das vermochte sie nicht klar zu sagen.) Sie verlor den Mut. Männer auf Dienstreise, offen ausgeschenkter Wodka, dunkle Nacht, na, hol mich raus! … Ich stöberte sie im Flügel K auf, manchmal an grauenhaft verdreckten Orten und in fürchterlicher Gesellschaft. (Denen machte sie klar, was für ein Genie sie sei. Trug Gedichte vor.) Einmal war sie splitternackt. Schon umnebelt. Lag auf dem Bett, in der (von der Trinkrunde) entferntesten schummrigen Ecke. Die Männer tranken weiter. Schauten – nehme ich an – ab und zu nach ihr. Jedenfalls, wenn bislang noch nichts passiert war, noch nicht in vollem Umfang (einer hatte sie ja schon ausgezogen), dann würde es bald unausweichlich passieren. Sie rückten sie verständlicherweise nicht raus. »Was mischst du dich ein?! Du hast hier nichts verloren … Wir haben sie abgefüllt! Sie gehört uns, verdufte!« schrien die Dienstreisenden (diesmal aus Wolgograd), aber ich schrie auch, fluchte.

Schließlich half mir meine Erfahrung als Heimveteran, eine Prügelei anzuzetteln, die dann unabdingbar ist, wenn alle Angst vor Lärm und Aufsehen haben, man selbst aber nicht. Ich zog Veronika mit Ach und Krach an. Einer der Kerle (offenbar war sie bei ihm noch nicht sturzbetrunken gewesen und hatte sich gewehrt) hatte ihren Slip mit der Rasierklinge entzweigesäbelt und den weiblichen Schoß mit dem gelockten Büschel darüber für alle entblößt. Jetzt konnte ich ihr diesen Slip, wie sehr ich mich auch bemühte, einfach nicht anziehen. (Ich hatte noch nicht kapiert, daß er zerschnitten war.) Währenddessen schirmte ich sie ab und stieß mit der linken Hand jemanden weg; hinter mir Gebrüll und Geschrei. Einer von diesen Wolgogradern sprang aufgeregt hinter meinem Rücken herum und rammte mir eine leere Bierflasche ins Schulterblatt. (Ich nahm das *Schulterblatt* plötzlich als Körperteil wahr. Begriff, wie nah es war. So nähern sich unsere morgigen Tage – treiben heran wie Wolken am Himmel; und der Wind ändert seine Richtung nicht.)

Ich nahm sie auf die Arme, aber tragen konnte ich sie nicht, der Kopf fiel hintenüber, wodurch es in Veronikas Innerem gefährlich zu gluckern begann, fast hätte sie sich erbrochen. Ich stellte sie auf die Füße. Hielt sie in meinen Armen und führte sie, habgierig, unnachgiebig (als meinen Anteil an der fremden Beute, an ihrer Beute). Führte sie, und die Dienstreisenden beschimpften mich in einem fort; einer versperrte mir den Weg.

Ich weiß noch, daß ich sie wütend anschrie:

»Ihr habt doch schon alle einmal abgespritzt! *Was* wollt ihr denn noch?«

»Das geht dich nichts an!« brüllten sie. »Sie ist mit uns gekommen! Sie hat mit uns gesoffen, und sie wird mit uns wieder gehen!«

Mann und Frau mögen, sagen wir mal, klug und auf der Hut sein, aber das Verhältnis zwischen beiden ist naiv. Oder es kann sogar so sein: Beide sind böse, aber das Verhältnis zwischen ihnen ist zärtlich und rührselig. Das entstandene Gefühl hat seine feste, aber mitunter zufällige Zeichnung – man kann es unterscheiden und sogar irgendwie vorausahnen (aus der Situation heraus), aber nicht verändern. Was sich ergeben hat, hat sich ergeben. Nimm's an und klage nicht! Das Verhältnis zu Veronika gestaltete sich sentimental und vertrauensvoll, unabhängig davon, was für Menschen wir beide waren. Ein Gefühl von Mitleid; aber die Menschen haben heutzutage kein besseres. Ich hatte Mitleid mit ihr, sie ließ sich bemitleiden. Darin verbarg sich ebenfalls eine Gegenseitigkeit, die wir beide als das wahre Wesen der Beziehung erahnten. Ich hatte Mitleid. Och-ach. Sie, die kleine Veronika, machte ja nur in einzelnen Dingen des Lebens Fehler. Schlug sich das Knie auf der Straße auf oder vergiftete sich in der Kantine an Frikadellen, hatte zwei gegessen. Oder die Eisverkäuferin beleidigte sie (»wegen gar nichts!«). Oder sie sagte dem Milizbeamten (mitten auf der Straße – trefflicher Opponent) ihre Meinung über die Diener des abtretenden totalitären Regimes. Der jedoch führte sie keineswegs aufs Revier ab, sondern schlug sie so aufs Ohr, daß es sich entzündete und zwei Wochen näßte, sie mußte sich verarzten lassen. Ich war es (natürlich!), der sie beim Arzt anmeldete, mehrmals. Ich ging am Tag mit ihr in die Poliklinik, und am Abend legte ich ihr eine Kompresse auf, Watte, ordentlich Wodka und ein Stück Zellophan – das fiel mir nicht schwer, und sie fand es angenehm. Veronika war nicht sexy, aber wir entdeckten beide, wenn auch mit Verspätung, genug Neues im anderen. Die Leidenschaft im Bett stand ihr gut – das Gestöhne und die komischen spitzen Schreie (und ihr liebes Lachen). Sie lachte im Bett, das war erstaunlich. Und sie lachte so wunderbar! Diese ganze Misere ihrer Alkoholexzesse (Wodkabesäufnisse mit Dienstreisenden im Wohnheim) führte weder zu Leiden noch zu Überreiztheit; in unserer ganzen Zeit gab es nur einen kurzen hysterischen Ausbruch, der war eher weiblich als nächtlich – belanglos! Schließlich war Veronika auch nur nominell und äußerlich »gefallen«;

sie war gefallen, aber nicht unglücklich. Im Gegenteil – sie wies deutliche Spuren einer früheren (klaren und unbeschädigten) Beziehung auf; sie hatte jemanden geliebt. Vor mir.

Draußen vor den Fenstern die riesige Stadt auf sieben Hügeln. Wir liegen im Bett. Um uns herum die soeben beendete Ära Breschnew und die angebrochene neue Zeit. Der Lautsprecher nuschelt neue, jedenfalls frische Wörter. Dudelt frische Musik. Wir liegen im ordentlich gemachten Bett, das Laken ist nicht herausgerutscht, diese leichte Biederkeit im Verein mit Sauberkeit und unter die Matratze gestopftem Laken ist nicht unbedingt mein Geschmack, aber ich freue mich an ihr wie an der Frische der Zeit und erinnere mich daran (behalte sie in mir). Wir haben Portwein, billigen natürlich; Wurst, Brot und Tee. Und einen Tauchsieder, damit wir nicht in die Küche rennen müssen. Liebe im kargen Wohnheimzimmer; um ihr eine neue Bedeutung zu geben (der Liebe, aber auch dem Zimmer), sagt Veronika:

»Ich hätte nie geglaubt, daß mir so was in der grauslichen Absteige (im Flügel K) passieren würde!«

Das heißt, so etwas Gutes – es geht ihr gut. Auch der Ort bedeutet ihr schon etwas. Die Selbstentdeckung der Frau, ihre Verwunderung über den Ort, an dem sie sich selbst gefunden hat, ist wie der erste Niederschlag ihres flüchtigen Blütenstaubs auf den Zimmerwänden, auf der Fensterscheibe, auf dem Fensterbrett. Und natürlich auf dem Bett mit den sauberen Laken. An der Frau selbst scheinen diese ordentlich unter die Matratze gestopften Zipfel und Ränder des Lakens schneeweiß zu leuchten. Sie ist ganz da auf ihren sieben Hügeln. Das magere, kleine Ding mit den großen Augen.

Veronika liest laut Unveröffentlichtes. (Bei ihr ist alles unveröffentlicht. Keine Zeile ist gedruckt.)

Auf den Pfützen (...) Blasen –
Fröhliche Kinder des Regens.
Kurz und vom Augenblick erfüllt
Ihr geniales Leben ...

Ich erinnere mich leider nur noch ungefähr daran. Dafür erinnere ich mich deutlich, daß gerade das Teewasser in den Gläsern (den geschliffenen) zu kochen begann. Die winzigen, schäumenden, weißen und dann großen, aufplatzenden Blasen (mit ihrem Augenblicksleben) bilden das Wunder der Koinzidenz. Ein kochendes Gedicht. Auf den Ellbogen aufgestützt, liege ich da und schaue wie gebannt auf das brodelnde Wasser, bis mich Veronika zurechtweist:

»Das Glas wird zerspringen ... Aufbrühen, Petrowitsch!«

Sie lehrt mich eine Samowar-Weisheit.

»Tee muß mit *weißem* kochendem Wasser aufgebrüht werden. Hast du das nicht gewußt?«

Natürlich nannte sie mich Petrowitsch – der Unterschied von (gut) zwanzig Jahren ist kein Pappenstiel. Mich nannten jetzt alle so. Mit zunehmendem Alter büßte ich beinahe mit Freuden meinen Namen ein und vergaß ihn dann ganz. (»Von wegen. Genau der richtige für einen dekadenten Poeten!« lachte Veronika.)

»Petrowitsch. Wollen wir nicht mal die Sweschnikows einladen?«

Sie wollte immerzu die Sweschnikows zu einem langen Teeplausch mit Süßigkeiten einladen, das junge Paar von nebenan, das zwei Zimmer weiter wohnte. Außer den wechselnden Dienstreisenden wohnten auch Leute, die eine begrenzte Arbeits- und Aufenthaltsgenehmigung hatten, im Flügel K. Die waren bereit, überall zu malochen (in U-Bahn-Schächten knietief im Wasser), und teilten sich ein kleines Zimmer zu zweit oder zu dritt. (Mit der schwachen Hoffnung auf eine Wohnung.) Sie waren arm. Und allzu oft ungerechtfertigt böse. Sie waren nicht gemeldet und folglich (dafür!) auf diesen Gängen nicht zu finden. Versteckten sich. Mürrische Leute. Aber die Sweschnikows waren eine Ausnahme, ein prächtiges junges Paar, strahlend im Glanz der ersten Verliebtheit und Zuversicht (und dieses leichten irdischen Glücks). Mit einem Baby. Sie unterhielten sich gerne mit mir. Lächelten. Unterdessen braute sich über ihnen Unheil zusammen. Und Schuld. Wie ich erfuhr (man tuschelte darüber), hatten sich beide von der Wolga abgesetzt, wo sie in einem kleinen Städtchen gewohnt hatten und straffällig geworden waren. Sie war dort die Ehefrau, und zwar nicht von irgendwem, sondern von seinem älteren Bruder gewesen, der zur Armee einberufen worden war. Als ein Jahr vorüber war, tat sie sich mit dem jüngeren Bruder zusammen. Sie verheimlichten ihre Liebe. Jede gemeinsame Stunde wurde auf dem geheimen Glückskonto verbucht. Ohne die Rückkehr des älteren Bruders abzuwarten, ergriffen sie die Flucht. Sie war im siebten Monat schwanger. Es war ihnen ganz recht, daß sie nicht gemeldet waren. Daß niemand sie ausfindig machen, niemand sie fragen konnte. Sie wollten drei oder vier Jahre hier verbringen, dann würde man weitersehen.

»Was meinst du, laden wir die Sweschnikows zum Tee ein?«

»Machen wir.« Ich war einverstanden. Dieses junge Paar war ein Lichtblick auf der Etage unter all den torkelnden Säufern. Unter diesen Visagen, unter diesen ausgemergelten Malochern und den von irgendwoher eingeschleppten alten Weibern, den Schwiegermüttern, die durch die Etagen wetzten und heiser knurrten, um ihr Gefurze auf der ausgetretenen Treppenstufe zu übertönen.

»Vom Grund abstoßen und auftauchen!« lautete Veronikas Trinkspruch. (Von Petrowitsch als lehmigem Grund? Oder sandigem?) Aber sie hatte es eilig, mit mir anzustoßen, und hörte meinen scherzhaft pikierten Einwand gar nicht. Wir hielten die Gläser mit unserem ewigen Portwein, es war nur noch ein Schluck drin, ich stellte das Glas einen Augenblick ab und schnitt die Kochwurst auf (Delikatessen konnten wir uns nicht leisten),

Veronika trieb mich an: »Petrowitsch! … Na, mach schon!« Endlich nahm ich mein Glas. Da stellte sie ihres ab, nahm mir meins aus der Hand – wozu? – um nicht abgelenkt zu werden! – und schaute mir tief in die Augen. Weinte.

Als sie auszog, kam ihre Freundin, um ihr beim Packen zu helfen (wohl auch eine junge Lyrikerin und ebenfalls führende Demokratin), und brachte aus irgendeinem Grund Blumen mit. Als würde Veronika endlich aus dem Krankenhaus entlassen. Die Freundin legte die Blumen beiseite. Redete nicht mit mir. Biß sich auf die Lippe und packte die beiden Fummel, die Jacke und zwei frische Nachthemden ein. Noch ein zerknittertes Taschentuch – versuchte, eine Ecke zu verknoten; dann wickelte sie es in Papier ein. »Warten Sie mal«, sagte ich, »legen Sie das Taschentuch auf die Jacke, und wickeln Sie lieber die Blumen in das Papier ein, nehmen Sie sie mit, Sie haben sie doch nicht mir mitgebracht, die Nelken sind noch schön, noch nicht abgeknickt.« Da war sie sauer auf mich. Veronika saß auf dem Stuhl, hielt den Kopf umfaßt, wiegte den Oberkörper und heulte:

»Huu-huu … Hu-huuu …«

Ich schaute zu, wie ihre Freundin einen Fummel nach dem anderen in die Tasche schmiß, und überlegte schweigend, ob sie nicht meine Schreibmaschine eingepackt haben könnte! (Veronika hatte sich angewöhnt, ihre Gedichte darauf zu schreiben.) Die Schreibmaschine war mein ewiger (erster) Gedanke bei Veränderungen. Ich sah sie nirgends. Wo war sie? … Ich geriet in Panik, konnte mich nicht erinnern, griff in den gepackten Karton (es war unnötig, überflüssig, aber es geschah automatisch, die Hände suchten von allein!). In den Karton für Kekse, den sie gepackt hatten und gerade zuschnürten. Griff hinein – und drinnen fiel etwas um.

»Also so was!« schrie die Freundin. (Entzückende Person, aber ständig nervös.) Doch ich hatte nichts zerbrochen, es klirrte nur, fiel um, Kristall. Veronika hatte die Vase gekauft (ich weiß noch, als sie damit ankam, sagte sie: »Für Blumen«).

Da lachte Veronika plötzlich auf, wischte die Tränen mit dem Ärmel ab, hörte auf, verkrümmt zu wippen wie eine Intellektuelle, die sich gestoßen hat, und schrie:

»Recht so, Petrowitsch, recht so! Los, gib her – da ist eine Flasche Wein drin. Das Kristall kannst du vergessen, ist nicht echt! Gib den Wein her …«

»Da ist kein Wein. Nur Kristall«, sagte ich.

»Doch, doch. Tiefer drin!«

Ich fand die Flasche und entkorkte sie. Die Freundin holte zugleich die kleine Kristallvase heraus. (Veronika hatte ihr befohlen – nun hol sie schon raus, unser alter Petrowitsch soll sie als Andenken behalten.) Sie füllte Wasser in die Vase und stellte die Nelken, die noch nicht alle abgeknickt waren, hinein, ich tischte Brot und Wurst auf; Käse gab es nicht, Käse paßt so gut zum Wein. Die Dichterfreundin und ich, wir deckten gemeinsam zum letztenmal den Tisch, während Veronika ein Bad nahm. Sie badete und brachte ihr Gesicht in Ordnung. »Nur ganz leicht.« (Keine Angst, mein Gesicht wird weder zu stark geschminkt noch zu grell angemalt.)

An der Abschiedstafel wurde gelacht, Veronika scherzte: Sie verstehe alles, wirklich alles – ich hätte ein Auge auf ihre Dichterfreundin geworfen, jeder Künstler liebe das Neue! Sie, Veronika, hätte schon begriffen, daß sie den Laufpaß bekommen hätte. Alles hätte sie begriffen, aber aus Freundschaft werde sie der Lyrikerin gestatten (sie ist übrigens sehr begabt, Petrowitsch), mich zu besuchen, ab und zu, Veronika werde sie das nächste Mal selbst mitbringen, wenn mir daran so gelegen sei! Normaler, netter Unsinn, Gerede einer Frau, wenn sie nicht im Streit geht. Wenn sie auf der Welle der Veränderungen reitet. (Einberufen wird!) Die Welle, die Veronika erfaßt hatte, türmte sich bereits auf, die schnelle und anfangs mächtige Welle der Demokraten der ersten Stunde, die hier und dort entstanden war.

Jetzt befaßte sich Veronika mit etwas Wichtigem und Notwendigem. Der Mensch beschäftigt sich immer mit etwas Wichtigem, wenn er oben ist. Meine Liebe für sie war mit einem Schlag vorbei. Vielleicht, weil ich diese Hochgebirgsluft nicht atmen kann. (Weil sie gegangen war und ich ihr nicht folgen wollte.) Ich kann mir unsere unausbleibliche Familiengroteske sogar richtig gut vorstellen. Die Wohnung. Unsere Wohnung. Das Telefon klingelt ununterbrochen. Und dieser Streß! (Zwei eifrige Demokraten.) Veronika geht auf und ab, spricht, gestikuliert, lächelt – alles richtig, trefflich, gescheit – sie macht das Abendessen, schneidet Brot, schüttet am Telefon ihr Herz aus. Alles bestens, doch ich betrachte sie und merke, daß ich sie nicht will: nicht im geringsten. Und dieser komische Gedanke von Zeit zu Zeit: Warum soll ich Veronika jetzt ausziehen? Oder selbst ins Bett gehen? Sobald ich mir vorstelle, daß ich meine kaputten Schuhe ausziehe und (leise) unter das Bett schiebe, so daß man sie nicht sieht, überkommt mich ein Lachzwang. Ich möchte selbst dort bleiben. Unter dem Bett. Wo die Schuhe sind. Drunter liegen und sie in meinen Schlupfwinkel rufen, bin eben ein Untergrundtyp: »Hallo? … Hallo!« Soll sie doch im Bett oben liegen und befremdet fragen:

»Wo bist du? … Was ist los?«

Aber ich hätte keine Lust, ihr zu erklären, was los ist. Daß ich sie nämlich nur damals geliebt hatte, als sie eine ganz unbedeutende kleine Trinkerin war und immer mehr verkam, tiefer und tiefer fiel, bis in mein stinkendes Mauseloch.

Quasi ein abschließender Meinungsaustausch am Scheideweg. Und adieu. Als ich sie nicht mehr liebte, hörte ich sofort auf, *ihr meine Worte zu geben*, mein Wesen, mich selbst, und sie hörte auf (als Antwort), mir ihre zu geben – ich grinste sogar über diese Doppeldeutigkeit, die so simpel die Wahrheit unserer Beziehung für sich beanspruchte (und sie zeichenhaft – gibst du mir, geb ich dir – ausdrückte). Am Scheideweg trennte uns mehr als die Entfernung von einem Bezirk zum anderen (wo sie schon als Vertreterin gewählt war), mehr als die Entfernung von einer Stadt zur anderen. Land – das ist das passende Wort. Sie brauchte nun weder mich noch meinen herzschonenden Portwein. Wir waren in verschiedenen Ländern. Konnten telefonieren. Konnten uns treffen. Konnten aus Treue und Trägheit lustlos miteinander schlafen. Die Beziehung hatte sich erschöpft. Und wenn ich doch noch aus Anhänglichkeit mit ihr telefonierte, sie ab und zu traf oder sogar mit ihr schlief, dann trotzdem nicht mit ihr (nicht mit Veronika, obwohl ich ihren Atem auf meiner Wange spürte), sondern mit meiner Erinnerung an sie, mit dem Bild, das mir von ihr geblieben war, mit ihrem Phantom – wie wir uns manchmal mit einer Frau treffen, reden und schlafen, die schon ein Jahr lang tot ist.

Als wir noch zusammen waren, hatte sie sich einmal verplappert: Sie schrieb ein Gedicht über die kurze Liebe auf dem Grund. Elegante freie Verse, in Stil und Form ähnlich dem japanischen Fünf- und Dreizeiler. Russifizierte *Tankas*, pflegte sie lächelnd zu sagen. Für Veronika war der Grund, wie sehr sie sich auch im poetischen Wort herauswinden wollte, nunmehr eine Grube – ein Loch, und keineswegs mehr ihr altes existentialistisches Bild vom Grund und Schlaf. Müßig und ein wenig schläfrig liegt man auf dem Grund eines Gewässers, im blauen Wasser auf sandigem Boden, und oben auf dem Wasser, also über einem, schwimmen große und kleine Häufchen. Fragwürdige Poesie, aber anschaulich.

Schmerzt der Kopf, schmerzt das Herz
(vergessen)
Ist klar doch der Laut,
Fallen die Tropfen –

nein, ich weiß es nicht mehr. Die Lyrikerin und die Politikerin Veronika Wassiljewna A. konnten mir einfach nicht meine kleine Veronika ersetzen. Ich wußte (nicht von ihr, sondern vom Hörensagen), daß sie eine Wohnung bekommen hatte, als demokratische und ehrenwerte Leiterin einer Bezirkskulturabteilung, ein bescheidenes, angemessenes Quartier – ich freute mich für sie. Freute mich für die Kultur. Freute mich auch für die Wohnung. Das entsprach dem Lauf des Lebens. Es war so, als ob wir alle entschädigt werden müßten für unsere Leiden in zwei Jahrzehnten. Als ob wir alle Invaliden der Breschnewzeit seien; wie lange soll denn eine junge Frau noch mit ihren alten Eltern in einer winzigen Wohnung hausen?!

Ich erinnere mich an eines ihrer Wahlplakate (in einem neuen Moskauer Bezirk), ihr attraktives Porträt und darunter mit Kohle das schmutzige Wort: *Hure* ... Da spuckte einer Gift und Galle (vielleicht war etwas durchgesickert); der konnte von ihrer früheren Trinkerei und ihrem Bett im Heim gehört haben, von ihrem aschblonden Lockenbüschel. Aber vielleicht wußte er auch nichts. War es einfach Gehässigkeit. Doch das alles konnte sie nun wohl kaum noch einholen. Nach einiger Zeit, schon nach der Wahl, tauchte Veronika jedoch plötzlich wieder in unserem Bienenstock auf. Sie erschien nur für fünf Minuten, war sehr nervös – rannte durch die Etagen, fand mich nicht (ich war schon in einer Wohnung auf der Nordseite). Da sie keine Zeit hatte, hinterließ sie mir an der Pforte eine Nachricht – *bitte, bitte komm*, ich sollte sie im Büro aufsuchen (warum nicht zu Hause? Und überhaupt, warum war der Zettel mit zittriger Hand geschrieben? ... Ich witzelte: Waren vielleicht noch ein paar Tränen darauf getropft, nein). Ich nahm die Sache nicht ernst.

Aber ich machte mich auf die Socken. Strich den Schnauzbart glatt. Prüfte noch einmal meine Schuhe (meine Schwachstelle). Aber Veronika Wassiljewna hatte an diesem Tag keine Sprechstunde. Ich hätte sie kaum wiedererkannt. Sie war schön. Jackenkleid, schlank, fast mager. (Was sicher einen schroffen Kontrast bildete zu den Bonzen im Bezirkskomitee, die früher in diesem Kabinett residiert hatten). Neben ihr ging ein Mann, der verwünschte heftig die Bestechlichkeit der Oberen: »Sie werden betrogen, Veronika Wassiljewna, das sehen Sie doch.« Ich konnte hören, wie ihm Veronika nervös das Wort abschnitt: »Meinetwegen. Das ist noch kein *Schlag*!« Sie lächelte zur Seite. (Aber ihr Lächeln galt nicht mir. Sie sah mich nicht. Ich war gerade die Treppe hochgestiegen. Und ganz aus der Puste. Die Replik stammte indessen von mir.)

Veronikas hitziger Wortwechsel (mit einem von denen, die sie aufgesucht hatten) drang jetzt aus ihrem Kabinett. Sie sprachen über Gerechtigkeit, *die zu spät kommt.* Einzelnen lauten Worten nach zu schließen, wollten Veronika und diese Leute, die bei ihr waren, wieder (schon zum x-ten Mal) die Welt verändern. Nur zu, mit Gottes Hilfe, vielleicht gelingt es ja?! Bevor ihre Sprechstunde begann, saßen da schon lauter gebrechliche Greise. Gebrechlich, hinfällig, klagend, aber durchsetzungsfähig. Monster. Gesindel vom dreisten Schlag der Moskauer Bettler – was wollten die von der Kulturbeauftragten – Geld? Dafür gefielen mir die riesigen, alten Ledersessel, die wartend (während die Welt verbessert wurde) wieder in majestätische Starre gefallen waren. Indien. Schlafende Elefanten.

Veronika wurde von zwei Sekretären bewacht. Der eine war jung, hatte flachsblondes Haar und das Gesicht eines Engels, zu dem wollte ich nicht. Der war zu rein. Mit dem käme ich nicht zurecht. Der zweite entpuppte sich als Zwerg (während er am Tisch saß, merkte man es nicht so) – als Zwerg mit gramvollen Augen und dem Nachnamen Wissarionow. Er warf mich sofort hinaus, da ich »in privater Angelegenheit« gekommen war. Keine privaten Fragen. Privates am Freitag. Aber der Zwerg redete angenehm, verletzte nicht mein Selbstgefühl – ich war sofort für ihn eingenommen. Bejahte nickend meinen eigenen Mißerfolg: Wie hatte ich vergessen können, wann Veronikas Sprechtag war? ... Wissarionow ging zum Mittagessen, ich trottete hinter ihm her (könnte ja auch etwas essen wollen!). Wir aßen in einer normalen Kantine, jeder ekelhaften Borschtsch und eine Bulette. Er hatte Lust auf Bier, aber meine Anwesenheit machte ihn verlegen. Er setzte sich über die Gepflogenheiten hinweg und bestellte sich doch eins, das machte ihn mir noch sympathischer. Ich nahm auch ein Bier (obwohl ich schon besorgt überschlug, wieviel in meiner Hosentasche klimperte). Setzte mich neben ihn und fragte – beim Bier –, wie ich denn die neue Adresse von Veronika Wassiljewna erfahren könnte. Ich könne einfach nicht bis Freitag warten! Der Zwerg mit den traurigen Augen erteilte mir wieder eine Abfuhr, aber wiederum liebenswürdig. So war eben der Dienst. Wenn Besucher (oder Bittsteller) in Massen Veronika Wassiljewna zu Hause aufsuchten, was hätte sie dann für ein Leben, nicht wahr?

Ich nickte wieder.

»Wir waren befreundet. Ich habe ihre Spur verloren!« beharrte ich vorsichtig. Doch jetzt hatte der Zwerg meine Schuhe erspäht. Er fragte mich zwar nach meinem Namen, aber der sagte ihm nichts. Der Zwerg murmelte höflich – Veronika Wassiljewna hat Sie wohl schon mal erwähnt.

»In welchem Zusammenhang?«

»In welchem? Das weiß ich nicht mehr.«

Er gab mir die Adresse nicht. Ermunterte mich – nun seien Sie nicht so betreten! Und kommen Sie zur Sprechstunde ... Ich stimmte zu: guter Einfall! Ich konnte ihm doch nicht offen sagen, daß nicht ich sie sprechen wollte, sondern sie mich.

Nach dem Bier hatte ich keine Lust mehr, zu den riesigen, in der Kühle erstarrten Ledersesseln (schlafenden Elefanten) hinaufzugehen. Sollte sie mich doch selbst suchen. Da sie nun mal ihr eigenes Leben, ihre Sorgen, ihre Adressen und ihre Zwerge hatte. Mach dir keinen Streß, soll sie ruhig suchen, sagte ich zu mir selbst. Sie weiß, wo du bist. Entspann dich. Leg dich auf den Grund und schau, wie über dir im Wasser die Häufchen schwimmen. Größere und kleinere Häufchen. Das Wasser ist durchsichtig, die liebe Sonne scheint, die Scheiße schwimmt.

Es schien ganz leicht, sie (ihr Gesicht) zu vergessen.

Ernte.
Der Schnitter nähert sich dem Nest.
Ta-ta-ta …

wiederholte ich Veronikas Worte aus dem Gedächtnis. (Erinnere mich schlecht, vertausche die Wörter, aber der innere Klang ihres Tonfalls ist mir teuer, ihre mittelbare Teilnahme an meinem heutigen Gefühl.) Es war just in diesen Tagen, daß mir zum erstenmal reiche Leute anboten, ihre Wohnung zu hüten. Nein, nicht Sobolews. Hausbewohner auf der Südwestseite. Sie boten es mir als *Schriftsteller* an, hatten von mir gehört. (Wie heißt es so schön: Sein Ruhm breitete sich stetig aus.) Und natürlich wollte mancher Heimbewohner aus Flügel K, daß ich aus Freude darüber ein Besäufnis veranstaltete (um den Anlaß zu feiern). Es wurde lustig. Ich erzählte die komische Geschichte, wie ich zu Veronika gefahren sei und mich, statt mit ihr, mit dem Zwerg beim Bier unterhalten hätte, der dabei immer wieder nach meinem linken Schuh geschielt hätte.

Ich erinnerte mich an sie, aber mehr nicht; und keinerlei Schmerz mehr.

Ernte.
Dem Neste nähert sich der Mensch.
Über dem Weizen kreisen, kreisen
zwei Vögel.

So ging es wohl. Wenigstens hatte ich doch noch irgendeine Erinnerung.

Es stellte sich heraus, daß sie in einem Käseblatt geschmäht worden war, Demokratin, hieß es da, tritt im Fernsehen auf und rafft selbst mit beiden Händen! – Geld und eine Wohnung und Möbel direkt aus Finnland. Ein anderes Käseblatt druckte das sofort nach. (Der Hund hat in den Wind gebellt.) Ach und och! Dummes Ding. Was taugst du, mein Mädchen, wenn du wegen solcher Lappalien gleich den Schwanz einziehst? … Sie stand vor mir. (Hatte mich gefunden, geklopft, ich machte ihr auf, hütete gerade bei Ljalins ein, die erste der mir anvertrauten Südwestwohnungen.) Sie schaute mich trübe an (hatte schon getrunken) und knurrte:

»Gib mir Geld.«

Ich war von den Socken. Sprachlos. Wie in früheren Zeiten. Sie, Veronika A., gerade noch im Fernsehen, sagte zu mir, einem bettelarmen Undergroundschriftsteller:

»Gib mir Geld. Ich brauch was zu trinken.«

Wenn ich zögerte oder etwas Falsches sagte, würde sie auf der Stelle zu jemand anderem rennen. Würde gesehen werden. (Und gehört.) Ich kramte in meiner Hosentasche (und machte einen halben Schritt vorwärts, ohne die Augen zu heben). Kramte in der anderen Tasche (ebenfalls so, als suchte ich Geld) und machte noch einen halben Schritt; der Abstand wurde kleiner – jetzt am Arm gepackt. In die Wohnung gezerrt. Alles in Ordnung, du rührst dich nicht vom Fleck! Im Kühlschrank fand sich eine Flasche, nicht von mir, von Ljalins (plötzlich *sah ich den Wodka* – ich rühre Wodka, der mir nicht gehört, einen ganzen Monat lang nicht an; vergesse ihn einfach). Aber jetzt füllte ich Veronika fast mit der ganzen Flasche ab. (Ich trank natürlich auch mit.) Machte sie betrunken. Gab ihr mit einem Bier den Rest. Sie schlief ein …

Vier Tage und vier Nächte wohnte sie bei mir, ohne sich woanders zu zeigen. Am zweiten Tag war es schon leichter, wir tranken schlechten Portwein, billigen, den ich gekauft hatte (für Wodka reichte, ehrlich gesagt, mein Geld nicht). Wir tranken langsam und – redeten, redeten – wunderten uns, daß wir uns so lange nicht gesehen hatten, kochten unser Teewasser in den Gläsern, sie war mehrmals nahe daran, zu weinen.

In diesen Tagen erledigte ich einige dringende Angelegenheiten für sie.

Im wesentlichen fuhr ich zum still dahinsterbenden (aber den Demokraten nicht feindlich gesinnten) Obersten Sowjet, holte und brachte Papiere. Lächerliche Bewilligungen auf Einheitsformularen. Die übergab ich Wissarionow, bei jedem Papier geriet der Zwerg ganz aus dem Häuschen. All das, so glaubte er, waren Siege! Außerdem sollte ich mit diesem Wissarionow zu Veronikas neuer Wohnung fahren, um sie als neutraler Zeuge zu überprüfen (im Zusammenhang mit dem Käseblatt?!). Wahrscheinlich ein weiterer Sieg. Man stelle sich vor, wie und womit die Diskussionen über die Veränderung der Welt enden!

Der Zwerg mit den traurigen Augen bereitete die Akte vor, anschließend tranken wir jeder ein Bier (er spendierte es!). Er sagte, daß er die Kommission jeden Augenblick erwarte: schloß die Tür ab, trieb zur Eile, und wir leerten einträchtig im Nu die beiden Flaschen. Zugleich berichtete er mir, wie angeschlagen Veronika jetzt in moralischer Hinsicht sei.

»Das ist wie eine Verletzung«, erklärte der Zwerg. (Alles bezog sich auf das Blättchen. Er hatte Mitgefühl.) »Wie eine tiefe Verletzung.«

Doch ich erzählte ihm nicht, wo sich Veronika jetzt befand. Übergab ihm nur die Papiere, und Schluß.

»Sie kommen doch mit?« fragte er. »Als neutrale Person.« Der Kommission insgesamt traue er nicht. Man brauche jemand Neutralen. Ich lachte: Zum erstenmal im Leben hätte ich die Rolle des Prüfers. Mein Leben lang sei ich überprüft worden.

Der Zwerg verstand das Gesagte als Anspielung (auf geistige Arbeitsvermittlung) und lud mich zu den Demokraten ein, es werde sich schon ein Platz für mich finden. Leute wie ich würden gebraucht. Ich sei ihr Mann. Komische Szene. Wenn sie sich wenigstens beim Wodka abgespielt hätte.

Die Kommission kam; es waren zwei von der Zeitung und ein Abgeordneter; wir trafen alle zusammen die Entscheidung, einen Lokaltermin vorzunehmen. Aber Veronika war nicht zu Hause. Sie war weg. Und man wußte nicht, wo man sie suchen sollte. Macht nichts, wir fahren zu ihr, ohne auf sie zu warten. Die Schlüssel holen wir in der Wohnungsverwaltung. Für die Überprüfung der Wohnung ist es sogar von Vorteil, wenn sie nicht selbst dabei ist …

Wir stiegen alle fünf in das Auto des Abgeordneten und fuhren los, der Abgeordnete saß am Steuer.

Vor dem Bier hatte ich schon Portwein getrunken (zu Hause), so daß ich also tüchtig getankt hatte: Vom heftigen Atem beschlugen die Scheiben des Autos. Wir fuhren wie durch Milch. Einer der Zeitungsleute (saß vorne) wischte flink die Scheibe ab und sagte klug:

»Einer von uns fünf hat ein starkes Biofeld.«

Wir trafen in Veronikas Wohnung ein (zwei Zimmer, Bad und WC klassisch in einem Raum) und staunten wie beim Happy-End eines Films: Daß sich in der Wohnung einer Vorgesetzten, wenn auch einer kleinen, nach eineinhalb Jahren nur ein Tisch, Stühle, eine Liege und Bücher fanden, war ein Schlag, das machte natürlich Eindruck. (Ich war zum erstenmal in ihren Q-metern. Erkannte sofort den Geruch.) Doch ich erspähte und erschnüffelte noch etwas anderes: die Spuren männlicher Anwesenheit.

Es gab kein Telefon, sie hatte mich also nicht belogen. Aber jemand besuchte sie auch ohne Anrufe. Dafür gab es mancherlei Hinweise. Eine Wohnung erzählt immer etwas. Hier ging ein Mann ein und aus, es roch nach ihm.

Veronikas Kränkung hatte sich nicht nur angestaut, weil sie verleumdet, in der Presse beleidigt und sonstwie angeschwärzt worden war. (Das schon, aber nicht nur.) Vor allem und in erster Linie mochte sie ihr Büro nicht, ihre eigene hallende Stimme darin, die, wie sie sich ausdrückte, schrill und falsch klang. Und ihren Vorstellungen (von sich selbst) überhaupt nicht entsprach.

So war es eine Kränkung, besser gesagt, ein Verdruß über sich selbst, wie sie nun *oben* wirkte. Es war schließlich nur ein ganz kleines *Oben*, eine Sprosse auf der Hühnerleiter, aber selbst dort gestaltete sich die Situation weitaus komplizierter, als sie sich die Versuchung an der Hauptgabelung zwischen ehrlich und unehrlich einst vorgestellt hatte. Sie weinte. Fand keine Worte, um sich ihr selbst zu erklären. Worte konnten (wollten) ihr nicht helfen. Dabei war sie ein schreibender Mensch. Das ist es, dachte ich.

Wir tranken Tee. Ich ging aufs Geratewohl durch die Stockwerke und spähte nach einem Gefäß zum Aufbrühen aus.

Ein Glas war geplatzt (hatte plötzlich einen Sprung) – die Ljalins besaßen natürlich ein Teeservice, sie hatten auch einzelne schöne Sammeltassen, sogar einen Teekessel gab es. Einen vorzüglichen deutschen Pfeifkessel. Aber wir wollten uns unseren Tee eben in Gläsern aufbrühen und trinken, *wie damals*. Veronika verließ das Bett überhaupt nicht.

»Kann nicht«, sagte sie, »will nur liegen, liegen, liegen …«

Kein Wort darüber, wie es mit uns weitergehen sollte. Sie willigte ein und blieb noch drei Tage da, um wieder ganz in Form zu kommen. Ich hielt den Mund. Sie stand eines Morgens auf und verschwand in aller Eile, schämte sich. Ich tat so, als ob ich schliefe. Sie ging, schüttelte etwas von den Schultern ab, eine Ansteckung, Staub, unseren Wohnheimstaub – ich beobachtete sie verstohlen aus dem Fenster. Ich trat auf den Gang hinaus, ans Fenster, um ihr noch länger nachzuschauen. Und sah, wie eilig sie es hatte – sie rannte den ganzen Weg zum Bus und stieg hastig ein. Tja, das war's also.

Veronika hatte mir seinerzeit ihr Foto geschenkt; eine gelungene Aufnahme, fand sie jedenfalls. Diesmal, als sie sich vier volle Tage bei mir versteckt hielt und langsam wieder zu sich kam, fragte sie nach dem Foto: Wo ist es denn? Ich gestand ihr, ohne nachzudenken, daß ich es nicht mehr hätte. Ja, verloren. Vielleicht weggeworfen. Ich halte nicht viel von diesen Glanzbildchen. Ich trage den Menschen in mir, das reicht. Wo sollte ich es denn aufbewahren? Etwa im alten Koffer mit meiner Wäsche? Einmal hatte ich Hals über Kopf umziehen müssen und in der Hetze mit einer schroffen Bewegung die Schreibmaschine auf das einzige Foto meiner Mutter geknallt. Der Riß verlief genau über ihren Augen, da war nichts mehr zu retten.

Nach Mitternacht in der Metro (mein unterirdischer Spaziergang vor dem Schlafengehen) betrachtete ich die Gesichter der verspäteten Frauen und suchte welche mit sozusagen ausgeprägt unglücklichem, bemitleidenswertem Ausdruck. Machte mich über mich lustig, suchte jedoch. Veronika brauchte ich jetzt nicht mehr, sollte sie sich doch weiter spreizen, sondern einen starken Ersatz für sie – eine Frau, die ähnlich *gekränkt* war. Die ihr im Grad der Kränkung entsprach.

Ich musterte unaufdringlich die Gesichter, taxierte sie einfach. Die? Nein. Die? ... Nein.

Mein Blick schweifte von den Gesichtern zu den Wänden des Waggons. So bemerkte ich zum erstenmal die Reklame in der Metro (hier und dort tauchte Werbung auf, um einen zerstreuten Blick abzufangen). *Verhütung. Abtreibung unter Narkose. Alle Dienstleistungen.* Die Signalwirkung dieser Wörter zwang einen dazu, sie auf der rüttelnden Wand des Waggons zu sehen, aber nicht dazu, sich weiter in ihren Sinn zu vertiefen. *Schutz vor Erpressung ... Alle Wachdienste ... Gitter. Einbruchsicherung ...* Die Welt füllte sich weniger mit neuen Dingen als vielmehr mit neuen Zeichen. Nicht die Dinge selbst waren scheußlich – ihre auftauchenden Zeichen waren es, sie fügten sich nicht in die geläufige Ästhetik ein. Es war der typische Underground auf der Ebene der Zeichen (Untergrund auf dem Weg nach oben). Vielleicht sähe ich auch so aus, wenn ich ins Licht hinausträte. Nein. Muß nicht sein. Die zunehmende (und mich juckende) Neuheit des Lebens, vielmehr die tägliche Anpassung dieser Neuheit an mein Ich, hatte mich einst zum Schreiben gebracht. Aber jetzt waren gut zwanzig Jahre vergangen, und mein Ich forderte Freiheit von Erzählungen und Erzählstoffen, wollte es etwa selbst Stoff und Erzählung sein? ... In früherer Zeit hätte ich mich zweifellos an die Schreibmaschine gesetzt und auf die Tasten gehackt – o Wunder der Rettung! (Das Gefühl zerrinnt, dafür erscheint der Text.) Der Untergrund sowie die entsprechende Reklame bekommt ja gerade diejenigen zu fassen, die außerhalb der Texte sind – einsam oder plötzlich verlassen. Die getarnte Hoffnung schnappt sie. Und sagt: Greif zu – da hast du deine Hyperrealität, so sieht die Welt der Menschen im neuen, frischen Gewand aus.

Ich setzte mich neben eine Weinende. Zur Probe. Sie saß in der Ecke und preßte etwas kintopphaft (früher hätte man gesagt »theatralisch«) ihr Taschentuch an die Augen. Ich fragte – sie erschrak. »Ist Ihnen schlecht?« – »Nein.« Sie wandte sich brüsk ab, beleidigt. Glaubte, ich sei auf den Fang betrunkener Frauen aus. Aber ich war in diesem Augenblick ja wirklich ein Fänger, wenn auch in einem höheren Sinn. Ich suchte keine Frau in der Metro, es war nur ein Test. Ein Test meiner Vorahnung …

Ich wußte, daß die Frau für mich auftauchen würde. Schon bald.

Die Psychologen wollen uns weismachen, daß die Bilder spontan aus unserer Vergangenheit auftauchen, sozusagen herausspringen (zum Beispiel im Schlaf, im Traum). Zum Teil haben sie ja recht.

Natürlich, wenn wir nicht unsere Vergangenheit (mit der wir uns erklären, wer wir sind) als Gegengewicht hätten, dann könnten wir kein einziges starkes Gefühl in uns festhalten. Wir würden einfach zerfallen. Es würde uns zerreißen.

Aber warum nicht die Vergangenheit mit der Zukunft ausgleichen?

Warum sollte man nicht glauben, daß ein Teil der (in Bildern verschlüsselten) Gefühle eben aus der Zukunft auf uns zukommt? Der Mensch hört die heranrasende Zeit schon aus der Ferne, und die Bilder der Zukunft sind wie einzelne vorbeisausende Splitter, Kugeln der ersten Schüsse.

Bei dieser gefühlten Vorwegnahme der Zukunft spielt unsere

Vergangenheit, glaube ich, keine Rolle. Wir sind frei von Vergangenheit. Wir sind ein unbeschriebenes Blatt. Wir sind Fänger.

Jedesmal wenn ich ihr Gesicht (in Großaufnahme) auf dem Bildschirm sah, fiel mir der dünne Weinstrahl ein, der über ihr zitterndes, zart geformtes Kinn rann. Ich besann mich sofort und füllte eine Flasche (oder den Teekessel) mit Leitungswasser, um die Blumen am Fenster zu gießen. Ebenfalls mit einem dünnen Strahl. Darin bestand mein Bildschirmkontakt zu Veronika, unsere Kommunikation. Unsere fortdauernde, wenn man so will, Beziehung. Hatte es sich gelohnt, *damals* elegante freie Verse zu schreiben, um *jetzt* öffentlich Geld für die Belange der Kultur zu verteilen? Mit dieser Frage, die sich einfach aufdrängte, gab ich mich nicht ab. Es konnte ja sein, daß sie vom Bildschirm aus ebenfalls nur irgendwelche fremden Blumentöpfe goß.

Ich erfuhr lediglich aus dem Fernsehen etwas über sie. Wußte nicht einmal, ob sie noch Gedichte schrieb.

Sie schickte zwei junge Talente ins Ausland, damit sie sich die Welt anschauen sollten. (Die setzten sich gleich ganz ab.)

Sie fand Sponsoren für eine Literaturzeitschrift. (Die Zeitschrift kränkelte dadurch leider noch mehr.)

Und sie mußte einfach spüren, wie provisorisch und labil ihre Lage war. Kaum begannen die Demokraten der ersten Stunde zu schwächeln, da wurde Veronikas bescheidener Platz auf der Hühnerleiter schon untergraben. Wie klein, wie winzig ihr Posten auch war, die Leute drängelten sich, ihn zu besetzen. Die Menschen sind eben so. Sie wurde bereits weggeschubst, weggedrängt (war verwundbar und wußte es selbst).

Vielleicht beeilte sie sich deshalb, weil ihr dies blitzartig klargeworden war (so sehe ich es), mit all ihrer geringen Kraft, Gutes zu tun.

Insbesondere schaffte Veronika es noch, mich mit Dworikow bekannt zu machen. Sie brachte mich mit dem berühmten Dworikow zusammen – Demokrat, Moskauer Abgeordneter (nicht Beinahe-Abgeordneter, von denen es in Moskau bereits wimmelte). Ein tiefsinniger, wunderbarer Mensch, wie sie sagte. Feinfühlig. Menschenfreundlich. Und so weiter ... So war er tatsächlich: feinfühlig und tiefsinnig. Und menschenfreundlich. Doch zu alledem besaß Pawel Andrejewitsch Dworikow noch eine weitere Eigenschaft, die Veronika nicht nannte (vielleicht auch nicht kannte, nicht wahrgenommen hatte): Er war dumm. Nicht offensichtlich bescheuert, das natürlich nicht. Gebildet, intellektuell, sogar scharfsinnig, doch bei alledem war er, um es etwas geschickter auszudrücken, *dümmlich-begeistert-ehrlich.* Solche Leute werden in unseren hitzköpfigen Kollektiven sofort an die Spitze gesetzt – besonders bei grundlegendem Personalwechsel in der Führung. Alle sind plötzlich mit ihnen einverstanden. Der bekannteste russische Typus in Zeiten der Veränderung. Man könnte ihn auch ein wenig wohlmeinender als *ehrlich-dümmlich-begeistert* bezeichnen.

Dieser Dworikow rief mich also an. Nicht am Abend, nicht zu später Stunde, wenn man ganz entspannt endlos mit irgend jemandem plaudern kann, sondern am Morgen, es war ein früher Anruf. Ganz frühmorgens, wenn Leute wie er die Minuten zählen und rennen. Er rief selbst an. Ob denn alles in Ordnung sei?

»Alles in Ordnung«, antworte ich.

Wir unterhalten uns. Das Leben ist ein Wunder, da kann man sagen, was man will, ein Wunder und eine Freude! Besonders an diesem sonnigen Morgen. Die Sonne spritzt zu meinen Fenstern herein (zu den Fenstern von Ljalins, von Bereszows, aber ich bekomme ja auch etwas ab).

Das morgendliche Telefongespräch mit Dworikow ist ebenfalls eine Freude und als solches schon sehr nett (obwohl er ein wenig befangen ist; wenn man mit einem UGler spricht, geht es nicht anders). Aber jeder, der sich nach den Veränderungen so leicht und schnell in Sternenhöhen wiedergefunden hat, also unter den großen Bossen, muß sich einfach ein bißchen unbehaglich fühlen (was für ihn spricht). Nicht irgendeiner, nein, Dworikow persönlich, *Genosse* Dworikow, *Herr* Dworikow fragt mich ernsthaft über mein Schicksal aus, das mir so übel mitgespielt hat – über mein jahrzehntelanges Druckverbot, mein Leben als Wächter im Wohnheim und mein Leben überhaupt. Unterdessen triumphiere doch das Leben. Ja, sage ich, ich spüre es. Ich spüre das Leben. Spüre seinen Triumph – wir haben gesiegt! Sonne im Fenster, ich habe vorzüglich gefrühstückt (aus Ljalins Vorräten), auf dem Tisch duftet der Tee, und der nette Abgeordnete ist zur richtigen Zeit aus dem Gebüsch gekrochen, um auf dem Flügel zu spielen.

Wie passend! – ich meine den Flügel, der nicht nur im Gebüsch steht, sondern auch neben einem großen Baum mit einer Höhlung, neben einer Eiche. (In deren Höhlung, wie sich herausgestellt hat, schon lange ein bemooster, müffelnder UGler lebt.) Ich frage, Pawel Andrejewitsch, wollen wir nicht etwas Hochprozentiges trinken, uns einen Morgentrunk zur Brust nehmen? Er antwortet lachend (er hat ein schallendes, junges Lachen), nein, nein, nein, nicht trinken, das Leben hat uns noch nicht so platt gewalzt, daß wir schon am Morgen trinken dürften. Schau, wie die Sonne scheint! Wie schön es draußen ist: was für ein Jahrtausend! ... Er, der Abgeordnete Dworikow, wolle sich zudem dafür einsetzen, daß ich, der unbehauste Hüter fremder Q-meter, eine eigene, ja, ja, eine eigene Wohnung bekomme – deshalb rufe er mich doch an, eine Einzimmerwohnung, leer und nah bei der Metro.

Eine Wohnung – das ist zuviel des Guten.

Ich habe eine Wohnung. (Klingt wie Musik.) Ein Zimmer, nichts drin, nur ein Klappbett. Die Schlüssel habe ich schon (hat man mir schon gegeben).

Ich habe nur meinen alten Teekessel und eine Schachtel Tee

mitgenommen. Stelle beides auf das Fensterbrett in der Küche. Q-meter, jungfräulich leer und vom Echo der Schritte erbebend, vom ersten Schall der Stimme.

Das Zimmer ist schön, hell und ganz leer, wie der Anbeginn der Welt. Aber das ist es ja eben, den Wohnraum, der sich mir so eindrucksvoll (und überraschend) eröffnet hat, und besonders das große, sonnige Zimmer empfinde ich nicht als *Anfang*. Ich kann es nicht erklären. Witterung eines Hundes. Instinkt eines Obdachlosen. (Als mir im Heim zum erstenmal angeboten wurde, eine reiche Wohnung zu hüten, da glaubte ich es: Das war ein Anfang.)

Keine einzige Kreuzung war aus den Fenstern des Zimmers zu sehen. (Man hörte nur das ferne Rauschen des Verkehrs.) Ein trügerisches Gefühl des Neuen war es, was ich zwischen den widerhallenden Wänden empfand. Als hätte unsere Zensur aus einer Zeichnung von Kandinsky die Säbel, Schnörkel und Kreise entfernt und nur die Wasserzeichen ihres Vorhandenseins übriggelassen. Andeutungen in der Leere der Welt – ebenfalls ein Abstraktum. Aber ein so weit getriebenes Abstraktum, daß die Q-meter kalt vor mir lagen und das geschenkte Klappbett (der einzige Gegenstand darin) schäbig und zu kurz wirkte und schon von einem anderen Körper besetzt schien. Auf dem Klappbett lag und schnarchte (Verkehrsrauschen) der unsichtbare Besitzer. Nicht ich. Ich stand nur inmitten der kahlen Wände, wie vor der Entdeckung der Welt, die dann leider doch ausbleibt. Vielleicht hatten Sie, ja, Sie, Kandinsky, immer diese leere, durch ein zufälliges Wunder zugeteilte Wohnung im Sinn. Ein Zimmer der zwanziger Jahre. Als Rohling. Blick in die Zukunft: Man kann jede der vier kahlen Wände bemalen – in jeder Richtung der geschenkten Leere. (Male, aber sage dir und anderen nicht, daß du neu anfängst.)

Der Abgeordnete Dworikow brachte noch einen anderen (ich war eine Stunde weg, Instinkt!) obdachlosen Mann hierher, der zwei oder drei Nächte in diesem Zimmer verbringen sollte. Nehmen Sie ihn vorübergehend auf, bat er mich. Nehmen Sie einen *Geschädigten* auf – er schob den Gast vorwärts. Der reichte mir die Hand.

Ich ließ ihn natürlich herein, aber mich nicht täuschen – ein Blick in seine Augen hatte mir genügt, als der Mann eintrat und mir offensichtlich ungern die Hand drückte. Der Schurke gab sich als Dulder aus. Als Verfemter. Und (wie alle) als Lagerhäftling, als einen unserer seltenen Lagerhäftlinge – einen der allerletzten! Da war er – mit hartem Gesicht, endlich ins heimatliche Moskau zurückgekehrt und haderte mit allen, die unter Breschnew ein süßes Leben geführt hatten. »Nur eins?« Das bezog sich auf das Zimmer, auf die Anzahl der Zimmer.

Er verzog das Gesicht, erwartete sichtlich, etwas zu bekommen. (Eine Entschädigung, die seinem bitteren Schicksal angemessen war.) Irgend etwas, aber keine kleine Einzimmerwohnung, so kahl wie der Anbeginn der Welt!

Ich begann sofort zu mosern: Wie sollen wir hier zusammen wohnen? Wie schlafen?

»Nur ein einziges Klappbett. Ich warne Sie! In solchen Fällen schlafe ich andersrum – ich bin streng, altmodisch und rieche lieber fremde Füße als einen fremden Mund.«

Der Lagerhäftling empörte sich, ruderte mit den Armen – wie zusammen? Wie zu zweit?

»Ich bitte Sie, hören Sie nicht auf ihn, Sergej Romanytsch«, beeilte sich Dworikow. »Petrowitsch ist eine gute Haut. Das ist nur griesgrämiges Geraunze! Er ist ja ebenfalls ein Geschädigter, ein verkannter Schriftsteller. Bald schon wird er in breitem Umfang gedruckt werden. Wir werden alles tun, um ihm zu helfen. Ich versichere Ihnen, er ist ein guter Autor!«

»Er weiß alles über mich.« Ich zwinkerte dem Lagerhäftling zu. »Schade nur, daß er keine einzige Zeile gelesen hat.«

Ich hatte schon am Gesicht des Mannes erkannt, daß der nicht zustimmen würde, mit mir zu zweit hier zu wohnen. Der Gauner wußte, daß man das Eisen heiß schmiedet. Im Lager war er wohl nicht gewesen und sicher auch kaum in der Verbannung, mit diesen Augen. Er hatte sich seine Papiere erbettelt (an sentimentales Mitgefühl appelliert). Wahrscheinlich aber gekauft – erzählt, daß er sie unterwegs verloren habe – gegen Geld stellte man ihm gleich neue aus. Ich wollte dauernd fragen: Was kostet denn heute ein neuer Paß? Was kostet ein nagelneuer Paß mit einem sibirischen Meldevermerk drin? ... Er konnte seine Rolle natürlich perfekt spielen. Alle hellen Köpfe konnten das. (Sie probierten die Rolle wie Kleider an, der eine hielt sie ans Gesicht, der andere an die Taille.) Vielleicht kannten sie auch ihre Opfer, die konnten ganz schön bissig werden. Er brauste nämlich nicht sofort auf, sträubte sich noch ein bißchen und zierte sich Dworikow gegenüber – er sei es doch gewohnt zu leiden. Er habe in der Kälte geschlafen, im Sumpf, auf dem Holzschlag, einmal habe man nachts auf ihn gepinkelt, er sei an alles gewöhnt – sei bereit, in der Scheune zu schlafen. Schließlich erwarte er von der Welt keine Gerechtigkeit.

Aber er hatte wirklich keine Bleibe. (Na schön. Vielleicht brauchte er sie nötiger.) Wenn der Dulder nichts Größeres fände, mit Blick auf das Ufer, wenn er sich in dieser Einzimmerwohnung niederließe, dann ginge ich einfach ins Heim zurück. Aber vielleicht ging ja der Lagerhäftling von sich aus? ... Keine Eile, sagte ich mir.

»Lagerhäftling! Lagerhäftling! Ich war nicht im Lager«, fuhr er mich an, »ich war in der Verbannung!«

»Entschuldige«, sagte ich und duzte ihn, wir waren gleich alt, beide ergraut. (Brauchten beide ein Dach über dem Kopf.)

»Genossen! Meine Lieben!« beschwichtigte, beruhigte uns Dworikow. »Meine Herren! Streiten Sie nicht. Unser Leben fängt gerade erst an – alles liegt noch vor uns.«

Dworikow und seinem ehrlichen Gesicht zuliebe gab ich nach. Ich trat meine kahlen Q-meter für *zwei, drei Wochen* ab, bis man für den Verbannten etwas Besseres gefunden hätte. Vielleicht gab ich auch deshalb nach, weil ich die kleine Wohnung nicht als Anfang empfand. Ich hatte von vornherein nicht an sie geglaubt. Sie war zu gut für mich. Zu sauber. Mit Fenstern zur Grünanlage.

Der Verfemte war sauer. Auf mich und auf Dworikow, natürlich – auf die Menschen, die ihm vorenthielten, was ihm zustand, auf die ganze Welt! Seit Sibirien konnte er mit niemandem mehr zu zweit hausen. Weder von einem Teller essen. Noch nachts schlafen …

Ich wollte entgegnen, im Heim hätte man manchmal mehr auszuhalten als in der Verbannung. (Aber ich tat es nicht. Dabei war es die reine Wahrheit.) Einmal war ich gezwungen, mit einem Geisteskranken in einem Bett zu schlafen. Grausamer Winter, eiskalter Fußboden und nur ein Bett. Eine Woche plagte ich mich mit ihm ab. Er litt unter nächtlichem Verfolgungswahn – war von Feinden umringt, die ihn ununterbrochen bedrängten. Tagsüber war er ganz normal, aber kaum war er eingeschlafen, da führte er einen Kampf mit seiner Umgebung. Die Feinde krochen von allen Seiten heran. Im Lauf der Nacht würgte er mich etwa dreimal, bis ich ihm mit solcher Wucht auf die Zähne schlug, daß meine Fingerknöchel noch eine Woche lang wund waren. Es tippte sich so schwer auf der Schreibmaschine.

Der Verdrängungsmechanismus war simpel, man kann sogar sagen, simpelst: Dieser Verbannte (Verfemte) nahm meine hallenden Q-meter für sich in Beschlag – meine leere Einzimmerwohnung.

Was sollte man machen: Der alternde, nervöse Mann hatte ja nirgends eine Bleibe! Und wenn man vergleicht: Er war in der Verbannung gewesen, ich dagegen war bloß *nicht gedruckt* worden. Und jene nagelneue Zweizimmerwohnung (mit schöner Aussicht), die ihm Herr Dworikow persönlich versprochen hatte, war plötzlich ebenfalls besetzt (nach Zigeunerart über Nacht bezogen worden!) – und wurde bereits von einem anderen verfemten Mann (aus Sibirien, noch dazu mit Familie) bewohnt.

Der hatte Dworikow ebenfalls das Blaue vom Himmel über sein unglückliches Schicksal erzählt, und der herzkranke Demokrat hatte ihm (und seiner sibirischen Familie) erlaubt, die üblichen zwei, drei Wochen in der Wohnung zu bleiben, die sich dann zur Ewigkeit auswuchsen. Armer Dworikow! ... Wie bestürzt und aufgebracht er war, wie eindringlich er versuchte, uns alles über unsere Zukunft (unsere zukünftigen Wohnungen) zu erklären – wie er wollte, daß es uns allen gutginge. *Allen*, er bestand auf diesem alten, gefährlichen Wort – allen gut! Das schaffte nicht einmal Gott auf Anhieb; und hat die Sache ganz schön in die Länge gezogen; wir warten.

»Es klappt nicht. Aber verlieren Sie nicht den Mut. Seien Sie nicht traurig«, beschwor mich Dworikow am Telefon, er rief wieder frühmorgens an.

Ich dachte nicht daran, ihm Vorhaltungen zu machen. (Er war es, der nicht den Mut verlieren sollte. Ich hatte vergessen, es ihm zu sagen.)

Das war's ja: Dummheit als Folge des bekannten Wunsches, sich mit allen gut zu stellen, sehr gut – damit sich dieser und auch der fünfte und der zehnte Mensch merkte, wie gut er war! Vom Standpunkt der Veränderungen aus, die *für* und *in* Rußland angebrochen waren, besaß Dworikow wahrscheinlich überhaupt keine Fähigkeiten, aber er gab sich Mühe. Das war schon etwas. Dafür mußte man schon dankbar sein.

Schließlich hatte er, Dworikow, mir beinahe eine Wohnung besorgt, mich hingeführt und sie mir gezeigt. Früher war das nicht üblich ... Und der Moskauer Abgeordnete Dworikow und nicht irgendwer sonst war es auch, der mir aus der Klemme half, als ich einem grinsenden Hilfsbullen eine reingehauen hatte (auf den Unterkiefer. Einfach so). Man hätte mich sonst zum Krüppel geschlagen, Dworikow half mir aus der Patsche, überließ mich nicht der Abrechnung; kurz – er holte einen Menschen aus der Zelle. Keine Kleinigkeit.

Keine Kleinigkeit, keine Lappalie, ich bin dankbar und werfe dennoch einen kleinen Stein nach ihm. Er war gebildet, gutmütig, aber ein Doofmann, Entschuldigung. (Ich bin auch ein Doofmann. Was nichts am Bild ändert.) Das ist es ja, daß auch *ich* einer bin, und wenn ein Doofmann einem anderen aus der Klemme hilft, dann sagt das nichts über die Realität aus und bringt leider auch keine neuen Erkenntnisse. Die Idee der edelmütigen Befreiung aus der Zelle schenkte Pawel Andrejewitsch nun schon so viele Jahre (Jahrzehnte) lang die Illusion des Seins, die Illusion der endgültigen Befreiung aller aus der Zelle, aber es war nur der Schatten des Seins, wo die zu befreienden Zelleninsassen wie auch ihre Wärter Schatten waren. Es war eine Schattenwirklichkeit, wo das Leben dramatisch, spannend und schön war, nur eben kein Gras wuchs. Seine ganzen achtundfünfzig Jahre (er war älter als ich) hatte Pawel Andrejewitsch Dworikow inmitten von Schatten gelebt, die sich ihm bald näherten, bald vor ihm davonliefen. Inmitten bemerkenswerter Schatten und nicht wachsenden Grases. Das Neue endete für ihn mit der Befreiung aus den Zellen, das Leben aber begann nicht für ihn. Er war ja eigentlich nicht dumm, entpuppte sich aber als dumm.

Auf der Miliz setzte sich Dworikow mit langen Erklärungen energisch für mich ein. Rechtfertigte mich:

»Talentierter Schriftsteller. Sein Leben lang schikaniert. Zwei Jahrzehnte lang unter Breschnew von den Behörden unterdrückt. Das ist Streß! Das war Streß! … Es tut ihm leid. Es tut ihm jetzt sehr leid …«

Es tat mir weder vorher noch nachher leid. Und schon gar nicht in dem Augenblick, als ich dem Hilfsbullen mit der groben Visage, der die Personalien aufnahm, aus vollem Herzen (und mit heftigem Ungestüm) auf den Unterkiefer drosch. (Auch jetzt tut es mir nicht leid. Er hat sich an der Macht über mein Ich berauscht. Er hat mich mit seinem Lächeln, mit seinem Grübchen im Kinn, erniedrigt. Er hat gelächelt!)

Mit noch immer scharfem Auge sehe ich jene nicht allzu lange

Menschenschlange vor mir, die, langsam vorrückend, nach Zukker anstand. Es war wohl die letzte Schlange in Moskau, alles gereizte, alte Gnadenbrotempfänger. Die erbosten alten Knacker wollten sich eigentlich nicht prügeln, sondern vor allen Leuten ein Spektakel veranstalten und im Notfall zeternd davonrennen, aber nein, sie wurden überrumpelt. Festgenommen und vorgeführt. Überlebtes ist überlebt, aber von der Zeit nicht ausgeblichen. Wir (ich weiß es noch sehr gut) standen elend und schlecht gekleidet im Revier. Zwei hatten Triefaugen. Zwei hatten einen nervösen Tick, und der, der vor mir stand, jaulte immer wieder bitterlich auf; er hatte sein Gebiß verloren (als wir uns in der Schlange schubsten? Oder als wir festgenommen wurden?) – leider konnte er sich nicht an den schlimmen Augenblick erinnern, als ihm seine Zähne abhanden kamen, die billigsten Zähne der Welt.

»Zucker hättet ihr gern gehabt? Ach, meine Lieben. Zucker ist zwar nahrhaft, kohlehydrathaltig, aber sich deswegen prügeln?« tadelte uns der etwa dreißigjährige Hilfsbulle, der am Tisch saß und (wegen des Bußgeldes) einen Nachnamen nach dem anderen aufschrieb.

»Na-na, nicht so zaghaft. Name?«

Der erste von uns plärrte wahrheitsgemäß, gab damit ein Zeichen und ein Verhaltensmodell, das sich einfach nachahmen ließ. (Stammelte schuldbewußte Worte, stieß mit verzerrtem Greisenmund zerkaute Schluchzer aus). Er weinte nicht und weinte doch. Das Leben sei vorbei – das Leben habe uns überfahren, und die kräftigen Hilfsbullen von zwanzig, fünfundzwanzig Jahren hätten doch alles gesehen, wüßten doch alles über uns ... Wieso ernährt ihr euch so schlecht, ihr Lieben – habt ein Leben gelebt und keinen Vorrat angelegt? ... Ich wollte bloß ein bißchen Zucker! (Mein Geld langte für ein halbes Kilo.)

Einer der Hilfsbullen ging vor und zurück und hob den Gummiknüppel automatisch bei jedem dritten Schritt: verkörperte sichtbar die Stärke. Sein Unterbewußtsein erzeugte, wie jeder argwöhnische Freudianer sofort bemerkt hätte, den sich aufrichtenden Phallus. (Einen starken Phallus. Er rechnete mit den Vätern ab, die einst gezeugt hatten und keinen Pfifferling mehr wert waren.) Wir alle, die wir auf die Befragung warteten, wurden kleinlaut. Wir verstanden auch ohne Freud. Bekamen feuchte Augen. Nur der hagere Graukopf (Halbgreis, ja, ja, das war ich) unterdrückte die ganze Zeit die aufflammende Wut in sich. Er ahnte, daß sie erniedrigt werden sollten. Und daß er keineswegs ein Nervenleiden hatte, sondern im Unterschied zu den anderen ein Ich, das wie eine riesige Blase aufschwoll, wie eine Eiterbeule.

Ein Nervenleidender war ich, als ich hinterher in der Zelle tobte. Wie mich da der gebildete, bis in die Schweißdrüsen von Humanismus getränkte Dworikow gleich verstand und mit mir litt (und meinetwegen Schmerzen ertrug!). Ihm verdrehten sie die Arme und warfen ihn in die Zelle, nicht mich – er befand sich in dem niedrigen Holzverschlag hinter der Eisentür. Er kroch in der Nacht zwischen drei Besoffenen herum, zwei Vollgekotzten und einem, der aus Angst in die Hose gepinkelt hatte – er, nicht ich, suchte nervös nach einer leeren Flasche (der Waffe des heutigen Proletariats). Doch dann kam wieder meine Minute, die Pawel Andrejewitsch Dworikow nicht mehr hätte verstehen und miterleiden können. Dazu fehlte ihm der Mumm. Die heilige Minute. Die Nacht, die harte Unterlage und die Zelle bedeuteten nichts mehr – bedeutsam war das Dasein, das er, der Schattenmensch, nicht mehr wahrnehmen würde; es war ihm nicht gegeben. Mein Ich fiel mit mir zusammen. Ich war es, der da mitten in der Zelle lag, auf meinen linken Arm gerollt. Ich lag da und schlief allmählich ein – mit dem glücklichen Gefühl, das einen überkommt, wenn man weiß, daß man aufs neue lebt und das neue Leben diesmal endlos ist. Gestern waren meine Erzählungen und Novellen in die Vergangenheit entschwunden. Gut zwanzig Jahre lang hatte ich Texte geschrieben, und in den zwanzig Minuten des Einschlafens wuchs ich aufs neue über sie hinaus, wie man über das kindliche Doktorspiel hinauswächst. (Die Texte haben ihren Dienst geleistet. Ich habe sie nicht vernichtet. Sie sind in mir. Ich bin einfach weitergegangen.)

Selbstverständlich wollte Dworikow liebend gerne meine Erzählungen veröffentlichen, ich sagte »nein«, da erbat er sie sich, um sie angeblich nur zu lesen – kleine List. (Veronika hatte sie ihm sicher eingeflüstert. Wegen der Launen eines Genies würde noch alles verlorengehen.) Aber es gab tatsächlich keine Texte, das sagte ich dem Schlauberger – es gibt keine Texte mehr. Na ja, vielleicht stecken irgendwo noch welche und verstauben. Vielleicht in Zeitschriften. Vielleicht in gewaltigen Verlagsschränken (auf den Schränken ist auch möglich). Aber ich habe keine. Dworikow wunderte sich. Noch mehr wunderte er sich, als ich ihm rundheraus sagte, es handle sich um keine Launen, ich sei ehrlich und aufrichtig zu ihm – ich wollte nicht gedruckt werden. Jetzt nicht mehr. Zu spät. Jetzt wollte ich kein Anhängsel der Literatur mehr sein.

»Wie?!« Er bekam fast keine Luft. Das machte alle seine Vorstellungen vom Underground zunichte. Er hatte gedacht, der Underground bestehe aus denjenigen, die unter den Kommunisten gelitten hatten und jetzt ihren Lebkuchen und ihr Glas Milch haben wollten.

»Ich will nicht«, wiederholte ich, ohne weitere Erklärungen, weil die ihn noch mehr verwirrt hätten.

Doch Pawel Andrejewitsch Dworikow, der sich ebenfalls besonnen zu haben schien, las flugs in verschiedenen Nachschlagewerken (ich glaube, sogar bei der Arbeit, am Sprechtag der Demokraten, verschwendete er heilige Stunden mit dem Konversationslexikon). Er las, blätterte darin und rief mich wieder an, um mir zu sagen, daß der Underground, selbst wenn er nicht sozial, sondern biologisch sei (»ich finde es besser, ihn als ›existentiell‹ zu definieren«, glänzte er mit dem alten Wort), dennoch zu verwirklichen sei. Der Underground (sogar der existentielle) steige früher oder später an die Oberfläche auf. Zu den Menschen … Sie müssen … Sie sollten … Er bombardierte mich wieder damit, daß ich durch die Ungerechtigkeit verletzt sei und er mich wie kein anderer verstehe. Daß ich mich von der Welt abgekehrt hätte. Nicht gewürdigt worden sei. Und so weiter und so weiter. Ich war es leid, ihm zuzuhören, und legte auf.

Mit der Wohnung klappte es wieder nicht: War das nicht komisch? Kaum hatte mir Dworikow ein frisches Einzimmerloch in einem Neubau gesucht, da sprach es die Wohnungskommission aufs neue einem Dulder zu und nicht mir. (Nicht ausgeschlossen, daß Schmiergeld geflossen war.) Mehr noch: Die Kommission schusterte die Entscheidung so zurecht und benahm sich so, als stamme sie von Dworikow selbst. Er konnte nur ratlos die Arme ausbreiten. Warum lügen sie?! empörte er sich. Er wollte wohl den so bodenständigen Gedanken nicht zulassen, daß man sich hinter seinem Rücken bereicherte. Man bereicherte sich, tat aber so, als ob man nur lüge.

»Warum sind Sie so gutgläubig, Pawel Andrejewitsch?« fragte ich ihn (rein rhetorisch).

Ich machte ihm keine Vorwürfe. Bedauerte ihn. Hatte Mitgefühl. Daraufhin stimmte Dworikow wieder die alte Leier an, daß man mit der Veröffentlichung meiner Texte anfangen müsse. Es ist wichtig für die Menschen, ein lebendiges Wort und einen lebendigen Gedanken zu hören, warum wollen Sie eine postume Revanche? (So drückte er sich aus. Nicht schlecht.) Sie werden sterben, und Ihre verstaubten Erzählungen werden in millionenstarken Auflagen erscheinen! Sie werden nicht mehr sein, aber in der Metro und im Bus gelesen werden! Die Kritiker werden ein Lied von Ihnen singen! Die Zeitungen werden voll von bunten Fotos sein! … Er malte mir alles so lebhaft aus, daß ich Lust bekam, schon morgen zu sterben.

Der blühende Unsinn, den er faselte, verdroß mich kaum noch. Und als er mir glühend versprach, daß wir (wieder *wir*) der Ungerechtigkeit in der Wohnungsfrage ein Ende machen würden (also eine Einzimmerwohnung für mich ergattern würden), da lachte ich sogar:

»Warum möchten Sie dem Bösen nicht überhaupt ein Ende machen?«

»Wie denn?«

»Wie es zum Beispiel die Bolschewiken vorhatten. Ein für allemal.«

Da war er ernsthaft gekränkt. Schnaufte sogar in den Hörer.

Ließ aber nicht locker. Sagte, daß er jetzt einen neuen Mann habe – einen eifrigen, tüchtigen Stellvertreter, der werde sich um mich und meine künftige Wohnung kümmern. Aber ich müsse ihn natürlich regelmäßig anrufen, solle mich nicht genieren. (Rühr dich nur, damit du eine Wohnung bekommst, wähl die Nummer und laß es lange läuten – wie? Herr Dworikow ist doch schon achtundfünfzig!) Herr Dworikow führte mich an einem der Sprechtage sogar hin – in das Büro gegenüber. Damit ich ihn von Angesicht zu Angesicht kennenlernte. Sobald ich den Stellvertreter erblickte, einen feinen, im eigenen Ledersessel vertrockneten Gauner, war mir alles klar, ich wurde heiter und war mit einem Schlag erleichtert (brauchte nicht mehr zu warten!). Ich hatte alles gesehen. Das Wunder des neuen Weins in alten Schläuchen. Hatte gesehen, wie dieser hagere Spitzbub schwungvoll die Beine vorstreckte, als er aus seinem Sessel aufstand. Hatte gesehen, wie er aufgestützt hinter seinem massiven Tisch in seinem Büro stand.

Mir fiel es wie Schuppen von den Augen, und ich sah plastisch vor mir, wie er sich schon sehr bald auf Herrn Dworikows Stuhl setzen würde. Ein neuer, frischer Mann mit diesem sicheren Gefühl für Distanz. Und diese Konzentration auf sich selbst. Mit welcher Wohnung konnte ich da schon rechnen! (Ich rief nicht an. Kein einziges Mal.)

Die Aufteilung von Gütern, und mehr noch ihre wiederholte Aufteilung, verhilft zu zahlreichen persönlichen Feinden, die nicht mehr verzeihen, und unser herzensguter Dworikow (nicht sein Stellvertreter!) hatte bald jede Menge Feinde. Es wurden Wohnungen bereitgestellt und natürlich aufs neue geteilt, in Ordnung gebracht, ausgeschrieben und verkauft, übrig blieben kleine Kabuffs, unterm Dach und im Erdgeschoß. Aber auch ein Kabuff brachte mehr ein, wenn man es nicht jemandem gab (mir zum Beispiel), sondern verkaufte. Vermehren war schwer, teilen lästig. Man sah schon voraus, wie Dworikow enden würde. Seine ehrliche Dummheit würde sich in Sturheit verwandeln, und seine Sturheit in Unvermögen (die Wohnungen ordnungsgemäß zu vergeben). Er würde nicht einfach seinen Posten verlieren, sondern gefeuert werden! Und es würde ihn ebenso schmerzhaft wie überraschend treffen. Fast wie ein Fußtritt.

So vergänglich ist der Ruhm. Ohne etwas bewirkt zu haben, verleumdet von fremden und noch mehr von seinen eigenen Leuten, wird er sich rechtfertigen wie ein zehnjähriges Kind. Man wird ihn anschwärzen. Der Bestechlichkeit bezichtigen, daraufhin wird Herr Dworikow gekränkt sein, sein Abgeordnetenmandat verlieren und, von der Menschheit nicht mehr gebraucht, ins Nichts verschwinden. Ende. Wird sich in die soziale Ritze des grundehrlichen Rentners verkriechen. Und bis ans Ende seiner Tage den Kopf nicht mehr rausstrecken. Abends wird Pawel Andrejewitsch Dworikow die Sendung »Zeit« anschauen, sie für seine Frau kommentieren und ihr leidenschaftlich erklären, was für die Demokratie richtig ist und was nicht. Er und seine Frau werden von ihren beiden Renten leben und über die Runden kommen. (Ich hoffe, daß er wenigstens so viel Verstand hat, für eine ausreichende Rente zu sorgen. Der Doofmann.)

Veronika (beleidigt wegen Dworikow, ich hatte den Hörer aufgeknallt) rief mich anschließend an, fragte kurz, wie es mir gehe (leere Worte), und griff mich sofort an. Ob ich mir auch alles gut überlegt hätte? Es gäbe eine Zeit zu leben und eine Zeit aufzutauchen, ob ich das wüßte, ob ich davon gehört hätte?!

Wie lange müsse denn ein Mensch (so einer wie ich) noch vor sich hin vegetieren und in der UG-Scheiße versteinern? … Ich lauschte ihrer Stimme. Ihrer Wut. Das Ohr übernahm die Rolle des Auges, das bei einem persönlichenTreffen die Gesichtszüge mustert: Sie war aufgeregt! (Eine verflossene Liebe ist nicht unbedingt ein sauer gewordenes Süppchen.) Der Tonfall war aufgeregt, der Klang. Und die versteinernde UG-Scheiße veranlaßte mich keineswegs zu einer Antwort: ein treffliches Bild, Versteinerung, die Dichterin … Ich lauschte ihrer Stimme. Es war mir nicht wichtig, was sie sagte – ihr war es wichtig.

Doch wie ähnlich, wie identisch peinigte Veronika (wie Dworikow) das Gefühl, das Leben weder besser noch geistiger machen zu können. Es nagte an ihr, ganz leise. (Wie abklingende Zahnschmerzen.) Sie knallte den Hörer auf. Der Besucheransturm war zu groß! Alle bettelten um Geld, Geld, Geld … Geld für die hohe Kultur, dabei war sie doch nur die kleine Veronika, ein Niemand, ein Gnom mit Haarband, sie war müde. Doch wer ist je zu Lebzeiten für seine Verdienste belohnt worden? (Wem hat man je Gerechtigkeit widerfahren lassen? hatte ich geantwortet. Da hatte sie den Hörer aufgeknallt.) Aber nein, stop, stop … hinter ihren teils müden, teils scharfen Worten verbarg sich zugleich ein gesunder Gedanke. Er wurde mir stets mit müder Stimme am Telefon nahegelegt, ganz nebenbei und flüchtig – der Gedanke, daß man auch mich guten Mann in irgendeinem Unterausschuß unterbringen könne. Nein, nicht um abzusahnen, sondern um der Sache zu dienen. Diene doch ein bißchen, Lieber …

Es gab also ihr Angebot und mein Nein – das war es, worüber gesprochen wurde. Umsonst wird nichts gegeben.

Dworikow hat nichts zustande gebracht, der Arme, verzeih ihm. Vergiß ihn … In der Lücke zwischen ihren einzelnen Worten sah ich jene Einzimmerwohnung, schattenhaft wie Dworikows Welt, die erste in meinem Leben, die mir reinen Herzens angeboten und beinahe zugeteilt worden war – leer. Saubere Böden. Ein Fenster. Und auf dem Boden ein Klappbett, Qualitätsmerkmal jeder Baubaracke.

Man durfte Wohnungen noch nicht verkaufen oder vermieten. Man konnte sie nicht kaufen und als Eigentum betrachten. Aber mit seinem Gespür, seinem Riecher konnte der Bewohner (wenn er auf müden Sohlen über den Boden schlurfte) erfühlen, daß die Quadratmeter unter seinen Füßen plötzlich zu klingeln begannen, Gewicht bekamen: die Q-meter wurden *schwerer*.

Im zweiten und im sechsten Stock riskierten es zwei Trinker ohne Familienanhang – wir leben nur einmal – und verkauften ihr Kämmerchen. Gegen Geld, bar auf die Hand – sozusagen vorgesetzlich. Genauer gesagt, in diesem vorgesetzlichen Fall riskierten es zwei Nichttrinker, ihre Q-meter zu kaufen. Und sie sofort der eigenen Wohnung anzugliedern. Das nannte man *sich erweitern*. Die Trinker verschwanden natürlich aus dem Haus. Landeten auf der Straße. Das Geld war schnell alle, tags durchwühlten sie die Müllkästen, und abends bettelten sie vor der Metro mit zitternder Hand (und zerschlagener Fresse, *er hielt den Passanten nicht die Hand hin, sondern die zerschlagene Fresse*).

Sobald mir zu Ohren kommt, daß jemand zu seinen Verwandten oder dienstlich verreisen will (oder zwei Wochen Urlaub machen möchte, Ljalins? Konobejews?), ziehe ich ein saubereres Hemd an, kämme mich und gehe schnurstracks hin.

Ich frage in scherzhaftem Ton: »Herrschaften. Sie haben so prachtvolle Q-meter! Wie wär's mit Einhüten?« Sie zögern (dabei kennen sie mich ausgezeichnet) und antworten träge und unschlüssig. Die Worte ziehen sich wie Gummi in die Länge – ja, ja, sieht so aus – nein, nein, sie reisen nicht, haben es sich anders überlegt. Sie fahren weg, aber es findet sich ein Verwandter, der aufpaßt. Oft ist es eine Lüge, eine Ausrede, ich bin aber nicht gekränkt – wer weiß schon genau, was stimmt. Ich erfahre sowieso mehr Zuneigung, als mir eigentlich zusteht.

Das Quadrat von Malewitsch

Wir sind so viele Jahre (Jahrzehnte!) Schlange gestanden und doch nicht dran gewöhnt, es fällt uns schwer, wir können nicht stehen, sind nicht imstande, einander in den Nacken zu atmen und still auf der Stelle zu treten. Wir gewinnen dem Gedanken nichts ab, daß in den langweiligen Minuten des Stehens, gestern wie heute, das Allerwichtigste in uns geschieht: Die Seele lebt.

Natürlich wissen wir (haben davon gehört), daß *der Geist atmet, wo er will* (Evangelium). Oder noch schärfer: Das Geistige im Menschen vollzieht sich allenthalben und überall – oder nirgends. (Östliche Motive.) Das wärmt uns, es wird uns damit warm – wir können darüber reden und dem sogar zustimmen, aber nicht damit leben. Leider. Leider brauchen wir eine Perspektive; einen Köder, eine Belohnung, ein Ziel, ein Licht am Ende des Tunnels, und zwar schleunigst. Darin und in nichts anderem besteht unser Leben. Darin besteht unser unöstliches Wesen: Man gebe uns Zukunft! ... Deshalb ist das *Schwarze Quadrat* von Malewitsch genial; es sagt: stop! Es ist genau das Richtige für uns und unsere eiligen Seelen; es ist ein Schlag und eine grandiose Bremse.

Ich habe öfters über den Zauber dieses Gemäldes nachgedacht: ein schwarzer Fleck im Rahmen – nicht samtig und keine sternenlose Nacht, die sich dem nüchternen Auge leise (sacht) eröffnet. Da gibt es keinen Samt. Keine Finsternis. Dafür gibt es feine, unsichtbare Spinnfäden. Glänzende Äderchen. (Ich würde sagen, ein *Lichtgespinst,* wenn diese Fäden auf Schwarz wenigstens ein klein wenig leuchten würden.) Und es besteht kein Zweifel: Irgendwo hinter dem Bild ist der Mond. Der ganze Effekt beruht auf der Abwesenheit des Mondes. Darin liegt die Kraft und die Leidenschaft der Nacht, die sich uns so massiv aus dem quadratischen schwarzen Bild entgegenwölbt.

Malewitsch stand in den zwanziger Jahren einmal so lange in einer Schlange, bis er das Gefühl hatte, sich vollständig darin aufzulösen. Abwesenheit der Zukunft im Namen der angehaltenen Gegenwart – das ist die Menschenschlange, das ist ihre Idee, das ist das Nirwana der monochromen Farbe (zum Beispiel Schwarz). Malewitsch stand bekanntlich in der allerersten russischen Schlange (nach Speiseöl), ich stand in einer der letzten (nach Zucker). In beiden Fällen war die Schlange nicht lang, zehn bis fünfzehn Minuten, sonst wäre man ausgerastet. Dafür ein historischer Appell zu großer Demut. Schrittchen für Schrittchen, meinetwegen, du stehst und trittst auf der Stelle, aufgelöst in den Menschen, durch nichts ausgesondert, von allen verdeckt. Wie eine Schnecke bewegst du dich ein winziges Stück vorwärts, rührst dich, bist nicht tot. Mein Ich ruhte sich aus. Da flammte zwei Schritte vor mir plötzlich ein Streit auf, der in der Schlange allmählich herangereift war. Ein Mann mit Schirmmütze gesellte sich unserem Stehen zu, also unserer Schlange, drängelte sich von außen herein. Er wurde natürlich sofort verjagt. »Ich stand hinter diesem Bürger! Hinter diesem Bürger stand ich! Der kann's euch sagen!« Der Mann mit Schirmmütze tippte auf mich. Ich aber, ganz in mich versunken, schwieg.

Das Schweigen führte dazu, daß man mich plötzlich wie einen neutralen, ehrlichen Zeugen behandelte: »*Der* kann's euch sagen, *der* kann's bestätigen! Du warst nicht in der Schlange! Du warst nicht da!« ... »*Der* wird sagen, was du willst, weil *der* vor dir Angst hat, kapiert? Aber ich habe keine Angst vor dir! Ich werd dich gleich ...«, und eine rote, dürre Faust reckte sich ihm vor die Visage. Doch auch die Visage des erzürnten Greises war rot und naß vor Schweiß, sein erster empörter Schrei war wie ein

Signal! Der Streit schlug sofort in Gedrängel um, in eine häßliche Prügelei mit Geschrei und Gezeter. Prompt stürzte die Miliz um die Ecke, als hätte sie nur darauf gewartet (sich gelangweilt), und nahm sieben Personen auf einen Schlag »hops«, mich auch. Ein Milizoffizier, zwei erwachsene Milizbeamte und ein paar Hilfsbullen, ja, da waren plötzlich auch Hilfsbullen, die zur Verstärkung herbeieilten.

Wahrscheinlich mußten sie mich einfach festnehmen, weil die Leute in der Schlange, die sich im Augenblick der »Hopsnahme« nicht richtig prügelten, sondern nur schubsten und traten, immer noch mit dem Finger auf mich zeigten: »Ich bin nicht schuld. *Der* da, *der* soll's sagen!« Es war geradezu komisch. Sie zweifelten nicht, daß *der* da (also ich, der Schweiger) jetzt die ganze Wahrheit sagen würde. In der »Minna«, in die wir geschoben wurden, ging das idiotische Geschrei weiter.

»*Der* kann es bestätigen, ihr werdet schon sehen!«

Als wir aus der »Minna« aussteigen durften, stellte sich heraus, daß sich die Milizbeamten gar nicht mehr für uns interessierten; die Bullen verdünnisierten sich. Wir wurden von denen abgeführt, die schon in jungen Jahren zwar nicht die Macht selbst, aber doch den Geschmack, den Beigeschmack der Macht kosten wollten. Junge, freiwillige Hilfsbullen. Burschen mit groben Gesichtern. »Vorwärts, los, du Abschaum!« schrie einer von ihnen fröhlich (mit roter Armbinde und großem Abzeichen auf der Jacke – offenbar der Obermacker). Er spielte den Flegel. Was mich betraf, so war ich immer noch schweigsam und von den anderen sechs nicht zu unterscheiden, die Schlange schützte mich quasi aus Trägheit.

Der Obermacker *machte uns zur Entlassung fertig*, vernahm uns also. Etwa dreißig, nicht mehr ganz jung, muskulös, großmäulig und sympathisch, angenehme Kraft im groben Gesicht. Grübchen im Kinn. Die Prozedur war simpel – der Hilfsbulle befahl dem nächsten Festgenommenen, am Tisch Platz zu nehmen, drehte und wendete seinen Ausweis in der Hand (wenn der einen hatte) und schaute ihm schweigend in die Augen. Der Mann begann von sich aus zu jammern, zu klagen, zu versichern, daß man zu Hause auf ihn warte und sich Sorgen mache. Da nannte ihm der Hilfsbulle das Bußgeld und ließ ihn gehen.

Zum Teufel, es hatte ja nicht mal eine Prügelei gegeben – jemand hatte jemanden geschubst, ihm einen Nasenstüber verpaßt, lächerliche Bagatelle, doch der Hilfsbulle (nicht mal Bulle) besaß in diesem Bagatellaugenblick Macht, verfügte über die Möglichkeit, einen in die Mangel zu nehmen oder sogar für ein, zwei Stunden hinter Gitter zu setzen. Beigeschmack der Macht und das Gitter so nah, das war fast eine Versuchung. Mochte darauf folgen, was wollte.

Drei Personen waren noch vor mir, ich war immer noch nicht zu unterscheiden.

Nur innerlich, im Magen, fröstelte ich ein wenig vor der Erniedrigung, die mir möglicherweise bevorstand. (Je nachdem, wie es lief. Es konnte auch ohne Erniedrigung abgehen.)

»Wie heißen Sie? Papiere? ... Wieso waren Sie in die Prügelei verwickelt?«

»Ich habe mich nicht geprügelt.«

»Du hast dich nicht geprügelt, er hat sich nicht geprügelt. Aber der Leidtragende hat das ganze Gesicht voll Blut.«

»Ich habe ihn nicht geschlagen. Man hat ihn gestoßen.«

»Wer hat ihn gestoßen?«

Der kräftige, großmäulige Hilfsbulle befragte einen nach dem anderen, ich war noch nicht dran.

Ich erinnerte mich an die wahnsinnige Angst, die Veronika vor der Miliz hatte (obwohl die netten Freunde auf Dienstreise, die sie abfüllten, tatsächlich schlimmer und gemeiner waren als die Bullen). Ich dachte verstärkt an sie. Verlorene Liebe und verstärkte Verletzlichkeit miteinander zu verbinden lag ja auf der Hand. Das wußte man schon seit jeher. Auch ich wußte es. Ich beruhigte mich mit dem Gedanken an die Zeit vor Veronika, ich würde auch ohne sie auskommen. Es gab sogar Pluspunkte. Jedenfalls schnellte mein Blutdruck nicht hoch. Kein Rauschen im Hinterkopf von Ohr zu Ohr. Keine Ermattung. Kein Schmerz im rechten Auge. Viele, viele Vorzüge. Veronika war bereits Erinnerung. Schließlich gab es noch andere.

Ich lenkte mich ab (das Herz klopfte), Schritt für Schritt, immer näher zur Vernehmung – zum Tisch, an dem dieser kräftige Bursche saß.

»Sie haben natürlich auch niemanden geschlagen, auch niemanden verprügelt?« Er lächelte. (Vor mir stand noch ein Mann.) Dieses Grinsen würde ich nicht aushalten. Ich dachte, wenn es mir zuviel wird, schweige ich – passe ich einfach: beuge den ergrauten Schädel zum Tisch (oder klemme meine Hände zwischen die Knie). Halte mir die Schläfen und senke schweigend den Kopf. Was will er denn von mir, der ich sein Vater sein könnte, hager, mit hungrigen Augen? Sie werden ein bißchen lachen, mich ein bißchen erniedrigen – mehr nicht, sollen sie doch ihren Spaß haben.

Ich beschwor ihn (telepathisch), mich in Ruhe zu lassen, wenn ich an die Reihe käme.

»Was ist los, Freund, du bibberst ja? Angst? In der Schlange wart ihr doch alle so mutig!« belustigte sich das Großmaul. Der befragte alte Mann (ich hatte immer noch einen vor mir) nickte und pflichtete ihm wie ein Hund ergeben bei: Ja, so sind wir eben. Feige …

»Was wollen Sie denn von uns? Schlange ist Schlange«, beendete der Alte trefflich seinen Sermon.

Der am Tisch sitzende (hingelümmelte) Hilfsbulle antwortete ebenso trefflich und leicht spöttisch:

»Was wir wollen – Bußgeld natürlich!«

Der befragte Alte zitterte wie Espenlaub. Die Preise waren schon sprunghaft gestiegen. (Die Androhung einer Geldstrafe versetzte ihn in noch größeren Schrecken.)

»Um Himmels willen! Das können Sie doch nicht tun!«

»Das können wir schon tun! Wenn du Schlange stehst, dann hast du auch Geld.«

Der Hilfsbulle wußte, womit er jemanden drankriegen konnte. Mich würde er mit meiner Obdachlosigkeit drankriegen: nicht mit meiner ewigen Heimexistenz, sondern damit, daß ich das Wohnheim verschweige (wozu dort, wo man untergekommen ist, Staub aufwirbeln?). »Lebst du auf der Platte?« würde er fragen. Und ich wüßte nicht, was ich ihm auf die drohende direkte Frage antworten sollte: Wo übernachtest du denn, du alter Köter? Damit würde er mich in die Zange nehmen. Würde etwas spüren. Daß ich nicht alles gesagt hätte. Und doch etwas hätte, ein Lager irgendwo, einen eigenen, warmen Schlupfwinkel, und in meinem warmen Schlupfwinkel vielleicht etwas gehortet (das wirst du teilen!). Tschechow hat trefflich gesagt, daß er den Sklaven tropfenweise aus sich ausgepreßt hat. Aber er hat auch trefflich verschwiegen, womit er die dabei entstandene Leere gefüllt hat. Mit Worten? Also mit unversklavter Literatur? Das wäre naheliegend. (Schreiber versündigen sich genau damit. Und sind noch stolz darauf. Die Mythenschöpfer.) Aber unsere reale postsklavische Leere füllt sich leider mit dem, was gerade kommt. So funktioniert jetzt der Austausch: Du preßt den Sklaven aus dir raus, aber in dein leeres (postsklavisches) Vakuum drängt von außen alles mögliche herein – aus einem Arsenal, über das du nicht Herr bist. Du entdeckst auch nicht gleich das Fremde in dir.

Dabei war der Bursche am Tisch ganz locker – er hatte lediglich die Absicht, meine Willfährigkeit zu testen: legitimer und fast natürlicher Wunsch eines Hilfsbullen, der bald ein vollwertiger Bulle sein möchte.

Wenn der Befragte aus irgendeinem Grund nicht gleich losjammerte und auf seinem Stuhl herumrutschte, kniff der Hilfsbulle streng die Augen zusammen: »Na? ... Wollen wir den Stummen spielen?« Nach einer Sekunde hatte der Befragte verstanden, was man von ihm erwartete, und begann rasch seine stammelnde Klage. Zunächst über das Leben allgemein, dieses Scheißleben, nichts klappte, da hat man sich die Beine in den Bauch gestanden, und dann gibt es keine Lebensmittel, die Frau wartet daheim, laß mich, laß mich nach Hause, Freund, laß mich bitte gehen!

Pause.

»Sieh an: Der Mann will nach Hause.« Und der Obermacker ließ ihn gehen, nachdem er in der Pause gezögert und ihn dann ausgeschimpft hatte. Er wollte ja nur, daß sich der Mann nicht in die Brust warf und sich wenigstens für einen kurzen Augenblick als kleiner Wurm fühlte. Für eine Minute. Weiter nichts. Ein ganz einfacher, verständlicher Wunsch.

»Der nächste!«

Alle wußten schon, daß man jammern und den Hilfsbullen um die Entlassung bitten mußte, so ging das Stück, wir spielten es ohne Humor. Oder hatte vielleicht einer der alten Knacker Lust, sich den Abend hinter Gittern zu vertreiben? (Mit den Schnapsleichen, die vor der Metro aufgelesen worden waren.) Wir bekamen ein Bußgeld von hundert oder dreihundert Rubeln aufgebrummt, was damals nicht sehr viel war. Einem nahmen sie Spielkarten mit nackten Weibern auf der Rückseite ab und betrachteten ausführlich den Fächer. Der Hilfsbulle hob nicht einmal die Braue.

Der nächste war ich. Ich setzte mich gegenüber. Ich war der vorletzte. Man konnte sich mit mir Zeit lassen.

»Was arbeitest du?«

»Ich arbeite nicht«, sagte ich. Die Nervenanspannung (Vorahnung) ließ mich nicht offen sein. Ich konnte mich nicht durchringen zu sagen: »Ich bin Wächter.« Wollte keine Lacher und kein voreiliges Gekicher – Typen wie du sind heute alle Wächter.

Er drehte und wendete meinen Paß. Ich bin bei meiner Frau und meiner erwachsenen Tochter gemeldet, das heißt bei meiner ersten Frau, wo ich schon seit Urzeiten nicht mehr wohne.

(Hab die Familie verlassen. Bin davongerollt. Wie der Pfannkuchen.) Aber der Meldevermerk war eindeutig, ich war in Moskau gemeldet.

»Wie kommt's, daß du so *weit* weg bist?« (Nicht in deinem Bezirk!)

Er duzte alle, es kratzte mich nicht.

»Durch Zufall.«

Ich antwortete überraschend kurz, ohne Rechtfertigungen. Er verstand.

Er schwieg. Er blickte an mir vorbei (nicht in die Augen, das wäre zuviel der Ehre – flüchtig vorbei), auf dich hab ich schon lang gewartet. (Auf deine Erbärmlichkeit.) Aber es ist schwer, mich zu etwas zu zwingen, wenn ich nicht will. Er wartete. Der junge Hilfsbulle (neben ihm), der aus überschüssiger Kraft mit den Kaumuskeln spielte, erstarrte einen Augenblick im Gesicht.

Der Obermacker schwieg, dann erschien dieses Lächeln, das mir nicht gefiel; fast ein Grinsen. Soso, du bettelst nicht um Entlassung, schweigst, dann schweige ich auch. Sehr gut. So werden wir jetzt sitzen, was? (Vielleicht übertreibe ich. Ich neige dazu. Aber die Pause wurde tatsächlich länger.)

Er konnte, hatte das Recht, lächelnd oder nicht, so lange auf meine reuigen Worte zu warten, wie er wollte. (Der junge Hilfsbulle neben ihm ließ wieder die Kaumuskeln spielen.) Und ich … nein, nein, ich schlug nicht die Augen nieder. Ich schaute konzentriert auf einen Punkt hinter dem Obermacker, auf die dunkle Trennwand, auf die dort hängenden Uniformmäntel – ich schaute auf die Mäntel, sah aber den Mund, diesen zu einem versteckten, schon leicht spöttischen Lächeln verzogenen Mund (so wollte es mir scheinen) – sah diesen Mund und dieses Grübchen, das sein Kinn beim Lächeln teilte. Der Hilfsbulle war keiner von denen, die sich grundlos über irgendwelche Menschen lustig machten, doch dafür war er einer von denen, die genau wußten, wie sie sich einen Spaß machen konnten, und zwar ungestraft. Er wußte auch, daß ich es wußte und ihm nicht auskam, er hatte mich in der Hand. Minutenlanger Machtrausch … er schien auszuprobieren: Na, jetzt wollen wir doch mal sehen!

Ich fand – später – eine Rechtfertigung für ihn. (Ich schaffe es immer, mir selbst die Schuld zu geben.) Nämlich folgende: Er, der künftige Bulle, suchte intuitiv just einen Menschen, der sich bedeckt hielt, der sich auf jede erdenkliche Weise vor der Staatsmacht in den kühlen Schatten verdrückte. Er, der oberste Hilfsbulle, provozierte höchstpersönlich Menschen wie mich dazu, aufzumucken. Seine tägliche Provokation (Probe) war keineswegs Schikane, sondern Profession – wenn man so will, ein Versuch, und dieser Versuch glückte um so leichter, als der sich bedeckt haltende Mensch ebenfalls versuchte, sich zu schützen, ohne die provozierende Realität in Betracht zu ziehen. Die Gegenseitigkeit war nur scheinbar vorhanden. Ein gefährliches Unterfangen. Aber dafür wurde der Mann ja bezahlt. Darin bestand die Prophylaxe. Das machte das Wesen des obersten Hilfsbullen als Mensch aus – seine Funktion. (Das war leider auch sein Brandzeichen: daß dieser hochgewachsene, sympathische, nicht auf den Kopf gefallene Mann in der Blüte seiner Jahre eine Funktion zu sein hatte.)

Ich weiß noch, während jenes zwei oder drei Minuten dauernden Schweigens dachte ich: Der hat nicht recht mit seinem dekorativen Lächeln, dafür besteht keine Notwendigkeit. Er hat es doch gar nicht nötig, daß sich ein Mensch selbst erniedrigt. (Ich begriff nicht, was genau *nötig* war, es war eben seine Funktion.) Er bräuchte es nicht, warum tut er es dann? überlegte ich weiter. Wie gesittet hatten sie uns doch hierhergebracht, hatten uns fast am Arm geführt, nicht aufs Ohr geschlagen, nicht gebrüllt, nicht ihr Mütchen an uns gekühlt, und abgestraft hatten sie uns ebenfalls durchaus anständig: kein Gerempel das nächste Mal in der Schlange, Freunde, keine Prügelei! Alles ganz gerecht, aber diesen Druck hätte es jetzt nicht gebraucht, dieses feine Lächeln – das dachte ich damals. Und ganz ruhig. Als ob ich das Für und Wider gegeneinander abwägen würde. Doch zugleich konnte ich mich nicht von dem erneut (nach dem Lächeln) aufgetauchten Grübchen in seinem Kinn losreißen. Es war wie eine Verlockung. Genau vor mir. Das Grübchen leuchtete im Widerschein der Lampe. Ich bemerkte nicht einmal den Augenblick, als ich auf dieses Grübchen schlug. Meine Faust schnellte plötzlich nach vorn – auf das Kinn – über den schmalen Tisch hinweg.

Sein Kopf machte einen Ruck. Nach einer Schrecksekunde stürzten sich die Hilfsbullen von rechts und links auf mich und verdrehten mir die Arme auf den Rücken. Ich selbst saß einigermaßen erschrocken da – nach dem Schlag.

Aber mit dem Schmerz (sie rissen an meinen Fingern) erwacht zugleich, ob man will oder nicht, wütender Widerstand, ich wehrte mich – strampelte, spuckte, schrie: Schweine, Schweine! (Schließlich hat ein alter UGler das Recht, dem Mann wegen dieses Lächelns eine zu scheuern!) Sie schlugen mich, warfen mich auf den Boden, verdrehten mir die Arme, aber alles irgendwie ohne Sinn, bis ein energischer Bursche mit Schlagstock (phallusförmig) herbeisprang und ihn auf meinem Rücken tanzen ließ, vor meinen Augen flimmerte alles. Aber ich blieb bei Bewußtsein. Sie stießen mich in die Zelle hinter der Trennwand (in die halbe Zelle – man konnte dort nicht aufrecht stehen) – eine niedrige, dunkle Nische, in der drei Männer flach auf dem Boden lagen. Ich zählte sie, sobald meine Augen wieder etwas sahen. Sie waren besoffen. Oder schwer verprügelt.

Ich saß dort (blind in der Dunkelheit) und hämmerte, immer noch kochend vor Wut, mit der Faust auf den Boden. »Schschweine!« schrie ich immer wieder. Sie fluchten. Natürlich hätten sie mir gern eine gehörige Lehre erteilt. Aber der Obermacker beherrschte sich, obwohl er den Schlag auf den Unterkiefer bekommen hatte:

»Ruhiig. Ruhiig«, beschwor er sie (mit angebissener Zunge). »Ich sage euch doch: ruhiig. Laßt ihn *erst mal*!«

Sie (er) hatten die Wahl. Sie konnten mich als den Anstifter der Prügelei hinstellen. Und mir zusätzlich den Paragraphen wegen Widerstandes gegen die Staatsgewalt anhängen (in diesem Fall waren sie Bullen) – mich vor Gericht stellen. Doch eine durch die Rechtsprechung über Monate hinausgeschobene Strafe erschien diesen Jungs wie ein schwerverständliches abstraktes Bild. Mumpitz. (Das Gericht spendet der Seele keine Linderung.) Die Haftstrafe, die man mir aufbrummen würde, wäre lächerlich, wer hätte schon was davon – aber die Leber einschlagen, die Nieren malträtieren, die Faust aufs Herz niedersausen lassen, zwei halten mich fest, der dritte arbeitet – das wäre schon besser, schon *mehr oder weniger* etwas, würde zwar auch nicht satt machen, aber doch das Gleichgewicht der flügge werdenden, machtgierigen Seele wiederherstellen. Sie würden selbst abrechnen. *Laßt ihn erst mal.*

Aber selbstverständlich ohne Zeugen – ich war ja der vorletzte, eine Winzigkeit, ein Komma kann einen manchmal retten (in diesem Fall keine Winzigkeit, sondern die Menschenschlange). Hinter mir stand bangend noch ein betagtes Männchen, das sie im Geschrei und Gedrängel nach Zucker festgenommen hatten.

Möglicherweise war dem Obermacker auch nicht jeder Hilfsbulle als Zeuge erwünscht (zu jung? oder neu hier?). Irgend jemand hinderte ihn *erst mal*. Ich kannte den Grund nicht. Klar war nur, daß sie (er) sich erst ein wenig später mit mir befassen würden.

Den letzten ließen sie sofort laufen: schmissen ihm seinen ehrlichen Paß hin.

»Hau ab. Na los, wird's bald!« Daraufhin stürzte der Alte, nachdem er vor Freude einen Augenblick japsend gehustet hatte, zur Tür.

Die Hilfsbullen umringten den Obermacker (drei, rote Armbinden, aufgeregt), der saß am Tisch und verklickerte ihnen jetzt gedämpft, wie es weitergehen sollte.

Zwei blutjunge Kerle standen etwas abseits.

Ich sah sie alle durch das Gitter. Ich wußte, daß ich arg in Bedrängnis war. Vielleicht würden es diese beiden jungen Kerle (allein schon durch ihre Anwesenheit) nicht dazu kommen lassen, daß ich geschlagen würde? überlegte ich etwas abstrakt, wie über eine fremde Person. Und berührte ab und zu meinen an der Tür verletzten Arm.

Doch da wurden plötzlich alle abgelenkt – ein Aufschub –, als ein Auto vorfuhr, dem Lärm nach zu schließen, sogar zwei. Ein Milizbeamter in nagelneuer Uniform, hochgewachsen, Offizier (aus der dunklen Nische heraus waren die Leutnantssterne gut zu sehen), trat ein und sagte gebieterisch: »Los, alle mitkommen!« Dann fügte er noch hastig etwas bezüglich der Waffen hinzu. Man antwortete ihm. Er gereizt: »Jungs, keine Zeit verlieren!« Lärm und Knarren der weggeschobenen Stühle, Ausrufe, allgemeiner, vom Kommando angetriebener Aufbruch.

Sie waren weg, wo sollte ich hin, sie würden mich morgen verprügeln. Sie waren, mit den Stiefeln polternd, die Treppe hinuntergerannt. Jenseits der Treppe, jenseits der letzten Stufe verloren sich ihre Stiefel lautlos im Nichts (auf weicher Erde). Alle waren weg. Nur einer war dageblieben; einer der ganz jungen Kerle. Jung, rundes Gesicht – ich konnte ihn gut sehen.

Als mich die wackeren Hilfsbullen hinter das Gitter stießen, trat ich (aus Übermut – nein, *aus Leidenschaft*) immerzu gegen den Türpfosten, mal mit dem einen, mal mit dem anderen Fuß. Ich sträubte mich, ich wutschäumender alter Idiot. Der schlaue Iwanuschka spreizte Arme und Beine – nie werde ich in den Ofen kriechen. Die Hilfsbullen waren heller als die Hexe Jaga, sie hatten mir im Akkord die Tür auf den Rücken und den Hintern geschlagen, so daß ich aufheulte und schließlich in die vergitterte Nische flog. Und das hatte ich nun davon: eine wunderbare, dunkle Nacht in der Zelle. Und ein quadratisches Fenster – weit weg.

In diesem dunklen Fenster schwebten nur zwei oder drei silbrige Fäden. Der Mond war zu ahnen. Aber er konnte nicht in unsere tintenschwarze Finsternis vordringen. Er war irgendwo. War hoch oben aufgegangen, aufgestiegen und stand über dem Dach.

Der junge Hilfsbulle, der uns bewachte, schlief am Tisch, er hatte die Tischlampe ausgeknipst. Na, ist schon gut und recht: Man hat dich bis zum Morgen eingesperrt, jetzt passiert nichts mehr – am Morgen werden sie mit dir abrechnen, warte nur! sagte ich zu mir selbst. (Hatte es ja verdient; wußte ja, warum und weshalb.) Aber nein. Deshalb war ich ja so geladen, weil ich es nicht wußte. Ich hatte immer noch den brennenden Wunsch auszubrechen: vor der morgendlichen Abrechnung auszubrechen, jetzt und sofort.

Ich kroch. In der Dunkelheit der Zelle (primitiver, stinkender Verschlag) kroch ich so leise wie möglich: Tempo einer hellwachen Schnecke. Der Betrunkene ganz in meiner Nähe schnarchte auf. Ich kroch und paßte wie ein Raubtier meinen Atem den Obertönen seines Schnarchens an. Noch einen halben Schritt. Ich hatte mich seinem Gesicht genähert (dem Fuselgeruch) und tastete nun ganz vorsichtig seine Taschen ab. Er gab keinen Mucks von sich. In der Tasche hatte er Zettel, allerlei Kram, Streichhölzer, drei Schachteln, warum so viel. Die zweite Hosentasche befand sich unter seinem Körper, ich mußte ihn drehen. Sie war leer. (Ich holte tief Luft.) Hob die Augen: spähte in die ferne Welt jenseits des Gitters. Der Wachhabende schlief. Durchs Fenster flossen unsichtbare Mondstreifen herein – in den flimmernden, glänzenden Fäden erkannte ich, daß der schlafende Wächter am Tisch das Gesicht in den Händen vergraben hatte.

Ebenso leise kroch ich zu dem zweiten, der lag in seiner Kotze, was mir Hoffnungen machte; vor Ekel hatte man ihn vielleicht nicht gefilzt. Wenn er wenigstens eine leere Pulle hätte (die zum Schlag taugte) oder einen längeren Wohnungsschlüssel, den ich wie ein stumpfes Messer umklammern könnte. Aber meine Hand langte sofort in etwas Klebriges, Sauerei. Leer. Er war gefilzt. Nicht mal ein windiger Kugelschreiber. Geld – ein paar Münzen. Außerstande, sie wieder in die Tasche zu stecken, klebte ich ihm die Münzen einfach auf das verkotzte Hemd, wie Orden. Schlaf, Krieger. Wir werden deiner gedenken. Der dritte (letzte) Betrunkene lag in der Ecke, direkt vor dem Gitter. Zutiefst verärgert kroch ich schneller zu ihm hin und merkte plötzlich (die Hand schon an seinen Taschen), daß er nicht schlief. Er hatte mich die ganze Zeit beobachtet. Er schlotterte vor Angst. »Ich hab kein Geld. Nichts ...«, preßte er tonlos heraus. Ich erklärte ihm gar nicht erst, was ich suchte. Berührte (trotzdem) seine Taschen – leer. Betastete die Brusttasche, leer. Da vernahm ich ein Plätschern: Er pinkelte sich voll. Der kleine Strahl plätscherte immerzu, während wir beide schwiegen.

Ich stand auf und machte mich klein; trat ganz leise ans Gitter – an die hölzernen Kreuzstücke. Das Gitter war aus Holz, nur die Tür war aus Eisen. (Meine verletzte Hand meldete sich wieder.) Ich stand da und schaute: Der Wachhabende schlief, den Kopf in den Händen vergraben. Er war jung. Ich überlegte, was sich alles in seiner Reichweite befinden könnte? ... Mit einem heilen Stuhl zu kämpfen war schwer. Der Stuhl könnte zerbrechen, wenn er wacklig wäre – dann hätte man ein Stuhlbein! Die Karaffe? ... Aber die konnten sie weggebracht haben. Was noch? Ein wütender Mensch ist nicht zu halten, dieser verschlafene junge Esel würde mich nicht überwältigen können. ... Was gab es denn da noch für Gegenstände? Ich strengte mein Gedächtnis an und rief mir die Minuten in Erinnerung, als ich auf die Vernehmung wartete. Ich stand da und trat ziemlich lange unschlüssig auf der Stelle – was hatte ich dort gesehen? ... na? – rechts die Schlange der Festgenommenen, da lagen ihre Papiere. Ein kleines Heft, Paßangaben ...

»He, Chef!« rief ich.

Rüttelte noch einmal an den hölzernen Kreuzstücken.

»Chef!«

Verschlafen hob er den Schädel, knipste die Tischlampe an … da! Das war die Waffe! Meine Augen suchten fieberhaft eine Möglichkeit, wie ich am einfachsten an die Lampe herankäme. Ich müßte sie packen, dürfte aber nicht die Schnur herausziehen, sie war kurz und endete in einer tief angebrachten Steckdose (könnte festsitzen … dann würde es der Junge schaffen!).

Er drehte mir sein rundes Gesicht zu: Was ist denn los?

»Ich muß pinkeln. Bring mich zum Klo.«

Er sagte verschlafen:

»In der Ecke steht ein Eimer. Piß, soviel du willst.«

»Ich muß auch was trinken. Bin völlig verdurstet, Chef!«

Jetzt kam er zu mir. Wenn ich rücksichtslos vorpreschte, könnte ich ihn natürlich zu Boden schlagen, er müßte nur unsere eiserne Gittertür öffnen, aber er dachte gar nicht daran. Er dachte an etwas anderes – ich fuhr gerade noch rechtzeitig zurück. Er stieß die Faust mitten durch das Quadrat der Tür und zielte auf meine Augen. Als er nicht traf, grunzte er. Ohne ein Wort zu sagen, drehte er sich um und ging weg. »Ich will trinken, du Schwein! Tri-inken!« heulte ich, aber der Rundgesichtige blickte sich nicht einmal um. Er drosch auf den Lichtschalter. Ging ins Nebenzimmer und drückte die Tür zu, um nichts zu hören, wenn ich anfangen sollte zu toben, zu schreien, mich auf dem Boden zu wälzen … nur zu, Mann! Na los, *alte Sau*, wie einer von ihnen gesagt hatte, als ich, eingesperrt, gegen das Gitter treten wollte.

Was konnte ich sonst noch tun? … Nichts. Höchstens das rasende Herz beruhigen. Ich spähte aus meinem gottverlassenen Winkel hinaus in die schwarze Nacht, wie ins Mondlicht. (Suchte mein schwarzes Quadrat. Ich kannte ja bereits seine Magie.) Mein Herz beruhigte sich nicht, aber jetzt krampfte es sich zusammen und bremste ein wenig … noch ein wenig … und wie von oben – wie zur Rettung – entstand aus dem Nichts das Gefühl, die Zeit sei stehengeblieben. Das Leben stockte kurz. Nicht das Leben selbst, sondern seine schwerfällige Prosa, sein in seiner Stille erhabenes, alltägliches Ein und Aus. Das war das Sein. Die Zeit ruckte nicht mehr: Sie floß.

Vielleicht waren just in der Verstörung der ersten impulsiven Minuten hinter dem Gitter die Reste meines alten, sich bereits abschuppenden Ehrgeizes und meiner hochfahrenden Anstrengungen von meinem Ich abgeplatzt. Der feste Vorsatz: Ich werde ihnen nicht in die Hände fallen. (Vielleicht auch die Reste meiner ehemaligen Schriftstellerei.) Da zitterte nun die Hülse, des Menschen Staub, und suchte für sich und mich zugleich einen würdigeren Text, um möglichst das Gesicht zu wahren und einen heilen Bauch zu behalten. Sei schlau, sagte ich zu mir. Entspann dich. Da bist du. Da ist dein Körper. Da ist dein Leben. Da ist dein Ich – alles ist noch da. Lebe … Mein Herz wurde leicht, ich fühlte mich außerhalb meiner Texte, wie ein Wurm außerhalb der Erde, der er verpflichtet ist. Du bist jetzt der Text, bist ein Wurm, der in Eintracht mit seinem Nährboden kriecht. Lebe …

Die wütenden Sprünge aus der Zelle hinaus (sobald er die Eisentür einen Spalt geöffnet hätte, die Schläge mit der Tischlampe auf seinen Kopf, das Gezerre an der Steckdose, an der Schnur, um mit der Lampe ausholen zu können, all das erschien mir jetzt absurd. Die Phantasiebilder waren verschwunden, wie aus einem bösen Traum, schlimmer – aus einem schlechten Film. Ich war abgekühlt. (Wahrscheinlich war mein Blutdruck stark gefallen.) Keine Handbewegung. Kein zufälliger Gedanke. Wie ein entdeckter Wurm zuckte ich lediglich und versuchte wegzukriechen, hatte vergessen, daß immer und überall Erde war. Einfach Erde, Nährboden, Prosa des Lebens – die normale menschliche Zelle mit einer Gittertür und dem unaufdringlichen Pinkeleimer in der Ecke. Mit den normalen, kreuz und quer im Dunkeln liegenden Betrunkenen, die ausschlafen und sich ausnüchtern müssen. Auch ich sollte etwas schlafen. (Ja, ja, hinlegen – den Kopf auf einem Arm.)

Die Prosa des Lebens war, zugegeben, süß. Wie versprochen, schenkte sie dem Menschen beiläufig einen langgezogenen und gleichsam ewigen Ton, der mein Gehör mit sachten, rhythmischen Schwingungen der Luft einlullte. Es war, schlicht gesagt, ein gedämpftes Schnarchen. Mein eigenes. Ich schlief. Das Sein selbst, eingehüllt in den süßen, betörenden Ton, wiegte mich. Ich schlief. Aus der Ferne – wie ein Echo – klang das frische, junge Schnarchen des Hilfsbullen, der uns bewachte, durch die Tür. Er schnarchte, ich ahmte ihn nach. Wir riefen einander zu …

Als ich für einen Augenblick erwachte, erblickte ich den Betrunkenen in der Dunkelheit, der sich aus Angst vollgepinkelt hatte und jetzt auf komplizierte Weise die Wäsche »wechselte« – die fröstelnde, unglückliche Gestalt eines Menschen, der auf einem Bein tänzelte und mit dem anderen in das Hosenbein zielte … Dunkelheit, es herrschte eine großartige, undurchdringliche Dunkelheit. Beim Einschlafen spürte ich weiterhin das schwarze Quadrat des Fensters. Und den Mond: Er war nicht da. Aber auch unsichtbar stand er am Himmel, irgendwo über dem Dach – hoch über dem Gebäude.

ZWEITER TEIL

Ein Vorfall im zweiten Studienjahr

Mit was für einer Lappalie fing es an, *mit der Liebe!* – also mit dem allgemeinen Tamtam der Kommilitonen um ihn herum, mit ihrer Lobhudelei. Die Zeichnungen riß man ihm frisch aus der Hand. Pinnte sie an die Wand. Dann trumpfte man noch voreinander auf und zeigte, wie viele man schon hatte. Sein Geschick, mit Bleistift oder Kohle im Handumdrehen auf jedem Stück festen Papiers eine Zeichnung entstehen zu lassen, entzückte alle wie ein Geniestreich, wie ein Zauberkunststück. Wenja, das Wunder. Ein zeichnender Mensch. Was er zeichnete (noch unausgereift, aber schon da), war echte Undergroundkunst, wir verstanden damals überhaupt nichts. Wir sahen eine Form. Kohle auf Weiß. Niemand begriff etwas. Dafür liebten ihn alle. Außerdem neckte Wenja gern. (Natürlich verstanden auch die auf Wenja gehetzten Ermittler nichts davon, was hätte man denn von ihnen, den braven Staatsdienern, erwarten sollen?!) Schon damals, vor vielen Jahren, konnte mein jüngerer Bruder Wenja dem Ermittler am Tisch gegenübersitzen und ihn so reizen und zur Weißglut bringen, daß der Ermittler am liebsten auf das Kinn mit dem lachenden Grübchen eingeschlagen hätte. Er neckte ihn mit seinem Wort und seiner ganzen frechen Körpersprache. Der Ermittler holte sogar zum Schlag aus. Jeder Ermittler, der mit Wenja zu tun hatte, holte aus. Keiner schlug zu.

Dreimal knöpften sich die Geheimdienstler im Laufe jenes Jahres Wenja vor, konnten es nicht fassen – ein Student wie alle, offenes Lächeln. Eisblaue Augen. Und wenn er erst lachte: ein Lausbub! Mit einer Spottlust, die jeden sofort bestach, ach, dieser Charme, ach, dieser Witz! … Einer der Studenten, zweifellos aus demselben Kurs, denunzierte Wenja weiterhin, ein mittelmäßiger Dummkopf. (Der eingeschüchtert worden war und dem Ermittler wahrscheinlich aufrichtig die Atmosphäre unter den Studenten jener geschwätzigen Jahre *wiederzugeben* versuchte.) Dreimal zeigte er ihn an, aber wie sich bei der Überprüfung herausstellte, stammten die Karikaturen nicht von Wenja, sondern waren in Wenjas Stil gefertigt, Kopien, mehr nicht. Das Talent schützte den Urheber nicht, aber es lieferte ihn auch nicht aus. Und erst beim dritten Mal, wie in einem Gruselmärchen, brachte der lachlustige Wenja mit seiner spitzen Zunge den Ermittler nicht nur zum Schreien und Ausholen, sondern endlich auch zur Weißglut, die aber nicht zum Ausbruch führte, sondern zu stiller, jesuitenhafter Wut.

Die Augen des Ermittlers, die Pünktchen seiner Pupillen, begannen weiß zu glühen – Wenja erzählte oft, daß der andere Ermittler, der im selben Zimmer über Papiere gebeugte Kollege, und die Frau in der Ecke, die auf der Schreibmaschine klapperte, lauschten und ab und zu in sich hineinlachten, die Frau prustete sogar in ihre Faust. So sehr gab Wenja (der Lausbub!) dem Ermittler mit seinen Antworten Saures, der aber befragte ihn ganz gefaßt weiter.

In der Mensa, bei der dünnen Erbsensuppe und dem bleichen Kompott jener Jahre, überlegte ich (älter und schon mit Ambitionen) laut:

»Wenja, dieser Ermittler wird gefährlich.«

Ich plusterte mich auf, so gut es ging, aber es klang natürlich dumm:

»Hör zu, Wenja ... Wie wär's, wenn du ihn mal provozierst? Ihm eine knallst. Genau! Als hätte er dich beleidigt. Dich als erster geschlagen!«

Wenja lachte nur:

»Warum?«

Er erzählte mir von den Verhören. Während wir das Kompott aus dem Glas löffelten, besprachen wir vergnügt (und etwas provinziell) seinen Fall. Es war keine Mausefalle und keine Schlinge, sondern ein häßliches Loch im zähen Lehm jener Jahre, in das Wenja aus Versehen getappt war. Jung, wie wir waren, verspürten wir keine Angst. Eher einen gewissen Stolz darüber, daß wir an einem gefährlichen Spiel mit der Macht teilnahmen. Wir schnaubten beide, der KGB interessiert sich für einen kleinen Studenten, ist das die Möglichkeit! Ich redete in hochtrabendem Ton auf ihn ein, immer dasselbe, wär's nicht an der Zeit, Wenja, den Spieß umzudrehen? Eine Woche oder zwei in der Zelle, was macht das schon, ein zerschlagenes Jochbein und eine ausgerenkte Schulter (na und, Wenja!), sollen sie dich doch anschreien und beschimpfen, das Dekanat informieren, dich fünfzehn Tage aussperren, was auch immer, aber nicht diese elend lange, klebrige Untersuchung. Diese Verhöre, die so erstaunlich leise, belanglos, zäh und zugleich bedrohlich sind, die sind doch kein Loch, Wenja, sondern eine Grube! Alles andere, nur nicht dieser Druck beim Gegenübersitzen am Tisch und Wenjas Spott, dessen Galligkeit ihm wohl selbst nicht klar war. (Dafür kannte ich sie um so besser – er konnte einen manchmal ganz schön treffen.)

»Wenja, der Schlag ist Philosophie. Der Schlag ist alles, was wir haben!«

So sprach die Jugend. (Es sagte sich so leicht.) Ich dachte damals nicht im Traum daran, daß der Schlag Philosophie sei. Ich war der große Bruder: Ich redete nur deshalb so, um Wenja zu ermuntern und Unglück von ihm abzuwenden. Aber die Zukunft zog natürlich schon herauf. Ich wußte es irgendwie. Ich fühlte glücklich und unbeschwert eine einstweilen noch ferne menschliche Erfahrung im voraus (schätzte sie schon ab und beschwor sie für mich selbst herauf, wer weiß?).

Er wurde wieder vorgeladen. (Sie verschleppten das Verfahren.) Er erhielt die Vorladung auf einem weißen Zettel, mitten in der Vorlesung. Ebenfalls täglicher Trott. Der Ermittler arrangierte absurde Begegnungen mit Leuten, die Wenja hätte kennen oder erkennen können, um ihn auf die Probe zu stellen;

natürlich kannte er sie nicht. Er kannte die damaligen Dissidenten nicht. (Stand abseits, war ja noch jung.) Er lachte sich kaputt, wenn er mir Einzelheiten der Verhöre erzählte: Stell dir vor, reine Routine, ganz normales Gespräch, alles wird protokolliert, geschlagen wird nicht! Was für Zeiten! ... Er lachte, wußte aber nicht, wie er diesen Spinnwebzeiten nach Stalin entrinnen sollte, aufrecht oder auf allen vieren?

Und in der Tat, wie sollte man das wissen; Wenja würde wegen der Ohrfeige, die er dem Ermittler verpaßt hätte (für die Drohgebärde), aus dem Institut geworfen und vielleicht kurze Zeit eingelocht werden: Es waren die ersten Jahre der Zeit vor Breschnew, keine schlimmen Jahre, er würde seine Strafe absitzen, und Schluß! Es war einfach wichtig, die Sache zu unterbrechen ... Bei aller Genialität begriff Wenja nicht, daß er weniger in der Falle einer Denunziation von irgend jemand anderem saß als in der Falle seiner eigenen Überheblichkeit: in der Falle seines Ichs. Ich liebe meinen Bruder zwar, idealisiere ihn aber nicht – Wenja war arrogant, manchmal. (Nicht aus innerer Einstellung, sondern aus Jugendlichkeit. Das ist die Rechtfertigung.) Wie die berühmten jungen Genies früherer Jahrhunderte schonte auch mein Bruder niemanden. Er machte sich auf ätzende Weise lustig. Und wenn Wenja jemanden auslachte, dann wurde sein Gegenüber zu einem Nichts, zu einer Laus. Das war unerträglich. Selbstverständlich sind die Geheimdienstler damit nicht entschuldigt. Aber es ist bitter zu wissen, daß das, was Wenja erlitten und nicht ausgehalten hat, nicht die Quittung für seine genialen Zeichnungen ist (und nicht einmal für irgendwelche getürkten Karikaturen), sondern für seinen Stolz. Man ertrinkt nicht im Meer, sondern in einer Pfütze.

Hätte Wenja seine Begabung gepflegt und für sich allein gelebt, hätte er durchschlüpfen können. Seine Zeichnungen waren zu gut – hier und dort wohlgelitten, hätte er ein langsamer, genauer Porträtmaler werden können. Oder sich, was wahrscheinlicher ist, zu einem avantgardistischen Untergrundkünstler entwickelt, und die Staatsmacht hätte es nicht gewagt, handgreiflich zu werden. Man hätte ihn respektiert. (Na ja, die eine oder andere Ausstellung wäre verboten worden. Man hätte die ah und oh seufzenden Sachverständigen mit dem Bulldozer vertrieben und ihm zweimal die Ausreise nach Italien verwehrt!) Im Rückblick und im nachhinein vereinfachen wir natürlich, und das existentielle Labyrinth des Künstlers mündet aus heutiger Sicht in eine Gabelung von zwei oder drei Pfaden, aus denen man scheinbar bewußt einen ausgewählt hat (während man in Wirklichkeit durch Lehmschlamm watete und nicht vom Fleck kam). Aber es ist ja auch ziemlich einfach, die Sache zu erschweren. Leider. Wäre nicht dieser Kampf, dieses Duell des Genies mit dem System gewesen, dann hätte es immer noch den Zwist mit dem kleinlichen, ehrgeizigen Ermittler gegeben. Tag für Tag zog sich dieses zermürbende Gegenübersitzen am Tisch hin, was glaubst du, wie dünn das Fädchen am Ende war. Schließlich trieb es Wenja auf die Spitze – bleich, weiß vor Wut, rief der Ermittler (er war nicht mehr jung, aber noch nicht alt) mit zuckenden Wangen die Wache. Ließ ihn einfach abführen. Er wollte keinen Tumult und keine Prügel, wenigstens nicht gleich. Wollte nicht, daß der Fall ein Beschwerdewölkchen nach sich zog, Gerüchte und Klagen, Gespräche, wollte nicht, daß sich die Wasseroberfläche kräuselte. Er wollte nicht, daß der verprügelte Wenja unter größerem Aufsehen entwischte – den widerspenstigen (und besiegten) Studenten konnte man einfach in ein normales Krankenhaus einweisen und die Akte *schließen*. (Dort hätten andere Ermittler mit ihm zu tun; und er wäre aus dem Schneider.)

Das sagte er Wenja auch:

»Mir liegt nichts daran, dir die Fresse zu polieren. Mir liegt daran, daß du in die Hosen scheißt.«

Er wußte, was er sagte. Ermittler bluffen gern, aber dieser wußte, was er tat. Er konnte tatsächlich die Zukunft (des Untersuchungshäftlings) bestimmen; im Rahmen seiner persönlichen Entscheidung führten sich verzweigende, glatt gebahnte Wege in die Zukunft, drei oder vier; einer davon, ein krummer, direkt zu den Weißkitteln. (Zur Behandlung von abweichender Gesinnung – zum vollberechtigten Eindringen der Ärzte in dein Ich.) Der Ermittler wußte, wie er seinen Bericht verfassen und die Sache drehen mußte. Er brachte Wenja auf einen Weg, den er sich von seinen Oberen abgeguckt hatte. So hatte der Verlauf der Zwangsbehandlung in diesem Fall nichts Erstaunliches (also Überraschendes). Von einem bestimmten Augenblick an, den die Ärzte erwartet hatten, konnte ihr Patient (Wenja) die Chemie in seinem Blut und deren gezielte Intervention in seinem Gehirn nicht mehr bewältigen. Wenjas Gehirn schaltete nicht ab – es schaltete nur zur Unzeit ein, lenkte nicht, übte keinen Einfluß aus, wodurch der Patient (mein Bruder) seinen Kot vier Wochen lang unkontrolliert verlor. So war es. Einen ganzen Monat. Der Weg führte ans Ziel. Der Ermittler wußte, was er versprach.

Sein Interesse war geweckt. Der Mensch ist neugierig, wenn man ihn anstößt. Aber wahrscheinlich lag es nicht an Rachsucht, sondern daran, daß er die Ermittlung in Wenjas Fall hätte zu Ende führen müssen; Arbeit. Wie auch immer, der Ermittler besuchte Wenja im Krankenhaus. Er betrat seinen Krankensaal, im weißen Kittel. Ordentlich rasiert, dezent im Auftreten. Saß neben Wenja und fragte:

»Na, wie geht's? ... Scheißt du in die Hose?«

Wenja, von den Medikamenten gedämpft, war nicht mehr scharfsinnig und frech (zweiter Monat; Symptom: Staub im Gehirn).

»Na? Was willst du mir *hier* sagen?«

Durch die »Staubschicht«, die sich auf Wenjas Bewußtsein gelegt hatte, dachte Wenja angestrengt – er antwortete lallend:

»Hier ist auch Leben.«

Als ich am selben Abend zur Besuchszeit, aber etwas später, neben Wenja saß, fragte ich:

»Und was hat er gemacht? ... Zufrieden gegrinst?«

Wenja verneinte, der Ermittler habe zugestimmt, ja, hier sei auch Leben: Lebe.

Der Arzt, eine intellektuelle Figur, war möglicherweise in Mode gekommen, die Spritze ersetzte so bequem die in unserer Vergangenheit allzu monotonen (allzu lauten) Schüsse in den Hinterkopf und die Holzfällerfron. In der Zeit der Verhöre war Wenja nur einmal geschlagen worden – im Auto. Man hatte ihm die Fresse poliert und zwei Zähne ausgeschlagen, alles voll Blut, unprofessionell. Sie hatten ihn nur eskortiert, es war eng im Wagen, und alle, Wenja eingeschlossen, trugen Mäntel, es war Winter. Er hatte sie schnell auf die Palme gebracht. Er konnte jeden auf die Palme bringen, egal, was für Fäuste er hatte, es war nicht jugendlicher Übermut – es war einfach sein hochmütiges Löwenherz. Wenja machte sich über ihre dünne Kleidung lustig, was, wir haben doch Winter, euch, Schweine, schätzt man wohl nicht, eijeijei. Oder habt ihr noch keine bessere verdient? Was, noch kein Mäntelchen von fremder Schulter? Flaschen ... Einer schlug ihm auf die Eier, mit der Handkante. Es tat wahrscheinlich weh. Aber da spuckte Wenja (immer noch lachend, er reagierte ebenfalls blitzartig) dem Angreifer ins Gesicht.

»Da verloren sie das Interesse an meinen Eiern und nahmen sich mein Gesicht vor«, erzählte er und versuchte zu pfeifen, ohne die beiden Zähne auf der linken Seite.

Zweizähnelos wurde Wenja abgeliefert. Kaum waren die begleitenden Beamten ausgestiegen, schubsten und pufften sie ihn eilig zur Tür, wo der Ermittler wartete, Wenja aber, der so viel von Berührung hielt (und die Berührung durch Fremde nicht leiden konnte), schrie ihnen zu:

»Laßt mich! Ich geh selbst!«

Manch einer unter den Studenten hatte das hinter vorgehaltener Hand verbreitete Gerücht schon aufgeschnappt: Man nahm an (unter Vorbehalt, aber immerhin), daß kein Rauch ohne Feuer entsteht und Wenja jetzt bereits von sich aus immer häufiger zu vertraulichen Gesprächen kam – dieser brillante und hochbegabte Junge!

Deshalb sei er krank geworden, der Bursche sei übergeschnappt, weil er bei den Verhören mit dem Ermittler Tee getrunken habe und allmählich gesprächig geworden sei, er habe *Schmutz hinterlassen.* Wenn ein Gerücht in die Welt gesetzt wird, ist der Mensch bekanntlich machtlos. Man zwinkerte sich zu und diskutierte, rauschte im Tannenwald, ohne beim Wort genommen zu werden. Die Menschen sind undankbar, das weiß man auch. Und sie sind Schweine. Junge Menschen schon gar. Und erst recht, wenn sie lieben.

Sie bestehen ja nicht drauf, vermuten nur. Entschuldige, sagen sie. Habe das Gerücht aus Versehen aufgeschnappt (und weiterverbreitet). Na, entschuldige schon – es war ein Fehler, ich geb's ja zu! Sie bestehen nicht drauf, was will ich denn noch? … Heute haben sie bereits Enkel. Warten auf ihre Rente. Und wenn Wenja schon seit Urzeiten in seinem stillen Wahnsinn gelebt haben wird, dann wird sein ehemaliger Kommilitone, selbst grauhaarig und Großvater, nichts mehr von jenen Tagen wissen und nichts darüber verlauten lassen – außer allbekannter Entrüstung! Daß er damals selbst das Gerücht über Wenja verbreitet hat, wird er mit Sicherheit vergessen haben. Die eigenen kleinen Fehltritte brennen nicht unter der Ferse, in unserer Vergangenheit korrigieren wir uns säuberlich selbst.

»Was für glückliche Zeiten waren das damals!« wird er am Ende des Gesprächs plötzlich aufseufzen. Er meint die Studentenzeit. Ja, was soll man dagegen sagen – es stimmt doch, es waren unsere besten, unsere jungen Jahre!

Wenjas bissige Spottlust, seine Offenheit und seine eigenwillige Seele, das war es, was bei seiner Umgebung Eifersucht weckte. Junge Menschen sind (insgeheim) besonders eifersüchtig auf Leute wie Wenja. Das Leben ist verschlungen und launisch, vielleicht liegt seine Wahrheit ja genau darin, daß dieser Wenja, der so begabt und frech war, tatsächlich denunziert hat? ... Das hätten sie gerne geglaubt. Die Menschen sind so, was soll man machen? (Wenigstens einen Augenblick lang, auch wenn sie's nicht wirklich glaubten, aber die Vermutung war doch angenehm.) Es gab natürlich auch welche darunter, die Wenja gekränkt hatte. Und ach, wie klar ist doch, daß alles mit seiner allgemeinen Beliebtheit begonnen hatte.

Wenja, der in der Klapsmühle eingesperrt war, erfuhr nie, daß ziemlich lange ein Dreckklumpen über ihm hing. Wahrscheinlich hatte ihn der Ermittler geknetet. Vielleicht wollte er einfach den Informanten decken, den niedergeschlagenen, unterwürfigen Dreierstudenten. (Wenjas Formulierung, obwohl jeder der Spitzel gewesen sein konnte, auch ein Einserstudent.) Bestimmt wollte der Ermittler sich und seiner Behörde den nützlichen Mann erhalten, um mit ihm nach der Vorlesung über dies und jenes zu tuscheln.

Aber vielleicht war hier auch sein Ehrgefühl am Werk. Also seine persönliche Rechnung. Nachdem er das Gerücht über Wenja in Umlauf gebracht hatte, wollte er den Studenten mit der scharfen Zunge und dem festen, spöttischen Blick *sich selbst zuliebe* restlos in den Staub treten.

»Ich spüre dich nicht mehr neben mir, Wenja. Du bist allein. Du hast dich entfernt.« Er geriet darüber keineswegs in Wut oder Aufregung, das machte die Spritze, der kleine Bruder antwortete mir, dem großen Bruder: »Na, na. Hör auf. Stell dich auf gleiche Höhe, dann sind wir wieder nebeneinander«, und pfiff. Danach war ich gekränkt, besuchte ihn lange nicht und rief ihn nicht einmal an; Wenja warf die verordneten Tabletten bereits ins Klo, eine ganze Handvoll, er war krank, wollte es aber nicht glauben.

Verfolgungswahn – so stand es plötzlich um ihn. Dabei war Wenja gerade erst dreißig. An der Hausecke zeigte er mir einen

Mann, der offensichtlich ein alter Streuner war, und sagte, der *sehe von hinten aus wie ein Arzt,* und ich Dummkopf fragte nach: »Wie ein Arzt?« – »Na ja, wie ein verkleideter Arzt.« Ich blickte mich um und lachte laut: Der Mann trat gerade an einen Mülleimer und angelte leere Flaschen heraus.

»Wirklich wie ein Arzt?« Ich lachte.

Der Streuner sackte drei Stück ein, der Glückspilz, aber sein Einkaufsnetz hatte ein Loch – eine Flasche fiel durch und rollte weg. Dieses Geräusch fuhr Wenja und mir bis ins Mark (das Geräusch der über den Asphalt kullernden Wodkaflasche, die jedoch nicht zerbrach).

Ich blickte mich wieder um und sah, wie der Mann wegging, mit glücklichem Gesicht, er sah ganz und gar nicht aus wie ein Arzt, dafür aus jeder Perspektive (auch von hinten) wie ein verängstigter Bettler.

Bei einem berühmten Physiker (einem von denen, die zur gleichen Zeit wie Wenja studiert hatten) in der Wohnung gab es noch eine deutliche Spur von Wenja – eine Zeichnung an der Wand. So hieß es. Jemand hatte sie gesehen. Hatte es jemand anderem erzählt. Eine Kohlezeichnung. Das Porträt eines Mannes mit schwarzem Bart und Brille … Aber genausogut konnten noch irgendwo anders Zeichnungen von ihm hängen, gerahmt oder einfach an die Wand gepinnt. (Dort warteten sie und wurden von Jahr zu Jahr teurer.) Heute sind sogar Skizzen von ihm wertvoll.

»Spuren«, sagt Wassiljok Pjatow zu mir, »nach diesen Spuren sollte man an Moskauer und Petersburger Wänden eifrig suchen.«

Wassiljok beharrt darauf: Der Kunstsachverständige Umanski (ein großer, großer Experte!), dem jede Menge nicht identifizierter Zeichnungen aus den 60er und 70er Jahren zuflögen, sei der Beste von denen, die sich heute für diese Künstler einsetzten und sie vor dem Vergessen bewahrten. Voriges Jahr habe man bekanntlich sein Wochenendhaus außerhalb Moskaus mit den Bildern in Brand gesteckt, aber auch nach dem Feuer sei der Experte nicht abgekühlt (Wassiljok witzelt), sondern kämpfe mit Feuereifer für die Wahrheit. Zudem gehöre Umanski zu denen, die Wenjas Zeichnungen einst mit eigenen Augen gesehen hätten. Es sei nur eine Frage des Vertrauens. Und der Qualifikation. Wenn Umanski also Zeichnungen, die wir gefunden hätten, zu Gesicht bekäme, dann könnte er sie aus dem Nichts herausholen und wirkliche Beachtung für sie erreichen. (Und zugleich für Wenja.) Wassiljok nennt mir die Höhe des Honorars, das Umanski verlangt. Ich hebe ratlos die Hände – auch sehr beachtlich, woher soll ich das nehmen?!

»Wieso habt ihr denn nicht wenigstens ein paar von Wenedikt Petrowitschs Zeichnungen aufgehoben?!« ruft Wassiljok aus.

Das beschämt mich natürlich, aber nicht allzusehr. Schließlich habe ich es nicht einmal geschafft, meine eigenen Dinge aufzubewahren.

Aber in einem anderen Punkt hat Wassiljok recht: Die Energie des Gemunkels ist groß! Jahrzehnte sind vergangen, und plötzlich taucht Wenja (vielmehr sein Bild) aus dem Nichts auf, wie aus der Luft. Kaum hatten die jungen Künstler von Wenja gehört, da redeten und tönten sie über ihn, rühmten ihn sogar, so daß für eine richtige Legende bislang nur noch seine Zeichnungen (eine ganze Kleinigkeit!) fehlten.

»Das Interesse ist doch schon da!« Wassiljok Pjatow und die angetrunkenen Künstler aus seinem Kreis vergessen nicht, nach ihm zu fragen, wenn sie mich treffen, mit teilnahmsvoller Stimme, voll Hochachtung: Wie geht es Wenedikt Petrowitsch im Krankenhaus? Was sagt er? Wie sieht er aus? … Für sie ist der alternde, graue Wenja wieder ein Künstler und wieder lebendig, der lebendige Wenedikt Petrowitsch ist ihnen wichtig! Ich bin in meinen Berichten natürlich ziemlich vorsichtig, halte taktvoll maß, abgehalfterte Genies sind kein beliebtes Thema, man liest gern über sie, aber von ihnen hören will man lieber nicht.

Wassiljok Pjatow fragt drohend (halb mich, halb die Ewigkeit):

»Und Swerew? ... Wissen Sie noch, was Swerew gesagt hat?!«

Wie sollte ich es nicht mehr wissen: Der begabte und stark trinkende Swerew pflegte nicht aufrichtig zu sein, wenn er gefragt wurde, welchem Künstler er etwas verdanke. Keinem! Er sei ein Naturtalent, basta. Höchstens noch den Frauen, aber auch denen nur als unverbindlichem Quell der Unterstützung. Doch über Wenja äußerte sich Swerew in Umanskis Gegenwart unwillig und betont kurz (während er unruhig die Wodkaflasche anvisierte); widerstrebend lüftete er den Schleier über dem tief verborgenen Geheimnis seiner Nachfolge:

»Höchstens Wenedikt. Er ist der einzige, von dem ich etwas gelernt habe.«

Es handelte sich wahrscheinlich (wenn überhaupt) um die blitzartige Manier, ein Porträt mit Kohle, Tusche, Bleistift oder Feder zu zeichnen. Um den von Wenja entlehnten Impuls, Porträts in beliebiger Technik auf einer beliebigen Unterlage zu skizzieren.

Vergessenes, das plötzlich in Mode gekommen ist (verkannte Genies), kann ebenso plötzlich wieder verschwinden, Umanski aber wird sich daran erinnern. Die Mode wird aufs neue aufflammen und auch beim zweiten Mal leise abklingen, Umanski aber wird sich trotzdem daran erinnern, und solange er lebt, leben auch Wenjas Zeichnungen und hängen noch irgendwo an der Wand. Der große Umanski ist alt, gebrechlich, halb erblindet, geschwätzig; er hat wichtigen Ereignissen beigewohnt und Legenden mitverfaßt; er ist ein Mythenschöpfer und begnadeter Aufschneider – alles, was man will, doch er erinnert sich.

Er erinnert sich, Wenjas Kommilitonen dagegen nicht. Der alte Experte erinnert sich an Wenjas Gesicht, an seinen Gang, seine Hände, aber die, die damals mit ihm studierten, ins Kino gingen, aßen, tranken und in den Vorlesungen neben ihm saßen, die erinnern sich nicht. Für sie, die ehemaligen Studenten, sind Wenjas Zeichnungen und Porträts nichts, ein blasser Fleck im Gedächtnis. Ein Vorfall im zweiten Studienjahr. Wenja (Aah, Wendedikt! Den meinen Sie ...) war kurz aufgetaucht und gleich wieder weg – schon im dritten, vierten und fünften Studienjahr waren sie nicht mehr mit ihm zusammen. Prüfungsperiode: Examina wurden verlegt und nachgeholt. Im Sommer die Kolchose; und die komischen ersten Liebeleien? – klares Bild einer beschwingten Jugendzeit, kein zufälliges Kunterbunt im Gedächtnis, kein Flimmern vor den Augen! Maidemonstrationen. Paddelboote. Lagerfeuer. Was noch? ... Ach ja, ich erinnere mich: Da gab's diesen Wenedikt. Im zweiten Studienjahr ... Hat mit uns studiert. Ja, ich glaube, der hat gezeichnet.

Einen von ihnen (schon grau) traf ich einmal am Eingang zur Metro, wir redeten über dieses und jenes.

Das Verblüffende war: An mich erinnerte er sich (ich war länger am Institut gewesen), aber nicht an Wenja, der auf seiner Stufe studiert hatte. Eineinhalb Jahre zusammen, abgebrochenes zweites Jahr. Wenedikt ist dein Bruder? Wirklich?

»Verstehe, verstehe! Bin ihm auf unserem Stockwerk selten begegnet. Wenedikt gehörte sicher zu denen, die *weiter oben* wohnten«, sagte der ehemalige Student. (In die Jahre gekommen. Graues Haar. Gerötete Augen.)

Ich freute mich, wenn auch mit Verspätung, darüber, wie die Sprache selbst alles erklärt und richtigstellt – ja, sagte ich, er wohnte weiter oben.

»Zwei Etagen höher, ja?«

»Vielleicht fünf.«

»Was! Haben da welche von uns gewohnt?!«

Ich hatte keine Ahnung, daß es so viele junge Schicksale gibt, die mir im Gedächtnis haftengeblieben sind, ohne eine Spur von Dramatik zu enthalten. Jemand war dreimal durchgeflogen.

Jemand war plötzlich relegiert worden. Jemand liebte jemanden. Jemand verließ jemanden. Sogar der eine Ertrunkene (ich weiß noch seinen Namen) hatte nichts Dramatisches an sich. Ernteeinsätze in der Kolchose, nächtliche Lagerfeuer, Liebesgeschichten, Vorlesungen, Examina, und mit alldem gehörten wir selbst der Zeit an und machten die *Zeit* aus – Wenja dagegen war ein Stück entfernt. Für mich war mein Bruder ebenfalls ein Vorfall, und ich bin heute nicht fähig, mich im nachhinein mit einer ganzen Kultur auseinanderzusetzen (der abgelagerten Kultur jener Tage), kann sie weder rückgängig machen noch durchstreichen.

Ich kann höchstens die Stirn runzeln und den Mund verziehen, wenn ich an die junge Zeit damals denke und an das Glück. Aber dieses verspätete Verziehen des Mundes, diese erkennbare Schiefmäuligkeit, läßt mich nur noch stärker sehen, wie sehr ich damals dazugehört habe. Wir waren jung – gehörten dazu. Wer und wo aber war Wenja damals?

Heute erst ist er zum Teilchen derselben Zeit geworden, zum bestimmenden Merkmal, zur Begleiterscheinung und zum Zeichen, das im nachhinein brandneues (wenn auch nicht neues) Mitleid in uns auslöst. Der Mensch Wenja interessiert uns weniger, das Zeichen Wenja, die Erinnerung Wenja ist es, die diese gesteigerte Fähigkeit zum Mitleiden und Lieben in uns erweckt – lieben, einander nicht verkrüppeln lassen, uns besinnen, daß wir Menschen und wozu wir auf der Welt sind, und so weiter und so fort. Dadurch ist Wenedikt, Wenja, erst jetzt zu jener Zeit zurückgekehrt. Wo war er damals, in jenen Tagen?

Die Frage stelle ich mir ständig, sie erstaunt und verblüfft mich, seinen Bruder. Seinen eigenen großen Bruder, der an seiner Seite gelebt hat. Was soll man da von anderen wollen – was wollte oder will ich von seinem Kommilitonen, von dem grauhaarigen Mann, der Wenja vergessen hat? … Ich will ja gar nichts.

Die Frau (in meinem alten Gleichnis) fläzte mit halb entblößtem Busen auf dem Fensterbrett, lachte und rauchte eine Zigarette. Zweiter Stock.

Dann zog der große Bruder zu einer attraktiveren (rothaarigen) Frau im vierten Stock um, dann wieder und wieder zu einer neuen Frau – in den sechsten und siebten Stock. Was er auf den Gängen und Etagen suchte, war für das Gleichnis unwichtig. (Dafür vermittelte der Aufstieg immer höher hinauf ein Gefühl für den Lauf der Zeit.) Heiter und energisch, das war wichtig, betrat der große Bruder eines Tages diese Gänge, stellte dort der einen Frau nach, dann der anderen, schließlich der fünften, und zu guter Letzt verschwand er. Vielleicht war er aus dem obersten Stock heruntergefallen, vielleicht von eifersüchtigen Männern aus dem Fenster gestoßen worden. (Er war hoch aufgestiegen.) Er kam ums Leben, während der kleine Bruder gerade erst zum Mann wurde und das Erdgeschoß betrat.

Im wirklichen Leben ging Wenja als erster hinein, und ich, der Ältere, erst nach ihm. Im wirklichen Leben war es Wenja, der in seiner Jugend heiter und beherzt auftrat.

Wahrscheinlich aber gab es die beiden Brüder in diesem Gleichnis gar nicht und auch kein ungewolltes Spiegelbild von Wenja und mir. Es sollte nur die normale Entwicklung des Menschen in vielen Altersschritten veranschaulichen (von der ich mir selbst noch kein vollständiges Bild machen konnte). Das heißt, ich war der große Bruder, der umkam; ich war aber auch der kleine, der von neuem begann.

Wenn es den kleinen Bruder nicht mehr geben wird (er wird ebenfalls aus einem hohen Stockwerk gestoßen), werde ich wahrscheinlich auch diesmal nicht verschwinden, nicht ums Leben kommen und das Gebäude des Wohnheims aufs neue betreten – und nun zum kleinen Bruder des kleinen Bruders werden. Ein Leben nach dem anderen, eine Häutung nach der anderen.

Die Brüder treffen sich

Vor rund zehn Jahren war der junge Maler Wassiljok Pjatow wirklich jung – mit rundem Bauerngesicht und flinkem Pinsel.

Wie alle Provinzler hatte er Angst, als Geizkragen zu gelten. Dafür leierte sein Vater, ein eingefleischter Faulpelz von fünfzig Jahren, um so lieber Geld aus ihm heraus und beschwerte sich lauthals über die heutige Zeit. Der Sohn gebe seinem eigenen Vater keine Kopeke freiwillig! ... Wassiljok Pjatow gab ihm Geld, und nicht nur einmal. Aber er verdiente mit seinen Bildern nur ganz wenig. (Ein windiger Mäzen aus Kanada, gebrechlich, dürr, mit angefressenen Vorderzähnen, erschien bei Wassiljok im Atelier, ging mit flinkem Mäuseblick hindurch, kaufte und verschwand für fünf Jahre.) Der Vater aber machte ihm die Hölle heiß und schickte ihm plötzlich einen Brief mit einer langen Wunschliste für den Winter: Mantel, Mütze, Schal, *ein Paar Handschuhe*, das Schlitzohr schrieb nicht *Handschuhe*. Ich las seinen Brief sogar mehrmals, man spürte in Wort und Stil einen kräftigen, sinnlichen Beigeschmack und unbegrenzte Selbstgefälligkeit.

Natürlich verfügte er über eine beachtliche Findigkeit: Einmal begab er sich ohne Gepäck auf eine Fahrt mit dem Motorschiff und warf in jeder Stadt (an der großen Wolga) eine Postkarte an den Sohn ein, bitte schick mir Geld – bin unterwegs krank geworden, mußte dringend ins Krankenhaus. Und das in einer Stadt nach der anderen. Wassiljok schickte ihm unverzüglich Geld. Nach zwei, drei Tagen kam morgens die nächste verschossene Postkarte: *mußte in Kuibyschew dringend ins Krankenhaus ... mußte in Uljanowsk dringend ins Krankenhaus ... in Saratow ... Wolgograd und weiter überall,* scherzte ich. Aber damals konnte sich Wassiljok Pjatow noch nicht über sich selbst (und folglich andere Menschen) lustig machen. Er ahnte, daß er betrogen wurde, doch Mitleid und Blutsverwandtschaft behielten jedesmal die Oberhand: Wassiljok rannte aufs neue los, um bei einem Bekannten Geld zu leihen, oder verkaufte ein Gemälde zum Schleuderpreis. Oder er lag einfach da und schluchzte wie ein junges Mädchen ins Kissen – ein starker Bursche von zwanzig Jahren, breite Schultern, aber ein Herz aus Wachs.

Er schluchzte wie ein junges Mädchen. Das Mädchen aber, ich weiß ihren Namen nicht mehr (sein Modell, arm, schöne Beine), saß in sich versunken neben dem Gasherd und röstete in einer Pfanne vertrocknete Brotrinde (um sie weicher zu machen). Sie trank blassen, dünnen Tee in langsamen Schlucken und blieb bei Laune.

Wir – Vik Vikytsch und ich (damals schon verlotterte Undergroundschriftsteller) – waren gekommen, um ein bißchen Geld von ihm zu borgen, besorgten dann aber aus Rührung selbst für Wassiljok Brot und Schmelzkäse der Marke »Freundschaft«, trösteten ihn, nicht alles sei im Leben so schlimm. Tranken zusammen Tee. Das Mädchen kicherte. Doch da tauchte der nach seiner Flußfahrt so rasch genesene Vater auf. Er platzte herein, lächelnd, braungebrannt, selbstzufrieden und ruhig, ein Einkaufsnetz in der Hand, in dem eine Flasche Mineralwasser leuchtete. Vikytsch und mich setzte er schnell vor die Tür, indem er auf die Verwandtschaft pochte – fremde Leute könnten Vater und Sohn nicht verstehen! Er war nicht mal ein Trunkenbold, er war einfach nur faul. Er trank und aß gern, redete über Politik und Breschnews Autos, ein *Niemand*. Ein Vampir. Er saugte dem Sohn das Blut aus, fuhr hierhin und dorthin, und ganz selten arbeitete er irgendwo. Wir gingen. (Vik Vikytsch und ich.) Ich glaube, selbst uns, die wir bettelarm waren, hätte er gerupft – er besaß eine ungewöhnliche Gabe zu erpressen: Er übte Druck aus. Wie sich später herausstellte, brachte er Wassiljok im Nu dazu, sein bestes Gemälde zu verscherbeln – er schleppte es selbst auf einen Ramschmarkt und verhökerte es in einem Meer von Kitsch. Anschließend zerlegte er Wassiljoks kaputten Fernseher und verkaufte die Einzelteile, du kaufst dir eben einen neuen, mein Sohn – warum sollten wir in unserem Zeitalter etwas reparieren? ... Am Abend veranstaltete er ein Abendessen, sie speisten gut, das arme Modell war begeistert und trieb es mit dem Papa, mit dem sie sich ab und zu in das leerstehende Atelier der Nachbarin (ebenfalls Künstlerin) zurückzog. Sie schnalzte mit der Zunge und pries laut seine Leidenschaftlichkeit und seine Husarenmanieren: »Klasse! ... Große Klasse!« rief sie aus, während sie den Kaffee schlürfte und lachte, erst am folgenden Tag begann sie zu zetern und zu klagen, als sie entdeckt hatte, daß ihr goldener Ring weg war. (Hatte er ihn heimlich vom Finger gezogen? Oder auf der Ablage im Badezimmer gefunden und eingesteckt?) Nein, der Papa leugnete nichts – er war kein Taschendieb: Er erklärte ihr klipp und klar, daß er für das Gemälde seines Sohnes auf dem Markt nur empörend wenig bekommen hatte; hätten wir von dem bißchen diese zwei wunderbaren Tage feiern können, du warst doch selbst hellauf begeistert! ... Das arme Modell entrüstete sich, man müsse noch *abrechnen*, Papa war einverstanden, ging in den Feinkostladen an der Ecke, um Mineralwasser zu holen (er trank nach dem Essen gerne Sprudel), und verschwand.

Nach einem Monat rief Wassiljok Pjatow ganz aufgelöst vor Kummer bei Vikytsch an: Sein Vater sei tot und er brauche dringend eine größere Summe, da der Vater in einer entfernten Stadt gestorben sei und fremde Menschen ihn begraben müßten. Wassiljok selbst käme nicht mehr rechtzeitig hin: Die Reise dauere zwei Tage. Vik Vikytsch kratzte die halbe Summe zusammen, brachte sie ihm. Wassiljok stöhnte und grämte sich auch noch deshalb, weil sein Vater am Vortag das übliche Briefchen mit der Bitte um Geld aus einem fernen Krankenhaus geschickt hatte, Wassiljok sich aber mit der Antwort Zeit gelassen hatte. »Zum erstenmal im Leben hab ich meinem Vater nicht geglaubt – das ist die Strafe. Mein Vater ist gestorben und ich ... ich ...« Wassiljok Pjatow, der gute Sohn, vergrub den Kopf im Kissen und preßte die Schläfen mit beiden Händen.

Als Modell saß ihm immer noch dasselbe arme Mädchen; sie war lang und mager, rauchte viel und war uns nur nach einiger Beharrlichkeit zu Gefallen. Wir quatschten in der Küche mit ihr. (Wassiljoks Schluchzen hinderte uns nicht daran, Tee zu trinken.) Das Modell sagte kichernd, der Papa sei wahrscheinlich quietschfidel und wolle nur Geld, der fünfzigjährige Blutegel habe einfach beschlossen, richtig Blut zu saugen. Der Papa sei am Leben und der dumme Wassiljok Pjatow werde zuletzt noch sein Atelier irgendeinem reichen Kleckser abgeben und selbst von der Bildfläche verschwinden. Dabei hatte er es mit solcher Mühe und im Schweiße seines Angesichts ergattert! ... Was den Vater betraf, so hegten Vik Vikytsch und ich die gleichen Vermutungen, aber der drohende Verlust des Ateliers (in dem auch uns Wärme und Tee, ein Stück Brot und manchmal die Gunst dieses armen Mädchens zuteil wurden) verstörte uns. Wir knöpften uns Wassiljok ernsthaft vor, erinnerten ihn an die wiederholten Todeskrämpfe seines Papas, redeten ihm gut zu, doch alles vergebens. Er weinte nur. War bereits unzurechnungsfähig. (War ein guter Sohn, was sollte man machen.) Gleich am nächsten Tag, nachdem Wassiljok das Geld an die Adresse in der fernen Stadt geschickt hatte, bezog er irgendwo ein Kämmerchen, er hatte sogar Farben und Pinsel verkauft und nur zwei Rotmarderpinsel behalten, die seiner Hand und seinem Herzen teuer waren. Auch die Leinwände waren verkauft. Sogar irgendwelche Möbel waren weggeschafft worden. Vollständige Auflösung.

Die beiden letzten Tage verbrachten Vikytsch und ich mit dem Mädchen in dem verödeten Atelier. Es gab fast keine Möbelstücke mehr: ein paar Nachtkästchen, die niemand genommen hatte. Nur das Bett stand noch da. Vikytsch und ich schliefen in verschiedenen Ecken des riesigen Raumes auf Zeitungen und alten Mänteln. Am dritten Tag ging auch das Modell frühmorgens, nachdem sie eine Flasche Portwein auf den Tisch gestellt und uns, die große Seele, zum Abschluß beglückt hatte. Intim, leise, ohne Zynismus. (Das heißt zuerst mich, während sich Vikytsch die Zähne putzte; anschließend putzte ich mir in einiger Entfernung von ihnen die Zähne.) Das Modell war verschwunden. Stille. Mäuse erschienen in Massen, scharrten sogar am Tag, wenn sie hintereinander an der Scheuerleiste entlangliefen. Vikytsch und ich hielten die Stellung und warteten, wann uns der neue Hausherr vertreiben würde. (Schließlich war unsere Anwesenheit die Gewähr, daß kein Feuer ausbrach und die Penner die sanitären Einrichtungen nicht abmontierten und wegschleppten.) Hier gab es Telefon. Es gab eine Dusche. (Mit dem Gedrängel am Kasaner Bahnhof gar nicht zu vergleichen.)

Abends saß ich in der Küche, las, knabberte Zwieback und dachte: Mit wem redet denn Vik Vikytsch im hallenden, leeren Atelier? Mit sich selbst, dachte ich. Aber nein. Wassiljok Pjatows Vater war gekommen. Ja, er sei krank gewesen, schwerkrank, aber, stellen Sie sich vor, ich bin wieder gesund geworden! Bin wieder gesund geworden, obwohl ich dem Tode nahe war – ja, ja, man hat mich schon begraben wollen. Vikytsch führte ihn zu mir in die kahle Küche, und wir beide berichteten plötzlich dem Vater, ohne uns zugezwinkert zu haben, daß Wassiljok tot sei. Ja. Er sei gestorben. Leider. Wir sagten, Wassiljok Pjatow habe den genannten Leuten eine große Summe geschickt, sei aber so verstört gewesen, daß er unter ein Auto geraten und umgekommen sei. Ich sagte schlicht: »gestorben«, aber Vikytsch (als ob er seine eigene Zukunft heraufbeschwor, ach, wie ist unsere Sprache beschaffen! Wie weit führt das gesprochene Wort!) präzisierte sogleich der größeren Glaubwürdigkeit wegen, Wassiljoks Tod sei durch einen Lastwagen erfolgt, der wie wahnsinnig auf der Landstraße gerast sei, da werden halt Menschen überfahren, besonders wenn sie vor Gram gebeugt sind.

»Er hat Sie nämlich geliebt«, schloß Vikytsch.

»Weiß ich.«

Der Vater vergoß ein sparsames Männertränchen und ließ seinen feuchten Blick in die leeren Ecken des Ateliers schweifen – nichts, null Erbe! Ja, er wurde traurig. (War betrübt.) Aber er fragte nicht einmal, wo Wassiljok Pjatow begraben sei. Ging weg. Ging einfach weg. Vielleicht war er erschüttert (vergaß zu fragen) und käme gleich zurück, wenn es ihm plötzlich eingefallen wäre? … Wir warteten etwa zweieinhalb Stunden, mindestens; so ist das Leben, länger wartet man nicht. (Zweieinhalb Stunden für den Abschied: für den gegenseitigen Abschied. Jeder denkt, der andere sei tot. Beide sind nicht mehr da.)

Dafür retteten wir Wassiljok vor den endlosen Aderlässen. Retteten vielleicht den Künstler. Und auch den Vater brachten wir (möglicherweise) dazu, über den Sinn des Lebens nachzudenken. Es wäre interessant, wenn sie sich eines Tages, von der langen Zeit gegerbt und einander kaum erkennend, auf einer Moskauer Straße treffen würden. Das wäre eine Freude! Aber sie werden sich nicht treffen. Frühestens in zehn Jahren. Der Vater kam ja immer nur seines Sohnes wegen (des Geldes wegen) in die Hauptstadt. Er lebte, wo er wollte, ein freier, fauler, fideler Vogel. Zugegeben, er konnte reden.

Damals bot man mir an, ein Lager weit außerhalb von Moskau zu bewachen. Stille. Menschenleere. Ein zeichenhafter Augenblick! Ich hatte das Glück zu erleben, wie weit sich (letztlich) der Raum öffnen kann.

»Ein Lager?« Ich war mit allem einverstanden. Aß nur selten. Es war schon einen Monat her, daß ich meine fabelhafte Arbeit im wissenschaftlichen Forschungsinstitut verloren hatte, wo ich nachts die verwaisten, dunklen Etagen bewachte (zusammen mit Lenin, der dort in voller Größe auf einem Gemälde prangte.) Ein wissenschaftliches Forschungsinstitut zu bewachen ist reines Honigschlecken. Aber man hatte Larissa den Job gegeben, ich war nicht eifersüchtig, die Frau hatte ein Kind, da kam ein bißchen Kohle ins Haus.

Ich fuhr sofort zu dem Lager (vielleicht Lebensmittel?) hinaus, gleich mit der ersten S-Bahn. Den Job eines Lagerwächters zu bekommen ist schließlich kein Pappenstiel. (Natürlich auf

Empfehlung; auf den Anruf eines Wohltäters hin.) Ich stieg an der kleinen Station aus. Auf dem Bahnsteig war keine Menschenseele.

Das Lager entpuppte sich als riesiger Schuppen neben einem Wald, aus dem der Abzweig einer vergessenen Lorenbahn herausführte. Eine kleine Lok fuhr auf diesen Gleisen hin und her, wie in Gefangenschaft, wie ein schmutziges Kinderspielzeug. War das eine Einöde! Der Lagerleiter musterte mich flüchtig und war zufrieden: Er trug irgendwo meinen Nachnamen ein, nachdem er sich erkundigt hatte, ob ich im betrunkenen Zustand ins Bett machte. (Wahrscheinlich wie meine von dem unermeßlichen Raum und der freien Zeit traumatisierten Vorgänger.) Er rief einen alten Arbeiter in verschossener Stiefelhose, der führte mich in mein künftiges Kämmerchen gleich neben dem Eingang zum Lagerschuppen.

Auf dem Weg durch das Lager erspähte der alte Arbeiter auf den langen Regalen flink alles, was mir, *Glückspilz,* wie er sich ausdrückte, zustand, und holte es noch flinker herunter. Mir wurde das Glück eines Ölofens zuteil. Ich schleppte ihn mit Müh und Not, nun war auch mein linker Arm bis zur Erde ausgeleiert (in der rechten trug ich die Schreibmaschine). Der Arbeiter griff ein Laken nach dem anderen vom Regal, einen Kissenbezug und eine Decke, warf mir alles zusammen zu, als ob ich noch eine dritte Hand hätte (ich drückte die Sachen gegen die Brust). Etwas überraschend war die Ausgabe eines Klistiers – eines Gummiballs mit langem Hals, der Kampf gegen Verstopfung war wohl die allerdringlichste Aufgabe des Wächters. Ich wurde schon heiterer. Erwartete bereits den Ausweis der DOOSAF* und ein Päckchen Präservative – was ein lebendiger Mensch eben so braucht!

Die Kammer war klein, kalt und karg; sobald der Ölofen arbei-

* Freiwilligen-Organisation zur Unterstützung von Armee, Luftwaffe und Flotte der UdSSR

tete, begann es, wie zu erwarten war, aus den Ecken streng nach Urin zu muffeln. Überall Spuren meiner Vorgänger. (Gegen Ende des Lebens gewöhnt man sich daran.) Dafür war der hintere Teil des Schuppens mit großen Brettern vollgepackt, vierzig Millimeter stark, sie wurden montags angeliefert und verströmten den frohen Duft der ewigen Frische des Nadelholzes. Als ich durch das Lager schlenderte, stieß ich auf ein wackliges Nachtkästchen und schleppte es sofort in die Kammer, um meine Schreibmaschine darauf zu stellen. Ich erinnere mich noch an das Problem: Der Nachtkasten paßte nicht hinein, ich mußte eine ganze Ecke mitsamt dem Bein absägen – dreibeinig fand er in der Kammer sofort seinen Platz.

Die Stirnwand des Lagers war kahl und leer, mir kam der Gedanke, ein paar Künstler herzuholen, mit denen ich damals verkehrte – die könnten doch die Wand mit Ornamenten bemalen oder ein Jüngstes Schaugericht für Feinde (und Freunde) veranstalten. Oder den Raum spiegelbildlich zweiteilen, wie die Dame auf der Spielkarte: Weite! Oder aber eine große, gewagte abstrakte Komposition ... Telefon gab es nur im Bahnhof, aber ich säumte nicht und ging unverzüglich hin. Nach einem halbstündigen Gerangel mit der Diensthabenden, der ich lang und breit die *Ästhetik des Lagers* erklärte, saß ich endlich auf dem Stuhl neben dem Telefon im Raum des Fahrdienstleiters. Sobald sich ein Zug näherte, wurde ich rausgeschmissen. Aber ich machte doch ein paar Anrufe. Bei Wassiljok Pjatow, Kolja Sokolik und Igor Stein, der mit seinen abstrakten Bildern berühmt geworden war. (Bei dem zuerst. Er litt unter dem Mangel an großen Flächen.) Doch keiner hatte Lust, so weit hinauszufahren, und Pjotr Sturua war gestorben, wie sich herausstellte.

Waldstücke. Waldränder. Welch eine Leere! Und zugleich welch ein Leben der Leere – das Leben des reinen Raumes als Weite, also in seinem Weit-Sein.

Und diese endlose, grüne Weite schien der Ewigkeit entlehnt zu sein. Weite als *Zitat aus der Ewigkeit*.

Mir war in diesen Tagen vergönnt, die Unbesetztheit der Welt zu empfinden und dadurch die Zukunft zu erahnen. Schon nach einem Monat oder zwei brachte mich das Leben in einem Haus unter, das einem Bienenstock glich, in diesem ehemaligen Wohnheim, wo es lauter Gänge und ewige Beengtheit der Menschen gibt, die Beengtheit ihrer Q-meter – mit Dielen- oder Parkettboden und hundertjährigen Gerüchen.

So wurde also mein Ich zum letztenmal von der idealen, in sich vollkommenen Inhaltslosigkeit des Seins gerührt – bis hin zum reinen Horizont, zum winzig gezackten Wäldchen dort in der Ferne. Und wenn sich die tief hypnotisierten Augen doch vom Horizont losrissen, bohrten sie sich sogleich in die Leere hinein und in eine Hypnose anderer Dimension: in die kahle (nicht mit abstrakten Kompositionen bemalte) Stirnwand des Lagers.

Erstaunlich, wie uns der Umgang mit dem Niemandsraum entkräftet. Kein Kampf. (Als Nullpunkt.) Lebe – ich will nicht. Stille. Hüfthohes Gras. Und nur ein Pfad, der sich gleichmäßig schlängelt.

Ich verwilderte. Ich hätte fast das Sprechen verlernt. Ein UGler ist doch kein Einsiedler, obwohl sein Stammbaum auf sie zurückführt. Ringsum keine lebendige Stimme, und bis zu den beiden nächsten Dörfchen war es so weit wie zum Mond (wie zu zwei Monden). Als ich meinen ersten Lohn bekam, dachte ich: Wenigstens werde ich jetzt mit dem Leiter reden. (Er kam einmal im Monat.) Aber der Schuft fragte nicht einmal: *Wie geht's?* Er zählte mir schweigend die Scheine hin und vergrub sich in gelbe Papiere. Und als ich die Scheine zerknüllte und selbst fragte: *Wie geht's?*, da winkte er ab: Geh, laß mich in Frieden.

»Hab keinen Wodka. Selbstgebrannten gibt's im Dorf«, warf er mir kurz hin, ohne seinen struppigen Kopf von den Papieren zu heben. Sogleich flackerte der rachsüchtige Gedanke in mir auf, die alten Fuseltrinker aus dem Dorf heimlich ins Lager und ein bißchen zündeln zu lassen.

Ich fiel fast in Ohnmacht, als mir einfiel, daß der nächste Monat ebenfalls dreißig Tage hatte. Ich langweilte mich. Da begann ich mich leise zu unterhalten, mit einem Baum. Die angelieferte (irgendwo gefällte) große, fröhliche Kiefer duftete himmlisch. Meine Freude jener Tage! Und als die Kiefer zersägt und fortgeschafft worden war, trottete ich im Kreis um die Stelle herum, wo sie zuvor gelegen hatte: Ich dachte an ihren Duft. Ich trampelte auf dem Fleck herum. Nahm die Späne in meine Hände und staunte. Der Duft strömte und strömte – er hielt sich standhaft in diesem kleinen Stück Holz, ein *Abtrünniger.* Ich konzentrierte mich. Schaffte es.

Fast im Laufschritt begab ich mich frühmorgens nach »Sonnenweg«, das Klistier nahm ich als Andenken mit. Ich bot es den alten Opas im Dorf als Erinnerungsstück an, aber sie schielten die Einlaufspritze nur mit ihren verblaßten Augen an. Schüttelten den Kopf. Ich fuhr ab.

Meine Dienstliste: Heizer, dann angestellter Nachtwächter (wissenschaftliches Forschungsinstitut mit Lenin), dann das Lager (mit leerer Stirnwand) und schließlich das Wohnheimgebäude, wo ich anfangs nur im Nomadenlager der Dienstreisenden im Flügel K unterkam, in einer ihrer (wackligen) Seemannskojen. Eine wacklige Koje, aber nur kurz: Wie alles auf der Welt vermochte auch mein Wächterdasein zu seiner Stunde Wurzeln zu schlagen.

Zur gleichen Zeit (Parallele) trennte sich Wenja von seiner Frau und bestimmte die Heilanstalt zu seinem Standort, wo er noch heute ist. Ebenfalls für lange Zeit, für immer.

Aber Wohnungen (die eine Zeitlang von ihren Besitzern verlassen wurden) hütete ich einstweilen noch nicht: kam gar nicht auf die Idee. Als erste bat mich meine Bekannte Soja, auf ihre Wohnung aufzupassen, die Volksheilerin Soja Valerijanowna. In jenem Sommer fuhr sie in den Süden, um die Rücken und

Nieren hochgestellter Personen mit ihren heilenden Händen zu wärmen. Soja wohnte schon damals am Frunsekai in diesem renommierten Haus. Eine Wohnung mit ihrem spezifischen Geruch, dem ersten für mich. Den ganzen Sommer lang. Hitze.

Ich mußte den Hund (Promenadenmischung, friedlich, zu allem bereit) einmal am Tag füttern und fünf Minuten Gassi führen – das war alles. Und noch von Samstag auf Sonntag (einmal in der Woche) übernachten, damit am Wochenende Licht brannte, das Leben geht weiter, wir sind zu Hause. Ich erinnere mich an die *fallenden Bäume*, umgeben vom strengen Viereck der Mauern.

Es waren Pappeln – sie waren im Innenhof des Hauses (wenig Sonne) so hoch geworden, daß die Wurzeln sie nicht mehr halten konnten. Die Bäume begannen zu fallen. Jeder Fall zerstörte einen *Schiguli* oder *Moskwitsch* (damals gab es noch keine *Mercedes* und *Opel*), manchmal auch zwei Autos zugleich. Die Gaffer waren zusammengeströmt, ich ging gerade mit dem Hund vorbei. Die Bäume wurden zersägt, die Äste abgehauen und stückweise abtransportiert. Zum Glück fielen die Bäume nachts, gegen vier Uhr, wenn keine Menschen im Hof waren. Bis man einen neuen Parkplatz gefunden hatte, lag jeden Morgen ein neuer, eben erst gestürzter Baum im frischen Grün seines Blattwerks quer über einem zerknautschten, unglücklichen Auto.

»Er stöhnte. Besonders am späten Abend. Jeden Morgen schrieb man in sein Krankenblatt: ›Hat leise geheult.‹ Heulen ist auch eine Art Stöhnen.«

»Verstehe.«

»Ein Eilkonsilium hat Wenedikt Petrowitsch sofort Wahnsinn und Aggressivität angehängt. Die Behandlung besteht darin, daß man sie mit einer Serie von Injektionen blockiert«, erklärte mir der Arzt Iwan Jemeljanowitsch.

»Aber Wenja hat doch niemanden mehr angegriffen – er hat doch nur gestöhnt?«

»Ja.«

Jetzt (nach einem Vierteljahrhundert) konnte man offen sprechen, konnte dem Angehörigen die Wahrheit sagen, konnte auch Einzelheiten preisgeben. Ja, Wenja habe damals alle drei Spritzenserien vollständig erhalten. Man verpaßte sie ihm gerne. Drei Serien. Damit man auf Nummer Sicher ging. Er stöhnte …

Der Psychiater Iwan Jemeljanowitsch, von den Patienten und ihren Angehörigen einfach *Iwan* genannt, hatte die Leitung des Krankenhauses erst in der heutigen Zeit übernommen, war also ein neuer Mann. Der Wichtigste im Haus. Klar, daß er sich sozusagen aus Verantwortung für die Verschlossenheit der Psychiatrie während der Breschnewjahre (Schuldkomplex) bemühte, uns, den Angehörigen der Patienten, gegenüber möglichst offen und aufgeschlossen zu sein – Offenheit schmeichelt beiden Seiten.

Besonders offen und vertrauensvoll war Iwan Jemeljanowitsch einem gewissen Schewtschuk gegenüber, einem Hochschullehrer an der Moskauer Universität; Schewtschuk hielt nicht dicht und teilte sich seinerseits zwei oder drei Leuten mit, die ihre Angehörigen besuchten, woraufhin die Welle der Mitteilsamkeit noch weiter und breiter rollte – bis an unser Ufer. Der Informationsaustausch unter den Verwandten fand meist im Gedränge auf den Krankenhausgängen statt, wenn wir, bepackt mit Taschen und Tüten voller Lebensmittel, auf den Beginn der Besuchszeit warteten. Der Spezialschlüssel klapperte auf der anderen Seite im Schloß, und – endlich! – öffnete sich die schwere, verzinkte Schiebetür. Schewtschuks Frau wurde hier behandelt. Diesem Schewtschuk schien Iwan sehr viel mehr über die Opfer der vergangenen Jahre und die Ärzte zu erzählen. (Es interessierte mich.) Anscheinend schilderte er Schewtschuk namentlich die Ärzte, die zu aktiv an der Sache teilgenommen hatten und heute entlassen oder einfach in den wohlverdienten Ruhestand gegangen waren. (Die halten sich jetzt bedeckt. Vergraben ihre Orden auf der Datscha. Neben einem Apfelbäumchen. War nur ein Witz.)

Ein Psychiater ist Menschen gegenüber, die einen intellektuellen Beruf haben, gemeinhin offener. (Ich gab mich als Schriftsteller aus. Erhoffte ebenfalls eine gewisse Offenheit.) Aber im Vergleich zu Schewtschuk fielen meine Unterhaltungen mit Iwan Jemeljanowitsch viel bescheidener aus. Ich war leider etwas zu spät dran, hatte mich nicht gesputet und bekam keinen Zutritt mehr zur Elite seiner Vertrauenspersonen, dabei wäre es möglich gewesen!

Wie man munkelt, soll der Hochschullehrer Schewtschuk einmal nicht ohne Schmeichelei zu Iwan Jemeljanowitsch gesagt haben: »Gut, daß ausgerechnet Sie die Leitung bei uns übernommen haben, Ihr Gewissen ist rein, und Ihre Hände sind unbefleckt.« Iwan soll ihm geantwortet haben:

»Kommt drauf an, wie man die Hände betrachtet. Ich habe die Spritze auch in der Hand gehabt und diesen Patienten gegeben.«

Schewtschuk war verlegen und schaute ihn (seine Hände) verdutzt an. In seiner Verwirrung fragte er:

»Aber ... Ihnen haben es die Oberärzte vorgeschrieben. Sie waren ja ... nur Medizinalassistent, haben damals ein Praktikum absolviert?«

»Richtig. Trotzdem habe ich Spritzen gegeben.«

Natürlich arbeitete auch diese kleine Legende nicht gegen, sondern für Iwan. Das ist mal einer. Geradeaus. Ehrlich. Und ganz modern, ganz ohne Heimlichtuerei. Mag es auch nur ein Image sein. Schließlich ist Modernität auch nicht mehr als ein Ausschnitt. (Wie im Theater. Modische Rollen sind schön zu spielen.)

Menschen, die zu exakt mit den Orientierungsmarken der Zeit zusammenfallen, stehe ich leider etwas argwöhnisch gegenüber. Ich will nichts bestreiten, vielleicht war Iwan Jemeljanowitsch ja wirklich so: geradeaus und ehrlich – vielleicht wurde er aber erst so, *nachdem er die Vergangenheit abgestoßen hatte,* was für uns, die Angehörigen, im Grunde egal war.

Die Frage, wie mein Bruder behandelt worden war, mußte aufs Tapet kommen. Außerdem hatte Iwan Jemeljanowitsch das Wort *behandeln* selbst gebraucht (ein andermal variierte er es nach kurzem Nachdenken so: Der Intellekt eines erwachsenen Menschen sei *gewaltsam in die Kindheit versenkt* worden). Der Psychiater grenzte sich auch hier nicht von früheren Jahren ab, was ihm zur Ehre gereicht. Er schob die Schuld nicht auf andere – *die* haben wohl so behandelt, vielleicht auch so. Er nannte alles beim Namen. Wenn jemand ein Profi und zudem ausreichend objektiv ist (was nicht ein und dasselbe zu sein braucht), versteht er es, die Dinge einfach und genau zu erklären.

Iwan Jemeljanowitsch saß an seinem Tisch – ein Mann von kräftiger Statur. Mein Alter. Sogar *über* fünfundfünzig. Er sprach bedächtig.

Möglicherweise drängte ich mich ihm in diesen Tagen zu sehr auf und trat ihm seelisch zu nahe – ich wollte wie Schewtschuk sein.

»Und Hamlet? Der Prinz von Dänemark? … Ist der aus heutiger Sicht krank?«

Das hörte sich wahrscheinlich dumm an. (Ich war über mich selbst überrascht, wegen des Prinzen.) Aber ich philosophierte, belästigte ihn im Gewand des Schriftstellers und wollte mehr wissen, als im Gespräch mit dem Arzt erlaubt ist.

Um so bemerkenswerter war es, wie geduldig Iwan Jemeljanowitsch mit mir umging. Wie teilnahmsvoll. Schließlich war nicht nur ich im Spiel, sondern auch Wenja. Wenedikt Petrowitsch galt zwar nicht als Dissident, konnte aber zweifellos auch als Geschädigter gelten. Ihm gegenüber müßte sich jeder Arzt (jeder Quacksalber! wütete ich) und sogar der Chefarzt schuldig fühlen.

»Hamlet, Hamlet! Hamlet ist jung … Bei Wenedikt Petrowitsch besteht dagegen das Problem des biologischen Alterns.

Krankheiten altern nämlich auch. Zusammen mit dem Menschen.«

»Ist das gut?«

»Wie soll ich sagen? Im Alter von Mensch und Krankheit besteht ein wesentlicher Unterschied: Unsere Krankheit wird im Alter nicht hinfällig.«

Wenja dagegen wurde natürlich hinfällig. (Ohne frische Luft. Bei der Krankenhauskost.) Nicht nur der Arzt, auch der Angehörige sollte Schuld auf seinem Buckel fühlen, wenn er nach diesen Jahrzehnten noch gesund und munter war. So hatten wir jetzt vielleicht beide Schuldgefühle, jeder auf seine Weise.

Und Iwan Jemeljanowitsch machte aus den Patienten keine Engel, das bestach mich. Eine psychische Erkrankung ist schlimm. Meist unheilbar. Als während unseres Gesprächs (wir saßen im Sprechzimmer) aus der Abteilung der Tobsüchtigen plötzlich Schreie erklangen, sagte er zu mir:

»Hören Sie? ... Das sind die Tobsüchtigen. Das ist Sugubejew. Ohne Neuroleptika kommen wir dem nicht bei. Er greift Menschen an. Schlägt sie zum Krüppel, wenn man nicht aufpaßt.«

Iwan hob ratlos die Hände:

»Es gibt keinen anderen Ausweg.«

Er erzählte, wie geschickt Sugubejew simulieren konnte, wenn er schon in der Zwangsjacke steckte: Er bat um Wasser, und kaum waren seine Hände frei, da packte er den Pfleger an den Haaren (wie oft habe ich gesagt: Man darf nicht allein zum Patienten gehen!), packte ihn an den Haaren und schlug seinen Kopf auf den Boden. Der Pfleger konnte weder schreien noch rufen. (In Kauerstellung bringt man keinen artikulierten Laut heraus.) Der Pfleger heulte, und der zweite Pfleger, der am Ende des Gangs rauchte, dachte, es sei Sugubejew, laß den doch heulen! ...

Sekundenlanges Mikronicken, das volles, aufrichtiges Einverständnis mit dem Leben bedeutete: ja ... ja ... ja ... Man ging zusammen zur Spritze, man aß und trank zusammen, und im jeweiligen Lebensfazit stimmten auch alle überein. Hier waren die Friedlichen.

Hier schrie niemand. Dafür nickte der ganze Krankensaal. Sie saßen auf ihren Betten und nickten still. (Ein Wäldchen, dessen Laub sich bei Windstille regt.) Wenja und ich, wir sitzen nebeneinander auf seinem Bett und sind jetzt, wie wir da so sitzen, 54 und 51 Jahre alt. Noch vor kurzem waren wir 53 und 50 … Ich bin ihm wie eh und je etwas voraus, an der Universität drei Studienjahre, und jetzt diese drei bedingten Einheiten, die, eingemündet ins Nichts, bedeutungslos sind. So gehen wir eben: Gemächlich durchqueren wir unser Jahrhundert.

Das Haar erinnert uns dennoch daran, daß Wenedikt Petrowitsch mich de facto überholt hat – sein Kopf ist weiß.

»Möchtest du Tee?« frage ich.

Ich erhasche das stille brüderliche Nicken: ja … und füge mit Freuden hinzu:

»Und Kringel, Wenja!«

Kringel gab und gibt es, dem Himmel sei Dank, immer zu kaufen, ich brachte ihm fünf oder zehn Stück mit, Kringel mochte er schon als Kind.

Ich gehe zur Schwester, um geschwind einen kleinen Imbiß und Tee zu organisieren. Die Schwester hat nichts dagegen, sie kennt mich, ich komme zwar nicht oft, aber doch schon seit vielen Jahren. Der Ordnung und Prophylaxe halber wiederholt sie das Gebot: Keine Kondensmilch. (Eins der Hauptverbote – wegen der scharfen Dosenränder.)

»Klarer Fall!« Ich lächle sie an. Und hole unsere kleine Teekanne, die sie in Verwahrung hat.

Im Krankensaal ist es still, Wenja und ich knuspern Kringel. Der Würfelzucker trägt zum Knuspern bei.

Da sage ich dann gewöhnlich zu ihm: »Ach, Wenja! Warum hast du ihn damals bloß nicht geschlagen?«

Also den KGB-Mann aus jenen fernen Jahren, den Wenja aufzog, als er ihm beim Verhör am Tisch gegenübersaß. Wer weiß, das Leben eines Menschen hätte sich ganz anders gestalten können. (Wenn man dieses Sitzduell nicht in die Länge gezogen hätte.) Tja, der Augenblick ist verpaßt! Ich seufzte sogar bei diesen Worten.

Und knusperte noch einen halben Kringel. Glaubte ich, der ich da seufzte, selbst an die Möglichkeit eines *anderen Lebens*, das Wenja hätte führen können? Schwer zu sagen. Die Worte, die von Mal zu Mal an Sinn verloren, waren aus jenen fernen Jahren wie eine Gebetsleier geblieben. Wie eine Bemerkung über die Hitze oder eine alltägliche Beschwörung, die natürlich kaum von Nutzen ist, aber auch wenig Schaden anrichtet. Wie der Seufzer: Wer weiß, wie sich alles gewendet hätte, Wenja, wer weiß! (Wer weiß es denn?) Aber von unserer menschlichen Warte aus gesehen, wie sollte ich nicht seufzen und worüber sollte man sonst reden, wenn man einen friedlichen Kranken besucht? Worüber reden sie alle, die zu Besuch kommen und abgewogene Orangen (kleine, dafür mehr), Äpfel und Brötchen mitbringen? Da versucht man alles, um nicht zur gleichen Zeit mit den Angehörigen der anderen Patienten dazusein. Man versucht es nicht aus Furcht vor dem Stimmengewirr und dem Lärm, der entsteht, also nicht, weil man einander stört, und auch nicht, um die Intimität verwandtschaftlicher Gefühle zu schützen. Sondern nur, damit die anderen nicht unsere (für fremde Ohren) fürchterlichen Wiederholungen hören, unsere unüberwindliche Leere und erschöpfte Beziehung mitkriegen.

Aber ich bemühte mich. Und das mit dem Schlag redete ich nicht völlig in den Wind, reihte nicht einfach Wort an Wort wie ein Angehöriger, der zu lange geblieben ist. Ich wollte Wenja immer noch mit Macht aus seinem stillen Wahn reißen (obwohl ich nicht recht daran glaubte). Du mußt denken, Wenja, denken! Streng dich an! Deine Anstrengung (innere Anstrengung) ist auch ein Schlag, vielleicht dein Hauptschlag ... Aber zuerst mußt du denken. Am Anfang war das Wort, nicht wahr, Wenja? Gib dir Mühe! Der Mensch läßt sich beeinflussen, ist also abhängig von Wort und Gedanken. Gib dir Mühe und denk! Streng dich an. Die Menschen denken, nicht um zu entspannen, sondern im Gegenteil, um auf das Wort zu stoßen – wie in der Dämmerung –, um über das Wort zu stolpern und sich sogar daran zu prellen. Nur anstrengen mußt du dich, Wenja!

Wenn ich meinen Bruder zur Selbstheilung durch ein zufälliges Wort anspornte, machte ich mir durchaus nichts vor: Ich hatte eine schwache Hoffnung – eins zu hundert. Vielleicht hoffte ich auf sein Talent, sein Genie, das in der Jugend so geblüht hatte und ihm jetzt vielleicht noch einen göttlichen Obulus entrichten könnte, zwanzig Kopeken vom Himmel. Hoffte auf eine Chance – einen winzigen Umgehungspfad. Einen Schluchtpfad oder wenigstens einen Schafspfad, damit er aus diesem Dahinvegetieren herauskäme, eins zu hundert, aber um das steile Geröll einer Schlucht zu überwinden, bedarf es einer Anstrengung, eines Schlags, Wenja.

Wenja schwieg, nickte aber ganz leicht: ja. Und sogleich begannen die stillen Idioten auf allen Betten im Saal zu nicken: ja ... ja ... ja ... Spritzen in den Hintern, Pfleger, Nachttöpfe, Einläufe und Fliegen, ja ... ja ... wir hätten alle gern Hilfe vom Himmel, würden uns alle gern diesen Wunderschlag aneignen und Mauern durchstoßen, würden gern rausgehen, rausrennen, rauskriechen, raushinken ... Vielleicht wollten sie gar nichts und ahmten Wenja nur aus Gewohnheit nach. So unglücklich wie glücklich verlogen. Sie wollten einfach zustimmen: ja ... ja ...

War ihr minutenlanges Nicken das geballte Leid (wie der Angehörige beim ersten Besuch glaubt) oder das eingeübte Abschalten von der Realität? Vergessenheit? ... Oder sogar das Gegenteil: Waren das Nicken und die zeitlich ausgedehnte Zustimmung für die Kranken dieses Typs eine besonders erwünschte Ruhe: raffinierte Erholung von den Leiden?

Sie hatten einen Neuen: Es war ein ehemaliger Soldat. Nicht besonders auffällig, ruhig. Er war, so sagte man, nach den turnusmäßigen Schießübungen der *Besten* plötzlich aus der Truppe verschwunden und erst am nächsten Tag am Waldrand gefunden worden. Da saß er im hohen Gras und kicherte nur leise, als ihn der Hauptmann und der Genosse Major persönlich anschrien: »Aufstehn!« Im Krankensaal war der kleine Soldat noch nicht ganz wie alle anderen. Er nickte nur hin und wieder. Aber auch sein Kinn war schon weich, fiel immer leichter herab, einverstanden mit dem, was geschah: ja …

»Möchtest du noch Tee?« fragte ich, die Stimme zum Flüstern gesenkt, mit dem ich mich und Wenja von den anderen Patienten im Saal abgrenzte. Nicht aus Knausrigkeit, versteht sich, auf Tee und Kringel kam es nicht an, sondern aus Eifersucht. Wir sind unter uns, Wenja, die sollen uns nicht stören.

Sie störten uns nicht. Störten uns schon lange nicht mehr, hatten es vergessen, behelligten uns seit der Zeit nicht mehr, als Wenja die schizoide Zerstörung seines Ichs durchmachte – er war ja nicht gestorben; es war ein gutes, *glückliches* Finale, sagten die Ärzte, eine zweite Kindheit. Es hätte schlimmer sein können. Schlimmer *als die Kindheit*. Die Ärzte erklärten mir, wenn Wenja manchmal lächele und ein paar leise, aber ganz vernünftige (zweifellos vom Verstand geprägte) Worte zu mir sage, dann bedeute dies natürlich nicht, daß mein weißhaariger Bruder gesund werde – er *lebt* eben so, streckt seine Blätter zur Sonne wie alles Lebendige. Wie eine Pflanze.

Dafür konnte er sich erinnern. Für den alternden Wenedikt Petrowitsch enthielt das Erinnern an die Kindheit ein schwieriges Spiel – darin verbarg sich vielleicht eine letzte, seinen Kräften angemessene intellektuelle Suche. (Sich erinnern und dadurch persönlich mit der Zeit abrechnen.) Mein Bruder schlug gleichsam Wurzeln in den Kinderjahren, schob sich dorthin vor wie in eine verdichtete Erdschicht – in eine tiefe Schicht aus Steinen und Lehm. Dort begann die Zeit. Dort wurde irgendwo der erste Waggon angestoßen, und mit ihm kamen der zweite und der dritte in Bewegung und übertrugen ihrerseits – Schlag auf

Schlag – den Anstoß auf den vierten und fünften Wagen. Und schon fuhr der ganze Zug an, kroch erst ruckend und ging dann in die stetige, flüssige Tausendfüßlerbewegung des Seins über. Aus der Vergangenheit zu uns, aus der Kindheit in unser heutiges Leben, als bescheidener Versuch: ein vorsichtiges, eidechsenhaftes Hervorkriechen der Zeit.

»Warum hast du ihn damals bloß nicht geschlagen? Ach, Wenja, Wenja!« wiederhole ich, wie man es tut, weil man nichts zu sagen hat. Ich wiederhole es mit Gefühl, aber wie eine (über die Jahre) kraftlos gewordene Beschwörung.

Verspätete Worte, die im Saal der friedlichen Debilen jedes realen Sinnes entbehren.

Der weißhaarige Wenedikt Petrowitsch erschrickt plötzlich. Er zieht den Kopf ein. Schweigt. Der Vorwurf (ungeflüstert) hat ihn erschreckt.

»Schon gut«, beruhige ich ihn einlenkend, ermuntere ihn:

»Kopf hoch, Wenja. Mach den Rücken grade. Ich schimpfe nicht mit dir. Überlege nur. Denke laut, alles nur Gerede, Wenja ...«

»Ja.« Er nickt, hat mich verstanden.

»Einfach nur Gerede – ich quatsche. Werde geschwätzig wie ein Greis. Gerade denke ich darüber nach, daß der Schlag der Kern des Weltalls ist.«

Aus diesem glücklich gefundenen Satz entwickle ich meinen Schlüsselgedanken: Der Schlag ist keineswegs Aggression und kein Boxhandschuh, der in eine fremde Visage zielt; nein, Wenja, nein; *die Welt des Schlags* ist unendlich reich an Leben. Die Welt des Schlags ist grenzenlos und plastisch, der Schlag ist eigentlich das Leben, der Blitz lenkt die Welt. (Der Blitz lenkt! sagte einst schon Heraklit.) Es sind Offenbarungsschläge, wenn dem Menschen plötzlich ein Licht aufgeht. Wenn dem letzten, dem allerletzten und deprimiertesten Menschen ein Licht aufgeht. Ein geistiger Durchbruch, Wenja. Du brauchst einen Gedanken. Du mußt deinen Geist schlagartig anspannen ...

So rede ich, auf dem Krankenhausbett sitzend, zu meinem Bruder, der große zum kleinen, der alternde zum alternden – wir scheinen im Augenblick allein zu sein. (Im Saal ist es still. Die Deppen haben sich hingelegt, dösen.) Wenedikt Petrowitsch hört zu. Er hört immer zu und schaut so beklemmend unterwürfig, schaut mich an – er versteht nicht, worüber ich spreche. Aber es geht ihm gut. Ihm ist warm. Wenn vertraute Menschen reden, muß man nicht unbedingt etwas verstehen.

Nur für eine Sekunde lebt sein früherer Intellekt auf (eine oder zwei Sekunden, nicht länger), Wenja hebt die Augen, um seine Mundwinkel zuckt ein zaghaftes Lächeln – zuckt nur flüchtig, erscheint aber nicht auf dem Gesicht. (Das Lächeln fürchtet sich vor sich selbst. Vor seinem ehemaligen Stolz.)

Mit diesem weichen, unvollkommenen Lächeln blickt mich Wenedikt Petrowitsch aufs neue an und nimmt vorsichtig meine rechte Hand (die Schlaghand) – nimmt sie in seine. Fährt mit den dünnen Fingern über meine Adern, über mein schweres Handgelenk, als würde er meine Hand zeichnen – er betrachtet sie aufmerksam.

Dann sagt er ganz leise:

»Herr Schlag?« Und gleich löscht er es wieder, das noch nicht erschienene zaghafte Lächeln.

Ich freue mich, daß sein Denken auflebt. Wenn auch nur für einen Augenblick. Noch mal, einen ganz kleinen Augenblick wenigstens! Streng dich an, Wenja …

Seine Bemerkung war besonders treffend gewesen, und ihre Spitze scharf wie früher. Der Blitz hat die Welt gelenkt und wird sie lenken, aber der Mensch wird nie lenken, sondern nur nachahmen.

Der Mensch ist kein Schlag, sondern nur *Herr Schlag*, ein zweibeiniger Mythos, Abdruck und Abbild, ein Bild, das von steiler Bergeshöhe zum eigenen Bedarf herabgebracht worden ist – etwas, das vom Menschen selbst zum eigenen Nutzen und Frommen gebildet, also erfunden worden ist. (Wie schroff hatte er meinen geistigen Höhenflug gestoppt. Mir meinen Platz gezeigt. Mich noch dazu festgenagelt.) Er hatte es nicht ausgesprochen, aber im Grunde hatte er es mir noch härter gegeben: *Schlafmütze*. Gemeint ist mein Leben. Ich habe zu lange gegrübelt und mich ihm (vielleicht unwillkürlich) als Vorbild hingestellt, nun hat er dem Porträt selbst etwas (vielleicht unwillkürlich) hinzugefügt. Ein Strichlein.

Der erwachte Gedanke traf genau, war aber auch ebenso grausam. Erstaunlich: Kaum hatte sich sein halb schlafender Verstand belebt – für einen Augenblick, einen halben Augenblick! –, schon lebte auch Wenjas jugendlicher Hochmut (hoher Maßstab?) wieder auf. Ich hätte an der Qualität seiner Antwort gezweifelt, hätte nicht einmal die Tatsache ihrer Existenz geglaubt, hätte ich sie nicht mit eigenen Ohren in der Stille des Krankenhauses vernommen. Hatte sein Genie immer und ausschließlich in Verbindung mit der ihm eigenen Arroganz gelebt? Unteilbar und untrennbar von ihr. (War es in Verbindung mit ihr auch gestorben?)

Wenja ist selbst erschrocken (erschüttert) über seine plötzliche Kühnheit, blinzelt in einem fort und zieht den Kopf ein.

»Sag noch was, Wenja.«

Er schüttelt den Kopf.

»Nein, nein …«

»Wenja. Versuch's doch wenigstens! Ich bitte dich. Sag noch was.«

»Nein …«

Er läßt meine Hand nicht los. Hält sie fest. Will er die Berührung? Nein, nein, er besteht überhaupt nicht auf der Antinomie der Begriffe Berührung und Schlag. Sonst noch was! (Er vergleicht keineswegs unsere beiden Leben.)

Oder will er mich warnen? Wovor? … Aus Angst oder einem anderen Gefühl, das, wie mir scheint, diese Angst noch übertrifft, will Wenedikt Petrowitsch meine Hand einfach an seine Wange, an sein Gesicht pressen, fürchtet sich aber (ganz in Zweifel versunken) vor einer so archaischen Äußerung der Vertrautheit.

»Erzähl du etwas«, bittet er. Die Unterhaltung hat ihn plötzlich erschöpft.

Er ist müde, und im Grunde bittet er mich um Einfachheit in unserer Beziehung. Schließlich ist er ein kranker Mann – er kann und will nicht denken.

Da gebe ich nach und gewahre ebenfalls, daß es im Leben dieser beiden gealterten Brüder keine Gegenüberstellung gab und gibt – nicht einmal eine entgegengesetzte Wahrheit wie in Romanen. Der Sinn beginnt nicht zu leuchten, sondern nur zu flimmern. Die Brüder begegnen sich und sehen einander. Nach einem Jahrzehnt, nach zwei Jahrzehnten, meinetwegen auch nach einem halben Leben, aber die Brüder begegnen sich – das ist die Wahrheit. Wenja (er hat schon abgeschaltet, ist müde) vermag keinen Gedanken mehr aufzunehmen, nicht einmal den versöhnlichsten. Der alternde Wenedikt Petrowitsch neigt den Kopf leicht zur Seite und schielt mit einem Auge (Symptom – *sucht ein Korn auf dem Boden*). Neigt den weißen Kopf. Jahr um Jahr. Und findet kein Korn. Ich sitze neben ihm, Geste des vertrauten Menschen, jetzt halte ich seine Hände in meinen. Er hat erstaunliche Hände. Als er bemerkt, daß ich sie betrachte, zieht er sie zurück und versteckt sie in den Ärmeln seines Kittels, als ob er fröstele. Die Hände eines Genies.

Wahrscheinlich denkt mein Bruder immer noch zerstreut (Restassoziationen) an die Hände und die Berührung, weil er mich plötzlich bittet:

»Erzähl mir von dem Zug. Von dem Zug aus Taschkent ...«

Er lächelt:

»Und von der Frau. Das war so komisch – erzähl!«

Ich nicke. Erinnere mich. Lache auf. (Ein lustiger Vorfall.)

Und wirklich: Der Zug kam aus Taschkent. Er war drei volle Tage unterwegs. Es herrschte eine unvorstellbare Hitze – Menschen, Koffer, Teppiche – im Abteil war es eng und irrsinnig stickig. Und nun diese exotische Frau aus dem Osten. Eine Schönheit. (Geschichte einer Berührung, Wenja! Bin auch nicht dagegen gefeit, wie du siehst …) Die Schöne hob nicht die Augen. Sie hatte ihre filigranen Hände mit den Schlangenarmbändern an den Handgelenken auf den Knien gefaltet, direkt vor mir. (Die stumpfen Silberarmbänder schienen gleichfalls die Augen gesenkt zu haben.) Wir hatten beide die unteren Plätze. Nach einem halben Jahr Saisonarbeit ohne Frauen wurde ich fast verrückt.

Wir hatten vielleicht zweimal einen Blick gewechselt, und kaum hatten wir uns schlafen gelegt, da streckte ich leise die Hand nach ihr aus, und sie langte vorsichtig unter dem Klapptischchen zu mir herüber. Nacht im Abteil, nur huschende Lichter vor den Fenstern. Eine dunkelhäutige Hand. Ein Armband. Nur ganz schwach zu sehen. Aber so langsam, so zaghaft streckte sich ihre Hand zu mir aus, na, Zentimeter um Zentimeter, ach, dieser Osten, der einen auf die Folter spannt. Ich verging vor Sehnsucht. Dabei wäre meine Belohnung lediglich eine schlichte Berührung. (Was konnte man sich im Zugabteil mit vier Personen schon mehr erhoffen, wo wir in aller Morgenfrühe bereits kramen und packen würden?) Wie langsam sich diese sinnliche, schmale Hand bewegt! Der Zug rattert. Im Abteil ist es stockdunkel. Jetzt berühren sich unsere Finger, und in diesem Augenblick kriecht eine kleine, vielfüßige mittelasiatische Kreatur von meiner Hand auf ihre. Sie hat wohl auf der Manschette meines Hemdes gesessen und lange überlegt, wie sie auf die andere Seite gelangen könnte, wo es heimatlicher riecht. Wildes Kreischen. Meine Reisegefährtin kreischt ohne Unterlaß; das ganze Abteil ist aufgestört. Ihr Mann springt von der oberen Liege, knipst das Licht an und wirft wütende Blicke um sich, sie aber sucht unter ihrem Morgenmantel immer noch hektisch nach dem Phantom der längst geflohenen winzigen Kreatur. Ihr Mann (Russe wie ich) schlägt mit der Faust auf den Spalt, in den das Insekt geschlüpft ist – er hämmert so stark, daß die Zwischenwand knackt, und jetzt beginnen sich die Schläfer im Nachbarabteil lautstark zu empören. Endlich breitet sich die Nacht über alles aus. Stille. Der Ehemann hat Melonen auf den Boden gelegt. (Man glaubt, daß die Insekten vom Duft angelockt werden und aus allen Ritzen krabbeln.) Wir schlafen. Die Räder rattern. Es duftet betäubend nach Melonen. Die Melonen aus Mittelasien leuchten nicht gelb, weil die Sonne ins Innere der Frucht eingedrungen ist, dort verbirgt sie sich und gibt sich nicht preis. Der Osten!

Der kleine Mann Tetelin

Tetelin kam ums Leben, als er sich am Stand, der sich direkt unter unseren Fenstern befindet, die heißersehnte Tweedhose kaufte. (Gogols »Mantel«.) Tetelin fand, die Hose sei ihm zu lang, und wurde, sonst ein Duckmäuser, richtig fuchtig: Er schleuderte die Hose in den Rachen der Verkaufsbude und verlangte von den Kaukasiern sein Geld zurück.

Sie gaben es ihm nicht, da erschien Tetelin auf dem Revier der Miliz, wo er lauthals jammerte und versuchte, eine Anzeige zu machen. Aber die Bullen nahmen auch die schriftliche Anzeige nicht an, wie üblich. (Sie hätten abschließend einen Bericht verfassen müssen und waren zu faul dazu. Es ging sie ja auch gar nichts an!) Tetelin ließ nicht locker, aber die Kaukasier vom Kleiderstand waren nun beunruhigt wegen der Miliz und lauerten ihm mehrfach auf; sie liefen durch die Etagen des Wohnheims hinter ihm her und machten ihm angst. (Warfen Tetelin die gekaufte Hose ins Zimmer. Er schleuderte sie ihnen in den Stand zurück, sie pfefferten sie ihm wieder ins Zimmer.) »Ich werde es ihnen beweisen!« kochte der kleine Tetelin, er war schon 54, im Infarktalter. Wochen später, als er den Infarkt schon hatte, man ihm eiserne Bettruhe verordnete und ihm einschärfte, sich bis zum Morgen nicht zu bewegen, ließ sich dieser Akaki Akakijewitsch nachts aus dem Bett gleiten, kroch auf allen vieren zu der unglückseligen Hose und schnitt sie mit der Schere kürzer, um sie am Morgen aufs neue wütend in den Stand zu schleudern (und den Kaukasiern endlich zu zeigen, wie kurz die Hosen waren, die er gewöhnlich trug). Seine Schere war so stumpf wie er selbst. Tetelin schnippelte wütend an dem festen Stoff herum und schaffte es doch, ein Hosenbein abzuschneiden. Daraufhin schrie er siegestrunken auf und brach mit dem zweiten Herzinfarkt auf dem Boden zusammen. Dortselbst starb er dann. (Und begab sich mit der Hose, so wie sie war – ein Bein lang, das andere kurz –, in den Himmel.)

Er dauerte mich; aber ich konnte ihn nicht leiden. Dieser kleine Mann brachte es fertig, sich – und mir zugleich – das Leben mit seiner bekloppten Aufdringlichkeit zu vermiesen. Im Heim gab es nur uns zwei als Wohnungshüter. Keine Konkurrenz, wir hätten uns einigen können. Aber Tetelin wollte manisch ein so geachteter Mann und gebildeter Wächter werden, wie ich es in seinen Augen war. Er trieb sich vor den Wohnungen herum, wo ich mal übernachtete, mal monatelang wohnte, um mich heimlich zu beobachten und zu belauschen. Wenn er sich etwas abgeguckt hatte, ahmte er mich aufs erbärmlichste nach: Er klaute meine Ausdrücke, Gesten, meinen Gang bis hin zu meiner Art, die Wohnungsbesitzer zu grüßen und ein zwangloses Gespräch auf dem Korridor mit ihnen zu führen. Er quälte sich wahrscheinlich ziemlich ab. (Wollte sein Stück vom Kuchen abkriegen.) Der Mann hoffte, ein fremdes Ich übernehmen zu können.

Besonders deutlich kopierte er meine Haltung beim Schachspiel im Hof. Zigarette zwischen den Zähnen. Kleine Lacher. (Er setzte sich sogar ans Schachbrett! Wiederholte automatisch die ersten Züge, die er sich gemerkt hatte, fing mit Weiß an und verlor sofort.) Eine Dummheit stellte Tetelin freilich selbst an:

Er tat sich mit einer Witwe zusammen, der er die baldige Heirat versprach.

Vik Vikytsch spottete:

»Dein Echo. Du solltest es schätzen! Nicht jedem ist es vergönnt, sein Echo zu *sehen.*«

Nach Tetelins Tod rief ich Vik Vikytsch und Michail an, lud sie zum Leichenschmaus ins Wohnheim ein, um mit den lautersten Gefühlen zu essen, zu trinken und zu reden, immerhin war ein Mensch gestorben, doch kaum waren sie da, begann Vikytsch wieder zu lachen. Pervers, aber wir saßen alle drei da und schüttelten uns vor Lachen. Vikytsch beteuerte, unser lautes Lachen sei unser Schmerz, es sei das Schluchzen des formsuchenden Beileids. (Schluchzer, die sich beim Verlassen unseres Halses nicht hätten formen können.)

Die entscheidenden Minuten im Leben des Verblichenen, in seinem heldenhaften Leben, versicherte Vikytsch, seien der Feder würdig: Da rutscht er nach dem ersten Herzinfarkt – halbtot, bleich, ergraut, 54 Jahre alt, vom Bett und krabbelt auf allen vieren mit der Schere in der Hand zu der gekauften Hose. Er kürzt sie um genau zwei Zentimeter. Schaut sie an. Noch mal zwei! Und dann noch einen, nur um der ganzen Welt zu zeigen, was für kurze Höschen er sonst trägt! Die Hand zittert, die Schere klappert, aber der kleine Tetelin ist hartnäckig und zerreißt den Stoff, er hat noch drei Minuten zu leben. Wie lange schnippelt man an einem Hosenbein herum (immer noch am ersten)! Krampf im Herzen, gleich wird es brechen, Akaki Akakijewitsch streicht seine schöne, neue Tweedhose auf dem Boden immer wieder glatt: schaut streng und hart, ob er nicht noch einen Zentimeter abschneiden soll – man darf im Leben nichts falsch machen.

Im sechsten Stock steht Akulow inmitten einer Menschentraube, ehemaliger Offizier, er verflucht die Tschetschenen und Kaukasier. Trägt seine Offiziersuniform. Er hat vor kurzem den Dienst quittiert und sich sofort mit der hübschen Verkäuferin aus dem zweiten Stock verbandelt. Gehört schon zu uns. Nach seinem Start mit der gutgeschnittenen Wohnung (plus Frau) gedenkt er nun baldigst irgendein Inspektorenpöstchen zu ergattern und reich zu werden. (Um dann die Frau mit einem Fußtritt hinauszubefördern, versteht sich. Dazu ist er fähig.) Akulow ist ein stattlicher Mann mit breiten Schultern. Laut, ja schallend erklärt er, Tetelin habe ehrlich auf die Wohnungen aufgepaßt und unser Hab und Gut gehütet, eine besondere Gabe, eine besondere Ehrlichkeit. Man habe ihn wegen nichts und wieder nichts zugrunde gerichtet! Man habe ein bescheidenes Menschenleben zugrunde gerichtet! Im selben Atemzug zischt Akulow eine verächtliche Bemerkung über die entfesselten Mittelasiaten. Die Brüder kennen wir! Alle nicken, sehen in Akulow eine frische Kraft. Er kommt bei den Hausbewohnern gut an.

»Sie waren zu zweit. Bei der Beerdigung werden Sie sprechen«, sagt Akulow (im Gang) wichtigtuerisch zu mir. »Sie werden eine Rede auf Ihren Kameraden halten.«

»Ein Wächter auf den anderen?« frage ich schnippisch. (Ich widerspreche Akulow gern.)

Als er ein Lachen aufschnappt, schreit er mir hinterher.

»Was?!« Akulow und sein arroganter Dünkel, besonders auf den Gängen, wenn ihn die Frauen im Vorbeigehen sehen können. Ein kräftiges, jähzorniges Mannsbild. Haut einem einfach in die Fresse. Gibt einem eine Ohrfeige. Oder versetzt einem Jüngelchen einen Fußtritt. Damit es alle sehen und sich merken.

»Versauert und verschimmelt, Menschenskind, wie lebt ihr denn?! Man muß euch mal ordentlich rütteln und schütteln, ihr verrosteten Schlafmützen!« Er lacht. Akulow, der erst seit einem halben oder ganzen Jahr hier ist, gibt den Leithammel. Und wird schon übers Jahr als Wächter enden, der nachts auf die Stände ebendieser Kaukasier aufpaßt. Er wird uns anglotzen (mich ganz bestimmt!), als führten wir etwas im Schilde, los, los, alle Stände haben zu, mach, daß du weiterkommst, du Lump! Das wird auf seinem entschlossenen Gesicht zu lesen sein. Wie bei Sapunow. Der war auch ein streitbarer Offizier.

Als wir bei Tisch saßen, erinnerten wir uns, von Vik Vikytsch angestoßen, erneut an diese zwanghafte Leidenschaft: Tetelin hatte sich in die graue Tweedhose verguckt, die so schick aussah und sich so gut anfühlte; es gab sie am aserbeidschanisch-tschetschenischen Stand, dem ersten in der Reihe und genau gegenüber vom Eingang ins Heim! Dort hing die Hose. Sie lockte. Schaukelte sacht im Wind, Tetelin ging mit wechselndem Mienenspiel vor ihr auf und ab. Er hatte sich natürlich mit seiner Auserwählten, der Witwe, beraten. Auch mir und allen anderen hatte der Arme zigmal flüsternd von der Tweedhose erzählt, schließlich pumpte er sich Geld und kaufte sie. Jetzt war er tot, wir tafelten zu seinem Gedächtnis, aber wo war die Hose? (Hatte man sie ihm wenigstens in den Sarg gelegt?)

Um dem Verstorbenen zumindest einigermaßen Ehre zu erweisen (und nicht zu lachen), begannen wir zu philosophieren; wir aßen, tranken und diskutierten: War diese Hose für Tetelin ein materieller Wert? Oder – wer weiß – ein geistiger?

»Selbst für eine Modepuppe ist die Lieblingsbluse mehr als eine Bluse, mehr als ein Fetzen und ein Kleidungsstück. Ist sie das Zeichen für einen geistigen Wert, ja oder nein?« polemisierte Vik Vikytsch hochtrabend.

»Kleidung ist funktional …«

»Keine Ausflüchte, Petrowitsch. Für Tetelin war die Hose kein Kleidungsstück mehr. Ja oder nein?« Wir pflichteten ihm bei: Ja. Ja. Einverstanden. Für den Toten war es keine Hose mehr, sondern ein Symbol und zum Teil der Sinn des Daseins. Wir ereiferten uns. (Unsere Polemik hob Tetelin leicht vom Boden ab – erhöhte ihn über die Scheiße, die er war.) Hitzig schrien wir uns an, daß übrigens auch die Flagge ein Fetzen sei. Die Flagge, das Banner – das sind doch Fetzen, aber zugleich geistige Werte? Ja oder nein?

Wir drei bildeten mit unserer Diskussion den Hintergrund:

den geschwätzigen Hintergrund für die hungrigen Menschen beim Leichenschmaus. Neben uns wurde die Mine entschärft. Achmet war zur Totenfeier im Heim erschienen (um Frieden zu machen). Leisen, fast lautlosen Schrittes war er gekommen, niemand hatte auch nur bemerkt, wie und wann er eingetreten war – plötzlich war er da. Erst als er am Tisch saß, erblickte man ihn. Achmet setzte sich zwischen Akulow und Sapunow, sprach mal mit dem einen, mal mit dem anderen, gedämpft und betont zurückhaltend.

Nun, da Akulow und Achmet getrunken hatten, umarmten und küßten sie sich. Standen beide zugleich auf.

»Bruder«, sagte der eine.

»Bruder«, wiederholte der andere.

Sie versicherten einander lautstark ihre Hochachtung und erwähnten auch öfter die Freundschaft der Völker. Offen gesagt, Achmet wirkte ehrlicher als Akulow. (Vielleicht war er es tatsächlich, vielleicht war er aber auch nur der bessere Schauspieler.)

Jetzt begann auch die Tafelrunde zu lärmen. Die ersten lauten Trinksprüche wurden ausgebracht – und endlich wurden alle fünf-sechs-acht Kaukasier von unten heraufgerufen (von allen drei Verkaufsständen). Die kamen und brachten reichlich Getränke mit. Und drei Schüsseln voll dampfender Fleischspieße (die zweifellos beizeiten vorbereitet worden waren). Jeder Friede ist immerhin ein Friede. Wenn auch etwas gespannt und zerbrechlich.

Achmet erklärt uns zum hundertsten Mal:

»Da haben wir zu ihm gesagt: Na ja, lieber Freund, die Hose ist zu lang. Du hast recht. Aber mach sie doch kürzer. Sie steht dir ausgezeichnet … Aber er schrie immerzu: Ja, wie denn? Wie? Wie soll ich sie kürzen?« (Achmet gibt sich große Mühe, seine Geschichte traurig klingen zu lassen. Aber seine Worte und sein sprechendes Gesicht können trotz Tetelins Tod auch bei der Wiederholung die Belustigung nicht verhehlen.)

Achmet fährt fort:

»Wir haben zu ihm gesagt: Ruhe, lieber Freund. Schone dein Herz. Bitte, sei ruhig. Wie du sie kürzen sollst? … Kennst du nicht eine Witwe im Heim? … Hat die Witwe Hände? … Hat sie auch Nadel und Faden?«

Achmet hat sich alles von der Seele geredet. Die Erleichterung stellt sich sofort ein. Eine Totenfeier ist ja dazu da, daß man über den Verstorbenen spricht. Tetelins Hose wird immer kleiner und schäbiger. Aber unser Akulow, der sich offenbar nicht sofort auf eine gütliche Einigung einlassen will (er sucht jemanden, über den er sich ärgern kann), bleibt mit seinem Blick plötzlich bei uns dreien hängen und brüllt betrunken:

»Worüber streiten die denn noch?!«

»Es gibt nichts mehr zu streiten, nichts!« fällt Achmet sofort ein, der mit Akulow möglichst ein Herz und eine Seele sein möchte. Die Kaukasier aus den Buden haben ein feines Gespür dafür, welche Seite zu unterstützen günstiger ist – sie achten Leute wie Akulow und geben keinen Pfifferling auf unsereins, den grauen Intellektuellen. Warum hast du so ein schlechtes Jackett, Freund – bist du so arm? … Akulow beginnt zu mekkern, das komische Wort *Ingenieur* bringt alle zum Lachen. Soll wohl armer Schlucker heißen. Ja, ja, setz dich her, *Ingenieur*, iß was vom Schaschlyk, *Ingenieur*!

Augenscheinlich wollen beide Seiten Frieden, legen aber (aus Trägheit) weiterhin jedes laute Wort auf die Goldwaage. Die Kaukasier trinken fast nichts und sind unter dem Deckmantel des (durchaus dekorativen) hitzigen Temperaments auf der Hut: Hoffentlich führt Tetelins Tod nicht zu einer Massenschlägerei, zu einer gezielten Vergeltung? Oder – noch schlimmer – zu einer Razzia durch die Miliz? … Aber schließlich haben sich auch die Mißtrauischsten von ihnen überzeugt, daß Frieden ist; daß der Frieden anhalten wird und das normale Volk im Heim so blöde, versoffen, feige und vor allem so mit den Veränderungen und dem schwieriger gewordenen Alltag beschäftigt ist, daß niemandem der Sinn nach Abrechnung steht.

Akulow beendet seine Rede mit den Worten:

»Wir sind eure Nachbarn, und ihr seid unsere Nachbarn. Aber das Leben bei uns und bei euch ist ein und dasselbe.«

Alle sind verstummt.

»Auf dieses Leben wollen wir trinken!« Akulow hebt sein Schnapsglas zum Himmel. (Und schielt wieder kämpferisch zu den artfremden Schreiberlingen hinüber, die über den Unterschied zwischen einer Flagge und einer Hose diskutieren.)

Die Gläser und Gläschen fliegen in die Höhe.

»Auf den Frieden! Auf den Frieden!« schreien die Heimbewohner und die Kaukasier im vielstimmigen Chor.

Michail, Vik Vikytsch und ich aßen und tranken mit großem Appetit – das Essen war für die heutige Zeit gut, Tetelins Witwe (nunmehr quasi doppelt Witwe) hatte sich alle Mühe gegeben! Sülze. Salate. Sie trug Schwarz. Von Zeit zu Zeit teilte sie dem ganzen Tisch mit, wie sehr die Leute in den Etagen an ihrem Kummer Anteil nähmen. Sie seien so herzlich und einfühlsam, und jeder habe ein tröstliches Wort für sie gefunden! Wie rührend man sie im vierten Stock empfangen habe (Tetelin hatte dort eine Wohnung gehütet und beinahe abgefackelt), und im siebten habe man ihr, die sie ganz verweint war, gesagt, was für ein Schlag dieser Tod sei, was für ein Verlust für uns alle. »Wir sind verwaist …« Ja, das habe man ihr gesagt.

Vik Vikytsch und Michail rührten die Tränen der Witwe im tiefsten Seelengrund: Wo sonst sollte man sein Herz erleichtern, wenn nicht beim Totenmahl! (Ich schwieg.) Beide hatten Tetelin plötzlich liebgewonnen – Wächter und Paria, in einem umfassenden Sinn war Tetelin ebenfalls Underground, also ein UGler! Er schrieb nicht, malte nicht, sondern verqualmte nur den Himmel. Er war doch einer von uns. Er wurde nicht von der Familie beweint. Und er hatte sich nicht mit einem Nachruf auf seinen letzten Weg gemacht: fremde Visagen bei seiner Totenfeier, das war die ganze Belohnung. Die komische Witwe und Akulow! So war es eben. Ein UGler scheidet mit der Schere in der Hand aus dem Leben. Mit einer Hose, deren Beinlängen noch angeglichen werden müssen.

Mich ließ das kalt, ich bin anders.

»Auf unser Begräbnis!« Vik Vikytsch und Michail stießen mit den Gläsern an. Beide tranken jetzt viel; und je weiter die Feier fortschritt, um so beharrlicher versicherten sie mir, daß sie im Grunde beim eigenen Begräbnis säßen. Ihrer werde hier gedacht, und ihretwegen habe sich die Witwe und Lebensgefährtin solche Mühe mit den Vorspeisen gegeben. Ihretwegen habe sie die Erde zum Hügel geformt (also Totengräber gedungen, die das Grab aufschaufelten). Ihretwegen, beteuerte Vikytsch, habe die Witwe in Schwarz so reizend erfunden, daß die Leute im vierten und siebten Stock im guten Andenken ihrer gedacht hätten, denn ohne den Toten sei die Erde verwaist.

Akulow, nun schon dunkelrot im Gesicht (aber offenbar sehr trinkfest), stand sicher auf und hob steif ein neues Glas Wodka in die Höhe.

Das Glas in seiner ausgestreckten Hand schwankte kein bißchen. (Apfel am Ast.)

»Genossen!« begann er einen altmodischen Toast.

Die Kaukasier fielen sofort ein:

»Genossen! Genossen! ...« Die Kaukasier tranken weniger, ließen manche Runde aus, aber auf Akulows Spruch hin ergriffen sie dem Ritual gemäß die Gläser und mahnten die schon völlig enthemmten Russen zur Ruhe.

Eine neue Schüssel mit dampfenden Fleischspießen wurde gebracht, die Frauen gaben uns allen großzügig vom Schaschlyk. Die Kantine unten im Haus kümmerte seit langem vor sich hin, dort konnte man sich am Essen vergiften, und von Zeit zu Zeit wurde der diebische Kantinenchef entlassen, aber heute waren die Spieße göttlich. Die Russen schnupperten genüßlich daran, und die Kaukasier küßten ihre Finger: Ach, ach, dieser köstliche Schaschlyk! ... Die Kaukasier sind nicht nachtragend. Es sind gutmütige Menschen. Jetzt schon gar, da am Tisch Frieden geschlossen ist und sie im Kreis von Freunden sitzen. Alle lieben sich. Umarmen sich. Küssen sich. Ein üppiges Mahl und ein kräftiges Gelage. Das Besäufnis zum Andenken an Tetelin ist wie ein Schmaus in alten Zeiten. Hochtrabende, feierliche, samtweiche Trinksprüche – das hat Stil (Breschnewscher Färbung). Einen falschen natürlich. Aber mit dem unverhohlenen Wunsch zu entspannen. So kann man Jahre, Jahrzehnte leben – mit dem Wunsch, alle und jeden hemmungslos mit ein und denselben samtweichen Komplimenten zu überhäufen (und von den anderen seinerseits welche zu bekommen). Eine Ration guter Worte zu verabreichen (und zu erhalten). Blumige Wortverbindungen, die dir zumindest in der ersten Zeit den Frieden sichern und ihm die Ruhe im ängstlichen Herzen. (Oder umgekehrt, dir die Ruhe und ihm den Frieden.) Alles umarmte sich. Tanzte die Lesginka. Trank auf die Göttinnen, die russischen Frauen, die auf der Welt nicht ihresgleichen hätten.

Die Totenfeier zerfiel von ganz allein in mehrere kleine Besäufnisse in den einzelnen Wohnungen auf den verschiedenen Etagen.

Die einen verkrümelten sich hierhin, die anderen dorthin, wir zogen ebenfalls um: zur Näherin Sinaida, mit der ich gerade ein Verhältnis hatte. Sinaida Agapowna (solche Vatersnamen kommen heutzutage wohl nicht mehr vor) war etwa vierzig bis fünfundvierzig, allerhöchstens. Sie lag mir ständig in den Ohren, ich solle irgendwo arbeiten – typisch Weib, das Leben mit ihr war kein Honigschlecken. Doch zum Glück war Sinaida nicht zu Hause. Wir machten es uns bequem und rauchten. Michail, wie zerstreut er sonst auch war, hatte eine Flasche Wodka vom Totenmahl mitgehen lassen. Wir tranken. Vik Vikytsch war schon betrunken und schrie als Antwort auf alles, was gesagt wurde, den brandneuen Aphorismus des ausgehenden Jahrhunderts: *Lohnt es sich, eine Hose zu zerschnippeln, meine Herren?*

Es war auch eine Frau aus dem sechsten Stock dabei, Raja, eine graue Maus, die sich vom Leben weiß Gott was erwartete. Vielleicht war sie uns gefolgt, um verstohlen zu gucken, wie Sinaida wohnte (was für Möbel sie hatte, wie sie eingerichtet war – na, und überhaupt). Von Zeit zu Zeit fragte Raja wie ein Automat:

»Warum trinken wir nicht?«

Die beiden Schlosser, die sich unserem Besäufnis angeschlossen hatten (und die man nicht rausschmeißen konnte, es war ja immer noch die Totenfeier), antworteten dann gleich:

»Schenk ein!«

Sinaidas Stühle reichten nicht. Die Schlosser saßen an der Wand auf dem Boden. Ich öffnete eine neue Flasche, und sie reichten sie wie Nomaden herum.

Plötzlich platzte eine blutjunge Frau herein, niedliche Person, im modischen Jackett – es war Asja, die Tochter des Schlossers Kimjassow (der neben dem anderen an der Wand saß) –, sie suchte ihren Vater auf allen Etagen. Lebhaft. Gertenschlank.

»Auf, nach Hause!« rief sie, zerrte ihren Vater am Ohr und versuchte sogar, ihn hochzuhieven.

Michail ließ sich gerade über Paris aus. Puterrot im Gesicht, stocherte er mit betrunkener Hand in meine Richtung:

»Der da! ... Der wird nach Frankreich reisen!« Das sollte heißen, alle, die schrieben, würden hier krepieren, das sei klar, aber Petrowitsch (also ich) müsse es unbedingt mit Paris versuchen. Die Franzosen seien am Ende ihrer Kräfte. Aber wenn Petrowitsch eine Zeitlang dort leben würde, wenn ein echtes russisches Genie dort seinen literarischen Samen ausstreuen würde, dann könne eine ganze Underground-Generation entstehen, ein neuer Existentialismus. Dort wird alles aufblühen! schrie Michail. Und riet mir, in welcher Straße von Paris ich ein billiges Quartier fände. In Paris, aber nicht nur dort, war Michail nämlich ein halbes Jahr hinter seiner Frau hergewesen, die ihn verlassen hatte.

Der Wodka war alle. Ich hatte keine Lust auf Paris, aber auf Asja hatte ich Lust. Alter geiler Bock. Sie war schon weg und hatte ihren Vater mitgeschleift. (Ihre jugendliche Erscheinung stand mir noch vor Augen.) Ich war offensichtlich blau: wollte alle rausschmeißen und mich auf der Stelle mit Asja auf diese weiche Doppelliege begeben, wo ich in den letzten Tagen, vielmehr Nächten, bei Sinaida so schmachvoll versagt oder mich ihr sogar verweigert hatte. Was für ein Bett! dachte ich, wieso hatte ich nicht schon früher bemerkt, was für schöne Kissen und Dekken Sinaida hatte, ein Luxuslager!

»Cherchez la femme. Pardonnez-moi«, plapperte der leicht in sich zusammengesunkene Vikytsch (betrunken und fröhlich). »C'est moi. Le roi.«

Er übertrieb die Aussprache, wir lachten alle. Sinaida war jetzt wieder da und saß bei uns, aber mit holprigem Französisch konnte man bei ihr keinen Eindruck schinden. Michails Gebrüll über meine Genialität wirkte jedoch auf sie. Zum erstenmal hörte sie, was für ein Autor ich war (ein UGler krümmt dem anderen kein Haar). Sie wurde nachdenklich.

»Puschkin und Petrowitsch!« schrie Michail.

Sinaida stellte das Wodkagläschen ab und erkundigte sich halblaut (familieninternes Gespräch, nichts für fremde Ohren): »Warum? Ich nehme doch Rücksicht auf unser Alter. Verlang ja nicht viel …« Ihr Gesicht näherte sich mir, ihre Züge wurden vertrauter, aber keineswegs begehrenswerter – Oma im Fenster. Der Trieb erwachte nicht. Irgend etwas störte. Möglicherweise schützte mich mein Instinkt. Sie machte mich nicht an, aber wenn es heute nicht klappte, dann würde sie sich morgen nehmen, was ihr zustand. Im Bett konnte Sinaida Agapowna mit ihrer Glut die letzte Saite zum Reißen bringen. (Gruß von Tetelin. Plötzlich dachte ich: Ich werde auf Sinaida sterben.) Ich stocherte mit der Gabel auf dem Teller herum und spießte die letzten Eibröckchen auf …

Vikytsch begann zu singen, Michail stimmte sogleich in die

Melodie ein – das waren Sänger! Wenn sie zweistimmig sangen, trat sofort Stille ein. Wir schwiegen, nur die häßliche Raissa klopfte den Takt mit der Gabel auf den scheppernden Teller. Dann staunten wir nur noch: Der Schlosser Kimjassow (er war wieder da!) trank das nächste Gläschen und versuchte mitzusingen. Er fiel bereits um. Konnte überhaupt nicht mehr stehen, und sitzen konnte er auch nur auf dem Boden. Er war sturzbetrunken, brachte keine Silbe mehr heraus, aber singen konnte er noch, die musikalische Seele. Vikytsch und Michail ließen ihre Stimmen anschwellen. Raissa drosch mit der Gabel auf den Teller ein. Als dann der Schlosser Kimjassow plötzlich mit hohem, sprödem Tenor einstimmte, waren wir alle von den Socken. Sinaida begann zu weinen. Vollständiger Triumph.

Ich erinnere mich nicht mehr, wie wir auseinandergingen. Im Bett schmiegte sich Sinaida an mich, aber ich rührte mich nicht. Sie schlug alle drei oder vier Beine über mich, aber ich wandte ihr nicht einmal mein Gesicht zu. Konnte nicht. Bin alt. Nach dem Akt (ohne Liebe und Drang) schnellt mein Blutdruck hoch, und mein rechtes Auge tut weh.

Am Tag, bei Tageslicht, gefiel mir Sinaida Agapowna, wenn ihre flinken Hände unermüdlich arbeiteten. Sie roch wie ein echtes, gestandenes Weib. Ein Arbeitstier von Frau. Wenn ich ihr zuschaute, war ich fast sicher, daß ihre geschickte und auf ihre Art schöne Arbeit am Herd, der starke Nacken, die kräftigen Arme und Schenkel sie für mich am Abend begehrenswert machen würden. Ich versprach (mir) sogar, daß ich mich heute anstrengen wollte, aber sobald es auf den Abend zuging, senkte sich gleichsam schwerer, nasser Silvesterschnee in dicken Klumpen auf mich, auf mein erloschenes Begehren. Ich schlief im Stehen ein, und wenn ich aus irgendeinem Grund nicht schlafen konnte, war es noch deprimierender. Einmal lag ich einfach die ganze Nacht neben ihr.

Ich hatte nichts, was ich ihr für Kost (und Logis, ihr Bett immerhin) zahlen konnte, und Sinaida hatte sogleich, ohne mit der Wimper zu zucken, eine Gelegenheitsarbeit für mich gefunden: ein Dutzend Wellblechgaragen anstreichen.

Sie sagte, sie werde mich einem Wolodja zur Seite stellen. Mit dem Anstreichen würde ich für die Bliny und Suppen bezahlen, die sie mir kochte. Da arbeitest du halt ein, zwei Tage! Aber wie erschüttert war sie, als Michail und Vik Vikytsch deklamierten:

> Puschkin und Petrowitsch sind Genies und Brüder …

Sie grölten so laut, daß Sinaida nicht mehr wußte, was sie denken sollte. In der Schule hatte sie viel Rühmliches über Puschkin gehört, sie konnte die Märchen und die Romanze »Ich denk des Augenblicks, des einen …« auswendig. *Puschkin und Petrowitsch!* Das haute sie um. Mich dagegen belustigte ihre Verwirrung, ihr respektvolles Stottern auf einmal. Betrunken, wie ich war, spielte ich mich gewaltig auf: blähte die Backen, runzelte die Stirn und jagte ihr mit dem leise gesprochenen Wort regelrecht Angst ein: »Ja. Genial.« Das konnte sich auf alles mögliche beziehen. Jeder UGler sagt bestimmt hin und wieder »Genie«, »genial«, »wir sind beide Genies« und dergleichen. Dieses (für andere) rasierklingenscharfe Wort sprechen wir ganz selbstverständlich aus und stehen mit ihm seit jeher auf vertrautem Fuß. Ohne das Wort »Genie« gibt es keinen Underground. (Desgleichen gab es keinen Underground ohne den Widerstand gegen den KGB und vice versa.)

Wenn Michail oder sonst jemand schwafelt, ich sei ein Genie, dann habe ich das Gefühl, als würde meine linke Ferse mit einem Zweiglein Wermutkraut gekitzelt. Mir ist leicht und frisch ums Herz. Mehr nicht. (Astrale Sendezeichen.) Unterdessen zerkaut das echte Genie, mein Bruder Wenja, nachts in der Klapsmühle einzeln seine vergessenen, hochmütigen Tränen.

Wenn man es recht bedenkt, dann hat es mir immer an Wenjas hinreißender Leichtigkeit, sich auszudrücken, gemangelt. Ich habe Talent, schön und gut, aber er ist wie Einschießen beim Militär, ich dagegen bin wie eine Bodenprobe. Die Natur hat mit mir eine Probe genommen, und erst später, nach drei Jahren, Wenja zutage gefördert. Wenn man es recht bedenkt ... dann habe ich auch weniger von seinem scharfen Verstand mitbekommen, und nur die Hälfte seines Talents. Und nur ein ganz kleines Stück von seinem Löwenherzen; ebenfalls zur Probe.

Ich konnte nicht einschlafen, stand auf und ging die Wohnungen kontrollieren. Unterwegs schaute ich bei der Witwe herein und trank ein Gläschen. Dort saßen noch vereinzelte Gäste der Totenfeier und tranken, schon matt wie Winterfliegen.

»Deine Leute sind bei Ada Fjodorowna«, sagten sie.

Weder Akulow noch die Kaukasier waren mehr da (dafür die Schüssel mit einem Rest kalter, aber immer noch köstlicher Fleischspieße).

Michail und Vik Vikytsch waren tatsächlich bei Ada, einer noch rüstigen Greisin, im vierten Stock: Sie hatte ihnen von sich aus eine Flasche Wodka gestiftet, zur Fortsetzung der Totenfeier. Die Witwe hatte sie aus Knausrigkeit nicht eingeladen (dabei erinnerte sich die Alte gut an Tetelin, trauerte folglich).

»Nimm Platz, Petrowitsch!« Ada Fjodorowna bemuttert gerne andere Menschen. Sie langweilt sich. Die Reste der alten Güte sind bei einer Frau an die Reste des Lebens gekoppelt: Vor fünf Jahren hatte Ada Fjodorowna noch geflackert wie eine abbrennende Kerze: Am Ende eines Besäufnisses hatte sie plötzlich die heißersehnte Flasche herausgerückt, und das Mannsbild mit dem längsten Sitzfleisch war bei ihr geblieben und in ihrem Bett aufgewacht. Aber jetzt ist es mit allen Tricks vorbei. Eine stille Sumpfblase. Die Güte in Person.

Bevor Vikytsch und Michail nach Hause zu ihren Schreibmaschinen wanken, müssen sie einander noch viel Unwichtiges mitteilen – Schwätzer! – ziehe ich sie auf, die jetzt der hehren

Beschäftigung unserer Intellektuellen nach Mitternacht frönen: dem Gespräch.

Der redselige Landsmann schwebt hoch oben, höher kann man nicht fliegen. Die unerhörte Kultur des russischen Gesprächs (beim Wodka) hat bereits im 19. Jahrhundert ihren Anfang genommen, wenn nicht früher. Aufgrund der riesigen Entfernungen zwischen den Gütern sahen sich die Menschen ein halbes Jahr lang nicht, und wenn sie sich dann trafen, redeten sie Tag und Nacht durch. Redeten auch dann noch, wenn sie sich schon in den Pelz gehüllt hatten. Bis das Glöckchen der Troika unter den Fenstern klingelte. Bis das Telefon wegen Zahlungsrückstand abgeschaltet wird. Die Intelligenzia hat jahrzehntelang gearbeitet, ohne sich anzustrengen (im Unterschied zu, sagen wir mal, den Kollegen in Westeuropa), dafür haben wir, versichert Michail, die Kunst der menschlichen Kommunikation (am Telefon, in der Küche, während der Dienstzeit, im Zug) zu einer unglaublichen Höhe entwickelt. Die Gespräche sind unsere Pyramiden. Auf ewig.

Michail:

»Ich rede gern. Und gut. Aber *satt reden* kann ich mich nur mit Vikytsch. Stör uns nicht … eine halbe Stunde, ja?«

Vikytsch (ebenfalls aufgescheucht):

»Stör uns nicht. Ja, ja, noch eine halbe Stunde!«

Doch da schüttelte ich den Kopf, der Größe des Geschehens durchaus bewußt (und ein wenig neidisch, das will ich nicht verhehlen) – von wegen eine halbe Stunde, ich bin sicher, daß es noch zwei, drei Stunden weitergeht, mindestens, ihr Schwätzer!

Ich neckte sie noch, sie seien ein ideales Paar. Ein in der Kultur Rußlands verwurzelter Jude und ein Russe, der in seiner Jugend als Antisemit galt.

»Na, jetzt reicht's aber, halt die Klappe!« Vikytsch gefiel meine Bemerkung nicht. Ich hatte damit sagen wollen, daß es jetzt einen Antisemiten weniger gebe, und zwar durch diese Bekanntschaft. Ich weiß noch, in jenen fernen Zeiten, als ich Vik Vikytsch auf die Begegnung mit Michail vorbereitete, ließ ich vorsichtig durchblicken, was für ein begabter Jude und hartnäckiger UGler er sei!

Ihr erstes Gespräch, das weiß ich auch noch, fand gleich nach dem Kennenlernen statt und zog sich mit vielen Klarstellungen bis weit nach Mitternacht hin. Nun waren sie Freunde. Dann arbeitete die Zeit für sie. Wie das manchmal bei Freundschaften so ist, drängten sie mich rasch hinaus. Das heißt, ich blieb ihr Freund, aber der Dritte und ein wenig im Abseits. Von mir aus. (Ich hatte auch damals keine Angst, etwas zu verlieren.)

Ich trank mit ihnen, aber das Niveau ihres nächtlichen Gesprächs war bereits sehr hoch, ich kam zu spät. Man braucht unbedingt einen gemeinsamen Start, aber noch mehr einen scharfzüngigen Anlauf miteinander. Ich beobachtete nur, den Kopf in den Nacken gelegt, wie ein kleiner Junge den Flug eines fremden Papierdrachens im Blau des Himmels. Aber auch das muß man können. Schweigen und sich an der Leidenschaft freuen, mit der sich jetzt die anderen spreizen. Das Leben als Wächter hat mich gelehrt, einfach zuzuhören. Einfach in den Tag hineinzuleben. Einfach Tee zu trinken.

Aber ich muß auch die Wohnungen kontrollieren, gehe durch den Korridor. Mir kommen, besser gesagt, wanken bleiche Frühmorgengespenster entgegen – Bekannte des Schlossers Kimjassow mit ihm an der Spitze. Klein, krummbeinig und natürlich betrunken, streifen sie weiter im Rudel durch die leeren Etagen, immer auf der Suche nach Alkohol. Ein Trupp, der die ganze Nacht nicht geschlafen hat, eine Phalanx – die Ehrenwache für Tetelin und seine Tweedhose.

Nachdem Michail sich dem Trunk ergeben hatte (zum Glück nur als Quartalssäufer), rief er oft an, ich erzählte ihm dann unter anderem auch Neuigkeiten aus unserem Bienenstock – man munkele etwas von Privatisierung …

»Was?« Michail verstummte plötzlich. »Privatisierung? Der Wohnungen?« ... Sein universaler Intellekt stieß wie ein Bach auf ein Wehr und begann wie aufgestautes Wasser rechts und links über die Ufer zu treten und seitlich abzufließen (und wieder zu meiner Seele durchzubrechen – zu meiner Genialität, wie er sich ausdrückte). »Zum Teufel mit den Wohnungen, zum Teufel mit dem Trott, was gehen dich ihre Sorgen an! – Du existierst, du bist!« schrie er. »Du bist ein Genie. Du bist sommerlicher Flugstaub! Stirb bloß nicht, bleib am Leben ...« In seiner Stimme hörte man aufsteigendes Schluchzen.

In seinem angetrunkenen Zustand erschien ihm mein Genie mit dem Flugstaub auf Blättern und sommerlichen Wegen verwandt. Er fand keinen anderen Ausdruck. Er war zärtlich im Gespräch. Er war schutzlos. Er war wahrhaft talentiert und hatte eine Psyche, die nur ein wenig vom Leben im Untergrund beschädigt war.

Aufgekratzt und glücklich über unsere Unterhaltung, schrie Michail jetzt in den Hörer, er denke unablässig an Tetelin. Ja, einverstanden, vielleicht war er ja ein Einfaltspinsel, aber in diesem kleinen Einfaltspinsel kämpfte ein Gedanke, und was für einer! Ein Gedanke und eine Lehre. Versteh doch: Er kürzte nicht die Hose, er kürzte sein Leben!

»Versteh doch!« schrie Michail. »Tetelin hat es uns vor Augen geführt! Ich kürze ja auch mein Leben. (Wahrscheinlich mit der Sauferei.) Und du kürzt deins ebenfalls. (Womit?) Jeder Mensch sitzt mit der Schere da und schnippelt, schnippelt, schnippelt an seiner Hose. Und weißt du, warum? Weil dem Menschen ein unendliches Leben schnuppe ist? Das ist ja der Gedanke: Der Mensch braucht ein Leben *in seiner eigenen Größe*!«

Gedankenaustausch über geistige Werte.

Michail frohlockte:

»Aha! Du bist einverstanden! In diesem kleinen Plebejer und Nachahmer kämpfte ein großer, nicht von sich aus offensichtlicher Gedanke! ... Als er nach dem Infarkt aus dem Bett kroch und die Schere ergriff, wußte er, was er tat! Seine verborgene fixe Idee bestand darin, daß der eine Mensch beleidigend früh stirbt und ein anderer viel zu lange den Himmel verqualmt. Oder etwa nicht? ... Versteh doch: Der Mensch hat *seine Lebensgröße*, wie er seine Kleidergröße oder Schuhnummer hat.«

»Und Hosenlänge.«

»Genau!«

Michail hatte in bezug auf mich ebenfalls eine verborgene fixe Idee: Frauen (insbesondere Hausfrauen mit Alltagsansichten) sollen mein Genie in Ruhe lassen. Ihr Platz ist *dort*, weit weg, sagte er, als ob er sie mit einer Handbewegung in die Verbannung jenseits der Wolga schicken wollte.

Ich lachte, konnte seine Worte nicht ernst nehmen, bis ich mich mit der gleichsam von ihm prophezeiten Sinaida Agapowna zusammengetan hatte, die mich beim geringsten Anlaß zwang, Garagen und Zäune zu streichen. Mein Hauptungemach bestand laut Michail aber darin, daß ich bei ihr eingezogen war. Das war ein Verbrechen. Er machte Sinaida Szenen. »Sie saugen ihm seinen Saft aus. Ja, ja. Sie haben kein Recht darauf ...«, sagte Michail, wenn er am Tisch saß, ein Bein übergeschlagen und im Kaffee rührend, den sie ihm (als meinem Freund) gekocht hatte. Sinaida lachte: »Aber er gefällt mir eben!« – »Und mir gefällt der Mond«, entgegnete Michail. Und fügte drohend hinzu, er werde Sinaidas Söhnen einen gepfefferten Brief schreiben (beide dienten in der Armee).

Michail gestattete uns (mir und ihr) sogar den Umgang im Bett, bitte sehr! ... Aber nur ... nur, wenn ihr getrennt lebt. Sinaida Agapowna kann ruhig kommen. Kann aufräumen, kochen, dich umschmusen. Als Zugehfreundin ist sie gut, das bestreitet niemand.

»Er ist schon grau! Hab Mitleid mit ihm, alte Schlampe«, herrschte Michail sie an. (Er ließ nicht locker – Sinaida und ich lachten.)

»Du bist auch aschgrau, willst aber sicher auch gern!« lachte Sinaida.

»Dich?!«

»Mich!«

Es war komisch, und noch komischer dadurch, daß Sinaida ebenfalls eine Idee im Kopf hatte. Es war mir gelungen, ihr einzureden, daß Michail (heimlich) in sie verliebt sei und sein ungehemmtes Gerede seiner männlichen Eifersucht entspringe. »Meinst du?« wunderte sie sich errötend. »Ich weiß es ziemlich sicher. Bin davon überzeugt«, antwortete ich todernst, Sinaida glaubte mir nicht. Sie glaubte es nicht, setzte ihm jedoch von nun an gerne guten Kaffee vor, was früher wegen ihrer Knausrigkeit nie geschehen war.

Wenn es Nacht wurde, begann Sinaida Agapowna zu stottern: Mal meinte sie, sie wolle kein Geld, mal berichtete sie mir aufgebracht von anderen Leuten, wieviel die »von ihrem Untermieter für die Verköstigung« nahmen! Untermieter oder Beischläfer? Offenbar versuchten wir beide, diesen Unterschied zu verstehen, konnten es aber nicht. (Die Ethik dieses Unterschieds im Wohnheim.) Sinaida wurde beim Wort »Beischläfer« vor Verlegenheit rot, einmal mußte sie so husten, daß sie mich heiser anschrie.

»Nun schlag mich doch!«

Auf den Rücken. Damit sie sich freihustete. Sie arbeitete in einer Nähwerkstatt, hatte zuviel Staub geatmet.

Ich weiß noch, mit Tetelin ging es los, als ich ihn einmal zu Sinaida zum Essen eingeladen hatte. Er nagte damals am Hungertuch.

Tetelin war gerade erst im Wohnheim aufgetaucht, einsam, arbeitslos und noch dazu wegen irgendeiner Dummheit aus dem Technikum entlassen. (Er hatte unterrichtet. Was konnte er schon unterrichten, höchstens Schwachsinn!) Na ja, er war ein Häufchen Elend und hatte Augen wie ein Kaninchen. Aber widerwärtig war er damals nicht, als er in unseren Etagen auftauchte. Und sein aberwitziger Traum von der Tweedhose (sie hing jeden Morgen im offenen Stand zum Verkauf) erschien uns damals noch nicht aberwitzig.

»So eine Hose hatte ich noch nie«, sagte er. (Wir gingen vorbei. Die Hose schaukelte im Wind.)

»Na und?«

Er wurde nachdenklich. Hatte, wie sich zeigte, eine gute Beobachtungsgabe.

»Ich hatte noch nie so eine Hose. Und von Ihnen ist noch nie ein Buch erschienen.«

Ich lachte: Schau an, du kannst ja zubeißen! Alle Achtung!

In der ersten Zeit kümmerte ich mich um ihn, päppelte ihn auf und nahm ihn zu Einladungen mit, führte ihn sozusagen bei den Leuten ein. Und als im siebten Stock wieder einmal eine Wohnung zu hüten war, schlug ich ihn als Aufpasser vor. So bekam Tetelin zum erstenmal Geld und eine Art Beschäftigung, keinen Anker, aber immerhin einen Widerhaken. Statt dankbar zu sein (die Menschen sind seltsam!), begann Tetelin hinter meinem Rücken zu intrigieren. Er versuchte, die meiner Obhut anvertrauten Wohnungen an sich zu reißen. Dazu bedurfte es natürlich getuschelter Andeutungen – so fing es an.

Ende des Jahres hatte sich Tetelin endgültig zum kleinlichen Postenjäger entwickelt, der sich jede Wohnung unter den Nagel reißen wollte, das wäre ja noch gegangen, aber er äffte mich auch noch wie mein Echo nach. Er verleumdete mich mit meinen Worten und meinem Tonfall, ohne auch nur zu merken, daß er mich nachmachte! Ahmte meine Stimme und meinen Gang nach. Und vergrub die Hände in den Hosentaschen wie ich, der Mistkerl. Ich konnte ihn schon nicht mehr sehen, wenn er durch den Gang schritt. (Und mochte ihn nicht mehr als den jüngsten Akaki Akakijewitsch betrachten.) Als Typus ist Akaki für uns nur ein Prototyp, und die Klassiker des 19. Jahrhunderts haben den *kleinen Mann* zu früh auf den Punkt gebracht, da sie die

Dynamik seiner nachahmenden Entwicklung nicht ahnen konnten und (durch den Petersburger Nebel) die schnell reifende, eitle Variante nicht gesehen hatten. Die Kleinlichkeit der Wünsche verkehrte sich beim historischen Auftritt in die Kleinlichkeit der Seele. Sie hatten das Kleine übersehen.

Als sich der kleine Mann Tetelin in den Himmel begeben hatte, die Hände in seine schlecht gekürzte Hose gekrallt, da tat er mir natürlich leid. Wie soll man einen Menschen nicht bedauern, den man selbst betreut hat. Aber nur einen Augenblick lang. Ich erinnere mich an den Windstoß (von den Hochhäusern herüber) – mit dem Wind wehte mich das Mitleid mit Tetelin an, ein spätes Mitleid, und warum so heftig? Ist heute nicht der vierzigste Tag? fuhr es mir durch den Kopf, merkwürdig. Es war ein flüchtiger Gedanke, wie er einem plötzlich innehaltenden Passagier durch den Kopf schießt, obwohl der abhebende Passagier eben seine kleine Seele war (sofern er eine hatte). Also wurde sie (seine Seele) zur festgesetzten Stunde vom Himmel herab angeschnauzt: Höchste Zeit! Klar zum Start! *Weg vom Propeller! … Wir starten!* Klein und erbärmlich, gehorchte sie und hob unverzüglich ab, und mich traf dabei – war's Zufall oder nicht? – ein Luftstoß.

Vielleicht schämte sie sich jetzt beim Abschied. Wollte ihre Schuld eingestehen?

Meine Reaktion war blitzschnell und wohl nicht ganz human: Ohne die letzten Tage zu berücksichtigen, schrie ich ihr (ihm) hinterher – pfiff gewissermaßen: *Nur zu! Nur zu!* Laß dich nicht aufhalten.

Als ich Tetelin das erste Mal zu Sinaida mitgebracht hatte, war er so hungrig, daß er nach dem Essen abschaltete: Er schlief im Sitzen ein. Ließ den Kopf auf den reichlich gedeckten Tisch sinken. Schlief. Freilich war auch das Essen an diesem Abend schwer gewesen.

»Psst!« sagte ich zu Sinaida. »Psst, nicht aufwecken!«

Die kaukasische Spur

Wenja stand im Hinterhalt (am Eingang zur Metro) und stürzte sich auf die Passanten: »Wie spät ist es?« Dann bedrängte er einen anderen: »Wie spät ist es?« Er fragte schroff und herausfordernd. Als verlangte er von den Menschen Rechenschaft über die Zeit. Die Taxifahrer verprügelten ihn. Diese satten Taxifahrer schlugen ihm damals die Zähne aus, weil er sie an den Standplätzen mit seinem Gelaber belästigte (über die Zeit als solche). Ich brachte Wenja zum Arzt, er schweige, mache den Mund nicht auf.

»Tjaa«, sagte der behandelnde Arzt, der auf dem Gesicht meines Bruders sofort die Schramme erspäht hatte.

Der Arzt erhob sich leicht, streckte die Hand vor und zog mit einer raschen, geschickten Bewegung Wenjas Oberlippe hoch, um nachzusehen, ob die Hälfte der Zähne noch da sei (die Hälfte war noch da, aber nicht mehr.) In jenem Jahr mußte Wenja besonders viel einstecken. Den ganzen Januar und Februar hindurch (es war ein wunderbarer, kalter Winter) versuchte er, in irgendeinem Kontor zu arbeiten, aber vom Frühling an lag er wieder vor der Metro auf der Lauer, an der Bushaltestelle oder bei den Taxis.

Doch auch jetzt im Krankenhaus leckt sich Wenedikt Petrowitsch immer wieder geistesabwesend die Lippen. »Die Zunge, Wenja«, mahne ich, und mein Bruder läßt seine Zunge im Mund verschwinden. Wir gehen langsam durch den Gang. »Die Zähne reiben«, erklärt er ein wenig spitzfindig und schiebt die Schuld auf sein künstliches Gebiß; es ist billig; er hat es schon lange. Wenn man über Irrenhäuser liest (oder im Film welche sieht), wird man das Gefühl nicht los, daß der Autor nicht einmal aus purem Wissensdrang selbst dort war. Kein einziges Mal. Alles hat er von anderen übernommen. Deshalb gibt es den *Stationsgang* als besonderes Merkmal. (Man braucht mindestens zwanzig oder dreißig Schritte, um ihn abzugehen.) Wenn es keinen Gang gibt, dann wandert ein abstrakter »Krankensaal Nr. 6« aus einem Film in den anderen, wo die Irren wie angesäuselte Philosophieprofessoren schwafeln. Tschechow war der letzte russische Autor, der eine stationäre Heilanstalt persönlich gesehen hat. Die übrigen haben ihm nur nachgeplappert, Tschechows redliches Wissen eingespeichelt und ihn selbst in ein Bonbon verwandelt, das von Mund zu Mund weitergereicht wird. Ihr süßer Atem verrät sie.

Der Stationsgang hat oft gar keine Fenster, das ist ein besonderes Merkmal! Statt dessen Tageslichtlampen. Außerdem wird plötzlich ein Bett auf den Gang hinausgestellt, manchmal zwei. Es gibt immer einen Patienten, der sich in keinen Krankensaal einfügt. *Vorübergehend*, versteht sich, es gibt nicht genügend Plätze, so etwas kommt vor. Aber wie dem auch sei, vor aller Augen (auf dem Bett im Gang) liegt ein Patient in Zwangsjacke – im gedämpften Delirium tremens. Er wirft sich kraftlos hin und her, schreit leise. Fast immer ist es ein Greis mit wäßrigen Augen, im Marasmus, manchmal vollgeschissen (man sieht es nicht, riecht es nur). Der erwachsene Sohn, ein Mann mit Spitzbart, kleidet den Greis unbeholfen um: zieht irgend etwas unter dem Vater heraus, läßt irgend etwas verschwinden. Versucht, ihm etwas Sauberes anzuziehen: steckt die Hände des Vaters (Greisenhände mit Altersflecken) nervös in die Hemdsärmel. Es gibt zuwenig Schwestern. Ein anderes Männchen aus der Besucherschar, ein Angehöriger wie ich, wischt hastig den Fußboden im Gang auf. Er fährt schwungvoll mit Schrubber und Putzlumpen über das Linoleum. Singt leise vor sich hin (wahrscheinlich Assoziationen zum Bootsmannsdeck): »… an Deck, Genossen, an euren Platz.« Singt und schrubbt …

Wenja hat ihnen natürlich erzählt, er habe keine Angehörigen, nur einen Bruder, der Schriftsteller sei; Verwandte sind aber für den Psychiater seit jeher ein zusätzlicher Spiegel, um sich ein vollständiges Bild zu machen. Vielleicht läßt sich Iwan Jemeljanowitsch auch aus diesem Grund ab und zu in ein Gespräch mit mir ein, leider immer nur kurz.

Aber selbst ein kurzes *Schriftsteller*gespräch ist für meinen Bruder Wenja von Nutzen. (Glaube ich wenigstens. Das glauben alle Verwandten. Jeder hat seine Chance.) Jedenfalls bereite ich mich auf den Besuch vor. Ich rasiere mich sorgfältig. Wechsle das Hemd, damit saubere Kragenecken aus dem Pullover herausschauen. An der Scheide zwischen Wolf und Hund würde die Beleuchtung meine kaputten Schuhe und meine zerbeulte Hose nicht allzu kraß preisgeben. Zugleich steht auch meine Phantasie um diese Zeit wie immer unter Hochspannung, ist also gefechtsklar und bereit zu anspruchsvollem Gedankenaustausch unter Akademikern. (Vielleicht könnte ich heute endlich Kontakt zu dem Psychiater aufnehmen? Vielleicht klappte es diesmal?)

»Wenja sieht nicht schlecht aus«, sage ich und blicke dem Arzt in die Augen.

So wie Iwan Jemeljanowitsch am Tisch sitzt, wirkt er massig. Er flößt mit Kopf und Körper Respekt ein:

»Jaa. Wenedikt Petrowitsch geht es jetzt besser. Er ist frischer. Die Zeit arbeitet für uns ...«

Der massige Iwan hat, wie sich herausstellt, eine kleine Hoffnung (obwohl er vielleicht wie alle Ärzte dem Angehörigen nur falschen Trost spendet). Seine Hoffnung besteht darin, daß sich Wenjas Zustand mit zunehmendem Alter verbessert – indem er *altert*. Der Mann hat seine Zeit, die Hoden versiegen, weg mit dem Druck, das erleichtert die Seele. Von Genesung könne selbstverständlich keine Rede sein. Es handele sich nur darum, daß Wenja in seinen seltenen lichten Augenblicken seinen Schwachsinn nicht mehr als Unglück empfinden würde.

»Wann? Wenn er auf die Sechzig zugeht?« frage ich vorsichtig.

»Möglich«, antwortet er.

Durch Knappheit überzeugt uns der Arzt, und durch irgendeine Hoffnung wird er uns sympathisch. Wir müssen ja Sympathie für diejenigen verspüren, die unsere Lieben behandeln. Vorauseilen des Gefühls – wir brauchen das.

Einer der ständigen Besucher im Krankenhaus flüsterte mir einmal zu: Iwan geht mit den Friedlichen gut um, aber die Tobsüchtigen behandelt er grausam. Er sagte es ganz leise und blickte sich besorgt nach allen Seiten um.

Ich zuckte nur die Achseln. Das sei doch ganz normal, was sei daran so verwunderlich? Ich fragte: »Oder hätten Sie es gern, daß es umgekehrt wäre?« Der Angehörige prallte zurück, er hatte aus meinen Worten mehr herausgehört als Unterstützung und Verteidigung der Sachkundigkeit des Arztes. (Die Drohung vielleicht, es weiterzusagen? – komischer Kauz!) Er stotterte, wand sich, verzog dann das Gesicht und eilte von dannen.

Iwan Jemeljanowitsch zieht langsam das Fazit:

»Tjaa. Die Zeit verändert uns, deswegen heißt es ja auch, die Zeit sei der beste Arzt.«

Das Gespräch versiegt, wir haben kein Thema mehr (sofern es die Sache betrifft). Die Pause setzt den üblichen Punkt in unserer unverbindlich gebliebenen Beziehung, schade!

Iwan Jemeljanowitsch fragt:

»Gehen Sie jetzt zu ihm?«

»Ja.« (Ich war schon bei Wenja. Aber ich versuche, die Unterhaltung mit dem Arzt fortzusetzen.)

»Na dann. Ich muß auch hin.«

Wir verlassen das Sprechzimmer und gehen zu den Krankensälen. Da beginnt (aha!) Iwan Jemeljanowitsch aufs neue mit mir zu reden – im Gehen.

»Man hat ihm Spritzen verpaßt – das System funktionierte damals wie ein großes Fließband. Man machte keinen Unterschied zwischen den Patienten. Wenedikt Petrowitschs Außergewöhnlichkeit und Originalität fielen sofort ins Auge …«

Ich brannte darauf, den Arzt zu korrigieren: Mit Originalität habe er Wenjas Talent bezeichnet, Wenjas Geist, sein hochherziges Wesen, seine bissige, spöttische Art zu reden, hätte ich gerne gesagt, aber … aber Iwan würde meinen Einwand für übersteigerte Liebe zu meinem Bruder halten, und solchen Verwandten gehen die Ärzte möglichst aus dem Weg (denen gegenüber ist ein offenes Wort gefährlich).

Deshalb stimme ich zu:

»Verstehe …«

Der Hunger macht mir zu schaffen. Ich habe nichts zu Mittag gegessen, keinen Bissen.

»Das System, einmal in Betrieb genommen, unterscheidet nicht zwischen Opfer und Nichtopfer.«

»Verstehe …«

Durch die offenen Türen der Krankensäle sehe ich die stillen Verrückten auf den Betten sitzen, mit gesenktem Kopf schauen sie ins Leere. In den Händen, den erstarrten, wächsernen Händen, halten sie eine Orange oder einen Apfel (den man ihnen mitgebracht hat). Einen Keks. Einen braunen Keks, seitlich angesengt … Die Spucke läuft mir im Mund zusammen und stürzt wie ein Wasserfall in den Magen, der die Spucke eine Zeitlang als Nahrung akzeptiert und Ruhe gibt. (Einen Augenblick später ist der Selbstbetrug zerstört – der Magen heult wieder beleidigt.) Doch ich gehe weiter neben dem Arzt her – befinde mich in einer gewissen Euphorie, wir unterhalten uns schließlich!

Und natürlich pflichte ich Iwan unaufhörlich bei:

»Ja, ja. Verstehe … Ich folge Ihrem Vergleich. Die Patienten erstarren im Zustand der Remission – ihre Gedanken stocken. Sie ragen wie einzelne Berggipfel auf.«

»Wie eine Kette von Gipfeln.«

»Verstehe: Die Psyche gleicht einer Gebirgskette …«

Plötzlich komme ich zu mir – ich bin allein. Allein und ruhig stehe ich auf dem Gang … ach ja, Iwan Jemeljanowitsch wird von der langbeinigen Krankenschwester abgelenkt. Sie teilt ihm etwas mit. Steckt ihm einen Zettel zu. Iwan liest. (Ist beschäftigt.) Und ich? Ich bin offensichtlich angekommen – stehe vor dem Krankensaal, in dem mein Bruder Wenja liegt.

Ich werfe nur einen Blick hinein: Alle acht Kranken sitzen wie erstarrt in ihren Betten (Wenedikt Petrowitsch ebenfalls). Aber wenn man genau hinschaut, sieht man, wie jeder sein Kinn ganz langsam und ganz wenig, einen Millimeter oder zwei, senkt und wieder hebt. Ein Mikronicken. Viele Male hintereinander. Als wäre die Welt nicht ungerecht und verbiestert, sitzen alle acht da und nicken; sie bestätigen die erreichte Übereinstimmung mit der Welt: ja ... ja ... ja ...

Den Rückweg trat ich blindlings an und landete im falschen Korridor.

Schritt für Schritt ging ich (was ich erst später bemerkte) in die Station der Tobsüchtigen hinüber, nur zehn oder zwanzig Schritte zu weit – und schon war ich da. Zunächst erschnupperte meine Nase den ungewohnten Geruch der Wände (frisch gestrichen?). Als ich mir klargemacht hatte, daß der Geruch neu war, merkte ich auf. Blieb stehen. Hörte Schritte. Da war schon der bekannte weiße Kittel von Iwan Jemeljanowitsch: Der Chefarzt ging mit seinen schweren Schritten ebenfalls zu den Tobsüchtigen, *geradeaus und links*. Mich (der ich im Schatten stand) sah Iwan nicht, aber für mich war er im Licht. Ich erblickte eine ganz andere Miene auf seinem Gesicht: Es war wie aus hartem Blech gebogen. Die schweren Falten furchten es nicht wegen einer konkreten Person, die Lippen waren nicht aus einem konkreten Grund umgestülpt, nein, das Gesicht war so angespannt, weil der Mann nun einer anderen Arbeit nachging. Er war jetzt auf einer anderen Station bei anderen Menschen. Hatte auf dem Gang eine unsichtbare Linie überschritten, hinter der die Friedlichen von den Tobsüchtigen abgelöst wurden; man hatte mich gewarnt.

Ich trat einen Schritt aus dem Schatten hinaus und fragte ihn:

»Eine schlechte Nachricht?« (Dachte, es sei irgend etwas geschehen.)

»Nein.«

Ich schaute ihn an – er schaute mich an. (Also war nichts geschehen.)

Iwan Jemeljanowitsch verstand nicht, was ich meinte.

Als er mich vor sich erblickte, behielt der Psychiater sein strenges Gesicht bei, er setzte keine andere Miene auf, der Wechsel seines Gesichtsausdrucks war ihm gar nicht *bewußt*. Er wußte nichts von seinen harten Feldwebelfalten, von den verhärteten Jochbeinen und dem Kinn eines Obersten. Vom Hufeisen der Wolfsschnauze …

Ich war erstaunt, aber natürlich nicht erschüttert – Gesichter verändern sich! Wie sollte man auch anders mit Patienten umgehen, die sich – wenn nicht heute, dann morgen – mit der geöffneten Konservendose auf den behandelnden Arzt stürzen könnten? Konserven sind zwar verboten, aber die Anverwandten haben sicher Mitleid. (An Festtagen. Stecken heimlich Dosen in die Filzstiefel, die Tage sind so eiskalt, da habe ich ihm Filzstiefel mitgebracht!) Das dachte ich in jenen Augenblicken. Ich überlegte sogar, daß an dem Gesicht dieses Mannes, der unser ganzes Jahrhundert in sich aufgenommen hatte, nichts erstaunlich war. Es war wie eine Norm. Wie eine Regel. Wie eine eingebürgerte Regel; unser Gesicht, unsere Larve, wechselt seinen Ausdruck im Nu von human zu grimmig. Gut, daß es nicht alle merken. (Es wäre viel schwieriger, wenn man ein Gesicht nicht ertappen, nicht analysieren könnte.) In diesem Sinn ist Iwan Jemeljanowitsch klarer als wir alle und deshalb ehrlicher – allen Zauderern ein Beispiel: Seine Trennungslinie ist real, sie verläuft zwischen zwei Stationen. Er schreitet auf dem Gang über eine Diele hinweg, ruckzuck ist die Welt in zwei Hälften gespalten. Und ohne Fegefeuerprobleme werden die Tobsüchtigen von den Stillen, Glückseligen (Lämmern) getrennt.

In früheren Jahrhunderten (überlegte ich) hat der Mensch

diese Linie ebenfalls überquert, aber notgedrungen und qualvoll: Er vollführte damit einen Hochsprung ins Unbekannte, vom Guten zum Bösen. Diese Trennungslinie lag allen Gedanken, Ideen, Gesetzen und Neuerungen schablonenhaft zugrunde. Der hohe Gedanke führte zu richtigen Regeln. Und erst diese vom Alltag abgeschliffenen (menschlichen) Regeln wurden dann schwachen Köpfen erklärt als Überschreiten der Linie, des Zeichens für die erschreckende Ungleichheit. Eine Arbeit für große Geister, aber auch die Großen zauderten aus Furcht. Sie erklärten, was plus und minus ist, vertauschten die Vorzeichen, verneinten die Zeichen sogar vollends, zauderten dabei aber heimlich oder offen und verschoben die Trennungslinie um kein Jota.

Darin besteht ja der Unterschied. Der Weg ist ausgetreten. Uns Heutigen erscheinen ihre Bemühungen, manchmal auch Qualen, spekulativ. Wir verstehen diese Qualen, aber wir leiden nicht. Unser Mann steht mit der Linie auf du und du. Er braucht keine Sprünge. Er geht einfach über diese Linie und wieder zurück – wie zu Besuch. Wie zur Arbeit und dann nach Hause. Hin und zurück. Durchaus menschliche, durchaus legitime Wechselhaftigkeit – wie bei der Sanduhr, man muß sie immer wieder umdrehen.

Wir drehen, wenn man so will, auch uns selbst um. Vom durchgerieselten Sand des Bösen zum Sandstrahl, der das Gute zum kleinen Kegel aufhäuft.

Hin und zurück.

»Ich habe mich auf Ihren Gängen verirrt. Entschuldigen Sie«, sage ich, als Iwan Jemeljanowitsch mit mir auf gleicher Höhe ist.

»Ja, ja. Der Ausgang ist dort.« Der Arzt zeigt mir den Weg.

Um sicherzugehen, begleitet er mich sogar bis zur Ecke; aus Höflichkeit. Etwa zwanzig Schritte. Wir kehren damit wieder auf die Station der Friedlichen zurück, überqueren die Linie in der Gegenrichtung – und ich sehe, daß das Gesicht des Arztes milder wird. Gütiger Blick. Das Hufeisen des Mundes hat sich noch nicht zum Lächeln gebogen, aber schon zum Strich begradigt und den Mißmut verloren.

Mein Hunger meldet sich wieder vor unseren Verkaufsständen. In der Bäckerei ist das Brot zwar billiger, aber ich müßte einen Umweg von hundert Metern machen, dazu bin ich zu müde, bin schon den ganzen Tag auf den Beinen.

»He, kauf was! ... Warum kaufst du nichts?«

Das gilt nicht mir – die Stimmen erklingen am Nachbarstand, wo Obst und Gemüse feilgeboten werden. Dort wird munter gehandelt, fröhlich! Wenn die Ware gut ist, sind die Verkäufer vor Freude aufgekratzt – als echte Orientalen versuchen sie, im Farbton mit ihrem schönen Ladentisch zu harmonieren. Alle Achtung! ... Aber es liegt eine Spannung (ich spüre sie sofort) in der Luft.

»Warum kaufst du nichts?«

Vor dem Gemüsestand steht ein unschlüssiger Heimbewohner, es ist Gurjew. (*Ingenieur.* Im direkten wie im übertragenen Sinn.) Er steht starr da und glotzt.

Der Händler aus dem Kaukasus hat vor ihm das Messer schwungvoll in den Holztisch gerammt. Scharfer Laut. (Vielleicht ist doch einer von den Kaukasiern verprügelt worden?) Die Spannung hat sich materialisiert: Das schwungvoll eingerammte Messer ist im Holz steckengeblieben – es zittert und schwingt. Sirrt.

Der Händler (seine Stimme) ist deutlich aggressiv:

»Bist du wirklich ein Ingenieur? Warum bist du dann so erschrocken? Bist du vor dem Messer erschrocken? ... Ich hab's doch nur reingerammt, um es anzuschauen.«

Er zwinkert seinen Landsleuten zu.

»Ich dachte, ich hätte es vielleicht zu Hause vergessen.«

Gelächter.

»Ich bin nicht erschrocken«, erklärt Gurjew verlegen (und ein wenig verwirrt), ein grauer, unscheinbarer Mann. Aus Nr. 473.

Er hat das Einkaufsnetz aus der Hosentasche geholt (auf dem Heimweg von der Arbeit, seine Frau hat ihm etwas aufgetragen!).

Das eingerammte Messer sirrt. Unser kleiner Ingenieur möchte zeigen, daß mit ihm alles in Ordnung ist, aber dadurch wird seine Verwirrung nur noch offensichtlicher.

»Doch, du hast dich erschrocken, mein Lieber! ... Schaut mal, wie bleich er ist. Die Stirn ist ganz blaß – geradezu weiß!«

Drei Kaukasier (stehen am Stand) ergötzen sich an seinem Schreck. Aber ihr Lachen verrät ebenfalls eine gewisse Anspannung. Es scheint sie etwas zu bedrücken, das nur sie allein wissen. (Ist jemand verprügelt worden?)

»So warte doch, nicht so eilig! Schau mal, wie schön die Auberginen sind! So schöne hast du noch nie gesehen!«

»Der Preis ... der Preis gefällt mir nicht«, stammelt Gurjew, er möchte gehen. Doch dazu ist er nicht imstande. (Ich versetze mich an seine Stelle.)

»Ich mach dir einen besseren Preis. Geb dir Rabatt. Lauf nicht davon! ... Keine Angst vor dem Messer, ich wollte es einfach anschauen.«

Alle drei lachen wieder. Und (typisch) die herumstehenden Kunden, hauptsächlich aus unserem Haus, amüsieren sich mit. Frauen und Männer, ein bunter Haufen, alle lachen – ein gelungener Scherz! Wir verstehen schließlich Spaß! ... Er steht da und lächelt. Ja, ja, dieser verwünschte kleine Ingenieur, meine Vergangenheit, mein Schmerz, der halb erfundene Duldertypus, der sich in mir so viele Jahre immer wieder schweigend aus der Affäre gezogen hat – jetzt lächelt er allen zu. Er kennt keine Veränderungen. Ist ewig. Hat ewig Pein im Gesicht. Nicht so sehr die Pein der Angst als vielmehr die Pein der Überraschung über das, was ihm (uns allen) geschieht. Aus peinlicher Ratlosigkeit (peinlicher Unfähigkeit, sich zu verschließen oder zu öffnen) lächelt er. Das heißt, er möchte gerne lächeln. Das ist sein Bemühen! Dieses Lächeln ... (Ich vor dreißig Jahren). *So alt du bist,*

Apulejus, hallo, Veronika, *so alt ist auch dein Esel*! Wer weiß, vielleicht beginnt der Mensch aus diesem uralten Schmerz heraus Geschichten zu schreiben. Was dann seinerseits, nachdem es den Schmerz verdrängt und umgewandelt, aber nicht beseitigt hat, den Menschen zu dem macht, was er nun ist. Wir sind veränderlich in unserem Lebenskarma und noch veränderlicher in unserer Wiederverkörperung ... Die Kaukasier lachen, das Messer sirrt noch immer, aber schon leiser.

Und Gurjew kann bei diesem Geräusch, diesem Sirren, seine lahmen Wattebeine immer noch nicht recht bewegen. Wenn wenigstens dieses klägliche, dieses mißlingende Lächeln nicht wäre – ich kann es nicht sehen, aber ich sehe es doch. Auch bin ich nicht sicher, ob meine Lippen in diesem Augenblick nicht vom genauen Abbild seines Lächelns umspielt werden, übriggebliebene Mimikry des Intellektuellen, der so sein will *wie alle.* Ein Splitter vom Lächeln jener fernen Zeit.

»Ich gehe. Der ... der Preis stimmt nicht«, sagt der Ingenieur Gurjew endlich und geht.

Und winkt uns allen zu, uns lachenden Gaffern (der ganzen Menschheit), winkt mit der Hand – das gehört sich eben so. Ihm ist etwas eingefallen. Das Lächeln und diese anscheinend rechtfertigende (und dadurch natürlich noch weniger überzeugende), unverständliche Handbewegung des russischen Intellektuellen, wer kennt sie nicht. Er geht.

Zurück im Wohnheim, stecke ich ein Messer ein. Fast automatisch, also ohne nachzudenken, und sogar ohne den Versuch, den Grad der aufsteigenden Unruhe zu bemessen. (Das in den Tisch gerammte, sirrende Messer schwingt mir noch vor Augen.)

Konobejews haben in ihrer Küche ein fabelhaftes Messersortiment – nachdem ich dieses und jenes gedankenlos in der Hand ausprobiert habe, wähle ich doch mein eigenes. Das mir gut in der Hand liegt, wenn ich Kartoffeln schäle. Auf alle Fälle. (Ein UGler ist so autonom, daß er sich nicht auf die Miliz verläßt.)

Das Messer taugt natürlich nichts. Aber wenn man mir Angst einjagen will, werde ich das gleiche tun. Zückt er sein Messer, zücke ich meins; dann gehen wir friedlich (und respektvoll) auseinander.

Das Messer klemmt, es springt durch Knopfdruck auf; mit einem kräftigen Klicken. In meinem früheren Nomadenleben habe ich es irgendwo mitgehen lassen, um meiner fast sinnlichen Liebe zu Wassermelonen zu frönen. Im Herbst ist es mein Schönstes, sie auf der Straße zu essen; ich kaufe eine Melone, setze mich irgendwo hin, lege eine Zeitung unter die Frucht und verspeise sie gemächlich, wobei ich lustvoll die Kerne ausspucke: Philosoph … A-ah, das ist es, woran ich in diesem Augenblick gedacht habe: Ich habe das Messer nicht für mich eingesteckt, sondern für mein Ich. Ich habe gedacht, daß sich einst auch mein Ich demütigen ließ. Im grauen Ingenieursjackett.

Diese Demütigung brannte längst nicht mehr, aber auch abgeflaut lastete sie noch auf mir: wie das Gesetz der Schwerkraft. Ich strengte mich sogar an, schmerzlich beleidigende Szenen aus der Vergangenheit in meiner reichlich angeschlagenen Seele wiederaufleben zu lassen. Szenen und Vorfälle, die im großen und ganzen schon vergessen waren – so verblaßt, daß sie nicht mehr in der Erinnerung auftauchten. Aber sie waren da.

Außer Schmelzkäse und billiger Wurst hatte ich nichts Eßbares im Haus … natürlich mußte ich wieder an ihren Ständen vorbei. (KIOSK stand auf einem in Großbuchstaben.) Es dämmerte noch nicht.

Ich trat an die Ladentische mit dem plötzlich erwachten Wunsch, ihnen (den Händlern) eine Gelegenheit zu geben, sich über ihre Aggressivität mir gegenüber klarzuwerden. Da war auch der Gemüsestand. Gut möglich, daß ich sie (und mich?) ein wenig provozieren wollte. Gewissermaßen auf Probe. Aber nein: Der Graukopf über Fünfzig interessierte die Händler kaum. Sie ließen sich auf keinen Streit ein. Wenn du nichts kaufen willst, dann schau dir ruhig die Ware an! Schau sie dir an und freu dich, sie hatten nichts dagegen … Sie wiegelten sogar im nachhinein den Zwischenfall von vorhin ab, indem sie lachten, aber nicht über den Heimbewohner, nicht über mich, sondern über einen der ihren, der hinter dem Ladentisch stand. Sie lachten über einen jungen Kaukasier, haha, der kann nicht bis zu einer Million rechnen, deshalb rechnet er nur bis Tausend, dafür in Dollar! … Gut möglich, daß sie abwiegelten. Der Osten ist ganz schön subtil.

Ich kaufte hier und dort etwas zu essen und ging ruhig wieder zurück. Ich aß. Ich war zu Hause. Und dieser klägliche Ingenieur, dieser Schmerz, schmolz in meinem Bewußtsein dahin. (Wie ein Schneeball. Ein kleiner.)

Ich überlegte, ob ich Vikytsch anrufen sollte, um vor dem Schlafengehen noch etwas zu plaudern. Oder ob ich es mir gleich für den ganzen Abend im Sessel bequem machen sollte. Mit einem Buch. Damit die Seele …

Ich will nicht sagen, daß es mich zur Tür drängte, ich wurde gleichsam von einem leichten Abendgefühl zur Tür geführt – ich ging. Ich ging, um die frühe Nachtluft zu atmen.

Plötzlich überkam mich ein Schuldgefühl aus dem Nichts heraus (aus dieser süßen Nachtluft). Das geschieht manchmal; und hängt gewöhnlich diffus mit meinem Bruder Wenja zusammen. Ich habe ihm gegenüber keine Schuld, das steht außer Frage, aber auch das Schuldgefühl steht außer Frage. Ich denke darüber gar nicht mehr nach, bin dran gewöhnt … Am Ende des Tages, gegen Abend, wenn es Nacht wird, möchte sich der Mensch wehmütigen Gefühlen hingeben. Möchte sich Vorwürfe machen. Seine Seele fühlt sich trocken an. Seine Seele fühlt sich rauh an. Die Ereignisse des Tages aber sind zu klein, zu alltäglich, zu unbedeutend und unergiebig, um seine Seele zu kratzen. Ich necke mich selbst: Du bist zwar ein Rennaissancemensch, aber zu später Stunde würdest du doch sehr gerne beten. Wenn du es könntest!

Ich überlegte, was ich meinem Bruder das nächste Mal mitbringen wollte:

– weiches Brot, wie immer (nur wenig; Wenja aß gerne dunkles Kümmelbrot);

– Käse (in *zwei* Stücken, eines könnte sich der breitschultrige Pfleger nehmen. Meiner Beobachtung nach war der Pfleger redlich und nahm sich stets die kleinere Hälfte);

– abgekochte rote Beete (Wenja hatte sich geriebene rote Beete mit Knoblauch gewünscht).

In dieser privaten Minute saß ich schon auf der Bank; ein einsamer Mann, müßig, sich matten Reflexionen überlassend. Weit und breit keine Menschenseele. Rechts ragte der vertraute Laternenpfahl auf, die Laterne leuchtete – beleuchtete gezielt die Bäume, die ganze Anlage vor unserem Haus.

Der Beleuchtung entsprechend befand sich die linke Hälfte meines Körpers und meines Gesichts (und meines Bewußtseins?) auf der Bank im Schatten. Möglicherweise verspürte ich bereits eine Vorahnung: Ich warf einen schrägen Blick zur Seite. Und erblickte ihn sofort.

Der Kaukasier kam und setzte sich neben mich. Er machte sich nicht einmal die Mühe, mich einzuschüchtern, mir einen Stoß gegen die Brust zu versetzen oder mich zunächst einmal von hinten am Kragen zu packen. (Er war keiner von denen, die sich am hellichten Tag hinter dem Ladentisch aufspielen mußten.) Nein, dieser Mann zauderte nicht: Er wußte genug über uns Heimbewohner. Er sagte einfach, wenn ich Geld und etwas zu rauchen hätte, sollte ich ihm beides geben. *Geld. Und was zu rauchen,* wiederholte er und seufzte kurz auf, ja, ein ganz normales Aufseufzen, das Leben geht eben seinen Gang.

Ich holte die Scheine heraus, es waren nur wenige. Händigte sie ihm aus. Gab ihm die Zigaretten. Er blieb weiterhin ruhig neben mir sitzen.

»Taschen umstülpen. Das Kleingeld kannst du behalten. Gut gemacht«, kommandierte er.

Er stand auf, um zu gehen. Ich schaute ihm auf den Rücken, auf das Schulterblatt, und dachte an das Messer in meiner Gesäßtasche. (Die Straßenlampe blitzte mir ins Gesicht. Die Lampe brachte mich auf die Idee.)

Er setzte sich wieder, nachdem er eine angebrochene Wodkaflasche aus seiner seitlichen Hosentasche gezogen hatte. Vielleicht wollte er im Sitzen trinken, nicht im Gehen.

Ich hing (aus Trägheit) immer noch den Gedanken an meinen Bruder und an mein selbstgenügsames Ich nach, dem gerade nicht nach ewigen Fragen zumute war ... Da gab es mir einen Stich: zuerst wegen des Geldes, dessen Verlust ich natürlich verkraften würde (was bedeutete mir Geld – ich hatte nie welches!). Aber wie wäre die Erniedrigung zu verkraften? Womit wollte ich mich beim morgigen Selbstverhör rechtfertigen? Genau das ging mir durch den Sinn, Gedanken ohne Zorn, kalt und gleichsam abstrakt. Ich sah alles abstrahiert; wie von der Lampe oben herab. Sah uns beide. Da saßen zwei Männer nebeneinander auf der Bank. Das Bild lief ganz langsam in Zeitlupe ab, blieb stehen. Um so erstaunlicher war es, daß auch ich einen Schluck Wodka wollte und munter sagte:

»Gib mir einen Schluck. Es ist kalt.«

Er lachte und reichte mir die Flasche. Er war eigentlich kein Räuber, vielmehr ein Mensch, der mit seiner Stärke angab. (Mit seinem Geschick, anderen Angst einzujagen.)

»He, he!« schrie er, als ich nach dem ersten großen Schluck einen zweiten machte.

Er nahm mir die Flasche weg und trank ebenfalls ein paar kräftige Schlucke. Saß da. Holte nach dem scharfen Zeug Luft.

»Du hast keinen schlechten Zug, was, Alter?«

»Bin schließlich Russe«, verteidigte ich mich bescheiden.

»A-aah!« rief er, den Vokal dehnend, verächtlich aus. Er könne doch auch richtig Wodka trinken! Oder siehst du das nicht?!

Nichtsdestoweniger wurde er rasch betrunken. Und pichelte

in kleinen Schlucken ohne Pause weiter (das war wohl sein erster Fehler).

Er schwatzte: über das künftige Geschäft (offensichtlich geflunkert), Restaurants, die man in Moskau kannte, und etliche renommierte Häuser auf dem Kutusow-Prospekt, wo er gleich anrufen und hinfahren würde. »Roter Kaviar, Eis mit Erdbeeren aus dem Kühlschrank – mmh!« Er schnalzte mit der Zunge. Dann machte er einen Sprung und redete plötzlich über die Jagd im Gebirge, wie treffsicher er schießen könne und wie das eiskalte, kristallklare Gebirgswasser (Bach? Oder Wasserfall?) in Tausenden von Jahren eine Mulde im Fels aushöhle! Er schwatzte wie einer, der zu schnell eine zu große Dosis getrunken hat, die sich (noch) ungleichmäßig in seinem kräftigen Körper ausbreitet. Kräftig war er, das hatte ich auch bemerkt. Er schwatzte sich warm, genoß es auf seine Art – Quatschen, Lachen, Luft, eine bequeme Bank und ein großer Wodkarausch, das öffnet Mund und Herz. Mit einem neuen Gedankensprung fuhr er fort:

»Trinken ist einfach, Alter. Ganz einfach. A-ah! Russe, sagst du? Na, keine Widerrede, Alter. Das wissen doch alle. Die Russen sind am Ende. Total am Ende ... Fuck ...« Er sprach ein Wort aus, das mir einen besonderen Kick gab. Das Wort stammte aus meiner Kindheit. (Sprachgeheimnis, der »linguistische Abgrund« lockte mich.) Ich war ein schreibender Mensch, der täglich, stündlich einen Wortstrom durch sich hindurchlaufen ließ, und nun das! Dieses vergessene Wort mit leiser Rauchfahne. Dieses komische, spielerische Wort aus meiner Kindheit, das ich in meinem Schreiberleben aus irgendeinem Grund nie benützt habe: nie verwendet habe. Es machte mich staunen. Der Mann auf der Bank, der mir Geld und Zigaretten abgeknöpft und mich damit erniedrigt hatte, wiederholte es auch noch. Dieses Wort, dieser Laut, gefiel ihm ebenfalls in unserem unverbindlichen Gequatsche: »Fuck! Fu-uck!« wiederholte er genüßlich, als entkorke er eine winzige Flasche.

Kurz zuvor hatte ich meine Hand aus der Gesäßtasche gezogen und hinter seine Schulter gelegt – er saß rechts von mir, so daß meine rechte Hand von allein hinter seinem linken Schulterblatt zu liegen kam. Wie um meinen Körper nach dem Wodka zu entspannen, setzte ich mich lockerer hin, legte den Arm über die Rückenlehne der Bank und hielt die Hand (in diesem Augenblick) hinter seinen Rücken. Nächtlich wachsam, hatte er meine Armbewegung registriert (doch vom Messer wußte er nichts). Die Straßenlampe rechts begann plötzlich so klar und zielgerichtet – ein Zeichen! – zu leuchten und mir ihr ganzes Licht in die Augen zu sprühen.

Da sagte ich langsam:

»Ich habe auch ein Messer.« Und langte mit der linken Hand in meine Hosentasche (täuschte ihn; und sagte die Wahrheit). »Nicht nur ihr Südländer ...« Ich langte ächzend (das weiß ich noch gut) nach meiner leeren Hosentasche und griff hinein. Nicht nur ihr habt stets ein Messer dabei.

»Wozu brauchst du ein Messer, Alter? Das ist doch lachhaft. Du hast ein Messer. Aber das Geld rückst du raus, ha ...«, er lachte auf.

Und – klick! – zückte sofort sein Messer. Wozu? Das Weitere ging zu schnell. (In der Erinnerung. Vielleicht war die Wirklichkeit langsamer – ich weiß es nicht.) Die Kaukasier können bekanntlich gut mit dem Messer umgehen. Wie jedes feingliedrige Volk, das nicht über rohe (fronbare) Körperkraft verfügt, müssen die Kaukasier ein Messer besitzen, ganz klar. Dieser hier auf der Bank besaß auch eines. Im Nu hatte er sein Messer gezückt, ein gerades Kampfmesser – ich streckte, ebenfalls sehr rasch, die (linke, freie) Hand nach seinem Messer aus, was ihn möglicherweise veranlaßte auszuholen. Er stieß es mir durch das Hemd rund um den Ellbogen in den Arm (nicht in die flache Hand, aus Angst, daß es steckenbleiben könnte) und traf mich immer wieder mit schmerzhaften, spitzen Stößen. Ich übermannte ihn also nicht mit dem Messer, nicht mit der vorsorglich hinter seinen Rücken geführten Klinge, sondern mit dem Wissen um das, was nun geschehen mußte. Das Wissen war wie mit einem Funkenschlag dagewesen. (Als ich den Eindruck hatte, die Straßenlampe sprühe Funken.) Meine rechte Hand befand sich hinter seinem Rücken, und von dort – ich durfte sie nicht aufhalten – erfolgte auch der Stoß. Hart am Schulterblatt vorbei. Ich rammte ihm das Messer in den Rücken und drang ganz leicht in den Bereich des Herzens vor, wo ich Leere entdeckte: Das Messer sackte plötzlich ein. Ich umfuhr gleichsam sein Herz mit der Klinge. Drei Sekunden. Vier. Nicht mehr. Er starb schon in der ersten Sekunde, auf der Stelle. Der Körper spannte sich erst danach an. Der Körper streckte sich, warf die Beine nach vorn und krümmte sich dann zusammen. (Kräftig, wie er war, erschlaffte er nur ein wenig.) Die Beine waren locker, er stemmte sich nicht mehr mit den Absätzen in die Erde. Saß da und ließ den Kopf hängen.

Nur im ersten Bruchteil der Sekunde, als ich ihm das Messer neben dem Schulterblatt hineinstieß, hatte er einen Schreckenslaut von sich gegeben. Der Rest verlief lautlos, ohne ein Röcheln, in völliger Stille.

»Fuck?« fragte ich in harmlosem Ton, ohne die Stimme zu heben, machte ihm gewissermaßen nur einen leisen Vorwurf. Hast wohl gezweifelt, was?

Ich ging, und er blieb sitzen. Das Messer hatte ich herausgezogen und sofort (ich weiß nicht, wie ich darauf gekommen war) in die Erde gerammt, gleich vor meinen Füßen. (Ich rammte es mehrmals hintereinander in die Erde, so reinigen die Bauern das Messer vom Fett, allerdings indem sie es ins Brot stoßen.) Ich hockte da und stieß zu. Dann wickelte ich das Messer in ein Taschentuch. Ich las auch sein Messer auf, das ihm aus der Hand gefallen war. Beide. Und ging. Er saß. Erst als ich auf das Wohnheim zuging, merkte ich, daß ich mit schnellen Schritten ging, daß ich getötet hatte und mich jetzt um meine Selbsterhaltung kümmern mußte. Da (erst) begann mein Arm, den er mehrmals mit seinem Messer am Ellbogen verletzt hatte, ziehend zu schmerzen. Jetzt tat er weh. Der Schmerz war es, der mich und mein Denken zielgerichtet und geradlinig (mit detektivischer Umsicht) alarmierte: Umkehren ... die Wodkaflasche ... Fingerabdrücke.

Ich war schon fast am Wohnheim. Ich machte kehrt (etwa zehn Schritte vom Eingang entfernt) und ging schleunigst zurück zu den Bäumen und zu jener Bank. Ich tat so, als ginge ich vorbei (an dem dort Sitzenden). Ich ging, um mir im Gehen die Flasche zu schnappen und, ohne stehenzubleiben, weiterzugehen. Aber ... als ich mich leicht zur Bank herabbeugte, war dort keine Flasche mehr. Das erschien mir undenkbar. Das konnte nicht sein. Ich erinnerte mich gut, wie er die Flasche nach dem letzten Schluck neben sich gestellt hatte (rechts von sich auf die Bank). Sie konnte heruntergefallen und weggerollt sein, aber wohin? ... Ich kehrte um und ging noch einmal vorbei, diesmal nicht drei Schritte von dem Toten entfernt, sondern nur einen – die Flasche war nicht da. Weder auf der Bank. Noch unter der Bank. Man hatte sie bereits mitgenommen. Die Flaschensammler (in unserem Bezirk) liegen auf der Lauer und schlagen blitzartig zu.

Jetzt mußte ich ganz schnell weg. Einfach schleunigst abhauen. Nur weg von hier. Doch aus instinktiver Vorsicht ging ich nicht ins Wohnheim, meine Füße trugen mich nicht dorthin. Ich bestieg den letzten Bus (um ein Uhr nachts, plötzlich tauchte er auf) – diesen halbleeren Bus hielt ich für ein gutes Omen und fuhr lange Richtung Metro, dann Richtung Stadtmitte, dann ging ich zur Moskwa und warf beide Messer in den Fluß. Dann setzte ich mich eine Zeitlang auf eine Bank. Als ich vor nächtlicher Kälte (oder Schüttelfrost) zu frieren begann, stand ich auf. Ging langsamen Schrittes durch die Straßen (es fuhren keine öffentlichen Verkehrsmittel mehr), bis ich bei Michail angekommen war. Er ließ mich bei sich übernachten, ohne zu fragen. Wie gewöhnlich saß Michail noch nach Mitternacht an der Schreibmaschine. Ich wollte mich waschen. Im Bad krempelte ich den

Ärmel hoch (und sang vor mich hin, vertonte die täglichen Verrichtungen) und betupfte die vier kleinen, unterschiedlich tiefen Wunden am Arm mit Kölnisch Wasser. *Wie bei einem Hund,* dachte ich (und redete mir gut zu, Zureden ist wichtig), *es wird schon heilen!*

Während ich mit meinem Arm zugange war, grübelte ich vor allem über die verschwundene Flasche nach. Keine Panik, sagte ich mir. Halt dich aus dem Krimi raus, sei still, du kommst darin nicht vor – du bist im Leben … Der auf die leere Flasche lauernde Sammler (in einiger Entfernung von den beiden Trinkern auf der Bank wie üblich!) hat darauf gewartet, daß man sie stehenläßt oder ins Gebüsch wirft; er wird mich wohl kaum erkannt haben, ich saß links neben dem Kaukasier, auf der dunklen Bankhälfte. Das ist Chance Nummer eins. Chance Nummer zwei besteht darin, daß er die Flasche, als er sie (eilig, ruckzuck!) im Halbdunkel auflas, am Hals ergriffen hat und beinahe im Laufschritt davongegangen ist: Er hat nicht kapiert, daß der Mann auf der Bank tot ist – da sitzt halt ein Besoffener und läßt den Kopf hängen …

»Willst du was essen?« fragte Michail, der hinter mir auftauchte.

Michail hatte nichts bemerkt. (Mein Getue mit dem Arm.)

»Nein, nein, ich geh gleich schlafen! Arbeite nur!« (Beachte mich gar nicht!)

Ich legte mich hin und versuchte einzuschlafen.

Am Morgen kehrte ich ins Wohnheim zurück, vage hoffend, daß man mich am vorigen Abend nicht gesehen hätte. Aber man hatte mich natürlich gesehen.

Jemand, der am Eingang saß, hatte mich gesehen und erinnerte sich. Man hatte mich bemerkt (ich war an die frische Luft gegangen). An diesem Abend hatte die Frau des Pförtners kurze Zeit ihren Mann abgelöst. Und erinnerte sich. (Gut möglich, daß der Pförtner denunzierte; und nicht zum erstenmal.) Wie auch immer, ich wurde am folgenden Tag von der Miliz vorgeladen.

Die Vorladung bekam ich ganz unformell – zusammen mit anderen Männern aus dem Heim, außerdem wurde ich fast als letzter aufgerufen, erst am Abend. Mein graues Haar und mein Alter gaben mir irgendwie Deckung, wenn auch nur bedingt.

Ich kannte zwei, nein, drei Schnapsflaschensammler, die ihr Bettlergewerbe im Umkreis unseres Bienenstocks betrieben. Zwei Männer (einer davon war ein Greis) und eine Trinkerin. Ihre Gesichter waren hier allen wohlbekannt, ab und zu traf man sie vor dem Laden. Nachts war wahrscheinlich der Alte unterwegs. Vorzugsweise er, dachte ich. Alte Leute können nachts nicht schlafen. Ich befürchtete nicht ernsthaft (war doch kein Detektiv), daß man wirklich Fingerabdrücke nehmen würde. Trotzdem war es wichtig. (Fingerabdrücke auf einer Flasche zu vergleichen ist so einfach.)

Am Morgen erkundigte ich mich vor dem Spirituosenladen nach dem Alten.

»Der alte Tjutka? … So nennen ihn hier alle. Tjutka ist sein Spitzname. Der wird heute nicht kommen.«

»Wo ist er denn?«

»Warum willst du das wissen?«

»So eben.«

Der, den ich befragte, druckste:

»Nein. Der kommt heute nicht.«

»Wann dann?«

»Weiß nicht. Er hat Tara weggebracht. Tara – verstehst du? Kommt erst morgen wieder. Aber dafür mit Geld!«

Der Typ lachte aus irgendeinem Grund.

Den ganzen Tag lief ich herum und hielt nach dem Alten Ausschau – ich war müde.

Kaum war ich am späten Nachmittag zurück, nachdem ich das nahe Lebensmittelgeschäft und unseren Schnapsladen aufs neue abgeklappert hatte, wurde ich von der Miliz vorgeladen.

Der Ermittler war dick und satt, sein Gesicht drückte kein ausgeprägtes Interesse aus, doch das konnte natürlich eine Tarnung sein. Aber ich war ruhig. Kein bißchen Angst. (Die Flasche hat der alte Tjutka. So schnell werden sie den auch nicht erwischen. Vermaßle selbst nichts, der Alte wird schon irgendwie ...)

»Gestern nacht haben Sie das Wohnheim ungefähr gegen null Uhr verlassen. Wohin sind Sie gegangen?«

»Weiß ich nicht mehr. War das gestern?«

»Ja.«

»Kann mich nicht erinnern ...«

»Sie müssen sich aber erinnern.«

Ich saß vor ihm und mimte den Erinnerungsprozeß. Das sei nicht so einfach. Ich müsse nachdenken. Ich entsinne mich gut, wie ich losgerannt sei, um den Gisatullins die Hälfte meiner Schulden zu erstatten. Auch andere könnten mich bemerkt haben, als ich auf dem Gang geraucht habe.

»Ist es Ihnen wieder eingefallen?«

Aha, dachte ich. Er sieht es meinem Gesicht an. Das Gesicht übertreibt also doch. (Na, dann gib weniger Gas. Gib gar keins. Bleib ganz ruhig.) Ich schwieg.

»Na?« fragte er.

»Na ja. Ich habe gestern Geld für meine Arbeit bekommen – ich bin Wächter, passe auf die Wohnungen auf. Gestern war der Vierte ... Ich habe meine Schulden bezahlt. Bei den Gisatullins. Dann bin ich eine Weile durch die Etagen gewandert. Und dann bin ich zu meinem Freund gefahren (ich nannte Michail). Hab bei ihm übernachtet.« (Ruhig. Ruhig. Es klappt doch alles prima. Nicht zu breit auswalzen.)

»Als sie am Abend das Wohnheim verlassen hatten, haben Sie gleich den Bus genommen?«

»Es stand kein Bus da. Ich habe gewartet. Lange kann's nicht gewesen sein. Ich habe mit einem der Jungs was getrunken.«

»Mit wem?«

»Ich weiß nicht mehr, Hauptmann. Kann mich nicht erinnern. Bitte um Verzeihung.«

Ich schaute ihn so ehrlich an, wie ich konnte. Auf dem Revier kannte man mich im Grunde. Den in die Jahre gekommenen Mann mit den grauen Schläfen, noch dazu Schriftsteller, wenn auch ein gescheiterter – den werden sie kaum auf den Kieker nehmen. Er wird mich kaum festnehmen. Sofern mich natürlich der alte Tjutka, der Flaschensammler, nachts nicht erkannt hat, als er auf die Flasche der beiden Trinker auf der Bank lauerte. (Dieser Hauptmann sieht schließlich nicht durch mein Hemd, daß mein Arm an vier Stellen verletzt ist. Hätte ich dem toten Kaukasier nicht das Messer weggenommen, dann würden sie uns allen die Ärmel hochkrempeln und nach Schnittwunden suchen.)

Der Ermittler notierte etwas. Durch die einen Spalt weit geöffnete Tür sah ich im kleinen Nebenzimmer (Kämmerchen) zwei weitere Ermittler über ihre Tische gebeugt sitzen. Der eine mit pockennarbigem Gesicht und bohrendem Blick schien Papiere durchzusehen. Aber seine Augen tasteten mich hin und wieder ab (durch die Türöffnung). Er gefiel mir nicht. Aber man hatte mich ja nicht vorgeladen, damit ich sympathische Menschen träfe.

»Sie sind vorläufig frei«, sagte der dicke Ermittler zu mir.

Ich erhob mich; es sah so aus, als wäre alles ausgestanden.

»Einen Augenblick!« schrie der pockennarbige Ermittler (aus dem anderen Zimmer), als ich schon an der Tür war. Mir stockte das Herz.

Er rief mich in seine Kammer. Vor ihm auf dem Tisch lagen riesige Fotos – Vergrößerungen von Fingerabdrücken. Ich fühlte die Leere im Magen. Jetzt würde er meine zum Vergleich abnehmen (die genauso riesig vor aller Augen liegen würden.)

»Nun, Petrowitsch«, sagte er spöttisch. Seine Augen wanderten zu den Fotos der Fingerabdrücke und hoben sich dann wieder zu mir. Unsere Blicke begegneten sich.

Mir fuhr sogar durch den Kopf: Er weiß es. (Schreck?)

»Also was ist?« Wieder sein besonderes Auflachen, er spielte sich als pedantischer Ermittlungsbeamter auf, beziehungsweise als Porfiri aus Dostojewskis berühmtem Roman (Raskolnikow ist ja auch Literat, aufgepaßt! schoß es mir durch den Kopf). Aber jetzt kommt er nicht mehr durch. Wir haben eine andere Zeit. Der Teufel soll euch holen.

Auch hier spürte ich die ganze Zeit, daß ich übertrieb. Lieber Gott, stopf die Psychologie zu, stopf diese Fontäne zu, sie wird mich verraten ... betete ich. Wurde ruhig. Der Wille erreichte sein Ziel. Es rauschte nicht mehr in meinen Ohren.

Doch nun, da ich die Panik unterdrückt hatte, erstarrte ich und stumpfte ab. Ich stierte den Ermittler an, seine Pockennarben im Gesicht. *Na, mach schon!*

Er zog die Schreibtischschublade auf. Er zog die – geräumige – Schublade ganz langsam auf, qualvoll langsam – und ich wartete (angespannt) auf das Rumpeln, das allen wohlvertraute Rumpeln einer in der Schublade herumrollenden, leeren Wodkaflasche. Ich schluckte einen Kloß hinunter. Doch es gab kein Geräusch. In der Schublade befanden sich lediglich Fotos.

»Kennen Sie dieses Gesicht?« Er zeigte mir das Gesicht des ermordeten Kaukasiers in Großaufnahme. Ein Gesicht wie jedes andere. Ich antwortete die reine Wahrheit.

»Ich glaube schon.«

»Sie sind ein Mann mit Lebenserfahrung. Sie halten sich schon lange im Wohnheim auf. Ihr Auge ist geschärft – na, kennen Sie es, ja oder nein?«

Ich tat verärgert:

»Wenn ich ehrlich zu dir sein soll (ich duzte ihn), dann kommt es mir bekannt vor. Aber wenn ich noch ehrlicher sein soll – die Scheißkerle verwechsle ich alle!«

»Es heißt, Sie seien Schriftsteller. Warum diese grobe Ausdrucksweise?« (Ironie.)

»Ich bin nervös. Habe gehört, daß er ermordet worden ist.«

»Wo haben Sie das gehört?«

Mir stockte wieder das Blut. So verrät man sich! (So überraschend. Und so unsinnig.)

»Im Heim wissen alle alles«, sagte ich.

Der Ermittler seufzte auf. Und wie er aufseufzte, *uh-uhu-uh-uu* ... überall nur Schwätzer, da versuch mal einer, den Täter zu suchen und zu ergreifen.

Er entließ mich:

»Na schön. Gehen Sie!«

Ich ging und bibberte, leicht berauscht, vor Freude. Aber vielleicht auch vor Schüttelfrost. (Hoffentlich entzündet sich der Arm nicht. Man müßte Tabletten schlucken. Wenn es nur nicht zu arg wird, wenn es nur ohne Arzt abgeht.) Die Fingerabdrücke, was war damit? Hatte der Pockennarbige vergessen, sie mir abzunehmen? ... Nein. Das hatte er nicht. Ich gehörte nur nicht zu denen, die offenkundig unter Verdacht standen. Ja, keine geregelte Tätigkeit. Ja, mittellos. Ja, nicht gemeldet. Aber – nicht unter Verdacht.

A-aah ... Jetzt war der Groschen plötzlich gefallen. Ich war erst am Abend vorgeladen worden. Wohl als letzter. Vor mir hatten sie wahrscheinlich zehn andere befragt.

»Acht sind schon vorgeladen worden«, bestätigte die Pförtnerin. »Morgen werden sie, glaube ich, noch mal welche vorladen. Die fragen alle. Haben wohl eine Meise!«

Gut, daß ich gleich am Morgen zurückgekommen bin: hab's geschafft, dachte ich. Hätte mir schaden können.

»Sie sollen bei der Sestrajewa vorbeischauen«, schrie mir die Pförtnerin hinterher.

»Bei wem?«

»Bei der Sestrajewa. Der Behinderten im ersten Stock ... Sie hat gesagt, wenn du Petrowitsch siehst, sag ihm, daß er vorbeikommen soll. Gut, daß es mir noch eingefallen ist!«

Sestrajewa? (Was wollte sie? Es war mir ein Rätsel, aber ich merkte natürlich auf. Jetzt merkte man bei jedem Nieser auf ...) Ich hatte Lust auf Wodka, dringend, jetzt gleich – ein halbes Glas, das brannte; sonst wollte ich nichts.

Vor der Wohnung von Konobejews (die ich hütete und wo ich wohnte) schlenderte Michail auf und ab. Er sei gekommen, um mich zu besuchen, ich sei gestern bei ihm irgendwie düster und bedrückt gewesen: hätte nur wenig Tee getrunken. Und nichts gefrühstückt.

Ich versicherte ihm, daß nichts geschehen sei.

»Ja«, stimmte er zu. »Du siehst heute besser aus.«

Wir gingen Wodka kaufen. Ich war nervös. Innerlich gereizt. Ich überlegte, wie ich Michail loswerden könnte. Vergeblich, es stellte sich nämlich heraus, daß ich ihn jetzt sehr gut brauchen konnte.

Im Laden herrschte Gedränge, und der erste, den ich sah, war der alte Tjutka, der Flaschensammler – Michail stellte sich unterdessen in die Schlange vor der Kasse.

Zitternd (aber natürlich beherrscht) pirschte ich mich an Tjutka heran:

»Hilf mir, Alter. Ich war besoffen. Auf der Bank. Hab mein Adreßbuch verloren ... Hast du's nicht gesehen?«

»Dein Adreßbuch ist mir scheißegal.«

»Dir schon. Aber ich brauche es. Ich würde dir was zahlen.«

»Wann war das?«

»Gestern.«

»Bei der dritten Laterne?« (Er zählte die Bänke anhand der Straßenlampen – clever.)

»Vielleicht.«

»Warte mal. Warst du das nicht, der mit dem *Kanaken* zusammen getrunken hat?«

»Ich war besoffen. Aber getrunken habe ich, glaub ich, allein ...« (Ach, du Hund. Haben die Bullen dich etwa schon vorgeladen? Hast du es ihnen bereits gesteckt?)

Er musterte mein Gesicht.

»Auf der Bank? Mit dem?« Dieser leicht fixierende Blick.

»Etwa mit dem, der ermordet wurde, was?« fragte ich und

schaute ihm gerade in die ausgeblichenen Augen. So macht man das mit dir, du Hund.

»Na?« meinte er fragend.

Mir fehlten plötzlich die Worte. Es gab keine richtigen mehr. (Jedes Wort konnte den geschrumpelten Ballon durchstechen – und meine ganze gefärbte Luft würde entweichen.) Aber da kam Michail mit dem Kassenzettel für Wodka wie gerufen. Um was geht's?

»Der fragt mich, ob ich nicht einen Mann aus dem sonnigen Kaukasus umgelegt hätte.«

»Wie soll ich das wissen?« besann sich der Alte plötzlich. »Ich habe gestern zwei gesehen, die getrunken haben. Zwei – das weiß ich genau, ich ging an ihnen vorbei, wartete auf die Pulle. Aber sie saßen weit weg, ich konnte nichts erkennen.«

»Kurzsichtig, was?« fragte Michail.

»Das ist es ja, ich bin weitsichtig. Ich sehe eine Flasche auf zweihundert Meter im Gebüsch. Und schon gar auf einer Bank. Deshalb gehe ich auch nicht nahe an die Trinker heran. Folgende Aufgabe: Die Straßenlampe steht links. Der Kanake ist gut zu sehen, sogar der Schnauzbart. Aber mit wem er getrunken hat? Das Gesicht ist wie in Tinte getaucht – da sieht man einen Scheißdreck ...«

Ich hatte mich wieder gefaßt.

»Du hast doch Flaschen gesammelt, nicht wahr? Ja! Hast du die Flaschen abgeliefert?« (Wichtige Frage, die Hauptfrage für mich.)

»Hab ich.«

Punkt.

»Nicht leimen, Alter. Michail und ich sind auch nicht auf den Kopf gefallen ... Sag ehrlich: Hast du das Adreßbuch aufgelesen? Wenn ja, dann rück's raus!«

Er versuchte es ein letztes Mal:

»Wieviel?« (Wenn einer schuldig ist, bietet er viel an.)

Und wieder mischte sich Michail im richtigen Augenblick

ein – übertreib's nicht, Alter. Gib's einfach her. Umsonst. Du mußt doch an deine Seele denken. Und faselst bloß vom Geld. »Vielleicht mußt du dich schon morgen auf den Weg machen?«

Der Alte funkelte böse mit den Augen:

»Vielleicht. Vielleicht muß ich das. Aber ich will dir mal eins sagen: Im Himmel wird nicht aufgenommen, wer älter ist.«

»Sondern?«

»Wer *reifer* ist.«

Er trollte sich, böse nach allen Seiten spuckend und zugleich scharf nach den rostigen Abfallbehältern auf der Straße äugend: Glitzerte nicht irgendwo eine heile Flasche? Wir gingen ebenfalls. Mir lief der Schweiß herunter (die Anspannung des Gesprächs). Ich war naß und wischte mir (unbemerkt) den Hals mit der Hand ab. Schon nach der ersten Ecke entriß ich Michail den Wodka und zog die weiße Kappe von der Flasche. »Was ist los mit dir?« wunderte sich Michail. Wollen wir wirklich auf der Straße anfangen, wenn's nur noch zwei Schritte bis zum Haus sind? Aber ich gab ihm schon die Flasche zurück. (Beherrschte mich.) Michail war ein guter Beobachter, er war nicht Tjutka. Ich sagte, ich hätte mir nur die Flasche näher anschauen wollen (obwohl ich vor Verlangen nach dem ersten Schluck starb):

»Komische Flasche, finde ich. Ist die nicht gepanscht?« (Manchmal drehen sie einem zur Hälfte Wasser an.)

Ich konnte mich kaum beherrschen und hätte am liebsten losgeschrien. (Wenigstens einen Schluck! Warum rauszögern?!) Und wieder gelang es mir, den Augenblick zu entschärfen.

Mehr oder weniger natürlich schlug ich ihm vor:

»Nimm mal einen Schluck, Mischa! Du hast eine feinere Nase.«

Und gab ihm als erstem die gleichsam zur Prüfung geöffnete Flasche.

Wir tranken in der Küche von Konobejews und quatschten, dann ging Michail (ein Kopfschmerz weniger). Ich blieb allein. Der Arm heilte. Ich ging zum Rauchen auf den Gang. Konobejews hatten mich gewarnt, keine späten Gäste in die Wohnung zu lassen und die Tapeten nicht mit Rauch zu verstänkern, *zwei Bitten, Petrowitsch.*

Ich wanderte rauchend auf und ab. Der Wodka, den ich intus hatte, ließ meine Gedanken angenehm und gleichmäßig strömen.

Die Sestrajewa ging an Krücken. Eine Frau um die Vierzig, stark hinkend, ließ sich selten auf dem Gang blicken. Warf aber ein Auge auf die Männer. Setzte immer ein Lächeln auf. Bei einem der allgemeinen Besäufnisse gab ich ihr aus meiner gesteigerten Mitleidsfähigkeit heraus (mit einem Krüppel auf sein Wohl anstoßen) einen großen Löffel Tomatensalat auf, reichte ihr das Wodkagläschen und lächelte ihr vielleicht dreimal zu. Machte ihr ein bißchen den Hof. Als sich alle auf ihre Stockwerke verzogen hatten und ich ihr (letzte mitfühlende Geste) eine gute Nacht wünschte, war sie plötzlich beleidigt (erst flirten und dann eine sehnsüchtige Frau nicht begleiten?!) – wir standen am Knick des schon menschenleeren Gangs, sie warf mir schallend, verächtlich und beinahe theatralisch hin: »Sie sind kein Mann!«, machte auf dem Absatz kehrt und humpelte in ihre Einzimmerwohnung.

Als ich jetzt bei ihr hereinschaute, trug die Sestrajewa eine elegante Jacke, sie schien mich erwartet zu haben.

Saubere Kleinwohnung. Bücher. Freundliche Tapeten an den Wänden. Q-meter mit japanischem Fernseher. (Hiesiger mittlerer Lebensstandard.) Die Sestrajewa stand, auf ihre Krücke gestützt, neben dem Sessel. Sie bat mich, Platz zu nehmen. Sie wolle mit mir über *morgen* reden. Ich spürte einen Kälteschauer im Magen. (War aber ruhig.) Sie müsse morgen zur Miliz, erklärte sie mir, und ihnen etwas erzählen. Ihre Aussage unterschreiben.

Ich verstand natürlich, daß der Pförtner von der Miliz vorgeladen wurde (wie auch die Spätputzfrau und der Hausverwalter – die wurden unbedingt vorgeladen), aber wieso die Sestrajewa? … Das klärte sich auf der Stelle. Sie habe nachts oft

Schmerzen, sie schlafe schlecht – und das wüßten sie, alle wüßten es. »Sie wollen mich befragen, ob ich jemanden vom Fenster aus gesehen habe. Ich sitze ja am Fenster und sehe die Straße wie auf dem Präsentierteller, erster Stock.« Die Behinderte hatte lange darauf hingearbeitet, auf den elitären ersten Stock. (Man steigt nicht nur leichter die Treppe hinauf, sondern hat abends auch etwas zu gucken, wenn das Fernsehprogramm langweilig ist.)

»Verstehe«, sagte ich. »Sie haben mich in jener Nacht gesehen. Und wollen mich warnen. Das ist nett. Das ist sehr nett. Danke.«

»Die werden mich fragen. Ich weiß nicht, ob ich Sie nennen soll … oder nicht?« sagte sie unschlüssig. Noch ohne Andeutung. Aber mit einem ganz feinen Lächeln. (Und, wie ich bemerkte, einem gewissen gütigen Entgegenkommen.)

»Nein. Natürlich werden Sie mich nicht nennen. Warum jemanden in Bedrängis bringen? Um Himmels willen, nein!«

Sie schwieg eine Weile. Sie überlegte, wie sie fortfahren sollte. Aber auch ich überlegte.

Es war klar, daß die Sestrajewa nicht wußte, ob ich in der Nähe der Bank gewesen war. Und was ich dort gemacht hatte, wußte sie auch nicht. (Sie dachte wahrscheinlich nicht einmal darüber nach. Aus ihrem Fenster waren die Bänke nicht zu sehen.) Dafür wußte sie, daß es mir unangenehm wäre, wenn ich zu den Ermittlern geschleift, vernommen und wieder vernommen würde (sobald sie ausgesagt hätte, daß sie mich gesehen habe, den einzigen Menschen, der sich um diese Zeit in der Anlage vor dem Haus aufgehalten hatte).

Sie sprach leise, ich saß auf dem Stuhl und schaute auf das blinde Auge des Fernsehers. (Vielleicht sollte ich ihr in die Augen sehen. Ich bemühte mich mit aller Kraft, ihr in die Augen zu sehen.)

»Verstehen Sie, Petrowitsch. Es fällt mir schwer zu lügen. Ich kann es nicht. Und wie soll ich denen sagen, warum Sie wieder zurückgegangen sind? Sie sind doch gekommen und plötzlich wieder umgekehrt (habe ihn getötet und bin umgekehrt, darum). Ich weiß ja, Sie sind einfach spazierengegangen. Aber dann haben Sie vor dem Haus kehrtgemacht und sind wieder dorthin gegangen (mir war die Flasche eingefallen, die der weitsichtige Tjutka schon mitgenommen hatte).«

»Tja. Die werden mich gehörig in die Mangel nehmen.«

Sie wurde verlegen, senkte aber nicht die Augen und fuhr fort (mit leicht geröteten Wangen):

»Wenn wir Freunde wären. Dann könnte ich es verstehen. Aber einfach so – warum sollte ich lügen?«

Sie drückte sich gewählt aus, las also Bücher, war gebildet. Kein Wunder, als Krüppel.

Wir waren beide auf einmal ruhig. Natürlich gab ich weder mit meiner Miene noch mit meiner Stimme vor, daß ich bereit sei, ihr die Krücke zu entreißen und sie auf dem Sofa flachzulegen. Aber das war auch gar nicht notwendig. Da sie klug war, würde sie mir Zeit lassen. (Aber zu lange abwarten durfte sie auch nicht. Das wäre gefährlich – ich sah es ebenfalls ein.)

Ich trat dicht an sie heran:

»Dann werden wir eben Freunde, Tasja. Wo ist das Problem?!« Ich lächelte, lachte sogar kurz auf. »Ich möchte von Herzen gern Ihr Freund sein.« (Und zugleich die blöden Gespräche mit den Ermittlern vermeiden.)

Da wurde sie verlegen. (Sie fühlte bereits den Sieg.)

Ich sagte:

»In einer Stunde komme ich, ja?«

Ich kam.

Ihr Körper war auf eine versteckte Weise – wie soll ich sagen – verzärtelt (seine Gepflegtheit verbarg sich vor der Welt). Zudem erwies sie sich wie viele Krüppel als klug und doppelt feinfühlig, was an sich schon beachtlich ist. Jedenfalls hatte ich mit ihr keine Schwierigkeiten. (Schüchternheit der Bewegungen; heimliche ängstliche Scheu.)

Wir knipsten die Tischlampe aus, und jetzt konnte ich auch aus ihrem Fenster sehen (es war wieder genau ein Uhr nachts): Unter der Lampe über dem Eingang gingen die Heimbewohner ein und aus. Es waren nur wenige. Man konnte sie sich tatsächlich ganz einfach merken. Sie trat von hinten an mich heran und berührte meine Schulter. Feinfühlig, wie sie war, ließ sie kein Wort über die Aussicht aus dem Fenster verlauten.

Ich sagte ihr angenehme Dinge, lobte die Gepflegtheit ihres Körpers. Sie lächelte.

»Ich kann allein leben. Alle Zeit der Welt. Ich bin natürlich behindert, aber ich ertrage die Sauferei im Heim nicht … Vor zehn Jahren hatte ich einen Mann. Vor elf.«

Ich pflichtete ihr bei, streichelte ihren kleinen Busen.

»Weißt du, wer das war – vor elf Jahren?«

Ich spitzte unwillkürlich die Ohren und erwartete weiß Gott was.

»Wer?«

Sie lachte gedämpft:

»Ein entfernter Verwandter. Er war aus Sibirien gekommen und hatte nirgendwo eine Bleibe. Außerdem hatte man ihn im Zug beklaut, er besaß keinen Rubel mehr. Der Arme! Er wohnte drei Tage bei mir.«

Als ich (im Halbschlaf) neben Tasja lag, dachte ich bereits lockerer über mich nach, und den Mord betrachtete ich schon ganz abstrakt: als Plot. Auch ich schaute mir natürlich den einen oder anderen Krimi an – erinnerte mich an Indizienbeweise, an Ängste. Wie bekannt und erkennbar alles war. Die vergessene Wodkaflasche (!). Die im Nichts aufgelösten Fingerabdrücke (!). Und eine schlaflos am Fenster sitzende Frau (?!). Aber jetzt betrafen die vertrauten Attribute des Filmplots mein eigenes Leben. Und die so harmlos lauernden Erkennungsmerkmale der Wirklichkeit (die uns Schritt für Schritt folgen) waren jetzt mit weit größerer Aufmerksamkeit zu behandeln: Es waren Fallgruben. Fallen, und ein Mensch, der etwas verbrochen hatte, sollte sie bewußt umrunden, wie primitiv und stümperhaft sie auch erscheinen mochten. Nichts riskieren. Nicht einschüchtern lassen (zum Beispiel von Tasja). Da (als ich neben Tasja im schmalen Bett lag und ihre Schulter streichelte) kam mir ein wichtiger Gedanke: der Gedanke an die Gefühle. Dieser Gedanke hatte die erste nervöse, übereifrige Geschäftigkeit schon überwunden, mit der ich die Messer in die Moskwa geworfen und die Läden auf der Suche nach Tjutka mit der Flasche abgeklappert hatte. Damit war Schluß.

Wenn ein Mensch getötet hat, ist er nicht vom Mord selbst *abhängig*, sondern von allem, was er über Morde gelesen und im Fernsehen gesehen hat, das war mein Gedanke. Ein Mensch, der getötet hat, rechnet mit einer von Klischees bestimmten Wirklichkeit. Er ist in einen Dialog mit einbezogen. Mit Vorbehalt. Seine Gefühle sind abhängig (das war der Gedanke). Die Zeit ist lediglich eine Form der Abhängigkeit. Der Mensch bezieht sich selbst (und seine Gefühle) auf einen entsprechenden Verfolgungsplot (mit entsprechender Ergreifung oder Nichtergreifung). Und wenn man sich nun mit dem Gefühl aus dem Stoff ausklinkt ... wenn man die Gefühle ausschaltet ... nicht teilnimmt, vergißt, nichts weiß, sich an nichts erinnert, was dann?

Der rettende Gedanke (nicht mit dem Gefühl am Plot teilzunehmen) hatte mir schon im Gespräch mit Tasja geholfen – als wir beide angeheitert in ihrem Zimmer standen. Nicht zu schnell ablehnen, befahl mir der Gedanke. Und bloß nicht aufregen über die nette weibliche Erpressung, was sind das für schlüpfrige Anspielungen, meine Liebe?! Keinerlei Gefühle. Keine Überheblichkeiten. Keine Widerstände. (Aber auch nicht zu schnell in ihre Arme fliegen.) Tritt unschlüssig von einem Fuß auf den anderen! Schau auf ihre Schultern! Auf ihr Lächeln. Auf das Grübchen in der linken Wange.

Deshalb klang es ganz natürlich, als ich vorhin sagte: Schön, Tasja, dann werden wir eben Freunde. Und hinzufügte: In einer Stunde komme ich.

Der richtige Gedanke, *nicht* zu fühlen – jetzt war er da und begleitete mich. Mein Denken und mein Ich hatten sich einander angenähert. Das war wichtig. Eine wichtige Lehre. Ich meditierte sogar in gewisser Weise: Ich empfinde *keinen* Verdruß über mein Versagen, ich empfinde *keine* Reue, ich empfinde *keine* Angst vor den Bullen … ich fühle heute morgen nicht einmal die Sonne mit dem Gesicht, der Wange und den geschlossenen Augen. (Wie machtvoll zog auch hier die Zukunft herauf. Nicht zu fassen, wie rasch ich mit der umgekehrten Lehre konfrontiert werden sollte: nämlich angestrengt zu versuchen, dies und das zu *fühlen* … sogar die Sonne zu *fühlen* – mit dem Gesicht und der kalten Wange, morgens am Fenster.)

Vorerst war draußen vor dem Fenster Herbst, es gab billige Kartoffeln – und nun denke, denke und fühle *nicht*, ob du welche auf Vorrat kaufen sollst und wo du sie im Heim lagern kannst. Kartoffeln auf Vorrat kaufen, da hast du lange zu essen. Wenja besuchen. So redete ich mir selbst zu – klar und deutlich: Es gibt Wenja, es gibt Kartoffeln zu kaufen, aber in dem Plot mit der Bank und den beiden blutigen Messern kommt mein Gefühl nicht vor. (Und wenn es kein Gefühl gibt, gibt es auch den Mord nicht, dann ist er nicht geschehen, dann ist nichts geschehen, und deshalb werden *sie* dir hier und jetzt nicht auf die Schliche kommen.) Die Kartoffeln muß ich im Flügel K lagern, dort ist es kalt – zweimal einen halben Sack voll (so kann ich sie leichter tragen).

Ich kaufte für Wenja Käse. Auf seiner Station waren gleich zwei Kühlschränke defekt: Die auf dem Tisch aufgetürmten Lebensmittel verdarben. Die unglücklichen Irren wanderten um den Tisch herum, schnupperten und stritten so erbärmlich, wenn einer etwas gegessen hatte, was einem anderen gehörte.

Zweihundert Gramm Kochwurst. Stangenweißbrot. Tütenmilch gab's nicht. Mit einer Flasche wurde man nicht reingelassen …

Als ich zurückkam, wurde es schon dunkel.

Ich unterhielt mich ein wenig mit dem pensionierten Akulow. Wir standen auf dem Gang beisammen und rauchten. Er war natürlich auch vorgeladen worden, da man seine (verbalen) Drohungen an die Adresse der Kaukasier kannte. (Ich war als Obdachloser ohne Meldevermerk vorgeladen worden, der zudem nachts gesehen worden war.) Akulow berichtete, daß er lange befragt worden sei; nach dem Protokoll hätte man ihn noch eine Stunde festgehalten. Der Ermordete habe mit jemandem auf der Bank gesessen und getrunken, deshalb hielten sie sich an die Männer. An die Flasche hätten sie keinen Gedanken verschwendet, grinste Akulow. Dabei hätte man doch eine Flasche finden müssen, die hätten doch nicht aus Gläsern getrunken! Die haben gar nicht erst gesucht. Weil sie faule Säcke sind. Die Bullen kriegen ihr Gehalt auch so. Faule Hunde. Was zum Teufel machen die überhaupt …

»Die werden ihn nicht finden«, zog Akulow abwinkend das Fazit.

»Meinst du?«

»Es sei denn, der Mörder stellt sich selbst.«

Akulow war sicher: Wenn sich der Mörder nicht in eine neue Messerstecherei einließe, würde der Fall im Sand verlaufen.

Kurnejew gesellte sich zu uns. Rauchte, hörte zu. Pflichtete bei: Die Miliz springe heutzutage schlecht an – aus Unlust und Faulheit!

»Sie werden innerkaukasische Fehden angeben: Es war eine persönliche Abrechnung, und der Fall ist erledigt.«

Wir lachten. Ja, so wird es wohl sein. Ja, ja. (Jedenfalls würde an meiner Stelle niemand zu leiden haben, schlaf, mein Freund, schlaf fest – das flüsterte ich meinem Gewissen zu, als mir flüchtig einfiel: *Wie geht's ihm denn?*)

»Vor einem Jahr hab ich schon mal so einen gesehen. Sie hatten sich untereinander befehdet! Der lag die ganze Nacht auf der Straße. Erschossen«, sagte Akulow.

»Den hab ich auch gesehen.«

»Und den, der geschossen hat, hat man den auch nicht gefunden?« fragte Kurnejew.

»Nee.«

Ich war dennoch erstaunt, wie sich mein treuer Freund, der Intellekt, anstrengte, keuchte, in staubige Ecken kroch und kämpfte, um mir zu helfen, daß ich nicht in die Gruben tappte und die Fallen umrundete. Er lobte mich auch noch, spornte mich (und sich) an, unsere (hinsichtlich der Fahndungserfolge) klägliche Miliz zu besiegen! Ich schaute in mich hinein: mit schwerem Blick und leisem Erstaunen. Ertappte mein Ich wie eine Frau mit einem Unbekannten. Verzieh ihm natürlich sofort – es war ja mein Ich. Aber ein wenig enttäuscht war ich schon. Ich hatte dich eigentlich besonders wertgeschätzt.

Wenn man in sich hineinschaut (in sein Ich), gibt es keine Aufspaltung. Beim Blick in den Spiegel wissen wir schließlich auch, daß der wirkliche Mensch eins ist mit dem auf der Spiegelscheibe abgebildeten Menschen. Sie sind ein Ganzes.

Mein Ich erwiderte meinen Blick ins Innere schweigend. Nein, es war nicht bei etwas ertappt worden: Es entpuppte sich nicht als besonders schlau oder gar böse. Es blinzelte mir nur mit seinen verschlafenen, milchigen Augen in kindlicher Lebensgier zu, und ihr ebenfalls kindlicher Ausdruck entsprach eher der Tier- als der Menschenwelt. Keine Angst, sondern Ewigkeit. Diese Augen (die Augen meines Ich, das getötet hatte und jetzt die Spuren verwischte, *wie alle Menschen*) glichen überraschend den Augen der Tiere. Wir sind uns darin alle ähnlich. Hundeaugen, Pferdeaugen. In diesen Augen ist reichlich Schmerz und Trauer, aber nicht das geringste Wissen um den Tod. Instinkt anstelle von Wissen. Die Augen schauen und wissen nichts vom künftigen Tod. Wahrscheinlich ist mein Ich in dieser Beziehung vollkommen selbstgenügsam – es lebt, und überall, wohin sein halb trauriger, halb kindlicher Blick reicht, dehnt sich Unsterblichkeit aus, es gibt den Tod nicht und wird ihn nicht geben. Und wenn es die Unsterblichkeit gibt, ist alles erlaubt.

Nicht der Gedanke selbst erstaunte mich, sondern die Tatsache, mit welcher Leichtigkeit er sich – nein, nicht in meinem Ich eingenistet, sondern sich ihm *gezeigt* hatte.

Und noch eine Grube. Ein Loch, das zu überspringen war. Der Plot zeitigte ab und zu Schlaglöcher und Radfurchen (ganz normal!), ich fühlte sie *nicht*. Ich lag auf dem Sofa und las Platos Dialoge, als an die Tür geklopft wurde.

»Petrowitsch, komm zur Pforte – ein Anruf für dich!«

Die abendliche Invasion konnte nur von fremder Seite aus erfolgen, weil Vikytsch wie Michail nicht beim Pförtner anrufen würden; sie wußten ja, daß sie mich bei Konobejews erreichen konnten.

Ich ging hinunter. Gut, daß ich gelesen hatte. Nach dem Lesen pflegt mein Gehirn trocken zu sein und in kurzen, griffigen Sätzen zu denken. Es ist auch einer bizarren Logik nicht abgeneigt. In so einem Augenblick kann mich nichts erschrecken.

»Hallo.«

»Petrowitsch? … Guten Abend«, sagte eine (mir unbekannte) Baßstimme.

»Guten Abend.«

»Ich komme gleich zur Sache, rede nicht gern um den Brei herum. (Er kicherte. Kumpelhaft. Wir sind schließlich alle Menschen.) Ich weiß über dich Bescheid. Weiß auch über die Bank Bescheid. Aber ich will was für mein Schweigen haben.«

Er fügte sogleich an, was:

»Geld.«

»Wie bitte?« fragte ich. (Kein Kälteschauer. Nichts fühlen.)

Ich wartete. Er sollte ruhig noch etwas sagen.

»Wenn ich Geld kriege, halte ich den Mund.«

»Wollen Sie viel?« Ich siezte ihn. Fragte trocken, aber mit einem amüsierten Unterton.

Er sagte:

»Ich brauche dringend Geld. Dreißigtausend.« (Damals tausend Dollar.)

Ich lachte:

»Warum nicht gleich eine halbe Million?«

»Ich meine es ernst.«

»Ich auch«, sagte ich. »Dreißig Rubel (einen Dollar). Nicht mehr. Aber nicht auf einmal, sondern in Raten. Ich habe nur ein sehr bescheidenes und eher zufälliges Einkommen. Paßt Ihnen das?«

Ich lachte noch einmal und legte auf.

In der Nacht rief er wieder an. Wieder beim Pförtner.

»Ich bin's noch mal?«

»Und?«

Lange Pause. Nächtliche gedehnte Pause (ich hätte sofort auflegen sollen – aber wer weiß schon, was das beste ist). Er sagte:

»Ich habe ein Beweisstück.«

Da wurde ich wütend:

»Hör zu, Beweisstück hin oder her, aber hast du auch ein Gewissen?! Was zum Teufel rufst du ständig an und läßt mich nicht schlafen?!«

Ich knallte den Hörer auf die Gabel. Und sagte streng zum Pförtner: »Ruf mich nicht mehr, wenn du mich wieder aufweckst, kriegst du eins über die Rübe, ich kann ziemlich bösartig werden!«

Als ich die Treppe hinaufgegangen und wieder in der Wohnung war, rief er aufs neue an. Er kannte schon die Nummer von Konobejews. Aber ich nahm nicht ab. Nein und nochmals nein. Was auch immer für Vorwände, Anspielungen oder Worte vorgebracht werden, welche Indizien auch immer genannt werden, ich darf keinesfalls reagieren, darf nicht mit dem Gefühl in den Plot verfallen; wenn ich im Plot nicht vorkomme, bin ich immun … Das betete ich mir immer wieder vor, wie man ein ruhiges, emotionsloses Gebet herunterleiert.

Ich lag auf dem Rücken und rauchte. Ein Uhr nachts. Der Anrufer wußte, wo ich war. (Hatte ja schon vom Pförtner die Telefonnummer erfahren. Er konnte auch die Fenster kennen. Ich löschte das Licht.) Lag im Dunkeln. Ich schlafe, sagte ich zu mir … Selbst wenn sie mich vorladen, selbst wenn sie mich am Arm packen – ich bin nicht da, *in eurem Plot komme ich nicht vor …*

Am nächsten Morgen löste sich alles von allein auf. Der Morgen war sonnig – ich ging hinaus, um zu rauchen, die erste, auf nüchternen Magen; nüchtern rauchte auch Akulow im Gang. Er sagte, irgendein Trottel habe ihn angerufen: »Der Trottel wollte mir angst machen, im trüben fischen. ›Genosse Akulow?‹ – ›Ja‹, sage ich. Und er teilt mir mit seinem rostigen Baß mit, er hätte ein Beweisstück gegen mich und ich solle ihm Geld rüberschieben. Stell dir vor, so ein Schwein. Damit ich mich selbst bloßstelle – dieses Schwein fischt mit dem Haken!« Ich lachte auf: Mich hätte er auch angerufen.

»Das hab ich mir gedacht. Er ruft alle an.« Akulow zog kräftig an seiner Zigarette. »Und weißt du, wer das ist?«

»Wer?«

»Der Ermittler mit der Pockenvisage. Erinnerst du dich? … Ich habe ihn an der Stimme erkannt – er verstellt seine Stimme, aber bestimmte Eigenheiten konnte ich erkennen … Der ist das. Ich schwör's dir. So angeln die. Dieses Schwein. Blattern im Gesicht hat man nicht umsonst.«

Ich ging die Straße entlang. Ein Zentnergewicht fiel mir von den Schultern.

Abends auf dem Weg zur Bäckerei sah ich den Ermittler. Er ging fast neben mir. Das Gesicht, die Jochbeine und die von winzigen Rinnen zerklüfteten Backen, wie von leichter Säurelösung verätzt, es war der *Pockennarbige*. Ich machte vorsichtshalber kehrt und einen Umweg über Haus Nr. 24, wo es Büsche, einen Sandkasten und volle Wäscheleinen gab … Als ich mich umblickte, musterte der Ermittler die Fenster des Wohnheims – vielleicht suchte (errechnete) er die Fensterreihe, von der aus der eine oder andere Bewohner zufällig die Bank hätte sehen können. Klar, daß der absurde Zirkus, den die Miliz heute veranstaltete, den Diensteifer kleiner Beamter nicht ausschloß. Der Ermittler *arbeitete*. Meinetwegen.

Ich mußte auch mit dem eigenen Leichtsinn rechnen (der uns beflügelt, wenn wir glauben, daß wir alles hinter uns haben – ein Gefühl, wenn auch nur ein kleines!). Es juckte mich plötzlich, auf das Revier zu gehen: ins Zimmer des Chefs zu stürmen und wütend zu erklären – Imitation des homo sovieticus –, ich sei gekränkt, sein Ermittler erpresse mich, verlange Geld – ich hätte seine näselnde Stimme am Telefon erkannt! ... Was aber, wenn sie tatsächlich reagieren würden? Um mir den Mund zu stopfen (bekannte Praxis) oder einfach um mich einzuschüchtern, würden sie meine Fingerabdrücke nehmen (nur um mich einzuschüchtern) und – da schau her – dieselben Fingerabdrücke auch auf dem Jackett des Kaukasiers entdecken (auf der Schulter)! ... Nein. Soll dieser pockennarbige Schnüffler Porfiri ruhig weiter alle nacheinander anrufen. Keine Klagen. Soll er *arbeiten*. Ich komme in ihrem Plot nicht vor – ich komme in ihrem Leben nicht vor. (Es gibt mich einfach nicht.)

Am Abend eine Nachricht an der Pforte – *zur Miliz gehen, Zi. 203, Oberm. Orlowski*. Mir war sofort klar: Ich brauchte nicht zu gehen. Für Oberm. Orlowski war es vielleicht wichtig. Aber wieso für *mich*?

Ich ging nicht hin.

Dafür besuchte ich noch einmal die behinderte Sestrajewa. Einfach um die Sache gut zu beenden. (Einmal war doch ein bißchen zuwenig.) Sie ahnte nichts, aber selbst wenn sie aufgemerkt hätte, wäre bereits alles endgültig dort versunken, wo alles in der Frau begraben wird. Während ich sie liebkoste, schien ich das Geschehene noch tiefer zu begraben. Trieb es sacht in die Tiefe. Tasja freute sich über mich. Wartete.

Und nun der letzte Akkord des Fahndungsabsurdums: Keiner,

der eine wiederholte Vorladung zur Miliz erhalten hatte, ging hin. (Auch ich tat es nicht.) So war es: Kein einziger Mann aus unserem Wohnheim, rechtlos und scheinbar in die Enge getrieben, erschien! In welchem Kriminalroman, in welchem Film ist diese Wendung des Plots am Schluß möglich? Solche Filme gibt es nicht. Auch keine Romane. Am ersten Tag kam niemand, am zweiten kam niemand – einen Monat lang erschien niemand! Dann (nach einer weiteren Woche) fiel den beiden Ermittlern und dem Obermeister (sie mußten die Leute ja irgendwie vernehmen und einen Bericht zusammenschustern) nichts Besseres ein, als die verdächtigen Personen (also *alle* mehr oder minder verdächtigen Personen) an einem Ort zu einer *allgemeinen Versammlung* einzuberufen. So etwas kann es nur bei uns Russen geben; geniales Volk.

Am Anfang brüllte der Obermeister:

»Warum, verdammt noch mal, sind Sie nicht zur Miliz gekommen? Wie viele Benachrichtigungen soll man denn noch schreiben?! Schämen Sie sich nicht?! Muß ich hinter Ihnen herrennen?!«

(Ach, wie richtig ich gehandelt hatte, daß ich ebenfalls nicht hingegangen war – nicht aus der Masse herausgefallen war. Das Volk ist genial, aber ich gehöre ja auch dazu.)

Dann redete der dicke Ermittler (Hauptmann). Der zweite mit den Pockennarben schwieg (tastete aber jeden mit den Augen ab – du kannst mich mal, dachte ich). Der dicke Ermittler wandte sich an alle Versammelten zugleich:

»Bürger! Ich erwarte eure Hilfe. Hilfe und menschliche Unterstützung ...« Aus irgendeinem Grund beklagte er sich bei uns, den Tatverdächtigen, und erklärte seine Schwierigkeiten: die Schwierigkeiten eines armen Ermittlerschweins in der heutigen Übergangszeit. Wo kein Geld da sei. Wo die kriminelle Energie *ausgebrochen* sei. Und wo die Gesellschaft schon übermorgen außerstande sei, den einzelnen zu schützen. »Das ist der Grund, weshalb ich euch habe kommen lassen – ich warte auf

Hinweise. Die Kaukasier schweigen und decken einander. Und morgen droht wieder einer dem anderen mit dem Messer. Aber ihr seid doch vom gleichen Schlag wie wir und müßt der Miliz helfen. Euch kann die kaukasische Solidarität doch schnurzegal sein! Helft der Miliz, gebt uns wenigstens einen Hinweis!« Der dicke Ermittler im Hauptmannsrang redete offen und ohne Umschweife. Im Grunde schlug er uns vor, auf der Stelle jemanden zu *denunzieren*.

Aber nur die meldeten sich laut zu Wort, die nach Hause wollten.

»Ruhe! Ruhe! ... Eine Frage. Eine Frage an alle! (Was da wohl im Protokoll stehen würde, wie viele Personen sie befragt hätten?) Eine Frage an alle: Euch wurde ein Foto des Ermordeten gezeigt. Ihr hattet Zeit zum Nachdenken. Na? (Pause.) Wer von euch hat ihn gekannt?«

Drei hoben zögerlich die Hand.

»Noch eine Frage. Mit wem habt ihr den Ermordeten an jenem Tag gesehen? Gebt wenigstens die Nationalität an – mit wem von den Kaukasiern oder Russen habt ihr ihn gesehen? Mit den Tschetschenen? Den Aserbeidschanern? ...«

Die Fragen waren äußerst simpel. Aber die Antworten waren noch simpler: Niemand hatte jemanden gesehen (und wenn, dann wollte er ihn nicht nennen).

»Na schön.« Der dicke Hauptmann fluchte. »Wenn ihr niemanden nennen wollt, dann laßt es bleiben. Aber nehmt einen Zettel, schreibt was drauf und gebt ihn mir durch: Ich warte ...«

Es hatten sich gut zehn Leute aus dem Heim versammelt. Wir saßen auf den harten Stühlen im großen Fernsehraum (unten im Erdgeschoß). Niemand schickte dem Hauptmann einen Zettel. Jemand schrie giftig: »Sollen wir den Zettel unterschreiben?« – »Nicht unbedingt«, erwiderte der Hauptmann lebhaft, als ob er die hämischen Lacher nicht hörte. Dennoch schrieb niemand einen Zettel. Der Hauptmann wurde ausfallend. Er werde niemanden rauslassen. Der Obermeister werde sich jetzt vor die

Tür stellen! ... Vor mir und hinter mir rutschten die Heimbewohner unruhig auf den Stühlen herum, steckten sich eine Zigarette an. Er stand da. Schließlich reichte man ihm einen Zettel durch, und sogleich versuchte man, mich zu verpetzen (sofern es kein Witz war). Auf dem Zettel stand in Krakelschrift: *Habe ihn zusammen mit dem Schriftsteller gesehen.*

Der Hauptmann verlas ihn, und alle lachten schallend. Der Witz war gelungen, fanden alle.

»Schriftsteller, sind Sie das?« fragte der dicke Hauptmann, als er mich mit den Augen gefunden hatte. Er erinnerte sich.

Ich stand auf und nickte:

»Ja.«

Ich weiß nicht, wieso, aber wieder lachten alle einmütig. Oder entsprach meine ergraute Obdachlosen- und Intellektuellenerscheinung (in ihrer Vorstellung) einfach nicht dem frechen Mord auf offener Straße? ... Ich kam nicht dazu, vor Angst zu frösteln. Eine neue Welle des Gelächters überspülte mich. Der nächste Zettel, den der Hauptmann entfaltete, teilte mit, daß man den Ermordeten oft mit Dudajew gesehen habe.

Ich trieb mich bei den Verkaufsständen herum. Ich wußte nicht einmal, ob der Ermordete in einer Bude gearbeitet oder vielleicht Waren angeliefert hatte. Ich stand einfach in der Gegend herum. Schaute zu. Sie gingen ihrer ewigen fröhlichen Beschäftigung nach, dem Handel. Blickten freundlich ...

Es war wie ein Duell. Ich wehrte ab. Verteidigte nicht das bißchen Geld, das er mir abgeknöpft hatte – ich verteidigte mein Ich. Er wäre mit meinem Geld zufrieden weggegangen, aber ich wäre nach dieser Erniedrigung krank geworden! Schon am nächsten Tag wäre ich gleich in der Früh nervös und zornig (auf mich selbst) vor ihren Ständen herumgelaufen und hätte Streit gesucht (weil ich mir zu so später Stunde nicht einmal sein Gesicht eingeprägt hätte; einer glich dem anderen). Ich stellte mir den leeren, beschämenden Morgen vor, dieses Zahnwehstöhnen:

»Nnnn!« Ich wäre in wütender Ohnmacht vor den Ständen herumgelaufen, weil ich unter dem halben Hundert Handel treibender Stammesgenossen den nicht hätte finden können, der mich ausgeplündert hatte.

Auf dieser schummrigen, nächtlichen Bank (die Laterne leuchtete nur von einer Seite) trank er in kleinen Schlucken Wodka. Er befahl mir, meine Taschen auszuleeren. Und ich fragte ihn:

»Wozu brauchst du das Geld? So wenig – wozu?«

Er schmunzelte:

»Wenn ich heimkomme, sag ich zur Frau: Ich hab einen eingeschüchtert, der hat mir gleich alles rausgerückt.«

Ich blieb stumm.

»Sie hat's gern, wenn ich sage: Ich hab einen Ingenieur eingeschüchtert. Dann lacht sie.«

»Na und?«

»Nichts. Sie lacht eben, und wenn sie lacht, möchte ich mit ihr eine Extranummer schieben.«

Er sagte *einen Ingenieur*, was im allgemeinen Sprachgebrauch einen Armen bezeichnete, einen, *der nicht zu leben verstand*. Er wußte nicht, daß er mich aufs neue (zum zweitenmal an diesem Tag) schmerzlich mit meiner rechtlosen Vergangenheit getroffen hatte. Sein Fehler. Da leuchtete, bildlich gesprochen, noch eine Laterne auf. Es war mir doch egal, daß ich für seine Tussi ein Ingenieur war, war mir doch schnurz, daß sie lachen würde. Ich stülpte meine Taschen doch nicht aus armseliger Feigheit oder Angst um, sondern aus Überraschung. Ich gab lediglich der unerwarteten Nötigung nach. (Das konnte er nicht glauben.) Ich hätte ihm durchaus das Geld geben und mit umgestülpten Hosentaschen weggehen können. Ich wäre gegangen. Ein denkender Mensch. Einfach ein Mensch. Und hätte mich nicht wegen so einer Lappalie wie Geld (noch dazu wegen dieser paar Kröten!) mit ihm angelegt. Wenn nicht mein Ich gewesen wäre.

Jetzt stand ich vor ihren Ständen.

»Na, Alter, was ist?« sprachen sie mich an. »Du willst was kaufen und hast zuwenig Geld, stimmt's?«

»Stimmt.«

Wir lachten – sie und ich. Aber dieses Lachen war ganz ohne Spott. Wir lachten, weil das Leben selbst komisch ist, nicht ich, nicht sie und sonst auch niemand. (Komisches Leben ohne Geld.) Aber für mich hatte das Gespräch Bedeutung. Mein Ich stieß mich unerbittlich in ihre Nähe und ließ mir keine Chance, zu kneifen oder einfach einen Bogen um sie zu schlagen. Halt. Du bist ihnen gegenüber ehrlich. Bleib stehen und halte ihren Blick aus.

»Wie läuft das Geschäft?« fragte ich. (Wir unterhielten uns.)

»So lala, Alter. Leidlich!«

Vom Stand nebenan rief ein älterer Dattelverkäufer:

»Nichts Halbes, nichts Ganzes!«

Es wurde gelacht. Man redete über den schönen Herbst, ja, schade, daß er bald vorbei sei. Die Nächte würden kalt! ... Der ältere Kaukasier vom Stand nebenan reichte mir eine große, pralle Dattel. Ich verlor vor Schuldbewußtsein beinahe die Fassung und wollte mich schon überschwenglich bedanken und lächeln, hielt mich aber zurück. Stop. (Ich bin nicht schuldig.) Spielte nur mit der goldenen Frucht, warf sie hoch und fing sie wieder auf, damit signalisierte ich meinen Dank.

In der leeren Wohnung von Konobejews gestatte ich mir, an Tee zu denken (der Sud soll kräftig schmecken). Zum süßen Tee sollte man etwas knabbern, vielleicht dunklen, leicht gesalzenen Zwieback. Auf dem Regal habe ich eine große Schuhschachtel stehen, voll mit dunklem Zwieback zum Tee, auf Vorrat. Die Stücke sind exakt geformt, so groß wie eine Streichholzschachtel und braun – angebrannte kleine Würfel.

Unterstützend wirkt die entspannende (und uns zugleich auf die Probe stellende) Geduld des ungefüllten Magens, mit der man in eine Art Schlaf fällt. Ich bin ruhig geworden. Mache sparsame

Bewegungen. Warte auf den Tee … Was geschehen ist, ist geschehen. Ich bedaure es: Es tut mir leid. Es tut mir wirklich leid, daß ich ihn getötet habe, diesen zufälligen Menschen (den Versuch, mich zu berauben, hat er mir teuer büßen müssen – genauer, den Versuch, mich zu erniedrigen). Es tut mir leid und ich bedaure es, aber Reue … nein.

Gleichsam tief unter Wasser kriecht etwas den Augen Verborgenes (mein betrübtes Gewissen? Mein besänftigtes Ich) langsam über den Meeresgrund, wie eine Krabbe. Schleppende Bewegungen auf sandigem Boden. Wer wird mich eigentlich zur Rede stellen – das ist die Frage. Gott? … Nein, bestimmt nicht. Gott wird mich nicht befragen. So bin ich nicht erzogen. Ich habe erst spät von ihm erfahren, zu spät, ich erkenne seine Größe an, seine Unermeßlichkeit, in düsteren Augenblicken fürchte ich Gott sogar in gewisser Weise – aber Rechenschaft als solche muß ich ihm nicht ablegen. Ich glaube nicht an Rechenschaft. Den Menschen und ihrer eitlen Geschäftigkeit gegenüber besteht schon gar keine Rechenschaftspflicht. Was sind die Menschen für einen Einzelgänger wie mich?! Was kratzen mich ihre Gewinne und ihr wohlbestelltes Leben, was kümmern mich *ihre* Probleme?!

Ich mußte über die Logik auflachen: Es erschien mir logisch, daß ich den einzigen Wert (der auch jetzt noch hoch im Kurs stand) wie ein guter Schüler kannte. Der einzige kollektive Richter, vor dem ich (manchmal) gerne abends Rechenschaft ablegen würde, ist genau dasselbe, womit sich mein Kopf vor knapp fünfundzwanzig Jahren beschäftigt hat: die russische Literatur, gar nicht mal die Texte selbst, nicht ihre hohe Qualität, sondern justament ihr hoher Nachhall. Selbstverständlich hängt auch die Literatur mittelbar mit Gott zusammen, der Gedanke ist luzid. Doch klar ist auch, daß man mittelbar, wie über eine Instanz, keine Rechenschaft ablegen kann. Die Literatur ist schließlich kein Gebetbuch für jeden Tag …

Das waren meine Überlegungen, als ich von der Befragung

durch die Miliz im Fernsehraum zurück war. (Die Akte würde sicher geschlossen werden. Finish.)

Befreit von der Bedrängnis durch die Bullen und der Umtriebigkeit der Menschen (von einer Sorge, die sie mir aufgehalst hatten), war mir leichter ums Herz – ich wurde in Maßen philosophisch, kochte Haferbrei, machte Abendessen. Die Ruhe war zu fühlen. Die Ruhe in den Händen – da fühlte ich sie vor allem. Ich liebe meine Hände! Ihre Feinsinnigkeit und Eintracht bei allen Bewegungen – beide Hände waren jetzt aufeinander eingestimmt, ein wenig erschlafft, überlastet von unverbrauchter Kraft. Es war ein Glück, daß ich an diesem von Reflexionen geprägten Tag mit den Räubern zusammenprallte – noch am selben Abend.

Ich aß, räumte auf (war bei Konobejews) und erinnerte mich gerade noch rechtzeitig, daß heute eine beliebte Fernsehserie lief, die Leute waren ganz heiß drauf, also volle Kraft voraus und kontrollieren! Da ging ich auch schon, die Hände in den Hosentaschen. Sofort in die richtige Etage, in die Wohnung von Sobolews, wo ich auch gleich Eindringlinge entdeckte. Zwei, wie üblich. *Diebe ernten nicht, sondern warten das Wetter ab.* Ihre Anwesenheit war kein Bruch, sondern ein Versuch. Die Gänge des Wohnheims hatten sich geleert, das Zeichen für eine *Seifenoper,* es war etwa elf Uhr. Vor der Tür von Sobolews klimperte ich schon mit den Schlüsseln in der Tasche. Durch das Schlüsselloch fiel schwaches Licht. Oho! Vielleicht hatte ich es selbst brennen lassen, und es brannte seit gestern abend (schlecht!). Natürlich hatte ich Herzklopfen. Ich öffnete und trat rasch ein. Da saßen zwei. Beide im Sessel, Pause.

Finstere, etwas gereizte Visagen: vielleicht eine Auseinandersetzung.

»Männer. Ihr müßt hier raus«, sprach ich sie an. Locker und ohne Druck, wie meinesgleichen, in munterem Ton: »Im Fernsehen soll jetzt ein guter Film laufen! Also ab nach Hause …«

Sie hätten mir mit der Pistole (Gaspistole) drohen können;

der eine, der näher an mir dran war, hatte eine in der Hosentasche stecken. Sie hätten mich in die Küche stoßen können. Oder im Badezimmer einsperren, das kommt auch vor. (Sie hatten die Wahl.) Aber ich habe auch ein paar Tricks auf Lager. Wichtig ist der Augenblick. Schließlich saßen beide in den Sesseln am Couchtisch!

Ich nutzte ihre augenblickliche Verwirrung, ging zum Schrank und holte eine angebrochene Flasche Wodka heraus (die hebe ich im Schrank auf), zwei Gläser (die mir ebenfalls gehören) und schenkte beiden ein. Alles ganz natürlich. Mit bedächtigen Bewegungen, ohne mit einem Blick oder Wort zu drohen, stellte ich jedem ein Glas hin, zu zwei Dritteln gefüllt mit dem lockenden Getränk. Ich selbst nahm einen kräftigen Schluck aus der Flasche, kein Gift, wie ihr seht.

»Einen Abschiedstrunk, Männer! Auf daß es keinen Verdruß gibt und alles mit rechten Dingen abgeht«, sagte ich. »Dann aber ab nach Hause!«

Sie wechselten Blicke, tranken – und gingen. Der eine räusperte sich, sobald er ausgetrunken hatte, und wischte sich würdevoll den Mund ab. Ist schon alles recht, Alter, auch ohne Imbiß.

Ihre Schritte verhallten, ich blieb noch etwa zehn Minuten allein da. Fünfzehn Minuten. Heute würden sie nicht mehr kommen. Ich blickte mich in der Wohnung um. Bei ihrer Erkundungsvisite hatten sie wohl nichts angefaßt, nur die Hülle des japanischen Laptops war prüfend geöffnet und wieder geschlossen worden (der Reißverschlußschieber war nach links verschoben; den Computer selbst hatten sie nicht entdeckt; ich hatte ihn vorsorglich in ein Handtuch gewickelt und auf dem Zwischenboden versteckt, wo alte Zeitungen und Zeitschriften gebündelt lagen).

Am nächsten Morgen kaufte ich ein neues Schloß und brachte es an der Tür an; jetzt waren es zwei. Ein professioneller Dieb würde natürlich zu jedem Schloß einen Schlüssel finden. Sollte er ruhig ein paar ausprobieren, die Zeit verging, und bald wären auch Sobolews wieder da.

Das mit dem Wodka ist ein uralter Trick von mir, einer der ältesten, ich sollte ihn patentieren lassen.

Die angebrochene Flasche und die aufreizenden, dem Auge vertrauten Preßgläser (ich habe eigens welche aus einem schäbigen Speiselokal mitgehen lassen) sind wichtig; aber zu den Gläsern muß noch etwas Persönliches kommen, ein Blick oder ein kräftiger männlicher Atemzug, dann klappt es auch mit den ruhigen Händen, funktioniert die Erfahrung der absichtslosen Kraft der Bewegungen.

In jenen Tagen hatte ich gerade erst aufgehört, Erzählungen zu schreiben; Punkt, Finish – ich schlief, aß und lockerte mich morgens auf dem Stuhl, die Brüder Rusajew indes waren junge Anstreicher, rücksichtslos und dummdreist. »Hoppla, die R-rrusajews sind da!« brüllten sie durch den Gang. Diese R-rrusajews hatten schon die besten Stühle aus dem Fernsehraum geklaut. Und im zweiten Stock hatten sie aus einer Wohnung einen Sessel mitgenommen (wo genau, weiß ich nicht mehr), der hatte Rollen, das gefiel ihnen. Damals hatten sie es auch auf die von mir bewachte Wohnung abgesehen.

Mit offenem Visier hockten beide auf dem Gang, fast neben der Tür, und rauchten. Warteten darauf, daß ich ginge.

»Was bist du denn?!« schrien die Brüder. Da ich hier nicht gemeldet war, meinten sie, ich sei ein Niemand, ein Penner, der sich im Wohnheim eingeschlichen hatte und den man, da er rechtlos war, hochkant rauswerfen konnte.

In jenen Jahren (als ich noch schrieb) war ich immer wieder verblüfft über den einen oder anderen menschlichen Charakterzug: Im Falle der Rusajews war es nicht das Geschrei, nicht unsere Auseinandersetzung auf dem Korridor – es waren die frechen, entwaffnenden, *weltoffenen* Augen der jungen Anstreicher. Zum Teufel mit der Psychologie, zum Teufel mit der asozialen Aggressivität, was waren das für Augen, ach! Die Seele des Schriftstellers ist in den Text verfrachtet, möglicherweise wollte ich mir einfach dieses Gefühl bewahren und festhalten (das Staunen über den Menschen).

»Was bist du?« Sie lachten auch noch, die beiden Brüder Rusajew mit den blauen Augen, drehten mir den Rücken zu und gingen.

Ich schwieg, dabei schrieb ich doch gar keine Erzählungen mehr, warum war ich dann so gehemmt und gebremst? Der Gedanke war neu und erschien mir wichtig (notwendig). Ich weiß noch, daß ich sogar beschloß, die Auseinandersetzung mit den Brüdern zu wiederholen – und damit das entsprechende Gefühl. Die Erniedrigung durch ihr Geschrei fand ich völlig belanglos, nicht der Rede wert, aber die wiederholte Erniedrigung (und den darin enthaltenen neuen Gedanken) betrachtete ich als wertvoll. Ja, ja, ich wollte eine Klärung des Gedankens, wie im Text.

Ich klopfte an ihre Tür. Die Anstreicher Rusajew waren auf der Etage, grob gesagt, ebenfalls rechtlos (sie waren gerade erst zugewandert und wohnten hier bei ihrer Kusine, der Schullehrerin Irina Sergejewna). Um so deutlicher bemerkte man ihre diebischen, aber unbeirrbaren blauen Augen auf den Gängen.

Ich wußte schon, was ich ihnen diesmal antworten würde, hatte mich darauf besonnen, was ich bin. Ich bin *Wächter.* (Betreue die Wohnungen von Leuten, die eine Weile verreist sind, mache abends das Licht an, und dafür werde ich bezahlt.) Außerdem: Mir war plötzlich klargeworden, daß ihre unverschämte, zufällige Frage wie der Apfel war, der Sir Isaac Newton seinerzeit auf den Kopf fiel. Und ich wußte, daß ich den dummdreisten Brüdern von nun an für das frisch erworbene Selbstbewußtsein danken würde. Mein Ich brannte bereits darauf, selbständig zu leben, außerhalb der Literatur, ja, ja, sei dankbar, sagte ich mir, ja, ja, geh hin und nimm die aufgesparte Flasche Wodka mit, trink mit ihnen, sie haben dir heute mit ihrem unverschämten *Was bist du!* tüchtig geholfen.

So machte ich es auch. Ich ging los, diesmal mit dem Wodka. Ich stieg die Treppe zum Stockwerk der Brüder Rusajew hinauf. Das muß gefeiert werden. Dieser Pflock muß eingerammt werden, sagte ich mir.

Einer der Rusajewbrüder öffnete die Tür einen Spalt weit, ließ mich aber nicht rein.

»Was willst du?« fragte er.

Er hielt eine Kartoffel in der Hand, schälte sie und ließ die Schale einfach auf den Boden vor die Füße fallen. Und wiederholte (war kein großer Erfinder) dieselben erprobten Worte, die den Brüdern immer und überall Erfolg brachten:

»Hau ab. Was bist du denn?!«

Aber ich wußte doch die Antwort (ich wußte jetzt alles-alles-alles über mich).

»Ich hab Wodka dabei. Laß mich rein!« Ich trat energisch auf ihn zu (er wich hastig aus).

Ich ging in die Mitte der Küche. Schnurstracks zum Tisch. Fest entschlossen wie ein Mensch, der das Wesentliche erfaßt hat.

Aber auch hier gab es ein seltsames Komma. Ich stand mit dem Wodka am Tisch, einer der Brüder war schon an meiner Seite. Der zweite Rusajew stand am Herd. Da hörte ich, wie der erste an den zweiten herantrat und gedämpft sagte: »*Der* ist schon wieder da. Will wohl zur Base, was?« – »Petrowitsch?« – »Mhm.« Der zweite hatte mir den Rücken zugekehrt und sah mich nicht; plötzlich rief er (mit deutlicher Verlegenheit in der Stimme): »Irina!«

»Irina! Besuch für dich!« rief er schon lauter mit hoher Stimme.

Daraufhin kam die Lehrerin Irina Sergejewna (im adretten Kleid, gut frisiert und streng) aus dem Zimmer und griff mich mit überraschender Energie an – was wollen Sie? Warum belästigen Sie die Leute? Das schädigt meinen Ruf. Das untergräbt meine Autorität! ...

»Wenn Ihnen eine Frau gefällt, könnten Sie ruhig etwas taktvoller sein, und auch etwas einfallsreicher! Blumen. Wein. Aber doch keine Flasche Wodka!« schrie sie.

Wahrscheinlich redete man in ihrer oberen Klasse so: Sie gestehe einem Mann durchaus zu, daß er verliebt und aus Leidenschaft taktlos sein könne, aber die Menschen seien doch keine Tiere, sagte sie spitz. Die Menschen hätten Verstand. Und Moral ...

Ich bemerkte im Ausschnitt ihrer strengen weißen Bluse eine zarte Ader am Hals – die Ader pulsierte wie toll! Sie schlug Alarm. (Die Ader pumpte das Blut wie Wasser in Feuer.) Tuk-tuk-tuk-tuk-tuk ...

In dieser heißen Ader verbarg sich ein Aufschrei der weiblichen Seele. (Eine alte unausgesprochene Sorge?) Ich schwieg lieber.

»Und kommen Sie nie wieder! Wagen Sie es nicht! Weder Sie noch Ihre Kumpane!« schrie sie zum Schluß. Zog den Regenmantel an und rannte zur Tür hinaus.

Ich blieb mit den Brüdern zurück. Sie standen ebenfalls verdattert da.

Ich wollte schon die verschmähte Flasche vom Tisch nehmen, um zu gehen, stellte sie aber wieder hin. (Hatte auf dem Fensterbrett zwei Preßgläser bemerkt. Ein drittes gab es nicht, ich schnappte mir eine Tasse.)

Stellte die Gläser auf den Tisch. Schenkte jedes zu zwei Dritteln voll. Geizte nicht.

»Sind die für uns?« Sie wunderten sich.

»Ja.«

Die Brüder setzten sich an den Tisch. Räusperten sich. Bekannten sich schuldig – sie würden nicht mehr in der von mir bewachten Wohnung herumschnüffeln. Ehrenwort, Anstreicherehrenwort, Petrowitsch! ...

Ich hob die Tasse:

»Also Jungs, auf gutes Einvernehmen ...«

Die aufgeweckten Brüder (Irinas Vettern; aus Tambow) traten einer Baugenossenschaft bei und hatten schon bald, ob rechtens oder nicht, jeder eine eigene Wohnung in Moskau ergattert. Irina Sergejewna aber wohnte immer noch dort – in ihrer Minibehausung. Jetzt ist sie um die Fünfzig. In die Jahre gekommen. Hustet.

Wie bei glücklichen Menschen das abgearbeitete Herz stehenbleibt, ohne Infarkt und ohne Aufschrei, einfach so, tuki-tuk – im Schlaf, so gab ich meine Schriftstellerei auf. In den Redaktionen, in ihren vollgestopften, staubigen Schränken und ungereinigten Müllschächten lagen vielleicht noch zwei oder drei lange Erzählungen von mir mit ablehnenden Gutachten und ein Dutzend abgewiesene Geschichten. In ihnen pulsierte und pochte noch ein Rest Energie; tuki-tuk. Aber in mir herrschte bereits Stille.

In gewissem Sinn ergab (bestätigte) sich eine Ähnlichkeit, wie ein brüderlicher Reim – eine Parallele zu Wenedikt Petrowitsch, dem keine seiner Zeichnungen geblieben war. Wer will mir den Gedanken verwehren, daß meine ungedruckten Texte in fünfzig bis hundert Jahren ebenso gesucht und (zum Teil) gefunden werden? Plötzlich wird man sie finden. Und veröffentlichen. Es spielt keine Rolle, wer sie als erster lesen und lautes Tamtam machen wird. Wichtig ist, daß *sie* zu *ihrer* Stunde gelesen werden. Zerknittert und verwurstelt, werden sie in den vergessenen Winkeln der Redaktionen vor sich hin gammeln, in Holzwurmmehl und Staub, bis Gott und eine glückliche Fügung ihnen (meinen Texten) einsagen: Es ist Zeit!

Der bewußt gewordene Status des *Wächters* veränderte mich bereits; insbesondere mein Gesicht und meinen Schritt. (Damals begann ich nämlich, langsam, die Hände in den Hosentaschen, durch die Gänge zu gehen.) Und merkwürdig: Seit dem Zeitpunkt, als ich mich als Wächter bezeichnete, hielten mich die Leute auf den Etagen für einen *Schriftsteller*. Schwer zu begreifen. Irgend etwas hatte sich in ihrem Gehirn verschoben. Ich sah für sie wie ein Schriftsteller aus und lebte wie ein Schriftsteller. Dabei wußten und sahen sie, daß ich keine Zeile schrieb. Also ging es auch so.

Unser *Du sollst nicht töten* hatte nichts Hochmoralisches. Und nicht einmal etwas einfach Moralisches hatte es.

Mord fiel nämlich nicht in den privaten Zuständigkeitsbereich (nicht in deinen und nicht in meinen) – für Mord waren und sind *sie* zuständig. *Sie* (Staat, Staatsmacht, KBG) konnten Menschen zu Millionen vernichten. Ich schleudere ihnen keineswegs zornige Blicke zu. Ich spalte diese Frage ganz ruhig in zwei wichtige auf. *Sie* sind mir weniger wichtig als der einzelne Mensch – nicht *sie* sind wichtig, sondern ich bin es. Nicht *sie,* sondern ich, du und er.

Gib dem Kaiser, was des Kaisers ist, und dem Schlosser, was des Schlossers ist – so lautet die Antwort. Du konntest und wagtest nicht zu töten. *Sie* konnten und taten es. *Sie* beurteilten, ob man töten dürfe oder nicht. Für dich aber war Mord nicht einmal eine Sünde, eine sündhafte Tat, es war einfach *nicht deine Sache, verdammt noch mal.*

Du sollst nicht töten wurde nicht als Gebot begriffen, sondern als Tabu!

Ich dachte über *Du sollst nicht töten* nach. (Der richtige Augenblick.) Natürlich hilft uns die Literatur unseres betrogenen Jahrhunderts in diesem disjunktiven Sinn nicht auf die Sprünge, es gibt *nur Opfer.* Dafür tut es das 19. Jahrhundert … und die Warnung der Literatur (durch die Literatur) … und Fjodor Michailowitsch selbst, was wären wir ohne ihn?! … Denn erst von dort wehte ein leiser Luftzug echter Moral. Sein Gedanke der *Selbstzerstörung durch Mord* blieb fast unangefochten. Klassik. Kanon. (Die Literatur bietet den Russen außerdem die Möglichkeit zu einer ungeheuren Autosuggestion.)

Das grundlegende Gebot »Du sollst nicht töten« – zum Beispiel in Form von Dostojewskis Roman – ist für uns immer noch lebendig. Aber bereits als Gedanke, als energisch ausgedrückte künstlerische Abstraktion. In den alten, genialen (und damals zweifellos seherischen) Worten schimmert schon das künftige Tabu durch.

Literatur als Suggestion. Als großes Virus. (Jene Literatur arbeitet immer noch in uns.) Aber *Du sollst nicht töten* auf Buchseiten ist noch nicht *Du sollst nicht töten* im Schnee. Ohne die heilige Autorität Fjodor Michailowitschs in den Wind zu schlagen, ist der russische Mensch befugt, von dessen Märtyrerzeit drei Jahrzehnte zurückzugehen (nur eine Generation!), in eine Zeit anderer Autoritäten. Er ist ja nicht allein. Nicht er allein hat sein Leben gelebt ... Alexander Sergejewitsch – in den Schnee gestürzt, Schnee im Mund, zielte doch genau! – Er war schon verwundet, hatte schon die Kugel im Bauch, hätte er danach bereuen und büßen wollen? Wäre er, nachdem er Dantès getötet hatte, in aller Öffentlichkeit niedergekniet? ... Mitnichten. Selbst zehn Jahre später wäre er nicht niedergekniet. Nicht einmal zwanzig Jahre später.

Tödlich verwundet im Schnee liegend, zielte Puschkin auf einen *Menschen* und wußte, weshalb er es tat. Und traf sogar, er traf doch! ...

Der auf der Bank sitzende Kaukasier mit dem Stich im Rücken stand mir natürlich weiterhin vor Augen.

Aber diese Bank und dieses Blut enthielten keinen Vorwurf, schon gar nicht den des absichtlichen Mordes. Nicht aus Vorsatz, eher wie im Duell hatten wir beide die Messer gezückt. Außerdem stach (schoß) er als erster auf mich ein. Ich rechtfertigte mich: Soll doch die Zeit den Spruch fällen, und nur die Zeit. Soll mir doch die russische Literatur, wie ich sie aus der Schule kenne, ins Ohr schreien, brüllen, aber was schreit sie eigentlich? Aus welcher Hälfte des 19. Jahrhunderts schreit und brüllt sie mich an? Aus der Duellhälfte? Oder aus der Büßerhälfte? Genau so, nämlich alternativ, stellte ich die Gegenfrage und rechtfertigte mich, indem ich die Zeit aufteilte.

Bedauern – ja. Aber nicht bereuen. Das antwortete ich immer wieder. Zeit zu lieben und Zeit, nicht zu lieben. Zeit, auf die Stirn zu zielen, und Zeit, in aller Öffentlichkeit bereuend niederzuknien. Wir, mein Lieber (sagte ich zu *ihm-mir*), befinden uns eher in der ersten als in der zweiten Hälfte.

Dostojewski besiegte ja auch uns mit Worten. Aber kaum feierte Fjodor Michailowitsch mit einem letzten Wort den Sieg, da stellte sich heraus, daß er einen Fremden besiegt hatte. Nicht mich. Er siegte also nur intern, auf den Schlachtfeldern seines Textes; wenn ich las. Innerhalb des Textes, aber nicht innerhalb meines Ichs.

Lesen – ja, Lesen war ergötzlich. Fesselte die Seele. (Erinnerte an die hehre Ergriffenheit, die vielleicht eine abgebrühte Hure empfindet, wenn sie einer keuschen Jungfrau zuhört.) Doch ergriffen und begeistert, glaubte ich diesen Worten nur als Worten. Ich las (und schrieb einst selbst) eine Menge überzeugender Worte, wohl wissend, daß man nur unabhängig vom Text nachzudenken braucht, schon erscheint einem die Welt ganz anders. Nicht schlimm, nein, aber anders … Einmal – in der Metró – dachte ich über das Thema *Du sollst nicht töten* nach und schlief darüber ein, sackte zusammen und rutschte auf den Boden des Waggons. (Während des Einschlafens huschte mir der Gedanke durch den Kopf: nicht fallen; ich dachte sogar, Kopf hoch, aber offensichtlich dachte ich es nur.)

Als ich vom Sitz auf den Boden gefallen war, den Boden des Waggons, wohlgemerkt, schlief ich und blieb weiter in ohnmächtigem Schlaf befangen (damals ernährte ich mich schlecht). Ich erwachte, als mich zwei Fahrgäste aufhoben und besorgt fragten:

»Was ist los mit Ihnen?«

Nichts. Ich habe einfach geschlafen.

Das einzige, worin ich mit den Klassikern im Geiste des Gebots *Du sollst nicht töten* übereinstimme, ist der gesteigerte Hang zur erniedrigten Frau, die mein Mitgefühl erregt – aber, du lieber Himmel, war dieser Hang, dieser Schmerz, denn nicht auch schon vor dem Blut auf jener Bank in mir lebendig gewesen? Die Frau ist eine bewährte Sache. Noch besser und bewährter ist die erniedrigte Frau. Ein durchaus menschliches Gefühl, beim UGler nur etwas hypertrophiert. Man möchte so eine Frau bemitleiden und ihr freundlich sagen, das Leben sei nun mal so, da komme alles vor. Man könnte auch versuchen, ihr selbst sein Leid zu klagen. Ihr ein wenig vorzujammern …

Die Miliz schloß (vergaß) die Akte. Der Mord war jetzt mein persönliches Faktum.

Der Mann mit den zehn Koffern hatte Michail gebeten, ihm im Flughafen Scheremetjewo zu helfen (Michail hatte auch mich mitgenommen) – und jetzt, einen Schritt vor der Paßkontrolle, dankte dieser für immer ausreisende, übererregte Rauschebart Michail und steckte mir (er hatte von Michail gehört, ich sei ein Genie) einen knisternden grünen Schein zu. Hundert Dollar. Für mich eine gewaltige Summe.

An diesem geldschweren Tag bewegte ich mich sogar anders: Ich ging die Straße entlang, als verberge sich in meiner Hosentasche keine Banknote, sondern etwas, das mein Wesen veränderte. Wie eine Waffe, ein Revolver, von dem niemand etwas wußte. (Nein. Zu schwach!) Wie ein Stück gestohlenes Uran, das in meiner Tasche unablässig strahlte …

Ich betrat – der Erkenntnis wegen – einen Devisenladen, war noch nie in einem gewesen. Es stellte sich heraus, daß man am Eingang überhaupt nicht gefragt wurde (wie in der ersten Zeit: »Eine Frage bitte: Haben Sie Devisen? Woher?«). Man konnte einfach hineingehen und sich umschauen. Ich ging also hinein. Aber auch als ich mich umschaute, war es prickelnd, ab und zu in die Hosentasche zu langen und den gerollten Schein zwischen den Fingern knistern zu fühlen. Ich glaube, ich hätte ihn schon unter anderen herausfühlen können; das war *mein* Schein.

Etwas Überraschendes geschah, als ich unter Hunderten wunderschöner Flaschen plötzlich ein limonadeähnliches Getränk auswählte und kaufte. Die Flasche und das Etikett darauf waren wahrscheinlich so verlockend und wirkungsvoll, daß mir mit einem Mal die Spucke in Mund und Magen zusammenlief: ein Schlag. Die ganze Rohrleitung meines Gedärms meldete sich mit saugenden Wänden und Zotten: Ich wollte nicht leben, ich wollte *trinken*, und schon wechselte ich den Schein. Warum? … Ich weiß es nicht. Es ergab sich eben so.

Allerdings hatte ich das Vergnügen kennengelernt, *in einer kurzen Devisenschlange* zu stehen, doch kaum hatte ich den Laden verlassen, die Verschlußkappe abgeschraubt und zwei Schlucke getrunken, war Schluß. Es brannte. Angenehm. Der Aufruhr in Magen und Darm legte sich. Ich wollte doch nicht trinken. Und in meiner Hosentasche hatte ich keinen heilen Schein mehr.

Die Überraschungen rissen an jenem Tag nicht ab (aber sie gingen jetzt wenigstens in vorhersehbarer Richtung weiter) – nach Mitternacht fröstelte ein bedauernswertes Geschöpf in einer Ecke des Metrowaggons, ich setzte mich zu ihr. Ohne zu zögern. Wenn ich Geld habe, ist mein Hang zu armseligen Kreaturen noch ausgeprägter; und ihre Tränen rufen vernehmlicher nach mir.

Ich sagte ihr, das Geschluchze sei doch vergebens, wenn niemand es höre. (Außer uns beiden war niemand im Wagen.)

Sie verzerrte den Mund zu einem schiefen Lächeln:

»Gib mir eine Zigarette!«

Ich gab ihr eine. Sie zögerte: In der Metro wird selbst nachts nicht geraucht, das weiß jeder. Aber im Wagen war niemand …

»Gib mir noch eine! Sei kein Knauser!«

Ich gab ihr noch eine. Stand auf, um an der Station auszusteigen (wird sie sich an meine Fersen heften oder nicht?), und blickte mich um, sie ging hinter mir her. Die Station und die Unterführung waren kaum beleuchtet. Auf der Rolltreppe fragte sie mich, ob sie mit mir heimgehen könne, sie müsse pinkeln. Ich lachte. Wenn man aus der Metro rauskommt, findet man immer ein Gebüsch, die Rückwand eines Kiosks oder einfach eine dunkle Ecke. »Ich will nicht ins Gebüsch«, sagte sie. »Du bist schlau, Papi. Ich hab's ja nicht eilig. Ich könnte auch gleich was bei dir essen, was?«

Da fühlte ich das Geld in der Hosentasche, zudem Dollars, keine Rubel. (Nein, ich fühlte es nicht erst jetzt – ich dachte die ganze Zeit daran.) Sie war blutjung. Und ich war ein älterer, einsamer, nächtlicher Mann. Mit Dollars. Aber ich hatte keine Bleibe: Der Pförtner würde sie nachts nicht ins Wohnheim hereinlassen, selbst wenn man ihn auf Knien anflehte. (Mein Image als ehrlicher Wohnungshüter erlaubte mir selbst nicht recht, eine Frau von der Straße aufzulesen.)

Sie schloß sogleich, daß bei mir zu Hause Frau und vielleicht Kinder schliefen. Wie durfte man ein so abstoßendes Wesen wie sie in ein trautes Familienheim mitnehmen?

»Schade«, sagte sie. Ihre Stimme klang weicher.

Ich schritt zum gegenüberliegenden Bahnsteig und sagte in entschlossenem Ton: »Ade.« Da stürzte sie auf mich zu und warf sich mir an die Brust. Die Umarmung war unpassend und zu lang. Wir erstarrten in dieser Pose. Wir verabschiedeten uns nicht einfach, sondern nahmen grandios Abschied, als würde mein Ozeanriese sogleich vom Kai ablegen (dabei wartete ich auf die normale U-Bahn Richtung »Taganka«). Aber sie schmiegte sich so an meine Brust. So warm. So überraschend. Vor allem aber: Sie sagte nichts, lag einfach an meiner Brust, bis der Zug einfuhr.

Nachts fahren nur wenige Züge. Wir standen etwa achtzehn Minuten in dieser fast bis zur Zermürbung ausgedehnten Umarmung. Aber ganz überraschend war es, als ich beim Geräusch des Zuges plötzlich eine zusammengefaltete Zwanzigdollarnote herauszog und ihr gab. Das war unerhört viel. Meine Hand zuckte beim verspäteten Versuch, den Schein wenigstens zu teilen. Aber ich konnte ihn doch nicht zerreißen! Die Sache rückgängig machen konnte und wollte ich auch nicht. Ich gab ihn ihr, ohne in der Tasche nach kleineren Scheinen zu suchen und ohne Hektik (verdarb nicht die Geste) – *gab, was ich gab*. Sie steckte ihn ohne ein Wort des Dankes in ihre Rocktasche. Hatte den Schein gar nicht angeschaut. Durch die Scheibe der Wagentür strengte ich meinen Blick an, um wenigstens einen Widerschein in ihren Augen zu erhaschen: Hatte sie wirklich nicht begriffen, wieviel ich ihr gegeben hatte? ... Ihre Augen waren leer, farblos. Leb wohl, Mädchen.

Vom nächsten Tag an beeilte ich mich, das Geld vernünftig auszugeben. (Ich war vor mir selbst erschrocken.) Vor allem mußte ich meine Schulden bezahlen: Ich schlenderte die Stockwerke des Wohnheims hinauf und hinunter und besann mich, wem ich wieviel schuldete. Dann setzte ich die (der geschuldeten Summe) entsprechende Miene auf und trat lässig in die Wohnung ein. Ja, entschuldige. Ich habe etwas *Wichtiges* mit dir zu besprechen. Der Mann merkte argwöhnisch auf, die Frau preßte die Lippen aufeinander. Etwas Wichtiges, wiederholte ich ...

Dann drängte sich mir das niedliche Mädchen schon von sich aus auf, die kleine Hure von vielleicht mal zwanzig, offenkundig Anfängerin. Beim Antiquitätenladen, an der Ecke, zufällig.

Ich ging einfach vorbei, sie heftete sich mir an die Fersen (ohne meine Schuhe gemustert zu haben, war eben noch jung!). Ging neben mir her, nach einer Weile beachtete ich sie nicht mehr, wechselte nicht mal mehr Worte mit ihr – ob man sie mit mir ins Heim reinließe oder rausjagte, war mir egal. Ich war sicher, daß man sie rausjagen würde, aber man ließ sie rein. Und im fünften Stock, in Konobejews Wohnung, die ich hütete, würden wir uns gemeinsam die Zeit vertreiben. Laß sie doch, dachte ich. (Ich suchte schließlich jemanden.) Natürlich merkte ich, daß sie an Veronika nicht herankäme. Ich würde keine Veronika aus ihr machen. Veronika war eine Leidende, also erkannte sie in etwa, wer sie warum bedauerte. Sie war eine Leidende, also auch eine, die sich selbst quälte (insgeheim; meinetwegen auch laut, hysterisch). Das Mädchen von der Straße, fast schon Profi, war aber eigentlich ganz fröhlich. Und komisch. Weinte manchmal, aber aus Unerfahrenheit. Anfängerin.

Das gefallene Mädchen und der Mann aus dem Untergrund (Underground) sind einander vielleicht gleichgestellt, ging es mir durch den Kopf. Bilden also jeweils das gesuchte psychologische Pendant und sind folglich ein Paar – Mann und Frau, mit einer besonderen, ja sogar einzigartigen Möglichkeit des Verständnisses füreinander (und der Auflösung ineinander). Aber was für ein Paar von Ebenbürtigen geben wir ab, wenn das Mädchen seinen Stammplatz hat, anschafft, Geld verdient und ein markiertes Teilchen der Gesellschaft ist? Ihr heiteres Lächeln, ihr Lachen, ihr knackiger Hintern verrieten zudem nicht den geringsten Kummer in der heutigen Zeit. Auch ihr Schoß, dieser komische Wuschel, und ihre ganzen offenherzig gezeigten sekundären Geschlechtsmerkmale (ich schlief nicht mit ihr, sah aber zweimal, wie sie aus dem Badezimmer herauskam, ohne sich einen Deut vor mir zu schämen) enthielten weder Kummer noch Erniedrigung. Selbst als gewöhnliche Variante taugte das Muster von Raskolnikow und Sonja nicht. Ihr zuzuhören und erst recht sich ihr zu öffnen war unmöglich, undenkbar, da hätten wir gleich im Bett gemeinsam den Marsch der Kosmonauten oder sonst etwas Sowjetisches anstimmen können. Sie hatte keinen blassen Schimmer, was sie war. Außerdem guckte sie mich abschätzig an, wie ich nachdenklich auf dem Bett lag. Oder ein paar zufällige Minuten auf der Schreibmaschine tippte (um mich abzulenken, Warmlaufen des Denkens). Oder mir ein simples Mahl bereitete. »Was murmelst du denn beim Einschlafen?« fragte sie. (Sie duzte mich ganz selbstverständlich, obwohl ich locker ihr Vater, wenn nicht gar ihr Großvater hätte sein können.)

»Murmele ich denn?«

»Und wie!«

Sie sagte, sie fände mich insgesamt ganz nett. (»Darfst mich bumsen, kostenlos.« Zuvor hatte sie versichert, sie sei für mich »zu teuer«.) Ja, ja, insgesamt fände sie mich nett und sympathisch, aber es beunruhige sie, daß ich so nervös und zappelig schlafe. Mit ihrem kleinen Verstand hatte sie zu schnell gerochen, daß ich unter ihr stand, wenn man ein grobes, also soziales Maß anlegte. Sie war zwar gefallen (im klassischen Sinne), aber nur *auf die Erde*, tief, genau vor die Füße. Ich dagegen war Underground, *unter der Erde*, war zu sehr in mir – das machte sie mit ihrer kurzen Erfahrung hellhörig. Es hätte ruhig schlimmer sein dürfen, wenn es nur verständlicher wäre! … Irgendein Kleinkrimineller, der beschlossen hat, endgültig auszusteigen und eine Familie zu gründen, der könnte ihr jetzt ebenbürtig sein. Und mit ihr ein existentielles, für Liebe und Familiensorgen taugliches, haltbares Paar bilden. Er und sie würden ihr wärmendes Feuerchen entfachen (durch gegenseitiges Reiben). Vielleicht würde er sie ein wenig verprügeln. Vielleicht würde sie ihn anlügen. Aber von Angesicht zu Angesicht würden sie einander widerspiegeln und sich immer klarer sehen. Im Grunde würde es ihnen gutgehen. Geradezu prächtig. (Sie sollten einander im Getümmel des Lebens suchen.)

Sie würde Teller nach ihm werfen, brüllen, kreischen, Szenen machen und ihn anschnauzen, mich aber fürchtete sie insgeheim. Sie sah mich schief an – einer, der *nicht* arbeitet, *nicht* säuft, aber plötzlich zur Metro geht, um zum Rattern der Räder ein Buch zu lesen. Oder der mitten in der Nacht aufsteht, um zwei Sätze zu schreiben und sich, nachdem er das Licht ausgeknipst hat, wieder schlafen zu legen. Sie machte sich sogar über mich und meine kurze Depression damals lustig: Was auch immer wir sind, wir leben, Himmeldonnerwetter! Und du, lebst du?

Ihre Wünsche waren noch nicht einmal impulsiv, sie waren spekulativ wie die eines Schulmädchens. (Sie war noch nicht ganz erwacht, blutjung.) Da saß sie nun im Bett, nicht weit von mir, im Schneidersitz, und der Schlitz zwischen ihren Beinen geriet – wie auf einer obszönen Zeichnung – ab und zu in mein Blickfeld. Sie war gerade im Bad gewesen. Jetzt musterte sie mich. Hatte mich schon als Paria erkannt (fühlte sich mir überlegen), dachte: Vielleicht sollte ich ihm umsonst einen Knochen hinwerfen? ... Im Grunde wollte sie sich mit mir vertragen. Aber sie kicherte wieder. Nicht ihr Gesicht, aber ihr Körper wurde von einem Lachanfall erschüttert, die Brüste bebten, die Knie bebten, das aschblonde Büschel, das ihren Schoß bedeckte, hüpfte und zitterte.

Nein, nein, ich taugte nicht für sie. (Sie taugte nicht für mich.) Ein junger, stinknormaler russischer Kleingangster, der seinen Kumpel erwürgt (oder anderweitig umgelegt) hätte, würde ihr jetzt, auf diesem sauberen Bett, zum erstenmal in seinem Leben ein Geständnis machen. Er würde ihr alles wie im Beichtstuhl bekennen – mit der Faust eine schmutzige Träne wegwischen und sich alles von der Seele reden, um von der kleinen Hure (der Frau!) Mitgefühl als Antwort zu erhalten; danach würde er sich wahrscheinlich wieder ermannen und sich mit derselben rührseligen Überspanntheit über ihren Körper hermachen, über das Büschel, den Hintern ... Er würde sie vielleicht nach einem Tag oder zweien schlagen, aber anschließend wieder mit ihr weinen (was heißt weinen – schluchzen!). Das oder etwas Ähnliches erwartete sie vom Mann. Von jedem Mann. Bett und Reue liegen nebeneinander, in derselben Seelenschicht. Auch von mir erwartete sie es vielleicht.

Aber ich hatte nichts zu bereuen. Der Mord auf jener Bank (im Grunde ein Zufall) belastete mich nicht. Es war nur so, daß ich mich in Gegenwart dieser blutjungen Frau müde fühlte – unbegreiflich müde. Oder war diese *probeweise* Bedrücktheit der Gefühle eine Warnung an mich selbst, als bereitete ich mich auf eine schwierigere Zukunft vor, die bereits heranrückte – war sie eine nützliche Lehre?

Auch ein ruhiger Gedanke ging mir durch den Kopf: Der Mensch ist primitiv und ursprünglich mit Gewissensangst ausgestattet – könnte es sein, daß uns ein nicht abgelegtes Reuebekenntnis so zermürbt?

Ich kontrollierte die Wohnung von Ljalins, kam zurück, rauchte, trank Tee, sie saß immer noch nackt herum und aalte sich nach dem Bad. Zu irgendeinem Zweck hatte ich sie doch mitgebracht. Hierbehalten. Ich wollte Kontakt. Ich sann über ihren Büstenhalter nach, der mich abstieß (sie war nackt, trug aber den schäbigen BH). Dann befand ich, daß das Abstoßende die Narben waren, zwei oder gar drei. Als sie den Büstenhalter auszog, sah und verstand ich die feinen, von einer Rasierklinge stammenden Streifen unter ihrem Busen besser.

Das also war die Wirklichkeit (vollkommen entblößt und von leiser Bangigkeit erfüllt), die mich jetzt umgab – so hatte ich sie nach dem Bad erblickt. So hatte ich sie auch begriffen. Nackt, aber im BH. Und niemandes Richter.

Die Metapher lebte bereits, man konnte sie deuten. Unsere Welt ist nichts anderes als eine junge Hure. Blutjung und noch wenig empfindsam. Sie ist Allesfresserin und auch jetzt unverhohlen primitiv auf Liebe aus. Sie hat keine Lust auf deine Reue, mach's dir doch leichter! Sie sitzt da und schaut. Nach dem Bad. Mit Narben. Mit dem komischen Büschel zwischen den Beinen. Und nicht abgeneigt, dir zu Gefallen zu sein, sogar ohne Geld, aber ein wenig bange.

»Was hast du da?« fragte ich und deutete mit den Augen auf ihre krummen Narben, die in drei Streifen an der rechten Brust endeten.

Sie schluckte:

»Man hat mich geschlagen.«

Meine Unlust auf das junge Strichmädchen bei eindeutiger menschlicher Sympathie für sie blieb mir damals ein Rätsel – eine unverständliche oder, besser gesagt, ungelesene Anmerkung zu jenem blutigen Zusammenstoß auf der Bank. In der Nacht wurde es kalt, wir schliefen zusammen im Bett, wie Kinder. Ohne Verlangen. Erst frühmorgens, als sie eine gewisse Schuld dem Mann gegenüber empfand, der sie beherbergt und verköstigt hatte, fummelte sie mit der Hand in meiner Leistengegend herum, aber es ließ mich kalt. Sie wußte ohnehin, daß ich ihr fremd war (fühlte es). Machte aber einen Versuch. Aus Höflichkeit.

Ich hatte einen Termin mit dem Eierkopf Anatoli, wir standen früh auf – Morgentee und weg. Es ergab sich, daß wir zusammen gingen. Unserer Wege, wie es so schön heißt. Sie sah gleich hübscher aus und begann zu zwitschern. Ein Vogel am Morgen. Lachte und flirtete mit den Männern hier und dort. Das Mädchen (wie hieß sie eigentlich?) ging durch die Straße wie durch ihr Leben.

Selbst im Gedränge des Busses auf dem Weg zur Metro stellte sie ihre Knie zur Schau und machte große Augen. Oder drückte plötzlich einem Kerl ihre kleinen Brüste in den Rücken, wärmte ihm die Schulterblätter und wartete, daß er, wenn er ausreichend durchgeschmort wäre, aufmerkte, sich umblickte und nicht gar zu abstoßend wäre. Es stimmte schon. Ihr waren alle recht.

DRITTER TEIL

Underground

Der sachverständige Umanski (mit den Zeichnungen) ist noch nicht da. Er wird gleich eintreffen.

»Wir warten«, sagt Wassiljok Pjatow.

Und fügt hinzu:

»Hoffentlich bist du nicht umsonst gekommen.«

Ich bin ebenfalls bereit zu warten: Ich habe Hunger, und Wassiljok hat immer etwas zu essen, sein Kühlschrank ist voll und läßt sich leicht öffnen (die Tür klemmt nicht).

In den heutigen knappen Zeiten füttert ihn seine Mutter durch, eine Donkosakin: Sie sendet ihm schockweise Eier, geräucherte Rippen vom Pferd, Pflanzenöl und sogar gedörrte Brachse, die im Mund zergeht, allein der Duft kann einen ganz verrückt machen. Aber all das geht an Wassiljok *vorbei*: All das kredenzt er den Frauen, die ihm Modell stehen. »Finger weg, das ist nicht für euch!« sagt er frech und schiebt die Fressalien weg. Da sitzt man nun und schluckt die Spucke runter. (Aber zum Tee wird er einen natürlich mit Brot und Butter verwöhnen.) Bei der Auswahl der Mädels ist mir Wassiljok paradoxerweise ähnlich: Er pickt sich mit dem geübten Auge des Zeichners verhärmte oder einfach nur arme Frauen aus der Menge heraus. Wassiljok zeichnet sie. Sie sind elend, armselig und mager. Wohnen bei ihm und wärmen sich auf. Und nehmen wie alle Halbverhungerten schnell zu. Schon in der dritten Woche rundet sich das Modell (durch seine Verköstigung), der Körper wird fülliger, geht gleichsam aus dem Leim, und Wassiljok schickt sie zum Teufel: Wenn sie nicht mehr bemitleidenswert sind, braucht er sie nicht mehr.

Ich besuche ihn frühmorgens, als er die Farben anrührt. Er

hat zwei Mädels bei sich – beide schlafen. Zwei schmächtige Körper, zwei Höcker unter der gemeinsamen Decke.

Wassiljok hantiert weiter mit seinen Pinseln und Farben, ich darf mich aber an Tee und Konfitüre bedienen (also auch an Brot und Butter). Doch das ist auch alles. Er bedingt sich streng aus, daß man nicht an seinen Kühlschrank geht.

Bis der Tee fertig ist, betrachte ich mir die Mädels. Beide sind im morgendlichen Schlaf zusammengerollt, schmiegen sich aber nicht mehr frierend aneinander; ihre spitzen Nasen schnaufen in verschiedene Richtungen.

»Was schaust du sie so an?«

»Ich schau halt.«

Ich saß auf dem alten Hocker und konnte mich nicht von dem Anblick losreißen: zwei lebendige, kleine Hügel, beide so armselig, so nach meinem Geschmack, beide erdrückt (von der Decke), dabei zeichneten sich ihre schmächtigen Körper um so ausdrucksvoller ab. Wassiljok hatte sie erst gestern von der Straße aufgelesen. Hungrige, kleine Gesichter. Spitze Nasen, die sogar im Schlaf schnieften. Wenja hätte sie in früheren Jahren (aus Rührung) schlafend gezeichnet. So wie sie waren. Sie hätten nicht aufzustehen und zu posieren brauchen. Ich erinnerte mich an die leichte, schwungvolle Bewegung von Wenjas Hand; er zeichnete rasch! – mühelos hätte er jetzt mit unsichtbarem Pinsel ihre nackten Schultern, ihre mageren Hälse und ihre entblößten Schlüsselbeine hingetuscht …

Das Teewasser kochte. Wassiljok sagte, ich solle zum Brot die Donbutter aus dem Kühlschrank nehmen.

»Es sind zwei Stücke drin. Das große nimm bitte nicht!«

»Wassiljok! Hier sind jede Menge Eier, noch dazu so große«, meldete ich entzückt.

»Du kommst auch ohne aus. Ich kriege schon den zweiten Monat nichts mehr geschickt.«

Wir tranken Tee und sprachen über den Kunstsachverständigen, der einfach nicht kam – aus begreiflichem Grund: Wassiljok hatte ihm nur versprochen, zu zahlen, und keine Vorauszahlung gemacht. Er hatte kein Geld.

»Dieses Schwein, deshalb ist er nicht gekommen!« Wie sich herausstellte, war Wassiljok total pleite, er hatte nicht mal was zu rauchen. (Was täte er, wenn seine Mutter und ihre Freßpakete vom Don nicht wären?!) Er rauchte fremde Fluppen. Ich war davon nicht weniger erschüttert als vom Anblick der hungrigen Mädchen. Der Sohn einer Donkosakin sollte es fertigbringen, den Ascher vor der Metro zu durchwühlen und die Stummel von Leuten herauszufischen, die nicht zu Ende rauchten? Ich glaubte es nicht. Nie und nimmer. »Der erste Zug schmeckt so gräßlich, da könnte man glatt ausrasten!« erzählte er.

»Und wie geht's Kolja Sokol?« erkundigte ich mich.

»Ganz gut ... Hat in Piter ausgestellt.«

»Und dir?«

»Ich sitz hier. Hab keine Kohle, um hinzufahren.«

Kolja Sokolow war sein Nachbar; er hatte das Atelier nebenan. Als ich vorbeiging, sah ich, daß es vernagelt war.

»Hör mal!« schrie Wassiljok plötzlich freudig auf. »Weißt du schon, was dieser ›Eimermacher‹ gemacht hat?!«

Wassiljok lachte beim Wortspiel mit dem Namen des deutschen Professors aus Bochum: Der hatte in Deutschland ein wunderbares Buch über Wladimir Jakowlew herausgegeben, einen Undergroundkünstler der Breschnewzeit. »Mit Abbildungen, ich sag's dir!« begeisterte sich Wassiljok.

Ich blieb stumm – Jakowlew zählte nicht mehr. Wie Wenja war er endgültig im Irrenhaus gelandet. (Hatte von allein den Verstand verloren. Ohne Spritzen.) Jetzt war er wohl sechzig. Seine Hände tatterten, das Essen fiel ihm aus dem Mund, und wenn man ihn etwas fragte, sprach Jakowlew in der dritten Person von sich ...

Jemand hämmerte mit der Faust an die Tür.

»Scheiße, die Klingel tut's schon wieder nicht!« fluchte Wassiljok.

Ich hatte Angst, daß die müden, halbverhungerten Modelle geweckt würden. (Sie waren so schwach, sollten sie wenigstens ausschlafen.)

Doch auch ich schimpfte: Dann mach doch endlich auf!

»Oder fürchtest du, daß ich an deinen Kühlschrank gehe, während du zur Tür rennst?«

Wassiljok lachte – genau!

Es war Tschubik, vielmehr Tschubissow, ein Mann mit scharfer Zunge, den man in den einschlägigen Kreisen kannte – er liebte die Malerei, wußte bestens über zeitgenössische Kunst Bescheid und versuchte sich zu unserer Zeit als Kritiker. Tschubik hatte sogar zwei Artikel über die Kunstszene veröffentlicht (als Koautor, er selbst war zu faul zum Schreiben), die gar nicht so dumm waren; man las und kannte sie. Bei alledem war Tschubik ein ganz normaler Schnüffler. (Das wußte man auch.)

»Hoch die Tassen! Was gibt's denn heute?« schrie Tschubik fröhlich in der Hoffnung, sich uns als Dritter am Tisch zugesellen zu dürfen. Schließlich war auch er arm. (Er denunzierte selbstverständlich seine Leute, Künstler eben. Aber auch Leute, die schrieben. Böse Zungen sprachen sogar von Musikern und davon, daß Tschubik grundsätzlich keine Bildhauer denunzierte, diese Herren hatten nämlich so schwere Pranken wie ihre Statuen in den Parkanlagen.)

»Stop, Herr Tschubissow! Ein Besäufnis ist hier nicht geplant«, sagte Wassiljok, der arbeiten wollte, streng.

Aber Wassiljok Pjatow war ein netter Mensch und sehr umgänglich, an diesem Tag der Überraschungsbesuche ließ er gern die Arbeit sausen. Nach fünf Minuten rückte er sein letztes Geld für Wodka raus.

»Na, lauf schon, Tschubik!«

Der (vierzig, vielleicht auch fünfundvierzig, kräftig, bullig) rannte bereitwillig aus dem Atelier. Und kam bald mit einer Flasche zurück.

Wir tranken, und der kundige Tschubissow erklärte uns, daß

man beim Sachverständigen Umanski nie wisse, woran man sei, und ihn zu einer Flasche Wodka rumzukriegen sei gar nicht so einfach. Aber eins stehe fest, daß nämlich der alte Umanski ein aktiver Demokrat sei und todsicher zur Demonstration gehen werde. Alle prominenten Künstler gingen hin. Ihn, Tschubik, würde es auch interessieren. Was ist, wollen wir hingehn?

Wassiljok zwinkerte mir verschmitzt zu.

»Also gehen wir?« beharrte Tschubik.

Wir unterhielten uns an dem kleinen runden Tisch (den Wassiljok auf der Straße geklaut hatte, er stand neben der Bierbude unter dem Pilzdach). Lachten. Wassiljok zeichnete übermütig mit Kreide eine breite Straße auf die Tischplatte und eine Menschenmenge. Die Demonstration der Demokraten. Berittene Miliz. Sogar einen Panzer. (Wer weiß?) Banner (dreifarbig). Die Kreidestücke zerkrümelten, während Rümpfe, Hüte und erhobene Arme entstanden.

Wir beschlossen folgendes: Wir wollten uns bei der Demonstration treffen, dann sollte ein Teil der Künstler zu mir ins Wohnheim kommen (es schauten manchmal welche rein, besonders in weiblicher Begleitung). Beide waren plötzlich Feuer und Flamme, sie brannten geradezu auf die Sause unter Freunden. Ich erklärte mich einverstanden. Aber natürlich warnte ich: Ohne Umanski seid ihr für mich uninteressant; ohne den lasse ich euch nicht rein.

»Aber wir bleiben doch nur fünf Minuten!« Tschubissow tat gekränkt.

Wassiljok Pjatow redete auf mich ein:

»Wir werden Umanski mitbringen ... Die Demonstration ist doch nur ein Vorwand für die Fete. Du wirst den berühmten Sachverständigen persönlich kennenlernen. Glaub mir, Petrowitsch, das muß sein! Ein bißchen Wodka. Ein bißchen Bauchpinselei. Umanski ist auch nur ein Mensch, wie wir alle, höchstens etwas gebrechlich. Aber für Schmeicheleien sind seine Ohren durchaus noch offen ...«

Dieser junge Spund wollte mich tatsächlich belehren.

»Wir müssen hin und feiern. Das wird ein Fest. Zum Tag des Künstlers.«

»Zu wessen Tag?« Ich lachte.

Doch er wischte mir tüchtig eins aus.

»Zum Tag deines Bruders Wenja.«

Ich spürte sofort einen Kloß im Hals.

Wir kamen überein, daß Umanski vermutlich auch Deutsche ansprechen und diesen Eimermacher für Wenja interessieren könnte. Ob zwei bekannte Zeichnungen als Anfang ausreichten? Tschubik hob die Hände und meinte, es sei an der Zeit, daß endlich mal ein Artikel über Wendedikt Petrowitsch geschrieben werde.

Wassiljok:

»Wir bringen Getränke mit. Aber ein bißchen Wodka kannst du schon selbst hinstellen ...«

»Womit könnte ich denn diesen Umanski ködern?«

Ich glaubte nicht recht an gute Werke einfach so. Wodka würde der alte Herr nicht trinken – den würden die anderen saufen.

»Womit? Du bist doch der Bruder von Wenedikt Petrowitsch.«

Wir waren offensichtlich laut; die beiden schmächtigen Hökker unter der Decke begannen sich zu wälzen. Ein Mädel seufzte auf und gab ein langes Stöhnen von sich (der Hunger schmerzte wohl im Traum). Psst. Wassiljok drohte uns mit dem Finger.

Wir beschlossen, ins Nebenzimmer umzuziehen, und standen auf, packten (auf drei Seiten) gleichzeitig an und trugen den runden, mit Kreide vollgezeichneten Tisch und die darauf schwankende Flasche nebst Gläsern hinüber. Ganz behutsam manövrierten wir das wacklige Tischchen mit der gezeichneten Menschenmenge (der künftigen Demonstration) durch den Engpaß der Tür – der Undergroundmaler, der Undergroundschriftsteller und, wenn man den Gerüchten glaubte, der Spitzel – alle drei. Ein Moment der Einheit. Symbol der Stille mit schwankender Flasche. Psst.

Tschubik lobte die Porträts aus Woronesch, die Wassiljok unlängst gemalt hatte – drei Gesichter wie drei Heiligenantlitze (aus irgendeinem Grund ohne Augen). Sie redeten über die Provinz, über das miese Niveau der dortigen Ausstellungen und die Spottpreise. Ich blieb stumm. Betrachtete die Gesichter auf den Bildern; sie hatten keine Augen und strahlten Strenge aus, weckten Assoziationen mit ungepflügter Schwarzerde. Not. Ausweglosigkeit. Geldmangel. Es waren Zombies mit sanftem, reinem Blick. In diesen Porträts verabscheute ich meine einstige Verwurzelung in der Provinz, Seelenpein, die nicht im abflauenden Schmerz vergehen wollte.

Auf der Nordseite grenzte das Wohnheim an eine ungepflegte, graue Moskauer Gasse (wenn man aus dem Fenster von Konobejews schaute), in der sich gleichsam als Kontrast heitere, schöne Menschen bewegten. Dort leuchteten die Fenster einer bekannten Sporthalle, in der Trampolinspringer trainierten, die zu Wettkämpfen in die ganze Welt reisten.

Die Sportler in ihren bunten Klamotten sonnten sich in dem Aufsehen, das ihre Schönheit und ihr offensichtlicher Wohlstand erregten. Besonders bei Regen und Matschwetter wirkten diese gutgekleideten Frauen und Männer auf der abschüssigen Gasse nicht wie Menschen, sondern plötzlich gelandete Außerirdische. Der Vergleich mit Himmelsbewohnern verstärkte sich noch, wenn ich sie in den Fenstern der riesigen, hohen Halle sah: Die Männer im Turnanzug und die Frauen (manchmal im Badeanzug) vollführten dort eindrucksvolle und wie in Zeitlupe gedehnte Sprünge. Die Frauen im Badeanzug schlugen Saltos in der Luft und verbeugten sich plötzlich voreinander. Nach dieser Verbeugung flogen sie auseinander. Prallten mit dem Rükken und dem Knackhintern auf dem federnden Tuch auf, flogen aber sofort wieder weich in die Höhe, Außerirdische ohne Knochen. Michail und ich, seit Jahrzehnten im Underground versackt, nahmen uns neben ihnen wie Mißbildungen der Natur aus, wie Würmchen – der gebeugte, gealterte, wimmelnde Wurm saß an der Schreibmaschine und tippte Buchstaben, gleich daneben, im Haus gegenüber, flogen schöne Menschen in die Höhe und fielen herab; jeden spektakulären Fall überstanden sie nicht nur ohne Schaden, sondern flogen noch höher und näherten sich dem Himmel. Noch keine Vögel, aber schon keine Menschen mehr.

»Die Frauen da drüben, das sind wirklich Frauen!« Michail, der an diesem Abend (mit einem Manuskript) bei mir erschienen war, stand wie angewurzelt am Fenster. Er kaute ein Wurstbrot, während er den Vogelmenschen gebannt zusah.

Ich lachte:

»Nicht so wie deine!«

Michails weibliche Figuren waren durchaus gelungen, keine Frage, aber nachdenklich stimmte einen schon, daß die Frauen im persönlichen Umfeld des Autors (ich mußte es ja wissen) vollkommen anders waren. Hart und zäh. Sie gaben ihm beim geringsten Anlaß den Laufpaß (allen voran seine energische Ehefrau, die sofort ins Ausland abgehauen war, nachdem sie dort eine Chance gewittert hatte).

Michail erkannte das Mißverhältnis ebenfalls. Sobald in seiner neuesten Erzählung eine sentimentale Frau aufgetaucht war, brachte er mir den Text zum Lesen, um sie (und sich) prüfen zu lassen. Er wußte, daß ihn ein Verriß erwartete. So geschah es auch. Wenn ich meine Reißzähne verlöre und plötzlich milder mit eigenen, fremden und sonstwelchen Texten umginge, dann würde für Michail (für uns beide) eine Dimension der verbalen Welt zusammenbrechen.

Aber seit einiger Zeit bin ich nicht mehr imstande, von der ersten Zeile an zu lesen; die Anstrengung ist mir lästig. Vielleicht mag ich mich nicht mit der Idee befassen, die ich schnell erahne. (Vielleicht werde ich einfach alt.) Dafür willkürlich ein paar Seiten aus der Mitte, zum Beispiel aus dem vierten Kapitel, herausgreifen, das macht mir Spaß. Die besten Texte in meinem Leben habe ich mit Unterbrechungen in der Metro gelesen. Zum Rattern der Räder. Michail hat also wieder seine weinerlichen, tränenreichen und auf die Tränendrüsen drückenden Frauen beschrieben – na und? Warum nicht? Die Maler haben schließlich auch immer wieder rundliche, mollige, dralle, aufreizend schwellende Madonnen gemalt. Ich las und ließ mich nach und nach fesseln. Ach, wie er jetzt schreibt! ging es mir neidvoll durch den Kopf. Der Text auf dem grauen, billigen Papier, zweimal hintereinander gelesen, verursachte mir Herzklopfen: Die Nachsicht mit der Frau kam in den Zeilen mit solchem Schmerz und so sinnlos starker Bereitschaft zum Verzeihen heraus, daß ich eine Weile die Augen schließen mußte. Ich fuhr eine Station um die andere und schluckte die Erregung still in mich hinein.

Als Begleiter einer hinfälligen Greisin war Michail nach Israel geflogen (auf Bitten und Kosten ihrer Verwandten). Dort traf er sich auch mit seinem Bruder. Die beiden hatten sich zehn Jahre nicht mehr gesehen! Sie redeten unentwegt, die ganzen drei Tage, ohne sich zu trennen. Der Bruder verfolgte die Ereignisse in Rußland, litt mit. Aber kaum hatte Michail begeistert zu erzählen begonnen, wie er während des Putsches im August mit anderen vor dem Weißen Haus eine Barrikade errichtet hatte, um die gefährdete Demokratie zu schützen, da bemerkte sein Bruder traurig:

»Wann laßt *ihr* dieses unglückliche Land endlich in Ruhe?«

»Dieses Land ist mein Land«, sagte Michail.

Der Bruder schwieg.

Michail war verprellt. Er kehrte gekränkt zurück.

Und jetzt fragte er mich:

»Was glaubst du: Meinte mein Bruder (er sagte schließlich *ihr*) die in Rußland gebliebenen Juden?«

Ich zuckte die Achseln: Das Gespräch der Brüder zu verstehen war schwierig, es aus der Ferne zu interpretieren noch schwieriger.

»Vielleicht meinte er unsere Liberalen insgesamt ...«

»Angefangen bei Herzen? Bei Peter dem Großen?«

Ich lachte: Manche beginnen bei den Einsiedlern, den heiligen Vätern, die sich vor der Welt in die Einöde zurückzogen.

Ich versuchte zu improvisieren (ohne etwas erklären zu können).

Ihr – im Kontext des Vorwurfs! – könnte sämtliche Aufstörer der ohnehin nicht langweiligen russischen Ruhe bedeuten: Welle um Welle. Zunächst der Einsiedler als innerer Emigrant. Kaum ist mit den Einsiedlern Schluß, beginnen die Emigranten. Die Emigranten werden von den Dissidenten abgelöst. Und als die Dissidenten sich verpißten, kam der Underground. Für jeden Geschmack gibt es Lesarten (Interpretationen) des russischen Abweichlertums. Wunderbar. Das sind wir. Wie nirgendwo sonst verkehrt sich die Neuheit einer Idee in Rußland nach einer gewissen Zeit in ihr Gegenteil. Wir werden nicht von Ideen gepeinigt, sondern von ihren wechselnden Lesarten, hatte einst schon mein spottlustiger Bruder Wenja bemerkt.

»*Ihr* – das sind wir. *Ihr* – das bist du, das bin ich, und das ist Vik Vikytsch, *wir* lassen Rußland nicht in Ruhe. Mischa, reg dich nicht auf«, sagte ich voller Inbrunst. (Ich war bereits in Ekstase geraten.) »Wir sind das Unterbewußtsein Rußlands. Wir sind hier registriert. In jeder Situation (in einer ganz miesen oder sogar ganz tollen) wird man uns hier mit Fußtritten Beine machen, und wir werden von einer Tür zur anderen taumeln und begeistert sein über die Länge des Gangs! Wir werden uns mit unseren billigen Schreibmaschinen aus Plastik herumtreiben, in der Hoffnung, daß sich auf dem endlosen Gang des riesigen russischen Wohnheims auch für uns ein Kämmerchen findet.

Was das helle Fenster ganz am Ende des Gangs angeht (ich zeigte Michail die Stirnseite), so bedeutet es übrigens nicht den

Ausgang: Es bedeutet weder den Ausgang noch das Ende des Tunnels, noch einen Leitstern, ja nicht einmal ein Zeichen – es ist einfach unser physischer Tod, Verschleiß des Körpers. Es ist das Ende unseres Lebens, Mischa. Ein schwacher Lichtfleck, der uns einen Aufschub gibt, aber zugleich auch das eigentümliche Glück schenkt, in diesem genialen russischen Gang mit zigtausend verdreckten Zimmern zu leben.«

Auch Herr Smolikow, der bereits literarische Bekanntheit erlangt hatte, erklärte Michail, daß er Sehnsucht habe nach vergangenen Zeiten, nach unserer Jugend – nach dem Underground.

Vor mir hatte Smolikow etwas Schiß, Vik Vikytsch war verreist, und so rief er Michail an. Er wolle sich gern ein bißchen »unter vier Augen« mit ihm unterhalten. Unsere »vom Untergrund bucklig gewordenen« menschlichen Gefühle austauschen. (Alles seine Ausdrücke, sein Stil.) Das wollte er ja wirklich gern, stimmt schon!

Aber es stimmte auch, daß Herr Smolikow bereits nach kürzester Zeit, als habe er sich eigens deshalb mit uns getroffen, unsere Gespräche lebhaft und ausführlich in den nächsten Fernseh-, Radio- und Zeitungsinterviews wiedergeben würde. Blauäugig würde er alle unsere »buckligen Gefühle« einzeln verkaufen (einzeln ist teurer). Oder glaubte er, daß wir gar nichts davon wußten? (Nein, er glaubte, daß wir darüber hinwegsehen, verzeihen und vergessen würden – jedesmal vom Gefühl des Wiedersehens überwältigt.)

Im Grunde lud er nur Michail ins Literaturhaus ein, um »zusammen einen Rachenputzer zu trinken«, aber Michail erinnerte sogleich an mich, wir seien zu zweit. Smolikow druckste ein bißchen herum und stimmte dann zu. Es war ihm immer etwas unbehaglich, wenn er mit mir Wodka trinken mußte (er wollte mich nicht aus Versehen kränken oder verletzen!). Aber vielleicht interessierte es ihn, was aus mir geworden war. (Was wird aus einem Menschen, der im UG versteinert ist?) Dieses Wagnis reduzierte Smolikow meiner Ansicht nach auf ein Minimum: Das Treffen wurde nicht im Restaurant veranstaltet (wo man sehnsüchtig auf den nächsten Gang warten mußte), sondern wie zufällig und auf der Flucht – in der belebten, lauten Durchgangshalle, wo es schnelle Sandwichs und offenen Wodka gab. Kurzum: Wir tranken leicht und schnell; und ohne Skandal. (Es reizte mich schon, ihn zu brüskieren, aber ich explodiere ja nicht jedesmal.)

»Ihr seid gekommen?« fragte uns Smolikow gleich zu Beginn mit strahlenden Augen und ausgesprochen erregt; es war ihm offenbar wichtig.

Wie sollten wir nicht kommen, er war unser Abendessen, er war hier aufgekreuzt, die Hände voll Käse, dazu eine Stange Salami, Wodka und Kaffee hinterher! Nein, nein, Männer, kein Prunk und Protz, alles auf die Schnelle – setzt euch doch! Und nun schenkt er uns ein und redet über Kunst. (Sogleich sammelt er unsere neuen Ausdrücke, Gesten, Attitüden. Kann alles brauchen.) Er erkundigt sich, wer von den UGlern gestorben ist, bittet darum, uns zu erinnern, wie, auf welche Weise – hat er sich aufgehängt oder totgesoffen? Was hört man von Vik Vikytsch? Lebt er, geht's ihm gut? Alle Achtung! Und eine neue Runde! Smolikow schenkt nach, trinkt. Er ist hin und weg von uns. Versucht, uns zum Lachen zu bringen. (Er mag uns.) Zitiert sogar atemlos Zeilen aus unseren Texten. Er ist wie ein Flittchen, das die ganze Woche gelumpt hat und jetzt den Mann im Krankenhaus besucht, mit zwei Apfelsinen, iß, mein armer kranker Mann.

Smolikow ist mager wie früher. Aber das Gesicht, die Konturen seiner Jochbeine sind von gepflegter Anmut, er hat das Flair eines Mannes, der jeden Tag gefragt ist. (Er sieht jetzt besser aus, wie eine scheue Siebzehnjährige, die in der Ehe aufgeblüht ist.) Doch eine verborgene Furcht ist Smolikow geblieben, die Furcht jedes Prominenten heutzutage, der weiß, daß seine Worte, Texte und sein Name (er selbst insgesamt) flüchtig und eitel sind und nur der Fernsehmonitor, die ständig flimmernde Glotze, aus nichts *etwas* macht. Bis ins hohe Alter hat Smolikow nun jede Menge Aufregung. Die Leute sind schließlich unbekümmert und vergessen gern. (Den Fernseher einzuschalten.) Der Monitor als gigantische Lupe über der Schnake.

»Erzähl vom Intellektuellenkongreß in Mailand«, bittet Michail.

Wenig später:

»Erzähl von Spanien!«

Michail ist eifrig bemüht, Smolikow und uns allen dreien zu helfen, die Unterhaltung und den Frieden am Tisch zu erhalten.

»Ja, ja, Spanien …« Smolikow holt tief Luft und wirft uns wieder einen schrägen Blick zu: Wird er, Smolikow, bei den Klängen seines lieblichen spanischen Capriccios (neben den fremden Schicksalen) nicht allzu glücklich wirken – kränkend glücklich? Werden Michail und ich (besonders ich, der alte Haudegen) uns während seines capricciohaften Berichts nicht krümmen? Vor Schmerz nämlich. Vor später heutiger Bitterkeit der *für immer Abgehängten*. Wenn ja, dann wird er sich schon in der Einleitung zu seiner Erzählung bemühen und insbesondere mich (indirekt und subtil) sein Mitgefühl spüren lassen. Und mir leichthin zu verstehen geben: Ich habe an dich gedacht. Ich habe an dich gedacht, Petrowitsch, du alter Hund. Und mich erinnert: dieses Talent, diese Prosa!

Von mir aus; soll er wenigstens nach außen hin ein bißchen Mitleid haben, wenigstens eine mitleidige Miene aufsetzen – ich begreife das, ich weiß auch, wie schwer es ist, einem Mann, der einem längst fremd geworden ist, Mitgefühl zu bezeigen; Mitgefühl ist eine unergründliche Grube. Fühl nur ein wenig mit, Smolikow. Wir haben schließlich mit allen und jedem Mitleid. Mit den Kindern im Krankenhaus. Mit den Alten. Mit den gequälten Tieren. Ich habe manchmal, so komisch es klingt, Mitleid mit einem Grashalm, den man beim Gehen abgeknickt hat. Wohin ich schaue, spüre ich Schmerz.

Smolikow hat Mitleid mit mir, und ich mit ihm. Wer weiß, vielleicht ist er gerade wie ein gequältes Tier. Wie ein geknickter Grashalm …

Der arrivierte Smolikow wußte nicht weniger als ich (und Michail) um den Schmerz, doch das Mitgefühl eines Erfolgreichen ist immer fragwürdig – es sind eher Grimassen als Krämpfe. Er krümmte sich vor Mitleid, sehr akkurat und human. Er konnte uns vom »saugenden« Himmel Italiens und von Spanien erzählen (nein, bei einem Stierkampf war er nicht, die Nerven), von England und seinen Auftritten in Petersburg (da gebe es neuerdings einen literarischen Salon mit Edelnutten), er konnte über Gorbatschow reden, über unsere Demokraten und die neuen Russen – über alles, nur natürlich nicht über sich selbst. Das gestattete er sich nicht. Über sich zu reden hätte bedeutet, sich auszuziehen. Und zwar nackt; da hilft kein Gebet mehr, lieber Mann, sondern nur Flehen. Wie könnte er sich ausziehen, da er doch ganz weiß ist. Von Kopf bis Fuß. Wie könnte er auspacken und zugeben, daß er nur deshalb im Underground war, weil er unter Breschnew nichts für seine Texte vergütet bekam, weil ihm kein Bonbon in den Mund gesteckt wurde? Jetzt füllt das Bonbon seinen ganzen Mund aus und ragt noch raus, Smolikow rennt damit herum wie ein treuer Hund mit dem Stöckchen – Meßdiener des Ruhms.

Aber wie sehr liegt ihm daran, daß man ihn, Smolikow, nicht für satt und etabliert hält. (Daß er nicht als gewendeter Sekretär des gewendeten Schriftstellerverbandes gilt.) Deshalb schreit Herr Smolikow überall herum, besonders auf seinen Reisen in den Westen, daß er seinem Wesen nach ein UGler sei, er gehöre zum Untergrund und das Bonbon im Mund sei zufällig darin steckengeblieben, denn einer wie Smolikow brauche nichts, nur die Kunst. Er ist aufrichtig, nett, witzig und sogar menschenfreundlich, aber er ist ein Schwein. Er verdient sein Geld auf dem Buckel unterirdischer Schriftstellerschatten, wie andernorts Geld auf dem Buckel malochender Bergarbeiter verdient wird. Wenn er sich beim Wodka mit uns wehmütig über alte Zeiten unterhält, tupft Smolikow mit schneeweißer Hand Kohlenstaub, Dreck und Asche aus dem Untergrund von uns ab. Er zupft auch hie und da ein Stückchen Kohle aus unserer Haut – sammelt, schabt und schmiert sich ganz schnell seine Hängebacken damit ein, dann auch Stirn, Hals, Schultern und Arme, um schwärzer zu wirken und mit blitzend weißen Augäpfeln einem ausgezehrten Bergmann zu gleichen, der soeben den Schacht verlassen hat.

Nachdem wir auf unsere Toten getrunken haben, stößt Smolikow gleich wieder an – ex.

Auf daß wir alle, die wir noch da sind, weiter auf dem Rasen wandeln …

»Ex?!«

Der Wodka verleitet jeden zur Freigebigkeit, und Smolikow vergißt nicht zu sagen, daß er Michail und mir helfen werde – vielmehr unseren Texten (solche Reden werden immer geschwungen). Er sei bereit, für uns als Leiter zum literarischen *Hochplateau* zu fungieren, wenigstens als Sprosse. Als ganz normale Sprosse, Männer.

»Als Sprosse … Aber für wen?« fragt Smolikow nachdenklich, während er an seiner Zigarette zieht. Doch sogleich hat er kapiert, daß er sich verplappern könnte.

Verwischt schnell die Spuren.

»Die Literatur! I love it!« schreit Smolikow (an uns vorbei und anscheinend völlig betrunken).

Doch genau das *Hochplateau* versöhnt mich – es ist ein anschauliches Bild für die gegenseitig argwöhnisch gehütete Gleichheit. Smolikow verstellt sich geschickt: Der Mensch hat es beim Wodka nicht gern, wenn auf den Putz gehauen wird. Wenn Gebirge der Aufschneiderei in die Höhe wachsen. Lieber soll das große, alle gleichmachende Hochplateau den Menschen helfen, von der Bildfläche zu verschwinden und jeden sein Leben leben zu lassen.

Schwärm nur von alten Zeiten, du Hund, flüstere ich in Gedanken; flüstere es *ihm* zu, während ich mit *seinem* Wodka mit ihm anstoße; unsere Blicke treffen sich einen kurzen Augenblick.

Michail, der Ausgleichende, hat zuviel getrunken. Und ich versuche mir ständig eine Filterzigarette anzuzünden – am falschen Ende. Smolikow hilft mir Betrunkenem auf die Sprünge. Wir lachen. Wir rappeln uns hoch; noch ein Abschiedstrunk, ich spritze ihm trotzdem Wodka ins Gesicht. Aber immerhin habe ich ihn nicht geschlagen.

Gegen Mitternacht standen wir alle drei sturzbetrunken an der windigen Bushaltestelle am Gartenring – ich weiß noch, wir wankten alle drei. Michail kotzte ein wenig; Smolikow, der nicht mehr empfindlich war und vor Aktschluß Mut gefaßt hatte, fragte mich aus.

Schreiend fragte Herr Smolikow, was ihm schon lange auf der Zunge brannte (vielleicht auch auf dem Herzen; dieses Organ besaß er ja ebenfalls):

»Warum? … Warum willst du nicht veröffentlichen? Warum will ein be-gab-ter Autor nicht veröffentlichen?! Das verstehe ich nicht!« schrie er betrunken und halb hysterisch (wobei er natürlich seine Fassungslosigkeit übertrieb), schrie Smolikow, der arrivierte Schriftsteller, das Gesicht zur leeren Fahrbahn des breiten Gartenrings gewandt.

Smolikow drehte sich zu Michail um. Und fragte (ganz strenger Richter) nach mir in der dritten Person:

»Sag: Warum veröffentlicht er nicht?«

Michail taumelte gegen einen Pfosten. Und winkte nur ab – geh weiter, laß uns in Frieden …

In der mitternächtlichen Metro nahm ich glücklich in einer Wagenecke Platz und fuhr die Ringlinie ab. Doch auch die Ringbahn hat (wie paradox es klingen mag) eine Endstation: Plötzlich befand ich mich im Abstelltunnel. Wurde angepfiffen.

Unter Spott und Hohn (und Androhung der Miliz) wurde ich zusammen mit ein paar verschlafenen Saufköpfen in den Gegenzug gesetzt. Sah man wirklich, daß ich so betrunken war? Ich fiel doch gar nicht hin. (Wenn ein UGler fällt, ist es das Ende.) Ach, wie mich die Frau mit der roten Kappe und der Kelle anschrie, als sie mich hinauswarf!

Nun fuhr ich wieder; ich saß in Kutscherhaltung, also mit krummen Schultern und hängendem Kopf (nicht seitlich, sondern gerade auf die Brust), der Hintern war warm geworden. Ich fuhr und fuhr und fuhr ... Ohne an etwas zu denken. Meine Erholung. Mein Nirwana. (Und das bei jedem Wetter. Man braucht keinen Schirm, es regnet nie.) Ich muß nur hinabsteigen, unter die Erde abtauchen, schon beruhige ich mich in diesem Tran auf den summenden Gleisen, im Gedränge dieser Menschen – ihr ausgeglichenes Sozium (auch hier ein Plateau) nimmt sofort jeden Menschen an und löst ihn in sich auf. Hauptsache, man erwischt die Metro. Wenn man so will, haben wir hier den im Film so beliebten dramatischen Augenblick. Jemand schafft es nicht, die Brücke zu überqueren (sie fliegt schon in die Luft). Es gelingt nicht, sich ins Ausland abzusetzen (man wird verhaftet). Man kommt nicht aus dem Hotel raus (dort herrscht die Beulenpest). Manchmal schaffe auch ich es nicht, in die Metro abzutauchen, wo mich der erste summende Zug wie ein riesiger, vielarmiger Wunderheiler sanft in seinen Polstern aufnimmt, wiegt und ganz allmählich den Schmerz in meinen Schläfen beseitigt ...

Ein Mann mit Hund. Der Waggon war schwach besetzt, aber so wenig Fahrgäste waren es auch wieder nicht – fünfzehn bis zwanzig Personen, und der Köter steckte seine Schnauze plötzlich in meine Kniekehle. Ausgerechnet in meine. Und war still. Kläffte kein einziges Mal mehr, so viel Ruhe und Frieden war unter der Erde in mir. Selbst die Menschen im Wagen, diese fünfzehn bis zwanzig erbosten Leute, verstummten einer nach dem anderen und schnauzten den Besitzer des Hundes nicht mehr an. Dieser flüsterte mir zu (wahrscheinlich vollkommen verwirrt): »Danke. Vielen Dank.« Er stieg an der Station »Gorkipark« aus, der Hund folgte ihm. Trabte seinem Herrn auf dem Bahnsteig hinterher. Den Schwanz aufgestellt, als fürchtete er wieder Fußtritte oder Geschrei. Meiner Aura beraubt, kehrte der Hund in die Welt der Ängste zurück.

Ein anderer Smolikow kam einst in jener Nacht zu mir – er ging drei Metrostationen zu Fuß, rauchte im Gehen, beeilte sich, rannte vielleicht. Ein begabter, verstrubbelter, naiver und hemmungslos lauter Heißsporn.

Damals war in unserem Kreis ein wichtiger Herr aufgetaucht, der gerade emigrierte; er sagte uns klipp und klar (scharfe Stimme, abgehackte Sätze) – ich fliege nach München, mit dem Dienstagsflugzeug, bin bereit, euch zu helfen, gebt mir eure Texte. Alle rannten los. Uns alle, die wir im UG verrostet waren, ergriff eine ungeheure Erregung. Damals also teilte Smolikow auch mir die Nachricht mit – kam mitten in der Nacht drei Metrostationen zu mir gelaufen.

Damals jemandem eine Information zu geben bedeutete weitaus mehr, als ihm, zum Beispiel, Geld zu schenken – jemanden etwas wissen zu lassen war mehr, als ihm zu *helfen*. Unseren Erzählungen und Geschichten (es gab auch einen Roman) wurde damit der Weg gebahnt – in Dissidentenkreise und weiter in den anspruchsvollen Samisdat. (Dort kam man auch nicht so leicht rein.) Wie eine Wand stand die Verweigerung der Anerkennung davor. Der verzweifelte Befreiungsversuch (einer der hoffnungsvollsten) hing in jenem Jahr mit einer neuen Idee zusammen – mit dem Aufzeichnen der Undergroundtexte auf Mikrofilme. Es waren Smolikow und (mehr noch) Jura Atschijew, die in schlaflosen Nächten, in denen sie sich die Augen verdarben, gelernt hatten, jeden Text von uns auf ein Format zu bringen, das halb so groß war wie eine Streichholzschachtel. Ich weiß noch, es gab Mikrofilme, die so dünn und leicht waren, daß man sie unter den Deckel eines sowjetischen Buches stecken konnte, um sie durch die Absperrung zu schleusen. Es gab »wasserfeste« Mikrofilme, die mußte man im Zug in sein Teeglas mit starkem Sud werfen. (Bei der Wagenkontrolle stand das Glas ganz offen auf dem Abstelltisch.) »Mikrofilme im Gummi« verschluckte oder steckte man in den After, wenn man an der Grenze bis auf die Unterwäsche gefilzt wurde. Eine besondere Technik wurde entwickelt, um die Filme zusammenzuschneiden – das hieß »Werksammlung«.

Wir lebten in der Hoffnung auf eine Gelegenheit, daß jemand aus dem engeren Kreis plötzlich ausreiste oder ins Ausland flog – oder daß man einen wagemutigen Menschen aus einer westlichen Botschaft traf, irgendwo ganz unvermutet! In Erwartung dieses Zufalls strömten schlecht gemachte Mikrofilme (sie wurden überarbeitet) bei Smolikow und dem heldenhaften Jura Atschijew zusammen, aus Orenburg, Kaluga, Saratow, Astrachan – die Mikrofilme entstanden zuhauf! Dazu kam noch, daß sich Kostja Rogow plötzlich erhängte und Alik Sirfel im Delirium tremens in die Klapsmühle eingeliefert wurde. (Man fesselte ihn ans Bett. Alik schleuderte den Kopf derart hin und her, daß die Spucke nach beiden Seiten flog, Schaumkringel an den Klinikwänden.) Deshalb beeilte man sich so an jenem Tag, in jener Nacht. Wir versammelten uns, schwiegen, jeder umklammerte Mikrofilme (seine eigenen) in der verschwitzten Faust. Doch bald verloren wir wieder die Zuversicht …

Manche hofften übrigens noch ein Jahr lang auf diesen Versand, manche auch zwei.

An jenem Tag, als wir die Mikrofilme *ins Ausland* geschickt hatten, waren wir glücklich, daß es nun vollbracht war (jetzt würde das Wort erwidert werden!), und unglaublich aufgekratzt, natürlich wollten wir das Ereignis feiern, aber jemand sagte abergläubisch, daß wir uns heute weder besaufen noch prügeln durften. Uns war federleicht ums Herz, der Schritt war leicht, Lachen, Rennen, Hüpfen war leicht (schwer waren die Mikrofilme, die doch gar kein Gewicht hatten, solange wir sie umklammerten).

»Jungs! Kinder!« schrie Smolikow immer wieder. Ja, er war es, der herumschrie. Hitzig und laut wie ein Verrückter! Übrigens, wir schrien alle: »Jungs! Kinder!« (Damals sagte man noch nicht *Männer.*) »Immer mit der Ruhe, nur keinen Fehler machen, wir haben gewonnen, hurra, trotzdem – *heute* bleiben wir ganz ruhig!« schrien wir, einander übertrumpfend.

Wir beschlossen, trotzdem einen zu heben, mitten am Tag, das Flugzeug war um elf gestartet – wenigstens ein Bierchen, ein Glas Wein, aber irgendwo abseits vom Zentrum.

Wir fuhren an den Strand im »Silberwald« (damals weitab vom Zentrum), badeten, hängten uns an die Bojen und drehten sogar die Bake um. Baggerten Frauen in bunten Badeanzügen an, tranken Bier und spielten Ball, dann fielen wir in den Sand, abgeschlafft von der Hitze und einer plötzlichen Ermattung der Seelenkräfte. Das Gesicht im Sand, schliefen wir stundenlang. Das Flugzeug war also um elf gestartet, und mit ihm waren unsere Hoffnungen abgeflogen – in ein schwarzes Loch hinein. Paß- und Zollkontrolle, die Mikrofilme waren sicher in irgendeinem Hintern gelandet und steckten dort für lange Zeit. Ich glaube, sie stecken immer noch dort.

Im Wohnheim kreuzte ab und an der Eierkopf Anatoli in Wohnungsangelegenheiten auf, ein Intellektueller, etwa fünfunddreißig Jahre alt – Anatoli Jurjewitsch. Energisch. Geldmann. War hier bekannt.

»Es gäbe mal wieder eine Wohnung zu hüten, Petrowitsch.«

»Welche?«

»Die 606a.«

Ich fragte natürlich, wer dort wohne.

»Vorläufig niemand.«

Aber ich konnte mich nicht recht auf diese interessante 606a-Wohnung besinnen. Kannte sie nicht. Noch dazu »a«? … Gottverlassene, leere Winkel sind für jeden verlockend – das war das Problem. So ein Loch zu hüten ist ganz schön mühsam. (Hin und wieder würde auch der Schlosser von der Wohnungsverwaltung die Tür aufsperren, für eine oder zwei Stunden mit einer neuen Flamme.)

Aber der Eierkopf Anatoli war durchaus seriös und solide: Er schlug vor, in den sechsten Stock hinaufzusteigen – dort würde er mir alles zeigen! Da fiel mir ein, daß die Künstler demnächst als betrunkener Haufen bei mir eintrudeln würden (nach der Demonstration, in Feierlaune). Ich hatte keine Lust, sie in der Bereszowschen Wohnung herumschnüffeln zu lassen, in diesen wohlriechenden, aufgeräumten Quadratmetern mit finnischen Möbeln. Gut: Schaun wir uns das Loch mal an! … Ich warf mir die Jacke über (aus Bereszowschem Besitz, sie paßte mir) und ging mit Anatoli, vor Kälte fröstelnd, in den sechsten Stock.

Die 606a entpuppte sich als ehemalige Abstellkammer, wo früher kaputte Stühle entsorgt wurden – jetzt sah sie wie eine kleine Einzimmerwohnung aus.

Die Stühle waren natürlich rausgeworfen worden. (Richtig: Neulich brannte ja ein Berg dreibeiniger Stühle auf dem Hof, ein großes Feuer, ich dachte noch: Wo kommen die alle her?) Man hatte Leitungen gelegt. Ein bißchen renoviert. Die Wände gestrichen. Ziemlich stümperhafter Anstrich …

»Wer wird hier wohnen?«

»Das werden wir noch sehen, Petrowitsch. Deine Sache ist es, aufzupassen. Daß sich die Nachbarn die Wohnung nicht unter den Nagel reißen.«

Er hatte recht. Wenn die Nachbarn von diesem Zimmerchen Wind bekämen – die zur Rechten oder zur Linken (je nachdem, wer als erster davon erführe) – , würden sie die Wand durchbrechen und den kleinen Raum eilends ihren beiden vorhandenen angliedern. Die Tür zu diesem Nebenzimmer würden sie ganz einfach vernageln. Vielleicht sogar zumauern. Käme man dann am nächsten Tag, so würde einen die wunderschöne, kahle Wand anschauen, frisch gestrichen. »Aber war hier nicht meine Tür?« würde man fragen. Da würden die nur die Achseln zucken: Keine Ahnung. »Aber die Tür kann doch nicht verschwunden sein?« Doch dieser Hund, dieser Arsch, der sie zugemauert und das Zimmerchen seiner Wohnung einverleibt hat, wird dich auch noch fragen (ein bißchen verwundert): »Suchen Sie auf dem richtigen Stockwerk? Haben Sie sich nicht geirrt?«, und dich in den nächsten Stock schicken, wo du wie ein Narr herumtapsen wirst.

Der Eierkopf Anatoli, dieser Schleimer, läßt unterdessen beiläufig verlauten, daß ich ihm (und den Leuten) schon lange als Wächter und Mensch Vertrauen einflöße.

»Die Zeiten ändern sich, Petrowitsch. Vielleicht finde ich ja einen guten Job für dich, was meinst du?«

»Na ja«, sagte ich.

Wer hätte was dagegen? (Ein UGler ist leicht zu verführen. Ist immer aufgeschlossen. Wenn auch kein Raffke.)

Schon bald war die 606a völlig verwandelt: Längs der Hauptwand wurde eine dünne Zwischenwand eingezogen, dahinter eine Sitzwanne mit Dusche eingebaut, und ganz in der Ecke brachte man das Klo unter – jetzt war es eine richtige kleine Wohnung! Und was für eine noble Möblierung! Die grob gestrichenen Wände wirkten gar nicht kahl und begaben sich gleichsam von sich aus unter meine Obhut.

Als der Farbgeruch ausgelüftet war, versuchte ich, hier zu schlafen. Es war ganz nett, gemütlich – die Quadratmeter dufteten wie immer nach einer Renovierung nach Frische und ehrlicher Arbeit.

Der Eierkopf Anatoli bot mir eine »Marlboro« an.

»Wer wird hier wohnen?« fragte ich, während ich an der Zigarette zog.

Anatoli rauchte, er saß mir am Tisch gegenüber.

»Hier wird der Glückspilz wohnen, der die Datscha von meinem Chef bewachen wird.«

Sein Chef aber war, wie ich sogleich erfuhr, der erst seit kurzem tätige, aber schon ziemlich reiche Computerhändler Dulow.

Es zeichnete sich ab, daß ich auf die kleine gestrichene Wohnung nicht einfach nur aufzupassen hätte, sondern daß es sogar *meine* sein könnte. Natürlich war ich aufgeregt. Jedenfalls war die »Marlboro« im Nu geraucht; die schmecken so gut, daß sie schnell weg sind! Aus irgendeinem Grund spielte ich mit dem Stummel, da reichte mir der Eierkopf Anatoli noch eine.

Ich fragte, ob ich weit rausfahren müßte? ... Nein, nein. Herrn Dulows Datscha, ein Komplex aus zwei Gebäuden, wurde ganz in der Nähe gebaut, 48 Kilometer von Moskau entfernt; eine Autostunde, und mit der S-Bahn (du wirst doch mit der S-Bahn fahren, Petrowitsch!) sind es nur fünfundvierzig Minuten. Deine Hauptbeschäftigung wird Ehrlichkeit sein. Kein Kontakt zu einer Menschenseele. Weder telefonisch noch persönlich. Nur um die Datscha herumgehen, das ist alles. Damit deine Spuren immer im Schnee zu sehen sind (im Winter natürlich) ...

Da ich das Umland von Moskau kannte, konnte ich mir den künftigen *Komplex aus zwei Gebäuden* leicht vorstellen, mit venezianischen Bogenfenstern in der Fassade. Mit Türmchen natürlich. Und einem Spitzbogentor, Gittern und Schießscharten – Szenerie für historische Filme. Düsterer Pomp. Ästhetik des frühen Mittelalters, die wie ein Spreißel in ihrem frühen Hirn steckengeblieben ist.

Wenn man beim Warten auf die Metro lange in den Tunnelschlund schaut, hat man das Gefühl, als atme das Loch. Als würde sich der dunkle Rachen des Tunnels kraft deines Willens und deines Wartens im nächsten Augenblick in etwas materialisieren – in Lärm. Zuerst in Lärm und Gleise mit der doppelten Schlangenlinie aus Licht, dann im einfahrenden Zug. Aber Fehlanzeige. Man schaut, doch nichts kommt. Ein Stück Finsternis. Ein schwarzes Loch. Und ein vorsichtiger (nicht schizoider) Kontakt mit dem Kosmos.

Smolikow hat erzählt, daß die Metrostationen in Paris so nah beieinander sind, daß man, wenn man in die Tunnelöffnung schaut, den schwachen Lichtfleck der anderen sehen kann. Unter der Erde sehen. Wenn man so will, durch die Erde hindurch. Das bringt einen auf den Gedanken an einen Erfahrungsaustausch zwischen den Untergründen. Man könnte Kontakt zwischen ihnen herstellen. Grüße schicken. Oder zumindest eine Sendung Energie durch Raum und Zeit.

»Weit führt Reden den Dichter«, verriet sich die Vorläuferin des heutigen Undergrounds, Marina Zwetajewa, die so lange Jahre (so viel reife Zeit ihres Lebens) das dunkle Glück des Untergrunds nicht vollständig erlangen konnte. Sie bat die Sekretäre um Kost und Unterbringung. Schrieb Briefe. (So haben wir auch angefangen: geschrieben, gebettelt.) Erklärte allen ihre Liebe, die es verstanden, im Licht zu leben und zu gedeihen. Erst in Jelabuga, erst als ihr Sohn da war, begriff sie, daß es solche Menschen gibt und andere – daß sie eine von jenen war, nicht von diesen. Sie war einer der Menschen, die immer im Untergrund leben – die ohne Licht sehen können. Manchmal auch gegen das Licht. Schweigen führt uns ebenfalls weit ...

Aber in letzter Konsequenz mag ich diesen Gedanken nicht. Er (dieser Gedanke) tritt auf der Stelle, als fürchte er, die Tür zum *Ausgang* zu verfehlen – er wird schwach, während er verarmt und sich schon selbst theoretisiert. Ein stagnierender Gedanke hat kein Ende. Danach erscheinen Stille und Offenheit – erscheint Steppe bis zum Horizont ...

Der in Moskau und Petersburg entstandene Stamm der Kellerlochmenschen ist ebenfalls ein Kulturerbe. Das heißt, die Menschen in ihrer Generationenfolge, die *Menschen leibhaftig*, sind ungeachtet ihrer Texte und Bücher ein Erbe.

Vielleicht nur ein kleiner Teil des Erbes, dafür der menschlichste (Mensch gewordene); ein Posten im Vermächtnis. Nicht verschleudertes Kapital.

Ich übe natürlich Nachsicht mit meinesgleichen. Aber ich werde innerhalb von fünf Minuten meinen Standpunkt ändern, sollte mir die Erfahrung ein anderes, positives Wissen um den Underground geben. Ich behaupte nichts. Das liegt mir ganz fern. Ich habe nur über einen Erfahrungsaustausch zwischen den Untergründen nachgedacht, als ich beim Warten auf den Zug in den schwarzen Schlund des Tunnels blickte.

Ein Hemd meines Bruders, grau, schmuddelig (ich hatte es im Krankenhaus mitgenommen) – hatte es sofort in die Wanne geworfen, um es zu waschen.

Hatte es in die Wanne geworfen, aber vergessen, dort lag es, die Ärmel verschlungen, und schickte mir seinen trägen Schmerz.

Dulytschow und andere

»Ob der Boß die Wohnung jetzt braucht? Ob Herr Dulow sie braucht, wenn er es sich leisten kann, bis zur Fertigstellung seiner Datscha im Hotel zu wohnen?« überlegte der Eierkopf Anatoli.

Zwei forsche Burschen, auch so um die Dreißig, Fünfunddreißig, entgegneten ihm:

»Der Komfort ist ganz schön. Aber Herr Dulow könnte sich hier langweilen …«

»Herr Dulow könnte hier auf Probleme stoßen …« Das Wörtchen *Herr* war im Sprachgebrauch noch brandneu.

Der Geschäftsmann saß wortkarg am Tisch und kniff nur die Augen zu.

Wenn man dich in eine Tafelrunde einführt, die schon seit

langem (und ausgiebig) zecht, ist es nicht mehr wichtig, wie du heißt, wie du vorgestellt wirst und neben wen man dich setzt. Ich wurde überhaupt nicht vorgestellt. Man zeigte mir einfach einen Stuhl – setz dich! Iß! Ich war für sie schon der »Alte«. Iß und trink, Petrowitsch. Mir gegenüber – wahrscheinlich auf gleicher Ranghöhe – saß und kaute der stille *Bodyguard*.

Wir tranken aus Weingläsern, tranken und speisten gemächlich, aßen uns satt. Teurer Wein. Und auch der Tisch war nicht einfach nur reich gedeckt, es gab Fisch, verschiedene Sorten. Der Tisch war – ach.

»Aber Herrn Dulows Datscha wird erst in drei Monaten fertig sein.«

»Und wenn man ein bißchen Dampf macht?«

Zigarettenrauch und Zigarrenqualm in der Luft – Herr Dulow war von einer exklusiv kleinen Runde umgeben: fünf Mann. (Mich nicht mitgerechnet.) Und ein weiterer, allerdings schon betrunkener, lag völlig zugedröhnt, aber gesittet auf dem Sofa, das heißt, er hatte die Schuhe ausgezogen und präsentierte seine schönen Socken. Störte niemanden. Wie eine Landschaft.

Dafür musterte mich die ganze Zeit der Leibwächter, ein hagerer, sehniger Kerl. Ich dachte sogar, das müsse so sein, einem Bodyguard müsse jemand ein Dorn im Auge sein und es sozusagen schärfen. Vielleicht war er auch nur auf jeden eifersüchtig, der für einen Wachdienst angeheuert wurde.

Da fing der Eierkopf Anatoli (schlicht Tolja genannt) an, mich meiner Ehrlichkeit wegen zu loben, wegen meines durch den Intellekt gewährleisteten »Wächteranstands«, erwähnte auch die rauhe Ertüchtigung der »Vätergeneration« und kannte das Wort »Underground«, war das die Möglichkeit! Wohin sollte ich mich bei dieser Rede verkrümeln, ich schwieg und starrte den Lachs an. (Er stand etwas weiter weg.)

»Sollte man nicht noch Wein holen, *Leute*?« Der Geschäftsmann begann zu sprechen, und es war sofort zu merken, daß sich dieser Herr besonders schlicht ausdrücken wollte. (Mit einer Spur Komik. Aber auch Ernst – wie ein russischer Kaufmann.)

»Wein her! Wein her!« stimmten die anderen ein.

Der Geschäftsmann lachte:

»Sollte man nicht auch etwas Warmes bestellen, *lieber Freund*? Eine Suppe zum Beispiel?«

Er drückte sich jovial aus. Aber man muß sagen, es paßte zu ihm – warum auch nicht? 35 bis 37 Jahre alt, und dieser bezaubernde Kaufmannsname Dulow, Dulytschow …

Alle waren begeistert:

»Suppe! Ein Fischsüppchen! … Das wäre hervorragend!«

Der Geschäftsmann Dulow schien gar nicht ausreden zu brauchen, schon wurden seine Wünsche (wie Lichtquanten) vom Eierkopf Tolja erhascht, der neben ihm saß:

»Suppe? Wird sofort gebracht! Wenn alles so einfach wäre, meine Herren, wie Ihnen allen heiße Suppe zu servieren!« Tolja machte eine Pause und gabelte eine Scheibe Lachs auf (die ich mir soeben aus der Ferne angeln wollte.) »Verzeihung bitte!« Er hatte meinen verdutzten Blick aufgefangen (du entschuldigst schon).

Doch just bei der Suppe ergab sich eine Verzögerung: In unser Luxushotelzimmer kam nämlich keine Bedienung, da der Klingelknopf nicht funktionierte. (Er klemmte fest in der Wand. In den nächsten ein, zwei Stunden gingen wir selbst abwechselnd hinunter und holten einen Kasten Sprudel, Wodka und Essen.)

Wir tranken weiter, noch ohne Suppe, da brachte einer der dreißigjährigen Bürschchen, roter Bart, das Weinglas in der Hand, einen Trinkspruch aus:

»Erfolg? Erfolg ist eine geile Sache. Aber wo und worin lebt der wahre Erfolg?«

Man steckte ihm sogleich die Antwort: Der Erfolg lebe heutzutage in klugen, mutigen Menschen!

»Und weiter?« schrie der Eierkopf Tolja, obwohl er sehr gut wußte, worauf der Trinkspruch hinauswollte.

»Weiter will ich sagen, daß wir, meine Herren, den klugen, mutigen Mann gefunden haben. Er ist unser Boß. Und er sitzt hier neben uns. Wir müssen darauf trinken, daß es ihn *gibt*, und darauf, daß wir ihn *gefunden* haben!«

»Hurra!« stimmte der Eierkopf Tolja zu.

Alle schielten verstohlen zu Dulow hin. Betrunkene Schmeichelei, Boß. Paßt es? Der nickte – nur zu!

»Huu-rr-aa!« schrien sie.

Die Gläser wurden aufs neue gefüllt, der gebratene Zander war aufgegessen, die Gräten auf der riesigen Platte knackten.

Dulow sprach selbst noch ein paar Worte. Schlicht und rauh:

»Gut so, meine Herren. Schöön, Leute. Morgen werden wir sehen.«

Alle jubelten. Morgen – das war wie ein neuer Anfang. Alle hoben die Gläser. (Ich begriff immer noch nicht, worum es ging.)

»Auf morgen!« schrien sie.

Dulow kniff die Augen zusammen. *Leute, Freundchen, lieber Freund* – dieser zurückhaltende junge Mann stilisierte sich zum Wolgakaufmann vergangener Zeiten. Dabei betrieb Dulow, wie ich gehört hatte, ein modernes Computergeschäft (mit Amerikanern). Und auch jetzt hielt Herr Dulow nicht Ausschau nach Schleppkähnen aus Astrachan, sondern nach dem Moskauer Bad »Möwe«, wo man nicht nur mit einer Gummikappe auf dem Kopf schwimmen (auf der Rübe – assoziativer Humor, der Eierkopf Tolja scherzte!), sondern auch himmlische Begegnungen betuchter Herren mit unseren großäugigen, unermüdlichen russischen Damen organisieren könnte. Dieses Badeprojekt war eben die Idee, für die der Eierkopf Tolja Herrn Dulow erwärmen wollte. Sie besprachen den Ankauf des gesamten Komplexes und den Kostenaufwand. Dulow nickte: richtig … verstehe … Dann vernahm ich seine energischen Worte, Dulow tönte: »Ein Geschäft wie jedes andere. Da braucht man wieder eine Mannschaft …« Ich dachte: Aha, ich bin also einer aus Dulows Mannschaft.

Dulows Selbstsicherheit gab mir zu denken (in dieser Hinsicht bin ich eifersüchtig): Wie verdächtig rasch war das Tempo, mit dem er etwas geworden war, mit welcher Leichtigkeit hatte er sein Ich erworben – als wäre es ihm in den Schoß gefallen. Gerade war er noch ein kleiner Dreikäsehoch, und schon hatte er zu sich gefunden. (Ich dagegen erst, als ich anfing, grau zu werden. Nachdem ich mein Leben lang mit dem Kopf gegen die Eisdecke geprallt war.) Na klar, das Phänomen Dulow war unvermeidlich. Dulow mußte sich einstellen wie der Regen im Herbst. Der russische Kaufmann wurde künstlich beatmet, und schon redete er wieder wie in alten Zeiten, nachdem er siebzig Jahre auf dem Grund des tiefen Wassers gelegen hatte. Das der Kreuzer »Aurora« und der Panzerkreuzer »Potjomkin« kreuz und quer durchpflügt hatten. (Das ist was anderes, als im Schwimmbad mit Gummikappe zu planschen!) Natürlich, vom langen Liegen auf dem Grund des Finnischen Meerbusens waren die Lungen der neuen jugendlichen Kaufleute voll Wasser, hatten sie heisere Stimmen, Schlingpflanzen im Haar und am Körper Spuren von winzigen Krebsen, die sich furchtlos ins Fleisch gezwickt hatten …

Als hätte er meinen eifersüchtigen Gedanken erraten, verzog der Geschäftsmann seinen Mund malerisch zu einem breiten Lächeln – was für weiße Zähne! – und sagte zu Anatoli (sie duzten sich):

»Aber nein, du Blödmann, nicht ich habe das geschafft. Lob mich nicht. Kein Grund zu loben«, lachte Dulow. »Nicht ich habe das geschafft, sondern *sie*.«

Der Eierkopf Tolja präzisierte leichthin (und mit dem Nachdruck eines Betrunkenen):

»Sie – meinst du Gorbatschow und Jelzin?«

Dulow lachte schallend. Er gab keine Antwort. Hielt die Zunge im Zaun, um den Nagel auf den Kopf zu treffen.

Dulow neigte sich zu Toljas Ohr und hickste leicht:

»Sie, das sind Rubel und Dollar.«

Tolja schenkte sich und dem Boß (dem Boß und sich) mit verlangsamter Bewegung ein.

Fragte:

»Vielleicht sollten wir langsam Schluß machen?« Die Frage galt dem Gelage, galt uns allen: Sollten wir nicht die überflüssigen Leute rausschmeißen, Boß? Und uns von dem ganzen Trubel erholen?

Aber der Geschäftsmann wollte sich offenbar nicht erholen – er war nicht müde und abgeschlafft (leicht ermattetes Zusammenkneifen der Augen, mehr nicht). Er saß da, die Hand vor den Augen. Er wollte keinen Wodka mehr und auch keinen Wein. Er wollte nicht einmal mehr rauchen. Ein junger Geschäftsmann mit unbegrenzten Möglichkeiten, ein wenig ermüdet, das war er. Ein Mann mit Geld. Er war wie auf einem Hügel, wie auf einem Gipfel. Man konnte ihn wahrscheinlich mit nichts vergleichen. (Höchstens mit einem anderen Gipfel.)

Vielleicht erkundigte sich Herr Dulow deswegen plötzlich:

»Was steht denn jetzt auf der Tagesordnung?« Er nahm die Hand von Gesicht und Augen und antwortete selbst: »Jetzt ist *sie* dran. Jung. Und schön.«

Also eine Frau. Von Gipfel zu Gipfel.

Dulow sprach langsam, Silbe für Silbe. Wahrscheinlich war über das Thema auch zuvor schon x-mal diskutiert worden (bevor Anatoli mich mitgebracht hatte).

Der Eierkopf Tolja hatte auch hier einen Trinkspruch parat:

»Meine Herren! … Ein wahrer Gedanke ist vor allem ein Gedanke zum richtigen Zeitpunkt! Das wird auch der Schriftsteller in unserer Runde (ein Nicken in meine Richtung) bestätigen: Alexej Maximowisch Gorki – den ihr heutigen Schreiberlinge zwar nicht mögt – hat einmal auf einem Spaziergang etwas Bemerkenswertes gesagt. Wir gingen zusammen durch den Wald. Redeten über die Kunst. Gorki entschuldigte sich. Blieb vor einem Busch stehen. ›Das ist der Stift, mit dem wir alle schreiben‹, sagte er und holte ihn raus. Wißt ihr, was er rausholte?«

Alle wußten es. Und lachten.

»Darauf wollen wir trinken!«

Der Geschäftsmann Dulow hatte endlich Glanzaugen. In der Tat: Was wäre er für ein Gipfel, wenn keine Frau droben stand? ... Die Frau mußte zu Herrn Dulow kommen, wenn Herr Dulow aus irgendeinem Grund nicht selbst zu ihr ging. Mußte als Gipfel zum Gipfel kommen. Sie mußte kommen, sich auf den Absätzen drehen, den Rock schürzen ... Den Zeiten sei Dank, sie gestatteten es. Wenn ein 35jähriger Mann (jung, betucht) in unseren Tagen seinen Stift nicht umsonst rausholen wollte, war es ein leichtes für ihn – er brauchte nur bei entsprechendem Gelüst die Zeitung oder das Blättchen aufzuschlagen und kurzerhand anzurufen.

Anatoli flüsterte dem Leibwächter zu – geh mal ins Schlafzimmer und hol eine. Der Bodyguard begab sich bereitwillig (mit Leib und Seele) zur Tür:

»Welche?« fragte er (ich dachte schon, er meinte die Frau, Augenblick, gleich ist sie da). »Welche?« fragte er noch einmal, um die richtige Zeitung auszuwählen.

»Die mit dem Foto auf der ersten Seite.«

Der hagere Leibwächter rannte in Dulows Schlafzimmer und war gleich wieder mit dem Blättchen zurück. Sie wurde aufgefaltet und herumgereicht.

Alle lachten – wie einfach man eine Frau haben konnte. Ein Anruf genügte!

»Herrschaften, hier bringe ich den Sprudel!« verkündete die abgehärmte Wäscheverwalterin (dieses Stockwerks), so um die Fünfzig. Mit dem richtigen Riecher schaute sie bei uns herein, auf der Suche nach einem Gelegenheitsschluck (nur ein Gläschen, nicht mehr, ich bin ja *im Dienst*!). Sie informierte uns, daß wir, solange die Klingel nicht wiederbelebt wäre, Tee und Kaffee am Buffet bestellen könnten, und Wodka und Wasser zwei Stockwerke weiter unten, es gebe einen Lift. Am Buffet seien die Flaschen schöner! Es gebe auch Krabben ... Alle wurden munter, ich wollte mich plötzlich ebenfalls nützlich machen, irgendeinen Dienst erweisen und etwas holen, doch Tolja hielt mich zurück – überlaß das mal den Jüngeren.

Aber ich ging trotzdem – um Wasser oder Wein zu holen? Ich ging und schwankte etwas. Offenbar hatte ich, leicht betrunken, einen Augenblick lang die Orientierung verloren und war sicher, mich in meinem vertrauten Wohnheim zu befinden. Daher die Befremdung über die Wände des Gangs und die Schönheit des Läufers unter meinen Füßen: Ich wunderte mich! Diese so elegant und gleichmäßig numerierten Türen. Dieser glatte Teppich. Ich ging und zog die Luft der unbewohnten Quadratmeter (hinter den Türen) ein. Ging schwankend mit vier Flaschen Wein vor der Brust.

Der Auftritt der Frau schien unterdessen verschoben worden zu sein (oder wurde er vorbereitet?). Wir tafelten weiter, dem Geschäftsmann wurde heiß, er entschuldigte sich und nahm eine Dusche, dann verabreichte ihm der dürre Leibwächter vor unser aller Augen eine fabelhafte Massage. Dulow lag auf dem Bauch. Wir sahen zwei Narben auf seinem Körper, beides Schußverletzungen.

Der Leibwächter war ein Wolgaschiffer mit ausgeprägten Wangenknochen; ein gerissener Kerl mit kleinen, scharfen Augen. Mit ihm (der sich nichts anmerken ließ, aber zweifellos aufbrausend war) hatte ich vor einer halben Stunde einen kleinen Zusammenstoß. Wir gingen zu zweit hinunter, um Wasser zu holen – der Leibwächter torkelte auf krummen Beinen wie ein Betrunkener, deshalb riet ich ihm (scherzhaft), er solle von den scharfen Sachen auf Wasser umsteigen, das käme den Chef billiger. Der Bodyguard schwieg. Hickste. Ich glaube, er war wieder eifersüchtig. Auf dem Rückweg – wir waren gerade im Lift, der zögernd anfuhr, und außer uns beiden war niemand in der Kabine – zog der Leibwächter die Pistole, die so klein und unscheinbar war wie er selbst. Und stieß sie mir empfindlich in den Bauch. Ins Sonnengeflecht.

»Ich könnte dich zwingen, mir die Eier zu lecken. Und du würdest es tun. Ohne Widerrede, kapiert?«

Ich erstarrte. Ging aber nicht in die Luft. Ich bin ja kein Hitzkopf, der immer gleich aufbraust.

Sprachlos in der ersten Sekunde, hielt ich auch in der zweiten die Klappe. Ließ es an mir ablaufen. Das lag daran, daß er mein Ich nicht berührt hatte (der Dummkopf hätte genausogut jedem anderen drohen können). Das war es: Er stieß nicht mir die Pistole in den Bauch, sondern einfach nur dem, der neben ihm stand. Anonym. Ich nahm es nicht übel.

Ich revanchierte mich ebenso anonym. Als wir (auf unserem Stockwerk) den Lift verließen, hob ich den Kasten mit den klirrenden Flaschen hoch und gab ihn dem Leibwächter, er sollte ihn kurz halten, mit beiden Händen. Kraftvoll gickste ich ihm mit dem Mittelfinger ins Sonnengeflecht. Es fühlte sich an, als gickste man in ein Waschbrett. Dennoch blieb ihm, dem Profi, die Luft weg, trotz der Muskelpakete. Dennoch stieß er einen Schmerzenslaut aus. Aber diese Reaktion! … Er schaffte es, den Kasten auf den Boden der Kabine zu stellen (ohne die Flaschen zu zerschlagen, nicht einmal damit zu klappern) und mich am Ärmel zu packen. Er hielt mich fest, als die Lifttür zuging. Ich zögerte nicht und sprang hinaus. Nur den rechten Unterarm schrammte ich mir am Türrahmen blutig. Aber das war auch alles. Punkt. Der Bodyguard hatte es ebenfalls nicht eilig, mit mir abzurechnen; er zuckte mit keiner Wimper. Vielleicht glaubte er, wir seien quitt. Vor den anderen war er wieder still und professionell. Er hob den Sprudelkasten auf und schleppte ihn ins Hotelzimmer. Wir gingen nebeneinander.

Dulow, der nach der Massage ein frisches weißes Hemd angezogen hatte (um die Toilette zu vollenden, wechselte er auch die Hose, wozu er für eine Minute im Badezimmer verschwand), war aufgeräumter Laune – jetzt hatte er Lust auf eine gute Zigarette. Schwerblütiger junger Kaufmann. Es waren bereits alle Attribute erkennbar. Er kniff die Augen zusammen.

Ein Porträt, dachte ich. Mit Schlitzaugen. Ein Porträt im Rahmen … Ich sah es dicht vor mir, bis in die kleinsten Strichlein des Gesichts – sah es auch aus einiger Entfernung – ich betrachtete den Geschäftsmann Dulow wie ein Bildnis in ganzer Figur. Wie in einem Ausstellungsraum. Verstohlen (arroganter Intellektueller) musterte ich ihn und versuchte, seinen geistigen Gehalt zu ergründen: seine so zielstrebige Entwicklung zum Typus. (Alter Typus neuen Zuschnitts. Wir werden alle von ihm abhängen. Wirklich?)

Das Bildnis belebte sich: Es bewegte die Hand. Herr Dulow wollte rauchen, wie man verstand, doch zuerst wollte er auf den Balkon hinaustreten. Deshalb stand er auch in voller Größe da – im Rahmen des Balkons. Winkte mir, lächelte auf einmal. Das Porträt rief mich.

Die Zigarette in der Hand (rauchen wir draußen), trat Dulow auf den Balkon, ich folgte ihm. Die Luft war frisch. Herr Dulow stemmte die Ellbogen aufs Geländer und schaute hinunter – dort toste die Twerskaja. Busse. Autos. Menschen.

Dulow schnipste die Asche hinunter und sagte gedämpft:

»Wir werden Sie wohl kaum brauchen können. Sie sind schon ziemlich alt.«

Seine Ausdrucksweise unter vier Augen kleidete sich nicht in das leutselige Kaufmannsidiom. Sie klang durchaus intelligent:

»Nein, nein. Ich habe nicht gesagt – alt. Aber ziemlich alt. Verzeihen Sie.«

Seine Ausdrucksweise war tadellos. Nach dem langen Schweigen mit klug zusammengekniffenen Augen.

»Ich sage Ihnen frank und frei, was ich denke.«

»Verstehe«, antwortete ich. Lächelte.

Er fuhr fort, mit einer kleinen Handbewegung zur Seite (Richtung Straße und Menschenmenge).

»Ehrlichkeit ist nicht wenig. Aber sind Sie auch in der Lage, sich zu verteidigen? Können Sie Karate? Haben Sie geboxt?«

Ich schüttelte den Kopf: nein.

»Wie steht's mit Schießen? Ich könnte Ihnen eine Waffe geben.«

Ich schüttelte wieder den Kopf: nein.

»Das habe ich mir gedacht«, schloß er.

Wir gingen ins Zimmer zurück – an den Tisch. Wenn man es sich recht überlegte, war ich tatsächlich nicht in der Lage, seine Datscha gegen Überfälle zu verteidigen oder die Garage mit den teuren Autos. Das Wohnheim war wie auf mich zugeschnitten – wie eine kleine Hütte; ich kann keine Wolkenkratzer bewachen.

Dulow hielt mir sein Wodkaglas hin, forderte mich zum Anstoßen auf und wollte den Abend nun ernsthaft beenden.

»Ja-a«, sagte ich lächelnd. »Mein Platz ist im Wohnheim. Da bin ich oben.«

»Wenn man wüßte, wo oben ist!« sagte er nachdenklich und wieder sanft, gebildet.

Wir stießen noch einmal an, tranken. Der Wodka schmeckte, der Wodka war großartig und gut gekühlt. Fisch wurde ebenfalls aufs neue serviert. Konnte ich da beleidigt sein?

Der Eierkopf Tolja hatte alles mitgehört, obwohl er während meines Gesprächs mit Dulow auf dem Balkon am Tisch geblieben war (beim Fisch). Wenn er nichts gehört hatte, dann hatte er trefflich erraten, was er hatte erraten sollen.

Einen Augenblick später setzte sich Tolja neben mich und sagte ganz freundschaftlich:

»Keine Eile. Iß und trink, wie es sich gehört. Und geh zum … ja?«

Das Schimpfwort brannte nicht. Es paßte. Es war der Sache angemessen. Ich nickte.

Unsere aussterbende Generation (Lowjannikow würde später sagen, die *literarische*) war und wird wahrscheinlich immer dem romantischen Ehebruch verfallen sein, der romantischen Ausschweifung, wenn man so will, bei der es dem Mann wie der

Frau zunächst und vor allem um das heftige gegenseitige Begehren geht. Erst danach trifft man sich zu einer geeigneten Stunde in der bescheidenen Wohnung eines Bekannten. (Die Schlüssel geben den Ausschlag. Man erbittet sich die Wohnungsschlüssel und hütet sie wie den goldenen Schlüssel des Buratino in der Jackentasche. Oder im Handtäschchen.) Aber es war nun eben so, daß wir dieses geliebte und schon leicht veraltete Genre aus irgendeinem Grund fade, prosaisch und auch ein wenig langweilig fanden (wie auch die Wohnung des Bekannten bei wiederholten Treffen), während die weit ältere, ja uralte Liebe gegen Geld, gegen knisternde Scheine, für uns etwas Neues und Ungewöhnliches war – ein Paradox?

Die bezahlte und zudem bestellte (zu einer bestimmten Uhrzeit) Liebe ärgert und erbost uns einerseits, andererseits stachelt sie unsere Phantasie an – sie beschäftigt uns als Verbot und als Versuchung, manche auch als Tabu und als Geheimnis. Sie bietet sich ja nicht auf dem Bildschirm oder unter der Hand an, sondern in einem ganz normalen Blättchen, hier und heute, zur Auswahl nach Herzenslust! ... Das Blättchen flatterte gewissermaßen in die Höhe, stieg federleicht über dem Tisch auf – ging von Hand zu Hand. In seiner ganzen Breite von zwei Seiten wie Flügel war das Blatt ein Kaleidoskop einschlägiger Anzeigen. Es bestand aus Angeboten, schillernd und bunt, aber mit dem Aroma (der bitteren Rauchfahne) dieses uralten, platten Geheimnisses. Eines war mit blauem Stift eingekringelt: *Elegante Dame verbringt Abend mit wohlhabendem Mann,* Telefonnummer, kein Name, *ruf mich an, Lieber!*

Wir kicherten nur, das rotbärtige Jüngelchen von dreißig Jahren aber, einer von uns, hatte für Dulow schon eilfertig den Hörer abgenommen und wählte mühsam die winzigen Nummern. Alles für ihn: Wir tranken den Wein unseres Bosses, wir freuten uns über die Freude unseres Bosses, wir lebten bereits sein Leben. Die blau markierte Nummer war gewählt – wir lachten – der Rotbart stammelte leicht betrunken:

»Hallo! *Ich bin's, Liebe ...*«

Sie wollte hundert Dollar. Dulow nickte – kein Problem, die würde er zahlen.

Doch der Rotbart handelte sie rasch und ein bißchen frech auf fünfzig Dollar herunter (dabei lächelte er uns zu). Ja, sie komme. Sie komme mit einem Mann, dem der *Liebe* gleich vor dem Eingang zum Hotel die 50 Dollar geben solle, Vorauskasse, auch große Rubelscheine werden zum Kurswert angenommen, er ist mein Partner und absolut zuverlässig, *ja, Lieber* ... Jetzt ergriff Dulow persönlich den Hörer (lachte – er bestellte nicht zum erstenmal, aber eben auch mit noch ungewohnten Gefühlen die käufliche Freude). Dulow sagte, ja, ja, ja, er erwarte sie – und beendete in scherzhaftem Ton das Gespräch:

»... ein Mann holt Sie unten ab, kleiner als der Durchschnitt. Mit einem Stecknadelkopf. Ich meine, mit einem kleinen Kopf. (Der Leibwächter nickte, richtig – er mußte am Eingang sein, der nüchternste von uns.) Er wird die Zeitung in der Hand halten. Die Zeitung mit Ihrer Anzeige. Wird das Geld übergeben und Sie zu mir bringen. Er ist mein Mann, absolut zuverlässig, *Liebe ...*«

Die Schöne kam, groß, langbeinig, jung, aber nicht provozierend angezogen, sie durfte keine Aufmerksamkeit erregen (sonst müßte sie beim Portier Maut abführen). Der Leibwächter holte sie ab und brachte sie zu Dulow, woraufhin wir alle taktvoll aus dem Zimmer stolperten und sie allein ließen.

Wieder zeigte sich ein Grad der Wertschätzung (Sex *gegen Geld* war etwas ganz anderes als unser Gerammel) – ein paradoxer und überaus sowjetischer Wesenszug. Die zerknitterten Scheine, die der Frau im voraus bezahlt waren, das Geld also hatte nichts mit Treulosigkeit und Verrat zu tun, sondern im Gegenteil mit strenger Vereinbarung, die wir als klar und zuverlässig empfanden. (Wie einen seltenen Zug, der plötzlich auf die Minute pünktlich in Moskau einlaufen sollte.) Und es bestand kein Zweifel daran, daß wir, die wir das üppige Gelage im

Hotelzimmer soeben im Haufen verlassen hatten, genau diese zuverlässige, nackte Absprache achteten. Taktvoll wie Bauern gingen wir rasch unserer Wege. Die meisten zogen aus Dulows Hotelzimmer in die Bar ein Stockwerk tiefer. Nicht einmal auf dem Gang drückte sich noch einer herum, damit bloß niemand auf die Idee käme, man lausche auf ihr bezahltes Stöhnen.

Als der Bodyguard eine Stunde später die langbeinige Schöne durch den Gang begleitete, hatte er offenbar schwer getankt – er versuchte, sie in das Kabäuschen der Wäscheverwalterin zu schubsen (die Tür war verführerisch angelehnt; und das auf unserem Stockwerk). Mit dem angenehmen Kaufmannsakzent unseres Bosses erklärte er ihr, während er sie mit eiserner Hand hineinschob, daß er von der Wolga stamme und in Afghanistan gewesen sei, warum könne sie es nach dem Geschäftsmann nicht *ein einziges Mal, nur ein einziges,* auch mit ihm machen. Die Schöne erwiderte, sie habe keine Zeit für *dummes Zeug* und es sei ihr scheißegal, daß er von der Wolga komme und in Afghanistan gewesen sei. Er stieß sie schon in das Kabäuschen, da schlug sie ihn und rammte ihm das Knie ins Sonnengeflecht (ich erinnerte mich an das Muskelwaschbrett) – hinterher erklärte uns der Leibwächter: »Ich hab sie nur deshalb nicht zur Sau gemacht, weil sie's *für Geld* tut …« Das klang nicht recht einleuchtend, aber mit einer gewissen Verzögerung verstanden wir ihn. (Seine Sohnesachtung für den weltweiten Gegenwert.)

Der aufgebrachte Mann wurde sanft und kindlich beim Gedanken, daß ihr Busen und ihre Beine so etwas wie eine harte Währung waren. Seine eisernen Pranken erschlafften. Die Wäscheverwalterin, ein zahnloses Weib, das auf den Lärm hin herbeigeeilt kam, mischte sich ein. Der Leibwächter aber beteuerte der Schönen ein Mal ums andere mit schlenkernden Armen, daß *seine ganze Seele brenne und ob sie wirklich kein Herz habe*? Er wiederholte es im leidvollen Flüsterton eines müden Kriegers (eines ehrenwerten, der sich nichts gönnte). Da schlug die Wäscheverwalterin, die alte Hexe, ohne Umschweife und aus reiner Güte (aber auch, um den Lärm zu unterbinden) mit strenger Stimme vor, die Schöne solle gehen und er solle sie nehmen, wenn es ihm tatsächlich so auf der Seele brenne … Die Wäscheverwalterin (in ihrem Kabäuschen) war sogar schon dabei, die Schuhe auszuziehen, da ohrfeigte sie der Bodyguard »nur mit der Linken«. Er verpaßte ihr zwei Veilchen, beide auf der rechten Gesichtshälfte; die Langbeinige riß sich unterdessen los und rannte davon. Wir hörten das Klappern ihrer Absätze.

Auf dem Gang war heute noch niemand so laut klappernd davongeeilt – so schien es uns wenigstens.

Er verbarg seine Intelligenz hinter leutseliger Ausdrucksweise und typischem Kaufmannsakzent und hatte sich nur einen Augenblick verraten, als er sagte: »Ach, wenn man wüßte, wo oben ist!« (Wenn jeder wüßte, wo er *seinen* Gipfelpunkt erreicht hat.) Ein Satz wie ein Lichtbogen bei einem Lichtblitz – da hatte ich Dulow erblickt, erspäht. Wie auf einer Brücke …

Ich hielt mich an den Wodka und bohrte meinen Blick, schon leicht berauscht, eifersüchtig in sein brandneues Leben. Es war wie auf der Wippe. Ich ließ mich allzusehr von seinem Aufsteigerschicksal gefangennehmen – ich war Dulow, wurde jünger und lebendiger, sauste durch die Jahre rückwärts in die Zeit, da ich selbst fünfunddreißig bis siebenunddreißig Jahre alt war. Dann schnellte ich (mit einem süßen Schmerz) in mein heutiges Ich zurück. Wenn der Wodka wirkt, wird man hellsichtig. Aber der Zwischenzustand wollte sich nicht einstellen – der Übergang vom einen Schicksal zum anderen, die Brücke – auf dieser Brücke war Dulow. Zwischen Dulow und meinem Ich aber stand eine gewisse Zeit (wie ein Umriß), die ich im Rückblick verstehen und sogar sehen konnte, aber leider nicht mehr durchleben.

Ich hätte Herrn Dulow schon heute manches über seine Zukunft sagen können, hätte manches berichtigen können, aber wozu? Wozu brauchte Dulow eine Offenbarung oder gar einen Wissensvorsprung, wenn es für ihn nur das Wissen eines Wächters war, *eines gealterten Etagenwächters*. Manchmal rettet ein Mensch nur die jahrelang angesammelte Scheiße ins Alter hinüber. (Prophezeiung als hochgradige Miesepetrigkeit.) Ich schwieg. Wir hatten keinen Erfahrungsaustausch vor. Jedem das Seine. Unsere Schicksale drifteten lautlos auseinander. Es gab keine Brücke (der Umriß der Zeit war bereits verschwunden) – dafür ein Gleiten über den Fluß, Don, Donezk, wir hatten wohl auf einer Fähre abgelegt, man hörte weder Stimmen über dem Wasser noch Motortuckern. Die Menschen und ihre Schicksale waren schon am anderen Ufer. Dulow war klein wie eine Heuschrecke.

Ich sah noch Dulows Schicksal, aber bereits vom großen Wasser abgeschnitten. (Optik des Rauschs.) Die (seherische) Stille wurde plötzlich zerrissen: Wir befanden uns im luxuriösen Hotelzimmer, wir waren betrunken und sangen schon mit etwas unsicheren, aber kräftigen Kehlen, satt und betrunken, warum denn nicht ...

Die Stimmen fanden sich nur mühsam, einer der Dreißigjährigen (der Rotbart) sang völlig falsch und immer höher. Ein schlechter Sänger sollte nur mitsummen, aber dieser krähte jeden hohen Ton hinaus wie ein Hahn.

Der hagere Leibwächter, Takt des Plebejers, ging zunächst ausdruckslos zum Fenster mit der schönen Portiere und zupfte sie zurecht. (Vielleicht blickte er zum Eingang auf der Straßenseite hinunter.) Dann schlenderte er um den Tisch herum, näherte sich dem Rotbart von hinten und bat halblaut: »Sing nicht. Bitte. Halt den Mund ...«, und trat leise zurück.

Er schenkte sich Mineralwasser ein, leerte das Glas, räusperte sich und stimmte in den Gesang ein, ebenfalls falsch, aber wenigstens nicht laut.

Sinaida hielt mich auf dem Gang an (hatte mir wohl aufgelauert):

»Nejalow war bei dir. Der Alte.«

»Was wollte er?«

Sie wußte es nicht.

Der alte Nejalow wohnte im siebten Stock, hoch oben, ich erinnerte mich an seine blitzsauberen Quadratmeter – Duft nach Sommeräpfeln und sauberen Fensterbrettern, dazu ein Hauch Wodka.

Nejalow wischte jeden Tag seine Fensterbretter mit einem Staubtuch, das ebenfalls sehr adrett aus einer gekauften weißen Binde geschnitten war (nicht aus alten Unterhosen). Der alte Schluckspecht war ein Saubermann. Alkoholiker achtet man besonders, wenn sie reinlich sind. Wenn ich tagsüber zu ihm kam, hielt der Alte inne, den Staublappen in der ausgestreckten Hand, und fragte, innerlich beglückt über die eigene Strenge:

»Schuhe abgeputzt?«

Unausgeschlafene Frauen (ich sehe es ihnen an) hasten zur Arbeit, schwenken im Eiltempo die Handtaschen – nicken bei jedem Schritt mit dem Kopf, wie schwer arbeitende Zugpferde aus dem Wohnheim. (Ich schaue aus dem Fenster hinunter.) Aber die Frauen sind wenigstens geschminkt und gepudert, die Männer an ihrer Seite dagegen sind grau, struppig, aufgedunsen und ohne Lebenswillen. Winzige, mürrische Menschen, unfähig, auch nur die Hand oder das Hirn zu rühren: So gehen sie zur Arbeit. So gehen sie zur Haltestelle und warten endlos, warten und warten auf den Bus, dann zwängen sie sich langsam seufzend und schimpfend durch die Tür, die wegen der Überfüllung gar nicht mehr richtig schließt. Ich denke: Sind das noch dieselben Menschen, die einst über riesige Strecken als verbissene, nicht aufzuhaltende Entdecker zu Fuß zum Ural und nach Sibirien gegangen sind? Das kann nicht sein. Ich glaub's nicht. Das ist undenkbar.

Zweifelnd lehne ich mich bis zum Gürtel aus dem Fenster

und schaue hinunter – dorthin, wo die Bushaltestelle ist und sich die Arbeiter aus unserem Wohnheim drängeln. Kleine, bleiche Kartoffeltriebe (ihre welken Gesichter). Sie stehen dicht nebeneinander und rauchen. Rauchen und rauchen in somnambuler Nachdenklichkeit, als versuchten sie, sich zu besinnen (wie ich), und wunderten sich darüber (wie ich), wie es ihre Vorfahren einst geschafft haben, bis zur Beringstraße vorzudringen, bis zum goldenen Alaska, in das sie eingewandert sind, wenn es ihren Nachfahren so schwerfällt, die zwei Stufen in den Bus zu erklimmen.

Die Kommunisten haben (auf ihre Weise) probiert, sie zur Arbeit zu zwingen, jetzt probieren es Dulytschow und andere. Gott steh euch bei! Wenn man versucht, sich (anhand der Karte oder einfach aus dem Gedächtnis) diese ungeheuren Weiten vorzustellen, diese unglaublichen, unwegsamen Räume, dann denkt man unwillkürlich, daß dieser Elan, diese hartnäckige Kühnheit wie auch die unermeßliche Geographie der Landmassen selbst nicht durch deren historische Entdeckung erschlossen, sondern geradewegs jenen Menschen entnommen worden sind, die unermüdlich und unaufhaltsam durch diese Landmassen wanderten – daß *ihnen*, ihrem Blut, ihren Körpern und ihren Seelen alles *entnommen* wurde, was nur ging, mehr ist nicht mehr drin: ein bleicher Rest. In ihnen ist nichts Russisches mehr. Die Räume haben sie für sich ausgesaugt, für ihre Weite. Die Menschen sind wie Hülsen, leer und ausgeblasen, und um sich zumindest ein wenig auf sich zu besinnen (auf ihre Vergangenheit), müssen sie ununterbrochen schweigend rauchen, rauchen, rauchen und sich an den grauen Rauchfaden wie an den letzten Halt klammern. (Um nicht auch ihn loszulassen.) Sich in den Bus zu drängeln fällt ihnen unerträglich schwer; Arbeiten ist schwer; Leben ist schwer; *Rauchen ist schwer* … Ich schaue hinunter. Ein Teil ist drin, der andere wartet auf den nächsten Bus, wieviel Demut, wieviel Jammer ist in dem häßlichen, ermüdeten Volk.

Mein Vater sang mir als Kind ein Lied vor – *Nicht abgeerntetes Hofland,* so hieß das getragene, leicht plärrende Lied, das unsere weichen Kinderherzen mit stechendem Schmerz erfüllte.

»… Er wußte wohl, wozu er pflügte und wozu er säte,
doch überstieg die Arbeit seine Kraft …«

Vaters Stimme zog mir und meinem Bruder die Seele aus dem Leib (Mutter, glaube ich, auch). Wir beide saßen nebeneinander, gebändigt vom Druck des Liedes – zwei kleine Buben, eng aneinandergekuschelt und unwillkürlich miteinander verwachsen. Mein Vater sang schon damals von ihnen: von den versoffenen, grauen Männern, die morgens einfach nicht in den überfüllten Bus einsteigen konnten. Der Wurm saugt an ihrem kranken Herzen. Der Raumwurm – das habe ich mir später überlegt; der Raum, von dem keiner von ihnen (von uns allen) auch nur einen Fußbreit erhalten hatte. Schon als Kind kannte ich diesen Wurm – auch wenn ich sonst von nichts wußte. Die Urgroßväter besaßen keinen Fußbreit Land; und dem Gutsbesitzer *konnte das Land weggenommen* werden, von heute auf morgen, nachdem man den Degen, den er von Standes wegen trug, über seinem Kopf zerbrochen hatte. Die Großväter hatten keinen Fußbreit Land. Und die Väter und Mütter erst recht nicht. Null. Nackte Bezwinger der Räume. Der Wurm hat mich ebenfalls ausgefressen. Mich zum bleichen Gemeinwesen gemacht, wie eine Motte; ich bin nicht besser als die anderen. Und erst mit Fünfzig (mit Vierzig, es begann mit Vierzig) habe ich mich befreit: Erst jetzt habe ich diesen Wurm ausmerzen können, der mein Inneres zerfrißt, ich *ernte* mein Hofland ab. Mitleid kann mich nicht mehr packen – sinnloses, weinerliches Mitleid. Mich bringt man nicht in diesen morgendlichen Bus hinein. Und schon gar nichts weckt mehr den mitleidigen Wunsch in mir, mich für immer und ewig in denen aufzulösen, die an der Bushaltestelle stehen und eine Zigarette nach der anderen rauchen, in denen, die sich in die aufgedrückte Bustür zwängen wollen und es nicht schaffen, wie sehr sie sich auch anstrengen.

Das nun sind die Folgen der Arbeitsvermittlung, also des Besäufnisses bei Herrn Dulow. Die nächste Gastritis. Ich kuriere mich aus. Esse den dritten Tag Zwieback und Reisschleim.

Einmal konsultierte ich einen Arzt. Der Arme war unter denen, die dastanden, er litt innerlich, rauchte qualvoll lange, ebenfalls an der Bushaltestelle – er war Arzt, wie sich herausstellte! Wir unterhielten uns. Bei der Gelegenheit hätte ich ihn vieles fragen wollen (ich gehe schon lang nicht mehr zum Arzt), aber ich klagte nur über meinen Magen. Er lachte:

»Sie sind fünfzig? … Was wollen Sie denn!«

Ich sagte es ihm: daß der Magen nach einem Besäufnis nicht streikt.

Er lachte.

Ich erinnerte mich an meine Frau, die erste natürlich – vergessen und deshalb vor der Zeit bewahrt, hielt sie (ihr Gesicht) immer noch ein gewisses Quantum meiner Gefühle besetzt. Wahrscheinlich hatte sie inzwischen Federn gelassen, sie war auch über Fünfzig.

Die Gefühle waren ausgestanden, besser gesagt, *überstanden*; kalte Asche.

Ich versuchte, sie mir mit ergrautem Haar vorzustellen – es klappte nicht. Ihr Gesicht ist (für mich) unverändert. Der junge Mund und die Augen sind meinem Gedächtnis zu tief eingeprägt. In Stein gemeißelt. Würde ich sie auf der Straße erkennen? … Ich bin ebenfalls ein wenig von der Zeit mitgenommen, halte mich aber. Ich habe keinen Bauch. Bin lebhaft und impulsiv. Ich habe Hände. Habe einen festen Schritt und einen schönen Pullover; ein paar saubere Hemden. (Wenn ich doch auch noch Schuhe hätte!)

Die Nachricht (das Gerücht) von der Privatisierung wurde hauptsächlich von Sem Iwanytsch Surkow aus dem vierten Stock verbreitet, einst kleiner Arbeiter beim Moskauer Stadtsowjet, heute einfach ein alternder Panikmacher mit trübem Blick.

Alt, wie er war, jagte er den anderen Alten nur Angst ein. Gestern waren sie zwar auch widerborstig und zänkisch, aber heute paßte ihnen gar nichts mehr. Weder der Herbst. Noch eine Partie Domino. Noch ein Bierchen aus der Flasche. Sie hatten sich gleichsam von der Welt verabschiedet. Für den ganzen neuen Kram (gegen alle diese Bananenhaufen) würden sie wohl doch nie den sowjetischen Gemeinschaftstobak hergeben, der sich in ihren grauen Köpfen eingenistet hatte. *Privatisieren* und *ohne Anmeldung wohnen*, wie sollte das gehen? ... Die alten Weiber schlugen die Augen nieder, die alten Männer argwöhnten ein Komplott. (Damit der Sohn den eigenen Vater ins Elend stürzte?!) Es wurden sagenhafte Preise für jeden übelriechenden Quadratmeter gemunkelt. Die Alte telefonierte sofort los, der Alte schwieg und rauchte, aber nach fünf Minuten rannte er mit wäßrigen Augen und zusammengebissenen Zähnen plötzlich durch den Gang und setzte sich im Laufen die Kappe auf. Wohin rannte er? ... (Ich alter Habenichts konnte mir ein bißchen Spott leisten.)

Die Ursache einer Beleidigung war oft Schwerhörigkeit. Der alte Nejalow, taktvoller Alkoholiker aus dem obersten Stockwerk, kam also mit einem Viertelliter zu mir. (»Ich würde mich gern mit einem intelligenten Mann unterhalten.« Die übliche Einleitung.) Er war bereits angeheitert und sprach über die Grausamkeit der Menschen. Schüttete sein Herz aus. Doch bei aller Gekränktheit blieb der einsame Nejalow stets ein redlicher Greis: Die Klage war allgemein gehalten, er nannte seine Beleidiger nicht; möglicherweise waren es die eigenen Kinder, die keine Lust hatten, ihm bei der Zahlung des Pivatisierungsbeitrags für seine saubere Wohnung zu helfen (aber das phantasiere ich mir dazu!).

Als ich fragte: »Na, und wie geht's weiter? Können Sie überleben?«, verstand er meine Frage in dem Sinn, ob er heute einen heben könne.

Zur Antwort machte er wie alle Schwerhörigen Schlitzaugen. Und winkte herablassend Richtung Gang ab – alles in Ordnung, daheim habe er noch einen Viertelliter, der friere im Kühlschrank. Die Bedingung nehme er an. Er sei kein Mensch, der sich keine Norm setze … In seinen verengten Augen stand immer noch die Kränkung.

Am Ende der Gesprächs erkundigte er sich plötzlich, ob ich wüßte, wie Schaben eingingen, wenn man sie vergiftete. Wie sollte ich das nicht wissen? Natürlich weiß ich es. Die von der Chemie benebelte Schabe rennt hierhin und dorthin, bis sie schließlich mitten im Zimmer, vor unseren Füßen, verreckt.

Der Alte starrte mir unverwandt auf die Lippen (las von ihnen ab).

Diesmal hatte er alles richtig gehört und verstanden, er entgegnete mir – das stimme nicht, also was die letzte Stunde angehe, stimme es nicht. »Nein, nein«, beeilte sich der fast taube, alte Nejalow, »ich sage nicht, daß man die Schaben nicht vergiften darf. Man muß sie vergiften. Aber ändern Sie Ihren Standpunkt hinsichtlich ihres letzten Herumkrabbelns und Sterbens mitten auf dem Fußboden. Das ist keine Betäubung. Sie wollen sich nicht mehr verstecken, es ist ihre letzte Stunde: Damit verabschieden sie sich. Damit verabschieden sie sich von der Erde und vom Leben.«

Spät am Abend, als ich die Wohnungen kontrolliert hatte, ging ich an seiner Tür vorbei und schnupperte. Die Quadratmeter des Alten rochen nach dem aufgewirbelten Staub auf den Fensterbrettern, dem Tisch, dem Spiegel und der betagten Kommode – nach dem Staub, den der alte Nejalow Tag für Tag mit seinem Lappen bekämpfte. Durch die Tür duftete es südlich, nach Wermut aus Astrachan. Der greise Alkoholiker war an die Achtzig; würde er bald sterben?

Dafür klapperten die jungen Wölfe (existentiell) allerorts mit den Zähnen. Mein Ich empfand gelegentlich Eifersucht. Ich beobachtete ihre Kraft, ihren federnden Gang und aus irgendeinem Grund die energische Art, wie diese Jungen im Gehen essen – sie mahlen mit den Kaumuskeln. Sie lebten ihr Leben und streiften meines. Sie waren trunken von der Möglichkeit, zu kaufen und zu verkaufen und sich einfach durch die Straßen an den zahllosen Ständen vorbeizuschieben. Sie bewachten Datschen, Villen und Banken – sie konnten schießen, für einen Pappenstiel töten und sich selbst für eine lächerliche Summe vom Leben trennen. Ich konnte nur auf Quadratmeter aufpassen.

Wie erwartet, wurde ich aus den gestrichenen Wänden hinauskomplimentiert. In die kleine Wohnung zog ein Mieter zwischen Dreißig und Vierzig ein, also deutlich jünger als ich, stämmiger und mit kantigerem Unterkiefer. Auf meinem morgendlichen Rundgang begegnete ich ihm auf dem Flur; grobschlächtig und stark, kehrte er von der Nachtwache bei Herrn Dulows Datscha heim. Profi. Er grüßte nicht, nickte nicht einmal. Einen Monat später wurde er dort nachts erschossen.

Die Miliz lud mich (wahrscheinlich als seinen Vorgänger in den gestrichenen Wänden) und den Pförtner Trofimytsch vor, damit wir die Leiche identifizierten. Sie schlugen das Laken zurück und zeigten uns das blutverkrustete Gesicht. Der Schuß in die Schläfe (ein Kontrollschuß, sagten sie) hatte seinen schönen, starken Kopf aufgerissen. Der Mund war noch da. Und den kantigen Unterkiefer erkannten wir auch.

Der Eierkopf Anatoli wollte auch hier nichts versäumen – er kam noch rechtzeitig vor dem Abtransport der Leiche und zeigte ein Papier mit Stempel. In dem Dokument wurde bescheinigt, daß beim Tod des Wächters (ein Mensch kann ja mal sterben) die gestrichene Wohnung 606a wieder an den Eierkopf Tolja zurückfällt: Er kann den nächsten Penner dort einquartieren, der bereit ist, Dulows Datscha nachts zu umrunden.

Das Wohnheim fürchtete jedoch in diesen ersten Tagen der

Privatisierung, auch nur den miesesten Quadratmeter abgeluchst zu bekommen. Suchinin, der Nachbar der gestrichenen Miniwohnung, schaffte es, in einer Nacht die Wand durchzubrechen; er schlug die strittigen Quadratmeter seinen eigenen zu und machte alles blitzschnell rechtskräftig. Suchinin hatte zwei Kinder. Gegen ihn zu prozessieren wäre schwer – das Wohnheim würde sich zweifellos hinter einen der eigenen Leute stellen. So überließ der Eierkopf Tolja Suchinin die Wohnung, nachdem er ihm eine Ablösung abgeknöpft hatte (den ganzen Sommerlohn, hieß es) – wohn drin und vermehre dich, von mir aus! … So geschah es auch – schon im Jahr darauf bekam Suchinin, vielmehr seine Frau, das dritte Kind, eine Tochter.

Als ich vorbeiging, wehte mich (durch die Tür) der Geruch nach neuen Möbeln an und – ganz schwach – nach Wandfarbe und dem Staub meines kurzen Aufenthalts in diesem Raum.

Ich traf Sie …

… und die Vergangenheit

Die Stange des Transparents neigte sich, schlug dem Mann neben mir auf den Rücken und prallte vom Leder auf mich ab – tat jedoch nicht mehr weh. Die zusammengequetschten Menschen wurden nach links zum Tor des Ladens »Russische Weine« (damals leerstehend) abgedrängt. Die Menge toste. Da das Tor mit dem schönen, hohen Gitter halb offenstand, wurden wir in den Durchgangshof gestoßen, geschoben, gedrückt. Wir begannen zu schreien. (Opfer gibt es bekanntlich immer bei diesen schmiedeeisernen Gittern. Unser demokratischer Geist war nicht das einzige, was uns ausgequetscht werden konnte.) Die Milizionäre erkannten erst jetzt, daß die Leute in den Hof gedrängt wurden, während sich die riesige Demonstration immer weiterschob und an der Manege vorbei den Anstieg zum Roten Platz erreichte.

Nachdem die Milizionäre mit Mühe den ersten Torflügel geschlossen hatten und danach auch den zweiten, waren wir in Sicherheit, aber natürlich auch abgeschnitten. Knapp hundert Leute, und ich mit.

»Kein Problem: Gehen Sie durch die Höfe!« schrien die Milizionäre. »Gehen Sie nach Hause!«

Die Miliz beschimpfte uns – wir beschimpften sie. Kaum war die Gefahr des schmiedeeisernen Tores gebannt, empfanden wir die Isolation als kränkend: Warum zum Teufel waren wir hier und nicht dort?! Ein Bürger mit der schönen russischen Flagge empörte sich, er sei zur Demonstration der Demokraten gekommen und nicht zu einem Treffen mit Milizbeamten (im Durchgangshof). »Machen Sie auf!« verlangte er. Und schwenkte nervös die Flagge.

»Wie soll man das Tor jetzt aufmachen?«

»Sie sind verpflichtet, es zu öffnen!«

»Dann mach's doch selber auf!« fauchte ihn ein junger Milizionär an.

Die vorbeiziehende Menschenmenge drückte derart gegen das Gittertor (egal, ob offen oder nicht), daß es sich nicht bewegen ließ. Keine Chance. Unser Interesse kühlte ab. Der Miliz bei ihrem Bemühen zuzuschauen, einen Teil der Menschenmasse von der Demonstration abzutrennen, war dumm. (Obgleich schon morgens derartige Fälle gemeldet worden waren.)

Der Bürger mit der Flagge empörte sich, aber schon matter.

Da erblickte ich sie: die korpulente, alternde Frau. Schwarze und kontrastierende graue Haarsträhnen wechselten sich, zu Ringen gelegt, auf ihrem Kopf ab.

Lesja Dmitrijewna Woinowa. Ich hätte sie nicht erkannt, wenn wir hier nicht mit der Nase aufeinandergestoßen wären. (Zudem hatte sie mich vergessen.) Ich begrüßte sie mit ihrem Vor- und Vatersnamen.

»Guten Tag.«

Sie musterte mich.

»Entschuldigen Sie ... Ich kann mich nicht an Sie erinnern.«

Nach so vielen Jahren war das nicht verwunderlich. »Wir haben einmal zusammengearbeitet. Sie kannten mich wahrscheinlich nicht, dafür kannte ich Sie. Wer im Institut (ich nannte dieses wissenschaftliche Forschungsinstitut kurz WFI) hätte Lesja Dmitrijewna Woinowa nicht gekannt!« Mein Tonfall klang feierlich, herausragende Menschen prägen sich uns eben auf unserem Lebensweg ein.

Sie fand es nett gesagt. Es war deutlich zu sehen, daß sie sich wirklich nicht erinnerte. Auch gut.

Hinter dem schmiedeeisernen Tor gefangen, schauten wir nun aus dem Torbogen dem mächtigen Menschenstrom zu: sahen, wie sich jenseits des hohen Tors (alle könnt ihr nicht abschneiden!) unser demokratisches Volk vorüberwälzte.

»Heute sind viele Leute gekommen.«

»Sehr viele!« Lesja Dmitrijewna war sichtlich aufgelebt und lächelte: das Gesicht einer gealterten stolzen Frau.

Sie freute sich (wie ich mir später zusammenreimte) nicht nur darüber, daß sich jemand an ihre Vergangenheit (und folglich an ihre vergangene Schönheit) erinnerte, sondern auch darüber, daß man sie einfach so auf der Straße erkannt hatte.

In diesem Augenblick bemerkte ich plötzlich einen jungen Milizionär direkt vor dem Gitter – er war ganz vertieft in eine der augenscheinlich interessantesten Beschäftigungen seines Lebens. Ich konnte meinen Blick nicht von ihm losreißen.

»Aber Sie und ich«, sagte Lesja Dmitrijewna, »werden heute nicht mehr demonstrieren.«

»Sieht so aus!«

Der junge Milizionär, der am Tor stand, tat (einfach so für sich, ziellos) folgendes: Er stieß den Schlagstock zwischen den Gitterstäben hindurch. Nein, nicht in die Luft. Er traf jedesmal Menschen aus der vorüberziehenden Menge. Die Menschen (lebhaft schreiend, mit Transparenten in den Händen) wurden an uns vorbeigeschoben, am Gitter vorbeigeschleust, und er markierte sie gewissermaßen. Ein Bulle von dreißig Jahren. Oder etwas jünger. Er führte den Schlag durch die Gitterstäbe aus. Die Menschen in der Menge boten ihm beim Laufen von Zeit zu Zeit ihren Rücken. (Seinen Gesichtsausdruck hatte ich noch nicht gesehen.) Der Schlag war eine Stoßbewegung nach unten. Auf den einen. Den anderen. Den dritten … Der Bulle stand im Schatten des Torpfostens. (Aber sein Schlagstock blitzte auf!) Mit Lesja Dmitrijewna beschäftigt, nahm ich diese lautlos stumpfen Schläge nur schweigend in mich auf, aber innerlich versteinerte ich.

Als LD meine veränderte Stimmung bemerkte, fragte sie mich beunruhigt:

»Haben Sie es eilig? … nicht sehr?«

Sie berührte mich am Ärmel und hielt mich leicht fest:

»Bitte nicht. Lassen Sie mich nicht allein, ich kann mich heute mit dem Gedränge nicht anfreunden … Bleiben wir beisammen?« Sie blickte mich bang fragend an. Der Blick einer einstmals schönen Frau, die nicht weiß, ob sie nach so vielen Jahren auf diese Weise lächeln darf. (Sie durfte es. Fand ich.)

Der Bulle hatte aufgehört, mit dem Schlagstock zu stochern; vielleicht hatte mein nervöses Fluidum seine Visage erreicht. Aber vielleicht hatte man ihn auch einfach weggerissen (von den so anziehend ungeschützten Rücken und Nieren), war ihm in die Parade gefahren: Ein kleiner Leutnant war aufgetaucht und schrie, was zum Teufel steht ihr hier, postiert euch gefälligst woanders, marsch, ab zur Manege! … Der Bulle ließ den Schlagstock sinken und drehte uns (endlich) sein Gesicht zu: Sein junges Gesicht strahlte vor Glück, es lächelte in anhaltender, reiner Freude.

Die Milizionäre und wir alle hinter ihnen schoben uns durch die schmale Röhre des Durchgangshofs nach oben. Es wehte ein empfindlich kühler Wind. Ich sah, daß Lesja Dmitrijewna fröstelte, und nahm nach kurzem Zögern ihren Arm. Sie bedankte sich. So gingen wir. Später sollte sie sagen, sie habe gleich bemerkt, daß ich schlicht, ja arm gekleidet war. Wie einer von denen, die sich auch äußerlich selbst entsprechen. (Die in den Jahrzehnten unter Breschnew viel durchgemacht haben und als heruntergekommene Intellektuelle, ja, zum Teil auch als Opfer durchgehen können.)

Auf dem Weg zur Metro erzählte Lesja Dmitrijewna, daß sie einsam sei und alles im Leben verloren habe. Mit dem Alter die Schönheit. Und mit den Veränderungen ihren sozialen Status.

LD war also eine von denen, die jetzt, unter den Demokraten, verloren und *fielen*. Aha! dachte ich. Mich beschlich plötzlich Unruhe. »Hören Sie mir zu?« fragte sie. »Natürlich.« – Ich stockte einen Augenblick, als ich mein untergründiges Interesse spürte, das während ihres freimütigen Bekenntnisses langsam und ungebändigt (schadenfroh) aus meinem unterirdischen Inneren heraufkroch. Ich beschränkte mich nicht darauf, sie zur Metro zu begleiten, sondern brachte sie nach Hause. Wir tranken Tee. Wir hörten Musik. Wir schliefen miteinander. Das fiel mir ganz leicht, sie wollte mir ständig (wenigstens irgendwem) von ihren Nöten erzählen. Ich blieb auch über Nacht bei ihr. Kontrollierte an diesem Abend nicht »meine« beiden Wohnungen, auf die ich aufpassen mußte (versäumte sozusagen meinen Dienst). Wie ein Pilzsammler nach langer Suche im Schlaf immerzu braune und gelbe Blätter vor Baumstümpfen sieht, so erschienen mir in jener Nacht die Gesichter der Menge im Schlaf, die gestreiften Flaggen und die zu Tausenden scharrenden Füße. Und der Bulle. Er tauchte ebenfalls mit seinem Schlagstock auf. War etwa fünfundzwanzig. (Ich hatte sein lächelndes, junges Gesicht wiederbelebt.) Er schlug unbemerkt, aber ohne sich zu verstecken. Kein Sadismus war dabei oder kindlicher Übermut (ich kann euch durch das Gitter mit dem Schlagstock hauen, aber ihr kriegt mich nicht) – nichts dergleichen. Keine Psychologie. Er schlug einfach. Und lächelte.

Ich wachte nachts dreimal auf und spürte den dräuenden, mächtigen Körper an meiner Seite, er atmete weibliche Wärme. Lesja lag wie ein langgestreckter Gebirgskamm neben mir (das ist ein Bild!). Von Liebe zu Liebe – Zufallsordnung jener Tage. Als ich dem Aufruf der kleinen, mageren Veronika im Fernsehen (und dem Dworikows) folgte und zur Demonstration ging, traf ich dort Lesja Dmitrijewna.

Ich war kaum erwacht, da setzte sich mein Geruchssinn für Q-meter in Gang, und wie sehr mich LD auch in der Küche bei einem Täßchen Kaffee zurückhalten wollte, ich besichtigte doch die Wohnung und sah die Verarmung. An den Wänden fielen mir zwei ausgeblichene, rechteckige Flecken auf – verkaufte Bilder. Verkaufte Möbel hatten Leere in den Ecken hinterlassen. Diese leise Leere ließ sich hier und dort erkennen: sogar in der Anrichte, wo zuvor wahrscheinlich teures Geschirr geprangt hatte. LD packte mich am Ärmel und zog mich in die Küche zurück. Es fiel ihr nicht ein zu sagen, »eine schwere Lebensphase« oder »die Zeiten sind schwer«, nein, sie zog mich nur am Ärmel, führte mich von den Kahlstellen schleunigst weg, senkte aber auch die Augen, ich hatte mich zwar von Lappalien ablenken lassen, von Möbeln, würde aber, Gott sei Dank, nicht ihren Hauptverlust bemerken, die Leere im Gesicht, in der Seele. Eine Frau nach *meinem* Geschmack, dachte ich sofort. Spielart der Weinenden in der Metro. Ich versuchte mir sogar vorzustellen, wie sie still in der Wagenecke saß. Die Ecke: Aura des Falls.

Im Unterschied zu vielen anderen ehemaligen Angehörigen der Nomenklatura hatte LD hinsichtlich des Soziums überhaupt keinen Schutz. Weder durch einen Ehemann. Noch durch einen Freundesclan. Noch durch ihren Beruf. Und Lesja Dmitrijewas Schönheit war schon manches Jahr dahin; Spuren.

Der Fall geht in dieser Situation unaufhaltsam vonstatten – man hatte ihr sofort die große Wohnung weggenommen. Hatte ihr erklärt, es sei eine Dienstwohnung.

Und hinzugefügt:

»Ziehen Sie aus, Teuerste!«

Tränen. Hysterie am Telefon. Professor NN, der sogleich zur Stelle war, zog prompt ein. Ja, einer ihrer lustigen Kollegen. Er grüßte sie weiterhin freundlich. Hatte schon einen Teil der Möbel gebracht. LD schluchzte, wollte sich umbringen (konnte es nicht) und nahm dann kleinlaut die Porträts ihres verstorbenen Mannes, eines Parteifunktionärs, ab (den sie immer noch als Stütze betrachtete). Mit den Bildern wollte sie irgendwohin fahren ... aber wohin? ... »Wie wohin?!« Man half ihr auf die Sprünge: »In diese kleine, bescheidene Wohnung. Zum Glück haben Sie die ja noch.« (Der nach Deutschland ausgewanderte Sohn hatte sie ihr hinterlassen.) Das war nun also ihr Platz. Für jede Maus findet sich ein Loch. Und nun (nach der Demonstration) sei ich aufgetaucht.

Ich lachte – ja, ja, ich lachte, als ich mir plötzlich vorstellte, wie sie mit tragischem Gesicht und den Porträts ihres Mannes in den Händen auf der Liege saß. Was soll das Herumsitzen, wenn man fahren muß? Ich sagte dann auch: »*Fahren wir?* Als Nachfolger fühle ich mich verpflichtet, die Bilder des Ehemannes aufzuhängen, sag mir nur, wo. Die Adresse? ...«

Verkaufen konnte sie nichts mehr: Die restlichen Möbel trugen irgendwelche Kerle am hellichten Tag aus der Wohnung auf die Straße. Und nachts holten andere Kerle die Möbel ab – dachten, es sei Sperrmüll –, der eine nahm sie mit nach Hause, der andere auf die Datscha. Schleppten einfach alles ab. Nur drei Bündel konnte Lesja Dmitrijewna retten, als sie auf das Auto wartete; sie saß die ganze Nacht auf einem Bündel und legte ihre Krautstampferbeine auf die beiden anderen. Ihre Beine waren damals dick geschwollen. Am Morgen fuhren wir in die kleine Wohnung. Bei der Erinnerung (an die lange Nacht auf den Bündeln und die verlorenen Möbel) weinte sie. Ich nahm ihr die Bilder ihres Mannes aus den Händen und hängte sie in der kleinen Wohnung auf. Ich klopfte den Nagel mit dem Hammer ein, obwohl ich ihm am liebsten auf die Rübe gehauen hätte.

Im Institut wurde sie als Amtsleiterin entlassen und bekam bald nur noch ein Elendsgehalt ausbezahlt. Dann legte man ihr nahe, sich eine Stelle zu suchen. Im Grunde wurde sie gefeuert. Sie kam nirgendwo unter, da ihre gesellschaftliche Aktivität in den Breschnewjahren (sie entließ Mitarbeiter) zwar nicht in weiten Kreisen, aber doch bekannt war. Wenn sie auch mit der Zeit in Vergessenheit geraten sollte, würden sich doch immer wieder Leute finden, die sagten: »A-ah! Die Woinowa!« Und dann noch dieser Nachname, Nachnamen helfen uns ja auch. Der (Breschnewsche) Nomenklatura-Bienenschwarm machte in dieser Zeit allenthalben einen starken Abstieg durch, aber auch weiter unten erschnupperten sie manch Gräslein und Blümelein, in das sie ihren zarten Rüssel stecken konnten, um dank alter Verbindungen bald daran zu riechen, bald daraus Nektar zu saugen. LD aber war allein. Bei Null. Dabei gehörte sie doch nicht zu den Grausamen, zu den seinerzeit bekannten öffentlichen Anklägern, aber jetzt hatte man sie eben als solche in Erinnerung (machte sie dazu).

Und wie kam es, daß sie zur Demonstration der Demokraten gegangen ist? Wirklich aus Reue? Das hätte ich sie gerne gefragt. (In salbungsvollem, etwas ungezogenem Ton.) Anfangs beobachtete ich mit diesem gemischten Gefühl aus Neugier und Schadenfreude ihren ungebremsten Fall, wenn ich sie gelegentlich besuchte und im Bett befriedigte; ich tat es mit größtem Eifer, da ständig die Augen des glattrasierten, ehrenwerten Parteigenossen von den Wänden auf mich (uns) herabschauten. In der bescheidenen Einzimmerwohnung waren seine Fotos – seine Gesichter – zu zahlreich aufgehängt. Seinen Augen entging nichts. Würdevoller Blick. Ich sehe alles, sagte der scharfäugige Parteigenosse. (Im Verhältnis zweier Männer findet sich immer Platz für Eifersucht.) Es war, als stünde er plötzlich im Korridor – lauschte in der Küche. Selbst auf dem Klo war ich nicht ruhig (ich sah ihn dort nicht, aber das bedeutete nicht, daß er mich nicht sah. Und daß nicht irgendwo ein kleines Bild von ihm hing, wenn auch nur ein ganz winziges). LD hatte damals nur noch ein kleineres wissenschaftliches Seminar. Aber auch das wollte man ihr wegnehmen. Woinowa? Was ist das bitte für eine Wissenschaftlerin?! Sie leitet *immer noch* ein Seminar? ... Oder wissen wir nur nicht, womit sie dieses Seminar verdient hat? (Der seltene Fall, wo nicht die Schönheit einer Frau gemeint ist, sondern ihr gesellschaftlicher Eifer. Die Schönheit rührte man nicht an, hatte sie vergessen.) Das Seminar war das letzte, was ihr geblieben war. Wichtig waren nicht die Rubel und Kopeken (wenngleich sie unentbehrlich waren), wichtig war, daß Lesja Dmitrijewna irgendwo hinging und etwas tat. Ohne das Seminar wäre sie nichts. Sie wüßte nicht einmal, wohin sie gehen sollte. Und sie hatte noch drei Jahre bis zur Pensionierung.

Unterdessen darbte sie. Schon als ich in ihrem Leben aufgetaucht war, verkaufte sie ihren letzten Anhänger und Ohrringe aus vergangenen Zeiten. Aber sie sagte mir kein Wort davon, dann ging sie an den Kleiderschrank. Ein Fummel kostete jetzt ein paar Groschen. War nichts wert. Doch die Kleider des Parteigenossen verflüchtigten sich, der Inhalt des halben Kleiderschranks verschwand. Er hatte nicht gut aufgepaßt. (Dabei war er so aufmerksam, in jeder Ecke ein Augenpaar.) Sie verkaufte auch eigene Klamotten. Gab sie wahrscheinlich in Kommission. Ich kann mir nicht vorstellen, daß sie den Kram vor dem Ausgang einer entfernten Metrostation (wo keine Akademiker wohnen) feilbot. Obwohl es möglich wäre. Das Bedürfnis, sich zu erniedrigen, hatte sich bereits eingestellt.

Sie war allein; hatte den Mann begraben; der einzige Sohn hatte sich vor langer Zeit (als er erwachsen wurde) mit den parteitreuen Eltern vollkommen entzweit, eine hellblonde Deutsche geheiratet und in die Bundesrepublik abgesetzt. Dort lebte er jetzt. Von ihm bekam Lesja Dmitrijewna nur schöne Glückwünsche zu Weihnachten, aber selbst die schrieb seine deutsche Frau. (Wobei sie sicher die russische Faulheit verfluchte.)

Ihre Buße begann nicht im Bett – sie begann einfacher, beim Essen; LD verköstigte mich. Kaufte für ihr letztes Geld Rindfleisch und machte daraus Borschtsch oder manchmal einen Braten; äußerlich sah es so aus, als würde eine in die Jahre gekommene Frau schlicht und einfach einen ebenso bejahrten, einsamen Mann betutteln. Wie eine gute Mutter – iß dies, iß das, und zum Tee Konfitüre, etwas Süßes muß sein! Mit der Zeit wurde das Motiv für unsere Beziehung jedoch komplizierter. Es gewann an Strenge. Nein, es war keine Abrechnung in der Zeit der Veränderungen, höchstens ein Anflug davon, die Uhr tickte eben, und nun betuttelte eine ehemalige Richterin und rücksichtslose Ordnungshüterin (die sich dessen bewußt geworden war) einen UGler, einen ruinierten Schriftsteller – keine Schönheit mehr, sondern ganz reumütige Mama! Gütig, korpulent, fast zu voluminös. Ich sprach ihrem Borschtsch gerne zu. Sie griff sogar zu Nadel und Faden und stopfte mir ein Loch. (Bis zu den Schuhen, meinen ewigen Tretern, gedieh die Sache jedoch nicht.) Aber schon bald war LD völlig verarmt, und diese Variante war erschöpft. Kein Geld. So büßte sie etwa drei Wochen, höchstens einen Monat mit Essen, mit wechselnden Gerichten auf dem Tisch. Ein bißchen zuwenig! Für zwei Jahrzehnte Breschnewjoch hätte sie sich ruhig etwas mehr anstrengen können. Borschtsch und Konfitüre waren vom Tisch wie weggeblasen, nur noch Kartoffeln und blasse Suppen gab es nun. Sie wußte selbst, daß es zuwenig war. Da blieb nur noch die Wärme ihrer weiblichen Arme, abendliche Geborgenheit im Bett.

Eine Waschmaschine hatte sie nicht; wenn diese »Ehemaligen« ihre Kontakte verlieren, verelenden sie im Nu; sie können keine stabile Mitte halten. Sie stürzen regelrecht ab. Ihre Bettwäsche war nur wenig besser als meine im Flügel K. Wenn ich genau hinsah, bemerkte ich nun, daß sich Lesja Dmitrijewna (Lesja – ich nannte sie jetzt selbstbewußt nur beim Vornamen) in Augenblicken der Vertrautheit ebenfalls reumütig verhielt. Sie weinte. Und strengte sich irgendwie zu sehr an, beeilte sich, es mir recht zu machen. Eine Frau mit mächtigem, weißem Körper, noch dazu fortgeschrittenen Alters, sie war doch kein feuriges Mädchen! Sie schluchzte hinterher – und anfangs war das noch irgendwie zu erklären: als heimliche Verlängerung des im Bett Erlebten, als Sinnlichkeit oder ungeschickte sexuelle Wonne. Sinnlichkeit allein konnte jedoch nicht der Grund für das lange Nachbeben sein. Noch eine halbe bis ganze Stunde danach (im Halbschlaf, ich lag müde neben ihr) zuckte ihr Körper, und das unterdrückte Schluchzen war als Glucksen vernehmlich.

»Ist dir schlecht, Lesja?« fragte ich dann ohne großes Verständnis und Mitgefühl. Die Schmächtigen lassen sich besser bemitleiden.

Die Fülle einer Frau hindert einen wirklich daran zu verstehen, was in ihr vorgeht. Der weiße Körper nahm wie ein Berg das ganze Bett neben mir ein, aber Berge sind ruhig. Nur irgendwo (weit und hoch) oben, getrennt vom Körper, weinte ihr Gesicht – weinte und flehte mit gedämpften Schluchzern (die sich zu verbergen suchten).

»Ist dir schlecht?« fragte ich schon nachdrücklicher. Sie rechtfertigte sich flüsternd: »Bitte ... beachte es gar nicht ...« Dann entriß sich ihr ein Stöhnen, und sie wimmerte auf.

Ich blieb nicht über Nacht bei ihr, fuhr zurück ins Wohnheim. Doch bevor ich ging, schlief ich ein (wie jeder Mann, der rasch wieder Kraft schöpfen will). In der Stille und Dunkelheit, wahrscheinlich gegen Mitternacht, ihr Schluchzen ... und ich wachte auf.

Ich erriet, wenn auch nicht sofort, daß die Frau das Bedürfnis hatte, sich in Kot und Erde zu wälzen: sich mit Dreck vollzukleistern, als Buße. (Ein verschwiegenes Gefühl, kaum wahrnehmbar.)

Die Schwierigkeit bestand darin – *auch noch darin*, daß Buße, selbst die aufrichtigste Buße, bei einem weltlichen Menschen nie ganz hundertprozentig ehrlich gemeint ist. Wir sind Menschen, wir stehen im Leben. So auch Lesja. Außer Reue und Buße hatte sie eine winzig kleine Rechnung aufgemacht. Sie bereut, sie erniedrigt sich – und dann wird sie jemand oder etwas (Höheres in unserem Leben, das Schicksal, Gott) verstehen und ihr vergeben. Und ihr (subtiles Moment!) die Chance geben, im Leben wieder aufzusteigen und zu Wohlstand zu gelangen. Aufrichtige Selbstbeschuldigung, mit Schmerz und Qual, aber auch mit dem Gedanken, wie es im Leben weitergehen soll. Ob man sich so von der Sünde freibetet, will ich nicht beurteilen. Nach fünfzig Jahren Leben begegnete ich zum erstenmal einer büßenden Frau.

Es handelt sich nicht um ein Schuldbekenntnis – nicht um das bittere Bedauern eines Vergehens (von Männern und Frauen, die etwas bedauern, gibt es mehr als genug). Sie bedauerte ganze Jahrzehnte ihres Lebens. Wollte sie wirklich ihr halbes Leben wegwerfen (durchstreichen)? Es war nicht verwunderlich, daß mir LD damals teilweise nicht ganz normal erschien. Eine massige, büßende Frau. An einigen Stellen hatte sie hängende Speckfalten. Das Gesicht war schon mager, hungrig und faltig, aber die Hüften waren noch schlabberig fett. Sie erinnerte mich an unser Imperium. Ein dummer Vergleich; aber ich verglich ja gar nicht. Ich erinnerte mich nur plötzlich. Das kann vorkommen.

Kein Geld und nichts zu verkaufen. Wovon soll man dann leben? ... Sie verliert das Seminar (die letzte feine Ader, durch die das Leben pulst). Mit ihrem Ruf kommt sie nirgendwo unter. Steht auf der schwarzen Liste ... Sie spürte nicht, wo ihre Klage endete und das verzweifelte Jammern begann, das nicht mehr mir galt, sondern dem Himmel.

Jetzt haßte sie aufrichtig ihre Teilnahme an den Verhandlungen des Disziplinargerichts.

»Wie gedenken Sie weiterzuleben, Turow (Abramow, Gurewitsch, Simin, Tschurilowski ...)?« stellte Lesja Dmitrijewna Woinowa damals ihre Frage. Während sie fragte, hob sie ihre (selten schönen) Augen, die so viele im Gedächtnis behalten haben.

Alle anderen am Richtertisch schwiegen wichtig, fast rituell. Bis ein Beflissener den armen Teufel aufs neue in die Zange nahm:

»Man hat Ihnen eine Frage gestellt. Wie haben Sie vor weiterzuleben?«

Mich verletzte (jetzt) der Gedanke, daß Lesja Dmitrijewna in dieser falschen Breschnewzeit, als sie mit den Genossen am Richtertisch saß und mit einem schwerwiegenden Wort Menschen an die Luft setzte, ganz echt war. Jene schöne und energische Demagogin, die ihren glattrasierten Mann, den Parteifunktionär und gesetzten Karrieremacher, vergötterte und sich keine amourösen Abenteuer gönnte (kein einziges Mal im Leben, sagte sie), jene LD war lebensecht und in ihrer Art aufrichtig. Diese LD aber in der schäbigen Kleinwohnung, die mutterseelenallein, verarmt und unpraktisch war und keine Kopeke mehr besaß, die wirkte schwermütig und um so falscher, je inständiger sie sich erniedrigte. (Obwohl sie bereute. Obwohl sie vielleicht gerade jetzt echt wurde und ihre Qualen aufrichtig waren.) In jeder korpulenten Frau steckt bekanntlich ein kleines Mädchen, aber das Mädchen entpuppte sich in ihrem Fall als ganz klein. Ihre Fassungslosigkeit. Ihr Stimmchen! Wohin hatten sich ihre Bekannten verkrümelt? Sie hatte nicht einmal mehr Nachbarn im landläufigen Sinn. Um die Anrichte zu verkaufen, holte sie Leute von der Straße. Wo hast du sie aufgegabelt? … Die Leute beobachteten, wie LD ihre Ohrringe verkaufte, sprachen sie dann in der Metro an und fragten, ob sie ihnen nicht den Pelz verkaufen wolle, den sie trug. Sie erschrak, aber die Leute blieben ihr bis zu ihrem Haus auf den Fersen. Da sagte sie – die Anrichte, ja, die Anrichte würde sie ihnen verkaufen, sie steckten ihr das Geld zu, sofort rollte ein Auto vor den Haupteingang, und das Stilmöbel flatterte wie ein Vogel zur Tür hinaus. Sie weinte. So wenig Geld. Sie hatten ihr ganz wenig gegeben. Aber was hätte sie tun können? Die Miliz rufen, schreien? … Sie könne nicht schreien. (Hatte es nie gekonnt. Sie konnte im Disziplinargericht auftreten.) Sie weint. Aber ein UGler läßt sich von Herzenspein nicht gleich erweichen; schon gar nicht mitten am Tag.

Da weint sie um ihre verlorenen Möbel, ich dagegen denke an ihre ungewöhnlichen Maße, schade, daß ich kein Maler bin! Wie sie daliegt: Die großen, länglichen weißen Brüste fließen den Berg hinab und enden in den riesigen Knospen der Brustwarzen, die, ach, das richtige Epitethon, von blutroter Farbe übergossen sind. Der weiße Körper gibt die Linie vor und wächst sich (in der Linie des Blicks) zum noch größeren, grellweißen Berg ihres Hinterns aus. Was für eine Linie! Ich ertappe mich bei hehren Gedanken: Ich sollte arbeiten, ja, ja, die Schreibmaschine holen und *hier* arbeiten. Auf der Stelle. Das ist wie Freilichtmalerei. Wenn ich die Schreibmaschine auf den Berg ihres Hinterns stellte, würde ich jetzt, für ein, zwei Seiten inspiriert, zur Literatur zurückkehren. Würde lostippen! (Was war Moore dagegen! Hier ging es um den Versuch, sich mit der Gottgleichheit der altägyptischen Skulptur zu messen ...) Wie inspiriert könnte das Dichtwerk sein – ich würde tippen wie in früheren Zeiten, ganz leise, ohne einen Menschen auf der Welt zu stören, meine jugoslawische Schreibmaschine auf diesem russischen Eisberg wäre kaum sichtbar, wie eine Elfe. Wie eine Fliege. Sitzt halt da. Eine kleine Fliege. Na und?

Sie weint ... Natürlich ist ihre Reue erzwungen, zum Teil verkopft, aber wer hätte sie ihr denn wann beibringen können? Die Kultur der Reue ist kein Pappenstiel. Autodidaktisches Erlernen der Demut? ... Sie weint, aber dieses Schluchzen hat auch etwas von einem Gebet. Mit jeder Erniedrigung und dem darauf folgenden Schluchzen erfleht sie eine Schicksalswende. Ich drehe mich voller Mitleid zu ihr um, stoße aber mit dem Blick erneut auf den gewaltigen weißen Schenkel. Was ist das denn?! Dazu noch diese energische Eifersucht aus dem Jenseits – der rasierte Parteigenosse trifft meinen Blick. Beobachtet mich von der Wand. Der Schatten des Ehemanns schärft seinen Blick besonders dann, wenn ich die Schuhe abstreife und in sein Schlafzimmerreich eindringe.

Der Magen erwacht: Hunger. (Und mit dem Hunger das Problem des Essens.) Ich kann es mir nicht erlauben, sie kahlzufressen, LD ist bitterarm. Ich müßte wenigstens irgend etwas mitbringen, aber was? … Kann mir nur ekelhafte Wurst leisten. Allerdings habe ich ein ofenfrisches Stangenbrot mitgebracht.

So sage ich es:

»Ofenfrisch.« (Habe es nur deshalb mitgebracht. Wegen der Frische. Nicht wegen ihrer Geldnot.)

Aber ich kann doch nicht nur Brot mitbringen. Und jeden Tag verkünden:

»Ofenfrisch.«

Iß mit mir zu Abend, sagt LD. Ich lehne ab: Hab gut zu Mittag gegessen. Na, wenigstens einen Tee. Heute nicht, sage ich bestimmt. Ich muß jetzt gehen. Lesja Dmitrijewna steht vor dem Spiegel, streicht sich geschwind übers Haar und mustert sich für die letzte Umarmung (für heute), ein tiefer Blick in die Augen – schon an der Tür.

Das Disziplinargericht unseres Forschungsinstituts fand in einer für die damalige Zeit typischen Sitzung statt, Befragung am Tisch, und einer der sieben Richter war die schöne Lesja Woinowa (ich war 27, folglich war sie 24 oder 25, nicht älter!) Lesja Woinowa hielt damals eine kurze, energische Rede, ihre Augen strahlten. Sie wies auch noch die am Tisch sitzenden Männer zurecht:

»Ihr Wortgeplänkel ist langweilig. Wir sollten endlich abstimmen: Ist er schuldig? Oder unschuldig?«

Wie viele im Institut hatte ich ihren Namen schon öfter gehört und kannte sie vom Sehen (sie mich nicht). Vielleicht war ich verliebt. Sie hatte ihr Rigorosum noch nicht abgelegt, aber ihre Dissertation fast fertig – niemand zweifelte an ihrem Erfolg. Gesellschaftliche Karriere machte Lesja Woinowa nicht, sondern eben wissenschaftliche, aber eine schöne Frau will sich doch zeigen, will unter Menschen sein. Welche junge Frau möchte nicht, daß man ihr sagt: »Ach, Ihre Rede war brillant!« Und ihr ins Ohr flüstert: »Sie sind schön und gescheit!« Auch ihr sagte und flüsterte man diese Lobesworte mit jenem Schmachthauch, der einer Frau so schmeichelt. Man nannte sie damals schon hin und wieder Lesja Dmitrijewna. Der Name stand ihr. Sie gefiel mir. Und wenn ich ehrlich sein soll, dann regte mich ihre weibliche Schönheit an besagtem Tisch weit mehr auf als die Tatsache, daß ich nach ihrer kurzen Rede und allgemeiner Abstimmung aus dem Institut ausgeschlossen wurde. Ich wollte ja selbst abspringen; hatte schon meine erste Erzählung geschrieben.

Jetzt wurde LD gefeuert. Siebenundzwanzig Jahre später.

Aus Verzweiflung und mit letzter Kraft (und dem letzten Geld) lud Lesja Dmitrijewna drei einflußreiche Männer zum Abendessen und zu einer Flasche Wein ein. »Der eine hat einen Namen. Der andere ist bei den Demokraten gut angeschrieben«, flüsterte sie erregt, als sie mich aus dem warmen Bett warf und sich an die Vorbereitung machte. Ich hatte noch nicht begriffen, daß sie sich meiner schämte. Vielmehr, äußerlich hatte ich es schon begriffen. Aber nicht den Grad ihrer Scham. Sie schickte mich zweimal zum Einkaufen. Und für unsere zusammengelegten Kopeken stand schließlich einiges auf dem Tisch. In der Küche dampfte es: LD hatte die Ärmel hochgerollt und kochte. (Bekannte Regel: Wenn man kein Geld hat, muß man am Herd stehen.) Aber ich wurde erneut weggeschickt, und die fertige Tafel in vollem Gepränge bekam ich nicht zu sehen. Ich erblickte erst das verkleisterte Geschirr (um Mitternacht). Und die schmutzigen Gabeln. Dafür schlüpfte ich wieder in ihr warmes Bett.

Die drei Männer, die sie an diesem Abend besucht hatten, führten ein langes Gespräch über Politik. Über die Wissenschaft. Über amtliche Zuschüsse, Stipendien und sonstwelchen Unsinn, den man bei Tisch so verzapft. Man seufzte darüber, wie doch die Zeit vergeht. Einer raffte sich sogar zu einem Trinkspruch auf –

Lesja Dmitrijewna altere nicht. Sie notierten sich natürlich das Datum, an dem der wissenschaftliche Rat auf seiner Sitzung unter anderem auch über die Frage ihres Seminars entscheiden würde. Aber keiner von ihnen erschien dort. Und nicht, weil sie irgendein moralisches Problem damit hatten. Sie hatten es schlicht vergessen.

Dafür erhielt sie einen Anruf aus dem Institut – liebenswürdig, aber mit einer milden Drohung sagte man ihr, sie möge lieber nicht zu dem Gespräch über die Schließung ihres Seminars kommen. Es sei nun mal entschieden. Sie solle sich nicht daran klammern.

Ich konnte es nicht glauben: »Übertreib nicht, Lesja! … Wer hätte dir so etwas am Telefon sagen können?«

Aber nach einigem Nachdenken stimmte ich widerstrebend zu, daß sie wohl recht habe: Es werden sich immer Menschen finden, die bereit sind, einem Fallenden den letzten Tritt zu geben. In der Ära Breschnew hatten das die Dissidenten und ihre Sympathisanten zu spüren bekommen. Und nun wurden die »Ehemaligen« mit verhohlenem, aber sehnsüchtig erwartetem Vergnügen gestoßen und getreten. Von denselben Leuten. Durchschnittstypen, spottete Wenja in seiner Jugend.

Spätabends läutete das Telefon noch einmal, Lesja schlief schon, ich nahm den Hörer ab:

»Wir kennen sie ja von früher«, sagte eine Stimme warnend.

»Wer *wir*?«

Die Besprechung sei anberaumt, fuhr die gelassene Stimme fort, und die Sache sei entschieden, deshalb rufe er an, damit LD nicht auf die Idee käme zu erscheinen, sonst werden wir (wieder wir) ihr Blut trinken. Passender Vorwand. Sie solle nur kommen, dann werden wir Lesja Dmitrijewna erinnern, ihr die verklebten, alten Augen öffnen …

»Wer *wir*?« wiederholte ich meine Frage.

»Wir sind … (Er stockte, beherrschte sich. *Wir sind wir, das weißt du doch,* so hätte er es jetzt am liebsten in Stimme oder

Tonfall ausgedrückt. Das hätte genügt.) Wir sind wir«, sagte er ruhig und gelassen.

Schon in jungen Jahren, in meiner leichtsinnigsten Zeit, als ich hier und dort gefeuert wurde, kannte ich diese Stimme mit dem bestimmten Tonfall. Hätte ich in der Breschnewzeit gefragt (ich hätte fragen können, ich war nicht naiv), dann hätte mir die an alle Zeiten angepaßte kollektive Stimme ebenso geantwortet: Wir sind wir.

In meinen Schläfen pochte es.

»Hör zu, du Schwein«, sagte ich plötzlich heiser. »Ich weiß nicht, wen du anrufst und welche Nummer du gewählt hast (ich lenkte von LD und ihrer jetzigen kleinen Wohnung ab). Aber deine gemeine Stimme habe ich erkannt. Du hast keinen freien Fleck mehr am Körper, wo man das Schurkenmal einbrennen könnte. Und deshalb warne ich dich: Hau ab!«

Ich knallte den Hörer auf.

Er wartete etwas. Zweifelte, ob er sich verwählt hatte? Schließlich wählte er noch einmal.

»Hallo?« stieß ich heiser hervor.

»Lesja Dmitrijewna bitte.«

»Da bist du ja schon wieder, du Arschloch«, fauchte ich. »Bist du zu bescheuert, um die richtige Nummer zu wählen?«

Jetzt knallte er den Hörer auf.

Sie bekannte sich reumütig und immer offener zu Fehlern. Schon tauchte in unseren Gesprächen (nicht in ihrem Gedächtnis, sie hatte sich stets die Erinnerung bewahrt) jener alte Säufer auf, der zu sabbern begann, sobald sich die Putzfrauen breitbeinig hinstellten, den Rumpf beugten und spätabends den Schmutz auf den Korridoren des Instituts wegputzten. Vor langer Zeit hatte ihn das vereinigte Gewerkschaftskomitee (dem natürlich auch LD angehörte) zur Rede gestellt und bestraft. Mit einem Verweis oder so. Hatte ihm die Prämie aberkannt. Kurzum, ihn ein wenig in die Mangel genommen, und der Mann ergab sich dem Alkohol. Da besannen sie sich eines anderen, bedauerten ihn allesamt und erledigten seine Arbeit für ihn, er trank aber noch mehr: Kam betrunken in die Abteilung, erhielt sein Gehalt für Nichtstun und sammelte abends leere Flaschen. Ein Alkoholiker, der mit der Zeit zu einem schmutzigen, alten Säufer verkam. Als Lesja Dmitrijewna, zweiundfünfzig Jahre alt, zu büßen beschloß (schon in unseren Tagen der Reue), wählte sie ihn als ersten aus. Er war nicht zu übersehen. Ein lebendiger Vorwurf. Ein Opfer. (Obwohl er sich, glaube ich, auch ohne den Mückenstich des Gewerkschaftskomitees dem Suff ergeben hätte.)

Er war geil auf die Putzfrauen, aber allem Anschein nach waren die gänzlich abgeneigt und beschwerten sich über ihn, er belästige sie genau dann, wenn sie den Boden wischten, dieser Dreckskerl. Alle gingen ihm aus dem Weg. Er wohnte nicht weit vom Institut entfernt. An diesem alten Säufer unternahm sie den ersten Versuch der Selbsterniedrigung. Lesja Dmitrijewna Woinowa (die nun ebenfalls von allen getreten wurde) kam von sich aus in sein widerlich verdrecktes Loch. Als er die Tür öffnete, geriet er in Zorn. Jeder Überraschungsbesuch löst in uns unwillkürlich eine entsprechende Reaktion aus. Als sie einander gegenüberstanden, fuhr der Alte aus der Haut, richtete sich sogar auf (seine Mimik übernahm wie gespiegelt ihren früheren Stolz). Und erst als dem Säufer bewußt wurde, warum die Frau zu ihm gekommen war, schrie er mit dünner Stimme auf und war ganz aus dem Häuschen vor Glück, seine Hände flatterten, so gierte er, der Verwaiste, danach, sie zu begrabschen. Aber sie ging weg. Es stank derartig in dem Loch, daß sie augenblicklich Brechreiz verspürte.

LD murmelte, sie sei nur gekommen, um sich nach ihm zu erkundigen, wehrte in größter Hast die zitternden Hände ab und ging – ihr war hundeelend, den ganzen Abend setzte ihr die Übelkeit zu. Sie las, versuchte zu lesen, saß in der Küche einen halben Meter vom Spülbecken entfernt, einen halben Schritt vom rauschenden, sauberen Wasser (für den Fall, daß sie kotzen müßte).

Sie ging weg, kam aber wieder. Jetzt wollte sie, daß ich irgendwie (mit Worten) reagierte – oder sie wenigstens beschimpfte, verurteilte: Vielleicht war sie unnormal? Sag doch.

»Bitte, sag was. Aber ehrlich … Ich will, daß du mich verstehst.«

Ich verstand sie, wie denn nicht? Doch nun verstand ich auch (erriet), wie es weiterging.

Im nächsten Schritt (die Kultur der Buße ist in uns doch noch zum Teil lebendig) machte sich Lesja Dmitrijewna klar, daß man sich nicht unbedingt denen gegenüber an die Brust schlagen mußte, an denen man persönlich schuldig geworden war. Man mußte seine Schuld nicht unbedingt denen gegenüber eingestehen, die man verurteilt hatte. Um sich zu erniedrigen und von Schuld (Stolz) zu befreien, konnte man jeden Abschaum von gestern als Zielscheibe der Reue wählen.

Mir fiel es wie Schuppen von den Augen: Ich begriff, wer ich war.

Und noch einen Augenblick später begriff ich, wem ich aus ihrer Sicht ähnlich war. Diesem alten Säufer. Ich war eine Spur besser, aber vom selben Schlag. Der Raum war mit einem Mal weit, man sah bis zum Horizont. Die Luft sirrte. Der Alte – das war ich. Einer ohne Arbeit und Obdach (der im Wohnheim herumlungerte). Sie wußte ja nicht, daß sie mich vor 27 Jahren ebenfalls aus dem Institut gefeuert hatte. Den Versager, den selbstverliebten Graphomanen in der unmöglichen Hose und den kaputten Schuhen, den hatte sie sich als passenderen Gefährten ausgesucht. Jener alte Säufer war zuviel; zum Erbrechen. Aber mit dem verwahrlosten Wächter aus dem Underground (mit mir) gelangten ihre Reue und Erniedrigung in ein weit klarer abgesteckteres kulturelles Fahrwasser.

Ich (Selbstliebe) schaffte es nicht, die Kränkung an mir abgleiten zu lassen. Aber ich schaffte wenigstens etwas anderes: die Kränkung nicht zu zeigen. Ich ging einfach nicht mehr zu ihr.

Sie flehte um Vergebung ... Daher die Tränen im Bett, ihr unterdrücktes Schluchzen eine halbe Stunde nach unseren Umarmungen. Und ich, alter Esel, zerfloß vor Mitleid. Ich war es, mit dem sie sich im Bett erniedrigte.

»... Ich ging durch den Wohnungsgestank dieses Schluckspechts. Findest du es nicht scheußlich, dir das alles anzuhören?« fragte sie. »Sag doch.«

Ich schwieg offenbar.

»Na?« fragte sie wieder (mit Nachdruck). Als schlösse die Vollständigkeit der nächtlichen Beichte nicht nur ihre Geschichte von dem alten Säufer ein, sondern auch meine Antwort darauf. Als sollte ausgerechnet ich ihr die Sünden erlassen.

Ich sagte: »Schon gut, das ist vorbei.«

»Ich hatte Angst vor dem Gestank, vor diesem Brechreiz immer wieder, ich badete den halben Tag, war total verstört. Hörst du zu?«

»Ja«, grinste ich.

Da sagte sie plötzlich auch lachend, während sie mir über den Kopf strich:

»Na, ja. Du bist ja selbst ein, wie du dich ausdrückst, fieses Wohnheimschwein – dir ist alles egal! ... Sag ehrlich, wie oft badest du? Aber du achtest doch auf dein Äußeres? Bei dem Leben – also auf verschiedenen Stockwerken – muß ein Mann doch einen Baderhythmus haben?«

Ich war nicht verärgert. Nicht mehr. Man denke nur, diese ehemaligen, vor der Macht scharwenzelnden Parteidiener sind tatsächlich noch von *ihrem* Stolz erfüllt! Sie besitzen tatsächlich noch Hochmut! – Ich bin daneben ein Schmutzfink aus dem Wohnheim, man quält und erniedrigt sich, wenn man sich auf eine Stufe mit mir stellt.

Nur einen kurzen Augenblick loderte der Zorn in mir auf. Ach, ihr verdammten Freßsäcke, dachte ich ... Aber ich beherrschte mich. Etwas anderes verdroß mich: Ich war doch gekränkt.

Konnte mich ein fremder Blick wirklich immer noch treffen? Schäm dich, Petrowitsch, tadelte ich mich. Und verschwand. Ging nie mehr zu ihr.

Vik Vikytschs Reaktion (er hatte uns einmal zusammen gesehen):

»Da hast du ja die Richtige gefunden, derentwegen du dich grämen kannst! Leute wie sie haben deinen Bruder in die Klapse gesteckt.«

Vik Vikytsch war vom Hörensagen über sie im Bilde:

»Wenn es wenigstens nicht so eine fette, alte Schachtel wie deine LD wäre! Du siehst doch hoffentlich, daß sie alt und fett ist?«

»Nein.«

»Siehst du es wirklich nicht?«

»Nein«, bekannte ich. (Ich sah es tatsächlich nicht mehr.)

Bevor die drei gelehrten Knacker zum Abendessen kamen (sie hätten ein gutes Wort für sie einlegen können, taten es aber nicht), hatte mich Lesja gebeten, ihr einen Lippenstift zu kaufen. Damit sie sich, wenn die Gäste kämen, wenigstens flüchtig den Mund schminken könne. Das leuchtete mir ein. (Sie wollte nicht als Ruine erscheinen.) Nach so langer Unterbrechung, nach siebenundzwanzig Jahren, konnte ich ihre geschminkten, leicht spielenden Lippen wieder sehen. *Rose Incarnat*, mit einem Hauch Frühkirsche, so hatte sie die Farbe des billigen Lippenstifts bezeichnet, nach dem ich (auf ihre Bitte hin) den ganzen Tag bei den Kleinhändlern suchte. Ich kaufte ihn. Ich wollte es. (Ich wollte ihre Lippen sehen.) Aber am selben Tag besuchte ich auch Wenja im Krankenhaus.

Ich wollte mich gerade zu ihm begeben, da stürzten sich gleich hinter der Tür zum Stationsgang zwei kräftige Pfleger auf mich (rochen sie den Duft?) und stülpten meine Hosentaschen um, durchsuchten mich: Sie fanden nichts. Ich leistete im Grunde keinen Widerstand, wußte ja, daß sie nachsehen durften, ob ich einem Patienten etwas Spitzes oder Tabletten mitbringe. (Es hing ja ein Anschlag aus: *Sehr geehrte Besucher und Angehörige unserer Patienten*, in Großbuchstaben.) Nach der Durchsuchung gaben sie mir einen freundlichen Klaps: Geh zu. Ich grüßte sie sogar mit der Hand. Bemerkte auch nicht gleich, wie sie diesen duftenden Lippenstift vom übrigen Inhalt meiner Hosentaschen hatten trennen und sich unter den Nagel reißen können. Aus purem Zufall schaute ich mich um. Und erblickte ihn, den Lippenstift, den ich gekauft hatte, *Rose Incarnat*, der Pfleger hielt ihn in seiner Pranke. Er verdrückte ihn mampfend, verschlang ihn aus Heißhunger auf irgendwelche Chemie (statt Tabletten). Ich sagte nichts, wie üblich (es war ohnehin zu spät). Ich schaute sogar weg. Ich ging zu Wenja. Als ich nach einer Stunde sein Zimmer verließ, stand dieser Diensthabende immer noch am Eingang, die starken Hände auf dem Bauch gefaltet – ein normaler Aufpasser, korrekt und selbstsicher, in Maßen aufmerksam, ruhiges Gesicht, nur die Lippen angehaucht vom Rot der Frühkirsche; wenn man's wußte, konnte man es sehen.

Ich entdeckte ein altes Käsestück; und kaufte sogleich Makkaroni dazu, aber in der Wohnung von Konobejews konnte ich nichts kochen, das Gas war abgestellt. Ich mußte in die Gemeinschaftsküche gehen. Makkaroni mit Käse – köstlich. Ich pfiff im Gehen. Einer der jungen Bengel hatte seinen Hund rausgelassen (Schrei: »Was macht der Hund auf dem Gang?!«), der Hund aber, ein Schäferhund, war Gott sei Dank einsichtig – ohne auf seinen Herrn zu warten, sauste er selbst die Stufen hinunter und raus auf die Straße.

Dort sah ich den Pappelflaum wie Schnee fallen. Und der Hund, die glückliche Seele, nutzte unter den Pappeln den Augenblick. Er setzte sich vor den Eingang und schaute zu.

Ich stellte das Nudelwasser auf. Beobachtete weiter aus dem Fenster: Auf dem Hof befand sich noch ein Hund, neben der

Tonne für Speiseabfälle. Offenbar herrenlos. (Pendant zu dem Prachtkerl, der sich am Anblick der fallenden Flaumpuschel ergötzte.) Dieser war wild. Räudig. Wie ein Mensch stellte sich der herrenlose Köter auf die Hinterbeine und blickte in den Abfallbehälter. Prüfte den Inhalt. Alle Achtung! Das wichtigste bei solch einem Schicksal ist ausreichende Körpergröße.

Jemand zupfte mich ganz sacht am Ärmel: Ich blickte mich nicht um. Aber ich wurde noch einmal sacht gezupft – Lesja Dmitrijewna! Ich machte große Augen: Wie das? Wie hast du mich im Heim gefunden? Das ist ja unmöglich … Ist doch möglich! Sie lachte. Sie wollte mich wenigstens einmal in meiner Bude besuchen, nein, nein, keine Angst, du brauchst mich nicht zu bewirten, zeig mir nur, wo du wohnst.

»Ich hab auch was zu essen für dich. Und Tee kriegst du auch. (Ich fand mich mit ihrer Anwesenheit ab.) Aber entschuldige, ich wohne auf mehreren Etagen …«

»Weiß ich. Wo Gott will.« Sie lachte wieder.

Zum Glück fand sich tatsächlich Ceylontee. Sie hatte ein Stangenbrot und ebenfalls Käse mitgebracht, es gab plötzlich adygischen Käse in den Läden, nicht teuer. In meiner Kindheit hieß er *Frischkäse*.

Und nach dem Tee, nach LDs erster Tasse und meiner zweiten (ich trinke gierig, wenn ich Überraschungsbesuch habe; bin aufgeregt), flammte der Streit auf – wie sich herausstellte, war Lesja Dmitrijewna gekommen, um zu bekennen, wie schlecht sie sei (nichtswürdig, sagte sie); und wie wichtig es ihr sei, daß gerade ich sie verstünde.

»A-ah. Du willst also beichten?« Ich lachte offenbar.

Sie wurde verlegen (das Wort »beichten« fiel zwischen uns zum erstenmal):

»Scheint so.«

»Immer wieder beichten? Und unbedingt mir?« Ich lachte immer noch, konnte aber meinen Zorn nicht bändigen und berührte plötzlich unsanft ihr Gesicht.

Aus Furcht vor meiner schweren Hand (ich schlug keine Frauen) landete ich keinen Treffer mit dem Handteller, aber meine Finger streiften dennoch ihre Nase; natürlich blutete sie. Ich habe keine gute Hand (in diesem Sinn); wenn ich wegen Krankheit oder Mangelernährung torkele und kaum gehen kann, sind meine Hände trotzdem kräftig, wie aus Eisen. Lesja benahm sich toll, *das ist etwas ganz Neues*, sagte sie, zog die Nase hoch und neigte den Kopf, um ihr Kleid nicht zu besudeln. Das Blut tropfte auf den Tisch (den langen Tisch in der Gemeinschaftsküche dieses Gangs), LD hatte sich sofort eilig darübergebeugt, um weder ihre Kleider noch den Fußboden zu beschmutzen. Das Wachstuch nahm eine kleine Pfütze auf. LD legte den Kopf in den Nacken und saß unbeweglich da, meine schuldbewußten Hände in ihren haltend. Sie hatte mehr begriffen als ich: Sie hielt meine Hände, schon gut, alles ganz belanglos, ich weiß, daß du mich liebst, und weiß auch, daß es aus Versehen geschehen ist. Dann sagte sie, um ihre und meine stehengebliebene Zeit wieder anzustoßen: »Der Tee. Mach ihn wieder heiß«, bat sie, ich entriß ihr meine Hände, stürzte zum Teekessel, da schrie jemand zur Küchentür herein: »Petrowitsch!« Ich solle runterkommen, ans Telefon am Eingang (seltener Fall). Lesja winkte mir:

»Geh nur, geh …«

Die Stimme im Hörer war kaum zu verstehen: In der Anspannung preßte ich den alten Hörer in der Hand, zerbrach ihn nicht, aber er knirschte und knackte doch – irgend etwas war mit meinen Händen los (etwas ganz Neues, hatte sie gesagt). Im Hörer erkannte ich endlich die Stimme der Exfrau meines Bruders (Natascha!) – im wesentlichen seufzte sie. Weinte ein bißchen. Sagte, sie habe gestern Wenja besucht. Kein richtiges Gespräch.

Ich stieg wieder hinauf. Lesja fragte:

»Alles in Ordnung?«

Ich nickte. Und umarmte sie – seit jenem denkwürdigen Tag war die Sache wohl klar. Seit jenem Augenblick. Vielleicht hatte ich sie schlagen müssen, um sie zu lieben, zumindest hatte es der äußeren Imitation eines *Schlags* bedurft. Aber vielleicht hatte auch die Liebe zum Zeitpunkt von LDs tiefstem Fall, als sie nämlich ihr Seminar verlor, die notwendige Reife erlangt.

Das verfluchte Seminar brachte mich auf die Palme. Sie hatte gefunden, woran sie sich festhalten konnte. Da war nicht mehr das Seminar, sondern sieben deutsche Offiziere. Idefix.

Na so was, man ruft mich *ans Telefon* – die Pförtnerin! –, folglich sucht mich jemand schon länger, dachte ich, als ich zur Pförtnerloge hinunterrannte. Ich sprang die Stufen hinab und konnte mich nur wundern – na so was, in der Küche haben sie mich erwischt!

Natascha, Wenjas Exfrau, wußte natürlich nicht, wessen Wohnung ich zur Zeit hütete – sie rief bei der Pforte an, könnten Sie ihn bitte rufen? Ja, bitte! ... Und jetzt drückt Lesja Dmitrijewna oben ihre angeschlagene Nase zu, und ich denke daran, wie ihr das Blut aus der Nase quillt, verwünsche meine Hände und quetsche zugleich den Hörer, bis er knackt, während ich mit Natascha rede.

Stimme: »Ich bin's. Ich ...«

»Natascha!« Ich erkenne sie endlich am Klang. Wir haben äußerst selten Kontakt miteinander. (Mache ihr keinen Vorwurf. Die Frau hat einen Mann und zwei Söhne, lebt ihr eigenes Leben.)

Als sie mich jetzt hört, schluchzt sie auf – abgehacktes Stammeln. Was ist los? ... Gar nichts – dies und das, die Kinder, die Preise in den Läden, die Angst, die Arbeit zu verlieren, sie habe keine Kraft mehr zum Leben. Habe endlose negative Emotionen, vor kurzem habe sie Wenja besucht – er sei in Tränen aufgelöst gewesen, seine Stimme, seine Tabletten ... er werfe die Tabletten ins Klo ... unsere Ehe, wir hatten eine glückliche Ehe, verstehen Sie mich!

»Ja!« schreie ich. »Ich verstehe!« schreie ich. Der Apparat ist kaputt, die Verbindung ist schlecht, und jetzt drängt sich ein Besoffener ans Telefon (steht plötzlich neben mir) – drängt sich ran und will mir den Hörer aus der Hand reißen, ich gebe ihn nicht her, er lallt vor meinem Gesicht in den Hörer (und stinkt nach Fusel): *Galka, Liebe, Wagen 22 …*

»Laß das!« fauche ich ihn an und entschuldige mich sogleich bei Natascha: »Nein, nein. Um Gottes willen. Das galt nicht Ihnen. Hier belästigt mich ein Betrunkener. Das Telefon ist gleich neben dem Eingang …«

»Warum?«

»Darum. Überall nur Gesocks.«

Ich frage sie, womit ich ihr helfen könne. (Frage voller Angst, bin nervös).

»Was soll mit seiner Rente geschehen? … Hören Sie, Natascha, was ist mit seiner Rente?« Ich stoße den Besoffenen heftig von mir weg, muß ihn einen Augenblick abwimmeln, die Frage nach der Rente ist wichtig. (Die Kardinalfrage, das Geld. Wer wird Wenjas winzige Rente abholen, warum will es Natascha nicht tun?)

Mein Stoß war zu heftig gewesen. Der Betrunkene ist rücklings auf den Tisch unserer Tagespförtnerin gekippt, hat ihn und den Schlüsselkasten umgeworfen – Geschrei und Gezeter! Ich kann kein Wort mehr hören, schreie:

»Und die Rente?«

»Ja, ja. Ich möchte, daß Sie die jetzt abholen und ihm bringen.«

»Und was dann?« (Wenn Natascha seine Rente nicht mehr abholt, wird sie ihn gar nicht mehr besuchen. Das ist klar … Der Schreck lähmt mich.)

»Gut!« schreie ich. »Ich werde seine Rente für ihn abholen …«

»Was? … Und ich?«

Ich verstehe nichts. Man hört fast nichts, Lärm, der Betrunkene steht wieder neben mir, klammert sich an den Hörer und will ihn mir entwinden.

»Hör auf! Du kriegst eine gescheuert! ... Gleich kriegst du eine gescheuert!« (Zum Glück hört es Natascha nicht.)

Die Pförtnerin erlöst mich. Kaum hat sie den umgestürzten Tisch wieder aufgestellt, wirft sie sich (in einer Attacke!) auf den Besoffenen und hängt sich an ihn wie eine verwegene Bulldogge der Miliz. Reißt ihn von mir los, aber für wie lange – wird sie ihn zur Tür hinausschubsen?

Endlich kann ich sprechen (und das Gespräch rasch führen).

»Ja, Natascha. Alles klar. Sie haben ihn zehn Jahre lang besucht, ich danke Ihnen ...«

»Ich danke Ihnen.« Sie lacht nervös unter Tränen.

»Das Leben geht weiter«, sage ich (etwas Tiefgründiges).

Natascha fängt wieder von ihren Sorgen und Nöten an.

»Das Leben geht weiter«, wiederhole ich, um sie aufzumuntern. Natascha hat ein trauriges, ehrliches Gesicht (erinnere ich mich), so ein Gesicht kann einen niederschmettern. Selbst wenn sie ihn sofort verlassen (und alles auf mich abgewälzt) hätte, würde ich ihr keinen Vorwurf machen: Wenja war doch ein fremder Mensch für sie, nur noch Erinnerung.

Sie hatten knapp drei Jahre zusammengelebt. Freilich drei glückliche Jahre, versichert sie. Wenja arbeitete von Zeit zu Zeit, und von Zeit zu Zeit saß er im Klo auf dem Boden und umarmte die Schüssel (dort lösten sich zischend die ihm verordneten Tabletten auf). Schließlich verließ sie ihn. Besuchte ihn aber über zehn Jahre im Krankenhaus. Warum eigentlich? (Ich war wenigstens mit ihm verwandt, war sein Bruder.) Er und ich stehen an der Straßengabelung, zwei Buben – und der Staub von dem vorbeigebrausten Lastauto. Staub im Gesicht, auf den Zähnen, Staub unter den nackten Fersen, deswegen. Wegen jenes weißen Sommerstaubs.

LD schaute weg, die verdrehten Augäpfel waren häßlich, sie wollte immer noch nicht, daß dieser obdachlose Wächter, dieser Penner, erkannte, was ihre Erniedrigung ausgelöst hatte. (Aber ich hatte es schon erraten.) In ihrem linken Auge blinkte eine Träne.

Sie sagte-fragte:

»Du magst es wahrscheinlich so? Ja?« Ging flink in den Vierfüßlerstand und beugte den Kopf tief herab.

Keine Einladung; die Stimme war trocken. Aber ich war betroffen; was sollte das?!

Ich sagte ärgerlich – was für eine Überspanntheit, Lesja? Hör auf. Ich bin vielleicht manchmal etwas grob, aber doch ein lebendiger Mensch und gewohnt, unsere menschlichen Dinge heiter zu sehen …

Sagte es und verstummte, eine absurde Szene. Ich wollte sie nicht beleidigen, aber wie sollte ich es sagen. Angespannte, zwielichtige Stille. Der Schatten des alten Säufers war aufgetaucht. Der stand jetzt hier, grinsend. Hatte sich von hinten an die Putzfrau rangemacht. Schnaufte. (Sie beugte sich hinunter. Wischte den Fußboden, ihr war alles egal.)

Lesjas Kopf war ins Laken vergraben, in eine Ecke des Kissens, ihre Stimme klang gedämpft hervor:

»Dann sieh sie doch heiter. Na los. Mach weiter. Schäm dich nicht … Ich bitte dich, schäm dich nicht.«

Etwa eine Stunde später mußte sie wie üblich erbrechen, typische Kehllaute ihres eigentümlichen Bußgebets. Ich erwachte. Sagte nichts, half ihr nur beim Saubermachen. Was hätten wir reden sollen? Vielleicht stieß sie damit tatsächlich ihre frühere Schuld aus. (Vielleicht würde es ihr schon morgen angerechnet werden.) Ich konnte diesen Handel mit dem Himmel bereits fühlen, wenn LD das Licht anknipste und ganz prosaisch saubermachte: In dieser Nacht mußte sie zweimal kotzen. Sie wischte den Boden auf. Wrang den Lappen aus, aber nicht ganz trocken, und auf die nasse Spur stürzten sich die Sommerfliegen durchs Fenster. Wie sorgfältig sie auch wischte, den Fliegen blieb auf dem feuchten Boden dennoch etwas von den Simins und Gurjewitschs (die sie gefeuert hatte), so daß auch die Fliegen mit ihren mikroskopisch kleinen Mäulern zumindest einen gewissen Teil ihrer Schuld schluckten, abtrugen und beseitigten. Häßlich? … Klar doch. Nicht erhebend. (Sie entschuldigte sich für ihre Schwäche.) Aufgewischte Schuld duftet eben nicht nach Maiglöckchen. Was soll man machen?

Endlich schliefen wir ein. Waren beide müde. Sie weinte in der Ecke des Bettes, und ich, vor Hitze auf den Boden geglitten und nackt, schlief auf dem Bettvorleger ein, wie ein Hund.

Mitten in der Nacht war wieder unterdrücktes Schluchzen zu hören. Das war zuviel. Wie oft denn noch! knurrte ich zu Lesja hinüber. Knipste das Licht an, schaltete es jedoch sofort wieder aus, als mein Blick auf das Bild ihres Mannes geprallt war, Auge in Auge (der strenge Kommunist konnte auch nachts im Stockdunklen sehen). Ja, sagte ich zu ihm, ich liebe. Liebe sie, die so alt ist wie ich selbst. Diese massige, alte Frau mit dem Hängebusen und dem unvorstellbaren Hintern, die nachts immer schluchzt.

Aber ihr Gebet wurde nicht erhört. Ihr kleines, schwach glimmendes wissenschaftliches Seminar mit vier oder fünf Teilnehmern wurde einstimmig aufgelöst. Ihr Status, die halbamtliche Medaille, alles Quatsch (aus meiner Sicht), das war es, worum sie, ein zertretener Sowjetmensch, nachts flüsternd flehte (ich glaube wenigstens, daß sie flüsterte) und sich in ihrer Verwirrung bald an den Himmel, bald an die Menschen wandte, an ihre kollektive Gottheit.

Man teilte ihr mit, wie es gelaufen war: eine Versammlung wie jede andere, und Menschen wie alle anderen – keine Stimme zu ihrer Verteidigung.

Sie legte den Hörer auf. Nahm eine Dusche. Und erlitt zunächst, noch am selben Abend, nur einen Minischlaganfall. Der von mir gerufene Arzt versprach mit sicherer Überzeugung und sogar einem Lächeln, daß alles wieder gut würde. Sie brauche Ruhe. (Und Spritzen.) Ich kaufte die Präparate. Und spritzte sie ihr selbst; das kann ich.

Der zweite Schlaganfall, volkstümlich *Schlag* genannt, ereilte LD drei Tage später, als sie erfuhr, wem man ihr Seminar gegeben hatte. (Belkin, Bulkin – der Name sagte mir nichts.) Dieser Schlag warf sie nun richtig aufs Krankenlager. Eine unbewegliche, massige, apathisch im Bett liegende Frau. Die schwieg. Nur ihr rechtes Auge war lebendig. Es blinzelte mir zu. (Beklagte sich bei mir.) Und schielte immerzu nach links.

Anfangs dachte ich, Lesja schiele, um mir einen Platz zu zeigen, wo sie mich (in ihrer liegenden Position) besser sehen konnte, stell dich ein bißchen weiter links hin. Dann glaubte ich, es läge an den Tränen (mit dem unbeweglichen Lid wurden sie nicht weggezwinkert). Im großen ganzen aber erwies ich mich bei ihrer Pflege als recht geschickt: gab ihr mit dem Löffel Essen und Flüssigkeit ein, schob ihr die Bettschüssel unter und trug sie weg, wusch den großen Körper, der sein Gewicht behielt. Ihr Gesicht magerte ab; Falten, bläuliche Tränensäcke.

Ich weiß nicht mehr die Uhrzeit, es war schon dunkel – ich vernahm ein dumpfes Rattern und Rasseln, durch die Straße fuhren Panzer. Ich schaltete das Radio ein (LDs Fernseher war defekt).

Von Geräuschen ausgelöste Ängste gehören zu den schlimmsten. Das Gerassel auf dem Asphalt erschreckte sie so sehr, daß ihre Hand plötzlich zuckte und sie für einen Augenblick die Sprache wiederfand:

»Traktoren. Unsere Traktoren.« Die Wörter verhaspelten sich, Lesja war wieder stumm.

In der Nacht bereitete mir ihr Nasenbluten Sorgen. Ab und zu quoll das Rinnsal hervor, trocknete an und sprudelte wieder. Bis ich Watte fand, hatte ich ein ganzes Laken vernichtet. Ich war zu so später Nachtstunde etwas konfus.

Ich konnte auch nicht einschlafen. Morgens kam der Arzt noch nicht, erst nach dem Mittagessen, als die Schießerei auf den Straßen, die in der Nacht begonnen hatte, zu Ende war. Das Blut auf den Straßen machte dem Arzt mehr Kummer. Er erzählte von den Verwundeten. Im Vergleich zu dem Blut auf den Straßen sei LDs Blutverlust eine Kleinigkeit. (Das fand ich nicht.) Der Arzt beruhigte mich: Diese Blutung sei nicht gefährlich, der Organismus senke in kritischen Augenblicken selbst den Blutdruck: Ein kleines Gefäß platze auf, und der Druck falle ab …

»Aber warum die Nase?«

»Schwache Nase, deshalb«, antwortete der Arzt kurz.

Ich erinnerte mich, wie ich ihr vorgerecktes Gesicht mit den Fingern (will nicht sagen: mit der Hand) gestreift (will nicht sagen: geschlagen) hatte. Erinnerte mich an das Blut auf der gewachsten Tischdecke während unseres dummen Streits in der Gemeinschaftsküche.

In dieser Nacht nach dem Schlaganfall hatte ich ständig Angst vor der nächsten plötzlichen Blutung und riß ein altes Laken in lange Streifen (Verbandmaterial auf Vorrat). Schichtete sie für alle Fälle auf. Natürlich lagerte ich ihren Kopf hoch und legte ihr kalte Kompressen auf die Nasenwurzel.

Mitten in der Nacht trank ich Tee, saß in der Küche. Die Tontasse war eine Kugel mit grob abgeschnittenem Rand. Ein Volumen, das sich als Tasse ausgab, aber die ehrliche, einfache Form nicht verbergen konnte.

Ich enträtselte ihr rechtes Auge, das ständig nach links schielte, wie um mich (oder meine Gedanken) zu lenken. Ich sollte eine Pflegekraft suchen. Nicht, damit sie mir manche Prozeduren der weiblichen Körperpflege bei Lesja abnahm, ich war der Aufgabe durchaus gewachsen, schämte mich nicht, ich liebte sie. Aber in jenen Tagen wurde es schwieriger (angespannter), auf den Etagen nach den Wohnungen zu sehen, und wenn ich aus dem Wohnheim zurückgehastet war, schaffte ich es oft nicht mehr, rechtzeitig das Essen für Lesja aufzuwärmen oder in die Apotheke zu laufen. Die Sorge verlangte nach einem weiteren Paar Hände. Der unmittelbare Sinn des alten Ausdrucks – *ein Paar Hände* – brachte mir die Erleuchtung. Ich machte mir Gedanken wegen der Pflegekraft, dann wegen des Geldes (im Zusammenhang mit der Pflegekraft) und ... erblickte an Lesjas linker, regloser Hand einen Ring.

»Verkaufen?« Ich hob ihre Hand hoch und stützte sie so, daß sich der Finger mit dem Ring vor ihrem lebhaft aufblitzenden Auge befand. Es drückte sogleich aus: Ja, ja! Endlich hatte ich es erraten, wie dumm war ich gewesen!

Sogar Lesjas Mundwinkel belebte sich ein wenig und gab zu verstehen, wie der Ansatz eines Lächelns auf ihren Lippen entstehen könnte.

Ich erkundigte mich in der Poliklinik und traf eine Absprache mit einer Zugehfrau (morgens eine Stunde, abends zwei) – Mar Wanna, so hatte sie sich vorgestellt. Es dauerte lange, bis ich den Ring abgezogen hatte, ich seifte den erschlafften Finger ein und zog daran. Befeuchtete ihn mit Wodka und Pflanzenöl, dann brachte ich versuchsweise aus dem Heim (Sobolews Badezimmer) ein teures Shampoo mit und strich damit leicht den Goldreif ein. Der Ring am Finger holte Luft, bewegte sich von der Stelle und glitt ganz langsam über das steife Gelenk.

Zwei, drei Tage darauf begann Lesja zu sprechen. Und nach weiteren zwei Tagen rührte sie erst eine Hand, dann beide zugleich.

Nachts hatte ich plötzlich das Gefühl, sie sei tot. Es ging schon auf den Morgen zu. Wir schliefen zusammen, ich spürte eine scharfe Kälte von ihrer Seite. (Ich weiß noch, ich dachte sogleich, die Decke sei auf den Boden gerutscht – ich wollte nicht denken, daß die Kälte von ihrer Schulter ausgestrahlt werde, von ihrem erstarrten Körper.) Die Decke war jedoch an Ort und Stelle. Da betrog ich mich wieder im Schlaf: Neben mir strahle nicht die Kälte des Todes, sondern Lesja sei einfach aufgestanden.

Lesja war tatsächlich aufgestanden.

Sie trat ans Bett:

»Soll ich Tee kochen?« fragte sie und lachte ein gesundes Morgenlachen.

Zum erstenmal war sie morgens vor mir aufgestanden. (So fängt es an, wenn sie gehen.)

Dann tauchten ihre Freunde aus der Schar der »Ehemaligen« auf, die schon wieder soziale Kraft geschöpft hatten; erst vereinzelt, dann immer öfter. Es ist nicht so wichtig, daß es »Ehemalige« waren, das will ich gar nicht betonen, wichtig ist, daß Leute kamen und plötzlich wieder Freunde waren. Als wären es Delphine, die dem Menschen endlich in den grenzenlosen Fluten des Meeres zu Hilfe eilten. Sie waren aus dem Strudel des Lebens aufgetaucht und schwammen, schwammen, bis sie bei ihr waren: »Da ist sie ja! Wie schön! ... Sie haben uns sehr gefehlt, Lesja Dmitrijewna. Na endlich!«

Sie unterstützten Lesja mit einem freundlichen Wort, kamen zu Besuch und brachten Essen, Wein und Geschenke mit. Schon suchte man ihr einen angemessenen Arbeitsplatz.

Ich dagegen kam seltener. Sie ging schon aus, um Besorgungen zu machen, ich traf sie nicht immer zu Hause an. Dann konnte ich sie telefonisch nicht mehr erreichen. Ich weiß nicht mehr alles. Weiß nur, daß es aus war.

Lesja erfuhr nie, daß sie einst auch mich gefeuert hatte. Sie glaubte, unsere Bekanntschaft habe mit der Demonstration begonnen. Ja, sie erinnere sich an den Tag. Wie denn nicht! Ich hatte mir ja auch an jenem Tag, als ich mich durch die jubelnde Menschenmasse drängte, immer wieder gesagt, diese Gesichter müßte man sich einprägen!

Es waren mehrere hunderttausend. So viele fröhliche, ausgelassene und freiheitstrunkene Menschen hat es auf diesem Pflaster lange nicht mehr gegeben (vielleicht nie), dachte ich damals, während ich mich zu dem Transparent durchkämpfte, auf dem ein riesiger Pinsel und eine Farbpalette abgebildet waren.

Dort erblickte ich sofort die Maler: Goscha, Kindjajew und Wolodja Gogua mit Frau Lina (sie waren damals noch nicht nach Deutschland ausgereist) – da stand auch Wassiljok Pjatow mit der Flagge. Sie gingen als Gruppe. (Nur eine Stunde vor meiner zufälligen Begegnung mit Lesja Dmitrijewna vor dem hohen schmiedeeisernen Tor.) Sie gingen eingehakt und schrien. Ich schrie ebenfalls. Auch der Kraftprotz Tschubik war da, dieses Schwänzchen, das hinter den Künstlern herwedelte, ein Spitzel, wie alle wußten, aber im Lauf der Jahre hatte man sich an ihn gewöhnt, auf ihn eingespielt, soll er doch sein Konzept zu Kandinsky behaupten! Auch Tschubik schrie und sang Lieder. Einer der Künstler, Kolja Sokolik, zog ihn dennoch auf: sagte nebenbei (aber wir verstanden es doch und lachten), Kolja sagte also zu ihm: »Kommst du heute nicht zu spät zur Arbeit, Tschubik?«

»Heute ist kein Arbeitstag«, bemerkte die naive Lina, die nicht kapiert hatte.

»Nicht für alle.«

Schallendes Gelächter.

Tschubik drohte mit dem Finger.

»Aber, aber. Wieder diese blöden Witze!«

Plötzlich lachte Tschubik glücklich auf. Tschubik riß (wahrscheinlich auch zur eigenen Überraschung) den Mund weit auf, holte tief Luft und schrie laut:

»Frei-heit!«

Mich frappierte in jenem Augenblick, wie absolut aufrichtig er war: Heute lachte auch ihm das Glück. Er war wie alle.

Wir stimmten in das Echo ein und schrien: Frei-heit! Man umarmte ihn, klopfte ihm auf die Schulter: Schaut euch Herrn Tschubissow an! Ein Mordskerl, dieser Tschub! Wir gehen zusammen! (Arbeit ist Arbeit, und Freiheit ist Freiheit.) Die Luft war von Erregung übersättigt. Es wurde geschrien. Mein Kopf dröhnte, als hätte ich kostenlos, irgendwo als Gast, eine Tasse besten Kaffees nach der anderen getrunken. Sogar mein selbstverliebtes Ich war besänftigt und geschrumpft, hatte sich in meine Fußsohlen, in meine Fersen verzogen und schlurfte zusammen mit Tausenden von Füßen über den Asphalt. Man hatte sich *zusammengeschlossen*, Heldentat des Geistes! Es hatte uns alle gepackt. Der Blitz lenkt die Welt! wiederholte ich, restlos glücklich (wie auch die ganze brodelnde Menge). Als ich mich umschaute, waren lauter fremde Gesichter um mich herum.

In einer dieser unerklärlich glücklichen Minuten war ich sicher stark vorwärts geschoben worden. Die Künstler waren ebenfalls versprengt. Ihr Transparent (der riesige Pinsel, der aussah wie ein bärtiger Phallus) war in der Menge nicht mehr zu sehen.

Ich wurde mitsamt einem kleinen Teil der Menge in den Torbogen neben den »Russischen Weinen« in der Twerer Straße gedrängt. In diese Torwege geraten die Menschen von ganz allein. (Der furchtbare Druck der Menschenmasse bricht sich Bahn.) Die Milizionäre ließen uns nicht mehr heraus und schlossen mühsam das schöne, hohe Tor.

Die Verbannung

Krasnuschkin, Einrichter in der Speditionsfirma ATK-6 und in seiner Vergangenheit (Jugend) ein bekannter Dieb, schleppte sich aus seinem dritten Stock zu mir und beschwatzte mich. Er sei bereit, bis in die Nacht zu quatschen, wenn wir eine Flasche hätten. (Plus eine halbe Flasche seines grausigen Sprits, den wir beide sorgfältig verdünnten.)

Da platzten auch schon die Künstler herein, natürlich Wassiljok Pjatow, aber auch Kindjajew und Goscha – sie brachten ebenfalls etwas mit, aber wenig. Der Kunstsachverständige hatte nur seine Aktentasche dabei. Ich weiß nicht einmal mehr seinen Nachnamen; kleines Gesicht; insgesamt klein und unscheinbar. (Ärgerlich.) Und auch Wassiljok selbst, der Schuft, wirkte verlegen. Mir machte es nichts aus, daß die Künstler, ohne anzurufen, einfach so hereinschneiten, zu meinem und Krasnuschkins Sprit (das ist ganz normal, ich mache es selbst nicht anders); ich war betroffen, weil ihr plötzlicher Überfall als ein für uns alle wichtiges Ereignis getarnt war. Eine Zeichnung meines Bruders Wenja, die sich gefunden hatte, sollte identifiziert werden. (Sie hätten offen sagen sollen: Es hat leider nicht geklappt, Petrowitsch, entschuldige bitte!) Allein schon die Tatsache, daß nicht Umanski gekommen war (wie besprochen), war nicht in Ordnung.

Natürlich verzog ich keine Miene und lud alle ein, sich zu setzen und mit uns zu trinken – der Gastgeber freut sich immer! Ich wollte nur nicht, daß dieser verschrumpelte Kunstsachverständige seine Aktentasche öffnete, doch er tat es. Die Zeichnung wurde herumgereicht. Ein Porträt eben, dazu gab es nicht viel zu sagen. Ein Mann mit Brille. Brille mit Gläsern. (Alles richtig und stimmig. Kunst!) Brillengläser mit Lichtreflexen. Die Reflexe selbstverständlich mit einem Spiel des Lichts, und das Licht mit einer Anspielung auf das Leben …

»Trinken wir! Auf unser aller Wohl!« Ich schob dem Kunstsachverständigen als erstem freundschaftlich ein Glas mit verdünntem Spiritus hin.

»Habe ich eigentlich gar nicht verdient«, antwortete er mit verschrumpelter Stimme; aber natürlich trank er.

Wie sich herausstellte, hatten sie mich bei der Demonstration verloren und sich Sorgen gemacht.

»Wo warst du denn? Wohin bist du verschwunden?! Wir haben dich gesucht!« fielen die Künstler aufgebracht über mich her.

Sie schrien:

»Siehst du, wir haben dir einen Professor mitgebracht. Siehst du, was für einen Vogel wir dir gefangen haben?!«

Ich sah natürlich, daß sie gekommen waren, um zu trinken.

Aber es waren nur noch ein paar Tropfen da. Und wie üblich

hatte keiner Geld. Goscha ließ allerdings durchblicken, daß er in der Nähe eine Quelle für billigen Wein kenne, erbot sich aber nicht, welchen zu holen (trank seelenruhig den verdünnten Sprit, den Krasnuschkin aus seinem ATK-6 herausgeschmuggelt hatte). Wenn in einer Zechrunde Verlegenheit aufkommt, trinken alle wie ein Mann und schenken sich gehörig ein.

»Und nichts zu beißen? Wie ist denn so was möglich, Petrowitsch!« Goscha hatte den Rest ausgetrunken, die Gläser waren leer. Ich hob resignierend die Hände. Punkt. Ich habe sie (die Künstler) gern, bin nicht schuld. Habe ihnen das letzte kredenzt.

Draußen dämmerte es.

»Kcha-kcha.« Krasnuschkin, der einen Hustenanfall hatte, zwinkerte mir zu.

»Kcha-kcha«, hüstelte mir Krasnuschkin (in jungen Jahren Dieb) zu, es gibt schon noch was zu trinken. Hab Geduld, Petrowitsch. Mit der Zeichnung hat es bei den Kerlen nicht geklappt, also dürfen wir den Stoff ruhig vor ihnen verstecken. Für einen Pappenstiel kriegen die Brüder nichts.

Wassiljok Pjatow überlegte bereits laut, ob wir nicht alle zusammen zu den Textilarbeiterinnen im fünften Stock gehen sollten? Vielleicht fände sich da irgendeine Zechrunde? Oder zu den Schwestern Asja und Mascha im vierten? Sag mal was, Petrowitsch ...

Und Goscha fügte hinzu:

»Petrowitsch, du bist der Gastgeber. Nun tu schon was!« Sie starrten mich gierig an: Vielleicht war irgendwo ein Fest, eine rauschende Hochzeit? Oder vielleicht eine Totenfeier? Sie waren bereit, Kummer und Freude zu teilen, ganz egal. Wieder fragten sie nach den Textilarbeiterinnen. Ich zuckte die Achseln: Weiß nicht. Wer suchet, der findet.

Und die Schwestern? Die Schwestern Mascha und Anastasia? ... Weiß nicht, antwortete ich. Wer suchet, der findet. Als Gastgeber ermunterte ich die Schluckspechte ein wenig, sogar ganz gezielt, wollte aber selbst nirgendwo mit ihnen hingehen.

(Ich war verärgert über den untergeschobenen Sachverständigen. Und dachte natürlich auch an den versteckten Stoff.) Endlich erhoben sich die Künstler und gingen.

Wassiljok stand in der Tür und entschuldigte sich, gleich morgen werde er seine Kontakte zu den Experten erneuern – und die Suche nach den Bildern meines Bruders fortsetzen. (Kluges Kerlchen!) Sie gingen. Wir blieben unter uns.

Krasnuschkin lief in seinen dritten Stock und holte die Wodkaflasche, angebrochen, aber noch gut halb voll, das ließ sich sehen! Wir tranken, und der alte Krasnuschkin fuhr mit seinem Bekennergeschwätz fort, das er schon vor einer Stunde, bevor die Künstler kamen, eingefädelt hatte. Das Leben gehe schließlich vorbei. Und er habe eine schöne, warme, abgeschlossene Wohnung, aber keine Frau! Und wieder eine Welle betrunkener Angeberei (halb Zweifel) – es sei alles prima, alles in Ordnung, aber soll er in seinem Alter noch heiraten? Ach, er hätte so gern eine gute Frau. Schließlich verdiene er im ATK-6 anständig. Sei ein solider Mann! »Zärtlichkeit, das ist es, was uns fehlt, Petrowitsch, Zärtlichkeit und ein liebes Wort zur Nacht …«

»Warum hast du's denn in deiner Jugend nicht geschafft?«

»Zu schwierig!«

Krasnuschkin behauptete, er sei ein rücksichtsvoller Dieb gewesen, jung und gutmütig.

»Bei klauenden Frauen steckt immer Eigeninteresse dahinter! Glimmstengel. Alkohol. Eifersucht. Die durchschaut man nur schwer. Viele Liebschaften, kleine Affären …«

»Aber ich habe gehört, Diebinnen seien ganz treue Freundinnen.«

»Glaub das nicht. Stinknormale Schnepfen.«

Krasnuschkin erzählte. (Pausenloser Redeschwall. Er war rasch betrunken, schade.) Ich hatte die Beine ausgestreckt und saß entspannt da, mein Ohr vernahm nicht mehr die Worte selbst, sondern ihre Melancholie: verworrene und uns so anziehende Enthüllungen einer fremden Seele.

Da klopfte es; die Klingel funktionierte nicht (aber beim Klopfen *dachte* ich an das ausgebliebene Klingeln). Herein trat unser dämlicher Tschubissow oder einfach Tschubik, Tschub, das Schwänzchen. Der Spitzel (*Exspitzel*, wie manche versicherten) mit den ersten grauen Haaren war ganz außer Atem. Er hatte sich beeilt.

»Wo sind die Leute?« fragte er, während er sich umblickte, er meinte die Künstler.

Aber er hatte natürlich schon festgestellt, daß niemand da war. Und wenn niemand da war, brauchte er sich auch nicht mehr zu beeilen: Hier war es ebenfalls warm und gemütlich.

Tschubik setzte sich zu uns und steckte sich eine Zigarette an, er war ja einer von uns. Er war es wirklich.

Ich stieß dennoch einen Pfiff aus: zu spät, Bruder. Zur Arbeit darf man nicht zu spät kommen! (Ich machte mich lustig.) Aber der betrunkene Krasnuschkin verstand meinen Pfiff so, als hätte ich damit unseren Wodka gemeint, die paar Tropfen am Boden – er nahm die Flasche und hielt sie gegen das Licht: Ja … zu spät!

Doch kaum hatte Tschubik erkannt, daß es nichts mehr zu trinken gab, da lachte er und langte in seine Hosentasche, was man hat, hat man! Er zog einen roten Schein heraus und drückte ihn Krasnuschkin in die Hand. Lauf los und besorg uns was! Aber er ist doch schon blau, sagte ich. Macht nichts, macht nichts! Dafür kennt er sich hier aus: Mit seiner besoffenen Nase wird er auf der Straße sogar noch leichter fündig werden! Und treib noch Schwarzbrot auf! schrie er ihm nach.

Krasnuschkin schwankte. Ging dennoch Wodka holen.

»Wozu Brot?« fragte ich.

»Ich möchte welches.«

»Unerhört!«

»Ich hab auch Salzgurken dabei.« Der spendable Tschubik holte ein Glas Salzgurken aus der Tüte. Oho, was er alles mitbrachte, die Gurken hatten einen ganz schön weiten Weg hinter sich!

Ich fragte – selbst eingelegt? … Nein, natürlich gekauft. Zu Malern geht man ja nicht mit leeren Händen! … Erwischen wir diese zechenden Künstler denn noch irgendwo? fragte ich. Ja! Tschub bemerkte einleuchtend: Wir kennen doch ihre Schlupfwinkel, wo sie am liebsten schnorren?! Wir wissen doch, wo sie was zu trinken kriegen (oder nicht). Tschub hatte recht. Gib ein Gürkchen her, Bruder, mir läuft schon das Wasser im Mund zusammen!

Wir kauten; Krasnuschkin trat ein, Wodka und einen halben Laib Schwarzbrot im Arm, noch dazu so frisches, daß der Duft schon von der Tür aus die Nase kitzelte.

»Das ist ja eine schöne Überraschung!« schrien wir wie aus einem Mund. Eine so rasche und wundersame Belieferung hatten wir nicht erwartet: Schneefall im Sommer!

Die Flasche wurde sogleich ausgeschenkt, wir tranken und langten erneut nach den Gurken! Wir verdrückten das ganze Glas und mampften Schwarzbrot dazu. Das Brot reichte kaum, die Gurken hörte man noch länger knacken. Da verleitete die Gier Krasnuschkin, der doch im Alter so vorsichtig geworden war und jedes Wort auf die Goldwaage legte. Er trank die Salzlake. Wir hätten es auch gern getan (die Gurken waren schon alle), aber Krasnuschkin setzte als erster das Glas an den Mund. Er trank in vollen Zügen, schlürfte (ich dachte noch, hat er in seiner Jugend auch so gierig gestohlen?) und würgte plötzlich. Er hatte sich verschluckt, und zwar gehörig. Vielleicht steckte ein Blattschnipsel in seiner Kehle (ein in die Lake gebröckeltes Johannisbeerblatt). Wir klopften ihm auf den Rücken, schlugen ihm auf die Wangen. Zwangen ihn, auf allen vieren zu kriechen und zu grunzen. Und wieder auf den Rücken, immer wieder!

Krasnuschkin röchelte. In einem Augenblick schien es, als sei es um ihn geschehen, er lief blau an. Ende des Films. »Atme durch die Nase! Durch die Nase atmen!« schrien wir, schüttelten ihn und zerrten ihn an den Armen hin und her. Er kam im letzten Moment zu sich. Es war vorbei. Er lag da, stöhnte.

»Geh nicht weg!« Das sagte er zu mir.

Aber wir wollten trinken.

Tschub und ich packten Krasnuschkin unter den Armen und brachten ihn in seine Wohnung im dritten Stock. Schöne Möbel. Eine Menge Zeug. Frische Tapeten. (Satte Junggesellenquadratmeter, vorbereitet *für die Frau.*) Uns ließ dieser ganze Wohlstand kalt – der Rausch putschte uns auf! Wie der Alkohol Kraft, Sinnlichkeit und sogar Jugend durch den Körper jagte, erstaunlicher Selbstbetrug! Und natürlich zog es uns ins Freie hinaus: in den purpurnen Herbst …

Der Einrichter von ATK-6 und ehemalige Dieb machte endgültig schlapp. Er hatte Angst. (Wäre fast an Salzlake erstickt!) In seiner satt duftenden Wohnung, wo kein Staub gewischt war, wäre er jetzt um jede Gesellschaft froh gewesen. Er sagte sogar zu Tschub, den er kaum kannte: »Bleib noch, wir trinken Tee.«

»Aber ich hab schon was versprochen.« Tschubik lehnte ab.

»Warte.«

»Hab's versprochen!« Tschubik hatte mir was zu trinken versprochen, wir ließen den nutzlosen, geschwätzigen alternden Dieb allein und gingen. Trinken heißt trinken. Es dämmerte bereits.

Erster Versuch (in der Umgebung des Wohnheims) bei den Frauen im Nordflügel. Sind unsere Künstler vielleicht bei den Textilarbeiterinnen?! Tschubissow war aufgeregt. Aus unerfindlichem Grund war ich ebenfalls aufgeregt. (Herbst, ich las Tjutschew.) Tschub versicherte, wenn wir sie bei den Textilarbeiterinnen nicht fänden, würden wir sie bestimmt in irgendeiner schicken Wohnung im Stadtzentrum aufstöbern, wo sie einen draufmachten, du wirst schon sehen! Tschub hatte halb Moskau zu Freunden, heute wolle er sich für mich ins Zeug legen und was zu trinken auftreiben. Ich dachte – von mir aus.

Es war nicht recht, Krasnuschkin allein zu lassen, ich dachte auch an ihn – damals schon dachte ich, es sei nicht recht, aber der Durst und der Herbst auf den Straßen besiegten mich. Die (zusätzlich zum Alkohol) berauschende, süße Herbstluft machte mir weis, daß uns Krasnuschkin einholen würde, er mußte uns an diesem Abend einfach einholen (Krasnuschkin erwischte uns nicht, er schlief ein und litt die ganze Nacht unter dem auf die Lake getrunkenen Tee) – ja, ja, er wird uns schon erwischen, wo zum Teufel steckt er denn, meinten Tschubik und ich im Gehen und lachten. Die Textilarbeiterinnen kredenzten uns ein saures Gesöff, das scheußlich schmeckte, noch dazu wenig – außerdem waren sie schon halb ausgezogen, eine in Lockenwicklern, eine in Trainingshosen, sie wollten schlafen gehen, bye-bye, nichts zu machen. So waren wir zwei wieder auf der Straße, mit trunkener Leichtigkeit im Herzen. Der Himmel dunkelte bereits. Mich ritt der Teufel … in meiner Aufgekratztheit begann ich über uns zu reden, über die UGler, die sich selbst und ihrem *ehrlichen*, ich betonte das Wort, Untergrund treu geblieben waren …

»Im Underground leben und am Ende des Jahrhunderts im Underground bleiben – nicht schlecht, was?!« Ich redete mich in Begeisterung. Aber egal ob ich begeistert oder wütend bin, ich gewähre niemandem irgendwelchen Ablaß. Meine berauschte Zunge stöhnte: »Wie viele von uns hat man verrecken lassen! Wozu, wozu braucht Rußland so viele Talente, wenn es sie auf eigenen und fremden Wegen ausstreut wie Ziegenköttel?!«

Mann! Hemmungslose nächtliche Aufschneiderei: Ich hörte mich sagen, was gut und was bereits zuviel war, redete aber trotzdem weiter, war nicht zu bremsen. (Als zöge es mich in eine Wiese, wo ich unweigerlich die Blumen zertrampeln würde.) Der schrumpfende Kreis der heute bekannten Literaten solle bloß aufpassen! – Ich (meine böse Zunge, mein besoffenes Unheil) wünschte ihnen weder Unglück noch Strafe von oben – nicht ihren schönen Büchern, nicht ihren Familien und nicht ihnen persönlich wünschte ich etwas Schlechtes, aber ich wollte ihre *Namen* zertrampeln und in den Staub treten. Ich wollte den

Dreck im Leben derer zutage fördern, die etabliert waren: die den Untergrund des Namens, des Ruhmes und des satten Lebens wegen aufgegeben hatten. Die Galle lief mir über – ich sprach über die Abtrünnigen.

Wir gingen durch die Straße; natürlich ließ ich meiner Zunge in Tschubiks Gesellschaft nicht plötzlich und auch nicht zum erstenmal freien Lauf. Ich war ja im Bilde. (Wie wir alle im Bilde waren.) Aber es war doch vollkommen egal, was plauderte ich schon Besonderes aus? Sollte er doch zum Teufel alles irgendwem irgendwo weitererzählen. (»Soll er sich was dazuverdienen«, lachte Vik Vikytsch seinerzeit.)

»Wo ist denn dein Stoff?«

»Den finden wir schon«, versicherte Tschubik. Ich zitterte sogar schon etwas, wollte unbedingt etwas trinken; mitsamt dem Saufdruck bat vielleicht schon die Vorahnung um Einlaß. (Die herannahende Zukunft klopfte bereits an die Tür.)

Diese Lakaien, dieses Geschmeiß, zog ich über die schreibenden Konsorten her, die abtrünnigen Schriftsteller – wie die Literaturfunktionäre um ihre Wohnungen und Datschen bibbern! Diese ehemaligen Sekretäre, verdammt noch mal, manche links, manche rechts, baden im Grün (der Rubel- und Dollarnoten) und haben Verlage gegründet! Und dieser N. und diese NN. spielen sich in den Botschaften auf, schlafen sogar dort, wenn sie einen in der Krone haben – in der Diele, da hat man für die besoffenen russischen Schriftsteller ein ordinäres Sofa aufgestellt, ein verkotztes Sofa für das künftige Museum! Ich tobte vor Wut, aber nicht vor Gehässigkeit. Spuckte Gift und Galle, nicht meinetwegen – ihretwegen! Der bespienen Literatur wegen, I'd like to love it, auf ihre Sofas und Devisen pfeife ich! Man verkauft sich und läßt sich kaufen – wenn nicht dort, dann hier. Trollt euch, Männer! Ihr steht im Blickfeld. Eure Scheiße schwimmt bereits oben. Euer Unvermögen und eure Käuflichkeit von Haus aus offenbaren sich vor allem in euren Zeilen, meine Herren, in euren lausigen Texten!

Normaler Zorn. In meinem Zorn stolperte ich auf dem Pflaster. Trat ins Leere. Hielt mich aber auf den Beinen. Stand …

Ein stiller, nächtlich verzögerter Augenblick, als ich nach dem langen, wütenden Satz Luft holte. Pause. Plötzlich besann ich mich und hob die Augen zum Himmel – wie zur höchsten Autorität. Dort, im dunklen Raum, suchte ich natürlich nicht den ewigen Richter, sondern ein vertrautes ewiges Sternbild, gut wäre ein großes, der Große Bär oder die Kassiopeia. (Sich in dieser Stille im Himmel zur Stelle melden. Sein Herz erleichtern. Vielleicht auch verzeihen.) Und in diese besänftigte Pause und Stille unter den Sternen ertönte Tschubiks leise, sachliche Stimme hinein: Es ist gut, daß Sie angerufen haben. *Es ist gut, daß Sie angerufen haben.* Ich lachte laut auf. Ich glaubte, Tschubik sei noch betrunkener als ich – lalle nur noch Quatsch, als es mir plötzlich einen Stich gab. Ach, du …

Rückblickend vermag ich, ein Mensch außerhalb der Wertskala, jenen blitzartigen Schmerz nicht mehr zu definieren, mit dem es mir wie Schuppen von den Augen fiel. Mir stockte der Atem. Vor den Augen erschreckte mich ein Fleck, der aus den dunkelsten Winkeln der Seele heraufgekrochen war (wo sich die Worte *nicht zögern* verbargen). Ich war plötzlich nüchtern. Stocknüchtern. In einer Vorahnung hatte meine Seele vielleicht den alkoholischen Anlauf genommen, um in diesem Augenblick wieder ein weißes, leeres Blatt Papier zu werden. Das aber nicht mehr mit der Feder beschrieben würde. Sein Satz (Tonband) war zugleich mit meinem unkontrollierten betrunkenen Gequatsche festgehalten worden; als Aufmunterung. Wie geschickt und einfach hatte er dieses *Gut, daß Sie angerufen haben* eingeschoben, so als ob ein gerade erst angeworbener Anfänger (ich) Tschubissow berichten würde.

Als mir die Sache immer klarer wurde (das Bewußtsein war eingeschaltet), bekam ich einen heftigen Krampf im Hals, ich erstickte fast an meinem eigenen Schleim in der Kehle. Ich begann fürchterlich zu husten …

»Warte, Tschub«, sagte ich und hustete, um meine Erregung zu unterdrücken (vielleicht auch schon zu verhehlen). »Ich bin gleich wieder da.«

»Wo willst du hin?«

»Nur kurz ins Heim zurück.«

(Das Haus befand sich ganz in der Nähe, wir hatten es gerade erst verlassen.)

Tschubik schaute mich argwöhnisch an (ich hustete weiter, als hätte ich Krasnuschkins Salzlakenreiz übernommen):

»Was hustet ihr euch denn alle die Seele aus dem Leib?«

»Gl-leich wie-der da«, brachte ich mühsam über die Lippen. »H-hol noch W-wurst ...«

»Aber du kommst bestimmt nicht wieder.«

»D-doch.«

Ich rannte Hals über Kopf Richtung Wohnheim, aber auch im Laufen peinigte mich hämmernder Schmerz. In fünf oder zehn Jahren, in hundert Jahren (so weit reicht die Eitelkeit eines UGlers), wenn die Archive geöffnet würden, wäre ich als Informant entlarvt. Aus welchem Anlaß sie auch immer geöffnet würden. Wann und wo auch immer ... ich könnte mich nicht rechtfertigen ... wäre schutzlos. Keiner aus meiner Generation wäre mehr am Leben, auch nicht unter den Greisen, weder dieses Schwein noch ich wären mehr auf der Welt. Lägen im Sarg oder in der Urne. Die Toten schweigen. Fäulnis oder Asche – das war unsere einzige Wahl. Aber das Tonband vom KGB mit der Aufzeichnung darauf würde nicht sterben, so ein Manuskript verbrennt nicht. Hundert Jahre würde es nutzlos und vergessen (aber lebendig) im Staub liegen, in der Ecke eines verrosteten und vor Rost knirschenden Safes (aber lebendig), doch eines Tages würde es wieder abgespielt werden und loszischeln. Wer würde dann auch nur einen halben Satz zu meiner Verteidigung sagen? Wer? ... Wenn ein Mensch berühmt ist, wenn sein Leben im Blickpunkt der Öffentlichkeit steht, wird die Aufzeichnung vielleicht geheimgehalten. Man wird sie flüchtig erwähnen, ihn aber schonen. Mitleid mit ihm haben, schau, es klebt nichts an ihm dran. (Wird die Dreckklümpchen abschütteln, wie im Herbst von der Hose, leb in Ewigkeit weiter.) Aber wenn du ein Niemand bist? Wenn du ein Mensch bist, ein *Ingenieur*, UGler, was auch immer, ein lebendiges Geschöpf – wer braucht dich dann, du kleines Arschloch?

Ein UGler hat nichts außer seiner Ehre, wiederholte ich, während ich die Treppe hinaufstieg. Ich nahm immer zwei Stufen auf einmal, mein Herz machte kaum noch mit (soll es leiden, zerspringen, für die geschwätzige Zunge zahlen!). Ich erinnerte mich (endlich) auch an die Texte, an meine verschollenen Erzählungen und Kurzgeschichten – an denen würde auch Dreck kleben. Was konnten sie dafür? In meiner Isoliertheit war ich ja bereit, als Abschaum zu gelten. Als rauflustiger, boshafter Versager mit unheimlichem Stolz – als was auch immer, nur nicht als Informant. In den unvoreingenommenen Berichten des KGB würde eines Tages nicht der verkannte Schriftsteller gefunden werden, nicht das Genie des literarischen Untergrunds (wie mich der gute Michail nennt), ja nicht einmal nur ein Mann der Undergroundkunst, sondern der Informant, der Polizeispitzel, der (aus Neid) prominente Schriftsteller denunzierte. Das Ergebnis jahrelanger Mühe an der Schreibmaschine.

Schüttelfrost überkam mich, als ich in die Wohnung stürmte: wie im Malariafieber, als ich Kind war.

Ich dachte (dachte die ganze Zeit), ich müsse ihm die Kassette wegnehmen (wahrscheinlich in der Brusttasche), aber wie? Er war ein kräftiger Kerl. Betäuben? Aber ich hatte zuviel getrunken, der Schlag mußte jedoch sicher geführt werden. Da blitzte ein weiterer (erschwerender) Gedanke auf – der grimmige Gedanke, daß ich sie ihm unbedingt wegnehmen müsse, es war ja Arbeit, dieser Tagelöhner wurde ja dafür bezahlt, folglich würde dieser Schlangensatz *Sie haben angerufen* nicht verschwinden. Er war in aufmunterndem Ton gesprochen, folglich denunzierte ich zum erstenmal, folglich hatte ich zum erstenmal angerufen, *daß Sie doch angerufen haben,* dieser Schleimer. Ich könnte es noch schaffen …

In alle früheren Aufzeichnungen (irgendwelche anderen, in meine aber ganz sicher) würde er doch eines Tages seinen Satz einfügen, hineinschneiden – dem käme keiner mehr aus, er befände sich ewig in den Archiven, schon morgen könnte es zu spät sein. Morgen fände er sich im Rapport, in der Meldung von Spitzel zu Spitzel, morgen schon *wäre es zuwenig, ihn zu töten,* wäre es umsonst. Fieberhaft überlegend, machte ich in der Küche von Sobolews die Schubladen auf und zu. Ich wußte bereits, was zu tun war. Ich wählte das Messer nicht aus, ich griff mir einfach eines. Es war ein gutes Klappmesser (allerdings in bebender Hand). Ich steckte es in den Schuh, unter die Socke. Gehen war möglich, nur nicht Springen. Klinge nach unten. Nein, zuklappen, ich muß das Messer zuklappen, sonst schneide ich mich, dann läuft Blut in den Schuh … Killerschuhe. Schritt für Schritt. Der Mörder folgte ihm auf dem Asphalt, *der Landstreicher flüchtete von Sachalin* … Ausgelassene, dümmliche, sprunghafte Gedanken (Selbstverhöhnung), bis der Mensch sich verhärtet und eins mit seinem Willen wird.

Ich nahm auch Wurst mit, fremde, hatte keine eigene, zweihundert bis dreihundert Gramm, rannte noch schnell in die Wohnung von Kurnejews: Kurnejew gibt gern was (und seine Frau ist herzkrank). Ich trat auf den Gang. Hatte die Wurst im Stück abgeschnitten, alle Achtung, sagte ich zu mir selbst – gut gemacht. Wenn Tschub etwas wittert, ahnt, werde ich mit keiner Wimper zucken. Zu deinem versprochenen Wodka habe ich einen Imbiß und ein Messer mitgebracht, wir können ja nicht beide abwechselnd von der Wurst abbeißen …

Ich rannte auf die Straße hinaus, er wartete auf mich, drei Minuten waren vergangen (fünf?), ich tat so, als sei ich berauscht, torkelte leicht und gierte nach Wodka. (Aber ich wollte keinen mehr. Wollte nichts.)

»Na? Und wo ist die Wurst?«

Ich klopfte auf meine Brust. Der Wurstzipfel beulte den Stoff aus. Tschub berührte mich mit der Hand (wie leicht und rasch, wie geschickt tastete er mich ab) – wir gingen weiter.

Unsere nächtliche Suche, unser Streifzug, hatte als vordergründiges und scheinbar einziges Ziel den Schnaps. Wir zogen Seite an Seite durch das nächtliche Moskau, wie es durstige UGler ohne Geld eben so machen. Einfach irgendwo Wodka schnorren. Wenigstens ein gewisses Quantum.

Aber wir hegten verschiedene Absichten – Tschubik hatte es darauf angelegt, mich zu »melken« und mehr über die Schriftsteller zu erfahren, die einen Namen und ein Schicksal hatten; und über die namenlosen ebenfalls. (Da ich nun schon mal *angerufen* hatte, sollte auch alles Gesagte festgehalten werden.) Wie ich mich später überzeugen konnte, wollte er jede blöde Geschichte hören, jeden zur Unglaubwürdigkeit, zum Mythos aufgeblähten Klatsch (ein Mythos ist auch eine Information). Er wollte etwas über den und die hören, über ihr Geld, ihre zerwühlten Betten, ihr Visum, ob sie beim Botschaftsempfang waren oder warum sie nicht dort waren – Alltagsbespitzelung, die kaum jemandem wichtig war, geschmacklos wie wiedergekäute Nahrung. (Und die doch jemand gebrauchen konnte und auf die er, Tschubik, angewiesen war – Arbeit, Verdienst.) Er nahm mein zerfahrenes Gerede recht clever auf Tonband auf. Steckte einfach die Hand in die Hosentasche, als würde er sich kratzen, und drückte auf die weiche Einschalttaste. Wenn ich mir eine Zigarette anzündete oder verstummte, kratzte sich Tschubissow wieder, um den Leerlauf abzuschalten, wozu Stille aufnehmen? Wie raffiniert er es auch anstellte (sich abwendete, nieste, das Taschentuch suchte), ich bemerkte es. Nicht jedesmal, aber doch öfter. Es kommt auf das Wissen an. Wenn man etwas weiß, bemerkt man es auch. Er wollte mich also melken, und ich wollte ihn töten. So war es. An jenem dunklen Herbstabend. Jetzt verstehe ich es.

Bei alledem torkelten wir beide betrunken und stützten einander. Hielten den anderen nicht nur mit Wort und Schulter aufrecht, sondern auch am Haken des gegenseitigen Interesses (jeder mit seinem Köder, der Stachel war versteckt).

»Einmal gehe ich zu S-s-serjoschka. Er säuft, was glaubst du, mit wem?«

»Na?«

»S-später. Das erz-zähle ich dir später.« Ich fuchtelte betrunken in der Luft herum, später. Erst muß ich was trinken, bin zu schwach.

Er zog die Hand aus der Hosentasche (ohne auf Aufnahme geschaltet zu haben) und hielt seinerseits die Hoffnung auf nahe Erfüllung in mir aufrecht:

»G-gleich sind wir bei Kirtschonka, Petrowitsch. Bei dem findet sich immer was. Im Kornkasten.« (Also Schnaps.)

Da wir beide schon ordentlich getankt hatten, verstellten wir uns nicht. Ich verstehe bloß nicht, warum mich Tschubissow nicht einfach abfüllte, warum er mir nicht (unterwegs) ein oder zwei Flaschen einflößte. Um damit den nächsten betrunkenen Redeschwall auszulösen und alle fünf leeren Kassetten zu bespielen (er hatte noch vier bei sich, eine steckte im Gerät). Warum mußte er mit mir irgendwelche Bekannten abklappern? Zweimal, noch dazu mit Umsteigen, fuhren wir im Bus (der nachts selten fuhr) irgendwohin. Möglicherweise gibt es keine Erklärung dafür, vielleicht wollte er auch nur trinken und einen Happen essen. Er ging mit der Strömung. (Er lebte. Und das Leben hat seinen eigenen klebrigen Zement.) Aber das Procedere konnte natürlich auch auf einer mir gänzlich unbekannten Berufserfahrung beruhen: Er konnte zum Beispiel befürchten, ich würde mich vor der Zeit vollständig zudröhnen und abschalten. Dann hätte er zuwenig aufgezeichnet. Folglich hielt er den Alkoholpegel in meinem Blut und entsprechend in meinem Bewußtsein geschickt und umsichtig (wie er dachte) aufrecht. Diesem Ziel dienten dann unsere Streifzüge an der frischen Luft.

Aber vielleicht (das war auch nicht auszuschließen) fühlte sich Tschubissow tatsächlich verpflichtet, mich ordentlich abzufüllen, den Polizeispitzel sozusagen für die erhaltene ehrliche Information redlich zu entschädigen.

Auf dem Suworow-Boulevard (ich wartete unten an der Haustür) brachte er nebst Wodka eine heiße, saftige Bulette auf Brot herunter; seine hatte er schon oben bei ihnen (seinen Bekannten) gegessen. Schüttelte den Kopf: Die sind ziemlich arrogant! … Er hatte zuvor eine Weile gezögert, mich aber nicht in die Wohnung mitgenommen: schämte sich meiner kaputten Schuhe.

Doch in den riesigen, verrosteten Hangar, der als Atelier gemietet war, fielen wir gemeinsam ein: Dort hing gewöhnliches Volk herum und trank – großes Hallo, da brauchte man sich vor niemandem zu schämen. Dort hatten fünf Mann ihre Bilder enthüllt und ergründeten nun ihr Verhältnis zur Ewigkeit, junge, laute Maler, die ich nicht kannte. Fabelhafte Schwätzer! Ich war schon zu alt für sie. Und die Mädchen. Kesse Raucherinnen. Hochgewachsen. Schön. (Auch für sie war ich zu alt.) Aber eine alkoholisierte Unterhaltung mit jungen Leuten ist immer leicht und erfrischend: Ich blieb bei ihnen hängen. Wir tranken tüchtig. Wir betrinken uns hier bis zum Rausschmiß, und auf dem Rückweg bringe ich ihn in einer Ecke zwischen den Garagen um. (Dummer, betrunkener Gedanke. Aber aus irgendeinem Grund wollte ich, daß es zwischen den rostigen Garagen passierte. Und in einer Ecke.) Ich versicherte Tschubik: Ich will hierbleiben – hier gibt's Wodka und ein kluges Gespräch, wohin sollen uns unsere alten Füße noch schleppen, die Hufe sind müde!

Tschub versuchte es mir nicht minder hartnäckig auszureden und mich weiterzuschleifen.

»Hier riecht's nach echter Kunst!« Ich klammerte mich begeistert an die jungen Leute, an ihre frischen Gedanken und Reden. (An die durchgerostete, geräumige Behaglichkeit ihres Ateliers.) »Ich will bei ihnen bleiben …«

»Du schon. Aber sie wollen dich nicht: Du bist ihnen zu besoffen!«

»Und du?«

»Ich nicht.«

Auch hier kannte man Tschubissow zweifellos als Schnüffler, hartnäckiges Gerücht; wie bei Wassiljok und Kumpanen, so wurde er auch hier veräppelt. Manche verzogen den Mund (verachteten ihn schweigend). Hörten ihm aber ernsthaft zu. Er wußte über Ausstellungen Bescheid (da sagte man nicht nein), über Erik Bulatov (den kannte er persönlich), und wie meisterlich er die Praxis der Sozart präpariert hatte, den letzten sporadisch ratternden Waggon des sozialistischen Realismus – das war absolut hörenswert! Wenn im Film ein Spitzel umgebracht wird, handelt es sich um eine Null. (Damit man ihn nicht bedauert. Damit man die zerquetschte Laus knacken hört.) Indessen sperrte nicht nur ich den Mund auf, sobald Tschubissow über Kandinsky, seine Münchner Periode, den »Blauen Reiter« und seine Frau Nina sprach – Tschubik diskutierte auch noch mit den Malern, mit diesen Alleswissern. Eben über Nina, eine Deutsche sei Kandinskys Freundin gewesen, eine große Freundin, Nina war aber trotzdem seine Frau – er hatte am Ende recht! (Man schlug in einem zerfledderten Band nach; klärte die Frage; und trank laut in der ganzen Runde auf die Wahrheit.)

Dafür richteten sich ihre Scherze, wie ich bemerkte, immer schärfer gegen mich. Einer der jungen Männer mit gelocktem Backenbart, ein jugendlicher Puschkin, erkundigte sich flüsternd, aber ganz offen nach mir und fragte lachend: »Der da auch?« Und schnüffelte. Ich konnte die Antwort nicht hören. Ich weiß nicht, als was sie mich abstempelten. Aber ich bekam trotzdem etwas zu trinken. Da erbarmte sich plötzlich ein anderer junger, angeheiterter Porträtist meiner. Er kam zu mir und flüsterte mir ins Ohr: »Wissen Sie eigentlich, was dieser Mann war?« Er meinte Tschubik.

»Wieso *war*? Er war und ist es«, sagte ich und verzog den

Mund zu einem betrunkenen Lächeln. Flüsterte ihm ebenfalls ins Ohr.

»Ja?«

»Ja.«

»Darauf müssen wir trinken. Auf die Standhaftigkeit.«

Der Maler brachte mir ein Gläschen, wir stießen an, und ich verriet ihm laut, ich liebte *das Ballett wegen seiner Standhaftigkeit.*

Alle wieherten los, so gut fanden sie das. Der Schriftsteller hat gesagt. Der Schriftsteller hat was übers Ballett gesagt. Habt ihr gehört, was der Schriftsteller gesagt hat ... Dabei hatte ein anderer Schriftsteller diesen Satz gesagt, im 19. Jahrhundert, Saltykow-Schtschedrin. Sie waren zu jung, um seinen Namen zu achten. Zeit zu achten und Zeit, geringzuachten. Saltykow-Schtschedrin war Gouverneur gewesen. (Ständig offen für Veränderungen.) Ich wollte die junge Zechrunde über die Urheberschaft des Satzes informieren, aber meine Lippen bewegten sich nicht. Fürchterlicher Qualm. Mädchen. Eine junge, noch ganz neue Gruppe von Malern, die sich noch nicht aufgespalten hatte: Sie hatten es noch nicht darauf angelegt, *abzuhauen* oder zu *verkaufen*. Eine Schicht von drei Jahrzehnten trennte uns. Ich kenne wenige von ihnen. Ich kenne auch nur wenige junge Literaten – Zeit zu kennen und Zeit, nicht zu kennen, wir sind alt, alter Schrott, werden schon auf die Sandbank geschwemmt.

Wahrscheinlich spitzte Tschubik auch hier die Ohren, zapfte manchen Tropfen (Blütennektar) ab. Er suchte sie auf, um zu feiern: kam, um unter seinesgleichen zu sein. Der Pfad durfte nicht zuwuchern. Er hütete sie. Ich dachte nicht daran (was soll man über die Jungen denken!). Mein Verstand strengte sich jetzt an, den Alkohol zu bekämpfen, ich trank ja immer weiter, wurde schwerfällig, dabei stand die Sache noch bevor. Die Sache. An den Menschen Tschubik wollte ich jetzt mit aller Geistesanspannung nicht denken, und zwar aus Furcht, ihn zu bedauern. Später wäre es nicht möglich, mein Gerede aus den KGB-Annalen (den beständigsten, ewigsten Annalen unseres Jahrhunderts), aus dem allgemeinen dreckigen Verzeichnis zu tilgen. Es wäre wie Keilschrift in Stein gemeißelt. Aber vor dem richtigen Augenblick auf den Schnüffler loszugehen, gestattete ich mir auch nicht, meine Wut könnte sich in einen unsinnigen Streit auflösen, in unflätige Flüche und Luft; in Nichts.

Wir läuteten an der Tür. Draußen auf der dunklen Straße. Tschub läutete.

Drrr-tra-la-la – ein Triller in F-Dur. Als vertrauter Akkord kündigte das Klingeln den Wohnungsinhabern unsere Ankunft an (das Trippeln vor der Tür). Tschub war energisch: Er war ebenfalls ein Teilchen der Undergroundmaler, er war UG, einer von uns, Fleisch von unserem Fleisch – und deshalb verlangte er von den Leuten (auf Kredit) Aufmerksamkeit und einen starken Schnaps. Aufmerksamkeit und Schnaps, wie es das verkannte Talent immer von der Gesellschaft verlangt hat und verlangen wird – her damit!

»Ich laß niemanden rein. Wer ist da?!« Die Frau in der Diele ließ uns nicht rein, der Fußboden hatte einen teuren Belag (fiel mir auf).

Doch Tschub war schon drin, ich drängte nach.

»Wo wollen Sie hin? Was soll denn das!«

Tschub lacht – Platz da! Du hast uns anzumelden!

»Weißt du denn, du dicke Kuh, daß mir deine Leute etwas schulden? Ja, ja, deine Herrschaften ... Der Hausherr hat eine Wette verloren und schuldet mir noch eine Flasche schottischen Whisky ...«

»Eine Flasche?« Panische Angst auf dem Gesicht der Frau.

Da erschien der Hausherr mit roten Augen (vom Fernsehen). Lacht:

»Was ist das denn für ein Lärm, wen spült uns die Welle ans Ufer?! Komm rein!«

Auch die Hausfrau tauchte auf; ausgesprochen schön. Sie bat uns ins Wohnzimmer.

»Warum denn ins Wohnzimmer! Nicht doch, taramtamtam (Fluch) – ihr und wir finden es doch in der Küche viel gemütlicher!« schrie Tschub erfreut.

Zudem war die Küche riesengroß und geschmackvoll eingerichtet. Mann und Frau – beide Künstler um die Fünfzig: beide elegant, schlank, gebildet. Und wie gern sie ihn bewirteten! (Obwohl er so krakeelt hatte.) Beide hatten wohl von Herrn Tschubissows Nebenverdienst gehört, ertrugen ihn aber, boten ihm etwas zu trinken an und gaben ihm keinen Genickstoß, und zwar wegen unserer unerschöpflichen russischen Überzeugung, daß er eben ein Mensch war – russischer Wesenszug. Und natürlich auch, weil sie glaubten, daß er ihr Haus- und Familienspitzel sei und damit auf seine Art ein menschlicher Schnüffler. (Der wird andere verpfeifen. Aber doch nicht uns, die wir uns beim Wodka gegenseitig anpflaumen.) Dieser scherzhaft freundliche Umgang mit ihm wirkte auf mich sehr unangenehm. Denn ich mußte mich ebenjetzt von seiner menschlichen Hülse, seiner familiären Vertrautheit, fernhalten, abwenden, hatte keine Ursache, in das spielerische Hirn eines Schnüfflers einzudringen, ebensowenig wie in seine letzten professionellen Anstrengungen.

Die Anspannung in mir wurde auch dadurch aufrechterhalten, daß Tschub ebenfalls seinen Part kannte (in seinem Plot) und ständig beteuerte, heute werde er mich richtig abfüllen, *gehörig*, er schwöre es bei seiner Ehre! ... Er schleppte mich entschlossen aus dieser wunderschönen Küche, weg von dem liebenswürdig aufgekratzten, gebildeten Paar. Verabschiedete sich salopp von ihnen. Mir zwinkerte er zu, los, gehn wir, Petrowitsch. Unser Weg führt uns weiter, unsere Gastgeber sind knausrig, wie du siehst – noch eine Flasche werden sie uns nicht spendieren (außerdem sind sie als Künstler Scheiße) – los, gehn wir!

Aber in der nächsten Runde (Untergeschoß, ein Haufen Leute, schummriges Atelier, inoffizielle Szene) ging Tschub vollkommen in der Gesellschaft auf und hätte mich um Haaresbreite vergessen und sitzenlassen: Er schnappte sich ein besonders redseliges Paar – einen unserer jungen abstrakten Maler, der schon in Mode war, und seine Begleiterin Carol, Amerikanerin (um sie herum natürlich jede Menge Nachwuchskünstler).

Tschubik, der sich bereits mit Leib und Seele eingeklinkt hatte (fixer Bursche!), wollte mich loswerden, sogar endgültig hinauskomplimentieren, doch jetzt lag ich ihm in den Ohren: Und wo ist der versprochene starke Stoff? Tschub begann nervös zu werden, er drängte mich: »Geh, Petrowitsch, geh. Tschüs!« – Nein. Ich gehe nicht. Ich denke nicht daran. Tschubik wurde rot und steckte mir eine vom Tisch erbeutete Flasche zu, mein Honorar: »Ich hab dir doch gesagt – tschüs!« Aber ich gehe nicht. Nicht ums Verrecken. Tschub hatte eine Regel vergessen, die bei uns gilt: Eine Flasche nimmt der Durstige *vom Tisch* (für morgen), aber sich betrinken will der Durstige *am Tisch* (heute, jetzt). Das Honorar war zuwenig. Höchstens ein Vorschuß. Eine Weile rangen wir um die Flasche (ganz leise), kräftige Hände, bemerkte ich (sei auf der Hut ...).

Jetzt ließ ich nicht locker, folgte Tschub und ließ ihn nicht aus den Augen. Ich zwängte mich sogar schweißgebadet hinter ihm zum Tisch durch – Tschubik rotierte dort wie eine sonnentrunkene Hummel. Die Amerikanerin lockte. Strahlte mit ihrer runden Stirn. Doch zu ihrer Ecke am Tisch vorzudringen war noch schwieriger, als zum Wodka. Carol war dicht von jungen Leuten umlagert. Lachen. Pfeifen. Carol lernte unsere saftigen russischen Kraftausdrücke, lernte laut, um sie herum waren alle glücklich und lachten. Tschubik war nervös. Unterdessen hatte der junge abstrakte Maler ein Gemälde geholt und enthüllte es – alle machten Platz, allgemeines Ah und Oh; Carol, ebenfalls angeheitert, versicherte, sie werde sofort die Botschaft anrufen (nein, nicht anrufen, sondern sofort hinfahren!) und ihrem reichen Freund aus Chicago zu verstehen geben, daß er das Bild kaufen solle, der Spinner. Auf ihre Bestellung. Geld sei da, er habe immer Geld in der Tasche. Entweder in der rechten oder in der linken. Er sei ein reicher Kauz. Ja, man könne davon ausgehen, daß er es schon gekauft habe. *Hat's gekauft, weiter geht's, fuck ...*, sagte Carol unter allgemeinem begeistertem Gelächter.

Geschmeidig wie ein erwachtes Raubtier entschwand der Maler in die schummrigen Kellerräume. Er sei gleich wieder mit einem neuen Bild da. Wir warteten. Allmählich dämmerte es Tschubik, daß sich dieses Paar jetzt ausschließlich miteinander beschäftigte (der beflügelte Künstler und Carol) und ihm keinen Trumpf in die Hände spielen würde. Jedenfalls nicht heute. Vielleicht auch nie. Tschub ärgerte sich:

»Abstraktes Gemälde, daß ich nicht lache! Nur Verkantungen! Alberne Kleckserei!« Er machte eine abfällige Handbewegung, lehnte ab, Kandinsky-Spezialist, mutig im fremden Atelier.

Ein junger Schnösel rückte mir auf die Pelle und schubste mich raus. Mit beiden Händen stieß er mich gekonnt und schmerzhaft aus dem Raum, Stoß um Stoß. Er hielt mich für einen *Grufti*, einen Exfunktionär des Künstlerverbandes – für einen kleinen Sekretär, der sein Dasein im Alter von Almosen fristete. Ich hätte ihn nicht ohne Lärm und Aufruhr abwehren können. Mir fiel ein, daß das Messer bei einer heftigen Bewegung herausfallen könnte. Das Messer unter meinem Fuß war warm geworden. (Es schien gar nicht dazusein, ich spürte nur sein Gewicht bei jedem Schritt, wenn ich schnell ging.) Mein Rausschmeißer schrie: »Warum hast du denn die Orden abgelegt? Fette Breschnewsau! Stümper! Wann verreckt ihr endlich?!« schrie er gehässig und betrunken, aber die Fausthiebe gegen meine Brust waren das schlimmste.

Im nächsten Atelier (ich sah schon unscharf, war müde) erwischten wir endlich unsere Säufer: Hier waren Wassiljok Pjatow, Kindjajew, Goscha und der Designer Raschid versackt. Ich bekam einen Hocker angeboten und gekaufte Pelmeni vorgesetzt, grau und zusammengeklebt, aber heiß, in kochendheißer Brühe (das konnte ich jetzt vertragen). Wassiljok ulkte. Goscha hatte mit ihm gewettet.

Komisch: Die Teigtaschen kochten sie in einem großen Teekessel. Der Hocker war besetzt. Ich hätte mich auf den Boden setzen können, wie Wassiljok, aber dort zog es. Die Nieren meldeten sich, ich stand auf und suchte – setzte mich schließlich auf einen Wäscheballen. Wie ein uralter Mann. Ich war müde. (Pause für mich. Sie stand mir zu, ich war zehn oder fünfzehn Jahre älter als sie.) Tschubik diskutierte unterdessen heftig. Tschubik war in seinem Element. Wie immer. Der beschlagene Spitzel ruderte energisch mit dem Arm und beschrieb uns die Pariser Peripherie, schilderte die letzten Tage des Malers Nicolas de Staël. Im bläulichen Zigarettenqualm und in der Kakophonie der selbstverliebten Stimmen verlangte mir seine unerschöpfliche Redekraft Respekt ab. Aber auch die anderen redeten. Saßen auf Stühlen. Auf Hockern. Auf dem Fußboden. Paris … Ausstellungen in Amerika … Maler, die damals bei der von Bulldozern aufgelösten Freiluftausstellung dabei waren … Zelkow … Schemjakin … hunderttausend … zweihunderttausend … (Wir setzten seinerzeit auch Marksteine, Diamantkerben: Nowy mir … Ausgabe in Frankreich … Gallimard … Ardis … Schnee von vergessenen Gipfeln.) »Ein guter Schriftsteller«, wurde plötzlich gesagt. Ich horchte auf, sie sprachen wohl über mich.

So etwas muß man in einer Küchenrunde hin und wieder über einen UGler sagen, er soll auch mal einen Lichtblick haben. Ein Almosen. Man warf mir ein Wort hin, sollte uns ein Wort reuen, wenn du dein Leben lang ein Paria bist. (Ihrer Meinung nach bin ich einer. Ich denke anders.) Jemand gab mir eine Zigarette. Auch eine Frau tauchte neben mir auf, groß, mit breiten Hüften. Warf ein Auge auf mich. Es wirkt auf eine Frau, wenn laut über einen UGler schwadroniert wird: Die Frau ist offen wie die Natur, wie die Steppe, trocken und in diesem Sinn immer in *Erwartung* (vielleicht geht was?). Die Verheißung eines sinnlichen Abenteuers kriegt sie sofort spitz. Sie hatte eine Wohnung. Warme Q-meter nicht weit von der Metro. Ich wogte mit keinem Gedankenhalm in ihrer Steppe (bin nicht Vik Vikytsch, bin

Wächter im Wohnheim). Da kam sie näher, gab sich als Gastgeberin, volle Arme, lehnte sich mit dem warmen Schenkel leicht gegen mich. Ich spürte es auf dem Hocker: Sie stand neben mir.

Ich drehte mich nicht um – dehnte den Augenblick hinaus (konsumierte ihr warmes Gewicht). Ich zögerte, dabei wurde mir die Unendlichkeit der nichtmännlichen Welt angeboten. »Larissa?« fragte ich, ohne mich umzudrehen (und ohne ihrem wärmenden Körper auszuweichen), ich wollte ihren Namen erraten. »Lida«, verbesserte sie mich lachend. Aber es ist nun mal so: Wenn man mich im Handstreich nehmen will, bleibe ich stur. Ich wartete. Die Frau würde abbiegen. (Sie biegen ab – ich gehe geradeaus.) Bald schon ließ sie mich sitzen; ein Flatterwesen. Flirtete bereits mit dem nächsten. Mit einem Landschaftsmaler. Trat an ihn heran. Mit dem Charme der Gastgeberin und der Wärme ihres Schenkels.

In einer anderen Ecke fragten sie auf den Hockern:

»Der alte Säufer da, wer ist das?«

»Wassiljok kennt ihn.«

»A-ah!«

Vielleicht meinten sie mich. Der Mann über Fünfzig in den kaputten Schuhen, der von einer Sause zur nächsten zog, um Wodka zu ergattern, war ein bißchen zu alt für sie. Ein Alki. (Der hinter einem kleinen Schnüffler her war, weil er sich einbildete, daß er seine Biographie für die Ewigkeit retten müsse. Und überzeugt war, daß einzig und allein die Annalen des KGB neben Tacitus bestehen würden.)

Der Gedanke beschlich mich immer wieder wie eine weiche Spur, um aus meinen Händen unvermutet Watte zu machen und mein Herz zum Mitleid zu überreden. Nicht die Vorstellung der Ewigkeit, der langen Jahrhunderte schmerzte, sondern mein kurzes Ich litt Schmerz, hier und jetzt. Was kam es auf einen Verleumdeten mehr oder weniger an, wenn in ihren Annalen zigtausend aufgelistet waren? Die Leute würden sich niemals in diesen bunten, kilometerlangen Verzeichnissen zurechtfinden. Wie hat ein Chinese einmal gesagt: *nur vergessen.*

Ich bekam einen Schluckauf; wurde nervös. Einer der jungen, starken Männer, typischer Bartträger (vielleicht Bildhauer, die haben solche Pranken!), steuerte sogleich auf mich zu:

»Warte. Warte ... Kotz dich aus und komm dann wieder!« Er stieß mich vor die Tür, so angeekelt wie mitleidig. Vertraute Seele.

Ich taumelte an die frische Luft; vor der Haustür mußte ich tatsächlich kotzen. Das tat gut. Nacht. Sterne. Und die Kotze vor meinen Füßen sah ich nicht – es war schon finster.

Es mußte sein. Ein Rückzug war nicht mehr möglich. Gut zwei Jahrzehnte hatte ich auf die Tasten meiner Schreibmaschine eingehämmert. Sollte ich mein Ich, meine Texte (ich verlegte mich jetzt stark auf meine Texte) der Tatsache zuliebe wegwerfen, daß auch er ein Mensch war? ... Stimmt, wegwerfen, sagte ich plötzlich zu mir selbst. Stimmt, er ist ein *Mensch.* Der Rausch verflüchtigte sich. Der Rausch purzelte gleichsam in Klumpen aus mir heraus. Aber die verbliebenen Klumpen (Schichten) waren immer noch riesig. Ich schlaffte ab ... wieder Pause.

So treibt man sich endlos an den einschlägigen Orten herum, in der Hoffnung zuzulegen – in der hartnäckigen Hoffnung, den Zustand der Betrunkenheit und der ungesteuerten Gedanken aufrechtzuerhalten. Eine durchzechte Nacht hat eine eigene Komposition, ein eigenes Zeitgerüst. Umherziehen, um irgendwo den nächsten scharfen Schluck zu ergattern, ist Privileg und Ziel zugleich. Es ist Zeitvertreib und Roulette. Die raffinierte, spielerische Zielstrebigkeit des Intellektuellen steht nicht allen zu Gebote. Uns schon. (Die anderen sollen ruhig schlafen. Die normalen Menschen.)

Ich stand und schwankte. Es fuhren nur noch wenig Autos. Die »Rettung« raste vorbei. (Ich dachte an meinen Bruder Wenja: Wie es ihm wohl ging?)

Tschub kam heraus.

»A-ah, hier bist du?« Er lobte mich, daß ich gewartet hatte: »Gut gemacht!«

Und zeigte mir die volle Flasche, mein Honorar. Auf dem Leib der Flasche spiegelten sich Glitzerschlangen.

Wir wanderten weiter.

Tschubik hatte mich nicht verloren, und ich hatte ihn nicht verloren. Tschub strengte sich an, ich mich ebenfalls. Ich hatte mich irgendwie an ihn gewöhnt. Wir gingen nebeneinander. So ist das Leben. Unsere so verschiedenen Vorhaben waren nicht auf einen Nenner zu bringen, aber sie waren zeitlich aufeinander abgestimmt, und der Gefährte bei einem Vorhaben, das sich lange hinzieht, ist nach einer Weile fast so etwas wie ein Verwandter.

»Trink, *Bruder*!« Der feinfühlige Schnüffler traf mit seiner Ironie ins Schwarze, ohne sich dessen bewußt zu sein. Das Wort *Bruder* hatte seinen Sinn.

Ich nahm einen Schluck, der mir Kraft verlieh. Aber offenbar nicht nur mir. Jedesmal, wenn ich die Flasche an den Mund gesetzt hatte, labte sich Tschub ebenfalls daran. Die Straßen waren deprimierend. Etwa zehnmal auf diesem Marsch in der Dunkelheit, auf diesem Abschnitt (nicht dem längsten) unserer Sauftour diesseits der Taganka, dachte ich daran, mein schweres Unterfangen aufzugeben. Ich zögerte. Und jedesmal kam ich wieder auf das Ursprungsmotiv zurück: Es ging nicht anders: Er würde das, was ich mein Leben lang gehegt und gepflegt hatte, was *mein* und größer war als ich, zugrunde richten.

Ein Milizionär hielt uns an. Ich spürte in der Dunkelheit, wie mich jemand an der Schulter packte und mit einem Ruck umdrehte. Sofort richtete ich meinen Körper auf und schwankte nicht mehr, ich wollte nicht auf dem Revier landen. Ich war nicht mehr stark betrunken, sondern torkelte einfach so, aus träger nächtlicher Gewohnheit (und zum Teil auch Tschubiks wegen). Der Milizionär drehte mich zu sich um. Schaute mir ins Gesicht.

Der zweite stand etwas weiter weg sprungbereit. Den Schlagstock in der hängenden Hand.

Wie besorgt Tschubik sogleich auf mich und den Bullen losging, der mich gepackt hatte, wie leidenschaftlich er ihn anschrie: Stop, stop, Leutnant! ... Tschub konnte es nicht zulassen, daß sie mich festnahmen oder abführten, das kam überhaupt nicht in Frage, ich war *seine Beute*. Er wollte, wie später herauskam, mindestens noch eine Kassette, neunzig Minuten, für mich verbrauchen.

»Sachte, sachte, Leutnant. Wir sind Freunde. Wir bummeln. Alles in Ordnung, Leutnant!« redete Tschubik dem Bullen zu. Wie rasch er im Finstern die fremden Sterne erkannt hatte!

Jetzt richtete auch ich mich vor dem Leutnant auf, sogar mit einem gewissen Vorsatz : Schau her! Ich bin doch nüchtern und stark! Ich wollte weitergehen, den Weg fortsetzen, hatte ja auch *meine Beute*, wollte Tschubik nicht verlieren.

Tschub setzte sich kurz und energisch mit ihnen auseinander. Ich stand etwas weiter weg. Spitzte jedoch die Ohren. Der Miliz aufgefallen zu sein ist ein schlechter Anfang jedes Unternehmens; schlimmer könnte es nicht sein. Mir wurde etwas leichter, als ich merkte, daß sich Tschubik ebenfalls bedeckt halten wollte. Er zeigte ihnen weder Papiere noch irgendeine Bescheinigung, nichts, und seinen Paß hatte er leider auch nicht dabei.

»Petrowitsch«, wandte er sich an mich, »hast du deinen Paß dabei?«

Ich zögerte: Wenn ich zwei Wörter betrunken lallte, könnten sie mich mitnehmen, sagte ich sie aber zu nüchtern, könnte Tschubik Verdacht schöpfen; ich schwieg, goldene Mitte, laß mich nicht reinlegen.

Das war indes das Schlimmste, was mir hatte einfallen können. Als Reaktion auf mein Schweigen rückte mir der Milizionär auf die Pelle und tastete rasch meine Brust und meine Hose ab. Auch das noch. Er strich bis zu meinen Knien hinunter, aber zu den Socken in meinen Schuhen drang er nicht vor. Ich war wie gelähmt.

»Nichts«, teilte er dem zweiten mit und gab ihm damit zu verstehen, daß er mich von Kopf bis Fuß abgetastet hatte.

Der trat näher heran, stülpte meine Hosentaschen selbst um, kratzte allerhand Papierkram heraus. Und fünfhundert Rubel.

»Das ist doch kein Geld. Langt nicht mal für eine Buße!« sagte ich halblaut, während er den Geldschein mit der Taschenlampe beleuchtete.

Er beurteilte die Lage (meine Stimme): nicht volltrunken.

Gab mir den Schein zurück. Spielte aber noch mit meinen unbedeutenden Zetteln: Stromquittung einer Wohnung, die ich gehütet hatte, ein S-Bahn-Fahrschein. Ob ihn meine Stimme, halblaut und nüchtern, plötzlich mißtrauisch gemacht hatte? Schwer zu sagen. Klar war nur: Er sah mich scharf an. Gleich würde er fragen.

Tschub und der Leutnant steckten sich in diesem Augenblick bereits die guten Zigaretten an, die Carol spendiert hatte. Es roch nach Zigarettenrauch. Sie unterhielten sich – auf die Nacht werde es kalt, aber sonst sei es ein ganz normaler Herbst.

»Was arbeitest du?«

Ich schwieg.

Tschubik kam mir zu Hilfe. Er stand drei Schritte von meinem Milizionär entfernt und schrie diesem zu:

»Er hat seine Arbeit verloren. Eine Schande ist das ... Sie haben fünfhundert auf einen Schlag entlassen!«

Der Bulle lächelte schief:

»Tja, überall wird umgebaut! So leicht findet man heutzutage keinen neuen Job ...«

Der Milizionär salutierte plötzlich neutral und freundlich. (Eben noch hatte er mir eine Ohrfeige geben wollen.) Ein Wunder. Den Schlag ins Gesicht hatte er mir einfach so verpassen wollen, um sich zu wärmen. Und damit der Mann (ich) seine Fragen rascher, flinker beantwortete. Ich spürte, wie er ausholte, und trat von einem Bein aufs andere, um den Abstand zwischen uns zu verändern. Es ist immer schade ums Ohr. Soll er schlagen, aber nicht gezielt – diese Pantomime hatten wir beide eine oder zwei Minuten lang im fahlen Zwielicht gespielt. Jetzt hatte er es sich anders überlegt. Er gab mir den Schein zurück; und salutierte. Das kommt vor. Kümmere dich nicht um die Logik. (Kümmere dich darum, wie du der Logik entrinnst.)

Wir waren wieder zu zweit, zwei betrunkene, treue Weggefährten. Gingen weiter. Tschub pfiff zufrieden.

In der Dunkelheit tauchten rechts und links schlecht beleuchtete, alte fünfgeschossige Wohnblöcke auf. In welchem Bezirk waren wir?

»Gib mir einen Schluck«, sagte ich zu Tschubik. Er hatte eine weitere Flasche auf Vorrat, wie sich zeigte.

»Du kannst es wohl noch erwarten.«

»Geizkragen. Quäl mich nicht … gib her!«

Ich hatte jetzt Lust auf Wodka. Das Messer hatten sie nicht gefunden (und mich nicht mitsamt dem Messer festgenommen); das war ein Wunder, vielleicht auch ein Zeichen. Jedoch mit dem Vorbehalt, daß ich den Himmel mit diesem Wunder und Zeichen nicht trickreich in meine weltlichen Untergrundangelegenheiten verwickelte, Gott ist Gott, hoch oben. Er liebt mich so, wie ich bin. Aber Zeichen gibt Er mir nicht, wozu sollte Er sich mit Kleinkram abgeben. Zeichen und ihre unsichere Deutung sind menschliche Probleme. (Es ist lediglich ein Zeichen, daß ich meine Bahn gehe. Ich als ich.)

Ich begann Tschubik die Flasche zu entwinden, alltägliche Szene, zwei Besoffene mitten auf der Straße, meine Hände waren stärker als seine – Tschub ließ nicht los, lachte in sich hinein. Er hatte offenbar vor, sich mit mir irgendwo hinzusetzen, mich in aller Ruhe auszufragen und schließlich die letzten Tropfen aus der Flasche suckeln zu lassen. Danach würde ich mit Sicherheit wegsacken und nicht mehr gehen können. Selbstverständlich hatte er nicht die Absicht, den Betrunkenen durch die ganze Stadt zu schleifen. (Konnte mich aber auch nicht irgendwo im Stich lassen.) In solchen Fällen wählt man keine Kreuzung und keinen Torweg, sondern einen verschwiegenen Ort. Man will den Saufkumpan loswerden, aber so, daß er nicht durch die Straße torkelt und laut hinter einem herflucht. Nein, nein, es mußte ein stilles Plätzchen sein.

Ich folgte ihm, erriet seinen Gedanken und hatte überhaupt nichts dagegen, weil auch mir ein abgelegener, stiller Ort in den Kram paßte. (Ich gedachte Tschubik ebenfalls nach dem Einschlafen zu verlassen.)

In meinem Herzen regte sich ein dumpfer Schmerz, ich spürte, daß der Augenblick nah war. Doch ich unterdrückte meine wachsende Erregung (Bereitschaft zum Schlag), so gut ich konnte, versteckte sie im ungeduldigen Griff nach der Flasche – her mit dem Wodka, du alter Knauser!

Ich wollte tatsächlich trinken.

»Gib mir wenigstens einen Schluck!«

»Du hältst es schon noch aus.«

»Du fieser Geizkragen. Einen Schluck wenigstens!«

»Ich werde die Flasche nicht im Gehen aufmachen ... Erst, wenn wir einen schönen Platz gefunden haben. Wenn wir sitzen.«

»Knicker. Schnüffler.«

»Halt's Maul! Du hast sowieso schon genug gefressen! Es waren übrigens meine Freunde, die dich den ganzen Abend abgefüllt haben – oder etwa nicht? ... In jedem Haus haben sie etwas aufgetischt. Und er ist immer noch nicht zufrieden!«

»Du Schwein! Nicht umsonst sagt man, du seist ein KGB-Spitzel! ... Ihr hattet schon lang keine Säuberung mehr – wenn man dich rausschmeißt, wirst du dir die Hacken nach einem Job ablaufen, was?« Ich lachte laut. »Du willst doch sicher einen als Kunsthistoriker. Und weißt du, als was Zubläser ohne Vitamin B genommen werden? Als Heizer! Weil man da ständig das Feuer anblasen muß!« lallte ich ironisch und verging vor Durst. Meine Lippen waren trocken und gehorchten nicht recht, aber meinen Händen vertraute ich.

Er lachte:

»Weiter, weiter! … Nimm kein Blatt vor den Mund!«

»Schwein. Geizkragen. Ein Schluck Wodka reut ihn …«

»Na, red schon!«

Vor dem Haus stand neben dem schwach beleuchteten, mit Trödel verrammelten Eingang ein nächtliches Auto. Ein Mann und eine Frau. Sie in einem bizarren Hütchen. Die Menschen in Chruschtschowblöcken sind arm. Aha, sie verabschiedeten sich! Die Frau nahm ein Taxi. (Ein vom Leben gebeuteltes Paar, das sich trennte?)

Die Scheinwerfer des Taxis schaukelten – Dunkelheit, der Motor schnurrte auf. Sie fuhren ab … Jetzt hatte ich begriffen, daß Tschubik und ich uns zwischen eng gebauten, mittelhohen Wohnblöcken befanden. Tschubik waren die Häuser ebenso fremd wie mir. Wohin hatte er mich geführt?

Zwischen den Wohnblöcken lagen in einer Reihe Eisenbahnschwellen. Wenn es wenigstens irgendeinen versteckten Winkel gäbe, eine rostige Wand, an die man sich anlehnen könnte.

»Auf den Schwellen?« stammelte ich matt.

»Sonst noch was! Ich hab doch gesagt, wir suchen uns einen gemütlichen Platz zum Trinken. Wo es nicht windet. Die Häuser hier sind ziemlich beschissen, Chruschtschowbuden, so eine Scheiße!« Er fluchte, als er über die erste Schwelle stolperte. War ebenfalls müde.

Ich war nervös.

»Ich will hier wenigstens eine rauchen.« (Auf der Schwelle.)

»Warte.«

Tschubissow richtete seine Schritte zum nächsten Haus. Seine Idee war einfach und für jedermann erkennbar, der einmal durch die Nacht gestolpert ist und Zuflucht gesucht hat. In diesen Häusern (aus der Chruschtschowzeit) gibt es im obersten vierten

Stock (besser gesagt, über dem vierten Stock) noch ein Zwischengeschoß, einen Dachaufbau, von dem aus es nicht mehr weiter nach oben geht, nur eine schmale, verrostete Eisenleiter stemmt sich gegen das verschlossene Dach. Dort, neben der Leiter, kann man wirklich ein Plätzchen zum entspannten Sitzen und Trinken finden.

Wir stiegen ein Stockwerk ums andere hinauf. Säufer kennen ihre Schlupfwinkel. Das Gehen fiel schwer, die Beine gehorchten nicht.

»Na also. Angekommen.«

Ich keuchte.

»Hier trinken wir!« sagte er ein wenig übertrieben. »Schau, wie schön es hier ist.«

Der Platz erwies sich als noch besser (und wärmer), als ich angenommen hatte, während ich schwerfällig hinter Tschubik hinaufstiefelte. Dieses Zwischengeschoß über dem vierten Stock war voller Trödel und wie für uns gemacht. Zerlegte alte Betten (die Drahtroste knarrten ganz leise). Irgendwelche Kisten. Spinnweben. Ein Kinderwagen. Und natürlich würde kein Mensch mitten in der Nacht hereinschauen. Das Haus schlief.

Das Licht (eine funzlige Glühbirne für das ganze Treppenhaus) brannte im zweiten Stock, zu uns drang nur der Widerschein herauf. Wir konnten reden, ohne flüstern zu müssen. So ein Plätzchen in der Nacht aufspüren, das können die KGB-Spitzel, die haben das Wissen und die Erfahrung, wer sonst, wenn nicht sie! Hier konnte ich mich nicht mehr auf den Beinen halten: seufzte in der Dunkelheit. Da war ich. Neben ihm.

Wir setzten uns auf eine glatte Sperrholzfläche. Vielleicht war es die Tür eines großen, alten Schrankes. (Als Hälfte eines Pingpongtischs.)

Jetzt war es soweit. Ich ließ endlich meinen unterdrückten Schmerz heraus und meinen Zorn, doch statt der (erwarteten) Wut befreite sich nur ein unbestimmtes und leider träges Gefühl. Wie Schwäche. Pschsch! (Wir waren zu lange gegangen.)

Ich hämmerte mir krampfhaft ein: Jetzt oder nie, das Klappmesser, hol das Messer raus ... Tschubik, der vor mir da war, überprüfte das Tonband (fürsorglich kümmerte er sich vor allem um das *Ohr*). Wir machten uns beide bereit. Er schaltete leise den Vorlauf ein, dann den Rücklauf. Drückte aber noch nicht die Aufnahmetaste, warum sollte er im Leerlauf Band verbrauchen. Aber er prüfte nach, ob alles funktionierte. Vor- und Rücklauf. Hatte sich nichts verklemmt, war nichts ausgefallen, als wir durch die finsteren Höfe wanderten und über die Schwellen stolperten (er und ich – wir waren jeder einmal hingefallen)?

Wir saßen nebeneinander. Ich ließ dumpf und betrunken den Kopf hängen; und auch meine Hände – bis unten, bis zu den Socken, den Schuhen – in entspannter Erwartung des Alkoholnachschubs (egal was, am besten Wodka, mach endlich auf). Meine herabhängende rechte Hand nahm das Messer. Aber ich klappte es nicht auf. Wartete in besorgter Anspannung.

»Also gut«, Tschubik holte die Flasche aus der Hosentasche und zog umständlich die Verschlußkappe aus Metall ab.

Er hob sie mit dem Fingernagel an. Als er es nicht schaffte, suchte er in seiner Tasche den Schlüsselbund, schob einen Schlüssel unter das Metall und riß – ratsch – mit einer raschen Bewegung die weiße Kappe ab. Er hielt die Flasche bereit, um sie an den Mund zu setzen. Ich hatte jetzt das Messer aufgeklappt. Und führte meine rechte Hand zu ihm hinüber. Es fehlten nur noch wenige Zentimeter. Ich langte scheinbar nach der Flasche:

»Warte ...«, sagte er.

»Worauf?«

»Erzähl. Erzähl mir was über die Schriftsteller. Du kannst so interessant erzählen ...« Er hatte das Tonband offenbar schon eingeschaltet. Im Dunkeln konnte jeder machen, was er wollte.

Er wollte, daß ich nun immer wieder einen Schluck nahm, allmählich dun wurde und erzählte. (Hatte Angst, daß ich die halbe Flasche in einem Zug austrank.)

Ich langte nach der Flasche.

»So warte doch!« Er hielt die Flasche in die Dunkelheit.

Aber ich war schon nah genug an ihm dran, drängte mich gegen ihn (er konnte mich nicht mehr wegstoßen) und rammte ihm mit einer schnellen Bewegung (an der bekannten Stelle neben dem Schulterblatt) das Messer in den Körper; die Spitze fand keinen Halt in der Leere des menschlichen Herzens. Er fiepte wie eine Ratte in der Ecke. »Ma-mma-aa …«, röchelte er. Dann wand er sich noch eine Weile, aber schon lautlos. Zuckte einfach mit dem Körper. Ich holte die Kassetten heraus, steckte sie in meine Tasche. War das ein kleines Diktiergerät! Ich nahm alles an mich, überprüfte es. Saß noch eine Zeitlang im Dunkeln. Die Flasche war irgendwohin weggerollt, unter die Kisten, hinter den Kinderwagen. Ich suchte nicht nach ihr. Ich hatte sie nicht einmal berührt. Ich wollte keinen Wodka.

Nicht mal einen Schluck. Alles war schlagartig geschehen. (Wie ein reifer Apfel vom Baum fällt.) Da war das Gefühl, die Sache erledigt zu haben, mehr nicht. Ich stieg leise die Treppe hinunter.

Leere nächtliche Straßen. An einer Ecke erinnerte ich mich, wie ich ihm das Messer ins Herz gerammt hatte, und das (vielleicht nur eingebildete) Geräusch des glucksenden Blutes löste einen momentanen Brechreiz aus. Das Blut unter dem Messer hatte ein Geräusch gemacht.

Aber nach weiteren hundert Schritten wurde mir leichter. Ich mußte noch einmal kotzen, diesmal bis zum letzten Rest. Bis auf den Grund. Ich war wieder ein Mensch. Mein Leben, mein Sein und mit ihm mein Ich sowie meine früheren Texte (was noch?) kehrten jetzt heim, wanderten einträchtig auf dem grauen Asphalt, gingen gleichsam Hand in Hand nebeneinander – wie behütete Kinder nach Hause gehen würden.

Ich entledigte mich des Messers. (Natürlich hatte ich es nicht dort gelassen, sondern in ein Taschentuch eingewickelt.) Ich warf es in einen Kanalisationsschacht, in den rauschenden Abwasserbach – warf es in einem anderen Bezirk weg. Ich hatte es lange mit mir herumgetragen. Ich wußte, was ich riskierte.

In Sobolews Wohnung untersuchte ich das japanische Diktiergerät; ich rauchte und spielte die Kassetten ab, bevor ich sie vernichtete.

Ich hörte allerhand Aufzeichnungen: mein Geschwätz und verschiedenes anderes. Das Getümmel bei den Künstlern. Carol, die ihr amerikanisches »r-r« wie eine Erbse rollte. Wassiljoks und Goschas Gelächter. Mein heiseres nächtliches Flehen um einen Schluck Wodka. Zuletzt erklang die Stimme des Spitzels selbst – am Ende:

»So warte doch!« Das war, als ich nach seiner Flasche langte und er, eine lange Aufzeichnung vorbereitend, den Geräuschhintergrund prüfte.

Seine Stimme wiederholte tadelnd:

»Warte!«

Das hatte eine gewisse Bedeutung. Ich schaltete das Gerät ein. Und antwortete dem Toten:

»Gut. Ich warte.«

Verschlafen und vom langen Liegen gerädert, stand ich auf, um die Tür zu öffnen; es hatte gut gelaunt geklingelt – herein trat ein Verwandter von Sobolews (Vertrauensperson), ein Strahlemann.

Sobolews waren verreist, er war zu allem befugt. Ich paßte nur auf die Wohnung auf, hütete sie. Hinter ihm, dem Verwandten, drängelten sich die Leute vom Technischen Inventurbüro herein: ein brandneues Wort – Technisches Inventurbüro. Alle drei trugen Krawatten, taten sich wichtig: Sie maßen die Wohnung aus: Die Länge wurde mit der Breite multipliziert, und diese Q-meter (ergiebig, frisch, nach Perserteppich duftend) wurden Zimmer für Zimmer auf Papier übertragen. Sobolews waren unter den ersten, die ihre Wohnung als Eigentum erworben hatten.

Jemand steckte seinen Kopf zur Tür herein.

»Und, wie geht's weiter? ... Was meinst du, Petrowitsch?«

»Tür zu!« verscheuchte ich die Neugierigen. Die Leute aus dem Wohnheim waren lebhaft interessiert. Weniger aus dem Drang, selbst Eigentum zu erwerben, als vielmehr aus der ewigen Furcht, den über die Jahre angewärmten Winkel zu verlieren.

Die Männer vom TIB maßen die Ecken, Türen und Zwischenwände aus, ich stand derweil am Fenster. Schaute hinaus. (Aber ich störte sie auch am Fenster.)

»Wer sind Sie?«

Ich hatte meine Lippen noch nicht bewegen können, da kam der Verwandte von Sobolews, ihre Vertrauensperson, schon in die Küche gerannt und sagte liebedienerisch zuvorkommend und aus irgendeinem Grund kichernd:

»So eben. Er ist einfach *so* da. Meßt weiter, Leute, meßt weiter ...«

Mit seiner Auskunft wollte er sie offenbar ermuntern, mich nicht zu bemerken, nicht zu sehen. Normale Sache. (Die Wohnung wurde geschätzt – und auch der Mann, der keine Wohnung hatte.)

»Und wer ist Sobolew? ... Was machen Sobolew und Sobolewa?« Die ausmessenden Männer waren doch beunruhigt, daß die Besitzer nicht da waren. Vielleicht waren sie verschollen. (Wie kam man zu Schmiergeld, wenn der Wohnungsbesitzer abwesend war?)

Ich glaube, der Verwandte steckte ihnen etwas zu. Sie gingen. Als letzter folgte ihnen im Laufschritt der beflissene Verwandte, der immer noch in übertriebener Liebenswürdigkeit (den ganz normalen Vermessungsleuten gegenüber!) plapperte, so sei halt das Leben, unser Leben gehe und vergehe ...

Auf den Etagen und in den Gängen machte sich der aufgestörte Eigentumsinstinkt vor allem bei den Frauen bemerkbar: Sie hatten plötzlich ausgesprochen aggressive, scharfe, kreischende Stimmen.

Sie blieben jetzt mit ihren schweren Einkaufsnetzen genau vor dem Eingang stehen. Neben der Pforte. Sie waren weithin zu hören:

»Chrymako-ows?! Werden die teilen?!«

»Wie denn, wenn eins der beiden Zimmer ein Durchgangszimmer ist! Die Chrymakows zanken sich nachts immer ganz leise, sobald die Kinder im Bett sind ...«

»Und tags?! Tags haben sie sich auch in der Wolle, wie die Hunde!« Die Frauen verurteilten Chrymakows, Petrows, Sidorows, wen auch immer, und daraus konnte man ersehen, daß ihre Aufgebrachtheit nur der eigenen Angst vor dem morgigen Tag entsprang.

Kaum verstummte die eine, da mußte die andere loslegen, sonst könnte die dritte Gift und Galle spucken. Für einen Augenblick sprang die Wut der Frauen auf mich über. (Das differenzierte Vokabular ihrer zielgerichteten Gehässigkeit.) Auch der Pförtner blieb nicht verschont. Die Treffen der Frauen fanden just vor dem Eingang statt, und der Pförtner mußte, angekettet wie Odysseus bei den Sirenen, zuhören, ob er wollte oder nicht. Ihre versteckte Bosheit, ihre gemeine und auch wiederum begabte Verbitterung versetzten den alten Diener in Trance. Er senkte den Kopf immer tiefer, als wollte er den Schlüsselbund aufpicken, der vor ihm auf dem Tisch lag.

Plötzlich brüllte er auf (ich fuhr zusammen, als ich meinen Namen in einem unvorstellbaren Ton vernahm):

»Petro-o-witsch! Jag sie zum ... Ich bring sie um!«

Und im selben schrillen Ton:

»Ihr Schlampen!«

Tags darauf wurde er entlassen. Offiziell wegen unflätiger Ausdrucksweise.

Nichts Ungewöhnliches: Wenn die Leute nervös werden, muß einer rausgeschmissen – verbannt werden. (Wenigstens irgendeiner.) Das Wohnheim verlor den ehrlichsten Pförtner, den ich in meiner Zeit erlebt hatte. Er war nicht mit mir befreundet. Und auch mit niemand anderem. Er paßte nur auf, wer hinein- und hinausging.

Wenn die Frauen etwas verspätet von der Arbeit heimkamen und ich noch nicht im Bett lag, sondern durch den Gang schlenderte (Abendrundgang), brachte sie das nun auf die Palme. Mein Wachgang durch den Korridor, Hände in den Hosentaschen, machte die Frauen wütend. Dabei ging ich doch nur zum Rauchen auf die Toilette. Jede Wohnung hatte eine, wie es sich gehörte, aber auf dem Stockwerk gab es noch eine allgemeine Toilette aus alten Zeiten. (Zum Rauchen am Ende des Gangs. Ruhig, sauber; immer dunkel, schade.)

Sie kam näher. Preßte die Lippen zum Strich zusammen:

»Geh arbeiten, du Faulpelz!« zischte sie mir aus heiterem Himmel ins Gesicht und ging weiter, ohne die Antwort abzuwarten.

Massig, dick – eine von denen, die glauben, sie wären geistig (und im Leben) überlegen, nur weil sie ihren Männern einfach mal eine Ohrfeige verpassen.

Sie hetzte auch noch ihren Mann auf: »Geh. Geh und wasch ihm den Kopf ...« Der tat es, schritt, die Hände ebenfalls in den Hosentaschen, zur Toilette am Ende des Gangs, wo ich rauchte; im Dunkeln zog der Rauch meiner Zigarette zur Tür hinaus.

Aber der Ehemann redete natürlich viel milder mit mir als seine Frau; er war mit mir solidarisch und schalt selbst auf seine Alte. Die Männer wissen, daß ich nicht böse bin. Und daß ich leicht aufbrause, wissen sie auch. Und daß ich in diesen zwielichtigen Korridoren keinen eigenen Winkel habe, aber um so angstvoller mein Ich verteidige; es ist ja meine Wohnung, mein Winkel mit starkem Eigengeruch.

»Geh arbeiten! Was lungerst du hier faul herum!« plusterte sich doch der eine Mann mir gegenüber auf, den seine Frau aufgehetzt hatte.

Ich stand da und schwieg. Sagte kein Wort.

»Drückeberger. Grau, aber keinen müden Rubel verdient? Wovon lebst du eigentlich?!«

Er schrie, putschte sich selbst auf.

Dann ging er, ohne zu ahnen, was für ein Gefühl er bei mir hinterlassen hatte. Angst konnte er in meinen Augen nicht gesehen haben: Aber vielleicht hatte er sie doch entdeckt? (Ich bin mir der Mimikry meines Gesichts nicht sicher, als ich meine Faust mit aller Kraft zurückhielt, um ihm nicht auf die Stirn zu schlagen.) Er stampfte von dannen, brüllte sogar dabei (ziemlich laut) und spuckte seinen restlichen Groll vor die Füße. Er war auch nicht böse. Wollte nur, daß ich abhaute und vom Ural bis zum Baikalsee einen Graben ausschaufelte.

Ich nahm es geduldig hin. Ich nahm in jenen Tagen vieles hin, weil mir Tschubissow noch vor Augen stand. Ab und zu tauchten sie auf: der lebendige Tschubik und jene Nacht. Besonders als mich die Miliz anhielt. Der Bulle. Tschubissow rauchte mit ihm: beide im Halbdunkel. (Der andere Bulle tastete mich ab. Mein Körper erinnerte sich an seine harten Hände während der raschen Durchsuchung.)

Es waren ja nicht nur zehn oder zwanzig Minuten gewesen – Stunde um Stunde setzten wir unseren nächtlichen Streifzug gemeinsam fort, Freunde für alle Zeit. Geduldig trieb sich der lästige KGB-Spitzel Tschubik mit mir herum und lief sich die Hacken ab – nein, Tschubik war dort nicht sein Deckname, dort hieß er Alexejew oder Iwan Iwanytsch, ganz banal, nicht zu greifen. Aber ich klammerte mich an ihn. Ging mit ihm und hinter ihm, ebenfalls geduldig – zog von einer Szeneansammlung zur nächsten. (Er hätte mir mit der Zeit einen Decknamen verpaßt, nicht Petrowitsch, sondern zum Beispiel *Petrow*. Ich wäre Zuträger gewesen, *hätte ihn angerufen*, ohne es selbst zu wissen.) Ich zog von einer Szene zur nächsten und von einem Haus zum anderen, wie ein Alki, der hier und dort noch ein halbes Glas schnorrte und immer mehr ausplauderte. Ich habe da einen Bekannten (wer ist das?) – na, eben ein Bekannter von mir, hast du noch nichts von ihm gehört, der besorgt gegen Schmiergeld ein falsches Visum für Literaten – Tschubik hörte mit halbem Ohr zu, aber ich hatte ihn doch am Haken gehabt, er dachte ja auch, daß er mich am Haken hätte (mit der ungeöffneten Wodkaflasche in seiner Hosentasche) …

Godunows Söhne, die Kinder an Tschubissows Sarg (acht und fünf Jahre alt), waren wohl das erste, was einem russischen Schriftsteller Schuldgefühle einflößen und zugleich ganz allmählich das Gewissen aus seinem Loch hervorlocken müßte. Der Schriftsteller ist kleinen Kindern gegenüber schwach, die so verängstigt und stumm sind (die Tante schubste sie einen Schritt näher zum Sarg des Vaters hin. Zwei Buben …) Aber ich ließ mich nicht erweichen: Ich sagte mir, Tschub habe wahrscheinlich schon erwachsene Kinder. Ich machte sie erwachsen: zwanzig und siebzehn. Die jungen Kerle würden es ertragen. Gras würde darüber wachsen. Jedenfalls würden sie eines Tages nicht voller Scham und mit dem leisen Echo der Schande erfahren, daß sie Kinder eines Schnüfflers waren, die mit Denunziationen aufgezogen und ernährt wurden. So dachte die Seite meines Ichs, die von keiner Reflexion angefressen, sondern nur härter wurde.

Doch mein Ich hatte auch eine Kehrseite, eine weichere Hälfte, wie meine Mutter sagte. Der Spitzel verwest, wird am Gestank entdeckt und nicht einmal identifiziert werden, dachte sie über den lästigen, geschwätzigen Tschubissow, über Tschubik, den Leichnam. Und daß er immer noch dort läge, unversorgt …

Der Kaukasier war letzten Endes begreiflich und verzeihlich, irgendwie hatten wir fast gleichzeitig das Messer gezückt. Dieses jähe Ende auf der Bank in der Grünanlage konnte man tatsächlich für eine Auseinandersetzung halten, für eine heutige Form des Duells. (Es entsprach dem Duell am verschneiten Waldrand.) Doch im Fall des Spitzels bestand das Gewissen auf meiner Schuld: Du hast den armen Teufel erstochen! Hier konnte von einem Duell im Schnee und von Renaissance keine Rede sein. Ich hatte ihn einfach abgestochen. Und den Leichnam liegenlassen. Dabei war er doch ein Mensch.

Von seiten des Gewissens wurde mir zudem eingeflüstert, daß die KGB-Spitzel von der modernen Gesellschaft *vorgesehen* seien: Sie seien notwendig. Ebenso wie die Bullen. Wie die Feuerwehrleute, oder etwa nicht?

Außerdem beschlich mich der häßliche und beinahe niederträchtige Gedanke (niederträchtig, weil unehrlich, Ursache und Wirkung umgehend), daß auch die allgemein veränderte Haltung mir gegenüber (der Heimbewohner, ihrer Frauen und der Frauen überhaupt), die derzeit aufgeflammte Abneigung der Leute mir gegenüber instinktiv damit zusammenhing, daß ich selbst aus dem gemeinschaftlichen Nest herausgefallen war. Einfacher gesagt, ich war gefährlich, hatte Lynchjustiz geübt, einen Menschen erstochen, Kindern den Vater genommen …

Ich durfte nicht an der Totenfeier für den alten Nejalow teilnehmen.

»Was hast du hier zu suchen? Wir sitzen hier nett beisammen und feiern sein Andenken.« Der zahnlose, hünenhafte Leichenbestatter aus unserem Haus (Erdgeschoß) versperrte mir mit der Schulter den Zutritt.

Das hatte ich nicht erwartet. Der alte Nejalow, dieser schwerhörige Alki und Saubermann, ruhte schon in der feuchten Erde, und ich durfte nicht mal ein Gläschen auf sein Andenken am Tisch trinken? Wieso denn das! (Oder befürchteten sie, daß ich auf die frei gewordene Wohnung spekulierte?)

Doch der Leichenbestatter erhielt Unterstützung vom Schlosser Kimjassow. Der war auf den Gang herausgekommen und qualmte eine »Belomor«. Er werde mich nicht reinlassen … Wenn ich eine Flasche Wodka dabeigehabt hätte, wäre es mir vielleicht geglückt, die enge Pforte zu passieren. Sie hätten es nicht gewagt, mir den Eintritt zu verwehren. Aber an diesem Tag reichte es nicht für Wodka.

Ihr Leben lang gehen die Leute zu Totenfeiern und zechen nach Herzenslust auf fremde Kosten. Der zahnlose Leichenbestatter nutzte indes meine Verwirrung sofort aus. Das

Schwein. Er schloß die Tür bis auf einen Spalt und bemerkte nur giftig:

»Macht nix. Du kriegst schon noch ein andermal was zu trinken.«

Der Schlosser Kimjassow, dieser Säufer, lachte:

»Nicht jeden Tag.«

Natürlich waren die Frauen auch bei der Abneigung Vorreiter. (Sie waren eben feinfühliger und direkter.) Wir könnten dich ja hereinbitten, Petrowitsch, und dir einen Teller Kohlsuppe vorsetzen, dich mit einem guten Wort trösten, das weißt du selbst! Aber jetzt nicht. Punkt ...

Und wiederum lag es daran, daß nicht sie sich verändert hatten – nein, ich hatte mich verändert, die Gereiztheit und Ablehnung der Heimbewohner erklärte sich nur durch meine Schuld ihnen gegenüber, durch das Blut, das an meinen Händen zu kleben schien. Das war es! Du hast schuld. Mein eingebildetes Gefühl (Schuldgefühl) wurde Wirklichkeit. Seltsam, aber man grüßte mich nicht einmal mehr.

Man grüßte nicht und schrie mich auf dem Gang unverschämt an; tief drinnen in ihrer beklommenen Seele (ich spürte es) mühte sich aber ein feines Stimmchen, ertönte der wehmütige plebejische Schrei: *Sie werden uns doch alle betrügen,* sowohl mit der Wohnung wie auch mit dem Eigentum. Es sind liebe, vertraute Menschen, aber sie werden uns anschmieren. Wann wären wir einmal nicht angeschmiert worden? Die bittere Gewißheit bedrückte sie bereits, und das Gefühl, unausweichlich (in der Zunkunft) betrogen zu werden, löste beizeiten ihre Schutzinstinkte aus.

Allein schon der Gedanke, daß du betrogen worden bist, es einem anderen jedoch gelungen ist, zu einem Spottpreis (und mit etwas Beeilung) Eigentum zu erwerben, und damit einen niegelnagelneuen Lebenssinn! Allein schon dieser Gedanke kann einen Menschen aus dem Wohnheim krank machen. Falejew wurde rausgeschmissen: Er wohnte im zweiten Stock bei einer Verwandten, ohne Berechtigung, schon seit fünf Jahren. Falejew hatte geschworen, daß er nicht die Absicht habe, sich polizeilich zu melden, keinen Anspruch stelle (und an der Privatisierung nicht teilnehme), aber es wurde ihm barsch gesagt: Geh zurück nach Rschew. Und er ging.

Die beiden Gnadenbrotempfänger aus dem sechsten Stock wurden rausgeschmissen.

Der nicht gemeldete Elektriker Kolja im siebten Stock wurde kollektiv bei der Miliz angezeigt.

Dann entdeckte man den alten Nisowski, der im ersten Stock hauste, und drängte ihn hinaus, der unglückliche, vergeßliche Greis war als Dauergast geblieben, wohnte in einem Kämmerchen, aber nein, raus mit dir! (Wen er ursprünglich besucht hatte, wußte der Alte nicht mehr. Es war so viele Jahre her. Auch die, zu denen er gekommen war, hatten es vergessen.)

Hatte man mit geschärftem Spürsinn mögliche Anwärter auf Q-meter entdeckt, so wurden sie aus dem Wohnheim wie aus einer Tube gequetscht. (Mich brauchte man selbstverständlich nicht zu entdecken. Mich kannte man als Wächter.) Ein cleverer Gnadenbrotempfänger und gefährlich, sehr gefährlich! Sie fürchteten den Kontakt mit mir, hatten Angst, zu gutmütig zu werden. Schauten weg, wenn sie mir begegneten: Es könnte ja sein, daß er (ich) plötzlich auch irgendwelche Q-meter im Heim beanspruchen würde – war schließlich auch ein Mensch.

Besonders diejenigen, die ein gutes Stück älter waren, erinnerten sich nun an die auf alle gleichmäßig verteilte sowjetische Armut wie an das himmlische Manna.

»Wir waren anders!« rief der alte Sundukow im Hof aus, wo an Tischen Schach und Domino gespielt wurde. Er war ernstlich verstimmt. Der sich nach den alten Zeiten sehnende Greis blickte nicht einmal in meine Richtung, er war verbittert. Wollte mich nicht sehen.

Er hatte dreimal hintereinander beim Domino verloren.

Lowjannikow kam zurück, Konobejews kehrten vorzeitig heim – hatten die Reise abgebrochen, um ebenfalls ihre Wohnung zu privatisieren. Sobolews kamen (aus dem Ausland) zurück. Von den zu hütenden Wohnungen blieb mir nur noch die von Tschertschassows, aber auch die konnten jeden Tag zurück sein.

Strujew selbst konnte man vergessen, aber seine Frau, das dürre, böse, von fünf Kindern ausgelaugte und gegerbte Miststück, bekam Besuch von ihrem Bruder, Bergarbeiter. Einfacher Mann – verstand einfach alles. Er war im Urlaub zu Besuch gekommen und spielte gern den Überheblichen (Charakter), ließ mich auf dem Gang nicht vorbei, die Strujewa stachelte ihn immer auf, schieb ihn mit deiner Bergmannsschulter weg, Bruder. Gib's ihm!

Die Gänge sind mein Reich. Der Bergmann, hochnäsig und betucht (nach damaligen Zeiten), bewegte sich wie ein mittelgroßer Panzer – rollte wuchtig auf mich zu. Ich wich zur Wand aus. Wir gingen dicht aneinander vorbei, unsere Schultern berührten sich, dabei entstand ein kurzes, rauhes Geräusch. Wahrscheinlich erzählte er jedesmal, wie ich mich gegen die Wand quetschte, dann freute sich die alte Strujewa (sie, ihr Mann und der Grubenheld lachten schallend). Seinen Attacken auf dem Gang wohnte ein Philosophie inne, keine persönliche natürlich, sondern eine eingesagte – die Philosophie des Hinausekelns, die allen im Wohnheim so leicht zu Gebote stand.

Diese Menschen hatten mich offenbar zu lange ertragen und geliebt – warum sollten sie jetzt nicht versuchen, mich *nicht zu lieben*?

»Aber es läßt sich trotzdem leben«, versicherte ich mir selbst (laut, in der leeren Wohnung von Tschertschassows). Was machen dir ihre Gefühle schon aus? Wenn du dein Leben lang ungeliebt (und deshalb ausgeschlossen) warst, kannst du die Angelegenheit nicht als Mißgeschick betrachten, sondern als

Abenteuer – als intellektuelles und auf seine Art spannendes Abenteuer deines Ichs.

Abends (ich war bei Tschertschassows) kam niemand mehr zu mir, weder um Tee zu trinken, noch um über das bitterböse Leben zu reden, noch um düster zu fragen, ob nicht doch noch ein Schluck Wodka in der Flasche von gestern sei.

Dafür vernahm ich einmal, als ich die Treppe hinaufstieg, endlich Volkes Stimme – da standen drei beieinander und rauchten. »... Und der Schmierfink? Den müßte man bei der Miliz anzeigen. Wenn der nicht freiwillig geht!« – »Nur zu«, antwortete eine zweite Stimme, allerdings gedämpft und unsicher. Sie sahen mich nicht. Der dritte bekräftigte: »Ein Penner ist und bleibt ein Penner«, und spuckte den Nikotinpfropf in den Treppenschacht. Die Spucke flog an mir vorbei, ihr Haß wehte mich an.

Sogar die Saufbrüder, die sich einem gewöhnlich anbiedern, entschlossen sich zu Unabhängigkeit. Man hatte ihnen erklärt, was eine eigene Wohnung ist, ein eigener Winkel, eigene Q-meter – und wenn mich diese Trunkenbolde nun im Gang sahen, schoß selbst ihnen der dummglückliche Ausdruck des Eigentümers ins Gesicht.

Er paarte sich mit dem Ausdruck aller Betrogenen: Denn uns wird man ja doch alle betrügen, nicht wahr?

Mich bedrückte, schwächte indessen der Gedanke (ebenfalls der Literatur entnommen, aber auch mein eigener), daß ich in mir etwas Zerbrechliches und Feines zerstört hatte, das mir von Kind an gegeben war. Dieser Gedanke erschien im Bild eines Kinderspielzeugs, das jahrzehntelang irgendwo unter einem alten Bett vergessen herumlag – als Matrjoschka, Lok, Schleuder, Bauklotz – was weiß ich ...

Es war der uralte Gedanke, so alt wie die Welt, daß man, wenn man einen Menschen tötet, nicht nur mit ihm etwas zerstört, sondern auch etwas in sich selbst.

Um diesen Gedanken zu beobachten, stellte ich alle erdenklichen philosophischen Überlegungen an, preßte gewissermaßen die Hand auf die Wunde – ich war bereit zu denken, immerzu zu denken, damit der Gedankenfluß auf keinen Fall ins Stocken käme: damit ich das ungeheuerliche, den Menschen erniedrigende Motiv vom reumütigen Schuldbekenntnis in der Öffentlichkeit nicht in mich einzulassen brauchte. Reue ist Zerfall. Und Reue *ihnen* gegenüber wäre Dummheit. Es wäre ein psychologischer Dammbruch, wenn ein geistig gesunder Mensch plötzlich beim Psychiater in der Sprechstunde erschiene, sich ihm gegenüber an den Tisch setzte und stammelte: Ich habe einen KGB-Spitzel getötet, im Affekt! (Verzeihen Sie. Und geben Sie mir einen Strafnachlaß.)

Dann wäre dir doch leichter, flüsterte das Gewissen. Sobald du davon erzählst, wird dir leichter.

Doch gleich darauf schrie ich laut Protest: Warum soll es mir leicht sein? Ich habe getötet, also quäl dich. Das Leben läßt sich nicht erleichtern …

Ich war noch dabei, meine Hülle (die erste Schicht) zu verlieren, aber sie, besser gesagt, *es*, ihr gallertartiges kollektiv-gemeinschaftliches Inneres, reagierte bereits darauf und verjagte mich auf Schritt und Tritt. *Es* stieß mich ab, da es die gefährliche Anwesenheit des Einzelgängers mit dem Messer auf ihren grauen Etagen witterte. (Gefährlich in dem Sinne: *Mir ist alles erlaubt.*)

Wohnung und sichergestellte Q-meter spielten ebenfalls eine Rolle. (Der Eigentumsinstinkt hatte sich nur verschärft.) Doch die allgemeine Angst und Besorgnis auf den Etagen, die Eile, mich zu verbannen – entsprangen dennoch ihrem Instinkt für Blut und Fremdheit.

Es war der erwachte Instinkt für das *Fremde*, im Grunde ein Schutzinstinkt, der (präventiv) in Aggression übergegangen war: in den drängenden Wunsch, mich loszuwerden.

Sinaida bekochte mich natürlich. Mit zuckersüßer Miene.

»Was? … Geht's dir so dreckig, daß du dich an Sinka erinnert hast?« Sie lächelte und sagte unerschrocken, daß sie bereit sei, mir das Bett zu richten und mich zu beherbergen.

Sie sei bereit, gegen das Wohnheim zu kämpfen, sogar gegen die ganze Welt, aber morgen (im äußersten Fall übermorgen – sie lasse sich schließlich nicht an der Nase herumführen!) müßten wir gemeinsam zum Standesamt gehen. Sie provozierte mich natürlich. Probierte. Ich machte keinen Mucks. Lachte nicht. Es war nicht komisch.

Aber sie besann sich sogleich, erschrak über den Strohhalm, den sie mir gereicht hatte, es war nur ein Scherz; Petrowitsch – du brauchst das ja alles nicht (stimmt), dir ist wohl auch nicht mehr zu helfen. Du wirst trotzdem rausgesetzt werden.

»Und mich würden sie auch nicht in Ruhe lassen.« Sinaida seufzte. Ein vertrautes Seufzen.

Sinaidas Nachbarin (Wohnung nebenan), die Gurandina, war eine Dame, ihr Mann arbeitete im Sozialamt; von dort aus hatte sich das Gerücht verbreitet, ich wolle unter keinen Umständen das Wohnheim verlassen und sammle wahrscheinlich schon die entsprechenden Bescheinigungen: Ich hätte im Sinn, einen Teil ihres Wohnraums für mich zu beanspruchen. Nach der Devise: Teilt ihr das Eigentum, dann teilt es unter allen. Und reiner Schwachsinn (auf welche Torheit das geballte kollektive Unbewußte so verfallen kann) war das Gerücht, ich wolle mir für die paar als Wächter gesparten Kröten eine Wohnung kaufen: selbstverständlich auf ihrem Stockwerk.

»Wieso nur eine?« empörte ich mich. »Das Geld reicht dicke, da kaufe ich mir doch die halbe Etage und quartiere alle aus, Erwerbstätige nach Strogino (die Rentner nach Mitino) …«

»Das wird weitergetratscht!« erschrak Sinaida. Sie war überhaupt ständig in Panik.

Wie sich herausstellte, bangte sie auch um ihre Söhne – wenn die aus der Armee entlassen würden, wie sollten sie dann leben, es sei doch jetzt drinnen und draußen eine ganz andere Jugend erblüht! Das fand ich nicht: Die Jungen heute sind wie alle jungen Leute. Nicht böser als wir, aber auch noch nicht gütiger.

Die Jungen wohnten ja gar nicht hier, sondern quasi auf anderen Planeten – in anderen, sexuell aktiven Epizentren Moskaus, sie waren völlig untergetaucht in ihre Cliquen und gräßliche Musik. Man sollte meinen, das Wohnheim, mein und dein Eigentum, also die Neuaufteilung unserer muffigen Winkel, sei ihnen egal, aber nein! Mit ihren frischen, jungen Augen beobachteten sie die allgemeine Intrige auf den Gängen. Verfolgten sowohl den Erwerb von Eigentum wie insbesondere auch die täglich wachsende Mißgunst mir (Leuten wie mir) gegenüber, auch sie grüßten nur zögerlich und warteten auf meine Verbannung. Säuberungsarbeiten kommen bei der Jugend bekanntlich immer gut an. Den Jungen gefiel die nicht erklärte Hetzjagd. Einfaltspinsel.

Unter denen, die gegen mich stänkerten und auf den Gängen für Unmut sorgten, war auch ein quicklebendiges Weibsbild, Galina Anatoljewna. Nette, lachlustige Person. Vor langer Zeit, als wir beide stark angeheitert waren, hatten wir uns einander sexuell angenähert, es war schön, wir machten es noch drei- oder viermal, wenn es sich ergab, nicht mehr. Jetzt brannte sie aus irgendeinem Grund ebenfalls darauf, daß man mir, der sich hier eingenistet hatte, »endlich einen Fußtritt gab!« Fast täglich erwartete sie jetzt eine Prügelei auf den Gängen. Diese Galina Anatoljewna hatte ganz bestimmt keine Rechnung bei mir offen. Weder positiv, noch negativ. Ich kann mir nicht einmal vorstellen, was der Grund für ihre weibliche Besorgnis war. Möglicherweise bekam sie von allen Liebhabern früher oder später Schläge. (Ich war vielleicht das fehlende Glied?) Aber möglicherweise lag es gerade an den fehlenden Ansprüchen und dem Mangel an irgendwelchen Gefühlen mir gegenüber (unbeständiges Vakuum in der Frau), daß die nette Galina Anatoljewna vom Drang nach Gewalt auf den Korridoren erfaßt wurde.

Ich fragte sie rundheraus, als ich sie auf dem Gang abgepaßt hatte:

»Galja, Galja. Warum machst du das? Was hast *du* damit zu tun?«

Sie zischte zuerst etwas. Dann bog sie sich. Reckte geschmeidig (sehr geschmeidiger, leidenschaftlicher Körper) ihren Hals gleichsam bis zum fünften Stock hinauf, wo unser Haudegen wohnte, und schrie:

»Aku-ulow! Komm run-ter!«

Keine Antwort.

Da ließ mich die liebenswürdige Galina Anatoljewna einfach stehen, und ich schaute ihr verbittert nach, auf den Hintern, und versuchte mich zu erinnern, wie er nackt aussah. Die alte Schlange.

Akulow war natürlich der Rädelsführer.

Er war gesetzter geworden, spielte sich nicht mehr auf und nickte nur wichtig auf besorgte Hilferufe aus den Etagen – tja, wenn einer die Situation nicht selbst erfaßt und freiwillig geht, muß man ihn eben mit Gewalt rausschmeißen. Er, Akulow, werde mich rausschmeißen.

Wenn mir Akulow auf dem Gang begegnete, gab er seine Absicht vorläufig weder mit einem Wort noch mit einer Geste zu erkennen. Dafür sammelte er sich innerlich. Er wurde schön wie ein Schwanenmännchen im Stadium des Triumphschreis, den es bei der Hochzeit ausstößt. Seine Muskeln strafften sich. Er nahm die energische, gespannte Haltung an, durch die sich die Silhouette des Kriegers so verändert. Jeder Schritt strotzte vor Kraft, federte vor verborgener Energie. Ich ging durch den Korridor (bereits auf der Hut), als Akulow mir den Weg abschnitt. Er sagte nur: *Hallo!* Ich warf einen schnellen Blick hinter ihn und bemerkte dort etwa fünf Mann aus unserem Stockwerk. Kräftige Kerle. Bereit, den Kreis zu schließen. (Auf sein Zeichen.) Ich blieb stehen, mein Herz klopfte.

»Hör mal, ich muß dir was verklickern«, begann Akulow.

Er hielt die Hände hinter den Rücken, wahrscheinlich um mir

eine zu scheuern. (Wenn ich, wie üblich, Spott loslassen sollte. In weiser Vorausschau.)

»Wir haben in diesem Haus alle unsere Wohnungsgeschichten und Sorgen. Wir arbeiten schwer. Du bist hier überflüssig, Bru-uder ...«

Die Worte gewannen an Härte. Wie herausfordernd er das Wort »Bru-uder« dehnte! Die Männer rückten näher. Hinter ihnen (sehr interessant) klappten Türen, Familienfrauen stürzten aus ihren Wohnungen, auch Galina Anatoljewna (in Lockenwickeln unter dem Kopftuch) schien eilig die Nachbarin aufsuchen zu müssen – sie huschte durch den Gang, vor Neugier vergehend.

Ich nickte Akulow zu: Alles verstanden, Wohnungen hüten ist eine Art Schmarotzertum; aus Sicht der Heimbewohner.

»Respekt, wenn du alles verstanden hast!«

Sie machten mir Platz und ließen mich durch. Eine Atempause, natürlich nur auf Zeit. Nachgiebigkeit dieser Art ist stets von kurzer Dauer.

Ich legte mich aufs Bett und blieb lange liegen. Vor dem nahen Zusammenstoß mit ihnen empfand ich keine normale Angst, sondern eine höhere, sozusagen individuelle Angst: Ich spürte sie in den Armen, den Fingern, im Körper, im Aussetzen des Herzschlags und im Rauschen der Ohren.

Nicht physische Gewalt, nicht den Schlag in die Fresse fürchtete ich, sondern den Verlust meiner Höhle – den Verlust des Ortes, an den ich mich zurückziehen konnte, und ... den ihrer Liebe. Ich müßte *außerhalb ihres Dunstkreises* leben, das erkannte ich überraschend als Problem. Außerhalb der Gesellschaft dieser dumpfen, bornierten, traumatisierten, armen Menschen, deren Liebe ich so natürlich und selbstverständlich aufgenommen und verbraucht hatte, wie man beim Atmen farblosen Sauerstoff aufnimmt und verbraucht. Ich hatte tagtäglich von diesen Menschen gelebt (stellte sich plötzlich heraus). Mein Ich hatte hier Wurzeln geschlagen und seinen Flüssigkeitsbedarf gestillt.

Nach der miserablen Nacht ertönten schon frühmorgens nervöse Schreie auf dem Gang – suchende Stimmen, mal nah, mal fern.

Mir schien, als würden sie im nächsten Augenblick jemanden finden und noch warm aus dem Bett schmeißen wollen. »Wo ist er? … Wo?« rief eine sehr junge Stimme im Kommandoton eines beschränkten Geistes.

Tschertschassows kamen zurück – ebenfalls aus Sorge wegen der Privatisierung: Sie waren für vier Monate verreist gewesen und kamen schon nach zwei Monaten zurück. So ging ich bereits am Morgen der letzten Q-meter verlustig – mit Parkettboden und spartanisch strengen Tapeten an den Wänden.

Der Tag erschien mir lang. Tschertschassows prüften nach, ob alle Dinge heil waren (alles war heil), ob die Blumen gegossen waren (mehr oder weniger), ob ich von ihrem Apparat aus nicht mit Paris oder London telefoniert hätte (nein, kein einziges Mal) … Nachdem sie mir die zweite Hälfte der vereinbarten Summe ausgehändigt hatten (lächerlich, das Geld hatte an Wert verloren), setzten sie mich vor die Tür. Es hatte alles seine Richtigkeit. Ich trieb mich noch eine Weile suchend auf den Etagen herum. Wie zufällig und zögernd erkundigte ich mich, ob jemand in Urlaub fahre oder auch nur für einen Monat verreise.

Akulow sagte, als er mich traf:

»Bru-uder, such dir kein neues Loch. Man hat dich gewarnt. Du solltest lieber …«

Und der dumme, trübäugige Schlosser Kimjassow, der mit ihm zusammen rauchte, schrie ergänzend:

»… mit deinen Idealen nach Japan abhauen.«

Wie der Schluckspecht darauf gekommen war, ist mir schleierhaft. Warum nicht nach Thailand? Oder Australien?

Ich erwiderte bissig:

»Kauf mir ein Ticket, du Pfeife, dann fahre ich.«

Ich hatte keine Wohnung mehr und nicht mal mehr den mickrigen Status eines Wächters – nichts.

Einen Tag oder zwei fand ich bei den Dienstreisenden im Flügel K Unterschlupf. Aber dort hatte ich keine sichere Bleibe. (Mit der nächsten Welle von angereisten Schwarzhändlern und kleinen Firmenvertretern aus der Provinz würde ich – vielleicht schon morgen – wie Müll hinausgekehrt.) Ich schlief im Flügel K erst auf dem einen Bett, dann auf dem anderen, wie ein Zugvogel. Unter einer stinkenden fremden Decke. Doch auch diese letzten Rechte stießen auf Mißfallen.

Da gab es noch einen, der mich nicht leiden konnte. Es war ein massiger Kerl, schwammig, mit Nachnamen Mijuschkin, aber alle nannten ihn einfach nur Muschkin.

Im siebten Stock ging dieser Muschkin (mein Alter, Strickjacke über dem Unterhemd) durch den Gang – er kam von der letzten Zigarette vor dem Schlafengehen zurück (rauchte nicht in der Wohnung). So traf es sich eben. Er ging neben mir her, im Gleichschritt. Trübe Beleuchtung. Weit und breit keine Menschenseele. Ohne sich mir zuzuwenden, nur mit einem leichten Kopfnicken in meine Richtung sagte er:

»Ein Geschmeiß lebt auf der Welt.«

Er meinte mich. Vor Überraschung reagierte ich zunächst nicht. Ich verstand nicht. Aus irgendeinem Grund führte ich die Bemerkung auf meine äußere Erscheinung zurück. Indessen war ich für einen flüchtigen Blick im Gang und zu dieser späten Stunde ein durchaus anständig gekleideter, hagerer Mann: Pullover, aus dem sogar der weiße Hemdkragen herausschaute. Die Hose war zerbeult, das stimmte. Aber sauber. Noch dazu war ich nicht betrunken.

Allerdings hatte ich gerade gehustet. Die Nase lief, dabei ertappt, wischte ich sie schnell mit der Hand ab. Das hatte ihn (vielleicht) empört:

»... Geschmeiß auf der Welt.«

Neben mir ging einer von denen, die mich plötzlich haßten, das war klar.

Ich fragte:

»Ist was passiert?«

Er warf mir einen schiefen Blick zu.

»Schade, daß wir alte Leute sind. Da steht's einem nicht mehr an, sich zu prügeln und dem andern die Fresse zu polieren.«

Ich stimmte zu:

»Wenn wir jünger wären, hätten wir uns schon in der Wolle.«

Und hustete weiter den Schleim im Hals ab.

Muschkin ging schneller, als könne er mich nicht länger ertragen, ja nicht einmal sehen. Und murmelte immerzu, dieses Geschmeiß, ist das ein Geschmeiß ...

Ich ging hinter ihm, blieb zurück. Plötzlich glaubte ich mich an ihn zu erinnern: *Er weiß es. Hat alles gesehen.* In meinem Gedächtnis war blitzartig ein Gesicht aufgetaucht – sein Gesicht – an jenem Abend mit dem Kaukasier, der für immer (in meinen Augen) mit dem Messerstich im Rücken auf der Bank saß.

Wenn er es weiß und alles gesehen hat, warum hat er mich dann nicht angezeigt? (Einfach, weil er es nicht wollte, so war er eben. Er würde nie jemanden anzeigen. Lebte *sein* Leben.) Am Ende des Korridors angelangt, erblickte ich erneut sein graues, versteckt hassendes Gesicht im Halbprofil – flach, stumpfe Nase, stechende, gewissenhafte Augen.

Muschkin pflegte die Blumen auf dem Fensterbrett zu gießen, mit einer Dose. Herrenlose Blumen. Im Gangfenster. (Von dort aus sah man die Bank in der Grünanlage.)

Er ging in seiner Weiberstrickjacke weg, nachdem er die Blumen *für alle* gegossen hatte. Wahrscheinlich mit sich selbst zufrieden. Er hatte es sehr sorgsam getan. Ich eilte ihm automatisch nach, wohl um mir Gewißheit zu verschaffen – hören Sie, Muschkin (Mijuschkin, korrigierte er), Sie sind doch ein alter Hase im Heim, warum werden Menschen kurz vor Wintereinbruch aus dem Haus gejagt? Warum kümmern Sie sich um die vergammelten Blumen, warum gießen Sie *Gras?* Und warum ist Ihnen ein Mensch nichts wert, warum ist Ihnen mein Leben egal?

Er wandte kaum den Kopf.

»Ihr Leben? Ist das vielleicht etwas wert? Muß man sich darum kümmern?«

In der halb aufgeknöpften Weiberstrickjacke (über dem Unterhemd, nackt zur Schau gestellte Brust) sagte er plötzlich in ausgesprochen drohendem Ton, ohne mir das flache Gesicht zuzuwenden:

»Bringen Sie mich nicht in Rage!«

Und fügte im selben Ton hinzu:

»Ich würde Sie mit Vergnügen erschießen. Nicht selbst natürlich. Aber ich würde die Soldaten bitten. Da haben Sie unser Leben. Da haben Sie die Antwort: Menschen wie Sie sollte man einfach vom Erdboden tilgen ...«

Ich fragte halblaut:

»Aber warum?«

»Merken Sie sich eins«, sagte er (wieder in dem drohenden Ton), »merken Sie sich, daß ich über keine andere Sache reden will.«

Ich verstummte sofort. Es hatte keinen Zweck, ihn auszufragen. Und es war wohl besser, ihm gar nicht erst unter die Augen zu kommen.

Muschkin wandte sein flaches Gesicht ab. Entfernte sich auf dem Gang.

Der Zimmergenosse schnarchte. Ohne das Licht einzuschalten, zog ich mich aus – ging zu meinem Bett (am Fenster).

Ich hatte keine Worte. Mir fiel nichts ein. Ich hätte gerne irgendein Textfragment, das in meinem Gehirn steckte, aufgesagt, irgendeinen Satz, eine Zeile geflüstert, es gab ja auch lichte! Meine Seele war anderer Meinung und heulte ab und zu auf – wie krank.

Ich starrte aus dem Fenster, auf das Stückchen Sternenhimmel – schaute unentwegt hinaus.

Am Morgen ging ich.

Aus dem Stand ein Nachtlager aufzutreiben ist gar nicht so einfach.

Zwei Tage lief ich mir die Hacken ab und fand schließlich Unterschlupf in dem uralten Moskauer Asyl hinter dem Sawjolowski-Bahnhof. Bekam ein Bett ab dem 16. (nach einem weiteren Tag). Im Unterschied zu der Mietskaserne, in der ich Wächter gewesen war (und gewohnt hatte) und die nur noch aus Gewohnheit Wohnheim genannt wurde, war dieses neu gefundene Haus wirklich ein Heim. Es war angeblich seit den dreißiger Jahren in Betrieb. Als Obdachlosenasyl.

Aber ich hoffte, daß es nur vorübergehend meine Bleibe und eine Zwischenstation wäre: Irgendwo mußte ich ja den Winter verbringen.

Am Tag, als ich ging, hatte Akulow schärfere Eingangskontrollen durchgesetzt – natürlich nicht meinetwegen, sondern aus Gründen der *allgemeinen Disziplin.* Die neuen Besen fegten gut. Es tauchten gleich zwei kräftige Pförtner im Tarnanzug der Afghanistankämpfer auf. Fremde wurden einfach nicht mehr eingelassen. (Darunter ich.) Ein Anschlag informierte über die neuen Regeln der Nachtruhe und der Besuchszeiten.

Ich verbrachte die erste Nacht bei den Kaukasiern. Ich hatte noch nie zuvor in einer Verkaufsbude geschlafen – sie riefen mich zu sich, als ich in meiner ersten Verwirrung vor dem Eingang des Wohnheims stand. Was, Ingenieur, haben sie dich rausgeschmissen? … (Ich hatte ganze vierundzwanzig Stunden vor mir: Wo sollte ich bleiben?) Sie, die Kleinhändler aus dem Kaukasus, wußten nur zu gut, was es heißt, plötzlich verbannt zu sein.

»Komm rein, Alter!«

Ich schlief zwischen Bier- und Coladosen und Schachteln mit knisterndem Gebäck. Ein elektrisches Öfchen lieferte etwas

Wärme. Und stank. Die Kaukasier hatten sich alle irgendwohin verkrümelt. (Männer werden von ihren Beinen ernährt.) Nur ein struppiger, hagerer Bursche war noch da mit blauen Wangen und ausgeschlagenen Zähnen. Er rauchte ununterbrochen. Er schlief in der einen Ecke, und ich zusammengerollt in der anderen. (Er hatte ein Messer bei sich. Ich hatte keins.) Ich wälzte mich. Er schlief seelenruhig. Als er aufgewacht war, machte er mir Frühstück: Fladenbrot, Zwiebel und Kaffee aus gerösteten Brotkrusten.

Immerhin hatte ich ein Dach über dem Kopf und schlief nicht auf der Straße. Der mit dem durchbohrten Herzen, der seit jener Nacht auf der Bank saß, konnte ein Verwandter von ihm sein. Wie sollte man das wissen. Ich fragte nicht. Es war überflüssig. Ich nahm ihre Fürsorge einfach an: So ist das Leben. So ist das Leben, wir leben es. Damals nahm er mir mein Geld weg, und ich verteidigte mich. (Nicht des Geldes wegen. Es ging mir um mein Ich.) Diesmal wärmten sie mich, gaben mir Essen und ein Nachtlager. Und ich war dankbar. Nicht für den Kaffee und den Kunstpelz, den sie mir als Zudecke für die Nacht gegeben hatten. Sondern für mein Ich.

Bevor ich ging, fragte ich, ob ich ihnen etwas zahlen müsse. Ich hatte kein Geld. Aber ich fragte trotzdem.

»Nein. Mach's gut, Alter!« Der Kaukasier hob die Hände, alles in Ordnung. Drei Schneidezähne fehlten ihm, er lächelte.

Als ich am Abend des 16. ging, blickte ich mich aus einiger Entfernung um und betrachtete das Wohnheim, das ich verließ. Das Haus. Die Fenster. Just in diesem Augenblick fielen erste Schneeflocken des neuen Winters. Komposition der Verbannung. Die Fenster leuchteten auf, trüb und gelb: unauslöschliche Zeichen des Ortes, an dem man einmal geliebt wurde.

Genau so hatte ich mich nach dem Haus umgeblickt (ob es helfen wird oder nicht, schau dich in jedem Fall um!), als ich hinter Tschubissow herrannte, mit dem Messer im Schuh, unter der Socke. Lange zogen wir an jenem Abend umher. Liefen bis zu den Chruschtschow-Wohnblöcken am Stadtrand ... Tschubik kam es sichtlich gelegen, bis unters Dach eines dieser Blöcke hinaufzusteigen, wo gewöhnlich nur altes Gerümpel steht. Schritt für Schritt stiegen wir hinauf. Er wollte mich abfüllen und dann in meiner Kotze liegenlassen. Oder aber aus freundschaftlichen Gefühlen heraus den betrunkenen UGler nicht nachts auf der Straße im Stich lassen (ich sollte meinen Rausch im Warmen ausschlafen, diese Variante war ebenfalls nicht ausgeschlossen). Wie auch immer, er war es, der einen geeigneten Platz suchte, und ich hatte das Gefühl, daß er ihn finden würde.

Hundescherzo

Der Anstreicher Wolodka ist ein glücklicher Mensch, er ist es von Geburt an.

Wolodka ist fünfzig, also etwas jünger als ich, und außerdem debil, aber als mein Arbeitspartner hat er das Sagen. Man kann sich gut mit ihm vertragen. Und ihn noch besser betrügen. Das Glück seines einfältigen Lebens wird sofort ersichtlich, wenn er den Pinsel in die Farbe taucht: Seine Augen weiten sich, er hält sogar die Luft an. Vergeht vor Wonne. Und malt mit nimmermüder Hand ... Auf den Rat irgendeines Holzkopfs haben wir die Farbe mit einem scheußlichen Petroleummix verdünnt, der uns billig angeboten worden ist. Das ergibt tatsächlich viel mehr Farbe. Wir benützen eine Rolle am Stiel (statt des Pinsels): Die Rolle frißt Farbe, dafür ist im Nu alles gestrichen! Im Nu bekommen wir auch unser Geld. Doch einer der Auftraggeber schlägt Wolodka ins Gesicht, und Sinaida, die sich für uns verbürgt hat, zieht ihn am Ohr, weil die Garagen nach dem Zusatz des »miesen Petroleums« tagelang nicht trocknen. Die Autos aus der ganzen Umgebung sehen krank aus. (Die Farbflecken wirken wie Geschwüre; bei Sonne läuft nämlich die Farbe vom Dach und von den Wänden herunter und tropft auf die Autos.) Wenn Wolodka so ein Auto von weitem auf der Straße erkennt, begrüßt er es winkend: Es ist eins von unsern.

Beim Streichen kann Wolodka gar nicht genug erzählen. Ich habe mir schon mehrmals seine Kindheit, Knabenzeit und Jugend angehört, bis hin zu dem schwachsinnigen Versuch, die eigene Tante zu heiraten – eine glückliche Zeit, wie er sagt!

Wir streichen, arbeiten – Wolodkas Mund ist halb geöffnet. Ich höre den leicht pfeifenden Atem eines Glücklichen.

Doch da kommt ein Hund gelaufen.

»Hast du gesehen?« fragt Wolodka.

Jede Antwort, ob *nein* oder: *Was?* Oder: *Mhm – guck dir den mal an!* Jede schlichte Replik provoziert ihn zu einem halbstündigen Monolog.

»Hast du gesehen?« fragt Wolodka.

Ich schweige, streiche.

»Ein Hund.« Wolodka läßt bereits seine Hand mit dem Pinsel erschlaffen und öffnet den Mund noch weiter, gleich wird er wieder erzählen: von Kindheit, Jugend und dem Versuch, die Tante zu heiraten.

Ich schweige.

»Ein roter. Gibt's denn so was!« sagt er dem Hund hinterher.

Aber ich bin unbesiegbar, schweige und schwinge den Pinsel. Wenn wir dann Brotzeit machen, gekochte Wurst, Stangenbrot und eine halbe Flasche Wodka, stolpere ich dafür meinerseits über Wolodkas Schweigen – über sein unbewegliches (nirgendwohin aufbrechendes) glückliches Sein hier und jetzt im Gras, in der Stille, zwischen zwei noch nicht fertig gestrichenen Garagen, die scharf nach Petroleum stinken.

Wir sitzen gemütlich auf einem Balken. Der leichte Wodkarausch im Freien trägt mein Ich in vergangene Tage zurück. Kein

Gras, kein Gewirr krummer Halme und kein Kehricht unterm Zaun – dieser Text erscheint in Zierschrift vor meinen Augen, und die Finger vollführen reflexhaft (Pawlows Hund) winzige Tanzbewegungen, wollen an die Schreibmaschine, tuki-tak, tuki-tak.

»Wolodka!« Jetzt fädele ich eine entspannende Plauderei ein. Was ist mit unserem Lohn – kriegen wir alles Geld auf einmal? Und was machen wir, wenn wir nicht alles kriegen? ... Aber Wolodka schnauft und schweigt. Was ist los? ... Nichts. Es stellt sich heraus, daß ich den ganzen Tag über bei den Zäunen, die mit Ölfirnis eingelassen werden, kein Wort mit ihm gesprochen habe.

Ich lache:

»Aber wir haben gearbeitet. Wer führt denn ein Gespräch bei der Arbeit, Wolodka?!«

»Du sagst es«, meint er vorwurfsvoll. Er ist beleidigt.

Garagen und Zäune sind gestrichen – ich bin mit dem Geld zufrieden; es reicht für mich, und ich kann auch Sinaida die geschuldete Untermiete bezahlen. Eine Zeitlang rieche ich nach Petroleum. Ich pfeife vor mich hin. Habe beschlossen (ohne jede Absicht), mich im guten von Sinaida zu trennen, kaufe ihr eine gelbe Bernsteinkette und eine Flasche Portwein. Ich bin freundlich zu ihr, wir verbringen eine Stunde, eineinhalb. Sinaida ist verwundert – sie weiß nicht, wie sie die Veränderung in mir verstehen soll. Plötzlich wird sie ebenfalls zärtlich. Leise (aus Furcht, mich zu erschrecken) flüstert sie: »Bleib da. Wenn es mit uns doch nicht aus ist ...« Sie versucht sogar zu rauchen, während sie mich anblickt.

Vor Glück (wie wenig es dafür braucht!) hat sie vergessen, daß ich nicht mehr ins Haus darf. Die gescheckten Burschen am Eingang haben meinen Paß behalten und mich nur für eine bis eineinhalb Stunden zu Sinaida gelassen. Haben auf die Minute genau notiert, wann ich die Grenze passiert habe.

Von Wolodka habe ich mich an der Metro verabschiedet. Er

ist obdachlos, wie sich herausgestellt hat. Ein Penner. (Aber im Unterschied zu mir schon dran gewöhnt.) Kräftiger Händedruck. Mach's gut.

»Wo wohnst du?« habe ich leichthin gefragt; der glückliche Mensch weckt meine Neugier. (Vielleicht könnte ich dort auch unterkommen. Mich an fremdes Glück heften.)

Er antwortet ebenso leichthin.

»Ich? Nirgends.«

Wie häßlich wurde in diesen Jahrzehnten in Moskau gebaut, oben, auf der Erde, und wie gelungen (mit schwindender, aber nicht endgültig verschwundener Bilderbogenästhetik) hatte man die Metro gestaltet, Station um Station – unten, unter der Erde. Emotionale Geborgenheit unter der Erde empfinde nicht nur ich. Viele zieht es innerlich hierher, unter die Gewölbe, weg von den Tagesaugen. Warum?

»Gib ihm einen Tritt! Na los!« Das betrunkene, dreckige, krumme Männchen (hatte sich im Wagen eine Zigarette angesteckt!) wurde sofort wegen der Ordnungswidrigkeit hinausgeworfen. Von uns allen. Einhellig. Ohne Mitleid.

Nach dem entscheidenden Stoß in seinen Rücken flog er auf den Marmorboden unter dem Gewölbe – in den weiten Raum der Station. Die Tür schloß sich hinter ihm, wir fuhren weiter. (Der Wagen war wieder sauber.) Triumph der Ästhetik. An der nächsten Station ertrug ich es allerdings nicht mehr und stieg aus, quasi im Gefolge des hinausgeworfenen armen Teufels (obwohl schon einen Kilometer von ihm entfernt). Ich konnte einfach nicht weiterfahren. Einen Augenblick glaubte ich, daß sich die Mitfahrer allesamt eines anderen besinnen und in verspäteter Solidarität meinem Beispiel folgen würden. Dann würde der Wagen allein weiterfahren. Sauber. Feierlich. Als Traum des von seiner Idee beseelten Sozialisten.

In der kultivierten, nachsichtigen Version fügt sich das Gefühl (jedes Gefühl, auch die *Schuld*) am Ende notgedrungen in das reale Leben ein – doch zunächst wird es durch das Wort geläutert. Das Gefühl lebt vom Wort. So hat es sich eingebürgert. So ist es der Mensch gewohnt. Doch was wäre, wenn der Mensch in unseren Tagen tatsächlich lernen würde, ohne die Literatur zu leben?

Was, wenn das Leben in unseren Tagen (und mit jedem Tag mehr) zu einer isolierten Performance würde? Was, wenn uns nur noch die alles überflügelnde Angst um unsere Selbsterhaltung zusetzen würde? Wir lebten einfach so. Wie ich jetzt lebe. Ohne Rücksicht auf einen möglichen Text, der parallel über uns (und über mich) entstünde – und verschieden gelesen werden könnte.

Was würde uns gegeben (und was ginge verloren), wenn wir verzichteten und unsere Gedanken nicht mehr in einer krummen Zeile aufblitzen ließen, sondern unsere Gemütsbewegungen schweigend für uns behielten?

Als ich die Metrostation verließ, wäre ich beinahe auf den Hund getreten. Wäre beinahe gestolpert, wie über einen Huckel. (Wie über einen Punkt. Den kleinen, aber ewigen Schmerzpunkt, der sich nicht beseitigen läßt.) Mit Schlappohren und schwarzweißer Geographie auf dem Rücken, Promenadenmischung.

Der Hund sprang leicht zur Seite. »Entschuldige«, sagte ich. Es war einer der unzähligen herrenlosen Hunde, die stundenlang vor dem Eingang (genauer, *Ausgang*) der Metro sitzen, mit dem schmutzigen Schwanz wedeln und Ausschau halten: »Ist das nicht mein Herrchen?«

Ausweichendes, aber unbeirrbares Hundeauge – und hellwache Bitte im gespannten Blick. Man spürt sofort das Vertrauen, tritt jedoch innerlich sogleich zurück, aus Scheu vor dieser unverlangten, maßlosen Liebe, die in jedem verlassenen Moskauer Hund angelegt ist. Er sitzt da und stellt die mageren

Rippen zur Schau. Wartet. Läuft kurz herum, stillt irgendwie seinen Hunger und wartet wieder vor der Metro – vor dem Ausgang.

Erstaunlich, wie er mich mit seinem Blick verfolgte und begleitete (und allmählich losließ). *Autonom* ist ein schönes Wort. Autonomie verriet wohl mein gemächlicher Schritt; mit meiner gestrigen Verbannung hatte ich Autonomie gewonnen (die eine gewisse Ähnlichkeit mit der Verlassenheit dieser Hunde hatte). Der Hund erhob sich von der Erde und trottete neben mir her. Wir gingen einfach Gassi. Er und ich. Dann blieb ich vor der Metro stehen und rauchte, ich rauche selten, spare. (Es liegt auch am Alter. Der Drang wütet nicht mehr so im Gedärm wie früher.) Der Hund blieb bei mir stehen. Wir verbrachten die Zeit sozusagen gemeinsam.

Ich ging weg; der Hund setzte sich wieder vor die Tür zur Metro (um auf seinen Herrn zu warten). Sein Herr erschien nicht, aber die Tür klappte immer wieder und entließ Dutzende, Hunderte von Menschen, die der wartende Hund in seinen unbeirrbaren Blick nahm.

Ich sah, wie sie spätabends ausgesetzt wurden: Die Männer schauten sich dabei wie Diebe um, die Frauen waren zärtlich und weinten sogar. Ich unterdrückte das rasch aufkommende Mitleid. (Gott ist kein Schlappschwanz, er wird es ihnen heimzahlen.) Jeder von ihnen (von uns) wird zu seiner Stunde begreifen, daß der Hund auf ihn gewartet hat – der Hund wartet auf die Rückkehr seines Herrn bis zu jenem Tag, da er den Hundefängern ins Netz geht. Das ist bekannt. Aber auch dann wartet er noch. Und wenn er im Hundekäfig winselt, und wenn er schon in ein Stück Seife transformiert ist – was soll's, er kann warten.

Er magert ab; die Rippen (der knochige Brustkorb) sind schon viele Schritte weit zu sehen. Er sitzt dort, wo man ihn ausgesetzt hat. Eine Nacht, einen Tag und noch eine Nacht. Plötzlich trottet er aufs Geratewohl los, zieht in freier Suche seine Bögen, warum sollte er nicht auf den Zufall hoffen – auf eine laute

Straße mit einer überraschenden Begegnung. Er läuft lange und guckt sich die Augen aus. Aber dann kehrt der Hund endgültig zurück, schon geschwächt und wissend, daß ihn seine Kräfte bald verlassen werden. An die Stelle, wo man ihn ausgesetzt hat. Hier bin ich, Herr. Am selben Platz. *Herr, ich bin hier*. Wenn er seine Treuepflicht bis zum Ende erfüllt hat, kriecht er zum nächsten Zaun, um zu krepieren. Direkt vor dem Zaun, vor einem Rohr. (Damit man ihn nicht sieht. Damit kein Schatten der Schande auf seinen Herrn fällt.) Er geht erst fort, mit letzter Schwäche in den Pfoten, wenn er nicht mehr zurückkommen kann.

Doch auch im Zwielicht entdeckte ihn die angeheiterte Gesellschaft vor dem Zaun: Die jungen Leute streichelten den Hund und nahmen ihn mit einem freundlichen Wort auf den Arm. Aber sogleich entbrannte ein Streit; schimpfend und fluchend setzten sie ihn wieder ab. Jetzt aber mitten auf dem Asphalt. Der Hund, unfähig, sich zu der Stelle zu bewegen, wo er ehrenvoll krepieren könnte, schaute ihnen flehend nach: Wozu mußtet ihr mich anfassen? ... Er begann zu winseln und zu jaulen, als er mich erblickte: Hatte mich wiedererkannt! ... Die nachts sensibilisierten unterirdischen (autonomen) Bioströme sagten dem Hund, daß wir vom gleichen Schlag waren. Er gab Laut, machte mich auf sich aufmerksam, ich hob ihn auf und trug ihn zu den dunklen Klötzen der Müllbehälter, wo man ihm in seiner letzten Stunde keinen Tritt mehr geben würde.

Da tauchte ein Mädchen auf, fahl in der Nacht:

»Was hast du da weggeschafft?«

»Rate mal. Ich habe eine Leiche versteckt.«

»Hehehe.« Sie lachte und bat um Geld. Bettelte fordernd, wie eine Zigeunerin, und wandte aus irgendeinem Grund nicht den Blick von meinen Händen. (Hände, die mit einem Zaubertrick aus Luft Geld machen konnten.)

Ich kramte in meinen Taschen – was gab's da schon zu kramen – und gab ihr einen abgegriffenen Fünfziger, der damals zwar nicht mehr viel wert, aber noch nicht ganz wertlos war.

»Ist das alles? Du spinnst wohl!« fauchte sie.

Sie erschien mir unscheinbar, aber nicht abstoßend. Es fehlte nicht viel, und es hätte mich zu ihr hingezogen.

»Na, dann tschüs.« Sie steckte den Fünfziger in die Tasche und ging, ungeschickt mit dem eckigen Hintern wackelnd.

So ein Hintern läßt sich nicht verschönern, aber auch nicht verbergen. (In Moskau ist so eine Frau offen wie eine Wunde.) Hier existiert eine verkappte, unausrottbare Asymmetrie: Für und mit Geld kann die große Stadt ihre Straßen, Kinos, Autos, Geschäfte und Kioske verschönern, aber nicht die nächtlichen Menschen, nicht die nächtlichen Frauen. Ich kenne übrigens kaum andere Städte. Ich kenne eigentlich nichts, außer Moskau, und auch Moskau kenne ich nicht richtig – nur seinen Untergrund, die Metro und ein paar Ausgänge …

VIERTER TEIL

Der Winter und die Flöte

Das obdachlosenasyl hinter dem Sawjolowski-Bahnhof ist ein windiges dreigeschossiges Holzhaus, nach dem sich seit langem der Bulldozer sehnt.

Das gesamte warme Erdgeschoß ist von Vietnamesen belegt. Kleine Menschen, deren miauende Sprache das Ohr kratzt, aber man gewöhnt sich dran, das ganze Erdgeschoß miaut. Richtige Wohnungen gibt es nicht. Und natürlich hat die Miliz ein Auge auf das Heim. Außer den Vietnamesen halten sich hier ein paar finstere Gestalten auf, sichtlich vorübergehend. (Unstete Menschen.) Die kleinen gelben Männer sind betriebsam, mit allerhand Kram, Krankheiten und Geld beschäftigt, ein Koffer voller Rubel wird sofort in Dollar gewechselt. »Sie behalten die Rubel keinen halben Tag«, teilt mir der Kahlkopf Sergejitsch mit. Und blickt sich furchtsam um: Gerade geht ein Vietnamese, der geraucht hat, an uns vorbei. Er geht langsam. (Duftet. Exotische Blume.)

Das schlimmste Gesocks wohnt im zweiten Stock – auf meiner Etage. Und dann noch das Wetter: Ich kann mich an keinen Sonnentag erinnern. Feucht und naßkalt. Verfrorene Gesichter. Man sagt mir: Der da ist ein Mörder, der hat einen aus seiner streitsüchtigen Sippe erschossen. Mörder – das ist keine Charakterbeschreibung. Es ist einfach ein guter Rat, ein Signal. Zu verstärkter Vorsicht. Der Mensch lebt jedoch nicht in ständiger Alarmbereitschaft, in diesem Sinne ist er wie eine Pflanze: Wohin man ihn auch versetzt, er schlägt Wurzeln und vergißt die Gefahr. Das Leben geht seinen Gang. Und man hat zumindest ein Dach überm Kopf! Der Schneefall und der seit drei Tagen ununterbrochen heulende Schneesturm haben mich für meine

Umgebung vollkommen abgestumpft. Ich bin mit mir selbst beschäftigt. Ich gehe gebeugt. Schlapp. Mir ist alles einerlei. Ich gleiche dem Esel, den der Usbeke so schwer bepackt hat, daß ihm die Beine einknicken. (Mein Usbeke ist verschwunden. Er hat mich bepackt und stehenlassen.) Wenn ich nachts das Wohnheim suche, kann ich es nicht finden – so dicht fällt der Schnee. Jetzt hat sich der weiße Schleier gelichtet, das Holzhaus dreht sich inmitten der Flocken – die Ecken und Wände tauchen auf, dann das ganze Haus. Die mit Eis bereiften Büsche vor dem Eingang. Endlich die Tür. Hier wohne ich. Alles muß von neuem erworben werden. Da ist das Erdgeschoß mit den trippelnden Vietnamesen, den winzigen Frauen, die mit gesenkten Augen hin und her laufen und alle halbe Stunde irgend etwas kochen.

Wir sind zu viert. Der Kahlkopf Sergejitsch (mein Alter) zuckt nach jedem zweiten oder dritten Schritt mit dem Hintern, es ruckt im Kreuz, er hat irgend etwas an der Wirbelsäule, wo sich ein explosiver Schmerz verbirgt. (Ein unsichtbares Wesen folgt ihm und gibt ihm ab und zu einen Tritt.) Er trinkt nicht. Macht keinen Lärm. Und ist mir gegenüber aufgeschlossen. Er ist Sergejitsch, ich bin Petrowitsch, man kann miteinander reden. Er arbeitet mit den zwielichtigen Typen vom Sawjolowski-Bahnhof, kundschaftet für sie Ware in Lagern und Geschäften aus – verwünscht sie, kommt aber ohne sie nicht mehr aus.

Dann sind da noch zwei Männer in unserem Raum, jung und auffallend finster, beide heißen Saschka. Vier in einem Zimmer – vier Betten. Wie im Flügel K schließe ich auch hier meine Schreibmaschine mit einer Kette am Bett an. (Das gibt mir Sicherheit.) Diese Vorsorge ist durchaus angebracht. Beide Saschkas stehen frühmorgens auf, wenn ich noch schlafe.

Ich kehre aus der nächtlichen Metro heim – immer im Schneegestöber, weiß von Kopf bis Fuß. Nachts fegt der Schneesturm. Kaum hat mich Sergejitsch erblickt, schreit er freundschaftlich:

»Aah, der Schneemann!«

Ich habe kein Geld. Bin immer nüchtern, kein Gramm Wodka.

Bin nüchtern, habe aber das Gefühl (wegen des wirbelnden Schnees), zuviel getrunken zu haben, mir dreht sich alles im Kopf, und zugleich drehen sich Erde und Pfosten.

Die beiden finsteren Saschkas leben auf: Sie haben Dollars ergattert und sofort eine häßliche, magere Vietnamesin von unten heraufgeholt, mit der sie es zwei, drei Stunden lang zu zweit treiben. Mich haben sie vor die Tür gesetzt, ich gehe in winterlicher Meditation auf dem Flur auf und ab. Gehe grübelnd hin und her und verlasse nicht den Korridor – zum Glück, weil die Vietnamesin meine Schreibmaschine im Arm hat, als sie aus dem Zimmer wischt. Ich hole sie ein und reiße ihr etwas verlegen die Schreibmaschine aus den zerbrechlichen Armen. Sie riecht zwei Schritte weit nach dem Männergeruch meiner Zimmergenossen.

Die finsteren Saschkas sind nach erfolgter Befriedigung etwas glücklicher und spielen Karten. Der eine sitzt auf dem Bett, der andere hockt auf dem Boden, sie wechseln sich ab. Zwischen ihnen steht ein Hocker. Auf dem Hocker liegen Spielkarten – Damen, Zehner und Neuner. Der Kahlkopf Sergejitsch sucht unterdessen in seinem Nachttisch und kann seinen Paß nicht finden, seine Nerven liegen blank, er zuckt (das unsichtbare Wesen tritt ihn offenbar ins Kreuz). Ein unerträglicher Anblick. Ich schaue nicht hin: lege mich aufs Bett und lausche auf den Jargon der spielenden Saschkas – auf ihr düsteres Gefluche, wenn einer zuwenig Trümpfe hat oder die falsche Karte zieht.

Sie spielen Schafskopf, hundert, zweihundert Partien hintereinander. Ab und zu kauen sie etwas, sind zugedröhnt, aber mir ist gar nicht aufgefallen, daß sie trinken. Sie geben sich heimlich mit irgendwelchem Fusel die Kante. (Schämen sie sich, vor unseren Augen zu saufen?) Politur. *Lack*, wie einer der beiden Saschkas gesagt hat – er ist etwas jünger und hat das Gesicht voller Sommersprossen. (Ich kann sie schon unterscheiden.) Er hockt auf dem Boden, zählt die Trümpfe und beschwert sich dauernd, daß ihm der Hintern abfriert.

Vom Fußboden steigt tatsächlich eine Kältewelle auf. Man fühlt sie, sobald man die flache Hand aus dem Bett hält.

Ich liege lang ausgestreckt und spinne von Zeit zu Zeit einen Gedanken, ich nenne ihn *meinen Plot*. Zwanghaft, wie eine Krankheit. Man kann das »wie« auch weglassen – es ist eine Krankheit, ich bin krank. (Habe mein Kinderspielzeug zerbrochen.) Der getötete KGB-Spitzel Tschubissow läßt mich nicht los. Der meuchlings Ermordete. Man hat ihn natürlich schon gefunden, er begann zu stinken, zu verwesen, und erst da fiel den Bewohnern des obersten vierten Stockwerks plötzlich etwas auf. Großer Tumult. Ich hatte (in letzter Minute) seine Papiere in seinen geräumigen Taschen gesucht; nicht, um einen Raub vorzutäuschen oder eine List anzuwenden – ich hatte einfach so gesucht. Er hatte keine. Man würde ihn nicht identifizieren. Würde sich in unseren Tagen überhaupt nicht mit ihm abgeben, noch eine Leiche, was soll's? Die Bullen freuen sich sogar, wenn sie keine Papiere finden – weniger Arbeit.

Um einzuschlafen, wende ich einen Trick an: Ich rufe mir die Gesichter meiner Frauen in Erinnerung. Als reale Geschöpfe wären sie zu schwach, um mir zu helfen, sie haben mich zwar nach besten Kräften geliebt, aber genörgelt und genervt. Doch mit den Jahren haben ihre hellen Gesichter die Kraft von Bildnissen gewonnen und spenden gleichmäßige Wärme. Jede Frau in ihrem besten Augenblick. Sogar Sinaida. Sogar Galina Anatoljewna, die mir die wackeren Akulowleute auf den Hals gehetzt hat. Die Besänftigung und nächtliche Reinigung der Seele (mit Frauengesichtern) ist eine Droge, ein Rauschmittel, mit dem man sanft in den Schlaf hinübergleitet.

Der Pförtner am Eingang war (bei all meinem Mißtrauen Amtspersonen gegenüber) der einzige Mensch, bei dem ich etwas Vertrautes fand. Er besaß nämlich eine kleine näselnde Rohrpfeife. Als hätte er sie einem Kind weggenommen. (Er entlockte ihr ein schwermütiges Greinen.) Natürlich war er zugedröhnt.

Soeben hatte ich beobachtet, wie er die Flasche an den Mund setzte, da sah ich, wie er als nächstes (nach der Flasche) die Flöte an die Lippen führte. Sein Gepfeife war laut, falsch und aufdringlich, aber dabei so unbeholfen und kläglich, daß man meinen konnte, unser ganzes glückloses Menschengeschlecht bringe diese Töne hervor. Wie ein eingefleischter Bettler vor der Metro. Der will betteln und tut es. Der Bettler ist ebenfalls glücklos, aber aufdringlich und lästig und hat damit sein Quentchen Mitleid redlich verdient. (Und mit dem Mitleid auch ein Quentchen Liebe, oder etwa nicht?) Dieser Pförtner aber war nicht einmal ein Schräubchen im Bewachungsgetriebe. Niemand nahm ihn ernst, man ging achtlos an ihm vorbei, manche schnippten ihm auf die Stirn, einfach so, aus einer Laune heraus. Er war Scheiße. Das wußte er selbst und zweifelte nicht daran. Aber warum flötete er dann so kläglich, daß mir das Herz blutete? Klage als wärmendes Dach, als Selbstschutz vor noch größeren Unbilden. Sein Rattengepfeife war ein Zeichen für das Obdachlosenasyl (die Einlaßparole), eine Lauthieroglyphe für das Geflecht aus Schmerz und Gemeinheit, das die Menschen darin beseelte.

Wenn jemand hereinkam, setzte der Pförtner die Flöte vom zahnlosen Maul ab (stand wahrscheinlich innerlich stramm) und machte in Erwartung einer Kopfnuß oder von Spott eine ängstliche Miene. Es erschreckte ihn, wenn ich ihn anlächelte. Er verstummte. Aus der Flöte tröpfelte etwas auf den Tisch, der mit dickem Sicherheitsglas bedeckt war, Greisenspucke: tropf, tropf, tropf – Tränen des versiegten Gepfeifes.

Ganz verfroren setzte ich mich auf den Stuhl neben dem Heizkörper am Eingang und zupfte an dem frisch gekauften Stangenbrot. Mein Herz war beklommen. (Die Beklemmung ließ nach, aber ich mußte warten, bis die verflixte Schwäche vorbei war.) Ich saß direkt am Eingang. Der alte Pförtner schrieb diensteifrig, während ihm ein Vietnamese eine geschäftliche Information diktierte, die einem anderen Vietnamesen übergeben werden sollte. Plötzlich streikte der Füller. Der Alte schüttelte ihn unentwegt, strich über das Papier und forderte ihn mittels Druckausübung auf (nötigte ihn), dort seine Spur zu hinterlassen. Doch vergebens. Da schniefte der Alte und bat den Vietnamesen (verschämt) um dessen Füller. Der kam der Bitte gerne nach, der Alte wollte eilends mit dem kleinen, glänzenden Füller schreiben, doch dieser entglitt seinen knotigen Fingern und veranlaßte ihn zu einem unsicheren Lachen: Bin ich ungeschickt! Der Vietnamese lachte ebenfalls. Der Alte packte den glitschigen Füller wie einen Fisch, und der flutschte ihm aus der Hand, direkt auf das Blatt Papier.

Während sich diese Szene abspielte, saugte ich (mit ruhigerem Herzen) den Heizkörper in mich auf, der meinen Rücken wärmte – drei Stühle, ein Tisch, die armselige Pförtnerloge und Schneegestöber vor den Fenstern. Wenn jemand zur Tür hereinkam, stob mir der Schnee vor die Füße. (Die Schneeflocken verklebten sich unter meinem Blick. Und schmolzen.) Draußen toste der Schneesturm in ungebrochenem Zorn, im Vergleich zu seinem Geheul hatte die Flöte des alten Mannes wie ein nichtiges Echo geklungen. Wir alle, die wir hier mit unseren Nöten hausten, waren ja null und nichtig. Heulten nur unseren unbedachten Schmerz in den Sturm hinein.

Das Fenster neben mir war voller dicker Eisblumen. Meine Augen wanderten über die Scheibe wie durch weiße Wälder, wie damals, in der Kindheit, durch verschneite Farne einer andersartigen Natur. Wer suchte dort nicht alles nach seiner gefrorenen menschlichen Würde: nach seinem beruhigten Ich. Der alte Pförtner hatte unterdessen den Füller ganz fallen lassen. Zunächst bückte er sich. Kroch schwerfällig auf dem Boden umher, wo die Stühle in einer Reihe standen, schob sie weg, tastete mit seinen zittrigen Fingern zwischen den Stuhlbeinen herum: Ein Füller war ein Wertgegenstand, den mußte man zurückgeben. Such, Alter!

Draußen (das Herz hatte sich entkrampft) geriet ich gleichsam in die Höhle des Schneesturms; war das ein Heulen! ... Der ganze Kosmos schrie in diesem fürchterlichen Schnee, brüllte, jaulte, wütete und gab mir ein klares, beängstigendes Zeichen von oben: das Zeichen seiner Anwesenheit. Meine Kehle war wie zugeschnürt, ich hüllte mich eilends in den Schal. Die seit dem Morgen noch nicht getrockneten Füße schmerzten vor nasser Kälte, aber mir war bereits alles egal. Ich bot mich diesem heulenden Schnee ganz offen an, so wie ich war, ohne etwas zu verbergen.

Ich fragte den Alten (als ich wohl zum drittenmal an ihm vorbeiging), was er da für eine Flöte habe, er lächelte zahnlos und erzählte mir von dem netten Mädchen, der Flötistin, die im Erdgeschoß in einer winzigen Einzimmerwohnung lebte. (Wo früher der Heimleiter gewohnt hatte, bis er eine eigene Wohnung in Moskau bekam. Er hatte sie mit dem Geld gekauft, das er den Vietnamesen abgeknöpft hatte.) Also gab es auch hier eine versteckte Wohnung. So lernte ich Nata kennen. Ganz hübsches Ding. Ein bißchen krumm vielleicht. Nata verdiente sich ihr Geld bald in der einen, bald in der anderen Musikgruppe, in einem dieser Laienensembles, die plötzlich zu Dutzenden aus der Erde geschossen waren. Sie bekam nur wenige Kopeken (aber auch damit war sie natürlich zufrieden). Sie hatte ihre Flöte, sie besaß noch andere Rohrpfeifen, größere und kleinere, und eine davon hatte ihr der alte Pförtner abgebettelt. Man konnte ihr alles abbetteln.

Der Teppichläufer unter den Füßen war zu einer langen, schmutzigen Kruste verschlissen. Zwei Ratten versteckten sich vor der Scheuerleiste, glaubten wohl, daß ich sie nicht sähe. Die Tür zur Linken war weiß verschimmelt und verströmte einen scharfwürzigen Geruch: Hinter dieser Tür wurden für die ganze Vietnamesengemeinschaft Büschel unserer bescheidenen Kräuter (statt Bambus) mariniert, die am Straßenrand wachsen. Auf meine Schritte hin streckte jemand den Kopf heraus, eine Art

Späher. Es war der nette, lächelnde Chen, er verstand sich mit allen. Trank sogar fast wie unsereins Wodka mit uns, ohne sich allerdings mit jemandem bei einer Flasche zusammenzusetzen. Ruhiger Typ. Seine Augen sahen alles, verstanden alles. Er nickte mir zu, ich ihm, das war ein erster Kontakt. Eine Wende.

Der zweite Stock ist wie immer schmutziger als das Erdgeschoß und der erste Stock, keiner sieht ihn, deshalb wird er nicht gefegt. Es gibt nur eine Lampe. Sie schaukelt im Durchzug. Oder weil eine Ratte auf dem Kabel sitzt. (Die Ratten im zweiten Stock erstarren nicht vor Erwartung, sie sind dynamisch und hellhörig.) Ich stoße die Tür auf, mein erster Blick fällt auf mein Bett mit der angeketteten Schreibmaschine, *sie ist noch da*. Saschka, der Ältere, und Saschka, der Jüngere (aber ebenfalls kräftig, quadratisch, sommersprossiges Gesicht), haben die Betten am Eingang. »Tag!« Beide schauen aufmerksam und finster. Sie sind Physiognomiker und wollen wissen, was der Mensch mitgebracht hat. (Geld. Einen Bullen im Kreuz. Hysterie. Ein Messer in der Hand. Eine Zeitung. Vielleicht auch die Aussicht auf einen leichten Job, bei dem sich Geld verdienen läßt?) Ich gehe an ihnen vorbei. Da ist mein Bett.

Gegenüber hat der Kahlkopf Sergejitsch sein Bett. Sobald er mich sieht, schon beim Klappen der Tür, zuckt er vor Schreck zusammen, zwei, drei kurze Konvulsionen. Ächzt. Ich lege mich aufs Bett (die Zeitung in der Hand).

»O-och« … Ich stoße einen Seufzer aus (oder war es nur ein Ausatmen; oder ein Schmerzenslaut?).

»Mann, wo kommst du denn her? … Hast du eine Zeitung mitgebracht? Ich hör einen trampeln! … Na, *denk ich* …«, schaltet sich einer der beiden düsteren Saschkas von seinem Bett her ein, der mit den Sommersprossen (er fühlt mir gleichsam auf den Zahn). Aber ich höre nicht hin.

Es ist mir gleichgültig, was er *denkt* (der Affe kann denken), ich höre nicht hin, seine Worte sind wie in Watte verpackt, er ist nicht da, ich gebe keine Antwort. Liege. Döse. Lese die Zeitung nicht. Liege einfach. Wenn sich jetzt eine Riesenhand durch unsere Tür schieben, im Zimmer umhersuchen und die Betten nach lebendigen Menschen abtasten würde, bliebe ich verschont – die Hand würde sie alle erwürgen, aber mich nicht anrühren, so ruhig liege ich da.

»Red doch wenigstens ein paar Worte mit ihnen, Petrowitsch! Was kostet dich das denn?! … Bring sie nicht auf. Sie sind doch Mißgeburten«, flüstert mir der kahle Sergejitsch zu.

Aber auch in dem Wort »Mißgeburt« höre ich nur menschliche Vergeblichkeit. Der Mensch wird geboren, dann scheidet er aus dem Leben. Eingang und Ausgang. Das ist alles. Geburten und Mißgeburten.

Ich halte die Zeitung vor die Augen, lese nicht, betrachte meine Hand (sie hat einen Menschen erstochen) – wie wenig Gewissensbisse. Und wie schwach pulsiert der Wunsch nach Reue! Schmerz? … Ja, Schmerz, den spüre ich. Aber es ist kein Schmerz um den getöteten Menschen, sondern um mich, um mein Finale (um jenes herannahende Komma, über das ich eines Tages stolpern würde). Schmerz um meinen Plot. Um mein Ich.

Im Bereuen sucht man nicht nur Trost – es hat unterschwellig auch einen ganz pragmatischen Sinn. Man bereut, um nach zwei Kurzschlußhandlungen nicht beim dritten oder fünften Mal schon wieder zu explodieren. Einmal wird man doch irgendwo Spuren hinterlassen … Und wenn man bereut, hat man gewissermaßen einen Punkt gesetzt. Stimmt alles. Alles ganz vernünftig. Sogar sehr gut durchdacht. (Schließlich bekommt man einen Strafnachlaß.) Irgend etwas in uns Menschen läßt sich jedoch nicht auf eine so einfache Selbstverleugnung ein. Irgend etwas sträubt sich in uns dagegen. Etwas Besonderes. Es gibt da ein Eiland.

Alles ist schlecht: Krämpfe in den Schläfen, davon wird mir schwarz vor Augen. Mein Herz meldet sich, der Blutdruck schnellt hoch, sogar die Zähne tun weh – die Krankheiten im Menschen lauern nur auf eine derartig mutlose Minute. Aber wenn mein Ich standhält, werden diese ganzen Kinkerlitzchen des körperlichen Verfalls verschwinden (pfeifend abziehen), ohne meinem Körper, meinem Geist und meiner Autonomie auch nur den geringsten Harm zugefügt zu haben. Und meiner Lebensweise. Meinem Denken. Das Denken ist notwendig, ach, wie notwendig brauche ich den lebendigen Gedanken hier und jetzt. Ich sollte wieder (wie damals!) aus meinem Plot aussteigen. Wie man aus der Metro aussteigt (fahrt ohne mich weiter). Wie man in ein anderes Land umzieht. Mein allzu verbummeltes (autonomes) Ich sollte man schon jetzt in die Schranken weisen und korrigieren. Mein Ich ist zu hochgestochen ... wer verspricht mir (gibt mir wenigstens irgendeine Garantie), daß das zweimal gezückte Messer nicht ein drittes Mal auftaucht? ... Ein fünftes Mal?

Wichtig war, daß ich *meinem Plot* durch Denken zuvorkam. (Nur um Haaresbreite, aber immerhin.) Beim winterlichen Heulen des Windes in diesem Rattenloch arbeitete mein Bewußtsein auf vollen Touren – was war, das war. Ich hatte den ganzen Korridor mit meinen Schritten zerstampft. Mir durch den Schnee meinen persönlichen Pfad zum Trolleybus und an seiner Strecke entlang bis zur Metro gebahnt. (Kehrte erst spät am Abend in die Bude zurück, wo die finsteren Saschkas schnarchten.) Meinen Plot und seinen Schmerz empfand ich bereits körperlich, wie man beim Treppensteigen das Geländer unter der Hand fühlt. In der Zukunft, das heißt auf den obersten Stufen dieser Treppe, vereinigte ich mich mit meinem Ich. Spannende Intimität. Ich ertastete die Zukunft. Ich hatte weniger Angst davor, gefaßt zu werden (eines Tages würden sie mich natürlich schnappen), sondern davor, daß mein schwieriges, abgetrotztes Leben auch noch durch die Wortgruppe *Mörder, Geisteskranker, Schizophrener* verleumdet würde, für sie war das zweimal zwei ... Von *ihrem* Standpunkt aus gab es für mich kein Entkommen mehr. In *ihrer* besten, gnädigsten Version käme für mich die Klinik in Frage. Von wegen Duell, Puschkin im Schnee, Renaissancemensch!

Der Korridor des Obdachlosenasyls bedrängte mich mit seinen abgeblätterten Wänden. Ich ging zum Rauchen nach draußen (nachts). Fortwährendes Rascheln, die Ratten rotten sich zusammen, quieken bang. Und Stille ... Plötzlich eine Gestalt, hinten im Flur. Steht hoch aufgerichtet da. Wer ist das? Scheint einen Nimbus um den Kopf zu haben (Effekt der Glühbirne hinter ihrem Rücken).

»Wer ist dort?« frage ich. Und lenke meine Schritte zum Ende des Flurs.

Die Gestalt ist verschwunden. Ich habe jemanden verscheucht.

Ich habe mich nie vor Halluzinationen gefürchtet: Wenn nervöse Menschen Erscheinungen haben, ist das für sie fast die Norm, es ist ganz normal! Die Psyche veräußerlicht ihre Ängste, deshalb tauchen die Erscheinungen auf. Die Ängste werden lediglich vom Bewußtsein aufgerüttelt, das sich selbst verteidigt (vor Gebrauch schütteln).

Ich lachte. (Es wird keine Halluzinationen geben.) Der Ermordete, der mir am Ende des Korridors erschienen war, glich zu sehr einem hungrigen Vietnamesen. Nach den Erlebnissen im Krieg und in den Konzentrationslagern erscheinen einem Menschen schließlich auch nicht nachts die Millionen der Verscharrten oder in den Öfen Verbrannten (die ungesühnt und erniedrigt sind). Es gibt keine Erscheinungen. Mit Schreckensvisionen (Kinderkrankheiten der Mörder) ist es vorbei, so wie es mit Hexen und bösen Zauberern vorbei ist. Sie haben sich überlebt. Wahrscheinlich hatte sich nur der wachsame und zugleich ängstliche Chen zur Treppe geschlichen.

Nata mit der Flöte lief mir an einem dieser Tage von ganz allein über den Weg, aber ich sollte sagen, daß auch ich (mit dem zielbewußten Gedanken, aus meinem Plot auszusteigen) die Frau bereits vorausfühlte: Ich hatte mich ihr bereits zugewandt.

Allerdings störte mich bei Nata ein gewisser Valentin (der

abends bei ihr saß), ehemaliger Gewichtheber, jetzt heruntergekommener Säufer, der sein Laster halbwegs im Griff hatte (er fürchtete um sein Herz). Seine Kameraden, die nicht tranken, ehemalige Sportler und Meister wie er, machten Geschäfte und hatten Geld, er schimpfte immer nur auf sie, bettelte sie aber wohl in Erinnerung an alte Zeiten an. Valentin war sentimental. Er erzählte mir und Nata, wie er seine letzte Goldmedaille verkauft und zum letztenmal angeschaut habe. Wie er sie geküßt habe, als er sie in fremde Hände gab. Weil es die letzte war … Seine Medaille könnte er ja ruhig anschauen! Aber er schaute Nata an.

Niedliches Gesicht. In Maßen krummer Rücken. In Maßen hilflos, was brauchte ich mehr? Sie kurz zu besitzen und ihr Leben zu ruinieren kostete nichts. Sie zu brechen und achtlos weiterzugehen, vermochte jeder, auch Valentin. Ein schwachsinniges Geschöpf, einmal hatte man ihr auf der Straße das ganze Geld abgenommen. Einfach so. *Das gehört mir*. Natas Wohnung war winzig, aber still und ruhig, und bis in die Ecken sauber, eine Oase in dem mit Vietnamesen und Monstern vollgepferchten Obdachlosenasyl. Um die Wohnung kümmerte sich (fegte, räumte auf) Natas Tante, ein Weib mit Hängebauch, das zu ihr kam und alle Augenblicke stöhnte. Nata selbst konnte nur kläglich die Flöte blasen. Da saßen wir zwei Männer – sozusagen als Gäste, und Nata spielte (auf unsere Bitte); als sie die Flöte an die Lippen hielt, dachten dieser dicke, schwammige Valentin und ich unwillkürlich dasselbe: Nata sei intelligent und verschämt. Sie saß da und blies Töne.

Beim Tee brachte Valentin das Gespräch auf die Banken und Banker. Bauch, schlaffer Hals, Hängebacken, aber aus diesem Fettberg blickten scharfe Augen. Der Trinker war nicht dumm. Ich war mir fast sicher, daß er insgeheim an den bekannten Beschwerden des Alkoholikers litt, sein vom Sport geschrumpftes Glied (verklemmte männliche Bescheidenheit) machte ihm Sorgen, und es lag auf der Hand, daß er hoffte, bei Nata, die sich nicht aufzuschauen traute, anzukommen und im Bett keine Niederlage zu erleben.

»Wenn man Rubel hat, geht man zur Bank ›Russischer Kredit‹. Wenn man Devisen hat, zu einer ausländischen Bank.« Valentin erläuterte die Feinheiten des big business. (Wie viele Bettler in der heutigen Zeit.)

Tee. Ruhiges Gespräch zu dritt.

»Man muß sich die Bank gut aussuchen. Die Banken geben der gesamten Wirtschaft Auftrieb. Das Geld liegt nicht einfach da, es arbeitet. Das Geld ... das Geld ...«, wiederholte der aufgedrehte Valentin. (Armer Teufel. Sein Geld knisterte, Tausende, Millionen, die Scheine bedeckten schon den Fußboden, schon bald würde Nata ihre Flöte in Hundertdollarnoten einwickeln können, um die empfindlichen Löcher vor Staub zu schützen.)

So stellte sich auch hier, im Obdachlosenasyl, die Frage nach dem Lebensraum. Valentin war einsam, und in Natas ruhiger, kleiner Wohnung hatte er sich bereits eingenistet, sie war für ihn nicht nur ein glücklicher Zufall, sondern ein richtiger Fund, sie war sein warmes Plätzchen. Ich verstand ihn. Ich wußte, was ein Fußbreit geliebter Q-meter bedeutet.

Ich verstand alles, und trotzdem warf ich ihn raus. Ich brauchte diesen Raum jetzt dringender. Er saß jetzt zum letztenmal hier. Sollte er sitzen und der Flöte zuhören. Sollte er noch einmal über Geld und Banken reden: Natürlich hatte er noch nie Geld geschnuppert, nur viel davon gehört ... Tausende, Millionen ... aber wie ermüdend ritt er darauf herum! Er erschuf ein Image. Nicht für mich und nicht einmal für Nata. Für sich selbst. Für die Flöte, die so kläglich in diesen vier Wänden, die ihn wärmten, wimmerte. Er würde auch über Frauen reden, würde seine fahlen Federn spreizen, um – indirekt – Natas furchtsamen Verstand zu ködern (ihre Unwissenheit). Er würde das Blaue vom Himmel herunterlügen, einen Mythos erfinden. Das würde er riskieren. Aber leider sang Valentin für das Ohr jedes fremden Mannes falsch. Als Dritter in der Runde saß ich da und hörte zu. Er würde es nicht schaffen. (Hin und wieder ein Tête-à-tête mit der dreißigjährigen Jungfrau zu erreichen. Welch ein Luxus wäre das!) Natürlich hatte er sich ausgerechnet, daß ich ihn vertreiben würde, um selbst in der kleinen Wohnung zu leben und mit Nata zu schlafen. Meinetwegen.

Auf dem Korridor vor der Tür hörte man Gefluche, die tapsenden Schritte eines Betrunkenen. Und das Quieken der Ratten. Es ging einem nicht in den Kopf, wie sich die stille, unberührte Nata in diesem gräßlichen Obdachlosenasyl hatte einleben können, diese Frau von dreißig Jahren, halb Russin, halb Armenierin, mit ihrer Flöte … und allein. Auf einem Eiland. Furchtsam. Und wenn es auch nur einmal passieren würde, und wäre es mit dem weichherzigen Valentin, wären ihre Schutzlosigkeit und ihre Wohnung eine Verlockung für jeden. Man würde ab und zu mit einer halben Flasche Wodka bei ihr hereinschauen. (Das ganze Spektrum der versoffenen Räuber mit ihren Schnauzbärten und blauen Ringen unter den Augen.) Noch war man ihr nicht auf die Spur gekommen, aber ich, Wächter und Etagenbeichtvater, hatte ausreichend Erfahrung. Sie war zweifellos infantil, hatte das Gehirn eines Kindes.

Ich mußte Valentin ein paar harte, offene Worte sagen.

»Ja, ja. Ist schon gut.« Valentin beeilte sich sogar.

Er erhob sich vom Stuhl, aber ich drückte ihn mit der Hand nieder: Bleib heute abend ruhig sitzen, wenn du schon mal da bist. Aber zum letztenmal. Ich werde nicht wiederholen, was ich gesagt habe. (Gut, gut, er werde nicht wiederkommen, er schwöre es!) … Ich legte ihm erneut meine schwere Hand auf den Rücken, drückte ihn auf den Stuhl – bleib sitzen. Da saß er und lauschte zum letztenmal der Flöte. Nata hielt das Instrument an die Lippen … Musik ist Musik; und Leben ist Leben.

Valentin stand auf und sagte mit belegter Stimme: »Tschüs. Macht's gut«, Nata begleitete ihn hinaus, ich blieb nachdenklich am Tisch sitzen und … schlief ein. (Die halbe Nacht war ich auf dem Korridor auf und ab getigert, hatte geraucht und gegrübelt, jetzt hatte mich der Schlaf übermannt.)

Wahrscheinlich war ich auch aus einer plötzlichen Vorahnung heraus eingeschlafen: wegen eines überraschend aufgeblitzten Gedankens. Es war eine kleine, aber wichtige Entdeckung im Zuge *meines Plots* – der Gedanke, daß mich (meine Seele) weniger das Gewissen beschwerte als vielmehr die Unausgesprochenheit. Ja, ja, mein jetziges Ungemach lag nicht an den (im allgemeinen schwachen) Gewissensbissen, es lag am Verschweigen. Daran, daß ich weder ein Blatt Papier, ja noch nicht mal einen Zuhörer vor mir hatte. *Nata* klang wie *na dann*, das hieß, ich mußte versuchen, es ihr (der geistig Beschränkten) zu erzählen. Ich mußte versuchen, mich auszusprechen. Mußte aber meine Beichte aus Vorsicht in eine Geschichte verpacken, für alle Fälle. Ich mußte es ihr sagen oder wenigstens *nach*erzählen, natürlich behutsam, sonst würde ich ersticken.

Bei diesem Gedanken war ich eingeschlafen. Was war das für eine Botschaft der Seele? Das war mir einstweilen noch nicht klar, das hatte ich noch nicht zu Ende gedacht. Mir war, als könne ich auf diesem gefährlichen Weg des Plauderns doch wieder zum Wort zurückfinden. Als hätte ich längst alles erzählt und gebeichtet, wenn ich nur an eine Taubstumme geraten wäre (die niemandem etwas sagen könnte und auch selbst nichts hörte). Am Anfang hätte ich sie vielleicht ein wenig liebkost und ihr dann gebeichtet. Wer eignete sich in diesem Sinne besser als Nata?

Ach, was ergab das für ein Duett! (Als Valentin gegangen war.) Ich schlief ein, ich, der Sieger, schlief im Sitzen auf dem Stuhl ein und schnarchte kräftig, wie ich später erfuhr – ich schlief am Tisch, und Nata spielte Flöte.

Zuerst war Nata verwirrt: Sie wußte nicht, was sie machen sollte, als ihr Gast im Sitzen schlief. Sie dachte in Wortklischees, und zwei der Wörter, die sie kannte, stießen jetzt einander ab und widersprachen sich: *Gast* und *schläft*. Nata ging bei meinem

Schnarchen hin und her, setzte erneut Teewasser auf, Gebäck stand auf dem Tisch, der Gast aber sägte in einer Tour (ich war vollkommen weggetreten). Es war schon sehr spät, und Nata wußte nicht weiter.

Tag um Tag und Jahr um Jahr hatte Nata nur dank dieser beharrlichen Klischees leben (und sich *uns* allen anpassen) können, die in ihrem kleinen Gehirn auf der Suche nach einer Antwort langsam durchprobiert oder, besser gesagt, aufgelesen wurden. Da sie zu keiner Lösung kam, ging sie zur Pforte und rief die Tante mit dem Hängebauch an, die schalt sie, ach-ach, wie gibt's denn so was, verließ aber doch ächzend das Bett und kam her. Ich saß immer noch pfeifend und schnarchend auf dem Stuhl und verriet meine jäh einsetzenden Träume in explosiven Geräuschen. Nata stammelte, schauen Sie sich den an, Tante, und *hören* Sie ihn. Die Alte kontrollierte jedoch nur das Gas und das Badezimmer, dann sagte sie zu Nata:

»Keine Sorge. Der ist gut. Der wird dir nichts tun. Wird von allein gehen ...« Und fuhr wieder nach Hause, da hatte das Volk die Stimme Gottes *zu meinen Gunsten* kundgetan.

In Natas lebenswichtigem Sprachschatz stand wohl das Wort *gut* an erster Stelle, ein wichtiges Wort, doch dann kam *Nacht*, die beiden Klischees stießen einander wieder ab und wollten sich nicht vertrauensvoll verbinden lassen. Von neuen Zweifeln geplagt, nahm Nata die Flöte und begann zu blasen. Ihr zauberisches Gewimmer verschmolz mit meinem Schnarchen, woraufhin ich (im Schlaf) zu mir sagte:

»Aha. Ein Duett.« Dann schloß ich wieder die Augen. Trotzdem wachte ich auf und blickte mich um (und merkte endlich, wo ich war).

Ich wünschte Nata eine gute Nacht. Sie war glücklich, daß ich ging, und wünschte mir ebenfalls eine gute Nacht. Wir verbeugten uns wie zwei Musiker, die sich gegenseitig mit Komplimenten überschütteten – wie schön das geklungen hat, wunderbar, ich danke Ihnen, was für ein schöner Abend, was für ein Duett!

In ihrer kleinen Wohnung war es warm. Es war Abend, wir tranken zu zweit Tee. Der Winter und die Flöte.

Nach dem Tee spielte Nata – die Töne strömten so hilflos und liebenswert. Wir saßen am Tisch. (Der Lebensraum war offen.)

»Ich möchte dir eine Geschichte erzählen, Nata …«

Die ersten Worte sprach ich zur Probe: Wie schwer die Zeit sei, die heute viele Menschen durchstehen müßten! Hörst du, Nata?

Nata antwortete mir sofort (unterbrach mich beinahe):

»Ja-a … Manchmal tut der Kopf weh.«

Ich hielt die Pause und wiederholte dann, eine schwere Zeit. Ich habe einen Bekannten (wollte wie von einem Bekannten erzählen). Kein schlechter Mensch …

»Ich erkälte mich oft«, sagte Nata.

Sobald ich Anlauf nahm, unterbrach mich Nata aufs neue blitzschnell mit etwas Belanglosem. Sagte etwas von Tabletten. Vom Rezept ihrer Tante.

Noch ein paar Minuten meiner Gesprächsanstrengungen, und es war klar, daß die junge Frau nicht zuhören konnte. Ihr kleiner Verstand vermochte fremde Worte nicht *lange* aufzufassen. Fünf Wörter – mehr nicht. Das heißt, auf jeden Satz von mir fand Nata eilends eine Antwort. Irgendeine.

Sie unterbrach mich nicht – es war ihre Art, ein Gespräch zu führen. Das liebe Menschenkind glaubte, daß man eben so, mit hingestreuten Wörtern, ein langes Gespräch unter vier Augen führte. Wenn ihr die Wörter über die Lippen purzelten, blickte sie mich prüfend und sogar forsch an – nicht schlecht, was? … und noch einmal, ein wenig zweifelnd, stimmt doch so, nicht wahr, so geht doch eine Unterhaltung? Die Antworten sind doch immer richtig? … Außerdem war sie errötet. Vielleicht dachte sie, der »alte Gentleman« wolle ihr seine Gefühle gestehen. Hatte die Tante etwas gesagt? (Sie belehrt?) Aber Nata konnte natürlich auch selbst wissen, was eine Liebeserklärung ist, und vermochte Aufregung zu verspüren (und sich vor diesen männlichen Erklärungen zu fürchten) – sie hatte ja einen Fernseher.

Sie räumte den Tisch ab, spülte die beiden Tassen und Untertassen, alles sehr langsam. (Damit gab sie mir die prosaische Möglichkeit, einfach zu gehen, nachdem ich mich für Tee und Flöte bedankt hätte.)

Aber ich ging nicht.

»Es ist spät … Ich gehe jetzt schlafen«, sagte sie scheu.

Ich saß auf dem Stuhl.

»Geh schlafen«, sagte ich.

Sie davon abzubringen lohnte nicht. Nata begab sich in das winzige Bad, hantierte dort eine Weile herum und erschien im Schlafanzug – der war fast farblos, viele Male gewaschen und gestopft. Ein gelblicher Schlafanzug, in dem sie wie ein junges Mädchen heraustrat. Sie war ja auch ein junges Mädchen.

Sie legte sich ins Bett und zog die Decke über sich. Ich saß immer noch auf dem Stuhl, ganz in ihrer Nähe.

»Schläfst du ruhig?« fragte ich.

»Ja.«

»Woran denkst du, wenn du einschläfst?«

Sie lächelte:

»An den Brief.«

»An welchen Brief?«

Nata erzählte, sie habe an entfernte Verwandte in Baku einen Brief geschrieben (natürlich unter Anleitung der Tante), aber keine Antwort bekommen. Vielleicht sei der Brief verlorengegangen?

Der Augenblick erschien mir passend. (Schwindender Augenblick des Abends. Es wurde mir warm ums Herz.)

»Ich …«

Doch jetzt stockte ich. Nata drehte sich sanft auf die Seite, mit dem Gesicht zur Wand – *weg von mir*. Sie lag still da.

Erstaunlich, wie fein, wie stark dieses Menschenkind fühlte. Ihre Abwendung zur Wand war ideal für eine Pause. Für eine lange Einleitungspause, in der ich mit irgend etwas beginnen konnte – mit irgendeinem Begebnis aus dem Alltag, das ich ihr (wie mir selbst) erzählte.

»Ich …«

Aber ich konnte es nicht. Ich wollte es wohl selbst nicht forcieren und verschob es sanft auf später, auf einen anderen Augenblick, der genauso wäre wie dieser. Ich würde abwarten. Würde sie (Nata) und ihn (den passenden Augenblick) einstweilen noch in einiger Entfernung hüten.

»Gute Nacht, Nata.«

Ich machte das Licht aus. Vernahm zur Antwort ein gedämpftes: »Gute Nacht.« Sie war dabei einzuschlafen. Aber sie schlief nicht.

Ich ging hinaus. Die Tür klappte zu, Sicherheitsschloß. (Fehlgeschlagen. Das war ein Fehlschlag. Ich hätte immerzu reden können. Ihr die Geschichte in allen Einzelheiten erzählen können. Was würde ihr schwacher, bereits einschlafender Verstand nicht alles aufnehmen?)

Ich rechtfertigte meine Passivität und mein Schweigen damit, daß ich sie ja mit meiner Geschichte auch hätte erschrecken können. Nata hätte sich auf der Stelle verschlossen, das war klar. Zum Teil spielte auch ein Moment der Vorsicht herein: Möglicherweise hätte ein Wort das andere ergeben, ich hätte mich hinreißen lassen und ihr vielleicht immer mehr gebeichtet! (Schwachsinnige fördern den Wunsch, sich zu öffnen.) Und hatte ich nicht auch Angst (Skrupel), ihren kindlichen Verstand mit meinem Unglück zu befrachten und zu belasten?

In irgendeinem Nachtkiosk Wodka kaufen. Ich zog mich an und verließ das Haus. Wind. Schnee ins Gesicht. Ich strengte mein Gehirn derart an, versuchte, auch nur einen lebendigen Gedanken zustande zu bringen, daß mir gelbe und orange Kreise vor Augen tanzten – gelbe, grelle, tollwütige Monde …

Die Straßenkioske waren hüfthoch eingeschneit. Der Schneesturm heulte. (Wieder dieses kosmische Geheul, das durch die schwarzen Himmelslöcher brach.) Die Beine wurden müde, zitterten. Für Wodka langte es nicht (Nachtpreis), was mich plötzlich erboste. Verdammt, wie dicht dieser Schnee fiel!

Plötzlich dieser Mann. Er war nicht stark betrunken – es hatte ihn offenbar nur zu mir hergeweht; er streifte mich mit der Schulter.

»Laß mich in Frieden!« fuhr ich ihn mit solchem Zorn in der Stimme an, daß er sich eilends trollte. Um Scherereien zu vermeiden.

Ich rannte sogar hinter ihm her (mit meinen schlechten Schuhsohlen im Schnee ausrutschend). Ich hatte Lust, ihn zu schlagen, spürte bereits die jähe Verhärtung in den Muskeln, in der Faust. Ich rannte keuchend, schnappte Schneeflocken im Mund auf.

Doch ich blieb stehen. Gott hielt mich an. (Er ließ es nicht zu. Wollte es nicht.) Einfacher gesagt: Etwas hielt mich an. (Ich weiß nicht mehr, was.) Der Schnee wirbelte. Ich heftete mich diesem Betrunkenen nicht an die Fersen. Ich schlug die Scheibe des Kiosks nicht mit der Faust ein. Ich geriet nicht unter den Bus … Straße um Straße, ich ging ganz langsam. Bis ich im lichter werdenden Flockenwirbel die Eingangstür des Obdachlosenasyls erblickte, und durch die Scheibe den Umriß des Pförtners. Ich vernahm seine gedämpfte, klägliche Rohrpfeife (und in Gedanken Natas Flöte).

Schwäche im ganzen Körper, aber besonders in den Beinen. Ich kam kaum in den zweiten Stock hoch. Ließ mich aufs Bett fallen. (Konnte mich nicht ausziehen.) Man hatte mich gleichsam ausgepreßt, ausgewrungen wie einen alten Putzlappen.

Die Zimmergenossen schliefen nicht. Der Kahlkopf Sergejitsch tapste ein paarmal an mir (an meinem Bett) vorbei.

»Bist du krank?« fragte er in unschlüssigem Ton.

Die beiden düsteren Saschkas hatten die Schuhe abgestreift und sich mit den Füßen aufs Bett gesetzt (auf das, welches näher bei der Lampe stand) – sie spielten Schafskopf. Sie spielten immer nur miteinander. Steckten unter einer Decke, teilten ihre obskure Arbeit und ihre häßliche Vietnamesin.

Einer warf einen scharfen Blick zu mir hinüber:

»Laß ihn in Ruhe. Bring ihm lieber Wodka!« sagte er zu Sergejitsch.

Der stand krampfhaft zuckend mitten im Zimmer. (War nervös. Fand kein Geld für Wodka in seinen Taschen.)

Ich strengte mich an, nichts zu murmeln, es sollte ohne Worte abgehen (ohne Sinn für die anderen), stöhnte nur. Mir brach der Schweiß aus. Ich zitterte am ganzen Körper. Meine Zimmergenossen beratschlagten untereinander: Wodka oder Medizin – für alles brauchte man Rubel. An Verkäuflichem besaß ich nur die Schreibmaschine, sie verkrümelten sich zu den Vietnamesen, brachten Chen und noch einen mit, Shi; sie befühlten meine Stirn und horchten auf mein Gestöhn. Dann betrachteten sie die Schreibmaschine. Ja, soundso viel würden sie dafür geben … Aber das sei nur eine Vereinbarung, eine nächtliche Vereinbarung – bares Geld gebe es erst morgen.

Sergejitsch schlief ein. Die beiden düsteren Saschkas saßen noch lange Zeit auf dem Bett, die Beine untergeschlagen, und schleuderten einander die Karten hin, schweigend, ohne Emotionen. Immer mal wieder warf mir einer einen flüchtigen Blick zu. Sie trauten weder mir noch meiner Krankheit. Aber dann schliefen sie doch ein. Ich fieberte.

Mitten in der Nacht stand ich plötzlich auf. Tastete meine Sachen ab, kramte aus den verschiedenen Taschen allerlei Krimskrams hervor – suchte Geld. Knipste die Lampe an, woraufhin einer der Saschkas den verschlafenen Schädel hob und mich anzischte – du fängst gleich eine, alte Sau! … Ich löschte das Licht und suchte weiter. Es war dumm, im Finstern Geld zu suchen, das nicht da war.

Realitätsverlust, erklärte ich mir. Du suchst *Geld für Wodka,* wenn du eigentlich *Wodka* suchen solltest, nimm alle Kraft zusammen und geh zu den Menschen (eine der Offenbarungen aus der Literatur, oder etwa nicht?), geh hin und bitte sie.

Ich ging: ging nachts durch das Obdachlosenasyl mit seinen quiekenden Ratten. Die Vietnamesen schliefen. Ich kehrte wieder in unseren zweiten Stock zurück, den schlimmsten, irgendwelche halbnackten Saufköpfe mit schrecklichen Visagen öffneten mir fluchend die Tür. Ich ging zu den einen, den anderen, den dritten. Und mir wurde geholfen. Es fand sich einer, der sich um mich kümmerte, einer von ihnen, bekloppter Penner mit blauem Auge. Der bekundete Anteilnahme. Suchte, den Rotz hochziehend, nach einer Flasche. Fragte mit erkälteter Stimme: Wieviel? Und ich bat:

»Sei kein Knauser, gib mir, soviel du kannst. Ich muß mich betrinken.« Ich begann lautlos zu weinen.

»Ist was passiert?« fragte er gleichmütig (ohne besondere Lust, eine Antwort zu hören). Ich gab keine Antwort.

Schüttelte nur den Kopf und schleuderte die Tränen aus den Augen. Nach kurzem Zögern gab er mir die ganze Flasche, ich kehrte zurück, setzte mich, in die Decke eingehüllt, auf mein Bett und leerte sie, immer ein halbes Glas voll, damit es schnell und stark wirkte.

Der Winterwind heulte immerzu. (Flaute auch nachts nicht ab.) Ich saß im Dunkeln auf meinem Bett: In der Flasche war ein halber Liter, auf hungrigen Magen reichte es. Aber irgend etwas zuckte immer noch in mir, ließ sich nicht betäuben, da suchte ich in Sergejitschs Nachttisch (Radedorm, Tabletten, gegen den Tritt in den Hintern) und fand sie tastend. Er hatte sie über Nacht versteckt – auf meinen zitternden Handteller schüttete ich drei ... vier ... fünf ... sechs ... sieben – bei dieser Zahl machte ich halt.

Ich kam noch vom Nachttisch zu meinem Bett. (Erinnere mich.) Über meinem Kopf dräute bereits ein furchtbarer Erdrutsch, ich wollte Wasser, Wasser, war nur von dem einen Gedanken besessen: Ich muß Wasser trinken. Dann der Gedanke:

Ich habe mich aus Versehen umgebracht, anstatt mir einen langen Schlaf zu sichern. Ich muß zum Wasser ... Doch ich brach nicht am Wasser zusammen, sondern einen Schritt von meinem Bett entfernt (der Lärm beim Fallen war das letzte aus der Realität).

Ich verschlief die Nacht auf dem Fußboden, neben meinem Bett, vielleicht auch zwei Nächte (plus den ganzen Tag). Als ich am neuen Morgen aufwachte (die Zimmergenossen schliefen, im Fenster begann es gerade zu dämmern) kroch ich im buchstäblichen Sinn des Wortes zum Wasser. Wie ich auf dem Boden lag, so kroch ich. Zur Tür, öffnete sie und kroch weiter durch den Korridor, über dessen Boden ein eisiger Durchzug pfiff.

Ich rappelte mich an der Korridorwand hoch, fiel aber wieder hin, stand erneut auf und wankte in die Gemeinschaftsküche. Drehte den Hahn auf, stellte den Hocker daneben (die Seele schrie schon, aber ich stellte den Hocker noch näher dran), setzte mich darauf und hielt den Kopf an den Hahn, an den Wasserstrahl. Ich schrie sogar mehrmals auf, während ich meinen Durst löschte. Ich trank lange. Dann saß ich da, stieß unartikulierte Laute aus und trank wieder. Ich beugte mich zum Wasserhahn, stöhnend, ächzend, vor Kälte aufschreiend, und kam allmählich zu mir. Dann trank ich wieder.

Der Nebel im Kopf, dick wie Gallerte, begann sich zu zerstreuen. Der Nebel lichtete sich – und durch die Lücken blickte bereits mein über den Vorfall verwundertes Ich herein. Ich lebte. Ich fand mich wieder. Am Morgen verkaufte ich den Vietnamesen meine Schreibmaschine, bekam Geld (hatte noch Angst, die nächste Nacht ohne einen Rubel überstehen zu müssen). Ging einkaufen. In der Etagenküche (freie Flamme) setzte ich, Seite an Seite mit Sergejitsch, Kartoffeln auf, ich weiß noch gut, wie ich sie wusch, Stück für Stück abschrubbte und den Topf aufs Feuer stellte. Ich mußte bei Kräften bleiben.

Ich aß mich satt. Es war Mittag. Ich überlegte, ob ich mir in dem nächstgelegenen Lebensmittelladen eine kleine Arbeit suchen sollte, Beladen und Entladen. Wenn der Mensch auf dem Weg der Genesung ist, klammert er sich gerne an Sorgen wie an kleine Vorsprünge des Alltags – an das Ausladen von Schachteln; ans Essen; an den Kauf warmer Socken. Ich hatte bereits Lust, mir irgendwo eine Beschäftigung zu suchen. So geschah es vollkommen aus heiterem Himmel, daß ich spätabends laut aufheulte. Dieser Anfall war grundlos und heftig. Ich schrie und schrie.

Zunächst verspürte ich einen leichten, leichtgewichtigen Anflug, die Erregung wehte mich an wie ein Windhauch. Das Bild der Angst war ein Tuch, ein Stück graues Leinen, das an die Wand genagelt war und im Wind knatterte. Der Wind zerrte an der Stelle, wo ein oder zwei kleine Nägel (aus etwa hundert) herausgesprungen waren, da schlackerte nun ein Ende meines Wesens und schlug lose hin und her. Das Herz baumelte frei …

»Oooo… Uuuu…« Dann folgte ein Schmerz, der den Menschen so rasch und unbarmherzig überrennt, daß er in diesem Augenblick kein Mensch mehr ist, nicht mehr er selbst ist – der Mensch ist wie ein abgebrochener Zweig, wie ein Tier, bereit, zu verdummen, zu beichten, sich primitiv zu demütigen – was auch immer –, nur um den Schmerz zu beseitigen. »Aaaa. Uuuu…« Das Schreien wollte nicht aufhören. Es nahm (man muß es ihm lassen) dem anrennenden Schmerz die Schärfe: Mit jedem Aufheulen flog ich gleichsam ebenfalls auf (nicht für lange), stieg in die vom Schmerz befreite Höhe des Himmels hinauf. Erst später versuchte ich, *Worte* zu schreien, anfangs heulte ich nur. Mein Kopf im Feuer. Hitze. Und aus meiner Kindheit – aus einem fernen heißen Sommer – blickte meine junge Mutter zu mir heraus; meine Mutter stand im Fensterrahmen und verhängte das Fenster mit einem grauen Leinentuch gegen die sengende Sonne …

Mein Geheul in jener Nacht erlebte nur Sergejitsch mit. (Beide Saschkas waren zu einem Spätjob weggegangen.) Sergejitsch hatte seinen kahlen Kopf unter das Kissen gesteckt, um das Geschrei nicht hören zu müssen. Gleichwohl zuckte er die ganze lange Winternacht auf seinem Bett, flehte mich an zu schweigen, wollte gehen …

Das Weitere haben andere erzählt. (Ich weiß selbst nicht mehr alles.) Ich schrie und heulte mitten in der Nacht, nun schon besinnungslos. Sergejitsch mußte aufstehen und jemanden rufen. Die Vietnamesen kamen gelaufen. Ich schleuderte sie durchs Zimmer; diese schmächtigen, frierenden Männchen in unbequemen Schlappen hängten sich jedoch geschickt und zäh an mich. Sie kletterten auf die freien Betten (der beiden Saschkas), um von oben auf mich herabzuspringen. Kaum waren sie vom Boden aufgestanden, übersät von Schürf- und Prellwunden, so stürzten sie sich wieder unerschrocken auf mich, von hinten oder von der Seite, und redeten mir gut zu, baten mich höflich miauend – und all das ohne die kleinste Verschnaufpause, ohne die Treibjagd im Zimmer auch nur eine Minute, eine Sekunde zu unterbrechen, so unerträglich war das russische Geheul für sie: Urlaute eines fremden Stammes.

Doch der im Zimmer aufgetauchte weiße Fleck eines Kittels tat seine Wirkung: Meine Arme erschlafften, und meine Stimme versagte plötzlich. Ich lieferte mich selbst den Sanitätern aus. In dem ausgekühlten Rettungswagen versuchte ich allerdings aufs neue, um mich zu schlagen. Die Räder knirschten auf dem Schnee. Sobald das Auto in den Kurven etwas ins Schleudern geriet, rastete ich aus und schrie; die Sanitäter, die vermuteten, daß ich ein Dauerpatient sei, fragten immer wieder, in welche Nervenklinik sie mich bringen sollten. (Warum irgendwohin, wenn ich doch von einem bestimmten Arzt behandelt wurde?) Die Männer mit den gewaltigen Händen schrien mir direkt ins Ohr. Und ich nannte – fast automatisch – das Krankenhaus, in dem Wenja lag.

Das Krankenhaus, dessen Nummer ich gut kannte. Der Arzt würde später angeben, ich hätte *mich im Rettungswagen selbst eingewiesen*. Dieser gescheite Arzt hielt mich ebenfalls für einen

Dauerpatienten – schlug mich auf die Wangen und fragte immerzu, wo wirst du behandelt? – *In welchem Krankenhaus? – In welchem?* fragte er pausenlos, bis aus meinem Unterbewußtsein etwas Spinnenhaftes emporstieg, eine Art Hieroglyphe – die Nummer des Krankenhauses –, mein umnachteter Verstand griff sofort danach und nannte sie.

Kein schwerer Fall, dennoch wurde ich hospitalisiert, obwohl ich schon am Morgen des nächsten Tages wieder vollkommen bei mir war.

Mein Kopf glühte (vielleicht von den Injektionen). Aber mir war leichter, und abends aß ich bereits mit gutem Appetit. Nachdem ich mich im Krankensaal umgesehen hatte, fand ich, daß ich Glück gehabt hatte: Ich war am vertrauten Ort. Irgendwo war hier auch Wenja. Und im Bedarfsfall könnte ich mich an Iwan Jemeljanowitsch wenden, der würde sich an mich erinnern und mich ebenfalls behandeln.

Auf der Fahrt, so wurde mir erzählt, hätte ich geschrien und wie ein Tobsüchtiger gewütet. Vor allem hätte ich mit meinem Geschrei den *untergehenden Menschen* prophezeit, nämlich »die Menschheit, die lernen wird, außerhalb des Wortes zu leben, weil sie vom Wort *verlassen* ist« (meine Gedankenfetzen aus diesen Tagen); all das entfuhr mir als Gebrüll, als Aufruf, als Verwünschung der untergehenden Menschheit, das Auto raste, ich wand mich in den Armen der Sanitäter, ihr Schmunzeln verwirrte mich keineswegs. Wahrscheinlich wie alle Propheten.

Und erst in zweiter Linie hätte ich immer mal wieder geschrien, daß »ich nicht töten wolle«. (Die Prophezeiungen und Aufrufe an die Menschheit schlossen das Winseln des Gewissens nicht aus. Der Winter heulte, aber die Flöte stimmte in das Geheul ein.) Die Sanitäter schmunzelten auch darüber nur und ulkten: Na, zum Töten bist du schon zu alt und schwach, Väterchen! Es waren lustige Typen. Sie klatschten mir auf die Wangen und verpaßten mir noch auf der Fahrt lachend zwei starke Spritzen. Das erfuhr ich später. Ich schämte mich. Es war mir peinlich, so als hätte ich mich im Traum vollgepinkelt. Nein, nein, ich schrie nicht: *Ich will nicht töten*, das war zuviel (der Soldat schrie das, mein Zimmergenosse im Krankenhaus), aber auch ich schrie etwas vom Töten. Und vom Messer. Und vom Schuldgefühl. Und »ich will nicht« kam auch vor. (Es war nicht nur peinlich. Sondern auch noch gefährlich.)

Aber die Sanitäter beruhigten mich: Was redet man nicht alles, wenn man den ganzen Abend ein Dutzend Vietnamesen in die Ecken gepfeffert hat – nicht ich hätte geschrien und geheult: Ein völlig ungeschützter, nackter Zipfel meines Ichs hätte geschrien. Das komme bei jedem vor.

Gut möglich, daß ich nicht im Krankenhaus gelandet wäre, wenn ich an jenem Abend der schläfrigen Nata auch nur einen halben Satz erzählt hätte. (Zu welchem Zweck hatte ich denn den schwammigen Valentin vor die Tür gesetzt?) Hätte ich es beim Tee erzählt, dann hätte ich wie durch ein verborgenes Ventil Dampf abgelassen. Nata hätte Flöte gespielt, und meine Seele hätte allmählich auf ihrer Flöte geblasen. Ich hatte es nicht geschafft. Hatte auf etwas gewartet. Hatte Mitleid mit ihr gehabt.

Das waren die Vorwürfe, die ich mir machte (bereits einigermaßen pragmatisch), und wenn ich mir Vorwürfe machte, war ich ja schon wieder richtig da.

Noch einen Tag später wanderte ich schon im Krankenhaus umher, als wäre ich hier zu Hause. Ich ging zu den Tischen, auf denen das Abendessen stand – und schluckte das Wasser runter, das mir beim Duft der Speisen im Mund zusammenlief. Die Irren störten mich nicht.

Iwan hatte mir seinerzeit schon erklärt, früher (bevor es Neuroleptika gab) sei das Irrenhaus, in dem Tobsüchtige untergebracht waren, der reinste Raubtierkäfig gewesen. Jetzt sei das anders. Im 20. Jahrhundert sei Tobsucht nur etwas für »daheim, für die Familie«, und auch das nur für eine kurze Zeitspanne, bis zum Eintreffen der Sanitäter.

So waren die Patienten neben mir gewöhnliche Kranke. Menschen. Natürlich war ich human und hatte Verständnis für sie und ihre seltsame Nachdenklichkeit – ich bedauerte sie, half ihnen beim Bettenmachen, rief nach der Spritze und rauchte eine Zigarette an (wenn jemandem die Hand zitterte).

Iwan

Der alte Mann war natürlich da, wo er hingehörte, der alte Alkoholiker im Bett (auf dem Gang), ohne den ich mir keine richtige Klapsmühle vorstellen kann. Wie das Wappen auf dem Tor. Der alte Alkonaut war »angeschnallt«, also ans Bett gefesselt. Und weinte. Stöhnte. In seinen Augen stand uralte Fäulnis. Sumpfige Brühe staute sich unter seinen Brauen, Stunde um Stunde, er verspritzte sie nur, wenn er den Kopf schüttelte. Umherwandernde Trottel in Kitteln und der Greis im Bett mit der Tränenpfütze darunter – so sieht ein Krankenhausgang aus (in dem auch noch die Fenster fehlen). Ich erkundigte mich: Der Alte hatte keine Angehörigen, lebte allein, betrank sich und warf im Säuferwahnsinn alle Gegenstände aus dem Haus, deren er habhaft wurde. Die Nachbarn hatten dafür gesorgt, daß er ins Krankenhaus kam. Selbstverständlich. (Jetzt war der Greis für die Passanten unter seinen Fenstern nicht mehr gefährlich.) Von Zeit zu Zeit bäumte er sich auf und wollte um sich schlagen; das Bett knarrte durch den ganzen Flur. Der Furor ebbte ab, schon am dritten Tag wurde er losgebunden, aber jetzt stand er aus Prinzip nicht auf und machte ins Bett. Schlechter Geruch? Gestank? Das sind eure Probleme! Er wollte leben. Und fraß gierig. Seine eine Hand wurde ständig unter der Decke hervorgeschleudert und den Menschen hingehalten: Wenn ihr was zu essen habt, geht nicht vorbei! Ein großer alter Mann.

Lag in der eigenen Scheiße, streckte aber die Hand zum Himmel aus.

Man hatte keinen Platz für ihn gefunden, ich sah indessen freie Betten in den Krankensälen. Eins oder zwei. (Vielleicht mußte der Greis einfach auf dem Gang liegen, damit es ein *richtiges* Krankenhaus war.) Die freien Betten konnten übrigens auch von Patienten belegt sein, die man nach Hause gelassen hatte. Manche dürfen über das Wochenende heim. Alte Leute läßt man gehen. Junge Debile nicht. Plötzlich fiel mir ein: Ich bin ja alt (mein Denken stotterte immer noch und kam gewissermaßen ruckweise in die Wirklichkeit zurück: Mein Ich schaltete sich ein). Man würde mich ebenfalls entlassen. Zurück ins Leben! Doch die Gänge sind meine Schwäche. Es gibt keinen besseren Ort zum Nachdenken. Die Hände in den Taschen (des Kittels), ging ich zum Frühstück (es gab Brei).

Das Leben im Krankenhaus ist in seiner Langsamkeit reizvoll, besonders am Anfang. Ich pfiff unbeschwert vor mich hin. Ich war wieder vollkommen bei mir. (Schlage schnell Wurzeln.) Mir war weit und leicht ums Herz, wie nach einem errungenen Sieg. Ich war ebenfalls ein großer alter Mann. Was mich gequält hatte, war von mir abgefallen. Ob infolge der Injektionen – man gab mir gnadenlos zwei Tage lang Spritzen – oder aber aufgrund meines eigenen Befreiungsschlags (als ich mich in Heulen und Schreien auflöste), mir war leichter. Ich glaube an den Schrei. Geheul ist manchmal unaufrichtig. Jener nächtliche Schrei im Obdachlosenasyl war gehört worden. Die dort oben hatten mein Heulen und meinen Schmerz als Reue angenommen und mir angerechnet. Der Gedanke gefiel mir. Mit dem kurzzeitigen Einbruch in Grauen und Wahnsinn hatte ich die (sagen wir es so) erste meiner Rechnungen abbezahlt. Ich konnte wieder leben. Das Gewissen schien verstummt zu sein. (Unser ärmlicher Rest. Man muß doch mit ihm rechnen!) Vielleicht hatte ich auch schon die ganze Rechnung bezahlt, wie sollte ich das wissen? Niemand kennt die Summe. Das ist den Menschen nicht gegeben, philosophierte ich, während ich auf dem Gang umherschlenderte. Gehen ist gesund. Fünf oder sechs Irre trotteten ebenfalls auf und ab, Erholung.

Wir bekamen Spritzen, wurden unauffällig beobachtet und erhielten genug zu essen. Das Essen und Schwester Marusja, zu der ich mich bereits leicht hingezogen fühlte, das waren meine Prioritäten. Ich ruderte mit *zwei* Riemen.

Am ersten Tag war ich »angeschnallt« erwacht, Arme und Beine ans Bett gefesselt, dumpfer Schmerz im Kopf, und über dem Kopf die weiße, weiße Zimmerdecke. Ab und zu stürzte ich in das Weiß und schwamm, doch schon damals hielt ich mich instinktiv an Marusjas lächelnden Augen fest, und dann an den Luchsaugen von Kalerija, der zweiten Oberschwester, die sich über mich beugte. Hände, die eine Spritze hielten. Anschnauzer. Der behandelnde Arzt hieß Sjusin. Ich wurde losgebunden. Als ich mich umsah, fand ich mich plötzlich ohne Schwierigkeiten inmitten der zehn Klinikbetten wieder. Die lächelnde Marusja gab mir zu trinken … Mein Doktor Sjusin hatte es auf der Karriereleiter nicht weit gebracht, dazu war er zu dumm und zu ehrlich. Ein trefflicher Mann mit langer Leitung. Bei der Visite stand er schweigend an meinem Bett. Mit Medikamenten hatte er es nicht so. Als ich tobend und schreiend eingeliefert wurde, hatte Sjusin (der mich von den Sanitätern übernahm) immer wiederholt: Wir verstehen Sie! Wir verstehen Sie sehr gut! … Darüber urteilte ich jetzt, im Krankenzimmer, bereits geringschätzig: Was, diese graue Maus, dieser zerknitterte Weißkittel will mich *verstehen*, noch dazu *sehr gut*! (Der versteht Kalerija, die ihm wegen einer klitzekleinen Lohnerhöhung in den Ohren liegt.)

Der junge Debile Alik neben mir war nicht ans Bett gefesselt. Er lag einfach da. Hatte seine Tobsuchtsanfälle vergessen und lauschte wie ein großer Hund. Doch er blieb stumm, obwohl Vater und Mutter zu Besuch waren, neben ihm saßen und ihn wegen seines Gesabbers schalten.

»Du achtest überhaupt nicht auf dich, wie kannst du nur, Alik!« Sie pumpten ihren Sohn mit Anstandsregeln voll. »Sabber nicht so. Das sehen doch die Leute. Wisch den Rotz nicht an der Decke ab. (Der Debile nickte.) Nicke nicht so oft ...«

Hinter Alik lagen noch zwei junge Debile – einer neben dem anderen – in ihren Betten. Man konnte sich vorstellen, wie schrecklich sie bei Tobsuchtsanfällen waren. Beide. Riesen. In unserem Schizoidenraum fiel die Altersstreuung auf. (Schwachsinnige Alte. Junge Debile.) Aber auf dem Gang konnte man unter den hin und her schlurfenden Patienten (aus anderen Krankensälen) alle möglichen Typen finden. Da gab es Kontaktfreudige, die unentwegt redeten. Und Schweiger. Es gab auch Patienten mit »Beziehungen«, die waren hier untergebracht worden (warum nicht bei den Friedlichen?), damit sie in eine Behindertenklasse aufgenommen und vom Wehrdienst freigestellt wurden. Sie machten auch kein besonderes Hehl daraus. Manchmal setzten sie allerdings nachdenkliche Mienen auf, als wäre ihnen plötzlich wieder eingefallen, wo sie waren.

Ich freundete mich für kurze Zeit mit dem schüchternen, bereits ergrauenden Ljoscha aus Saal fünf an. Er gab mir Obst ab, das ihm mitgebracht worden war. Dieser Ljoscha versicherte mir, daß sein Blut während der Anfälle glühend heiß werde und seine Gefäße von innen heraus verbrenne. Sobald er den brennenden Augenblick nahen fühlte, stürzte der graue Ljoscha zu mir oder zu sonst jemandem und flehte: »Schnallt mich an! Schnallt mich an!« Die beschäftigte Krankenschwester antwortete nämlich meistens: *Immer mit der Ruhe.* Ich band ihn gerne fest. Auf der Basis des Wahnsinns sind die Menschen bereit, sich zu vereinen, wie auf jeder anderen auch. Im Laufschritt eilte ich mit Ljoscha in sein Krankenzimmer, schnallte ihn dort fest und fragte sogleich, ob ich von den Äpfeln und Bananen auf seinem Nachttisch nehmen dürfe. Ljoscha antwortete dann: »Natürlich! Natürlich!« Es gefiel mir, den Besitzer der Äpfel zu fesseln und ihm dann seine Äpfel wegzuessen.

Iwan Jemeljanowitsch ließ mich nicht zu sich kommen und machte bei mir keinen Unterschied zu den anderen. Ich möchte nicht sagen, daß mich das gekränkt hätte, aber ich hatte doch mehr erwartet. Leider. Ich war einfach ein Patient, ein sogenannter *Papierpatient*. Einer, der beim Blättern in seiner Krankengeschichte raschelt, Punkt.

Nur einmal war Iwan Jemeljanowitsch zugegen, als mich mein behandelnder Arzt Sjusin in sein Sprechzimmer holte, wo er seine Aufzeichnungen über jeden Patienten zu Papier brachte. Auch der Oberarzt Cholin-Wolin war anwesend, ein junger, galliger Mann. Beide (Vorgesetzten) schwiegen in der Hauptsache, und der Langweiler Sjusin trug ihnen langweilig vor, mit mir sei alles in Ordnung. Ich neigte nicht einmal zu kurzzeitigen Gewaltausbrüchen. Eigentlich hätte ich nur einen Nervenzusammenbruch erlitten und alles mögliche in unmotiviertem Fieber gefaselt.

»Hängt Ihr Nervenzusammenbruch nicht mit den allgemeinen Veränderungen zusammen? Der Schriftsteller hat in unseren Tagen seinen hohen Status eingebüßt«, sagte Iwan Jemeljanowitsch mitfühlend.

»Dafür haben die Jungen weiten Spielraum!« spöttelte der gallige Cholin-Wolin.

Iwan (ernst und besorgt):

»Weiten Spielraum, ja, aber nicht alle. Der weite Spielraum birgt auch das Problem des Überlebens ...«

So tauschten sie kurz und knapp ihre Meinungen aus; ich schwieg. (Mit übergeschnappten Schlossern reden sie über Wasserhähne, mit dem Geschäftsmann über MMM-Aktien.) Beide verließen sogleich den Raum.

Seit dieser Visite war Iwan Jemeljanowitsch mir gegenüber eine Spur aufmerksamer. (Vielleicht übertreibe ich auch.) Bei den seltenen Morgenvisiten befragte Iwan Jemeljanowitsch einen Patienten manchmal selbst (und ausgesprochen streng), bemäkelte plötzlich ein ungewaschenes Gesicht oder eine unverständliche Klage. Mich dagegen ließ er jedesmal ungeschoren. Wenn Iwan an meinem Bett vorbeiging, machte er nur eine Handbewegung: Ich weiß alles.

Oder nickte Sjusin sogar zu:

»Gut, gut – klare Augen.«

Damit war der Fall abgeschlossen. Er ging weiter. Überhaupt *lebte Iwan höher oben,* wie die Patienten untereinander klatschten; was kümmert ihn der Salat in unserem Kopf, wenn er in seinen eigenen Gedanken lebt? Man redete davon, daß er bald ganz an die Spitze versetzt werde, zu den hohen Tieren. Um so eifriger beobachteten die Patienten seine sich anbahnende (komplizierte) Romanze mit Schwester Inna. Iwan Jemeljanowitsch war ein wenig gefürchtet. Wenn er, groß und massig, durch den Korridor ging, schaute er stets vor sich hin. Er schritt weit aus. Flößte Achtung ein. Seine sorgenvollen Augen waren verschleiert, ziemlich hell, aber ohne ein Fünkchen Glück.

Kaum war ich wieder zu mir gekommen, da überlegte ich bereits, ob ich Wenja besuchen sollte, wir lagen schließlich nebeneinander (der Eingang zu seiner Station befand sich auf der anderen Seite des Krankenhauses). Nur nicht aufmucken und ruhig abwarten, wann ich übers Wochenende entlassen würde. Selbstverständlich befanden wir uns hier alle in Gewahrsam, und das stärkste Schloß, der stärkste Riegel schwamm aufgelöst in unserem Blut: die Chemie.

Was die lächelnde vierzigjährige Schwester Marusja betraf, so war ich für sie ein alter Junggeselle (der sich naiv um seine Gesundheit sorgte). Ich konnte mir, anscheinend vor Aufregung, einfach nicht das Präparat merken, das mir Marusja schon in beide Gesäßbacken gespritzt hatte. Ich ulkte, ob ich nicht für die Zukunft (also auf Vorrat) heimlich die kostbaren Ampullen klauen sollte.

Marusja lachte (nannte aufs neue mit wohlklingender Stimme das Präparat) – warum denn klauen, wenn man es doch jetzt einfach kriegen könne, sofern man Geld habe. In der Apotheke. Man geht hin und kauft es. Ist das Präparat *importiert*? erkundigte ich mich. Ja, aus dem Ausland … Marusja erklärte (dem Kranken wie einem kleinen Kind): In der Apotheke könne man immer fragen, ob es nicht ein russisches Äquivalent gebe, gegen das man es ersetzen könne … Das Äquivalent könnte ich ja auch von dir erfahren, nicht wahr, Marusja? (Das Präparat ist mir doch schnurz, gib mir deine Liebe und deine private Telefonnummer.)

»Warum denn die private? Ruf hier an. Ruf an dem Tag an, wenn ich Dienst habe, dann erzähle und erkläre ich dir alles.« (Leichte Abfuhr.)

Wir sprachen auch über Aktuelles. Über Iwan. Und Schwester Inna. Die mit den langen Beinen!

»Hat sie ihn erhört?« Frage (geflüstert).

»Nein. Noch nicht.«

»Na, na!« Marusja schaute mich streng an. »Wahrscheinlich in den nächsten Tagen.« Sie tadelte mich, als sei ausgerechnet ich von allen unseren Schizoiden dazu berufen, dabeizusein. Aber im Grunde forderte sie mich einfach nur zu größerer Wachsamkeit auf dem Gang auf.

Marusja reckte sich, ihre Brüste folgten der Bewegung.

»Sie hat gestern auf ihn (Iwan) gewartet. Als sie Dienst hatte. Aber er war gar nicht im Krankenhaus.«

Ich nickte. Ich weiß.

Bislang unterhielt ich mich nur mit Marusja, dennoch war ich schon ein gutes Stück vorangekommen. Der Blick ihrer kleinen lächelnden Augen war weicher geworden. Und sie reckte sich öfter bei mir, wobei sich ihre Brüste hoben. Ich war guten Mutes. Da stürzte sich auch noch mein Rivale aus dem Fenster, der von Marusja verehrte Golowastenko, mein Alter, wir hatten vielleicht zweimal zusammen geraucht. Marusja weinte ein paar Tränen und teilte mir mit: Pjotr Jefimowitsch, der übers Wochenende nach Hause entlassen worden sei, habe sich daheim aus dem Fenster gestürzt. Mit tödlichem Ausgang. Er sei schon begraben worden. Marusja wurde weh ums Herz, mir auch. (Das ist hier so üblich. Man trauert um die Patienten. Ich verspätete mich leider mit diesem Gefühl.) Marusja und ich sprachen eine Weile über das Geheimnis des Todes – über die Feierlichkeit jedes Lebensendes. Aber plötzlich kicherte ich leise …

»Tut er dir nicht leid?«

Ich konnte Marusja im Nu verlieren. Deshalb strengte ich mich an (wenigstens kurz), ein paar Tränen zu zerquetschen, aber es kam nur ein wäßriger Tropfen – mehr nicht. Es war nicht meine Träne, ich verstand gar nicht, woher sie plötzlich getropft kam.

»Ich kann nicht weinen«, sagte ich zu ihr.

»Wirkt dieses Präparat bei dir so stark?« Die vierzigjährige Frau richtete einen forschenden Blick auf mich.

Ich versprach: Abends würde ich gewöhnlich munterer.

»Und was, wenn nicht?« (Die Frage galt unserer Zukunft.)

»Abends werde ich munter!«

»Wirklich?« Marusja lachte ebenfalls überraschend. (Wir kamen einander näher.)

Über das Wochenende wurde ich nicht entlassen (das hatte ich schon erwartet). Oberschwester Kalerija, die Dienst hatte, erklärte, man werde uns wegen eines neuerlichen Zwischenfalls nicht entlassen. Der Patient Kriwoschein hatte nach Hause gedurft und war von einem Motorrad überfahren worden. Nein, nicht schlimm. Aber Kriwoschein sei so verängstigt, daß er für alle Fälle an einer Krücke gehe (Kalerija kräuselte kummervoll die Lippen) und in der anderen Hand einen Stock halte.

»Wir warten noch ein bißchen. Zu den Feiertagen werden alle entlassen«, versprach mir Marusja überzeugt, die Kalerija am Tag darauf ablöste.

Marusja und ich saßen bereits vertraut nebeneinander. Die weitere Annäherung wurde durch einen kürzlich (an Klinikzwieback) abgebrochenen Schneidezahn behindert (ich brauchte eine

Weile, um mich beim Sprechen daran zu gewöhnen). Besonders bei den Zischlauten spuckte ich meine blitzsaubere, mollige Gesprächspartnerin hin und wieder an.

Sie empörte sich:

»Was ist denn heute mir dir los?«

»Mein Zahn.«

Wir schwiegen.

»Ist deine Frau schon lang weg?«

»Bin geschi-ieden. Schon lang!« sagte ich in präzisem, vertraulichem Tonfall.

Die Annäherung (als Idee) spornte uns beide immer mehr an – ich könnte mich mit ihr zusammentun, sobald ich das Krankenhaus verlassen dürfte. Vielleicht eine Zeitlang. Ich könnte vielleicht auch bei ihr wohnen. Ihre Q-meter (Parkettboden?) lockten mich bereits aus der Ferne mit großen Daunenkissen, frühmorgendlicher Frische und dem Duft nach Kaffee mit Kondensmilch (sie stand schließlich früh auf!).

Ich fing Feuer:

»Du hast eine hübsche Figur! Ach, diese Schultern ...« Diesmal behielt ich die Spucke durch eine Anstrengung im Hals erfolgreich bei mir. Ich sprach nicht, ich sang; sie hörte wohlwollend zu.

Wie man weiß, scharwenzeln die Patienten oft um die Schwestern herum, und diese (besonders die älteren Schwestern) fürchten sich vor verkappten oder möglichen Drogenabhängigen. Sie wissen, wie schmerzlich und schwer es ist, sich von einem liebgewordenen Mann, der immer mehr verkommt, zu lösen und ihn vor die Tür zu setzen. Mein Interesse wirkte ehrlicher: Mein Präparat (meine Droge) war nur die Wärme des Umgangs mit ihr. Das war nicht verboten. Und was die mir verordneten Medikamente anging, die würde ich bestimmt in der Apotheke kaufen. (Ob sich Marusja wirklich selbst Schmerzmittel, Binden und Einwegspritzen kaufte? ... Das glaubte ich nicht.)

Wir gaben kein schlechtes Paar ab: Einmütig kicherten wir

über Iwan und die langbeinige Inna, über den galligen Cholin-Wolin, der jeden Patienten mit seinen Gelehrtenaugen prüfend musterte. Die Übereinstimmung der Meinungen führt zur Übereinstimmung der Gefühle. Diese wiederum zur Übereinstimmung in ihrem Bett (hoch und für meinen Geschmack zu schmal, Kamelhaardecke? Graukariert?). Marusja würde sich über die dürre, eingebildete Inna lustig machen, und ich würde Marusja kneten, umdrehen und an ihren kräftigen Stellen leichte blaue Flecken hinterlassen. (Gleichsam aus heimlicher Rache an der schönen Inna und Iwan Jemeljanowitsch. An ihrer berühmten Affäre.)

Na, ich würde so tun, als sei ich eifersüchtig auf ihre Vergangenheit, würde sie ausfragen, wie es denn mit ihr, Marusja, stehe, ob Iwan vor Inna etwas mit Marusja gehabt habe? ... »Nicht der Rede wert. Einmal auf dem Sofa!« würde sie angeberisch lügen und sich verplappern, kurzes Lachen (Iwan nahm sie als Frau gar nicht wahr), ich wäre eingeschnappt und würde schmollen. Bis sie mir sagte, um wieviel schöner es doch mit mir sei als mit Iwan.

»Genug geklönt«, unterbricht Marusja unsere Unterhaltung (die schon unaufhaltsam fließt wie das Leben).

Wir verlassen den Behandlungsraum und treten unter den vergitterten Bogen. Marusja schließt die Tür ab und klirrt mit dem Schlüsselbund, ich betaste von hinten, wie um die Spange ihres Kittels zu ordnen (der immer blütenfrisch ist, frischer als der von Inna), ihre festen Wirbel, die in eine hartnäckige Fettschicht einzementiert sind – sie spürt meine Hand! Ich versuche zu leben. Ich steigere das Begehren, der Chemie in meinem Blut zuwider.

Das Begehren ist leider noch etwas schwach und wäßrig. Wie jene Träne, die ich mit Ach und Krach zerquetscht habe. Aber ich gebe mir Mühe: Ich versuche, mein Begehren mit einem geliehenen Gefühl zu entfachen, also zunächst mit dem Kopf, auf dem zweiten Stimulationsweg. Ich stelle mir (in meinen Armen) weniger Marusja selbst vor, als vielmehr ihr Gewicht. Oder (in meinen Augen) ihre Erscheinung spätabends zu Hause: ihren weißen Körper, der wie der Pfannkuchen im Märchen im Nachthemd auf mich zurollt. Aber jedes Bild ist zu kurz. Die Flamme will nicht auflodern. Die Lohe läßt sich nicht entfachen (hätte ein Dichter gesagt), es glimmt, qualmt und rußt, und ich fühle mich nicht wie ein vital werbender Mann, sondern wie eine alte Nutte, die einen Vorteil (Gratispräparate) herausschinden will. Doch ich gebe mir Mühe. Der Gedanke führt. Und schließlich habe ich ja nicht für alle Zeiten Neuroleptika im Blut.

»Das Geräusch auf dem Gang, was ist das?« fragt Marusja, während sie sich klirrend am Schloß zu schaffen macht.

»Niemand.«

Mit der rechten Hand streichle ich immer noch ihr Kreuz, die linke umklammert eine gestohlene Einwegspritze. Einfach so. Um die Instinkte zu wecken. Spritzen sind billig, ich lege dem Diebstahl keine Bedeutung bei. Aber ich will lebendig werden: Es ist wie das Ausprobieren einer ungesetzlichen Handlung (Selbsterfahrung in der Angst vor dem Ertapptwerden). Ein Ausprobieren, das um so leichter fällt, als die Angst wäßrig und unklar ist, wie alle Gefühle.

Mir fiel ein, daß die Klapsmühle ein Stückchen Staat ist. Sie, die Ärzte (Schwestern, Krankensäle, Betten, Tropfflaschen, Spritzen, Ampullen, alles zusammen), haben ebenfalls Dienst und halten folglich Wache. Sie passen sogar nachts auf, und ihre Nachtlichter an der Einfahrt sind weit mehr als die Beleuchtung des Tores oder ein Wegweiser für die Autos. (An Milizrevieren und Gefängnissen finden sich dieselben Nachtlichter). Wie sollte ich, ein Wächter, nicht wissen, warum (weswegen) sich jede Gemütsregung innerhalb dieser Mauern mit Hilfe von Neuroleptika in Nichts verwandelt: in Bläschen des geöffneten Mineralwassers.

Aber möglicherweise beginnt die Sorge um das eigene Ich innerhalb dieser Mauern gerade deswegen mit einem Streich –

mit einem Scherz, der auch das spielerische Moment des Diebstahls einschließt. Jeder weiß, daß man das Diebesgut nicht in der eigenen und nicht einmal in einer fremden Matratze (Belastung des Gewissens) verstecken darf, sondern in einer *freien*. In unserem Krankensaal stand Golowastenkos Bett leer. Wir alle haben etwas von einem Lagerhäftling in uns. Ich paßte einen geeigneten Augenblick ab (die Irren trotteten auf den Gang hinaus, zum Tee), schlug die Matratze zurück, fand rasch ein Loch darin und steckte die Spritze in ihrer jungfräulich knisternden Verpackung hinein. Ich beabsichtigte, sie Solipudow zu geben. Einfach so, nur gegen ein Dankeschön. Er wußte derlei Dinge zu schätzen. (Krankhafte Sammelwut.) Doch Solipud gehörte just zu denjenigen, die übers Wochenende entlassen waren. Wo sonst hätte ich die Spritze bis zum Montag verschwinden lassen sollen?

In der Meinung, daß auch ich bald für ein oder zwei Tage entlassen werden würde, bat ich, telefonieren zu dürfen. Ich belästigte die Schwestern so lange mit meiner Bitte, daß sie mich endlich ins Schwesternzimmer ließen.

Ich rief Sinaida einfach so an – grüß dich, grüß dich! –, einfach so, aber mit einem praktischen Hintergedanken (bezüglich des Bades): Wenn ich über die Feiertage entlassen würde, wollte ich nicht in das Vietnamesenheim, sondern versuchen, bei Sinaida unterzuschlüpfen, um wenigstens ordentlich zu baden; bei einer Frau und im Warmen. Sinaida (die Verrückte!) lud mich sofort von sich aus ein, o ja, wie gern möchte ich dich sehen. Sie schmolz vor Freude dahin: »Wo bist du? Wie geht's dir?!« schrie sie. Ich bedauerte bereits, daß ich sie angerufen hatte. Das Telefon im Schwesternzimmer war furchtbar: Knistern und unterirdisches Rauschen. »Ich besuche dich bestimmt mal (schrie sie), ganz überraschend, bring dir was mit! Gürkchen vielleicht! Und darfst du was trinken?«

Ich beeilte mich, nein, keine Gürkchen, ich brauche nichts, sie – spielerisch geflüstert: Ich hab sooolche Sehnsucht.

»Du wirfst mir ein Stöckchen hin, und schon wird mir warm ums Herz, ist doch so?« (Ihr Stil.)

Ich sagte, Sina, hier sind kranke Menschen, das hier ist ein Krankenhaus, von welchen Stöckchen redest du, bist du verrückt geworden, und außerdem liege ich nicht allein.

»Dann bringe ich noch eine Freundin mit«, versicherte sie in einem Atemzug.

Sie war fröhlich, sichtlich angeheitert, und dachte wohl, daß ich nicht von ihr loskäme – weder im Leben noch im Urlaub, noch im Krankenhaus: Sie würde plötzlich aufkreuzen.

Ich hatte Lust, sie mit dem Haufen Irrer zu erschrecken, fand aber: Wozu? Soll sie ihren Spaß haben! (Aus diesen leichten Gedanken entsteht unsere Stimmung, aus diesen Stimmungen unser Leben.) Na gut! dachte ich, wohl wissend, wie streng die Kontrolle hier war. Und was für Pranken die Pfleger hatten. »Kartoffeln und Hering?« schrie Sinaida. Ich schwieg. Ich, der ich von ihnen ausgestoßen worden war (auch von ihr, das hatte ich nicht vergessen), verspürte einen Anflug von Wärme. Nicht einfach der Wärme einer angetrunkenen Frau über Vierzig – ein Mensch aus dem Wohnheim wollte mich wiedersehen, wollte mich bei sich baden lassen und wollte lieben (Spur unseres hehren Gemeinsinns, komisch!). Mir wurde warm.

Im Krankenhaus schläft man nicht nur *viel*, sondern auch *viele Male* – man gleitet ganz natürlich aus einem Schlaf in den nächsten und in den dritten, ohne sich zwischendurch qualvoll aus der Grube des Schlafs herauszuarbeiten. Das verwächst so stark mit der Psyche, daß sich die Grenzen des Schlafs im Leben verwischen: Ich wußte einfach nicht mehr, ob ich Solipud die Spritze im Traum oder in der Realität gegeben hatte. Wir stritten lange miteinander. Er war gekränkt. Er schlotterte sogar vor lauter Gier, die Spritze zu kriegen. Solipud stahl hemmungslos sämtlichen Kleinkram: Tabletten, Ampullen, Baldrian, sogar Binden und selbst die Krücke – ja, ja, der verstorbene Golowastenko hatte eine verwaiste Krücke hinterlassen, die war plötzlich weg!

Man suchte einen halben Tag nach ihr, die Ehefrau wollte sie zur Erinnerung haben, die Arme weinte auf dem Gang. Die Irren folgten ihr in Scharen vor und zurück und vergossen wäßrige Tränen. Da rief Marusja zwei Pfleger, und die warfen alle Matratzen von den Betten auf den Boden. Die Krücke wurde gefunden. Großer Tumult. Jubelnd trug man die Krücke herum, als hätte man Golowastenko wiederbelebt. Die in Tränen aufgelöste Witwe war zu dieser Zeit schon gegangen, Marusja rannte, die nutzlose Krücke schüttelnd, aufgebracht durch den Gang und drohte mit Sanktionen … wem, das wußte man nicht. (Solipudow stand noch nicht unter Verdacht. Daß er die Krücke nicht unter seine, sondern unter eine andere Matratze geschoben hatte, war doch klar.)

»Te-ee. Wer will Te-ee?!« In unseren zerbeulten Trainingsanzügen (Uniform der gehfähigen Patienten) strömten wir zum Tee. Mehrere Tische am Ende des Gangs, aber die Plätze reichten nicht für alle. Mancher Patient aß im Stehen. Oder im Gehen: ging, in Gedanken versunken, im Kreis herum und löffelte seine Schüssel aus. Die Drogenabhängigen kamen gar nicht zum Tee. Der eine oder andere (so wurde getuschelt) hatte einen Spiritusbrenner und braute sich (solange er ihm nicht abgenommen wurde) heimlich seinen benebelnden Teesud auf dem Abort.

Dafür hatte jeder einen Henkelbecher (ich holte mir eilends meinen Krug).

»Ich war übers Wochenende zu Hause. War schön!« log mir aus irgendeinem Grund ein fünfundvierzigjähriger Mann vor, mit dem ich am Samstag etwa dreimal zusammen geraucht hatte. Er log mit großer Freude. Wollte beneidet werden. Im übrigen log er vielleicht gar nicht, sondern hatte es nur vergessen.

Ich nickte ihm zu (während ich langsam den Tee trank), ja, samstags bei seinen Lieben daheim zu sein, das ist schon schön. Daheim und nicht im Krankenhaus.

»Schenk mir noch was ein«, bat ich den jungen Debilen, der

mit der riesigen Teekanne, auf der die Nummer unserer Station stand, um uns herumschlurfte. Teestaub unten aus der Dose, roch nach Sauna, dafür war er heiß, wir hatten uns daran gewöhnt, es gab keinen anderen.

Vielleicht hatte man meine Dosis erhöht: Kaum hatte mir Kalerija in dem vergitterten Behandlungszimmer meine beiden Spritzen gegeben, da erschütterten diese platzenden Sprudelbläschen schon meinen ganzen Körper von innen. Ohne Schmerzen. Das Kribbeln verdichtete sich irgendwo in den Beinen, dann stieg es kitzelnd in mir auf (wie die Bläschen in der Sprudelflasche), bis in den Kopf. Es knisterte ganz fein in den Ohren. War das Präparat vielleicht gegen ein anderes ausgetauscht worden? Kalerija sagte keinen Ton (schade, daß Marusja heute keinen Dienst hatte). Ich ging zum Abendessen, und die kitzelnden Bläschen zerplatzten immer wieder fröhlich in mir. Ein seltsames Gefühl. Mal versetzte es mich in Begeisterung, mal in Trübsinn. Grundlos.

»Nichts da, Petrowitsch! Über die Feiertage lasse ich Sie nicht weg. Haben Sie noch ein bißchen Geduld«, sagte Sjusin, mein behandelnder Arzt.

»Hab ich«, stimmte ich zu.

Sjusin erklärte, diese Feiertage seien lang und fielen aus dem Rhythmus, der Mai strotze vor Feiertagen, ob ich das bemerkt habe? Alle wollen weg. Alle rennen davon. Alle wollen so schnell wie möglich nach Hause! Aber irgend jemand muß doch noch im Krankenhaus bleiben.

Wen sie entlassen und wen nicht, konnte man nicht herausfinden. Kalerija zum Beispiel wunderte sich. Sie habe geglaubt, ich hätte wegen des Essens selbst darum gebeten, im Krankenhaus zu bleiben.

»Man hat mich nicht gelassen. Ich versichere es Ihnen, Kalerija Sergejewna.«

»Wer braucht Sie denn hier!« Kalerija war gereizt, sie hätte mich am liebsten rausgeschmissen.

Sie hatten alle mehr Ruhe, wenn weniger Patienten auf dem Gang herumlungerten. (Man sollte alle verjagen.) Man brauchte sie nicht zu spritzen, weder am Morgen noch am Abend. Nicht zu verpflegen. Nicht zu sehen. Überdies bereitete es ein diebisches Vergnügen, die leidigen Trottel ihren Verwandten und Angehörigen auf den Hals zu schicken (die Verwandtschaft bibberte schon im voraus, wenn die Feiertage nahten).

Die Schwester vom Dienst telefonierte andauernd (sie war schon ganz heiser):

»Wir hatten zehn Uhr ausgemacht! Ze-ehn! Er wartet bereits seit drei Stunden auf Sie: Sitzt da und ist schon ganz naß! ... Es regnet nicht? Doch nicht vom Regen – er ist naß, weil er warm angezogen ist! Ja, er sitzt im Pelz da! Sie haben es vergessen?« schrie die Diensthabende heiser die Angehörigen an, die ihren Kranken am Morgen hätten abholen sollen. (Es damit aber nicht eilig hatten.)

Ich schlenderte umher. Durch die riesigen Fenster der Halle drang der Frühling ins Krankenhaus ein. Erde und Himmel, alles leuchtete so, daß man die Augen zukneifen mußte. Man hörte die Vögel. Jetzt wäre es schön, wenn man durch die Straße gehen und ein wenig auf einer trockenen Bank rasten könnte ...

Die über die Feiertage entlassenen Patienten saßen direkt vor dem Ausgang, schon im Mantel. (Warteten auf ihre Angehörigen.) Die Tobsüchtigen erkannte man sofort, die wurden in großer Eile hergebracht. Im Winter zog man ihnen warme Sachen an. Was sich gerade so fand. Das waren *unsere* Leute. In den fremden Wattejacken und alten Mänteln sahen sie von ferne aus wie Saisonarbeiter.

Dafür saß ein Herr – ich erkannte ihn kaum (obwohl der alte Mann aus unserem Krankensaal war, so hatte ihn die Kleidung verwandelt!) – in einem feinen Wollmantel mit Pelzkragen, Hut und elegantem Schal da. Ihm fehlte nur die Aktentasche oder – noch besser – ein Rohrstock mit Knauf. Vielleicht auch eine gute Zigarre.

»Guten Tag«, sagte ich im Vorbeischlendern. Er nickte, reagierte jedoch nicht wirklich. Sein Blick war auf die riesigen Fenster der Halle gerichtet: Er hielt nach seiner Verwandtschaft Ausschau.

Auch der schwachsinnige Alik, mein Nachbar vom Bett nebenan, saß bereit. Er wurde von Vater und Mutter abgeholt, Alik war vollständig weggetreten und lächelte unentwegt oder verzog mürrisch das Gesicht.

»Mach's gut!« Ich winkte ihm. Er erkannte mich nicht.

Am Abend war es überall leer geworden. Und still. Die Pfleger gingen gelangweilt zu zweit durch den Gang. Heute gab Marusja die Spritzen; ich zog den Gürtel über meinem Kittel straff und schlich mich leise zu ihr. Marusja war nett. Wir plauderten. Ich hatte mich damit abgefunden, über die Feiertage im Krankenhaus bleiben zu müssen. Sie setzte die Spritze: Ich wartete auf den Augenblick, da das Präparat sanft aufs Gehirn drückt. Zerplatzende Sprudelbläschen in den Beinen, in den Armen, in der Seele, Sekt im ganzen Körper – das Paradies! Es war mir egal, daß meine Augen als Zugabe zu diesem ausgeprägten körperlichen Glück (und zeitgleich mit ihm) wahrscheinlich bereits jenen ruhigen, stehenden (zwei kleine Sümpfe), dümmlichen Ausdruck angenommen hatten wie die aller Zimmergenossen.

Es war Abend geworden. Ich ging ins Raucherzimmer. Dort qualmte schon ein Pfleger: »Was? Bist du über die Feiertage hängengeblieben?« Er rauchte und spuckte ständig aus.

Er erzählte, daß seinem Partner die Hände zitterten: Der war Trinker, wie sich herausgestellt hatte, und stand kurz vor dem Rausschmiß. Außerdem sei er zu faul, in der Aufnahme der Tobsüchtigen zu arbeiten. Zu Hause zerschmettere er die Möbel, scheuche seine Frau herum und versetze die Nachbarn in Angst und Schrecken – aber wenn er hierherkomme, sei er lammfromm und traue sich nicht, einem Irren eine Kopfnuß zu geben. Er schlage natürlich, aber so zaghaft, daß ihm der Irre zur Antwort gleich zweimal eine scheuern könne, ha-ha! wieherte er.

Er begann zu prahlen, daß er ganz anders sei. »Ich schlage, ohne die Faust zu ballen«, sagte er. »Ich schlage in Maßen. Wenn ich die Faust balle, ist es aus mit dem Irren.«

»Mit dem Irren schon. Und mit einem Milizionär?« fragte ich.

»Mit einem Bullen?«

»Richtig.«

»Warum sollte ich den schlagen? Spinnst du?«

Ich schwieg eine Weile. Pause. (War er zu schwach, einen Bullen zu vermöbeln?)

Er zeigte wieder die Faust – geballt und nicht geballt. Und erklärte, warum und wie er es anstelle, mit geballter Faust auf halber Kraft zu schlagen. Einen starken Stoß würde der Kranke auch nicht aushalten.

»Und ein Bulle?« fragte ich wieder.

Er starrte mich an:

»Was ist los mit dir? Warst du früher vielleicht mal Bulle?«

»Nicht doch«, sagte ich. »War bloß ein Scherz.«

»Blöder Scherz!«

Er plauderte aus dem Nähkästchen: Die Sanitäter hätten nur scheinbar eine handgreifliche Arbeit, man müsse die Kraft angemessen einsetzen, müsse denken – einen Irren hätte er mal aus Versehen erschlagen. Ja, ja, erschlagen. Ins Gesicht dürfe man nicht schlagen, das habe er gewußt, man habe ihn gewarnt. Er habe ihm einen Stoß in die Rippen verpaßt, und unter den Rippen sei etwas zerquetscht worden. Röntgenaufnahme, dies und das, aber am Abend habe der Mann alle viere von sich gestreckt …

Er spuckte auf die Zigarette und schoß die Fluppe eindrucksvoll zu dem winzigen Fenster hinüber. Er will mich einschüchtern, dachte ich. Hat selbst Angst.

Doch da lockerte sich auch meine Zunge. Das Präparat und das geleerte, still gewordene Krankenhaus bewirkten eine merkwürdige Erregung, einen Cocktail der Gesprächigkeit. Ich erzählte ihm (aus heiterem Himmel!), wie ich im Ural gefischt hätte.

»Das ist ein Fluß!« begeisterte ich mich. »Der Fluß aller Flüsse, und eine superstrenge Fischereiaufsicht! ... Man erlaubte uns mit Hängen und Würgen, eine Nacht zu angeln. Nur eine einzige Nacht, am Morgen sollten wir wieder verduften. Wir warfen die Angelschnur aus, zwanzig Haken. Ich hatte die Haken selbst drangebunden. An fünfzehn von den zwanzig Haken hatten Zander angebissen. Fünfzehn Zander am Morgen!«

»Im Ural?« Der Sanitäter wunderte sich. Er kannte sich schlecht in der Geographie aus und dachte, im Ural gäbe es nur Berge. Vom Fluß und von Fischen wußte er nichts.

»Spinnst du!« schrie ich. »Im Ural gibt's Fische wie ... (ich suchte einen Vergleich) wie in der Fischsuppe.«

»So?« Er räusperte sich sogar.

Und der Hecht?! Und der feuchte Moder des Weidengebüschs (scharfer Flußgeruch)? Und das Melonenfeld am Ufer mit den graugestreiften und weißen Ungetümen! Und der Schrei vom Fluß: »Alexa-ascha! Du Schuft, Boot zurück!« Und Schweigen am dunklen Ufer drüben ... Ich redete in einem fort und ertappte mich dabei, daß nicht viel fehlte, und ich würde zu schluchzen beginnen. (Sie pumpten uns voll. Hatten wohl für die Feiertage eine Extraportion gemischt.) Aber gerade jetzt, so schien es, wurden *der Fluß, das Boot, der Fisch, die Wassermelonen* durch meinen Redeschwall in etwas Hochwichtigem gebündelt und festgehalten – im Reden als schöpferischem Akt. Mir war, als würde ich jetzt ganz leicht und genial (und selbstverständlich für Jahrhunderte) meine Spur in diesen aneinandergereihten, raschen, fast fieberhaften Worten hinterlassen.

Ich wanderte noch etwa eine Stunde vor den verwaisten Krankensälen umher. Das Schwesternzimmer war leer, wieder hatte ich Glück! Ich schlüpfte geschwind hinein, hurtig ans Telefon – nach kurzem Zögern rief ich Nata an. Telefonieren fiel ihr schwer: Sie stammelte und stotterte. Ich sagte, ich sei im Krankenhaus (verriet nicht, daß ich in der Klapsmühle war), und sie wünschte mir (endlich richtig) gute Besserung.

»Danke«, sagte ich.

»Danke«, erwiderte auch sie auf mein »danke«.

Das Sprechen sei schwierig, aber das Flöten falle ihr doch weniger schwer, nicht wahr? Ich bat sie, mir etwas auf der Flöte vorzuspielen, irgend etwas. Ja, ja, jetzt gleich – ich wolle zuhören. Aus der zweiten Englischen. (Dieses beliebte kleine Stück.) Nata setzte sich und spielte: Die Arme mühte sich, die ihr geläufigen piepsig lieblichen Töne zu blasen; sie strengte sich an, dem Kranken eine Freude zu machen, hatte jedoch vor dem Spiel den Hörer aufgelegt, leider. Schnelles Tuten. Ich verstand, was los war. Und verzieh ihr. Sollte sie spielen.

Wer ans Telefon durchgedrungen ist, gleicht einem Hungernden. Ich versuchte sogleich, Michail anzurufen, doch da traten die Krankenschwestern ein – und sofort lautes Geschrei. Ich wurde verscheucht. Was, wenn es einen Notfall gäbe? Was, wenn der behandelnde Arzt anriefe und das Telefon besetzt wäre? Raus hier und rein in mein Zimmer!

Unsere trübe Lampe brannte. Alle Betten waren akkurat gemacht. Nur noch wir zwei befanden uns im Krankensaal. Vor dem Einschlafen teilte mir der »logische« Schwachkopf Juri Nestorowitsch gedämpft die letzten Neuigkeiten mit:

»Das Licht im Saal wurde zweimal ausgemacht. Das ist falsch. Das ist ganz falsch. Ich habe gerade eben eine Tablette Sedalgin genommen …«

Doch nachdem er seinen Bericht erstattet hatte, war auch er verstummt.

Man konnte schlafen. Stille. Der Raum war wie eine Einöde. Der Mond. Das Mondlicht (fern, jenseits des Fensters) erinnerte an Wiesen mit hohem Gras.

Stille. Aber auf dem Gang (oder tönte es nur in meinen Ohrmuscheln) vernahm ich einen kläglichen Laut. Ich lauschte. Und erriet, was es war. Viele Kilometer weit weg von hier, im Obdachlosenasyl, im Erdgeschoß, in den armseligen Q-metern dort, erklang immer noch die Melodie (für mich). Nata spielte. Ich konnte ihre schwachen, unhörbaren Töne vernehmen. Sie gab sich Mühe. Sie wollte natürlich die Bitte erfüllen und die ganze Flötenpassage aus der Sonate spielen; bis zum Ende.

Am Morgen mußte ich zur Spritze, ich stand vor dem Gitter und schaute abwesend zu, wie Kalerija die Ampullen abbrach. Kein Gedränge, drei oder vier Mann, man glaubte im Behandlungszimmer zu frösteln. Es war kühl – und ich stand da, den Arm durch die Stäbe gesteckt, als umarmte ich liebevoll das Gitter.

Das Telefon klingelte, und Kalerija sagte:

»Ja … ja … Er steht neben mir.«

Und zu mir:

»Nehmen Sie den Hörer.«

»Ich? … Den Hörer?«

Das war etwas ganz Neues. Aus dem Hörer erklang die bekannte und überraschend muntere Stimme von Iwan Jemeljanowitsch:

»Man hat Sie dabehalten? Sie sind über die Feiertage nicht entlassen worden? Das ist ja furchtbar!«

Der Chefarzt (Höflichkeit am Telefon) erklärte mir, dem gewöhnlichen Patienten, es liege nicht an ihm. Leider könne er die Entscheidung bezüglich der Feiertage nicht aufheben. Das heißt, er könne es natürlich. Aber der Kollege Sjusin sei empfindlich. Wissen Sie, was die Kränkung eines einfachen Arztes für den Chef bedeutet? Also werden Sie die Feiertage irgendwie hier verbringen? Werden Sie es überstehen? … Na, das machen Sie gut! Damit Sie nicht Trübsal blasen müssen, kommen Sie zu mir. Wir wollen ein bißchen miteinander plaudern. Sie können später kommen. Aber auch jetzt gleich. In mein Sprechzimmer. Sie wissen ja, wo mein Sprechzimmer ist …

Endlich hatte sich der große Mann meiner erinnert! Wenn

ich als Wenjas Bruder zu ihm kam, hatten wir intellektuelle Gespräche geführt. Es war beinahe eine Beziehung entstanden. (Ich wußte, wo sich sein Sprechzimmer befand.) Nein, ich war nicht verdrossen: Verständlicherweise stand dem Chefarzt, dem überbeschäftigten Iwan Jemeljanowitsch, nicht der Sinn nach meiner Person und müßigen Gesprächen mit mir. (Na, über die Feiertage war ihm eben eingefallen, daß man sich ein wenig unterhalten könnte.) Während ich telefonierte, hob Kalerija herausfordernd die Spritze und ließ eine lustige Minifontäne springen – ich schob die Unterhose ein Stück hinunter und sprach zugleich seelenruhig in den Hörer: Ja, es passe sehr gut ... ja, ja, jetzt gleich, es paßt mir durchaus, ich komme gerne, antwortete ich Iwan Jemeljanowitsch; ich hielt dabei mit der anderen Hand die Unterhose fest, und Kalerija glotzte mich mißbilligend an: Wie lange kann man denn in dieser Haltung quatschen!

Sie reagierte auf mein elegantes Hinauszögern des Gesprächs ziemlich erbost, indem sie mit einem Ruck meine Unterhose hinunterzog und mir die Spritze schwungvoll in den Hintern rammte; wenn man steht, tut das weh. Der Gesäßmuskel sollte entspannt sein, das hätte sie doch wissen müssen. Aber ich lächelte sie nur an – ätsch, du alte Megäre. (Es tut gar nicht weh.) Lächelnd und ohne Unterhose setzte ich das kultivierte Gespräch fort, natürlich freue ich mich, Iwan Jemeljanowitsch, danke, selbstverständlich komme ich – jetzt gleich ...

In seinem Sprechzimmer saß auch noch der Oberarzt Cholin-Wolin, Alexej Igorjewitsch.

»Darf ich Sie näher bekannt machen«, sagte Iwan und stieß dabei leicht (aber merklich) mit der Zunge an.

Jetzt konnte ich mir seine seltsam muntere Stimme erklären:

»Nicht nur der Nachname ist breit gestreut, sondern auch das Blut. Der eine Großvater war zum Beispiel Aristokrat! Und der andere war Bolschewik der ersten, heroischen Revolutionsperiode, also ein echter! … Und was Herr Cholin-Wolin selbst ist, weiß man nicht. Nicht ausdauernd. Nicht aktiv. Kann nicht trinken. Zwei so vorzügliche Zweige, und das Ergebnis?«

»Das Ergebnis ist ein Mutant«, schrie Cholin-Wolin freudig auf.

Im ersten Augenblick war ich erschüttert. Da saßen beide beschwipst, ja, ja, betrunken – beide! Sie tranken in meiner Gegenwart, ohne die geringste Verlegenheit. Doch andererseits waren Feiertage eben Feiertage, warum (und wem gegenüber) sollten die Bojaren auf ihrem eigenen Stammgut verlegen sein, noch dazu in dem abgetrennten, geräumigen Sprechzimmer? (Etwa mir gegenüber? Einem Schizoiden im Krankenhauskittel?) Es fiel ihnen gar nicht ein, verlegen zu sein. Mehr noch: In der Offenheit ihrer Einladung (ich hatte natürlich sofort kapiert), also in der Tatsache meines Erscheinens in diesem Kabinett, wurde mir ein gewisses Vertrauen bezeigt. Es galt dem Intellektuellen, nicht dem Schizoiden im Kittel. Daher sprachen sie auch ganz locker und ungezwungen, vielleicht sogar in festlich gehobenem Ton. Beide waren erregt. (Ich stand immer noch. Ein Patient weiß, wo sein Platz ist.)

»Cholin-Wolin ist mein treues Auge im Gesundheitsministerium. Er meldet mir die Ereignisse im feindlichen Lager. Aber manchmal ungenau!«

»Ich bin ein Spion«, schrie Cholin-Wolin erneut. Er hielt den Kopf irgendwie schief. Und man sah, wie jung er war. Etwa fünfunddreißig!

»Setzen Sie sich«, forderte mich Iwan Jemeljanowitsch auf.

Ich setzte mich.

»Wenn Sie schon mal sitzen, dann trinken wir auch!« Cholin-Wolin blickte auf die leere (schon geleerte) Karaffe auf dem Tisch.

Ich fragte natürlich vorsichtig, ob ich denn heute trinken dürfe.

Cholin-Wolin lachte schallend:

»Da haben wir heute aber einen sehr taktvollen Patienten!«

Iwan Jemeljanowitsch wurde jedoch für einen Augenblick ernst:

»Die Mittagsspritze sollten Sie auslassen. Ihre Morgenspritze ist kein Hindernis für ein Gläschen. Sie werden doch nicht so schnell betrunken?«

Ich lächelte.

»Dann wollen wir mal loslegen!« schrie Cholin-Wolin bereits flehend.

Beide waren eigentlich noch nicht betrunken, eher aufgekratzt wegen des bevorstehenden Besäufnisses – warum auch nicht? Die hohen Chefs, durch Zufall zum Dienst am Feiertag gezwungen, tranken zum Vergnügen. (Sie konnten es sich leisten. Und hatten mich noch dazugebeten. Das hätten sie auch lassen können.) Iwan Jemeljanowitsch holte mit ernster Miene ein großes Laborgefäß mit roter Meßskala aus dem Schrank. Es enthielt zu einem Drittel Alkohol. Iwan betrachtete die Teilungsstriche, tauchte den Schöpflöffel in ein anderes Gefäß (mit Wasser) und füllte das erste mit ruhiger Hand bis zur gewünschten Verdünnung auf – bis vierzig Grad, wie ich verstand, also bis zur gewohnten Lieblingskonzentration. Er rührte mit dem Löffel um, nachdem er eine kleine Prise Kaliumpermanganat hineingeworfen hatte. (»Aus Silber!« zwinkerte mir Cholin-Wolin mit Blick auf den Löffel zu.) Jetzt noch ein paar Tropfen Milch aus der Tüte. Iwan Jemeljanowitsch mixte alles (lächelnd). Schließlich goß er die Flüssigkeit durch schneeweißen Mull, um die vereinzelten Flocken abzuseihen.

Es war bekannt, daß der Wodka, den man dieses Jahr in den Läden kaufen konnte, schlecht war, so daß sein akademisches Äquivalent nun vor meinen Augen komponiert wurde: lächelnd und ohne Erklärung. Virtuos, aber ohne Eile.

Cholin-Wolin schenkte die dünnwandigen Reagenzgläser ein, Iwan tadelte ihn:

»Ich habe nicht aufgepaßt. Man hat Sresnewski abgesägt. Und

du, Cholin, bist daran ausdrücklich schuld. Sresnewski *sieht* die Patienten. Sresnewski ist ein echter Arzt.«

»Echte Ärzte mag niemand!« rechtfertigte sich Cholin-Wolin und fischte mit den Fingern Sauerkraut aus der Zellophantüte.

Mehr stand nicht auf dem Tisch – Alkohol und die hohen Reagenzgläser. Und die Tüte halb voll Sauerkraut.

Iwan Jemeljanowitsch wandte sich an mich:

»Einen Patienten zu sehen ist eine Gabe. Unser lieber, begabter Cholin-Wolin (wenn er blau ist, stellt er sich ein bißchen dümmer) hat ebenfalls ein vorzügliches Auge für die Patienten. Er sieht sie hervorragend! Aber er gräbt zu sehr in ihren Seelen. Das mögen die Patienten nicht ...«

»Doch, das mögen sie. Und wie sie es mögen!«

»Jeder Patient möchte, daß man ihn sieht, aber nicht restlos durchschaut, Cholin, sondern nur im Rahmen seiner Krankheit wahrnimmt!«

Bei einem Gelage im Chefzimmer fühlt man sich unwillkürlich bedeutend. Der erste Rausch hüllte mich angenehm ein. (Ich hatte gar nicht bemerkt, wie ich getrunken hatte.) Die Unterhaltung. Das Glas in der Hand. Im Polstersessel. Ich hatte mich sogar ein wenig in Positur gesetzt (im Krankenhauskittel!). Schon lange hatte ich keine philosophischen Gedanken im Kabinett mehr gehört. Und wie auf dem Olymp redeten sie wieder über Sresnewski, über Dissertationen, über das Gesundheitsministerium ... Ich war mir bewußt, daß mir Ehre erwiesen wurde. Daß ich geladen worden war. In das Gespräch mischte ich mich natürlich nicht ein. Es war ihr Gespräch. Ich hörte nur zu und schaute aus dem Fenster. Ab und zu nickte ich, ja, der Meinung bin ich auch.

Draußen vor dem Fenster war es ebenfalls interessant: allgemeiner Aufbruch. Autos. Bi-bi-bi-bi. Die letzten wurden über die Feiertage abgeholt. Das Taxi unter den Fenstern des Krankenhauses war teuer, man nahm es, um mit dem Patienten bis zur nächsten Metrostation zu fahren, fünfhundert Meter, weiter mußte der arme Kerl sich mit öffentlichen Verkehrsmitteln bis zum heimatlichen Herd quälen. Gewiefte Taxifahrer, die Bescheid wußten, fuhren gar nicht erst vor dem Krankenhaus vor. Die jüngeren (unerfahrenen) Taxifahrer erhöhten sofort den Preis, wenn sie begriffen hatten, daß ein Psychopath bei ihnen eingestiegen war. Die unerfahrenen sind immer raffgierig. Warum sollten sie nicht einen Extrarubel einstreichen?! »Hast du gar kein Gewissen?« schrie der Angehörige.

»Weder Gewissen, noch Geld!« schrie der Taxifahrer. Von der Luft berauscht, feilschten sie laut und lärmend. Der Kranke, der im Frühlingswind fröstelte, wollte indessen pinkeln und trat von einem Fuß auf den anderen.

»Jede Zielsetzung, selbst die allergeringste, hat ihre Stoßrichtung. Was heißt, es gibt kein Ziel? ... Die Intelligenzia hat ihre Ziele noch zur Breschnewzeit gefunden.«

»Ist der Bedarf an dienstbaren Menschen ein Ziel?«

»Richtig!« bekräftigt Iwan, und mir fällt ein, daß der Chefarzt noch aus einem anderen gewichtigen Grund so aufgekratzt und munter ist (und so hemmungslos trinkt), nicht nur, weil er am Feiertag Dienst hat. Jetzt weiß ich es wieder! Als ich vor Kalerija in der Reihe der Patienten mit heruntergelassenen Unterhosen stand, hörte ich, daß Iwan Jemeljanowitsch Inna erwartete, daß die langbeinige Krankenschwester kommen sollte, obwohl sie heute keinen Dienst hat. Patienten wissen alles.

»Wir haben hier einen interessanten Mann, der auch unserer Intelligenzia angehört: einen Schriftsteller!« sagt Cholin-Wolin, der sich auf meine Anwesenheit besonnen hat (oder vielleicht zufällig mit dem Blick, der auf der Suche nach einem Reagenzglas umherschweift, auf mich gestoßen ist).

»Was willst du damit sagen?«

»Daß auch er einen Nervenzusammenbruch hatte. Wie die gesamte Intelligenzia, die die Zeit so leidenschaftlich vorangetrieben hat. Aber wollte er diesen Zusammenbruch? Antworten Sie,

Iwan Jemeljanowitsch. Antworten Sie ganz offen! ... Was? War es auch ein Ziel unserer Intelligenzia, in der Übergangszeit eine fürchterliche Erschütterung des Nervenkostüms zu erleben?«

»Nein. Ein negatives Ziel ist kein Ziel.«

Cholin-Wolin sucht Streit:

»Tja, eine ernsthafte Frage. Vielleicht haben wir es hier mit Philosophie zu tun: Könnte es sein, daß ein Nervenzusammenbruch eine Auszeichnung und zugleich der Preis ist, den wir für jedes gezielte Vorhaben zahlen müssen? ... Noch ernsthafter ist die Frage an unsere Intelligenzia selbst – als die Leute ein Ziel hatten, war da der Nervenzusammenbruch schon vorauszuahnen?«

Und wieder an mich gerichtet:

»Ein Zusammenbruch ist spontan. Einen Zusammenbruch kann man nicht einmal intuitiv in Vorahnungen wollen. Sie wollten doch bestimmt nicht in der Nacht brüllen und Ihre vietnamesischen Kameraden nach allen Seiten schleudern?«

Ich zucke die Achseln: Ich wollte überhaupt nichts.

»Stop, stop! Sie, Genosse, haben geschrien – Sie haben den Sanitätern mitten in der Nacht die Nummer unseres Krankenhauses zugebrüllt. (Ich merke auf. Sein *Genosse* klingt giftig.) Sie haben in geistiger Umnachtung etwas von einer psychiatrischen Klinik geschrien. Und ich glaube Ihnen. Sie wollten intuitiv zu uns. Hier ist Ihr Platz. Ist das etwa kein Ziel?«

»Ich kann auch auf mein Zimmer gehen«, antworte ich lächelnd (dem angetrunkenen Arzt).

»Und was weiter? Schließlich ist doch Feiertag!«

»Nichts.«

Er lacht.

»In Ihrem Zimmer werden Sie auch nur ein einziges Ziel haben: etwas zu trinken.«

Ich nicke (wieder lächelnd): Ja.

Iwan Jemeljanowitsch (er ist ans Fenster getreten und betrachtet den Aufbruch der Patienten) schreit herüber:

»Laß ihn in Ruhe. Er ist eingeladen.«

»Er ist die Ruhe selbst!«

»Sprich über Literatur.«

»Aber ich will ihn auseinandernehmen. Ich bin Psychologe und nicht Püree zum Mittagessen. Ich werde ihn auseinandernehmen! Darauf mein Wort – er hat einfach noch zuwenig getrunken und spielt den scharfsinnigen Intellektuellen. Er glaubt, er könne sich prima beherrschen. Nichts können Sie. Die Do-osis! Die Alkoholdosis ist zu klein! Das ist alles. Alles eine Frage der Dosis. Wenn Sie erst soviel getrunken haben wie ich, werden wir sehen; dann werden wir sehen, was sich in Ihrer Seele verbirgt: ein geistig hochgestecktes Ziel? Oder einfach ein primitiver Wunsch?! Wollen Sie einfach nur etwas?«

Cholin scheint mich anzugreifen. Doch dabei zwinkert er mir zu und betont (ein wenig kaspernd) den Ernst seiner Worte. Er ziehe nicht mich auf, sondern ihn, Iwan Jemeljanowitsch. Den Chef nicht auf den Arm zu nehmen wäre ein Fehler. Jetzt höre ich, daß er Iwan nicht nur im Tonfall nachäfft, sondern auch seinen Gedanken karikiert:

»Bedarf an Menschen, die ein Ziel haben. Die ein Ziel haben, aber nichts wollen, was?«

Iwan brummt nur etwas vom Fenster her:

»M-m …«

»Was ›m-m‹? … Wie kann man ein Ziel haben, ohne etwas für sich zu wollen?! Ich frage jetzt jeden, den ich treffe, ganz offen: Wer will was?«

Lächelnd antworte ich ihm im selben Ton:

»Ich will Sauerkraut.«

»Bitte!« schreit Cholin-Wolin begeistert. »Aber zuerst noch eine Dosis – Spiritus?«

Nachdem ich getrunken habe, betrachte ich mein geleertes Reagenzglas und habe plötzlich das Gefühl, allein am Tisch zu sitzen.

Es stimmt: Cholin-Wolin ist aufgestanden und ebenfalls ans

Aussichtsfenster getreten. Dort beobachten er und Iwan das Treiben und schimpfen gemeinsam über eine Krankenschwester – die ist im schmuddeligen weißen Kittel hinausgerannt, um einen Patienten zum Auto zu begleiten! Sie hat die Schuhe nicht ordentlich angezogen, die Schnürsenkel schleifen einen halben Meter nach.

»Nein, so was, schau dir mal diese Schlampe an. Vor allen Leuten. Und noch dazu am Feiertag!«

»Man hat es ihr hundertmal gesagt.«

»Dann sag es ihr zum hundertersten Mal!«

»Sie wollten doch (das gilt mir!) Ihren Bruder sehen. Er wird gleich kommen. Ich habe Ihnen eine Freude gemacht«, verkündet Iwan Jemeljanowitsch lächelnd mit einer winzigen Drehung vom Fenster zum Tisch.

Das ist eine Überraschung.

Vielmehr, ich hatte tatsächlich einmal darum gebeten (nicht Iwan, sondern Sjusin, meinen behandelnden Arzt), eine halbe Stunde auf die Station der »Friedlichen« gehen zu dürfen, um Wenja zu sehen. Aber ich war davon ausgegangen, daß ich Zivilkleidung anziehen und das Krankenhaus umrunden müßte.

»Jetzt gleich?!« Ich hatte gedacht, daß ich Wenja zur üblichen Besuchszeit aufsuchen würde. Ich wollte ihm etwas kaufen und mitbringen, ihn also wie immer besuchen, als Angehöriger aus der Freiheit, als Bruder. (Aber was werde ich ihm im Chefzimmer hier und jetzt sagen und schenken: ein Kranker dem Kranken?)

Ich bat (vorsichtig):

»Vielleicht doch lieber ein andermal?«

»Die Zeit paßt gut. Besser geht es nicht. Wieso denn ein andermal!« knurrt Iwan Jemeljanowitsch anscheinend verärgert.

Er habe schon Anweisung erteilt (wann?), er hat telefoniert, als Cholin-Wolin mich aufgezogen hat, dieser unruhige Geist, dieser kleine Schüler, der brennend gern Lehrer wäre, so habe ich ihn für mich charakterisiert. Ihm gegenüber bin ich ruhiger: keine Reaktion auf seine Sticheleien (und gegebenenfalls ein bißchen schmeicheln – er ist jung!)

»Aber Iwan Jemeljanowitsch! Das geht doch nicht!« Ich lehne mich beleidigt auf, wozu noch eins draufsetzen? Verschieben wir das Treffen mit meinem Bruder (bin ich etwa nicht eingeladen worden, um bei einem Gläschen anläßlich des Feiertags zu plaudern – wir sitzen doch so nett beieinander!)

Iwan:

»Schon gut. Ihr Bruder ist bereits unterwegs.« (In dem Sinne, daß er schon telefoniert und nach Wenja gerufen hat, jemand führt ihn bereits durch den Gang.)

Cholin-Wolin springt plötzlich auf mich zu. Er schaut mir tief in die Pupillen (er ist zwar klein, muß sich aber hinunterbeugen, um noch tiefer hineinzuschauen) und stimmt listig einen Singsang an:

»Was sind wir denn so aufgeregt? Schämen wir uns für unser Aussehen? Oder dafür, daß wir jetzt auch in diesem Krankenhaus sind? Ach, ach!« Er läßt die Nasenflügel mit betonter Empfindlichkeit spielen, als ob er in meiner Erregung etwas Wichtiges schnuppere.

Dumm. Dieser kleine Junge mit den Chefallüren ist betrunken (fünfunddreißig) – betrunken und macht auch noch Witze! Wäre ich allein mit Iwan Jemeljanowitsch, dann könnte das Gespräch mit Wenja auch hier stattfinden. Ich habe nichts dagegen, mich in Gegenwart eines klugen, wissenden Mannes zu unterhalten. Wir könnten ein bißchen reden, ich würde mich sogar freuen! Aber dieser zappelige Narr hat gleichsam seine fremde (uns ferne) Präsenz eigens noch verstärkt. Ich bin durch sie so beunruhigt, daß ich meinen Bruder in diesem Kabinett mit Sicherheit nicht sehen möchte.

Cholin-Wolin tänzelt, als wittere er einen Vorteil:

»Unser Aussehen? Was sind wir denn so bleich? … Ist es die Dosis? Müssen wir vom reinen Alkohol erbrechen?«

Der Narr hat indes zum Teil recht (und einen scharfen Blick): In mir sträubt sich tatsächlich alles, und ich denke beschämt: Wie sehe ich aus? In diesem verschlissenen Krankenhauskittel – wie wird mich mein Bruder sehen? Was wird er denken? Ich sitze stumm da, überflüssig an einem fremden Tisch. Ein Niemand. Mit Schlappen an den Füßen. (Füße weiter unter den Tisch schieben.)

Cholin-Wolin ist nun völlig außer Rand und Band:

»Und jetzt werden wir Ihren Bruder fragen, was wir im Leben wollen und was nicht?«

Ich verstehe: Sie lassen mich auf meine Bitte hin mit meinem Bruder sprechen (ich habe den behandelnden Arzt mehrmals bedrängt), und jetzt mache ich plötzlich einen Rückzieher oder werde Cholin-Wolin gegenüber ausfallend. Nein, nein, abgeschmettert. Ich schweige.

Ich verstehe: Beide Ärzte schlagen die langweiligen Feiertagsstunden tot, die sie hier von Amts wegen verbringen müssen. Sie verstellen einfach die Zeiger. Der Mensch trinkt – die Zeit vergeht. Zugleich können sich ja auch die Brüder sehen. Ihnen ist die Saloppheit, um nicht zu sagen, das Vulgäre ihrer guten Tat nicht klar. (Sie klopfen mit dem Hammer auf ein Mikroskop.) Woher sollten sie wissen, daß Wenja für mich bei jedem Wiedersehen Erinnerungen an unsere Kinderjahre heraufholte? Wenn er sich der Dunkelheit der Zeiten entrissen hatte, barg er jedesmal ein Stückchen Kindheit für den geschäftigen, vergeßlichen großen Bruder. Er schenkte es mir. Es war ein intimer Tausch. Er erwiderte damit meine Mitbringsel: zwei, drei Äpfel, Käse, frisches Brot und müßiges Gerede aus der Freiheit. Aber jetzt sitze nicht ich hier, sondern jetzt sitzt hier jemand im abgetragenen Patientenkittel mit Schlappen an den bloßen Füßen. (Wenja wird mich zum erstenmal als sein Spiegelbild erblicken.)

Cholin-Wolin eilt bereits grinsend mit hüpfenden Schritten davon, um die Tür zwischen den Stationen zu öffnen – dort hat es geklingelt. Wie leicht kommt man mit Iwan aus, und wie störend ist dieser eitle, geschäftige Cholin-Wolin, was für ein Charakter! Ich schaue ihm nach: Wenn dieser widerliche Doktor jetzt auf dem Linoleum ausrutschen und sich den Fuß brechen würde, dann trüge ich ihn mit Vergnügen auf meinen Armen bis zum Lift.

Wenja …

»Auch wir haben Feiertag! Setzen Sie sich zu uns, ganz unbefangen«, bot ihm Iwan Jemeljanowitsch großmütig an.

»O ja. Ganz unbefangen.« Die Stimme des betrunkenen Cholin-Wolin klang hart.

Wenja setzte sich auf die Stuhlkante. Ich spürte, daß ihn das Wort *Feiertag* bedrückte. (Man kann einen Feiertag abschaffen, aber zu Spott aufgelegten Menschen die Feststimmung nicht wegnehmen. Wenedikt Petrowitsch blickte sich furchtsam um.) Er saß neben mir.

»Wenetschka darf, glaube ich, nicht trinken!« warnte Cholin-Wolin.

Ich bemerkte, daß ich schon leicht blau war. (Von mir aus. Ich fühlte mich wohl.)

»Nein. Er darf heute nicht trinken. Aber alle übrigen Genossen trinken natürlich!«

Es klang wie ein Trinkspruch.

Iwan Jemeljanowitsch rief laut um Hilfe. Da erschien die stämmige Adela Semjonowna, die den Ärzten persönlich zugeteilte Schwester. Jetzt panschte sie den Alkohol, schüttete ein und um … wie wär's mit einer Prise Salz? So! – Adela Semjonowna gab eine Messerspitze Kaliumpermanganat und Salz in den Trank, seihte ihn ab und verdünnte ihn, während ich meinen neugierigen Blick nicht von dem riesigen Muttermal an ihrem Hals losreißen konnte. (Die Welle der Trunkenheit war zu heiß und würde von allein abebben. Das kannte ich alles. Ich fühlte mich wohl.)

Wenja saß neben mir, auf dem in die Nähe meines Sessels gerückten Stuhl. Still. Ließ den Kopf hängen. Betrachtete seine dünnen Finger.

»Na, Wenedikt Petrowitsch, haben Sie Ihren Bruder erkannt?«

Wenja nickte.

»Freuen Sie sich?«

Er nickte.

»Sie dürfen sich gerne unterhalten. Sie finden doch sicher ein Thema, über das Sie mit Ihrem Bruder reden können, nicht wahr?« Iwan Jemeljanowitsch versuchte, ihm zu helfen, die Vertrautheit in ihm (in uns beiden) zu wecken.

Wenja nickte: Ja ...

Beide Ärzte und die Schwester entfernten sich taktvoll – sie tranken jetzt getrennt von uns (die Schwester nippte nur). Führten ihr eigenes Gespräch. Aber ich erhaschte mit dem Blick noch eine Besonderheit: Iwan entfernte sich ebenfalls von ihnen. Er wandte sich von Cholin und Adela ab und ging zum Telefon, wählte leise die Nummer und fragte leise: *Ist sie da*? – Nein. Wahrscheinlich nicht. Sie war nicht da, seinen Fischaugen nach zu schließen, die nicht glücklicher schauten. (Schade. Er wartete ebenfalls.) Iwan Jemeljanowitsch knallte den Hörer auf und mischte sich wohl oder übel wieder in das Gespräch mit Cholin und der Krankenschwester ein. Sie (drei) diskutierten – wir (zwei) schwiegen, was Wenja und mir das Gefühl gab, endlich unter vier Augen zu sein.

Wir schwiegen. Ich streichelte seine Schulter. Er lächelte schuldbewußt. Ich wußte nicht, ob Wenja mich in den Schlappen an den nackten Füßen erkannt hatte, ob er mich sah? Was sah er überhaupt? ... Da begann Cholin-Wolin laut und für uns vernehmlich mit Iwan über Politik zu streiten, sie ereiferten sich, wir langweilten uns, und sogar Adela Semjonowna lief ihnen davon. Sie stand neben dem Tisch und spähte mit dem geübten Auge der Frau nach jeder noch so kleinen Unordnung. Wischte Krümel weg. Holte einen Teller, leerte das Sauerkraut darauf aus und legte die Brotstücke auf ein Blatt Papier. Sie wieselte umher – schon waren Servietten, kleine Teller und Gabeln da, man brauchte nicht mehr mit den Fingern zu essen.

»Aber mit den Fingern schmeckt es besser!« versicherte Iwan Jemeljanowitsch.

Daraufhin beschied ihm Cholin-Wolin betrunken, der Chef solle es nicht wagen, vom Thema abzulenken. Streit sei Streit. Wo waren wir?

»Bei den Cäsaren.«

»Dann die Liste.«

»Die Liste der Cäsaren!« schrie, lachte Cholin-Wolin.

»Ihre Liste und objektive Aufzählung! Die Tradition ist nicht totzukriegen«, fuhr Iwan Jemeljanowitsch fort (oder entgegnete er). Er bestand darauf, daß sich die Tradition wie Tag und Nacht manifestiere – sie sei sichtbar und unsichtbar … »Jeder zweite ist ein Kahlkopf«, unterbrach Cholin schreiend. Beide sprachen lautstark über Gorbatschow und sein zerfallendes Cäsarenreich. Über Janajews tattrige Hände … Was? Auch wenn es nur drei Tage waren, aber er hat wie Cäsar regiert! Folglich zählen wir ihn dazu! Er gehört ebenfalls in die Liste …

»Acht haben wir schon.«

»Es gibt noch einen neunten …« Mit großem Eifer zählten sie laut und stimmgewaltig die russischen Staatslenker auf.

Wenja und ich saßen etwas abseits von ihnen nebeneinander, zwei Brüder, zwei bejahrte Trottel. (Außerhalb der Cäsarenprobleme. Außerhalb ihres Lärms.) Wenja hielt meine Hand zwischen seinen Händen: Vielleicht befürchtete er, daß er mich, der ich hier so plötzlich und ungewohnt aufgetaucht war, nur träumte und daß ich gleich verschwinden würde.

Ich fragte Wenja leise (fast ins Ohr) nach diesem und jenem, ob Natascha gekommen sei, seine Exfrau. Wenja antwortete ebenso leise: Nein, sie sei nicht gekommen, sie habe zur Zeit Schwierigkeiten. Er fragte, ob ich vielleicht auch Schwierigkeiten hätte … Ich hob beschwipst die Arme in einer ratlosen Geste –

na ja, einstweilen müsse ich ja hierbleiben, im Krankenhaus (ohne zu erklären, warum und wieso). Wenja verstand sichtlich nichts, nickte jedoch: ja … ja … ja …

Doch auch in Gegenwart der fremden Menschen suchte Wenja unseren gewohnten Kontakt – zögernd und vorsichtig (als ob er sie berührte) nannte er die vorbereiteten Worte. Sie flammten vor mir auf wie Kerzen in einer geordneten Reihe. Ich war verblüfft darüber, wie unglaublich viel Wenja der Zeit entrissen hatte: Was hatte er alles aus ihr herausgeklaubt, herausgekratzt und in sich behalten! (Und mir damit brüderlichen Ablaß erteilt, der mein Vergessen rechtfertigte.) Er war ein großer alter Mann und zugleich der uneigennützige Bewahrer unserer Kindertage. Er bewahrte sie auch hier. In seinem erloschenen Kopf. (Innerhalb dieser Krankenhausmauern, die er nicht verlassen durfte.) Zwei Buben … *hatten die Hausschlüssel verloren*. Wir krochen auf dem Abhang neben unserem Haus im Gras herum und blickten ab und zu in die Höhe, wo wir das Gesicht unseres Vaters undeutlich durch die Scheibe sahen. Der Vater drohte mit dem Finger – sucht nur, sucht!

Ich hatte nicht nur unsere Kindheit, sondern auch Wenja selbst nicht mehr in Erinnerung. Als ergrautes Monster hatte ich in den Q-metern des Wohnheims ganz für den Augenblick gelebt, für den heutigen, *jetzigen* Augenblick. Deshalb war ich auch vor jedem Besuch bei Wenja im Krankenhaus so aufgeregt und angespannt: suchte, was ich ihm kaufen und mitbringen könnte und was ich selbst anziehen sollte, um glücklicher auszusehen. Aber vielleicht strengte sich auch Wenja jedesmal vor meinem Besuch an, um wenigstens irgend etwas für mich zu erinnern. Er buddelte vielleicht ebenfalls mit aller Kraft in unseren farblosen Kinderjahren, schließlich war er ja kein unergründlicher Brunnen. Auch er besaß keine unbegrenzten Verstecke.

Wir saßen nebeneinander.

»Gehst du raus? Zu den Regenbächlein?« fragte ich (nach den Krankenhausregeln).

»Bei Regen darf man nicht raus.«

»Warum nicht? Früher durftest du doch eine Weile vor dem Ausgang stehen.«

Wenja versetzte lakonisch:

»Neue Schwester.«

Ich kippte mir, zugegeben, mit großem Vergnügen mehrere Gläschen hinter die Binde; und mit demselben Vergnügen und einiger Neugier lauschte ich dem lebhaften Tischgespräch der beiden angetrunkenen Ärzte über Politik! Iwan Jemeljanowitsch behauptete, der Cäsarismus sei ein traditionelles und historisches Phänomen, so historisch, daß er mit allem möglichen vereinbar sei, selbst mit dem Verfall, selbst mit den Anfangsgründen der Demokratie, ihr (das betraf Cholin) – ihr habt einfach keine Geduld, wie alle jungen, lebenslustigen Menschen.

Da sah ich, daß mir Adela Semjonowna zuwinkte. Sie ging hinaus und kam wieder.

»Was soll das?« Ich fuhr zusammen (und besann mich sogleich, daß ich ein Niemand war, ein Patient).

Aber Adela Semjonowna gab mir nur ein Zeichen: Warte! Sie war beschäftigt: mischte für die Ärzte aufs neue reinen Alkohol mit Wasser. Zelebrierte die Verwandlung von Wasser in Wodka. Wie ein eiliger Messias bekreuzigte sie die heilige Flüssigkeit mit drei Fingern (die die violetten Kristalle des Kaliumpermanganats umschlossen).

Als Adela Semjonowna, die Krankenschwester mit dem Muttermal am Hals, die Wodkazeremonie beendet hatte, schlenderte sie in meine Nähe und teilte mir flüsternd mit: »Draußen sind Frauen.« Dabei zwinkerte sie mir zu. Sie hatte den Satz ruhig und listig geflüstert. Den Ärzten sagte sie keinen Ton. (Wozu sie behelligen, sie würden sie doch gleich mit Fragen bestürmen: Wer, wohin und warum?!) Wir tuschelten, Gesicht an Gesicht: »Was für Frauen?« – »Deine wahrscheinlich.« – »Wer sind sie?« fragte ich. (Ich begriff gar nichts.) – »Warte, warte. Deine Weiber sind da«, befahl sie nun schon in gebieterischem

Ton, aber wieder ruhig flüsternd, es war nicht für die akademischen Ohren bestimmt. Gut geschult. Und auf vertrautem Fuß mit den hohen Herren.

Ich befreite meine Hand aus Wenjas Händen. Er (blickte sich nach der Schwester um) zog furchtsam den Kopf ein.

Adela Semjonowna sagte zu Iwan, ohne mit der Wimper zu zucken:

»Er (ich) muß gehen. Er muß wieder in sein Zimmer, Iwan Jemeljanowitsch. Er (ich) wird bald wieder dasein …«

Iwan nickte: Ja, ja, bitte!

Cholin-Wolin winkte ab: Stören Sie uns nicht!

Ihr vom Wodka inspiriertes politisches Gespräch hatte erneut einen hohen Grad der Verallgemeinerung erreicht (und eine neue ungestüme Aufzählung der Cäsaren). Cholin-Wolin zog die Brauen hoch:

»Aber dann haben wir einen Überschuß. Ist Boris etwa der zehnte? Boris ist, entschuldige mal, schon der zwölfte! Woher so viele?!« Beide zählten die Cäsaren lautstark nach. »Es klappt nicht, meine Herren! Wolodja, Osja, Chruscht, Ljonja, Mischa, Janajew, Boris …«

»Und die Tattergreise? Andropow und Tschernenko?«

»Aber muß dann nicht auch Malenkow vor Chruschtschow in die Liste aufgenommen werden?«

»A-ah. Klar, na klar! Den haben wir vergessen. Wir dürfen nicht erst bei Wowa anfangen, wir müssen bei Kerenski beginnen! Ja natürlich, den hatten wir ja als ersten nach der Reihe der Zaren!«

Während ihrer sehr subjektiven Aufzählung (der strengen Aufzählung *bis zwölf*) verschwand ich unauffällig aus dem Kabinett; zuvor hatte ich Wenja zugeflüstert, ich käme gleich wieder.

Ich ging durch den Krankenhausgang – das war kein Stationskorridor, hier war Weite, keine Krankensäle, sondern Kabinette, und was für Fenster! (Zwölf Cäsaren wie diese zwölf Fenster.) Ich stieg hinunter.

In der Halle blieb ich vor der riesigen Kliniktür wie angewurzelt stehen. Dort stand Sinaida! … Sinaida, die noch eine Freundin mitgebracht hatte, die ebenfalls merklich in Feststimmung war und das versprochene Alter von gut vierzig hatte. Beide waren natürlich schon angeheitert. War das die Möglichkeit! (Erst jetzt erinnerte ich mich an die absurde telefonische Abmachung.) »Ist nicht noch dein Kleiner da?« fragte Sinaida, ich verstand nicht gleich, wen sie meinte. »Mein Kleiner?« – »Na, ja. Der mit dir im Zimmer liegt!« Ach so: Sie sprach von dem einzigen Patienten in meinem Krankensaal, den man ebenfalls über den Feiertag dabehalten hatte. Den logischen Trottel Juri Nesterowitsch.

»Der ist, glaube ich, vierzig«, sagte ich nach kurzem Überlegen.

»Na prima!« lobte Sinaida. Die Freundin zeigte ebenfalls ihr Gebiß mit viel Metall: Genau richtig.

Wir saßen auf der Bank, hatten in der Halle nicht weit von dem leicht beschädigten und deshalb unaufhörlich flackernden Schriftzug *Ausgang* Platz genommen. (Es gab fünf lange Bänke für kurze Begegnungen.) Es störte uns kaum, daß uns die beiden Garderobenfrauen beobachteten. Die diensthabende Schwester in der Eingangshalle schaute überhaupt nicht zu uns her (sie thronte am Tisch, im nagelneuen weißen Kittel, und las einen Schmöker).

»Prima oder nicht, man wird euch nicht reinlassen. Wozu bist du gekommen?«

»Wie wozu?«

»Ich habe dich doch gewarnt. Ich habe dir am Telefon alles erklärt!« Ich ärgerte mich.

Sie schluckten, beide waren leicht verwirrt: Was jetzt? … War nun Feiertag oder nicht?

Ihre ungenutzte weibliche Seele brannte (ihre Anteilnahme, ihr *Mitbringsel*). Was sollten wir machen? Wie sollten wir uns verhalten, wenn sie es nicht mehr aushielten? Sinaida öffnete ihre riesige Tasche und entfernte in deren dunklem Bauch (ohne die Flasche herauszuholen) geschickt die Verschlußkappe. Man hörte es gluckern. Dann erschienen die Gläschen. Wir saßen auf der langen, kalten Bank in der Halle und feierten trotzdem das Fest! Beide Frauen lächelten einander zu, aber verlegen, ein wenig schüchtern, da fragte Sinaida bedeutungsvoll: »Magst du ihn nicht herholen?« – »Der trinkt nicht.« – »Überhaupt nicht?« – »Überhaupt nicht.« Beide zweifelten: War er wirklich so krank? »Der Mann ist uns fremd«, sagte ich, meine Ironie allmählich wiedergewinnend.

Sinaida roch meine Fahne, als wir (alle drei) geräuschlos anstießen:

»Mein Lieber, du hast doch schon *mit irgendwem* gepichelt?«

»Unsinn. Mit den Ärzten.«

»Mit den Ärzten?«

Ich starrte die Frau, die Sinaida mitgebracht hatte (zur Erquickung des logischen Deppen, wie ich verstand), unverwandt an. Plötzlich fiel es mir wie Schuppen von den Augen: Die Frau war eine Wucht! Juri Nesterowitsch verdiente natürlich einen Krümel Glück von unserer Festtafel, einen Schnaps zum Beispiel, aber diese Schultern und diesen stattlichen Rücken verdiente er nicht. Die verdiente zweifellos ich. Zum Teufel mit den Neuroleptika! Ich spürte bereits die Wirkung des Alkohols und versteckte vor Sinaida meine lüsternen Blicke.

Sinaida war verstimmt: Es dämmerte ihr, daß man mich nicht weiter als bis auf das Krankenhausgelände hinauslassen würde. Die Büsche waren noch kahl, das Gras sproß gerade erst – ach, wenn es für Sinaida doch schon Sommer wäre! Ach, versinken würde sie mit einem Kerl (das heißt mit mir) im grünen Gras! Sie würde suchen und inmitten des frischen Grüns auf dem Klinikgelände ein trockenes Fleckchen hinter dichtem Gezweig finden. Aber nein!

Kalerija, die vorbeilief, rief mich streng mit meinem Namen an:

»Zum Chefarzt! Aber schnell!« Doch auch im Laufen verlor sie kein Sterbenswörtchen über unser heimliches Gelage in der Halle. Selbst die strohtrockene Kalerija achtete den Feiertag. Ich ging ja schon. Der Anruf machte mich sogleich gefügig – ich war wieder (im Handumdrehen) der gehorsame ältere Patient mit dem grauen Schnauzbart und dem Präparat im Blut, ich ging.

Winkte den Frauen zu: Ade, macht's gut!

Ich stieg die Treppe hoch – auf den Etagen herrschte Totenstille. Keine Menschenseele weit und breit. Aber die Wände standen noch. Das Krankenhaus verbrachte den Feiertag in aller Stille. Ich war ebenfalls friedlich, war satt. Die Frauen hatten mir zwei Hühnerschenkel gegeben und das weiße Fleisch von der Brust (ich muß wohl kaum noch zum Mittagessen gehen).

Ich näherte mich dem Kabinett und zwirbelte den Faden, der aus der Ärmelnaht heraushing, um die Uhr. Die Zeit war stehengeblieben, die Uhr hatte keine Zeiger. Und in der Stille des Gangs (aus der Stille heraus) schallte die vertraute singende Stimme an mein Ohr, die es auf Erden nicht mehr gab. Diese Stimme konnte es einfach nicht geben. Aber es gab sie, sie erschallte …

Ich hörte die Stimme meines Vaters:

»Nur auf dem Streifen vo-orn
steht noch das hohe Ko-orn …«

sang mein Vater, sang Wenja mit Vaters Stimme.

Offenbar hatte er auch diesmal etwas *für mich* erinnert, er pumpte mit der Melodie etwas Erregendes und Vergessenes aus den Verstecken unserer Kindheit herauf.

»Noch mal! Bitte noch einmal!« vernahm ich den energischen Cholin-Wolin.

Er, der Hypnotiseur im weißen Kittel, kommandierte jetzt Wenja herum, und der Arme sang. (Leicht zu beeinflussender Patient.) Kaum war ich eingetreten, sah ich schon Cholin-Wolin in Aktion – er beschrieb mit den Händen elegante Kreise und vollführte betörende Bewegungen in der Luft, und Wenja (mein grauhaariger Bruder Wenedikt Petrowitsch) öffnete mit seinem »Ich will nicht« einen Spalt seines kindlichen Ichs und riß die Kornspeicher seiner Erinnerung für diesen geschickten Seelenfänger auf. Mich durchfuhr ein stechender Schmerz. Die Krümel der Kindheit, *Vaters Lied* und *Der Soldat kam heim, steht nun in der Tür* ... hatte Wenja für mich erinnert, für mich. Ich besuchte ihn einmal im Monat oder alle zwei Monate. Zwei Monate lang grub Wenja in seinem großen (aber doch nicht unendlichen) Gedächtnis, um dem Bruder einen vergessenen lichten Augenblick der Kindheit zu schenken.

»Noch mal!«

An Wenjas kummervollem Gesicht erkannte ich (er sang sonst nie, konnte nicht singen), daß er sich quälte und selbst unter Hypnose, in der betäubenden Unterordnung unter einen fremden Willen, merkte, daß man ihm etwas wegnahm, ihn beraubte. Es tat ihm weh, daß er es hergeben mußte.

»Noch mal. Ich bitte Sie!«

Und Wenja begann aufs neue. Er stimmte das Lied im kräftigen Bariton unseres Vaters an, rutschte jedoch ins Falsett und piepste wie eine Frau:

»Geh allein ich aus ...«

Iwan Jemeljanowitsch lachte, Schwester Adela Semjonowna mit dem Muttermal lachte, sogar ich fand es komisch. Cholin-Wolins Stimme: »Nur Mut! ... Singen Sie weiter!« Der Psychiater war berauscht. Er demonstrierte seine Möglichkeiten (nicht Wenjas). In seinen weichen, hypnotisierenden Bewegungen und seinen gebieterischen Worten schwang Macht mit und Jubel – Selbstberauschung in einem Augenblick der Macht!

Und ich? ... Ich hörte zu und lächelte nur schuldbewußt: Da sang mein Vater ... ich konnte seine Stimme erkennen.

Wenja verstummte und blickte den großen Bruder (mich) an. Und der große Bruder (ich sah mich von außen) nickte, das war seltsam, das war undenkbar, widerwärtig, aber ich nickte ihm zu, ja, ja, ja – die Ärzte wissen schon, was sie tun, *sing, Wenja, sing,* es ist alles richtig, so ist das Leben. (Nicht umsonst hatten sie mir die Spritze gegeben, und nichts war außer der Reihe, wie ich angenommen hatte!) Statt Jähzorn und Wut dauerte die friedliche Stille in mir an. Das Herz ließ einen emotionsgeladenen Takt aus, genau einen Takt, aber im richtigen Augenblick. Das in meinem Blut aufgelöste Präparat trug mein Ich in diesem Kontrollaugenblick gleichmäßig weiter und hob es in die Luft. Ich schwebte. Ich sah alles von oben. Mein Herz erstarb.

Im Kabinett (Blick von oben) sitzt Iwan Jemeljanowitsch am Tisch und spricht mit meinem behandelnden Arzt (aha! auch Sjusin ist hier!). Sie reden über das Gehalt. Das Krankenhaus hat kein Geld ... die Gehälter werden schon den zweiten Monat nicht ausgezahlt ... Indexierung ... ein Brief, aber nicht an den Minister, sondern an den Vizeminister! Erklärt der übertrieben vorsichtige Iwan. Die beiden sind mit Singen beschäftigt (sehe ich ebenfalls von oben) – mein Bruder Wenja singt, seine Augen und seine Wangen sind naß, aber wohl kaum vor Erniedrigung, eher aus vollem, hypnotisiertem Mitgefühl (wenn unser Vater sang, hatte er Tränen in den Augen). Der zahnlose Graukopf Wenedikt Petrowitsch singt mit der Stimme unseres Vaters, und Cholin-Wolin dirigiert ihm berauscht das Tempo mit herrischen Bewegungen. Und wo bin ich? ... Ich sitze abseits. Ich sehe meinen grauen Scheitel (Ansicht von oben). Meine Schultern. Und meine auf den Knien gefalteten Hände, sie knacken leise und böse mit den Fingerknöcheln, während mich (der ich dem Gesang lausche) Wellen des Glücks überrollen, ja, des Glücks.

Wenja auf seine Station zu bringen ist natürlich ein Akt des Vertrauens. Ein sanfter Befehl, bittend vorgetragen. Doch auch ein zusätzlicher Gunstbeweis seitens der Ärzte, da hast du noch eine Nachspeise: Der Weg ist zwar nicht lang, aber unterwegs könnt ihr Brüder euch noch ein bißchen miteinander unterhalten. Ihr zwei, niemand sonst. (Ihr könnt auch singen, wenn das bei euch so üblich ist, zwinkert mir Cholin-Wolin scherzhaft zu, er ist nicht wirklich böse, nur betrunken.) Ich stimme mit Freuden zu, jetzt bin ich mit Wenja allein. Der Korridor scheint uns beiden zu leuchten. Dieser Frühling vor den Fenstern! Cholin-Wolin ist nicht böse, nur betrunken, betrunken, betrunken, brabbele ich vor mich hin, ich lächle glücklich und bin bereit, sogar Cholin-Wolin zu lieben, ein gu-uter Arzt! So gescheit!

Stop, Wenja, den Lift nehmen wir nicht! Wir steigen einen Treppenlauf nach dem anderen die nach Chlor riechenden Stufen hinunter. Wenedikt Petrowitsch wundert sich über nichts, er geht folgsam neben mir her. In seiner Ergebenheit ist noch ein Splitter der Kränkung durch den großen Bruder zu spüren, der seinen Gesang unter Hypnose nicht abgebrochen hat, nicht eingeschritten ist, als der betrunkene Cholin-Wolin sein Talent vorgeführt (die Seele herausgeholt) hat. Wenja hat es übrigens schon vergessen. Er ist nicht nachtragend.

Aber ich erinnere mich offenbar an meine Schuld. »Sei mir nicht böse. Ich konnte nichts machen«, sage ich zu ihm, weil ich die Gelegenheit nicht versäumen möchte, ihm ein wenig zu beichten. (Egal was.) Er nickt: ja ... ja ... ja ... Hat mir vergeben. Hat zunächst vergessen und jetzt vergeben. Das Gefühl hat sich in sich selbst eingeschlossen, ich lege meinen Arm um Wenjas Schulter. Wir wissen nicht einmal, warum wir beide plötzlich auflachen und lächeln. So fällt ein Schmutzklumpen von Marmor ab, wenn man ihn hat trocknen lassen. Das haben wir. Verwandtschaft.

Einen Augenblick später geraten wir in ganz andere Gefühlsumarmungen: in weibliche. Es ist zum Verrücktwerden: Die beiden Frauen, die beiden Schnapsdrosseln, sind immer noch hier! Unter dem flackernden Schriftzug *Ausgang* sitzen Brigitte Bardot und Marilyn Monroe auf der langen Bank für Besucher (in der Eingangshalle) und schmausen, beide sind angeheitert. »Und du sagst, euch läßt man nicht raus! Lügner!« schreit Sinaida, die einen Schluckauf hat und aus dem Mund nach Huhn riecht, wie wohl auch mein Schnauzbart. Die Frauen machen keine Anstalten zu gehen. Als sie mir vorhin nachgewinkt haben, sind sie nicht weggegangen, sondern zu dem Schluß gekommen, daß Feiertag sei und sie die angebrochene Flasche austrinken wollten. Warum sollten sie erst den langen Heimweg hinter sich bringen oder eine Bank im Park suchen, wenn hier doch eine Bank war, auf der es sich ganz gut saß? »Mein Gefühl hat mir ganz richtig gesagt, daß du *ihn* überreden wirst. Daß du ihn überredest und mitbringst!« erklärt Sinaida, die endlich aufhört, mich freudig zu knuddeln, und den Rest der Flasche in einen Plastikbecher gießt.

Ihre Freundin (die habe ich schon ganz vergessen, dabei war ich so scharf auf sie!) zerteilt das nächste Huhn mit den Händen, diesmal kein gekochtes, sondern ein gebratenes – aus der offenen Verpackung steigt uns der köstliche Duft nach Knoblauch und häuslicher Zubereitung in die Nase. Wenedikt Petrowitsch hat seinen zahnlosen Mund aufgesperrt und einen langen Spuckefaden auf den Boden fallen lassen. »Aber, aber!« verweise ich ihn streng. »Aber, aber, Wenja!« sage ich wieder und wische ihm den nächsten Strahl mit der flachen Hand ab, während ich zwei oder drei eigene hinunterschlucke.

Wir sitzen. Sinaidas Freundin (ich weiß ihren Namen nicht mehr) zerteilt die Hühnerbrust, verliert aber keine Zeit: Sie hält bereits Wenjas grauen Kopf fest im Arm. (Arbeitet einerseits an dem Huhn, sichert sich aber gleichzeitig den Mann – der gehört mir.) Jedesmal, wenn das Huhn knackt, blicke ich bang nach Wenjas Hals, ob der noch heil ist. Wenedikt Petrowitsch schaut mich ebenfalls ängstlich an, vielmehr meinen Handteller, der mit vier Plastikbechern beladen ist, in die Sinaida behutsam die durchsichtige Gabe einschenkt. Die vier Becher wackeln auf meiner Hand und werden schwerer. Ich halte sie im Gleichgewicht. Ich weiß nicht, wie ich den Frauen erklären soll, daß ich ihnen leider keinen zweiten Mann mitgebracht habe; es ist mein Bruder und nicht der logische Trottel Juri Nesterowitsch.

»Er trinkt nicht. Schenk ihm nichts ein!« befehle ich, als sich der Flaschenhals über den vierten Becher neigt. Die Frauen machen lange Gesichter, wie schade!

Aber sie trinken und heitern sich auf. Ich trinke ebenfalls. Wir knabbern an den süßen Hühnerknorpeln. Wenja ißt langsam, feierlich hält er den gebratenen Flügel in die Höhe. Nach dem täglichen Brei, der täglichen Staatskost, erregt ihn der leichte Flügel in der Hand: Die Geheimfächer in seinem Gedächtnis geraten in Bewegung (ich spüre es), und der kleine Taucher begibt sich aufs neue in unsere Kindheit, in das dunkle Wasser der Zeit, um auf seinem Grund etwas zu suchen und heraufzuholen.

»Kann man sich hier wirklich nicht verdrücken?« mault Sinaida, während sie mir unverhohlen in die Augen blickt.

»Wie denn? In diesen Schlappen? In dieser Trainingshose?«

»Du meinst, sie werden dich nicht rauslassen?«

»Sie werden mich nicht reinlassen. In die Metro nämlich.«

»Und wenn wir ein Taxi nehmen?« fällt die Freundin mit tiefer Stimme ein. Sie bewegt sich ruhig und bedächtig, bricht Wenja nicht mehr den Hals, hat ihn verstanden und streichelt nur seine schönen Hände, ohne ihn weiter zu quälen. (Wenja weiß die Berührung zu schätzen.)

»Ich hätte nichts gegen ein Taxi«, träumt Sinaida laut.

Ich schweige.

»Und womit wollen wir das Taxi bezahlen? Mit welchem Geld?« Sinaida verscheucht ihren kühnen Traum, schnell mal nach Hause zu brausen.

»Höchstens mit Naturalien!« ulkt die Freundin, die mit ihrem Damenbaß ebenfalls laut denkt.

Wir trinken die letzten Tropfen aus. Sinaida ist sehr verstimmt. Flüstert: »Ach, wie heiß ich auf dich bin!« Sie flüstert mir intim ins Ohr, aber die Freundin hört vorzüglich, wie Freundinnen eben hören. Sie seufzt ebenfalls. Ihr Stoßseufzer (heftiger Atemstoß) streift Wenedikt Petrowitsch (der sofort bleich wird) zufällig als Querschläger. Aber der Seufzer gilt nicht ihm:

»Wir sind beide ganz heiß«, bedauert die Freundin mit tiefer Stimme und schaut zu mir herüber. Sie meint also mich, auch ganz intim. Ich lache. Die Freundin gibt mir einen Klaps auf den Hals, pst, das ist unser Geheimnis …

Wir verabschieden uns. Sinaida küßt mich schmachtend, mal mit geschlossenen, mal mit offenen Augen. (Ihr Augapfel blinkt weiß auf.) Wir versprechen uns, daß wir uns bald wiedersehen wollen, sobald ich entlassen würde … übermorgen … nein, morgen, morgen! Sie riecht aus dem Mund nach Huhn, mein Schnurrbart riecht nach Huhn, aber dieser zufällige Abschied beklemmt mir Brust und Herz; die Frau nimmt jedesmal wie für immer Abschied – dieser heftige und unangemessene Weiberabschied ergreift sogar mein vom Präparat verwässertes Herz. Wir werden uns nicht wiedersehen. Das ist ja das Traurige, daß wir uns nicht wiedersehen werden! (Selbst wenn wir uns wiedersehen.) Wir werden uns nicht wiedersehen und diesen betrunkenen Augenblick zurückholen können, diese umwerfende Trennung. Niemals, das ist der Knackpunkt, *niemals*, das ist das Leben. Dabei habe ich das Weib satt. Ihre Augen sind beim Abschied riesengroß und übertrieben angstvoll, wozu denn das noch? … »Laß mich doch ein bißchen weinen!« ärgert sich Sinaida. Die Freundin mit der tiefen Stimme liebkost unterdessen heimlich und leise Wenedikt Petrowitsch; sie hält ihn im Arm und fährt ihm mit der anderen Hand in die Hosentasche. Wenja vergeht vor Wonne. Sie liebkost ihn so behutsam und sanft, wir hätten es gar nicht bemerkt, wenn sie ihn nicht laut bedauert hätte: Schau doch nur, er hat einen ganz grauen Kopf, aber wie er die Knie zusammenpreßt, *der kleine Junge ist noch in ihm drin*. Ich werfe ihr einen strengen Blick zu. Sie erwidert ihn mit ihren Augen: Keine Bange, ich bin ganz vorsichtig mit ihm, wie eine Schwester. Keine Angst.

Wir sind aufgestanden. Haben uns getrennt. Wenja und ich

gehen zusammen hinaus. Um zu den »Friedlichen« zu gelangen, müssen wir das Klinikgebäude umrunden – das große Gebäude mit dem Zaun aus spitzen Metallstäben.

Der Boden duftet nach Frühling und Erde. Wir (Wenja) blikken uns ab und zu nach unseren Frauen um. Auf dem Weg zur Bushaltestelle blicken sich die Frauen – beide – ebenfalls um und winken. Von ferne sehen sie ältlich und leider nicht liebreizender aus. Zwei alte Schachteln mit Einkaufstaschen.

Vor dem Eingang zu den »Friedlichen« bleiben wir stehen: Wenja ist hier zu Hause, aber ich muß erklären, wer ich bin. Die Schwester an der Pforte warnt mich, ich solle vorsichtig gehen, ja, ja, vorsichtig – in ihren verschlafenen Korridoren würden Reparaturarbeiten gemacht, Rohre ausgebessert, überall lägen Kabel. Es werde elektrisch geschweißt. Immerhin herrscht nicht die Pest.

Hinter der Halle beginnt der Gang, er ist höchstens fünfzehn bis zwanzig Meter lang, aber dann macht er einen Knick, und dort sind sie – die drei Schweißer, sie hocken auf dem Boden und erzeugen Funkenfontänen. Ein erhebender Anblick! Die drei Männer in Schutzmasken pflanzen gleichsam (in ihrem Gemüsegarten) feurige Farne vom Mars, gelbe und rote, die in diesen Krankenhausfluren überhaupt nicht anwurzeln (und wachsen) wollen. Wenja ist erschrocken. Ich drücke sein Gesicht gegen meine Schulter und führe ihn wie einen Blinden durch die Lohe. Wir gehen wie in einem bunten, etwas unheimlichen Traum. Wenja sieht das Zischen der Schweißflammen nicht, sondern hört es nur. Ein paar weiße Funken fallen auf uns (am Ende ihrer Flugbahn, schon ganz fahl), harmlos und feierlich. Und zaudernd – wie unsere Schritte in glücklichen Träumen.

Diese glücklichen Minuten hatten meine Ärzte beabsichtigt und erwartet (die in meinem Blut zirkulierenden Präparate ebenfalls). Nachdem ich Wenja begleitet hatte, kehrte ich zurück. Der Kontakt mit meinem Bruder war wie ein Wunder, und ein Wunder erschüttert die Seele! Es war ein bescheidenes, aber lebendiges, wirkliches Glück. Mein Ich war in solchen besonderen Minuten ganz leicht zu öffnen – hätte mich jemand gefragt, dann hätte ich sofort (und mit Freuden!) alles über mich erzählt. Ich hätte mich weder gesträubt noch hinter vertrackten, listigen Erklärungen versteckt. So bin ich. Ganz und gar. Nehmt mich, wie ich bin …

Aber die Minuten des bereiteten, besser gesagt, bestellten Glücks waren schnell vorbei, ein Zufall auf der Straße trieb es mir aus. Ich umrundete das Krankenhaus (als ich die Station der »Friedlichen« verlassen hatte) nicht auf derselben Seite, wo wir gegangen waren, sondern auf der großen Ausfallstraße, wo die Autos in einem hundert Meter langen, lärmenden Feiertagsstau standen.

Die Menschen (ebenfalls ein Zufall) waren bereits aus den verschiedenen ausländischen Wagen, »Schigulis« und »Moskwitschs« ausgestiegen, schrien und tanzten – neben dem Krankenhaus! Zwei oder drei Hochzeitsautos, im ersten der weiße Kokon der Braut im Schleier. Hochzeiten werden oft mit den Maifeierlichkeiten zusammengelegt (man nutzt die allgemeine Feststimmung zur eigenen Freude). Luftballons. Bunte, flatternde Bänder. Fähnchen. Und Fratzen wie im Karneval. Ich in meinen Schlappen und meiner ausgeleierten Trainingshose könnte auch mittanzen und die Erlaubnis zum Verlassen des Krankenhauses wie ein weißes Taschentuch schwenken. Maske: Idiot mit Passierschein. Ich merkte plötzlich, daß ich stehengeblieben war und wäßrige Tränen über mein Gesicht liefen, einfach so, ohne Grund. Die Menschen aber tanzten, sangen und grölten. Fratzen. Visagen. Dummfröhliches, buntes Treiben. Man hatte einen Kreis gebildet. Klatschte. Eine Frau im Feuerwehrhelm, na so was! Die Eltern der Neuvermählten tanzten irgend etwas, die steifen Knie vollführten einen Tanz nach alter Sitte. Ein lärmendes, heidnisches Irrenhaus, und nun die Apotheose: Ein Betrunkener, der den Krankenhausinsassen in Schlappen für einen Maskierten hielt, stieß mich in den Kreis hinein – tanz gefälligst, wenn du dich verkleidet hast! … »Laß mich in Frieden!« sagte ich. Und ging verdrossen weg, mit einem mißmutigen Gefühl; mein glückliches Ich blieb versprengt in der Menge zurück. Aber diese ungezügelten, heidnischen Minuten rüttelten mich auf und halfen mir aus der Klemme, als ich zurück war. Denn ich hatte nichts vorausgeahnt. Gar nichts.

Ich kehrte zurück – trat in Iwan Jemeljanowitschs Kabinett ein und (ich erinnere mich genau) zügelte bereits auf der Schwelle mein Gefühl, das mich auf der Straße erfüllt hatte: Ich zog es in mich ein, wie ein Junge seine Kaugummiblase einsaugt, um sie vor den Erwachsenen zu verstecken.

Ich kam näher und blieb stehen. Berichtete, daß ich meinen Bruder heimgebracht hätte.

Wer zuerst damit anfing, weiß ich nicht mehr. Cholin-Wolin. Oder beide gleichzeitig. Ihre vorbereiteten Sätze und Fragen prasselten wie Hagel auf mich nieder! Stimme von rechts (kalt, mit schmeichelndem Tonfall), Stimme von links (eindringlich):

»Sie haben uns, den Ärzten, nichts von Ihrem geplanten Mord gesagt.«

»Warum haben Sie nichts gesagt?«

»Sie hätten um Haaresbreite einen Mord begangen.«

Iwan: »Sie haben doch einen Menschen getötet? Geben Sie es zu!«

Cholin-Wolin: »Wollten Sie töten?«

»Wir sind Ärzte. Sagen Sie uns alles.«

»Es wird Sie erleichtern …«

Aus heiterem Himmel – und unter Ausnutzung meiner durch die Präparate verwässerten Psyche. Aber (zweifellos) auch meiner glücklichen Abgeschlafftheit nach dem Geschenk, meinen Bruder begleiten zu dürfen. In meiner aufgeweichten Gemütslage fuhr ich plötzlich zusammen und floß ihnen wie Wasser entgegen, wie mein Bruder Wenedikt Petrowitsch, als er mit der Stimme unseres Vaters zu singen begonnen hatte, ich war Wachs in ihren Händen, fing an zu weinen. (Sie hatten auch auf die Verwandtschaft gesetzt – darauf, daß wir die gleiche Sollbruchstelle hätten.)

Sie erwarteten, daß ich plötzlich – nachdem ich den Kloß im Hals heruntergeschluckt hätte – im Überschwang des Gefühls hinausschrie: »Ja. Ja. Ja!« Und selbst sprachlos wäre über die überraschende Leichtigkeit, mit der mir das Geständnis über die Lippen geflattert war.

Sie dachten, daß meine Seele jetzt bei Wenja sei (das stimmte), meine Seele war aber durch das unkalkulierte Zickzack in die Arme der groben Menschenmenge auf der Straße geraten und einen Augenblick dort steckengeblieben, Zufall.

Cholin-Wolin hob die Hände und begann mit seinen hypnotisierenden Bewegungen (denselben, mit denen er Wenedikt Petrowitsch zum Singen gebracht hatte?). »Hierher. Schauen Sie hierher!« schrie er und hielt mir die flache Hand vor die Augen. Ich erstarrte innerlich, aber das war auch alles. Ich schwieg. Er hob langsam die Handflächen zu meinem Gesicht, ohne seinen Blick von mir abzuwenden. Von links näherte sich mir (noch langsamer), den Tisch umrundend, Iwan Jemeljanowitsch:

»Die Hände. Hän-de.« Cholin-Wolin stanzte die Laute in mich ein. Durchbohrte mich mit den Augen.

Und, o Wunder: Ich hob (gegen meinen Willen) langsam beide Hände, als würde ich mich ergeben. Freilich nur schleppend, in schwachen Schüben, wie eine Marionette, aber ich hob sie doch immer weiter hoch, bis meine Handflächen über meinem Kopf angelangt waren. Mein Kopf war benommen. Aber nicht vollkommen benebelt. Das eine oder andere drang durch den Nebelschleier.

»Sie werden erleichtert sein, wenn Sie gestehen.«

»Ohne Einzelheiten. Nur die Tatsache an sich. Damit wir Sie heilen können ...«

Wieder redeten beide von zwei Seiten auf mich ein. Von rechts und links.

»Sie werden ohne ein Geständnis nicht weiterleben können.«

»Sie werden verrückt werden.«

»Das Geständnis wird eine Freude für Sie sein.«

Etwas anderes wurde eine Freude: Vor meinen Augen entstand (zunächst als Tunnel im Nebelschleier) die Straße mit der stehenden Autoschlange, Farben flammten auf, die Bänder und Luftballons aus den Autofenstern, der Brautschleier, die Tröten und Trillerpfeifen, das Schauspiel der bunten Kleinbürgerhochzeit und ... jene ordinäre tanzende Frau im Feuerwehrhelm. Hä-hä-hä, grinste sie. Ich befreite mich aus dem Hypnosenebel. Hä-hä-hä. Ich ließ langsam die Arme sinken. Der Nebel war weg.

Aber sie warteten noch immer. Da trat ein Lachen auf meine Lippen (wie ein Junge den Kaugummi im Mund zu einer weißen Blase formt und vor den Lippen knacken läßt). Meine Lippen verzogen sich in die Breite. Die Blase platzte ihnen mitten ins Gesicht – ich lächelte.

Sie merkten, daß der Augenblick verpaßt war. Sie merkten, daß es aus irgendeinem Grund nicht geklappt hatte. Es war schiefgegangen. Da empörten sich beide (die stümperhaften Zauberkünstler) und machten mir Vorwürfe:

»Wo haben Sie sich denn so lange herumgetrieben?«

»Was lachen Sie denn so?« ärgerte sich Iwan Jemeljanowitsch.

Ich aber schwieg. Würde ich noch länger schweigen, dann stünden sie blamiert und lächerlich da.

Das wäre eine tolle Sache: nicht zu antworten und nur wie ein kleiner Junge blöde zu grinsen. Darauf lief es ja hinaus. So verwandelte sich die von langer Hand vorbereitete (und raffiniert hinausgezögerte) psychoanalytische Selbstaufdeckung um Haaresbreite in nichts, in eine Farce.

Aber ... aber sie fingen sich. Iwan (echter Profi, kann man nicht anders sagen!) schaffte es schon nach wenigen Augenblicken, die Situation zu retten (und das Gesicht zu wahren), indem er mich anstachelte. Iwan Jemeljanowitsch erklärte mir plötzlich sehr deutlich (gab mir klipp und klar zu verstehen), daß *jeder, aber auch jeder,* der in einem Tobsuchtsanfall etwas von einem Fenster im vierten Stock brüllte, von einem Messer und einem »sprachlosen nächtlichen Gewissen« (das hatte ich also geschrien, als mich die »Rettung« herbrachte) – daß dieser schreiende Mensch entweder schon einen Mord begangen hatte oder einen zu begehen beabsichtigte und sich beizeiten mildernde Umstände sicherte, in dem Sinne, daß er ja kein Mörder sei, sondern ein Geisteskranker. »Aber Sie sind nicht geisteskrank. Sie sind Sie!« schleuderte mir der erfahrene Psychiater ins Gesicht (rüttelte mein Ich auf) und ließ damit die eigene Maske fallen, enttarnte aber auch mich.

Cholin-Wolin pflichtete ihm mit hellwachen Sinnen bei:

»Sie haben wohl geglaubt, Sie könnten sich vor uns verstecken, Herr Schlag!«

Das traf genauso plötzlich und schmerzhaft. Und sollte mich natürlich auch provozieren. (Das mit dem Schlag konnten sie nur von einem einzigen Menschen erfahren haben.)

Sie verstanden ihr Handwerk: Der eine öffnete mich, der andere stieß auf ein Zeichen zu und traf den wunden Punkt. »Meinen Bruder! Meinen schwachsinnigen Bruder haben Sie ausgefragt! Da haben Sie ja den Richtigen gefunden! Sind Sie wirklich Ärzte? Sie sind Spitzel! Schweine!« kreischte ich zur Antwort, gab mich damit leider geschlagen und schnappte aus meinem wäßrigen Zustand geradewegs in Hysterie über. Und mit jedem Schrei verspielte ich meinen potentiellen Sieg, meine gute Stellung (wie ein Schachspieler sagen würde).

Aber diese beiden Spitzenärzte verloren ebenfalls die Nerven und explodierten! Nicht ich reizte sie, sondern ihr eigener Mißerfolg. Sie konnten mir ihren kläglichen Hypnoseversuch nicht verzeihen: Ihr Patient, ihr Schützling, der schäbige alte Hungerleider stand aufrecht vor ihnen und lächelte nach all ihren

Anstrengungen wie ein Kind, lächelte ihnen wie zwei Betrügern zu.

»Freuen Sie sich nicht zu früh?!«

»Er spielt den Philosophen!« polterten beide im psychiatrischen Fachjargon.

Und weiter:

»Heraklit aus Zimmer drei, *linkes Bett*!« Natürlich Cholin.

Das stimmte, es traf dem Sinn nach auf mich zu, aber auf sehr niedrigem Niveau der menschlichen Kommunikation – es klang ziemlich marktschreierisch (und von einem bestimmten Augenblick an völlig unbedarft, würde ich sagen). Sie standen vor der Tür des Kabinetts und schrien. Ich hatte den Raum ja nur betreten und war nicht weitergegangen. Hier an der Tür hatten sie mit mir gesprochen, hier hatte ich unter ihrer Hypnose die Hände gehoben. Hier schrien wir (nun alle drei). Auf der anderen Seite des Kabinetts lugte Schwester Adela Semjonowna ab und zu durch den Türspalt herein und versteckte gleich wieder erschrocken ihr Antlitz (mit dem Muttermal) hinter dem Türrahmen. Es ist furchtbar, wenn drei Männer brüllen.

»Stop, stop ...« Iwan Jemeljanowitsch gab Cholin ein Zeichen.

Der hielt inne (wie im Anlauf) und erstarrte.

Iwan hatte mich als erster angestachelt und bekam auch als erster die Situation in den Griff. Er gab Cholin mit einer energischen Handbewegung zu verstehen, daß es genug war – genug, wir machen Schluß – alles klar!

Cholin-Wolin verstand nicht.

»Ist doch klar, Cholin! Sorge dafür, daß er in Zimmer eins verlegt wird.« Danach wandte sich der Chefarzt Iwan Jemeljanowitsch abrupt von mir ab, als hätte er einen Punkt gesetzt. Groß und mächtig, begab er sich mit schweren Schritten zu seinem großen Tisch und setzte sich seufzend, wie sich ein Mann setzt, der sein Tagwerk beendet hat.

Er setzte sich, um zu telefonieren. Er telefonierte in anderen Angelegenheiten (Dinge, die er morgen zu erledigen hatte).

Cholin-Wolin erklärte mir (er hatte bereits Dampf abgelassen):

»Es geht nicht anders. Es wird besser für Sie sein. Die Hauptsache ist jetzt, daß Sie geheilt werden ...«

Ich blieb stumm. Zitterte am ganzen Körper.

Cholin-Wolin wiederholte (nun schon ganz ruhig) die von ihnen getroffene Entscheidung: Ich würde in Zimmer eins verlegt. Dort sei ich besser aufgehoben ...

Bis auf Zimmer eins hatten alle Krankensäle der Station einen gemeinsamen Korridor (in dem ich so gern umherschlenderte!). Zimmer eins hatte keinen Kontakt zur Außenwelt.

In Zimmer eins befanden sich, wie ich von Schwester Marusja wußte, Menschen, die einer Straftat verdächtigt wurden oder schon überführt waren.

Am Abend

Am Abend ging ich Grießbrei essen und trank ihren komischen Kaffee mit einem Löffel Kondensmilch. Etwas Heißes. Ich bekam gleich zwei Gläser. Ich bekäme auch drei, wenn ich wollte, es war Feiertag, niemand war da.

Vereinzelte krumme Rücken von Patienten. Auf den Tischen die begehrten Häufchen ungenutzten Zuckers.

Als ich mir meine Spritze holte, sah ich Marusja – sie wußte schon alles (über meine Verlegung in Zimmer eins). Ihre Meinung: Ich sei an einen hochgradig gereizten Menschen geraten, ob ich denn nicht im Bilde sei, daß Iwan Jemeljanowitsch den ganzen Tag auf Schwester Inna gewartet habe (er habe sogar in den Krankensälen nach ihr ausgespäht)? Er habe gewartet, weil sie sich verabredet hätten, habe sich vor Ungeduld verzehrt, aber sie sei nicht gekommen (sie sei eben so eine!). Er habe es nicht ausgehalten und bei ihr zu Hause angerufen – aber da sei sie auch nicht gewesen! Dabei habe er sich doch extra Zeit genommen und sich von der Familie losgerissen. Er sei über die Feiertage im Dienst geblieben, habe für *beide Tage* zugestimmt, und sie …

Marusja dehnte das Gespräch mit mir nicht aus. (Es war gefährlich. Der Zorn des Chefs hing in der Luft.) Wir alle redeten genüßlich über Schwester Inna, die nicht sehr schön war, aber groß und attraktiv, vor allem wegen ihrer langen Beine. Iwan hatte ihr mit einiger Mühe den Lohn einer Oberschwester im Schichtdienst verschafft. Sie hatte es ihm eifrig mit der Gegenleistung vergolten, die man dem Chef in solchen Fällen erwies. Aber irgend etwas war dann falsch gelaufen … hier tappte Marusja im dunkeln, wußte nur wenig. Aber was sie wußte, das wußte sie: Iwan Jemeljanowitsch hatte nicht nur den verhaßten Feiertagsdienst übernommen, sondern auch die Oberschwester (Kalerija) schon am Morgen heimgeschickt, sie solle sich am Feiertag ausruhen, Kalerija hatte nämlich ein scharfes Auge und schnüffelte überall herum.

Marusjas Erklärung (die Welt wird von schlichten Wünschen beherrscht) erschien mir zu oberflächlich. Ich mochte sie nicht glauben. Einen geschlagenen halben Tag hatten sie sich mit mir abgegeben! Schnaps getrunken, angestoßen, Wenja zum Singen gezwungen, mich ausgefragt, ausgehorcht und zu guter Letzt in Zimmer eins verlegt, und alles nur, weil der gesetzte Mann wegen des Ausbleibens einer jungen, langbeinigen Frau beunruhigt (und vielleicht aufgebracht) war? Trieb der berühmte Psychiater wirklich einen halben Tag lang ein psychologisches Katz-und-Maus-Spiel und spann um den Kranken (um mich) ein hauchfeines, einlullendes Spinngewebe, während sich in seinem Kopf nur ein einziger Satz wiederholte? Nämlich: *Ist sie immer noch nicht da*? Ich konnte es nicht glauben. (Es war sogar kränkend.) Das mit der Krankenschwester, der Warterei, der Nervosität und der öden Langeweile am Feiertag stimmte vielleicht für den

Anfang, aber dann nahmen die Ärzte (beide, dessen war ich mir sicher) die Fährte wie Jagdhunde auf: Ihr voreingenommenes Gerede. Ihr Atem. Ihr dummes Geschwätz.

Sie wußten natürlich Bescheid. Nach meinem Messergeschrei (in der Nacht, als ich eingeliefert wurde) hatten die Ärzte in der Notaufnahme Iwan sofort verständigt, und der hatte nicht lang gefackelt und ebenfalls sofort eine Auskunft eingeholt. Wie ich später erfuhr, hatte man schon am nächsten Tag (über Chen) etwas über das Wohnheim herausgefunden, in dem ich viele Jahre als Wächter gelebt hatte. Jetzt sah man schon klarer. (Ich war kein Schriftsteller, sondern ein Penner.) Man rief im Wohnheim an und wurde an die benachbarte Miliz verwiesen, wo man in der Ermittlungsabteilung gerne bestätigte, *ja,* ich sei vorgeladen worden, *ja,* ich sei im Mordfall des Kaukasiers einer der Tatverdächtigen gewesen, *ja, der wurde mit einem Messer getötet.*

Ich bin nicht sicher, aber möglicherweise war ich Iwan Jemeljanowitsch sogar *lästig,* wir sind verpflichtet, den Mann zu überprüfen, Herr Kollege. Natürlich rangierte ich auf der Liste der Tatverdächtigen ganz am Ende. Nummer 168. Ganz kleiner Fisch. Der Chefarzt behielt mich selbstverständlich keine zwei Minuten im Kopf (er hatte ja so viele Patienten), aber heute am Feiertag, wo es lauter Kleinkram zu tun gab – und ich gehörte dazu –, beschloß er, mir auf den Zahn zu fühlen. Er hatte sich einfach plötzlich an mich erinnert. Außerdem hatte er an diesen Feiertagen einen jungen, energischen Arzt bei sich. (Cholin-Wolin galt als Meister der psychologischen Aufstachelung.) So feierten also beide, zum Dienst gezwungen, den Maifeiertag außer Haus, tranken, zählten die Cäsaren auf, besprachen das Scheitern Sresnewskis im Gesundheitsministerium und nahmen mich im Laufe des langen Tages eben mal unter die Lupe. So ist das Leben. Und vielleicht kreisten ihre trüben Gedanken nicht hauptsächlich um mich, nicht um Sresnewski, nicht um den verdünnten Alkohol auf dem Tisch und nicht einmal um Inna, sondern um die fade Langeweile in diesen vier Wänden am heutigen Feiertag. Man stelle sich vor!

Iwan Jemeljanowitsch hatte sich erst ab einem nicht genau definierbaren Augenblick ernsthaft eingeschaltet – plötzlich und aus heiterem Himmel (warum?) hatte er die Stimme gehoben:

»Mein Lieber, es gibt zwei Gründe, so zu simulieren. Entweder man will töten. Oder man hat schon Hand angelegt.«

Und ohne den Blick abzuwenden:

»Ja, ja. Blaß werden gilt nicht. Ich glaube Ihnen und Ihrer Blässe nicht. Weil ich nicht glaube, daß einer wie Sie Angst bekommt!«

Das waren sicher keine wohlüberlegten Worte (die er mir ins Gesicht schleudern wollte). Er war doch zu nervös. Er machte ja schon Druck, schrie. Wir sahen plötzlich alle rot. Iwan drückte. Cholin schrie. Ich stand da. (In meinem Kopf zuckten nur Gedankensplitter, zuck, zuck, zuck – wie die Spitze eines eingeklemmten Hundeschwanzes.)

Mit Iwan war vielleicht einfach der Gaul durchgegangen. Der Psychiater schuf mein Bild – ja, ja, vor aller Augen modellierte er es begeistert, während er mich und mein unsichtbares Leben zu erraten versuchte (und zum Teil erriet).

»Hat sich klein gemacht! War immer ganz still! Hat bei der Visite keine Klage, keinen Mucks verlauten lassen. Sie erinnern sich bestimmt«, das galt Cholin-Wolin, »daß unser Patient bei der Einlieferung die ganze Zeit etwas von einem *nächtlichen sprachlosen Gewissen* gefaselt hat.«

»Und von einem Messer.«

»Und von einem Messer, aber nur leise … sollte das ein absichtlicher Versprecher sein? Sah ganz so aus! Aber der Versprecher war zweiseitig. Zuerst fiel ich drauf rein und dachte (mußte einfach denken): Unser Patient simuliert hinsichtlich einer künftigen Rechtsverletzung. Bereitet sozusagen den Boden vor. Dann verläßt er die Klinik und bringt jemanden um. Oder schlägt ihn zum Krüppel. Und selbst wenn er gefaßt wird, ist er weitgehend geschützt, er kommt ja gerade erst aus der Psychiatrie … Er erschien mir wie einer, der *vorausschauend arbeitet*, mehr nicht …«

Iwan (er durchbohrte mich mit seinem Blick) beschrieb mich schreiend weiter in der dritten Person:

»Aber dann schaute ich ihn mir genauer an. Und überlegte. Wir sind vielleicht keine Psychiater von Weltruf. Aber wenn wir nicht von Revisionen bedrängt, nicht geschubst, nicht gezerrt und nicht mit Berichten überhäuft werden, dann denken wir schließlich auch. Dann lösen wir auch Rätsel! Wir haben zugleich Ihren kranken Bruder Wenedikt Jerofejew ausgefragt …«

Er überlegte laut, als wolle er möglichst rasch alles in einem Atemzug sagen (und seinen geistigen Höhenflug nicht unterbrechen):

»Es gab einen Augenblick, da taten Sie mir leid. Der Mann ist schon grau. Nicht dumm. Gewieft. Um sein Ich besorgt, aber ohne etwas begriffen zu haben … Ein zweiter Wenedikt Petrowitsch.«

Er sprach jetzt ruhiger und kälter. Saß am Tisch.

»Ein zweiter Wenedikt Petrowitsch«, wiederholte er so bedeutungsvoll, daß ich das Gefühl hatte, ich erblicke ein Licht und verspüre Schmerz. Die Fenster. Ich erblickte die Fenster. Das Kabinett war auf einmal hell und riesig. In mir (unter dem Deckel ihrer Präparate) lebte mein Schmerz wieder auf und überrieselte mich unter der Haut wie Sprudelbläschen.

Plötzlich bewegte ich mich durch das ganze Kabinett auf Iwan Jemeljanowitsch zu, ging mit meinem aufgebrochenen Schmerz. Der Schmerz stammte noch vom gleißenden Schnee der Breschnewjahrzehnte, der Schmerz zog sich in die Länge, ich trug ihn (den langen Schmerz) auf der Schulter wie ein Brett, das irgendwo in einen Zaun genagelt werden sollte.

Ich trat ganz nah an ihn heran: Auf ihrem Tisch stand schon der Tee. Einfach Tee. Der unbedeutende Sjusin war bei ihnen – er hatte ihn ja auch gekocht, im elektrischen Teekessel, ein Päckchen für alle. Wie es bei den Ärzten so üblich ist. Sie lieben die schnelle, leichte Aufgeputschtheit.

Iwan Jemeljanowitsch setzte die Tasse an den Mund, trank in großen heißen Schlucken, um die Reste des Rausches zu vertreiben.

»Sie sind das gewesen? Sie?« fragte ich.

Wahrscheinlich war mein Gesicht so verzerrt und zeigte ihm meinen Schmerz und meine innere Erschütterung so deutlich, daß er verstand, was ich meinte. Er verstand, obwohl ein Krampf in der Kehle meine Frage abgebrochen (im Anlauf unterdrückt) hatte.

»Ja.«

»Sie sind das gewesen, Sie haben meinen Bruder vor vielen Jahren behandelt?«

Er nickte wieder: Ja.

Ich konnte nicht sprechen.

Er fuhr (ohne sich zu rechtfertigen) in seinem gleichmütigen Baß fort:

»Ich war der behandelnde Arzt – das können Sie mir gern glauben …«

Er grinste. Mir wurde schwarz vor Augen – ich spürte, wie das bleierne Gewicht ihres Präparates meinen Körper zu Boden drückte. Ich wollte einen Schritt machen. Konnte es nicht.

Mit seinem Tonfall, seinem Grinsen und seinen lachenden Augen provozierte mich der Psychiater weiter. Er hatte meine Erschütterung eingefädelt. Jetzt sah er sie sich an. Untersuchte sie. Wollte er ihr Wesen verstehen? Ihren kriminellen Grad? Ich wußte es nicht. Schon im nächsten Augenblick stürzte sich Sjusin auf mich und hängte sich an meine Schulter.

Cholin-Wolin schrie auf (ironisch gefärbter Warnschrei):

»Ist das ein sturer Knochen!«

Instinktiv strebte ich jetzt mit einem Ruck in seine Richtung, aber Sjusin im weißen Kittel hing wie ein Stein an meiner Schulter.

»Sachte, sachte! Draußen sind ja auch unsere Pfleger. Immer paarweise. Wir brauchen nur zu pfeifen!« Cholin-Wolin hatte sich wohl doch ein wenig vor mir erschrocken. (Er traute den Präparaten nicht restlos.)

Ich machte wieder einen Ruck. Sjusin hing an mir. Schwer. Meiner rechten Hand (ich spürte es) fehlte ihre Kraft, ihre Bewegungsfreiheit, aber ... sie hielt einen Knopf. Ich hatte ihn Sjusin vom Hemd abgerissen (dessen weißer Kittel war oben offen).

Iwan Jemeljanowitsch sagte langsam:

»Lassen Sie ihn. Lassen Sie ihn los.«

Pause. Iwan trank langsam Tee. Ich atmete schwer (aber sah alles, jede Kleinigkeit). Sjusin keuchte ebenfalls, stand neben mir.

Cholin (der ironische Kater) streckte seine Hand aus und ergriff den losen Faden an Sjusins Hemd. Zeigte ihn: Da seht, wie er ihm den Knopf abgerissen hat! Der Hund! ... Cholin zog den Faden langsam heraus und brachte Sjusins Hemd in Ordnung. Lächelte: Der Ausbruch hat nur einen Knopf gekostet, man schimpft immer auf die Medizin, aber das Präparat taugt doch wirklich was!

Iwan Jemeljanowitsch war beherrscht – die Emotion wich einer betont kalten Wut, wie sie für leitende Psychiater charakteristisch ist.

»Sie haben fest geglaubt, Sie seien kein Dummkopf? Ja, wissen Sie überhaupt, wie viele Nichtidioten ich hier zu Gesicht bekommen habe? Wie vielen Klugen, und was für Klugen ich das Innere nach außen gekrempelt habe? ... Das geht über Ihr Begriffsvermögen.«

In der Stimme dieselbe Kälte (die Stimme raste leise):

»Glauben Sie, Sie hätten uns ein Rätsel aufgegeben? Wir lachen doch jedesmal, wenn wir Ihre müßigen Anstrengungen, sich zu tarnen, sehen und hören! ... Sie sind überhaupt nicht krank. Sie sind nichts. Aus der Sicht des Psychiaters sind Sie eine amorphe menschliche Amöbe, die ich jetzt gehörig ausklopfen und umkrempeln werde (Sie haben mich dazu gezwungen). Mir ging es heute nur um eins: sie zu fühlen.«

Er holte Luft.

»Im weiteren werden Sie sich selbst umkrempeln – und selbst alles auspacken, was Sie auf dem Kerbholz haben!«

Sein Gesicht verzog sich zur Grimasse, die seine Kenntnis der menschlichen Schwächen verraten sollte – zur Grimasse des Mitleids mit den Menschen (auch mit mir).

Die Falten hingen knittrig und unsymmetrisch herab und furchten die Wangen – ein Mann, der *selbst Spritzen verpaßt* hatte. Ein einsichtiger Mann. Ein Mann, der für die Obrigkeit die Menschen abscheidet. Wie ein Klärbecken. Das war Iwan Jemeljanowitsch und würde es immer sein. Dürftiges Maß der Loyalität – ein funktionaler Mensch, der unser Ich ausschnüffelt. Er lügt, dachte ich. Er kennt *mich* nicht. Er weiß etwas *über mich*.

»Sie haben meinen Bruder behandelt. Das wird Ihnen nicht verziehen werden«, stieß ich mühsam heraus.

»Wirklich?« Er lachte wieder. Provozierte mich.

Ich machte einen halben Schritt auf ihn zu. Trat näher.

»Na?« Er lachte, er unterschätzte mich absichtlich. Er war stark. Brauchte wohl nicht einmal die Pfleger zu rufen, um einen Menschen hinauszuwerfen.

Ich tat noch einen Schritt. Ich sah nichts (im Nebel). Möglicherweise hatte Iwan Sjusin ein Zeichen gegeben: Misch dich nicht ein … Sonst hätte der sich wieder an mich gehängt.

Lachend fragte er noch, wie ein Arzt fragt:

»Ihr Verstand funktioniert, da gibt's nichts zu meckern. Der Mechanismus läuft wie geschmiert. Aber was ist mit dem Rest? … Was machen die Hände? Was macht die Potenz?«

»Die Hände?« Das sagte ich gedämpft, drohend (noch einen Schritt, ich war ihm schon ganz nah).

Iwan machte sich abwehrbereit – er hatte die Brust bislang

auf dem Tisch aufgestützt, jetzt saß er etwas gerader. Er rückte vom Tisch ab. (Sein Blick war schärfer geworden. Ich sehe alles.)

»Ja, Ihre Hände, die interessieren mich«, fuhr er fort, nachdem er vom Tisch abgerückt war (der Arzt redete in ihm weiter).

Aber ich kannte meine Reaktion, wußte, daß ich ihn erreichen würde. Ich brauchte noch einen halben Schritt, höchstens einen ganzen.

»Na?!«

Ich hob die Schulter, konnte aber nicht ausholen. Ich versuchte es, wie sich ein Gelähmter zu bewegen versucht, der seinen Zustand vergessen hat. Das hatte er wahrscheinlich vorausgesehen. Das Blut schoß nicht in meine Hand, die Finger ballten sich nicht zur Faust – nichts, null, sie blieben schlapp. Und auch mein Zorn erwies sich als Schatten, als Nichts – es war der Nichtschlag, der mich so erschreckte.

Iwan Jemeljanowitschs Gesicht, das durch meinen Zorn zu einem winzigen Punkt geschrumpft war (auf den ich zielte), ging jetzt wieder in die Breite und nahm seine Züge an – Nase, Stirn, kräftige Wülste über den Brauen, ein Mann mit großem Kopf. Das Gesicht war ernst. Und noch etwas lag darin: der leise Triumph des Augenblicks. Der Augenblick selbst. Das spöttische Lächeln eines Mannes, der diesen Augenblick provoziert und berechnet hat.

»Na?« fragte er ruhig.

Diesen Nichtschlag zu verarbeiten war für meine Psyche so schwer, daß ich erstarrt war: Ich hatte die Sprache verloren.

Aber wahrscheinlich zeigte ich keine klaren Symptome. Ich war zu angespannt. Die erbärmliche Nässe auf meiner Stirn, meinem Hals, meinen Wangen und (plötzlich) meinen Lidern waren keine Tränen und keine Zeichen der Zerknirschtheit aller Kranken dieser Welt, sondern bedeutete nur, daß ihr Präparat hier und dort als leichter Schweiß austrat.

Und nun sprach Iwan Jemeljanowitsch, sagte Cholin-Wolin:

»Verlegen wir ihn in Zimmer eins.«

Er wußte, daß ich mit dem Präparat vollgepumpt war, wußte, daß ich nicht zuschlagen konnte, aber es war ihm wohl wichtig zu sehen, wie sehr ich zum Schlag bereit war – und ob ich losschlagen würde. In dem einen Augenblick (als ich zuschlagen wollte) erfuhr er, der Profi, mehr über mich als in dem ganzen Monat (oder zwei?) meines Aufenthaltes hier im Krankenhaus. Er erblickte meine Augen.

»Wir verlegen ihn in Zimmer eins. Zu Pyljajew.«

Und zugleich eine erklärende Bemerkung (gewissermaßen ein Tadel zwischen den Zeilen) an meinen behandelnden Arzt Sjusin:

»Und keinen Besuch mehr. Weder Weiber noch Gelage. Der hat sich bei uns einen feinen Lenz gemacht!« (Natürlich hatte man ihn über Sinaida und ihre Freundin unterrichtet.)

Sjusin nickte.

»Weder Weiber noch Gelage. Das Fest ist vorbei. Pyljajew wird die Dosis erhöhen, aber nicht auf Anhieb … Und erklär diesem Penner (mir), daß er an unserer Nadel hängt.«

Irgend etwas Ironisches verzapfte ihm auch Cholin-Wolin. Ich wurde weggeführt. Punkt. Da ging ich nun – ich wußte nicht einmal mehr, wie Sjusin mich am Arm genommen hatte, ohne Druck, und mich ganz ruhig führte. Ich spürte nur, daß ich ging und geführt wurde. Wahrscheinlich wie Wenedikt Petrowitsch, als ich ihn vorhin auf dem Gang durch die beidseits auflodernden Büsche führte, die beim Schweißen entstanden.

In meinen Ohren dröhnten noch Iwans letzte Worte:

»So ein Geschmeiß. Der wollte mich tatsächlich schlagen. Da behandelt man sie! Kommt ihnen zu Hilfe, und sie scheißen dir auf den Kopf.«

Cholin-Wolin machte irgendeine Bemerkung, woraufhin Iwan resignierend die Hände hob:

»Kann man sich denn bei dieser Scheißarbeit beherrschen!«

Sjusin führte mich. Hielt mich am Arm. Der kleine, simple, verläßliche und, zugegeben, mutige Sjusin. Ich hatte ihn noch im Krankensaal schätzen gelernt. Psychopathen sind kein Honigschlecken und stehen auch nicht immer mit dem richtigen Bein zuerst auf, da gibt es schrecklichen Streit um nichts. Durch die im Blut zirkulierenden Neuroleptika gedämpft, kommen sie anscheinend miteinander klar. Aber da knurrt ein Tobsüchtiger etwas, und ein Debiler, so ein Schrank mit breiten Schultern, knurrt eine Erwiderung. Sie brüllen sich an. Schon mischt sich ein Dritter ein, der wie besessen stottert (man muß sie sofort trennen, noch vor der Prügelei, sonst Gnade Gott!), da stürzt sich Sjusin im weißen Kittel mit fliegenden Bändeln in ihr Knäuel. Trennt sie und redet ihnen gut zu. Reißt sie auseinander! (Schiedsrichter inmitten wutschäumender Hockeyspieler.) Die Krankenschwester, ach-ach-ach, rennt und ruft die Pfleger, schreit ihre Namen, aber bis die da sind, hat Sjusin die Patienten schon getrennt und auf ihre Betten geschubst. Hat sie zerstreut. Allein. Ein gewöhnlicher kleiner Doktor. Mittlerer Größe. Mit hoher Fistelstimme.

Als ich hinausgeführt wurde, klingelte das Telefon, und ich konnte noch sehen, wie Iwan Jemeljanowitsch den Hörer abnahm. Der verläßliche Sjusin blieb wie angewurzelt stehen, hatte mich schon am Ellbogen packen wollen. Das Telefon hatte ihn gestoppt. Vielleicht irgendwelche Änderungen? (Andere Anweisungen?) Sjusin stand da – und ich neben ihm.

Iwan Jemeljanowitsch nahm den Hörer ab (für ihn waren Sjusin und ich, die an der Tür verharrten, bereits Luft, ein Komma, eine kaum merkbare Störung) und lauschte. Seine Wangen färbten sich rosig. Eine lange, warme Rinderzunge schleckte dem Chefarzt das große Herz ab. Dennoch konnte Iwan Sjusin mit den Augen (und der Hand) bedeuten: Geht schon, geht! Aber die Geste gelang nicht vollständig, und mein behandelnder Arzt Sjusin stand unschlüssig und wie versteinert einen halben Schritt vor der Tür. Er wartete. Auch ich wartete. Da begriffen wir – wir alle: Man teilte Iwan Jemeljanowitsch mit, daß die langbeinige

Krankenschwester zum Dienst gekommen war; Inna war endlich zur Arbeit erschienen.

»Ah?«

Dann sagte er in den Hörer (ebenfalls unwillig):

»Ja. Ich höre.«

Er blätterte gedankenlos in irgendwelchen Papieren – ein dikker Papierstapel raschelte unter seinen großen Händen. (In den Papieren verbargen sich die Patienten, viele Patienten, Hunderte. Auch ich, Patient Petrowitsch, hätte wie alle darin verschwinden können, wenn ich heute geschwiegen hätte.) Iwan Jemeljanowitsch angelte sich eine Zigarette. Steckte sie langsam an, ohne den Hörer vom Ohr zu nehmen, und lauschte weiter. Vielleicht auf die Mitteilung, daß Schwester Inna noch nicht erschienen sei. Überhaupt konnte der Anruf mit anderen Dingen zu tun haben (mit dem Gesundheitsministerium, der Entlassung Sresnewskis). Aber Cholin-Wolin, wie auch der gespannt wartende Sjusin, wie auch ich, der ich zufällig in diesem Kabinett anwesend war, wir alle wußten von Inna und dachten an sie (das ganze Krankenhaus dachte an sie) – und deshalb betraf dieser Anruf doch Schwester Inna.

Sjusin führte mich durch den Gang.

In seinen Augen hatte ich einen Fehler gemacht (mit Iwan mußte man sich gut stellen, kluge Reden konnte man mit irgend jemand anderem führen), deshalb tadelte mich Sjusin, wie eine Kinderfrau einen kleinen Lausbub tadelt:

»Sie stehen unter Medikamenten. Sie sind geschützt. Aber wie unvorsichtig Sie doch sind!«

Ich schaute auf den Boden, auf die kalten Q-meter des Korridors, auf meine ausgelatschten Schlappen und beobachtete, wie der weiße Kittel des Arztes bei seinen gleichmäßigen Schritten wehte.

Der Krankensaal war feiertäglich leer. Nur Juri Nestorowitsch war da, er schlief. Sjusin schob mich zu meinem Bett, schlafen, schlafen – ich legte mich hin. Ich legte mich sofort und genau in die Mitte des Bettes, als hätte Sjusin mich gezielt dorthin geworfen.

Er klatschte in die Hände, wie um Staub abzuschütteln. Und ging hinaus.

Die Krankensäle füllten sich mit Patienten. Nach den Feiertagen und der häuslichen Verköstigung wirkten sie beim Mittagessen alle schlapp und kauten mißmutig. Doch dafür waren sie gesprächig. Sie hatten Mitleid mit mir. (Wußten bereits, daß ich in Zimmer eins verlegt werden sollte.) Wenn sie sich bei Marusja einfanden und den Hintern für ihre Spritze entblößten, fragten sie:

»Was ist denn mit dir? Gehörst du jetzt nicht mehr zu uns?«

Als ich mit Marusja unter vier Augen war, räumte sie die Ampullen in die Schachtel, während ich mit abgekühlter linker Gesäßbacke daneben stand.

Sie flüsterte, daß meine Dosis erhöht worden sei.

Ich fragte, ob es stimme, daß es in Zimmer eins so schrecklich sei. Es solle eine *Schlangengrube* sein. Da seien ganz andere Patienten.

»Patienten wie andere auch. Natürlich nicht solche Pusteblumen …«

Ich gab mich locker:

»Ich brauche ärztliche Behandlung. Egal wo.«

Während Marusja die Spritzen aufräumte, teilte sie mir hastig mit, ich solle auf alle Fälle einem gewissen Tschirow aus dem Weg gehen, dem Mörder, dem mit der groben Fresse, der bis zu den Ellbogen in Blut eingetaucht war. Er solle sogar ein zehnjähriges Kind auf dem Gewissen haben …

Ein Doktor kam ins Behandlungszimmer hereingewatschelt (um mich kennenzulernen), mein neuer behandelnder Arzt. Doktor Pyljajew, ein ebenso farbloser Mensch wie Sjusin. Ein bißchen langweilig. Hatte etwas von einem Orang-Utan. (Sehr lange Arme, bis zu den Knien.) Aber er war wahrscheinlich ebenfalls tapfer. Ebenfalls am richtigen Fleck. Und unfähig, höher aufzusteigen.

»Wir sehen uns bald«, sagte er. Und ging.

Am Abend … ja, gegen neun Uhr (nach dem Abendessen).

Ich machte mir keine allzu großen Vorwürfe wegen des Bruchs mit Iwan und Cholin-Wolin – meine Seele war gekentert, mein Herz schmerzte Wenjas wegen, wie hätte ich da schweigen sollen? Jetzt kannst du alles vergessen! Schuld war die Zeit, die Epoche, die Ideologie, sie hatten alle nur die Spritze gehalten, *nur gespritzt*. Sie waren auch nur Menschen. Schlichten Gemüts …

Während ich diesen Gedanken nachhing, betraten zwei weitere Einfaltspinsel unseren Saal, zwei Pfleger, und blieben in der Tür stehen. (Sie plauderten müßig mit einem Geisteskranken, der heute die Spritze versäumt hatte.) Ich bat den Debilen Alik, den verfluchten Nachttisch weiter zur Tür zu stellen, meinetwegen auch auf den Gang hinaus. Irgendwohin, Alik, was sollen wir damit? Du stößt ja nachts selbst immer dran.

Ich redete vom Nachttisch, unterdessen kam ein Pfleger, bullig wie ein Stier, ganz nah zu mir: »Halt's Maul!« Plötzlich begann er mich aus dem Bett zu stoßen – es ist *wohl* an der Zeit, dich in das andere Zimmer zu verlegen. (Ich weiß nicht, inwieweit sie sich mit den Ärzten abgesprochen hatten. Wenn ein Patient in Ungnade gefallen ist, erfahren es die Pfleger sofort.) Ich leistete Widerstand. »Bist gewohnt, Schwache rauszustoßen, du Schwein!« Ich wich ihm aus und beförderte ihn (den Stier) nicht ungeschickt mit dem Knie aufs Bett, woraufhin sich der zweite Pfleger auf mich stürzte. Er hatte sich etwas abseits bereitgehalten. Sie hatten mich zwar schon völlig überwältigt, schlugen mich aber aus Gewohnheit immer noch weiter. Auch als ich auf dem Boden lag, hieben sie mehrmals auf mich ein (ich versuchte ständig, mich wenigstens aufzusetzen). Schließlich hoben sie mich an Armen und Beinen hoch und warfen mich gleichzeitig aufs Bett. Mein festgeschraubtes Bett bewegte sich nicht – nahm mich hart auf. »Hack!« entfuhr die Luft geräuschvoll meiner Kehle, meinen Ohren und einen Augenblick später meinem After. »Hack!« So schmissen sie mich hin.

Ich lag völlig weggetreten da, aber in der Ferne sah ich gleichsam ein Flimmern: ja ... nein ... ja ... nein, nein, nein ... ja ... nein ... mein Bewußtsein war nur ein Sich-gegenseitiges-Zublinzeln von Licht und Schatten. Und versank immer weiter im Schatten. Während das Herz leise stolperte ...

Da schnallten sie mich zu zweit fest, fesselten mich ans Bett, wie man das mit Säufern im Delirium tremens macht. In Zimmer eins würden sie mich etwas später verlegen.

Am Morgen kam Iwan Jemeljanowitsch persönlich und rügte mich mit strenger Stimme (vielleicht war es ihm etwas peinlich):

»Lieber Freund. Wie war das möglich!«

Ich bemühte mich, mit den zerschlagenen Lippen zu lächeln.

Er schob meine Lider hoch und schaute in die Pupillen.

»Diese Pfleger«, bedauerte er vorwurfsvoll. »Mit denen ist nicht gut Kirschen essen.«

Ich stammelte mühsam:

»Ich hawe Ihnen Wenja nicht verwiehen.« (Ich habe Ihnen Wenja nicht verziehen.)

Er verstand. Und nickte – ja; das bleibt.

Mit dem linken Auge sah ich schlecht, manchmal war mir, als sei im Wagen der Metro (im eigenen Wagen) das Licht demoliert worden. Das Auge wird bald wieder sehen, sagten sie. Mund und Wangenknochen schmerzten. Mein Gesicht war geschwollen. Schlimmer war, daß sie mir auf die Nieren geschlagen hatten; einen Tag lang pinkelte ich rot; doch das gab sich wieder.

Über Nacht hatten sie mir Ruhe verschafft. (Die Dosis des alten Präparats plus die Dosis des neuen – ein Mix aus Neuroleptika.) Ich war *zugeknallt*, wie man hier sagte. Die Zugeknallten wurden achtsam aus einem Krankensaal in den anderen gefahren, auf einer Krankenbahre. Während sie schliefen. Ich war eingeschlafen und wachte in Zimmer eins auf.

Ich erblickte einen Rücken … den Rücken des Schläfers im Nachbarbett. Als ich den Kopf anhob, fand ich mich in einem fremden Krankensaal mit acht Betten wieder. Außer dem schlafenden Rücken meines Nachbarn, der sich mir entgegenwölbte, erblickte ich nichts Lebendiges. Alle waren beim Rauchen, ich lag hier. Ich hatte wegen der Prügel verschlafen.

Der Tag begann.

»M-mm …« Ich stöhnte. Schickte meinem Körper das erste Signal: meiner alternden leiblichen Hülle. Und sogleich lebte der Schmerz an ihrer Spitze auf – offenbar Kopfschmerz (von den Prügeln, wie Katzenjammer).

Eine Weile war das Stöhnen angenehm, dann verstummte ich. Die neue Patience der Präparate versenkte mich in ein besonderes Leben, vielmehr in ein besonderes Nichtleben (Nichtganzleben) mit noch stärker verzögerter Reaktion der chemisch gesteuerten Gefühlsregungen – meiner derzeitigen Gefühle. In meiner liegenden Position konnte ich sie gut spüren, diese zerplatzenden Sprudelbläschen in den Schläfen, den Ohren, unter der Haut der Stirn und der Wangen – die kleinen Detonationen der unterkühlten Psyche. Sie lösten mein Ich auf (wie in Säure), aber ich brüllte nicht, schlug nicht mit der Faust gegen die Wand, biß nicht meinen Nachbarn. Ich lag ruhig in meinem Bett, vollkommen einverstanden, mit ungesalzenen Tränen und tauben Gefühlen.

Ich vernahm ein Knarren. Der Kranke (ich würde seinen Namen später erfahren, Sesoscha) drehte sich um, und nun sah er meinen Rücken, der sich ihm entgegenwölbte. Ich drehte mich halb um und blickte an die Decke – sie war glatt wie eine weiße Straße, wie eine Startbahn. Wie mehrere parallele hohe Startbahnen, die durch die Kanten der weißen Platten getrennt und markiert waren.

Der Intellekt ist nur halb zu steuern (wie zum Beispiel auch die Potenz), hätte es einen Sinn, wenn ich mich jetzt mit Gewalt zum Denken zwingen wollte? (Fiel mir plötzlich ein.) Leben mit dem Wunsch, zu rauchen und statt eines faden Würstchens zwei zu essen – darin bestand jetzt der ganze Sinn. Leben mit diesen warmen Rinnsalen, die statt der Tränen aus den Augen fließen wollten. Wenn ich aufmuckte, würden sie mich schlagen. Das war klar. Aber es war als eine Spielart des Lebens zu verstehen. Ohne totale Hoffnungslosigkeit. Ein mit Fäusten geschlagenes Leben ist auch menschliches Leben und nicht das Leben einer Laus. Das begriff ich. (Einem geschlagenen Menschen würde vielleicht nicht alles im Leben glücken. Aber wem glückt schon alles?) Wenn sie mich schlügen, wäre ich vielleicht auf einmal bei den Friedlichen, irgendwo in Wenjas Nähe – verlegen Sie ihn zu Wenedikt Petrowitsch, Doktor Pyljajew! Und ich würde verlegt, sie kämen mir entgegen. Iwan Jemeljanowitsch würde es anordnen, und Doktor Pyljajew gäbe uns aus reiner Güte zwei Betten nebeneinander … Warum denn nicht? Ich sah die Szene unserer Begegnung vor mir, Wenja und mich. Die Wirklichkeit der Zukunft verwandelte sich in die Wirklichkeit der Vergangenheit (wurde von ihr garantiert). Zwei, die in die Kindheit zurückgefallen sind. Die mit den Köpfen wackeln, ja, ja, ja, ja, auf ihren Betten, auch ich werde nicken – *ja*. Beim Spaziergang im Innenhof des Krankenhauses werden wir beide nach dem Regen die Bächlein betrachten, wie damals, vor vielen, vielen Frühlingen. (Wir sind wieder daheim!) Und Vater und Mutter werden vom Himmel droben ihre Kinder am Bächlein beisammen sehen: die beiden grauen, verblödeten Greise mit ihren Papierschiffchen.

Krankensaal Nr. 1

Vollgepumpt mit Neuroleptika, bewegten wir uns wie Gestalten aus einem schleppenden, nächtlichen Traum, an den man sich nur mühsam erinnert: schlapp und fahrig. Eigentlich keine Gestalten. Doch auch wir Patienten aus Nr. 1 waren und blieben lebendige Menschen.

Mehr noch: Wir blieben gefährliche Menschen (in der Welt), obwohl wir uns kaum rühren konnten und mit Gesichtern schliefen (sogar schliefen), als wollten wir gleich losweinen. Tränen flossen nicht, aber alle hatten nahe ans Wasser gebaut. Der von den Ärzten beabsichtigte Effekt bestand wohl genau darin: in einem Leiden, das nicht der Wirklichkeit entsprach – der Gram, der einen quälte, war ewig und grundlos. Einfach Gram. Einfach Dauerpein. Es waren sozusagen nicht dein Gram und deine Pein (was das Ausmaß betraf). Das warst überhaupt nicht du selbst. Es war dein vergrößerter Schatten.

Wir waren acht Schatten, und als schlimmster Schatten galt der mit Namen Tschirow (beim Personal – »Paß bei dem auf, bei dem mit der groben Visage, der keine Zähne hat«, flüsterte mir Schwester Marusja zu). Tschirow war Auftragskiller, erschoß wahllos Menschen in ihren Wohnungen, auch Kinder, und war aufgrund des letzten Gutachtens hier eingewiesen worden, »die Todesstrafe schon in der Tasche«. Die Anerkennung als Geisteskranker war seine einzige Überlebenschance. Doch auch der puterrote Tschirow sah innerhalb dieser Mauern nicht wie ein Übeltäter aus, nicht einmal wie ein Finsterling – ich stellte mir vor, wieviel Kubik (und was für welche) in seinen Venen zirkulieren mußten, um seinem Gesicht einen banalen menschlichen Ausdruck zu verleihen. (Die hohe Wirksamkeit der Neuroleptika beeindruckte mich ein weiteres Mal.)

Der zahnlose Tschirow unterschied sich dadurch, daß er länger aß als alle – er mümmelte und mümmelte wie ein Greis mit seinen Kiefern. Dann gab es noch den Vergewaltiger Wasja, ohne Nachnamen, auch er verweint, aber nicht verdüstert. Außerdem hatten wir zwei Soldaten, die sich etwas hatten zuschulden kommen lassen – sie hatten entweder auf jemand anderen oder auf sich selbst geschossen. Beide mußten sich jetzt einer Zwangsbehandlung unterziehen. Schlimm war meiner Ansicht nach nur mein Nachbar zur Rechten, Serjoscha – Sesoscha (er lispelte). Er war jung und offenkundig schwachsinnig. Er hatte ebenfalls etwas verbrochen. Ich weiß nicht, wie er dort, *in der Welt*, außerhalb der Präparate, gesehen wurde, aber hier war er der unglücklichste Schatten, der am meisten litt.

Seine grauen Augen waren unerträglich (zwei Mollusken in den Augenhöhlen) – sie flehten. Da er nicht wußte, wie er seine Pein anders ausdrücken sollte, schaute mich Sesoscha unablässig vom Nachbarbett aus an (stierte mir ins Gesicht). Er war sich über sich selbst nicht mehr im klaren. Er wollte nur, daß man ihm half. Seine Lippen begannen plötzlich lautlos zu stammeln, er versuchte mich, den Graukopf, zu rufen: »Pa-pa ...« Immer derselbe kindliche Irrtum: »Pa-pa. Pa-pa ...« Sein Blick machte einem angst. Tschirows unangenehme, fahle Augen schüchterten dagegen kaum jemanden ein. Glotzaugen. (Es konnte auch an den Medikamenten liegen – die Augen quollen aus den Höhlen.) Ein Wolf mit hängendem Kopf.

Ich stieß auf ihn, als ich an den Betten entlangging. Auf einmal nickte ich ihm zu. Auch Tschirow nickte und murmelte kaum vernehmlich:

»Tag.«

Anfangs platzte jeder von uns schier vor Verlangen, zu sprechen und sich und seine Gefühle zu entdecken (sie möglicherweise kundzutun). Man wollte sich jedem mitteilen. Dem stumm leidenden Sesoscha. Tschirow. Und sogar der bekritzelten Abortwand, dieser Wand ganz besonders – wir rauchten davor und weinten heimlich wäßrige Tränen. (*Klagemauer*, dachte ich später.) Aber schon von der nächsten Spritzenserie an waren die aktiven Lebenszentren blockiert und die Gefühle unterdrückt. Jetzt verschloß sich der Mund. Man hatte keinen Mund. Die Qual der Entfremdung, des Schweigens machte einem zu schaffen, doch auch der stark verspätete Drang, sich auszusprechen. Dieser neue Schweigezwang (und diese Besessenheit von sich selbst) führte zu einer unerhörten Schwermut. Man hätte am liebsten nur geweint. Man wünschte sich, daß die Augen immerzu naß wären und das erschlaffte Herz wie ein Seifenrest dahinschwände. Schuldgefühle lasteten auf einem. Diese Schuld hatte nicht den geringsten intuitiven Sinn, es gab keine vernünftige Erklärung dafür. Aber gleichwohl warst du schuldig. Die Augen standen voll Tränen. Wir alle trotteten niedergeschlagen umher. Die Ärzte warteten. Wie, auf welche Weise, sich der Mensch in diesem Zustand in den nächsten Tagen selbst auslieferte, war uninteressant. Es würde ihn schon irgendwie zerreißen.

Natürlich wußten die Kranken, daß die Präparate jeden von uns zur Beichte zermürben sollten. Zum Gespräch unter erlösenden Tränen. Bei dem man *alles erzählte* und dadurch seinen aufgeblasenen Schmerz und seine Schuld wenigstens irgend jemandem übertrug (dem kleinen Arzt Pyljajew, Iwan oder den Pflegern). Aber war es der eigene Schmerz, der nach außen drängte? Was in uns war eigen und was fremd, wenn uns die Chemie im Blut erst Gefühle unterschob, dann Gedanken und von einem überraschenden Augenblick an auch unser eigenes Ich? Dafür zeigte sich den Ärzten augenfällig und wie mit dem Finger Gottes jene Seite deiner Seele, die sie (und du selbst) nicht sahen und kannten, wie die Menschen bis zu einem gewissen Zeitpunkt die Rückseite des Mondes nicht kannten.

Wir alle wurden an Ort und Stelle verpflegt und durften nicht in den gemeinsamen Speisesaal gehen.

Es gab weder Tische noch Stühle – wir saßen im Bett, bekamen einen Teller in die Hand, der mit der Schöpfkelle gefüllt wurde, das war alles. Dazu Brot auf einem Tablett. Die meisten erhielten ihre Spritzen ebenfalls hier. Nur drei von acht (ich und die beiden zwangsbehandelten Soldaten – wahrscheinlich ungefährlich) holten sich ihre Spritzen selbst in dem vertrauten Zimmer mit dem großen Gitter, wo Marusja (oder Kalerija) saß und wo ich die Patienten aus den anderen Krankensälen traf – die Schizoiden und Säuferwahnsinnigen. Manchmal begleitete uns ein Pfleger. Es waren die einzigen zwanzig Minuten (im Lauf des Tages), in denen ich den Saal der Schatten verließ und durch den Korridor ging. Ich durfte nicht einmal rauchen und mit einem der allgemeinen Patienten beisammenstehen, weil wir in Nr. 1 einen eigenen Abort hatten. Dort wurde auch geraucht. Schweigend. Wir machten nicht einmal den Versuch, uns zu unterhalten, wir trauten einander nicht. Diese Vorsicht kennt man ja an sich, wenn von einem erwartet wird, daß man sich verplappert. Wir rauchten schweigend, in der Hocke gegen die Wand gelehnt, die drei Löcher im Beton direkt vor Augen. Wenn jemand pinkelte, sahen wir seinen Rücken. Wir wurden schlecht ernährt, Stuhlgang hatten wir kaum.

Dafür erreichte die Erschlaffung durch die Präparate eines Tages jenen Grad, der den Menschen außerstande setzt, auch nur die kleinste Menge Kot in sich zurückzuhalten. Es haute einfach durch, und der Durchfallkranke wurde sofort verlegt; wenn er zu schwach war, wurde er mit Stößen in die seitliche Nische unseres Krankensaals befördert – in das Abteil mit zwei Betten und je einer gähnenden Kloschüssel unmittelbar daneben. Von Zeit zu Zeit *brachten* sie jeden von uns in die Nische. Sie schwächten das Gehirn und die Psyche, aber nicht den Darm; der Darm war Nebenwirkung. Gewöhnlich traf es zwei gleichzeitig. Es war eine programmierte und physiologisch genau berechnete Entkräftung, so liefen immer bei zwei Leuten zuerst Tränen und Speichel, dann setzte der unkontrollierbare Durchfall ein. Wenn meine Stunde gekommen war, trieben sie mich und Sesoscha in das Abteil mit den Kloschüsseln.

Wenn diese schweigsamen Monster geknackt und völlig umgekrempelt, wenn die bis zum vollen Geständnis gebracht wurden, wie würde ich dann durchhalten? Dieser prosaische Gedanke beschäftigte mich vor allem. Ich war freilich älter als sie. Vielleicht würde mir *altem Knacker* die Erfahrung helfen. Wir schliefen sieben Stunden. Es war kalt. Nachts froren die Ohren. Wir wickelten uns in zwei Decken, *sie gaben uns zwei* (sie haben Angst vor uns, dachte ich plötzlich). Rechts von mir lag Sesoscha. Mein Nachbar zur Linken schälte sich überhaupt nicht aus den Decken, nicht einmal tagsüber. In die Decke wie in einen Kokon eingemummt, aß und schlief er, ging aufs Klo. Er gehörte zu denen, die laut Marusja erfahrene *Simulanten* waren und denen man bis ins feinste Haargefäß Chemie ins Blut pumpte. Sie wurden von den Zehen bis zum Scheitel getränkt, und dennoch schwiegen sie Tag und Nacht, harte Nüsse. Keiner machte Faxen oder kasperte herum. Sie waren ernst. Erwarteten ihr Los. Ich fühlte mich schwach neben ihnen, doch nachts hörte ich, wie jemand gedämpft schluchzte, das stärkte mich. In der Nacht schluckte ich ebenfalls hastig die Tränen hinunter; um mich zu beherrschen, biß ich in den Daumen der rechten Hand. Doch am nächsten Tag bemerkte Doktor Pyljajew (dieser anscheinend achtlose, graue Arzt) meinen Daumen und den blauen Fingernagel.

»Lutschen wir am Daumen?« fragte er streng.

Nur der Gang zur Spritze, diese zwanzig Minuten, und das kurze Nicken von Schwester Marusja, manchmal mit einem netten Lächeln verbunden, verschafften mir etwas Luft. Sie rief mich schon von hinten zur Spritze, an der kurzen, stillen Warteschlange vorbei (vier oder fünf Patienten). Sobald sie mich sah, winkte sie mir:

»Komm her!«

Belanglos, aber angenehm. Sie spann mit ihrem einladenden Lächeln die unterbrochene Romanze fort.

Bei Marusja sah ich auch einmal (durch die vergitterten Bögen des Behandlungszimmers hindurch), wie ein Pfleger den schwachsinnigen Rollstuhlfahrer Sudarkow (aus Nr. 5, mein

Alter) an den Haaren durch den Gang zerrte – der Pfleger schleifte ihn an den langen grauen Haaren, und Sudarkow strampelte mit den Beinen. Ich spürte, daß ich betroffen sein sollte, aber nein, ich war nicht betroffen. Es war mir egal. Ich gaffte.

Als ich in meinem Zimmer zurück war, ging ich auf den Abort, um zu rauchen: Ich dachte, in Einsamkeit und Stille würde mir der Schmerz doch ins Herz fahren. Aber leider ... Da waren nur die Löcher im Beton mit dem gurgelnden Wasser. Und das Echo des Wasserschwalls, das mein ertaubtes Ich zurückzucken ließ. Der Abort gehörte uns, und auch diese Wand, an die wir uns anlehnten, wenn wir rauchten, gehörte uns. Die Betonlöcher gehörten uns. Der Urinstrahl gehörte uns. (Den ganzen ersten Tag war meiner rot gewesen.) Aber der Krankensaal, die Betten und die Patienten darin waren uns fremd. Das Präparat löste vollständige, hundertprozentige Gleichgültigkeit für unsere Umgebung aus.

Der an den Haaren gezerrte Sudarkow erschien mir nachts (träumte mir), was für eine Verspätung! Das Mitleid stieß seinen Dorn in mein Herz und stach diesmal tiefer und deutlich schmerzhafter. Nachts lebte die Seele auf. Das Nachhinken des Gefühls war dennoch so offensichtlich, daß ich zu weinen begann (über mich – nicht über Sudarkow). Ich knabberte am Daumen. Konnte lange nicht schlafen. Mitten in der Nacht rollte eine Welle durch den Raum – der eine drehte sich auf den Rücken, der andere auf die Seite. Ich drehte mich ebenfalls um. Einer nach dem anderen wälzten wir uns, acht schweigende Männer, in jener nächtlichen Stunde in eine andere Lage; in uns wälzten sich Worte, die wir bei Tag nicht sagten.

Das uralte Herauskitzeln der Wahrheit: Sie wollten herausfinden, wie krank wir waren, und erfuhren, wie schuldig wir waren. Was die Aufdeckung der Schuld anging, so interessierten die Ärzte nur zwei Patienten nicht: die zwangsbehandelten Soldaten. Auch von Sesoscha erwarteten sie keine reumütigen Enthüllungen. Aber was war mit den restlichen fünf? Mit mir? Von uns erwarteten sie zweifellos ein Geständnis, besonders Doktor Pyljajew wartete darauf, er ließ sich Zeit und pumpte mein altes Herz mit Chemie und Schwermut zu. Nicht mit der Schwermut, die einen wie ein Tier zum Heulen bringt (die hatten sie mir wunderbar genommen). Sondern mit der Schwermut, aus der man schluchzend um Verzeihung heischt und Schritt für Schritt von sich aus in die Welt der geständigen dummen Mörder eintreten möchte. In diese weinerlich kriminelle Welt, die sie, die Ärzte, erfunden und etabliert hatten und die sie nun mit uns als handelnden Figuren füllten.

Jeder sollte einmal auf den Fleck des Scheinwerferlichts hinaustreten ... und im Licht für sie zu reden beginnen. In gleißender Klarheit erblickte ich *diesen Fleck* und darauf den Menschen des 20. Jahrhunderts, wie er war: abhängig vom Kollektiv. Wie sehr man diesen Menschen auch in der Wüste quälen würde, wie lange man ihn auch in den Wanderdünen schmachten lassen würde, er würde nicht mehr von Gott sprechen – würde keine Religion stiften. Er würde sich den Mund mit Sand vollstopfen und für *sie* wie für sich selbst schreien, sein Inneres für *sie* wie für sich selbst nach außen stülpen (und je naiver, je schriller er schreien würde, um so eher würden sie ihn hören, ihm glauben und verzeihen) – er lebt bereits und wird noch lange, lange leben, für *sie* wie für sich selbst, aber nicht wie für den Himmel. Es gibt Neuroleptika, aber keine Propheten. Das ist auch so gedacht. Der Mensch erträgt alles Erdenkliche, aber er entlädt seine Qual nicht mehr im Wort.

Dieses wortlose Bleigewicht in den Träumen. Meine Mutter. Erst hier erinnerte ich mich an sie. Auch in meinen Träumen fürchtete ich das Wort. Ich hätte gerne wenigstens ihr, die schon lange tot war, zugeflüstert, wenigstens irgend jemandem ... Die Worte waren wie ein Bedürfnis. Wie Notdurft. Ich ging mitten in der Nacht zum Pinkeln, aber Notdurft vertreibt man nicht mit Notdurft, ich kam zurück und legte mich wieder hin. »Notdurft«, wiederholte ich im stillen. Und stand erneut auf, eilte auf die

Toilette. Preßte noch drei Tropfen aus den Nieren aus. Legte mich wieder hin. Sesoscha im Nachbarbett fiel aus seinem animalischen Schlummer heraus und schaute mich schmerzlich an. Ohne ein einziges Wort. Wir hatten keine Worte füreinander, sie existierten nicht, alle Worte wurden von *ihnen* bereitgestellt. Ich schaute Sesoscha an und verlor ebenfalls stumm (zur Antwort) den Verstand.

In dieser unerträglichen Nacht tat ich etwas Riskantes – es geschah von allein, obwohl mir mein armer Verstand, den sie betäubt hatten (aber nicht endgültig), den richtigen Schritt einsagte.

Nachdem ich mich gewaltsam von Sesoschas unergründlichem Blick losgerissen hatte, ging ich zum dritten-, wenn nicht gar fünftenmal auf die Toilette. Dort war noch einer, der nachts nicht schlafen konnte. Hockend gegen die Wand gelehnt, rauchte der Mörder Tschirow. Ich kauerte mich neben ihn, ebenfalls mit dem Rücken zur Wand. Holte eine Zigarette heraus. Aber ich hatte es nicht eilig, sie anzuzünden. Leise sagte ich zu ihm:

»Ich auch. Ich habe auch getötet.«

Und schwieg.

»Zwei …«

Möglicherweise begann ich zu weinen. Aber lautlos.

Tschirow streckte seine Hand im Halbdunkel nach meiner Schulter aus, ohne den Rücken von der Wand zu lösen. Dann zupfte er mich leicht am Ohr. Dann nahm er meine Hand:

»Schon gut«, flüsterte er beim Ausatmen des Zigarettenrauchs.

Und wiederholte noch einmal:

»Schon gut.« Ob er Mitgefühl hatte, ob er mich bedauerte, ich weiß es nicht. Aber er wollte bedauern. Das Ungeheuer war ebenfalls ein Mensch. Und nichts war ihm fremd.

Er spuckte aus und zielte den Speichelpfropf in das entfernte Betonloch. Und erst danach besann er sich und schielte böse zur Tür hin: *psst, du Blödmann …*

Wir rauchten schweigend.

Marusja erzählte oft davon, wie Tschirow gerade eingeliefert worden war – in der Notaufnahme sorgten zwei Polizisten mit schußbereiten Pistolen für Ruhe, und sie, Marusja, spritzte ihn in die Vene. Jede Sekunde, ob du's glaubst oder nicht, habe sie daran gedacht, daß der ihr hingehaltene nackte, schwere Arm bis zum Ellbogen in Blut getaucht war. Dieser Arm hatte sich auch nach mir ausgestreckt, langsam, an der Betonwand entlang.

Eine Weile später war ich entsetzt über meine eigenen Worte: Waren sie ein Versprecher, eine Panne, ein versehentlicher Bekenntnisauspuff oder einfach wirres, hastiges Gemurmel eines Menschen, der gegen die Abortwand gelehnt dahockte? ... Tschirow selbst würde wohl kaum »singen«. (Aber er konnte es.) Und natürlich konnten vor der Tür welche, die rauchen wollten, alles gehört und meine Stimme erkannt haben. Unvorsichtigkeit und Verzweiflung. (Was für eine Dummheit!) Unvorsichtigkeit und Dummheit – aber mir war leichter.

Ich hatte aus ihrem Druckkessel etwas Dampf abgelassen und Zeit gewonnen, worauf sie im übrigen sehr einfach reagierten – sie erhöhten die Dosis.

Hätte ich mit der schwachsinnigen Nata reden können (was hätte es gekostet!), dann wäre ich vielleicht überhaupt nicht hierhergeraten, in die Klapsmühle – diesen schwierigen Gedanken (über das Nichtgesagthaben) behielt ich wie eine Lehre im Kopf. Aber auch diesen Gedanken machte sich das Präparat gefügig, indem es ihn geradewegs zur freudigen Erleichterung führte, die dem Eingeständnis eines Mordes auf dem Fuß folgt. Es führte diesen Gedanken auch zur Autorität: zum klugen, edlen Iwan Jemeljanowitsch, der seufzen würde: Na endlich. »Na, das haben Sie gut gemacht!« würde er mit seinem wohlklingenden Baß sagen, mich loben und sein Mitgefühl für mich und meine endlich ausgestandenen Geburtswehen des Wortes bekunden. Natürlich konnte ein Psychiater von der Miliz auf einen Patienten angesetzt worden sein, es war auch möglich, daß er selbst mit dem Eifer und *Interesse* des Spürhundes vorging. Aber nicht Iwan. Iwan würde Mitgefühl haben. Er würde mich kaum verraten wollen. Er war klug und gütig. Er war intelligent. Ja, ja, so dachte ich. Ich kam sogar plötzlich zu dem Schluß, daß Iwan Jemeljanowitsch als Arzt und Wissenschaftler an dem unerwarteten Experiment interessiert sein müßte (rein akademisch, versteht sich) – an dem Experiment, die Psyche der beiden Brüder zu vergleichen, die seine Patienten waren. Wie kann man nur so dumm werden!

Klug, gütig … Ich erwartete von ihm Anteilnahme. Erwartete offenbar ein ausführliches Gespräch mit Iwan Jemeljanowitsch unter vier Augen. Tee und Konfekt in seinem Kabinett. (Sobald ich gestanden hätte.) Ich erwartete fast wieder seine intellektuelle Freundschaft. Dummheiten flogen mir wie Vögel ins Gehirn, weil es schon nicht mehr meines war – es gehörte ihnen.

Und nur als Rest meiner alten (halb vergessenen) Drangsal sprangen mir eines Tages ein paar Worte auf die Zunge – der letzte Zipfel des von den Ärzten erstickten Denkens. Wie ein Aufblitzen – der Schlüssel zum Überleben liegt nicht in meinem, sondern in fremdem Leiden …

»Warum?« fragte ich mich selbst. Aber das Licht war schon verloschen, und dies war wohl mein letzter *eigener* Gedanke. Ich war quasi gestorben.

Wieder und wieder strengte ich mich an zu denken – ich spannte mein Denkvermögen an, Zunge und Kehle spannten sich ebenfalls an (das Denken kam nicht ohne Worte aus).

Was für *fremdes* Leiden innerhalb der Klapse? Was für eine rettende Einflüsterung, was für *Literatur* wieder einmal? versuchte ich zu überlegen, der Gedanke war alt und abgenutzt, doch der ebenso alte, barsche Anruf lebte darin nur um so stärker. Der Anruf war wie ein Anschrei. Mein Gehirn wollte das neue Wissen (und sei es das allerhöchste) nicht auf Kosten seiner Selbstzerstörung. Mein Gehirn hielt sich an einer Boje fest. Die alten Worte bewahrten es indirekt vor dem Absacken in sich selbst – vor dem Eintauchen in den Wahnsinn. *Sich festhalten, festklammern, den menschlichen Alltag gewinnen* – das flüsterten mir die alten Wörter aus Schmerz um mich ein – sie fürchteten, daß ich wie Wenja meine Rettung in der herannahenden Irrealität suchte.

Was ändert sich und wird wogegen ersetzt, wenn der Mensch nach und nach sein Ich einbüßt? Wie bemerkt der Mensch, daß er längst unterlaufen ist? Gar nicht …

Ihnen, den Ärzten, zum Trotz (und im Tausch gegen das Denken, das sie mir genommen hatten) versuchte ich nun, einen von ihnen weniger verteidigten Fußbreit Erde zu erobern: primitive Sinnlichkeit – ich wollte fühlen. Ich wollte die im Blut zirkulierende Wäßrigkeit überwinden. Ich wollte wollen. (Da ich nun einmal nicht denken durfte.) Das Wollen war nun für mich so etwas wie meine tägliche Sorge, wie Arbeit.

Morgens wollte ich mich an dem heißen Brei verbrennen. Auf dem Abort versuchte ich die alten, schmuddeligen Zeitungsfetzen zu lesen. Ich wollte selbst das Säuglingsgeschrei des debilen Sesoscha nachempfinden (der litt so unter den Spritzen). Ich meditierte, suggerierte mir zunächst seine kindliche Panik und dann den erwachsenen Schmerz – Gefühle, die mit seinem, folglich *fremdem* Leiden verbunden waren. (Mein letzter Gedanke, aber war es nicht auch der letzte Gedanke der großen russischen Literatur? Ich war auch hier ein gelehriger Schüler.) Und selbstverständlich wartete ich gerne die zwanzig Minuten, die ich zur Spritze gehen durfte: Ich wollte fühlen, wenn ich Schwester Marusjas Busen beobachtete, wie er bei ihren Bewegungen mitging. Ich wollte wollen, besser kann man es nicht ausdrücken.

In dem Augenblick vor der Injektion stieß ich gleichsam aus Versehen gegen Marusja, Körper gegen Körper. Ich erhielt ein schwaches Gefühl als Antwort, aber es war doch zu erkennen: so etwas wie vergessene jünglingshafte Scham.

So wurde die verlöschende Flamme meines Ichs am Brennen gehalten. Man hätte meinen können, es sei zuwenig, aber meine so simplen, beharrlichen und vor allem täglichen Bemühungen taten ihr unsichtbares Werk: Sie dehnten *ihre* Zeit. Aus der graphisch dargestellten Kurve der Geständnisbereitschaft unseres Krankensaals hatte ich mich offenbar schon beträchtlich herausgearbeitet – ich war aus ihrer schönen, wissenschaftlichen Zeichnung hinausgesprungen, hinausgegangen oder, besser gesagt, ganz langsam hinausgekrochen. Da wurden sie (mein behandelnder Arzt Pyljajew) plötzlich unruhig:

»Wie kommt es, daß man Sie zu uns verlegt hat, Petrowitsch? Was war *dort* eigentlich mit Ihnen los?«

Ich schwieg.

»Vom Profil her sind Sie kein Patient von mir. Ich sehe doch, daß Sie ein intelligenter Mensch sind. Was haben Sie dort angestellt?« So redete mein Arzt Pyljajew plötzlich mit mir. Möglicherweise war ich leicht verlegen. Er sah mich scharf an.

Am Morgen mit Chemie vollgepumpt und weinerlich, schwieg ich. Ich wartete auf eine Falle. Aber am meisten erwartete (und fürchtete) ich eine begütigende Geste; wenn man einen von uns an der Schulter berührt, bricht er gleich in Tränen aus.

Mich zu berühren fiel Pyljajew in diesem Augenblick nicht ein.

»Haben Sie nicht versucht, diesen Milizionär zu schmieren, der Sie beschuldigt hat? Haben Sie ihm nicht wenigstens was versprochen!?«

Ich zuckte die Achseln: welchem Milizionär?

Er lachte:

»Aber, aber, Petrowitsch! Ein intelligenter Mensch muß doch rechtzeitig dran denken, wie er der Miliz Schmiergeld zusteckt. Das ist doch heute unser einziger Schutz ...«

Ich schwieg: Was stellst du mir so knifflige Fragen, lieber

Doktor – ich habe verlernt zu denken, ich bin niedergeschlagen, weinerlich, aber doch nicht dumm! Aber vielleicht war Pyljajew dumm? Er hatte keinerlei Interesse an mir und wartete einfach ab. Er wartete. Die Neuroleptika arbeiteten für ihn.

Zum Abschluß des Gesprächs drückte mir Pyljajew die Hand (meine Schulter zu berühren oder mir den Kopf zu streicheln war ihm nicht eingefallen). In gewichtigem Tonfall konstatierte der Arzt, daß ihm meine Psyche im großen ganzen bereits gefalle. Meine Psyche werde weicher, wenn auch nur langsam.

»Vielleicht ist es gar nicht so schlecht, daß Sie hier sind. Bei Sjusin hatten Sie das reinste Sanatorium – wozu? ... Dafür wird auf unserer Station der Verlauf Ihrer Krankheit genau ausgeleuchtet. Die Krankheit liegt auf der Hand. Ihr Schmerz wird Sie von allein verlassen.«

»Sie sind zu gütig.« Ich fand in mir den Mut zur Antwort.

Pyljajew brauste auf:

»Und Sie sind ein zu großer Geheimniskrämer, mein Lieber. So alt und so zimperlich! Auf Wiedersehen!«

Der Hunger wurde schlimmer. (Vielleicht auch wegen meiner Anstrengungen, fühlen zu wollen.) Die beiden Soldaten beschafften sich immer wieder etwas zu essen, aber wie? Ich weiß es nicht. Ich sah, wie sie hastig kauend die Toilette verließen (hatte sie, als ich zum Pinkeln kam, aufgescheucht). Mit vollem Mund gingen sie an mir vorbei. Schatten, bereit zu weinen, aber kauend. Ich war so ausgehungert, daß ich mich bei Pyljajew beklagte; der versicherte mir, er werde meine Beschwerde bei Gelegenheit dem Gesundheitsminister vorlegen; ein Witz – aber bei den Präparaten gab es eine kleine Veränderung, und am Abend desselben Tages hatte ich plötzlich keinen Appetit mehr. Nur noch Trockenheit im Mund.

An jenem Tag kapitulierte Schatilow, er hatte das Bett gleich neben der Tür. Ein Raubmörder, der den verschlafenen Wachmann in einem Laden bei Moskau umgelegt hatte. Mit dem ersten Schuß. (Jetzt wußten wir alles über ihn.) Marusja flüsterte, daß sich Schatilow drei Monate gehalten und dann innerhalb von drei Minuten alles ausgepackt habe. Schatilow wollte weiter von sich erzählen, nicht nur von dem Raub und seinem einzigen Mord: Er wollte sein ganzes Leben beichten. Als der Arzt gegangen war (der alles Wort für Wort notiert hatte und sicher sofort den Ermittler anrief!), war der Räuber Schatilow immer noch voller Mitteilsamkeit, als drängte es ihn zu einem Reuebekenntnis. Jetzt erzählte er den Pflegern, erzählte seinen Bettnachbarn, erzählte mir beim Abendessen – so inständig wollte er, der so viel ausgestanden hatte, alles loswerden. Der Krankensaal wußte alles, sah alles. Man mußte es einfach sehen: Schatilow saß in seinem Bett, der einzige Glückliche unter uns, als einziger lächelte er (die Spritzen waren schon abgesetzt worden, sein Blut reinigte sich allmählich). Am Tag darauf verschwand er.

Schatilow war als erster in unseren Krankensaal eingeliefert worden und hatte auch als erster kapituliert, was für sich selbst sprach: Der Mensch konnte den Ärzten und ihren Präparaten nicht widerstehen – der Weißkittel versteht sein Handwerk. Wir, die wir uns sträubten, verloren nur Zeit, jeder seine eigene. Der Sexualstraftäter Wasja bereute als nächster. Man stellte ihm bereits seinen Entlassungsschein aus, war dabei, sich seiner zu entledigen. Das heißt, sie schrieben den Ermittlern in aller Eile und aller Form: Unser Klient ist jetzt Ihr Klient, vollkommen zurechnungsfähig, er kann verurteilt werden. Das Geständnis dem Arzt gegenüber hat juristisch keine Bedeutung, es wirkt sich nur insofern fatal aus, als der Arzt mit dem Geständnis zugleich Einzelheiten erfährt (*auf welcher Bank hatte er das Opfer erwartet – Wer hatte geholfen? – Wie hatte er geholfen? – Auf welchem Dachboden wurde,* angenommen, *die Pistole versteckt?*). Selbst wenn der Patient zur Besinnung kommt und alles wieder leugnet, ist es zu spät. Wenn große und kleine Fakten so breit an den Ermittler durchgesiebt werden, braucht dieser kein Geständnis mehr; das Urteil kann gleich gefällt werden. Wasja dachte nicht daran, zu leugnen. Wasja erzählte über Erwarten viele Einzelheiten. Insbesondere die seiner jüngsten Vergewaltigung: im Park. Von dieser Gewalttat wußte man noch nichts. Das Opfer wollte sie nicht an die Öffentlichkeit bringen. Eine Frau um die Dreißig.

Wasja bekam seinen Entlassungsschein (nicht als erster), lächelnd und ohne etwas zu bedauern – hat der Mensch sein Geständnis abgelegt, dann lächelt er die Wände an, ja sogar die Pfleger, so leicht ist ihm. Dafür wollte Wasja, der rasch gesund wurde, jetzt nicht mehr kauernd den Rücken gegen die Abortwand stemmen wie wir alle. Er rauchte in einer Ecke, ganz allein. Man hatte ihn schon von der Verpflegung abgesetzt, er stahl uns dreist unsere aufgesparten Brotstücke. Wasja hatte sich zum Gefängnis verurteilt, zu einer Haftstrafe, ging jedoch zwischen unseren Betten umher und lachte – er war leicht wie ein Luftballon in der Hand eines Jungen, hielt nichts mehr geheim. Früher oder später erwartete die anderen dasselbe, auch mich.

Wenn die Präparate die Großhirnrinde durchdrangen, übermannte einen im Schlaf (in der aktivsten Traumphase) heftiges Selbstmitleid. Wie ein Fisch begann ich nach Luft zu schnappen – uch … uch … uch! …, während ich aus dem Wasser der trüben chemieverseuchten Träume schnellte. Noch am nächsten Morgen war man davon vergiftet: Selbst den Frühstücksbrei verzehrten wir mit diesem nicht weichen wollenden Selbstmitleid. Ich weiß nicht, wer die Dosis zur Nacht so systematisch (Pyljajew?) verringerte oder plötzlich stark erhöhte. Iwan nahm wie zuvor von keinem aus unserem Raum Notiz. Nur einmal, sofern es keine Halluzination war, erblickte ich Iwan Jemeljanowitsch (vielmehr sein Gesicht) auf dem Rückweg vom Injektionsraum in meinen Krankensaal hinter der verglasten Trennwand zwischen unserer und der »friedlichen« Station (wo Wenja lag). Das Gesicht schaute mich an. Nein, es beobachtete mich nicht. Schaute mich einfach an.

Aber als mich Marusja am nächsten Tag während der Abendspritzen (alles wie im Halbschlaf) noch spät bei sich haben wollte, wirkte ihre weibliche Freigebigkeit ebenfalls wie eine List von ihr oder eine Finte von *ihm*. An diesem Abend waren die Gänge menschenleer: Quarantänemaßnahmen, Desinfektion bis in alle Ecken. Nach der Spritze bat mich Marusja, noch zu bleiben und ihr beim Aufräumen zu helfen. Ja, sie habe Pyljajew wegen dieser zusätzlichen Minuten Bescheid gesagt. Pyljajew sei übrigens schon weg, nach Hause gegangen! … Ich reichte ihr die Präparate, sie verstaute sie in den Schränken und schloß ab. Dann wischten wir Staub.

Wir verstauten die Ampullen und widmeten uns etwa zwanzig Minuten dem Staub. Dann hielten wir uns, glaube ich, weitere zwanzig Minuten auf. Marusja ließ mich auf der Liege Platz nehmen (direkt am Gitter, die Tür war abgeschlossen) und begann mich weinerlich zu tadeln: Wie konnte das geschehen, Petrowitsch! Wie hast du es angestellt, hierherzugeraten, so ein vernünftiger und angenehmer Mensch?! Sie sei sicher, sei überzeugt, daß ich durch Zufall hierhergeraten sei. (Aber jetzt bist du hier. Zwick dich nur!) Sie berührte meine Schulter und meinen Hals mit ihrer rundlichen Hand. Dieser Augenblick oder diese zwanzig zusätzlichen Minuten waren genau und feinfühlig gewählt. Im übrigen stand ich bereits jeden Tag kurz vor der Kapitulation – befand mich in einem so kraftlos verwässerten Zustand, daß dieser schlichte, teilnahmsvolle Satz *Wie konntest du hierhergeraten, so ein netter, angenehmer Mensch,* die rundliche Hand und die sachte Umarmung sofort einen Tränenstrom bei mir auslösten. Wäßrige Tränen, ob es meine eigenen waren oder nicht, kann ich nicht genau sagen. Aber es waren Tränen. Ich küßte sie eilig und barg mein Gesicht an ihrer Schulter. Ich war geknackt. Schon hatte ich den Mund geöffnet, um die mit Einzelheiten gespickte Geschichte vermutlich meines ganzen Lebens hastig und aufrichtig zu erzählen, da hielt ich inne. Mein Instinkt meldete sich doch noch. Ein Wort von ihr hatte mich hellhörig gemacht: *angenehm* wurde ich nicht einmal im Scherz genannt. Diese sprachliche Bagatelle (mein Gespür für das Wort) genügte, und ich kam – wie ein aufgescheuchter Vogel wegfliegt – zur Besinnung.

Ich korrigierte mich leicht und begann meine (immer noch aufrichtige) Geschichte zu erzählen, aber nicht mehr durch den Schmerz hindurch, sondern über ihn hinweg: Ja, ich bin einsam und allein – ja, ich werde alt!

Ich werde alt – und mit zunehmendem Alter schwindet bekanntlich die Hoffnung auf eine Familie und häusliche Wärme, im Wohnheim aber leben gemeine Menschen, Marusja, man legt sich mit ihnen an, ob man will oder nicht, ein Streit folgt dem anderen. »Wolltest du selbst jemanden töten?« – »Unsinn, Marusja! Ich verteidige mich nur. Im Traum verteidige ich mich gegen die gemeinen ...« – »Wie denn?« – »So eben ...« Ich klagte ihr flüsternd, daß ich an manchen Abenden mit einem Hammer in der Hosentasche spazierengehe: für den Fall einer Prügelei auf dem Gang. Wenn mich einer angreift, kriegt er eins auf die Rübe. Aber nur im Traum (nicht im Leben, Marusja) – im Traum möchte ich mir ein Messer kaufen. Nur um sie einzuschüchtern. Ein schönes Messer, mit Perlmutt und so! ...

Ich hielt inne. Die schlichte, etwas bodenständigere Erklärung (die gleiche Version wie für die Ärzte, aber in Alltagstunke) genügte ihr.

»Na gut. Dann mach schon. Aber schnell«, sagte sie und ließ sich auf die Liege zurücksinken.

Während ich an meiner Unterhose herumfummelte, fragte Marusja, ob mein Blut nicht zu stark von Chemie gedämpft sei. Sie knöpfte den weißen Kittel mitsamt der Bluse auf und entblößte ihren Busen; damit er besser steht, erklärte sie. Ihre Aufgeschlossenheit war vielleicht doch keine Finte von Iwan Jemeljanowitsch, sondern entsprang einfach einem augenblicklichen Verlangen. Immer nur arbeiten, wie langweilig.

Mein Bett und ich wurden eins. Es war, als wüchsen meine Hüften mit der harten Matratze zusammen – die Verschmelzung war erstaunlich, und anfangs dachte ich dabei an das sanfte Verschmelzen mit dem Boot auf einem Fluß. Mit dem Boot, in dem man liegt, wenn der langsame Fluß es träge und mit einem fast unmerklichen Drall zum Ufer trägt. Am Abend aber wurde das Gefühl des Verschmelzens noch einmal beträchtlich sanfter und ursprünglicher: Es war die sanfte Aufnahme in den Mutterschoß.

Zu denken vermochte ich nicht mehr, aber mein Bett und ich, worüber sollten wir denn auch nachdenken. Stille ... Da erschien ein weißer Kittel, der Arzt. Sein Gesicht tauchte auf: Pyljajew. (Unter einem fremden Blick begannen mein Bett und ich uns für eine Weile voneinander zu entfernen.) Aha. Der Arzt Pyljajew. Und hinter ihm schimmerte das müde Gesicht Iwan Jemeljanowitschs.

Ich setzte mich auf. (So springen wir immer beim Eintreten der Chefs auf. Lauschen ihren Worten. Streng aufgerichtet, aber im Sitzen.)

»Legen Sie sich nur wieder hin.«

Ich legte mich wieder flach hin. Das war ebenfalls normal – der Patient lag, und Pyljajew, der sich auf die Bettkante gesetzt hatte, rückte bald von einem ab, bald beugte er sein hartes Gesicht über einen (über den Liegenden).

»Na, mein Lieber, wie geht's?«

Bei dem zärtlichen *mein Lieber* hätte man am liebsten sofort geweint.

Aber alles hat seine Zeit. Stiegen die Tränen auch schon auf, so flossen sie doch noch nicht.

»Wieso weinen Sie?«

Aha, sie flossen also bereits.

Pyljajew wurde nicht lästig, fragte nicht und machte nicht mit Worten Druck – er wartete einfach. Er wollte den Augenblick des Bekenntnisses nicht versäumen, die Stunde, da ich endlich reif wäre. Er kam und saß da, spielte mit den Bändern seines weißen Kittels. So kommt man zu einem Gelähmten, wenn es Nacht wird, und bringt ihm die Bettpfanne. (Ich mußte ihm in seine abstrakte Bettpfanne wenigstens ein paar Worte *abschlagen*. Wenn auch nicht alle, die sich angesammelt hatten.)

Ich tat ihm schließlich wirklich leid.

»Wieso weinen Sie, mein Freund?«

»Das bin nicht ich. Das sind *sie*.« Ich berührte schluchzend meine nassen Augen.

Vor Schwäche versagte mir die Stimme, kam rasch wieder, war aber ganz heiser.

Pyljajew saß schon auf dem Nachbarbett, beugte sich ebenso darüber und redete dem ehemaligen tobsüchtigen Rückfalltäter ins Gewissen – der war heute aus unerfindlichem Grund zum Rauchen nicht auf den Abort gegangen. Mit Präparaten vollgepumpt, geduckt, gedemütigt und immer gehorsam, aber ... er hatte im Krankensaal geraucht, warum?! Der Verbrecher rechtfertigte sich kläglich: In jener Minute war doch sonst niemand im Raum! Nur er allein! ...

Wenn er allein im Raum sei, füge er doch niemandem mit Nikotin Schaden zu; sich selbst halte er schon lange nicht mehr für einen Menschen.

»Was für ein Unsinn!« ärgerte sich Pyljajew.

Und fragte strenger:

»Wieso sind Sie kein Mensch?«

»Weiß nicht«, stammelte der vollgepumpte Rückfalltäter. Er wußte es wirklich nicht. Er wollte weinen.

Er bat, daß man ihm die Dosis seines Präparats verringerte. Die Tabletten hätte er weggeworfen, aber den Nadeln, also den Spritzen, käme er doch nicht aus, die Pfleger seien hier wie überall, sie würden ihn festschnallen und selbst spritzen – grob, mit Blutergüssen.

Pyljajew (er war bereit, die Dosis zu verringern, aber auch hier stellte sich die Frage nach der Gegenleistung):

»Wäre es nicht an der Zeit, etwas zu erzählen? Wäre es nicht an der Zeit, sich zu öffnen, mein Lieber?«

Wollte er ihn ertappen? … Er kam herein und fragte einfach. Den schlappen, halb verschlafenen Menschen im Bett. Ja, glaubte er denn, er könne so einfach mit ihm (mit uns) verfahren! Noch dazu vor allen Leuten. Nebendran waren die Kranken. Nebendran hantierten die Pfleger. Die Saloppheit der Befragung verblüffte mich besonders. Wieso erledigte er das ganz nebenbei?

Pyljajew gähnte – er war müde. So wird hier alles erledigt, begriff ich plötzlich, einfach *nebenbei*. Nicht im Kabinett. Nicht in der Pose des Denkers von Rodin, der nicht weiß, wohin mit seiner Faust. Genauso – nebenbei und auf mittlerem professionellem Niveau. Doktor Pyljajew läßt sich Zeit und beharrt nicht auf einer Antwort; wenn er gemerkt hat, daß sich der Patient noch hält und schweigt, berührt er ihn freundschaftlich ruppig an der Schulter und geht, ohne im mindesten verärgert zu sein. Dann gähnt er noch einmal.

Da verließ er schon den Krankensaal, in seinen ehrlichen Augen war der Schatten einer Sorge aufgetaucht – er würde gleich in den Speisesaal gehen, um ein Stück Fisch für die Krankenhauskatze Manja zu holen, die laut unter den Fenstern miaute …

Nachts zersplitterte der Schlaf in mehrere Stücke – Pyljajew drangsalierte mich auch dort (in meinen Träumen), so gut er konnte, er baggerte mich aus. Der Traum lastete schwer auf mir. Einer der zwangsbehandelten Soldaten hatte mich schon gewarnt (im Flüsterton), daß ich begonnen hätte, in der Nacht heisere Schreie auszustoßen und zu brabbeln. Ich verstand, daß ich mich dem Ende näherte. Daß nur noch wenig fehlte. Wie alle. Ich war ja nicht der erste.

»Aus dem Weg!« Die Schwester (sie haßte und fürchtete uns) brachte auf einem Rollwagen den Topf mit der blassen Suppe. Sie stieß den Wagen vor sich her, und der Schöpflöffel schepperte im

Topf wie eine Glocke. (Die Suppe war so flüssig, daß der Schöpfer darin herumtanzte.) Aber uns Kranken war es bereits gleichgültig, was man uns auf den Teller schöpfte. Wir wollten nicht essen – wir wollten irgend jemandem von uns selbst erzählen; und nicht dafür büßen. Ich sah, wie der weinerliche Rückfalltäter eilig seine Suppe auslöffelte und auf dem Abort verschwand, solange dort noch niemand war. Der in einen Halbidioten verwandelte Verbrecher würde die Wand im Abort mit dem Fingernagel oder einem Streichholz ritzen, aber dennoch kein einziges Wort schreiben, die Wand war über und über zerkratzt, es war eine Erzählung. Vögel, Tiere, Fäden, Masten und lange Leitungen, Zeichen, Fratzengesichter, Strichmännchen – erzählen, aber sich nicht verplappern.

Am Morgen löste das Gerücht über die nächste Kapitulation keine Verwunderung mehr aus (Tschirow ... Tschirow ... *Tschirow schon!* ...). Verwunderlicher war wohl, daß ich, der älteste unter ihnen, noch beharrlicher meine Bemühungen um Mitgefühl fortsetzte. Hartnäckigkeit kann man mir nicht absprechen. Ich strengte mich an: Ich rief in mir das Gefühl des fremden Schmerzes wach.

Man weiß nicht, inwieweit Tschirow tatsächlich ausgepackt hatte. Wahrscheinlich hatte Iwan Jemeljanowitsch nach eigenem Gutdünken seine Zurechnungsfähigkeit bestimmt und festgestellt (und Pyljajew hatte das sich in Windeseile verbreitende Gerücht sogleich mit einer leisen Andeutung in Umlauf gebracht). Iwan hatte wohl schon am Tag von Tschirows Einlieferung alles an dessen Gesicht abgelesen (er war schließlich ein alter Hase). Er sah sofort alles, wußte alles und hatte längst entschieden, ihn der Kugel auszuliefern; Iwan und Pyljajew zogen nur die Zeit in die Länge, damit der endgültige Befund solider klänge und Ähnlichkeit mit einem *medizinischen* Befund hätte. Parallel dazu konnte Iwan Jemeljanowitsch natürlich auch Blutuntersuchungen, Punktionen und Enzephalogramme machen lassen – er konnte es so oder so machen. Wie er wollte. Aber ich glaube nicht an ihre Schlußfolgerungen. Ich glaube nicht an ihre Untersuchungen und Forschungen. Ich glaube keinem von ihnen – sie sind *sie,* das ist alles. Sie werden vom Staat bezahlt und stecken allesamt unter einer Decke. Halten einander mit lateinischen Fachausdrücken zum besten. Sehen aber alles mit dem zusammengekniffenen russischen Auge.

Die harten, verschlossenen Verbrecher, die Soldaten mit der Zwangsbehandlung und die beiden Idioten mit dem offenen Mund (einer davon war Sesoscha) wußten bereits, daß der Ganove gesungen hatte: Sein Entlassungsschein wurde gerade ausgestellt. Vielleicht hatten die Pfleger etwas ausgeplaudert. Getuschelt. Irgendwie bekommen alle alles mit. Sie wollten sogar schon einen Blick auf seinen Entlassungsschein geworfen haben, der angeblich mit einem besonders wichtigen Stempel und einem Fächer von Unterschriften versehen war. (Der Umschlag war versiegelt, aber manche können schließlich hindurchsehen.) »Tschirow! Tschirow ... *Wird abgeholt!*« flüsterte jemand einem anderen zu. Mit pfeifender Stimme (vom langen Schweigen). Wenn der schon geknackt war. Wenn der schon ausgepackt hatte! »Mitkommen!« schrie einer der Pfleger Tschirow an.

Der zweite Pfleger schaute Tschirow heiter und offen ins Gesicht. Er wußte, daß diesem jetzt (endlich) der Schuß ins Genick bevorstand. Die Kugel für ihn liegt nicht mehr in der Schublade, sie ist schon ganz warm, zwinkerte der eine Pfleger dem anderen zu. Sie steckt schon im Patronenrahmen. *Schon im Lauf,* verbesserte der zweite. *Na, sie wird ihn natürlich nicht gleich treffen, erst am Abend. Vielleicht erst in einer Woche. Aber man sollte ihn gleich draußen vor dem Ausgang abknallen, schade, daß es nicht gleich geht.* Sie traten dicht an ihn heran. Tschirow hatte alles begriffen. Am Tonfall. Wie dieses »Mitkommen!« geschrien war. Auf seinem puterroten Gesicht – auf der Stirn – erschien ein runder weißer Fleck. (Nicht auf den Wangen. Nur auf der Stirn.) Das war so, wenn Tschirow blaß wurde. Er betrachtete jetzt sein Bett, seinen Nachttisch, sollte er von dem Kleinkram etwas mitnehmen – würde er noch etwas brauchen? Vielleicht würde er doch in ein anderes Krankenhaus verlegt, zu weiteren Analysen? Tschirow hatte verstanden. Aber er fragte doch: »In welches?« Also in welches Krankenhaus sollte er verlegt werden. »Dreimal darfst du raten«, antwortete der Pfleger. Jetzt war alles klar. Tschirow ging zum Ausgang. Ich wartete wie die anderen aus irgendeinem Grund auf einen Blick, eine Geste von ihm. Er ging an uns vorbei. Ohne uns anzuschauen, ging er zur Tür, sein weißes Todessiegel auf der Stirn.

In der Nacht hörte ich, wie der eine zwangsbehandelte Soldat mit jemandem redete. Ich lauschte. Diese Stimmen gab es in unserem Krankensaal nicht. Ich lauschte noch aufmerksamer: Der Soldat führte ein Selbstgespräch mit zwei Stimmen. Er fragte und antwortete. Die Worte waren laut, aber undeutlich im Schlaf gesprochen. Von seinem Gestammel erwachte der grauhaarige, vernarbte Verbrecher, der das Bett des Sexualtäters Wasja übernommen hatte, und schrie:

»Wollt *ihr* wohl das Maul halten?«

Ich war mit der Entkräftung an der Reihe und fast schon so fertig wie Sesoscha – Pyljajew hatte uns zwei als Paar zusammengespannt. (Sie wollten uns jetzt den Rest geben.) Mein Körper fühlte sich unförmig an, schlaff, wie ein langes Stück Fleisch mit kleinen Knochen. Mein Körper war kernlos. (Man hätte mich wie ein Handtuch an einem Haken aufhängen können.) Sesoscha und ich lagen stundenlang nebeneinander. Man hatte uns in die Nische mit den Kloschüsseln verlegt – in den besonderen Winkel, der bestialisch stank. Wir bekamen beide synchron Spritze auf Spritze, die eine zur völligen Erschlaffung der Psyche, die andere zum Abführen des Stuhlgangs; nach kaum einer Viertelstunde wurde zuerst ich, dann Sesoscha auf die Kloschüssel gehoben, um uns zu »reinigen«. Dreimal in vierundzwanzig Stunden; die letzte Spritze, die uns am meisten schwächte und entleerte, wurde uns am Abend verpaßt.

Ich fragte; ich schaffte es, ihn in dem zweiminütigen Zeitspalt, der uns noch verblieb, zu fragen (man hatte uns schon auf der Kloschüssel »gereinigt«, aber der Schlaf hatte uns noch nicht übermannt): Wie heißt du?

»Sesoscha (Serjoscha)«, antwortete er mit zerschlagenem Mund. Erst da erinnerte ich mich dunkel an ihn: Er war ja mein Bettnachbar, richtig (in solch eine abgrundtiefe Schwäche hatten sie meinen Verstand gejagt).

Serjoscha war höchstens dreißig. Der unglückliche Bursche litt unter heftigen Anfällen, er wurde plötzlich aggressiv und tobte, hatte einen aus der Verwandtschaft mit dem Bügeleisen niedergeschlagen, wen, das wußte er nicht mehr. Seine Angehörigen hatten ihn abgeschoben, jetzt lebte er hier. Von Anfall zu Anfall den Fäusten der Pfleger ausgeliefert, Schritt für Schritt, soviel er aushielt …

In der Schwächungsphase ließen wir alle unsere *Scheiße fallen*, aber Sesoscha verwandelte sich zeitweise in einen Vollidioten und griff nach seinem Kot. Ich sah, wie er plötzlich in die Kloschüssel starrte und mit der Hand hineingriff – eine rasche, kurze Schöpfbewegung. Dann schaffte er es, sich das Gesicht zu verschmieren, die Wangen. (Hunde, die sich im Straßenkot wälzen, überdecken damit ihren eigenen Geruch, damit kein Raubtier sie erkennt; Instinkt!) Möglicherweise überdeckte Sesoscha den Geruch seines Ichs. Glaubte, daß man ihm nicht auf die Spur käme. Der Pfleger schlug ihm die Faust auf den Hals, und Sesoscha winselte ganz leise:

»Ojeee-ooojee-oje …« Es war nicht einmal das Weinen eines Kindes, so winselt ein Welpe.

Er wurde abgewischt.

»Scheißefresser!« sagte der Pfleger wütend und stieß Sesoscha in sein Bett.

Mir ging es nur wenig besser. Wie die anderen war ich vollständig zum reumütig-freudigen Geständnis abgerichtet. Ich steckte schon in der Bekenntniszwickmühle und würde in Kürze auspacken (na, fünf oder sechs Tage würde ich mich noch quälen –

allerhöchstens zwei Wochen). Mich rettete ein Wunder; und dieses Wunder kann ich nur mit meinem Lieblingswort benennen: Schlag.

Ich trottete kraftlos zu Marusja, meine zwanzig Minuten zur Spritze. Der vergitterte Bogen, Marusja gab mir – wie üblich – mit ihrer lieben, rundlichen Hand ein Zeichen durch das Gitter: Komm vor, ich spritze dich außer der Reihe … Ich ging vor und stieg die wenigen Stufen hinunter (der Behandlungsraum war abgesenkt).

Hier standen schon meine früheren Bekannten in Grüppchen hintereinander, auch der debile Alik. Ich stellte mich neben ihn. Meine Knie zitterten. Ich war vom Durchfall entkräftet.

Mir wurde schwindlig, vor mir warteten noch fünf Mann. Darunter der mit seinen Krücken (Krücke und Stock) polternde Kriwoschein, der zog die Prozedur immer in die Länge, war feige und fragte Marusja zehnmal nach dem Zweck der Spritze, wieviel Kubik es denn sein müßten und ob das nicht falsch sei! … Da bemerkte ich, daß Marusja meinen Blick nicht gleich suchte. Es war dumm, aber ich überlegte folgendes: Wer von den hier anwesenden Patienten erhebt nun (an meiner Stelle) Anspruch auf Marusja? Aha, Schaschin! Die bissigen Patienten landen als erste bei den Schwestern. Mir wurde noch schwindliger. Was gingen mich Schaschin und Marusja an, wenn ich doch in fünf oder sechs Tagen …

Draußen war Lärm: Zwei Pfleger schleiften Sudarkow wieder durch den Flur in den Krankensaal, wo sie ihn anschnallen würden. Sie schleiften ihn langsam, an den Schultern und an den Haaren. Plötzlich besann ich mich auf mein tägliches Training im Mitleiden: Ich redete mir ein, daß es ihm weh tat, *sehr weh*. Wie gibt's denn so was? tadelte ich mich. Und warum bin ich – so? … Warum schaue ich, ein Mensch der russischen Literatur, so gefühllos zu, wenn Gewalt verübt wird? (Der mit Präparaten vollgepumpte Sudarkow hatte wohl kaum Schmerzen. Er kicherte. Plötzlich wurde er störrisch und begann zu strampeln.) Ich müßte doch Mitleid mit ihm haben. Wenigstens schreien, sie wenigstens heiser krächzend beschimpfen! zürnte ich mir.

Sudarkow, der Narr, hatte unterdessen die Beine weit gespreizt. Er alberte. Die Pfleger verständigten sich mit kurzen Flüchen auf das weitere Vorgehen und packten ihn schließlich – fingen ihn wie einen glitschigen Fisch, preßten Sudarkow auf den Boden und drehten ihn auf die Seite. (Auf der Seite kann man die Beine nicht weit spreizen.) Einer der Pfleger drückte Sudarkow die Faust ins Sonnengeflecht. Er tat es unauffällig, aber ich bemerkte es doch, ich schaute genau hin und strengte mich an, mitzuleiden – uuch! – Sudarkow sackte zusammen; sie zerrten ihn weiter. Da gelang es mir – es gelang mir, zu fühlen. Wie in vergessenen Schächten regte sich in meinen verschlafenen, toten Tiefen der Schmerz; er zuckte mit der Schwanzspitze: Mein Ich war lebendig.

Sudarkow wurde weitergeschleift und verschwand allmählich aus meinem Blickfeld – sein Kopf (grau) war schon nicht mehr im Bogen zu sehen. Aber seine Beine krochen noch an uns vorüber, ohne Schlappen (er hatte sie beim Strampeln weggeschleudert). Alte, weiße Beine in wunderschönen Venenspitzen, in bläulich gemasertem Marmor. Schrapp-schrapp, Sudarkows Fersen schrappten über den Fußboden, über die Holzbretter, beim Wort *Brett* spürte ich Schmerz und mein altes literarisches Herz. Da war es. Sie zerrten mich. Sie schleiften mich (mit Druck ins Sonnengeflecht) um die Ecke – und weiter in den Krankensaal. Und meine grauen Haare hörte ich unter ihren Fingern knistern.

Die Schlange rückte vor. Ich mit. Man hielt Marusja bald den Arm hin, bald den Schenkel. Ich freute mich insgeheim: Ich war mit mir zufrieden, die Meditation war geglückt. Der Schmerz war mittelbar, nicht ganz echt, aber ich hatte gespürt, wie sich mein Herz zweimal zusammenzog, mitlitt, mitfühlte, kein Zweifel!

Vor mir (schon ganz nah) stand Marusja, lächelnd, die Spritze in der Hand … Schritte. Die Pfleger kamen zurück. Sie blieben stehen – ruhten sich aus, beide mit dem starken Rücken gegen das Gitter gelehnt.

Beide besprachen halblaut etwas untereinander (jenseits des Gitters), und der eine Pfleger begann seine Arme auszuschütteln. Er schüttelte die Arme aus (nachdem er Sudarkow an den Haaren geschleift hatte), was mich aufs neue schmerzlich berührte. Es schmerzte mich, und bei der Wiederholung weit stärker, ich war plötzlich gekränkt. Dieses Schwein schüttelte meine grauen Haare von den Händen, mich hatten sie über den rauhen Boden geschleift, jetzt ruhte er sich von mir aus, mit dem Rücken gegen das Gitter gelehnt. Eine überraschende Kraft riß mich vom Fleck, ich packte Kriwoscheins Stock (Krücke und Stock standen neben dem Stuhl), sprang mit einem Satz auf sie zu und schlug erst den einen, dann den anderen. Schlag auf Schlag, soviel ich schaffte, ich teilte ihnen mit dem schweren Stock durch das Gitter aus, auf die Nieren, auf den Rücken! Auf die Schulterblätter! Mit wuchtigen Stößen. Zuerst ihr Gebrüll. Dann lautes Fluchen. Das Trampeln ihrer Füße.

Glücklich (fühlend!) stand ich da und schaute ihnen gerade ins Gesicht, als sie das Gitter umrundet hatten und sich mit ihren gewaltigen Fäusten auf mich stürzten.

Auf den Lärm hin stürmte noch ein dritter Pfleger herbei (meiner, der mich zu Marusja begleitete) – alle drei schlugen mich, bis ich das Bewußtsein verlor. Wie sie mich schleppten und auf mein Bett warfen, weiß ich nicht mehr. Spätabends kamen alle drei in unseren Raum, um nach mir zu sehen.

Ich war am Leben. Die blauschwarzen Flecken hielten sich natürlich lange auf meinem Körper. Ich hatte blaue Flecken auf den Jochbeinen. Drei Zähne waren ausgeschlagen.

Außer den blauen Flecken wurde ein gebrochener Finger festgestellt, der kleine Finger war gebrochen, als sie mir die Arme verdreht hatten. Er wurde mit einem kurzen Bleistift geschient und eingegipst.

Aber darüber hinaus ließ der Schmerz in den Nächten nicht nach – schlaflos quälte ich mich Stunde um Stunde, knirschte mit den Zähnen.

Da entdeckte man zwei gebrochene Rippen und einen Riß in der Hand.

So stand man nun vor der Tatsache, daß das Krankenhaus keine chirurgische Station hatte. (Was sollte man mit meinen Rippen machen? Mit der Hand? – Ich schrie nun schon des Nachts.) Man beriet sich und verlegte mich eilends in eine Klinik, die zur Unterstützung der Moskauer Klapsmühlen eingerichtet war. Sie lag ziemlich weit draußen, vier Bushaltestellen von der Metrostation *Poleschajewskaja* entfernt. Diese Verlegung bedeutete eine Schicksalswende, sie war eine unglaubliche Chance für mich. So kam das alles.

Rippen und Hand – ich lag knapp zwei Monate in dieser Klinik.

In diesen knapp zwei Monaten verloren sie im psychiatrischen Krankenhaus das Interesse an mir, ich wurde zwar noch in der Kartei geführt, war noch in den Köpfen, aber schon halb vergessen. Man stelle sich das vor! Ich war wieder ein *Papierpatient*.

Strenggenommen brauchte mich schon am Tag meiner Notverlegung niemand mehr in der Klapse. Ich war nicht mehr ihr Patient, sondern der von anderen. (Mit jeder Minute verlor ich gleichsam mein menschliches Gewicht und wurde zur leichtesten, zittrigsten Emanation in meinem Dasein – zu *Papier*.) Als ich an jenem Freitag, zerschlagen und Blut pinkelnd, in den Gefängniswagen gesetzt wurde, war weder die Visage des einen noch des anderen Pflegers, nicht einmal die von Doktor Pyljajew zu sehen. (Fahr zu und lebe dein Leben, *Papier* mit dir!) Ich begriff damals noch nicht, was sich von ganz allein ergeben hatte. Konnte es nicht erklären. Wie war es gekommen, daß sie sich zurückgezogen hatten? Wie konnten sie mich gehenlassen? … Und wie, auf welche Weise, hatte sich mein von den Präparaten gedämpfter, schwacher, kaum noch Widerstand leistender Verstand zur Attacke aufgerafft? ... Das konnte ich mir ebenfalls nicht erklären. Es war halt so gekommen.

Ich war nun in die chirurgische Station in der Nähe der Metrostation *Poleschajewskaja* verlegt, doch mein Kopf arbeitete immer noch zu schwerfällig, um das, was geschehen war, klar zu verstehen. Ich war vollgepumpt, doch mit jedem Ein- und Ausatmen, mit jedem Abschlagen von rotem Harn verflüchtigte sich die Chemie. Und eines Morgens verspürte ich echten, scharfen Schmerz in den Schläfen: Das war der Schmerz, das war das Leben. Mein normaler, *lebendiger* Kopfschmerz (vom Hungern). Ich stöhnte, mein Ich kehrte zu meinem Körper zurück – ich stöhnte und lachte zugleich, als ich dessen gewahr wurde.

Ich lag. Auf einer weichen Unterlage. Um mich herum lagen und saßen hier und dort verkrüppelte Geisteskranke auf ihren Betten. Große Kinder. (Sie verstümmeln sich gewöhnlich selbst. Aus Versehen.) Sie waren armselig – und lächerlich. Ich lauschte ihren langwierigen Klagen, den Klagen beleidigter Clowns – hab mir Arm und Bein gebrochen, ach-och. Die Rippe. Bin selbst aus dem Fenster gesprungen. Und jetzt der Schenkelhals. Witzeleien mit den Krankenschwestern. Einläufe ...

Und der Arzt! An mein Bett kam ein altes Männchen mit großer Nase und verhangenem Blick gewackelt – er fragte gelangweilt nach meinem Zusammenstoß mit den Pflegern und meinen beiden gebrochenen Rippen, nach den Umständen meiner Verlegung aus der Klapsmühle. Ich antwortete wahrheitsgemäß, auch was die Rippen betraf.

Aber natürlich glättete ich ein wenig die Einzelheiten: Ich bestand darauf, daß die Pfleger (diese Barbaren!) Sudarkow absichtlich an den Haaren durch den Flur geschleift hätten und ich mich ausschließlich deshalb mit dem Stock auf sie gestürzt hätte. Die wahrheitsgetreue Erzählung war kein genaues Abbild der Realität. Wozu sollte man auch die Wirklichkeit verdoppeln? (Aristoteles.)

Ich öffnete mich, so weit ich konnte. Der Arzt saß bei mir und hörte zu, seine Augen blieben gelangweilt verhangen. Doch wie sich später herausstellte, war er es, der den wichtigen Brief an Iwan Jemeljanowitsch schrieb; sein Befund lautete, ich sei psychisch gesund, benötige keine dämpfenden Präparate, und wenn es nach ihm, dem alten Arzt, ginge, dann würde er mich laufenlassen.

Er, der alte Langweiler, fragte, nachdem er meine Rippen geheilt hatte, bei der psychiatrischen Klinik an: Ihr Patient ist wieder geflickt und ganz gesund (und bereit, aufs neue mit den Pflegern zu kämpfen) – was soll mit ihm geschehen? Nehmen Sie ihn in die Klapsmühle zurück? (Oder sollen wir ihn selbst entlassen?) Ein Manöver, bei dem ich Iwan entwischen würde.

Iwan Jemeljanowitsch antwortete persönlich: Entlassen Sie ihn.

Iwan Jemeljanowitsch hatte sich möglicherweise an mich erinnert und in Gedanken sofort abgewunken – laß sie doch, die streitsüchtige Mücke! Das Krankenhaus hat zig hochkomplizierte Fälle, Arbeit, Arbeit, Arbeit, dann noch das Gesundheitsministerium mit seinen Intrigen, und dann noch seine eigene Familie, und die langbeinige Inna … Er erinnerte sich und winkte ab. Er erinnerte sich nicht an den Patienten soundso, nicht an seine Krankheit und den Verlauf der Krankheit – er erinnerte sich an den *Schlag*, das war es.

Sie wollten selbst vergessen. Vergessen und ausstreichen – weniger mich als vielmehr meine beiden Rippen.

Aber vielleicht erinnerten sich Iwan Jemeljanowitsch und seine Ärzte nicht einmal mehr flüchtig an mich. Das kommt vor. Ich war für sie ein normaler *Papierpatient* geworden, und diese Patienten verschwinden früher oder später – ich wanderte in der Akte von Seite zu Seite, von Blatt zu Blatt, wanderte, wanderte und … war nicht mehr da.

Aus der Chirurgie wurde ich am ersten passenden Montag entlassen.

Intensiv und würzig dufteten die Erde, das Gras, der erwärmte Asphalt. Ich trank an einem Kiosk Bier. Blies den Schaum weg. Hielt den Krug am Henkel und spreizte den eingegipsten kleinen Finger ab.

Triptychon: Trennung

Der ursprüngliche ästhetische Impuls für die Skulptur als solche ging vielleicht von der Statik des gebrochenen Menschen aus, von seinem erzwungenen Innehalten – zum Beispiel durch eine Lähmung oder plötzliche Verletzung, eine Wunde, die den Athleten ans Bett fesselte. Die weibliche Variante ist bezeichnend. Lesja Dmitrijewnas großer Körper wurde in den Tagen der Krankheit irgendwie besonders groß: weiß und raumfüllend (und in seiner Unbeweglichkeit reliefartig schön). Ich ertappte mich dabei, daß ich um sie herumgehen wollte (wie um eine Statue; völlig unangebrachtes Museumssyndrom).

Das kranke, erschöpfte Gesicht hatte verloren, aber der Körper nicht im geringsten! Ich schalt mich selbst, aber ich mußte einfach so denken. Die Schönheit des unbeweglichen Frauenkörpers begeisterte mich: die Schönheit der nicht tödlichen Lähmung. Marmor auf dem Bett.

Tränen stiegen auf; ich wischte sie weg und streichelte ihr Gesicht. LD schaute, ihr linkes Auge zwinkerte. Das rechte war ohne jeden Ausdruck – der Lichtstrahl eines erstarrten Scheinwerfers (es sah wahrscheinlich nur geradeaus).

»Jetzt wollen wir was essen! Jetzt gibt es ein feines Breichen.« Ich fütterte sie mit dem Löffel. Wenn man jemanden wie ein Kind pflegt, spricht man mit ihm auch wie mit einem Kind. Ihr linkes Auge zwinkerte immerzu und lenkte mich (meinen Gedanken) auf den Ring an ihrer reglosen Hand, bis ich es endlich erraten hatte. Bis ich den Ring abzog und verkaufte (und die dicke Mar Wanna anheuerte, um die Kranke zu pflegen).

Bald konnte Lesja die Hand bewegen. Dann machte sie ihre ersten Schritte: Sie ging schon auf die Toilette und in die Küche. Aber das Essen holte natürlich ich aus dem Laden. Es war leicht. In Moskau gab es keine langen, zermürbenden Schlangen mehr.

Sie konnte wieder sprechen. Aber leise. Lesja erzählte. Ich saß neben ihr. Ich war die langen Beichten im Wohnheim gewöhnt und verstand mich vorzüglich auf das geduldige Zuhören, stimmte (Kunst der Pause) im richtigen Augenblick sanft zu und nickte, um dem geständigen Menschen zum nächsten Ausbruch seiner – ich will nicht sagen, Sünden, sondern Nöte zu verhelfen. Ich brauchte keine eigenen Bemerkungen oder Kommentare einzuflechten.

Sie erzählte. Ihre Lippen wisperten.

»Ich war verheiratet, schön, stand im Mittelpunkt. Außerdem eine bekannte Person im Institut, das weißt du ja, natürlich machten mir viele den Hof, ja, ja, sie waren ernsthaft verliebt! Wie in alten Romanen!«

Aber sie – nicht die Bohne. Korenewski habe sie lange verfolgt, der junge Dr. habil, namhafter Wissenschaftler, er schenkte ihr Blumen, dann war er eingeschnappt, die Rosen verschwanden – er schenkte sie jetzt demonstrativ einer anderen Frau! (Lesja und ihr Mann lachten – tja, nun ist die Rosenperiode vorbei …)

Auch ihren Mann hielt sie kurz, so hoch schätzte sie sich und ihren Körper ein. »Na ja, manchmal, wenn er völlig verrückt wurde, ich lag da wie eine Königin, und er tobte wie ein Wahnsinniger! Ich bin eben so zurückhaltend (steif wie ein Brett, sagen die Frauen … aber mir war egal, was sie sagten, wenn ihr Bewegung braucht, dann hampelt euch eben ab). Ich kam auf meine Kosten, zu meinem Orgasmus, wie man heute sagt – na ja, der Orgasmus kam von ganz allein, ich liege da, straff gespannt wie eine Saite, mein Mann keucht, gleich explodiert er, und …

da ist er schon mit voller Wucht. Ich schnaufe, beiße mir auf die Lippe. Mein Mann fragt (immer diese Angst): ›Geht es dir gut? ... Geht's dir wirklich gut, Lesja?‹ Ich schweige, er hat meine zerbissene Lippe bemerkt, aber ich verrate mich nicht, schweige, liege da, das Laken leicht übergeworfen, mein Atem beruhigt sich, bin ganz Königin.

Korenewski, Lasutin, Simin, Gelfman, Gurewitsch, Aleg Samjatin, es waren viele, siehst du, ich weiß noch alle ihre Namen, ich habe sie alle rausgeschmissen, ja, ich habe mitgemacht, ja, ja, ich bin schuldig, wir hielten Sitzung, auf dem Tisch die Wasserkaraffe. Wir schmissen einen nach dem anderen raus – den Rausschmeißern kam ich sehr gelegen, sie brauchten mich in ihrer Mitte, sie brauchten meine Schönheit. Im Institut konnte mir keine das Wasser reichen, nur eine konkurrierte mit mir, du erinnerst dich vielleicht an sie, eine Blondine, Halblettin, große Augen, hoher Busen – aber meine Klasse hatte sie trotzdem nicht, sie war ebenfalls wissenschaftliche Mitarbeiterin. Sag ja nicht, ich hätte Karriere gemacht, während jemand anders um seine Rechte kämpfte (*ich sage nichts*), sag und denk das nicht, ich bitte dich. Wenn es keine Romanzen gibt, wenn es kein geheimes Intimleben gibt, was soll eine schöne Frau sonst tun, ganz normale gesellschaftliche Arbeit, Gewerkschaftsgericht, Possenstück – sage und denke nichts Schlechtes *(ich sage und denke nichts Schlechtes, sie lebte ihr Leben. Und Wenja ist in der Klapse)* – oder glaubst du, ich allein hätte sie rausgeschmissen, alle diese Simins und Gurewitschs, die man mir jetzt zur Last legt?«

Sie lag halb aufgerichtet im Bett. Ich war bei ihr. Brachte Erdbeeren vom Markt und machte daraus einen kühlen, säuerlichen Trank, wie der Arzt geraten hatte.

»Warte, Lesja ...« Ich reichte ihr das Erdbeerwasser (du mußt trinken, wenigstens ein paar Schlucke!).

»Und die Medizin?« erinnerte sie mich, aber ich riet ihr ab. Lieber abwarten. Warum? – »Das saure Milieu zerstört die Wirkung, was hast du davon, wenn du sie jetzt nimmst?«

LD kam wieder zu Kräften. Und schon tauchten ihre Freunde auf (kamen zurück). Am Anfang erschien, wie üblich, nur der eine oder andere. Ich dagegen ging auf Abstand. Es war ja nichts Neues, daß meine Gefühle einer Frau gegenüber abkühlten, sobald diese sich, von ihrem Fall und ihren Nöten erholt, allmählich wieder hochrappelte. So hatte ich Veronika verlassen – so verließ ich LD.

Als ich nach langer Pause (nach der Heilanstalt) aufs neue bei Lesja Dmitrijewna erschien, konnte man ihre Freunde schon nicht mehr zählen: Sie hatten alle Plätze belegt, wie in einem neueröffneten Kino, das gerade angesagt war. Alles ausverkauft. Na, vielleicht hätte es an der Kasse noch ein oder zwei Karten gegeben, wenn man geklopft hätte. Aber nur Stehplätze. Weit hinten oder an der Seite.

Der Film ihrer Genesung (der Winter unseres Mißvergnügens) dauerte lang. Ich war insgesamt etwa fünf Monate weg gewesen (Klapsmühle plus knapp zwei Monate zum Ausheilen der Rippen in der Klinik unweit der Metrostation *Poleschajewskaja*). Als ich zurückkam, ging LD bereits selbständig aus. Aber sie war natürlich noch schwach. LD gehörte zu den fülligen Frauen, die im engen, ärmlichen Alltag nachlassen, besonders am Herd – was soll ich kochen und wie? Und was morgen? … Aber am auffälligsten trieb es ihr wie einem jungen Mädchen Farbe ins Gesicht, wenn sie die Toilette aufsuchen mußte, in dieser kleinen Wohnung, wo man alles hörte, wo man nichts verbergen konnte, und sie war doch noch ungeschickt und schwach. Sie schickte mich dann fort. Es dauerte so lange, bis sie sich umständlich positioniert hatte, daß ich, der ich ihr seinerzeit die Bettpfanne untergeschoben und anschließend geleert hatte, schrie: »Was bist du denn für eine Tritschlerin! Ich helf dir beim Hinsetzen!« – »Bleib mir bloß weg!« schrie sie mit einem kläglichen Kreischen in der Stimme, ich lachte. Doch ich spürte schon selbst den Drang. Jedes Wasserrauschen wirkte auf meine mißhandelten Nieren wie ein Befehl, über den nicht diskutiert wird.

Sobald Lesja herauskam, stürzte ich hinein und rannte sie in dem engen Flur beinahe um. Das gefiel ihr wiederum nicht. Sie fand, das sei wie bei Hunden, so als würde ein Köter unverzüglich nach seinem Freund das Bein heben. Der Meinung war ich nicht. Ich holte tief Luft und richtete den rosaroten Strahl erleichtert in das gurgelnde Wasser. Es färbte sich, aber als schließlich kein Tropfen mehr kam, hatte das helle Element gesiegt. So waren Lesja und ich immer noch ein Paar; ich will nicht sagen, ein glückliches, aber auch kein beschädigtes. Selbst ihr gestrenger Ehemann und Parteigenosse schaute uns beide von allen Wänden an und seufzte. Da haben Sie eine treffliche Frau. Sie hat zweifellos Sinn fürs Praktische – einen Wesenszug, den Frauen bei der ersten Gelegenheit, das Leben zu verbessern, an den Tag legen! Sie war schwerkrank, und nun sitzt sie schon wieder und trinkt einträchtig mit ihrem Beischläfer Tee, dazu gibt es schwarze Johannisbeerkonfitüre! … Die Toten werden neidisch, wie auch die Lebenden.

Auch ich wußte jetzt, daß das menschliche Ich praktisch und zählebig ist, nur schwach ist es noch, ach, so schwach und klein (und schnell vergeßlich) im Vergleich zu dem, an das du dich erinnern sollst – im Vergleich zu jenem für den Menschen unerträglichen inneren Zwang zu Reue und Buße. (Der Mensch muß einfach bekennen.) Ich spreche nicht von der Hölle, sondern vom bescheidenen typisierten Fegefeuer, das mein Ich drei Monate lang mit einem durchaus angemessenen Schabeisen abgeschält hat. (Ich gebe niemandem schuld. Die Menschen von heute verdienen vielleicht kein besseres Los.)

Wen sollte ich denn beschuldigen, wenn ich doch selbst den Weg hatte gehen wollen (ich wollte es doch?), der neben Wenjas Weg lag – den Weg der Abtrünnigkeit, *meinen* Weg für *meine* Zeit? Mein Ich war unversehrt geblieben, also war auch ich unversehrt. (Aber bei dem Experiment fehlte die fragile Genialität meines Bruders.) Ach, war das Atmen eine Lust! … Ich verließ die Metro bei den Textilwerken (tauchte an die Oberfläche auf), wo immer noch die labbrigen Fleischtaschen in weißem Papier vor dem Eingang verkauft wurden. Und wo ein taumelnder Trunkenbold am Pfosten stand, versunken in Hamlets ewiges Grübeln: Fallen oder nicht fallen?

Ich brauchte nur stehenzubleiben (ich liebe es, vor der Metro den Wind tief einzuatmen), da schielte mich der torkelnde Schluckspecht schon an: Ob ich ihn vielleicht als Saufkumpan suchte? Doch was für eine gewaltige Moskauer Stirn und was für eine blaugraue Sokratesnase! ... Bevor ich mich zu Lesjas Haus aufmachte, hatte ich sie natürlich angerufen. Ich sei im Ural gewesen, bei Verwandten, tief in der Provinz, dort sei ich krank geworden, es gab kein Telefon, nur einmal im Monat Post. Aber jetzt sei ich wieder gesund, freue mich, ihre Stimme zu hören, und erinnere mich auch an alles andere. Ja, ja, ich hätte ihr den Lippenstift gekauft, Farbe Frühkirsche, würde noch einen vor der Metro kaufen, von dem alten Kaukasier.

Lesja war nett zu mir, sie gab sich Mühe, alles war gut, und doch war sie anders, wie sehr sie sich auch bemühte; so anders liebte ich sie nicht mehr. Aber zunächst erschien nur einer. Als Kundschafter. Und als hätte er sie mit einem Pfiff herbeigerufen, so erschienen binnen kürzester Frist auch die übrigen; kamen aus dem nahen Gebüsch herausgekrochen. Sie, das waren ihre Freunde, die echten. (Blumen standen plötzlich da, die sie mitgebracht hatten. Bananen und Apfelsinen lagen auf dem Tisch.) Jener erste Besucher war selbstverständlich einer von den »Ehemaligen«. Kein großer Boß damals, nur Stellvertreter, und auch kein erster, sondern nur dritter, eine kleine Nummer; kurz gesagt, ein Lakai, Was-belieben-Sie, Handtuch über der Schulter und Hundeaugen. Dieser Lakai hielt mich für seinesgleichen. Als mich Lesja Dmitrijewna vorstellte (sie mußte ja anstandshalber ein bißchen schöntun), sagte sie: »Das ist Petrowitsch, Schriftsteller; er ist Schriftsteller, obwohl er nicht gedruckt wird.« Er fragte mich daraufhin, wie aus der Pistole geschossen:

»Hat man aufgehört, Sie zu drucken?«

Das konnte ein Zeichen sein (das Signet der Leidtragenden an der neuen Zeit). Er hielt mich für einen Bonzen aus dem ehemaligen Schriftstellerverband, zudem für keinen, der ganz oben gewesen war, sondern ebenfalls für irgendeinen satten, uneitlen dritten Stellvertreter. Also für einen aus dem gleichen Holz wie er, der eifrig zu Diensten war, mit Handtuch und der ewigen Floskel Was-belieben-Sie, und der selbstverständlich (wie er) eine Datscha, ein Auto und Kinder in Zürich hatte. (Seine waren in Argentinien, aber das machte keinen Unterschied.) Er begrüßte mich beinahe:

»Hat man aufgehört, Sie zu drucken?«

Ich antwortete natürlich:

»Nein. Man hat gar nicht erst angefangen.«

Er lachte, gackerte sogar:

»Ach ... Das ist ja interessant!« Und als sei er baff über die Tatsache, daß einen Schritt neben ihm solche Leute existierten, solche Typen, die unfähig waren, sich am Leben festzusaugen, solche *unnützen* Menschen, hielt er sich den Bauch (mit vielen Entschuldigungen) und stürzte auf die Toilette. Lesja und ich begannen eine Unterhaltung. Er blieb lange drin. Es hatte ihn offenbar schon vorher gedrückt (möglicherweise wäre er anschließend weniger affig, wenn er sich erleichtert hätte). Nachdem er zugesperrt hatte, begann er zu stöhnen. Oooo-o. O-oooo, Jes-saas ... Aaa-aa! Und so weiter. Natürlich gedämpft. Aber hörbar. Es war leider nicht mehr die große Wohnung von Lesja und ihrem verstorbenen Mann. Oo-ooo! Aaa-aa! ...

LD und ich wechselten lächelnd Blicke. Mit dem vertrauten, lieben Lächeln erklärte mir Lesja, ihr alter Freund (sie sprach scherzhaft, aber er war im Ernst ein alter Freund) – ihr Freund halte seit langem eine besondere Diät, die er nur in einem Spezialgeschäft hätte besorgen können. Jetzt leide er. Man habe ihm leider seine Privilegien beschnitten. Lesja machte sich lustig. (Aber gutmütig.) Zugleich drehte sie in der Küche den Hahn auf und ließ das Wasser in starkem Strahl laufen, damit man nichts mehr hörte. Wir setzten uns ans Fenster. Ich raunte, Wasser helfe nicht, man brauche einen Fernseher. LD stimmte zu ... ja, ja, aber der Fernseher habe während ihrer Krankheit den Geist aufgegeben, die Röhre sei kaputt. Aber der Ton funktioniert noch! beharrte ich ... wir schalteten also den Ton ohne das Bild ein und lauschten den Sorgen der Perestroikazeit. Die einen forderten ihren Lohn und drohten mit Streik, andere durften eine Kundgebung veranstalten, dann wieder nicht, mal erhielten sie die Erlaubnis, dann wieder nicht. (Ich erinnerte mich für einen Augenblick an Veronika, mein Herz tat einen Sprung.) Der alte Freund verließ die Toilette mit Tränen in den Augen und winkte (auf Lesjas fragenden Blick hin) säuerlich ab – geht schon, ist das noch ein Leben! Ich dachte flüchtig (ebenfalls nachsichtig), daß ich den Demokraten ihre Unbegabtheit zur Macht verzeihe, ihre Eitelkeit, sogar ihre netten, etwas überraschenden Spiele mit den Immobilien – ich verzieh ihnen nicht nur wegen des ersten sauberen Schlucks Freiheit, sondern auch, weil sie es diesem Herrn verwehrt hatten, sich sofort zu erleichtern – später ja, aber *nicht sofort*.

Ich muß zugeben, er war gut zu LD und teilnahmsvoll. Es war richtig, daß sie ihn als ersten zu ihr geschickt hatten.

Er fragte mich ruhig (als LD ins Zimmer gegangen war, das Telefon hatte geläutet):

»Bumst du sie?« (Das war offenbar Chefstellvertreterjargon.)

»Nein.«

»Mhm ... Was dann?«

Ich erklärte schnippisch:

»Sie mich.«

In meinen Augen glomm offensichtlich ein böser Funke auf (UGler!). Er, ein Mann mit Menschenkenntnis und Intuition, hatte sogleich alles begriffen! (Sein Leben lang saß er am großen Schreibtisch und hörte sich die Bittsteller an. Lehnte ab. Aber verstand sie.)

Er sagte bedeutungsvoll:

»Unsere Interessen decken sich. Wir müssen ihr helfen …«

Er meinte wohl, was sollen wir uns streiten, wenn du und ich *für* Lesja sind. Ich nickte – selbstredend.

Aus der Küche, wo er und ich saßen, hörte ich, wie Lesja mit einem weiteren »Ehemaligen« telefonierte. Der war auch für sie. Sie kümmerten sich jetzt alle um sie: LD würde ja arbeiten und ihnen nützen, wenn man sie auf den richtigen Platz setzte; und wie sie arbeiten würde! (Aber sie hatten diesen Lakaien vorgeschickt, den alten Freund, schau sie dir mal an, ob noch was von ihr da ist, nicht nur Ruinen …) An jenem Tag ging ich früher. Ich ging, der ehemalige dritte Stellvertreter aber (oder was er war – er hieß Andrej Andrejewitsch) blieb noch. Ich stand im Treppenhaus und wartete auf den Lift. LDs Wohnungstür war gepolstert, eine gute, feste Tür. Trotzdem konnte ich durch die dicke Tür hindurch hören, wie sie lachten – ihr Lachen hatte etwas von früher und war sehr glücklich. Es war Lesjas vergessenes, mädchenhaftes Lachen. Ein mir unbekanntes Lachen. Nein, nein, keine Liebe, kein Sex, einfach etwas *Gemeinsames*. Das frühere Leben, das frühere Lachen. Es gab mir einen Stich, der sofort zu schmerzen begann. Da also (in diesem Lachen) lebte sie. Da also (in diesem Lachen) war ihr Herz weich gebettet. Sie hätte an jenen Abenden lachen sollen, nicht auf allen vieren schluchzen. Ich beneidete diesen ehemaligen Stellvertreter, diesen an Verstopfung Leidenden, diesen Was-belieben-Sie-Lakaien mit Datscha und Kindern in Zürich (pardon, Argentinien). Der Neid nagte natürlich nicht wegen seiner Kinder an mir (da sei Gott vor!) und nicht wegen seines ehemaligen Wohllebens, sondern wegen dieser dicken Erinnerungsschicht, die ihn so glücklich mit Lesja verband.

Auch die Zeit spielte eine Rolle: Die Demokraten der ersten Stunde verloren bereits Federn, in ihrer Ungeschicklichkeit verstanden sie es nicht, an die Hebel und Hebelchen, Räder und Zahnräder heranzukommen, mit denen in Rußland die reale

Macht erzeugt wird. Sie hielten sich noch aus Trägheit, riefen aber schon den einen oder anderen, der mit der Vergangenheit verwachsen war, zu Hilfe (an die rostigen Hebel). Natürlich niemanden, der vom Sockel gestürzt worden war. Aber mit den mittleren Parteifunktionären ging es bereits wieder bergauf. Das war nicht mehr zu umgehen. Zunächst holte man sie natürlich als Besetzung für die unwichtigen Nebenrollen und zur Unterstützung im Vorfeld der eigentlichen Aufgaben. Doch bald schob sich der Durchschnittsmann aus der fünften Reihe nach vorn und drängte den Demokraten (ehrlichen Schwätzer) auf die komfortable Sandbank der Privilegierten, leg dich hin, mein Freund, und ruh dich aus! Wir machen das schon. Lieg du (wir sitzen unterdessen auf deinem Stuhl). Tritt nur im Fernsehen auf. (Wir sitzen auf deinem Stuhl.) Ihre Stunde war gekommen: die schleichende Rückkehr, als das Neue durch das Alte erneuert wurde.

Die Freunde, die Lesja besuchten (und nun ständige Gäste bei ihr waren), waren nämlich nicht mehr beleidigt und auch nicht mehr arm. Sie saßen auf Stühlen. Zwar noch nicht auf ihren früheren, aber doch schon auf gepolsterten. Und jetzt (das war ein Plus für sie!) erinnerten sie sich an ihre Freunde, die auch zu den »Ehemaligen« gehörten. Sie lebten auf. Und wie silbern schimmerte das edle Grau auf ihren Köpfen. Manche von ihnen hatten sich den frischen Tonfall trefflich angeeignet, den leichten Glockenklang der Demokraten beim Sprechen – Silberglanz in allem, sie waren nicht mehr zu unterscheiden. Das Leben ließ sie zusammenwachsen; es schmiedete auch die Falschen zusammen.

Einmal, als sie kamen, sahen sie mich *eilig* Kartoffeln schälen – ja, ja, ich schälte lediglich eilig die Kartoffeln mit einem stumpfen Messer und saß neben LD (Lesja lag). Von dieser Stunde und dieser Minute an (ich übertreibe nicht, es war *wie eine Uhr*) sprachen sie anders mit mir. Mit dem wird nicht mehr geredet und diskutiert. Ein Dienstbote. Vielleicht braucht sie ihn noch. Vielleicht ist er ihr Beischläfer und nicht mal schlecht im

Bett (bedient sie gut). Die Psychologie der Leute in höheren Etagen: Ein UGler ist für sie immer und ausschließlich ein Versager, ein Niemand. Er ist nicht einmal Staub an den Füßen (keine Asche, auf der man lieber nicht herumtrampeln sollte).

»Du bist ein guter Mensch, Petrowitsch ... Streite dich nicht mit ihnen.«

»Ich streite mich ja gar nicht, Lesja.«

Als ich die Kartoffeln schälte, kamen sie zu zweit: per Auto. (Einer hatte seinen staatlichen Wagen bereits zurückerhalten.) Der Mann mit dem Auto war ein typischer Boß aus der Käse- und Fleischproduktion. Der zweite war ein spielfreudiger Boß aus dem Wissenschaftskomitee, der in den ersten Perestroikajahren alles verloren hatte. (Alles, außer der Fertigkeit zu warten.) Beide hatten natürlich in der Zeit ihrer Macht allerhand Menschen zu sehen bekommen und im Nu begriffen (gewittert), daß ich ein Niemand war und in dieser Wohnung nur vorübergehend geduldet wurde.

Noch war der Sympathischste von allen nicht erschienen. Ein lustiger Dickwanst.

Unterdessen bestand keine Notwendigkeit mehr für Lesjas Betreuung. Mar Wanna faßte sich ein Herz, nachdem sie offensichtlich starken Portwein getrunken hatte, und sagte mir, wenn ich so einsam sei und sich niemand um mich kümmere (sie hatte meine Gespräche mit LD belauscht), dann würde sie sich gerne mit mir zusammentun: Du wirst versorgt! Deine Wäsche wird gewaschen. Und du wirst immer heiße Kohlsuppe zum Mittagessen haben ...

»Wie werden wir unser Leben genießen!« schloß sie, den Wein aufstoßend. Sie hickste leise und öffnete den Mund: »Jessas!«

Lächelnd berichtete ich LD von dem Antrag und machte mich über die einfältige Mar Wanna lustig. Ich glaubte, daß so drollige Worte gern gehört werden ... Weit gefehlt! Schon am nächsten Tag setzte LD sie vor die Tür, und ich sah Mar Wanna nie wieder. Eine Belanglosigkeit. Aber meine UG-Seele trauerte diesem komischen Frauenzimmer und ihren Kohlsuppen nach. Diesen genialen Kohlsuppen, die ihre nach Salzlake duftenden Hände drei- oder viermal für mich (und Lesja) gekocht hatten. Mein Pullover war gestopft – auch von ihren Händen. Hier und dort vermochte Mar Wanna, die mit ihrem Diensteifer und ihren Späßchen ganz still durchs Leben ging, segensreich zu wirken. (Mit gelegentlichen Abstürzen. Der Portwein.) Wenn die Krankheiten wie auf Verabredung von allen Seiten auf mich einstürmen, dann weiß ich jetzt einen Zauberspruch – ein Wort wie eine Waffe. Sobald ich die Metro verlassen und die ersten Schritte in die Straßenkälte hinein getan habe, sage ich mir (im guten Andenken an alle Verbannten):

»Wie werden wir unser Leben genießen!«

Auf den Bäumen Septemberspinnweben – das zum Wetter; an einem jener heiteren Abende fiel gleichsam der vierte ihrer Freunde aus den Zweigen, *fiel wie ein Spinnlein herab*, und war plötzlich unter uns. Mit scharfer Zunge und dickem Bauch. (Mir im allgemeinen sympathisch.) Er brachte Lesja Lachs mit – keinen teuren Fisch, aber schwach gesalzen und sehr schmackhaft, den er offenbar dank früherer Bekanntschaften erstanden hatte. Jemand hatte mit ihm, mit dem Fettsack, aus alter Erinnerung geteilt. Und nur ein einziges Mal brachten sie wirklich viel Kaviar und Kognak mit, verspeisten aber alles ohne mich. Ich ging nicht, weil ich Komplexe hatte (ein UGler schafft es spielend, auf fremde Kosten zu essen und natürlich auch zu trinken), sondern weil die Sache schiefgegangen war. Der Fettsack (normaler Wanst, grauer Anzug, lockerer Schnitt) schob mich einfach ab. Er legte seinen Arm um mich und führte mich ans Fenster: »Mein Freund«, sagte er, »du mußt schon verzeihen. Wir möchten hier gerne unter uns sein. Was sollen dir unsere Herzensergüsse? Was hast du von dem Geschwätz fremder Leute?«

Doch Lesja bemühte sich nur noch stärker darum, daß ich nicht nur mit ihr, sondern auch mit ihnen zusammen war und mich mit ihnen unterhielt, warum denn nicht? … *Darum* nicht, entgegnete ich kurz, ihren spinnwebweichen Tonfall nachahmend, Lesja, was sollen mir ihre Visagen, ihre Grimassen, was interessiert mich ihr Zuzwinkern, diese Postnomenklaturisten haben ihr Leben lang gefressen, gerafft, häuslichen Kontakt gepflegt und Leute wie mich gehaßt – glaub mir, Lesja, ich betrinke mich lieber auf den Stufen im kalten Hauseingang, wo ich mich auf eine Zeitung setze, auf das Wochenblatt »Kommersant« …

»Du Dummkopf! Was bist du für ein Dummkopf!« jammerte sie.

Da kam der Fettsack wieder herein. (Der sympathischste von allen.) Vielleicht hatte Lesja ihm schon immer gut gefallen. Vielleicht fand er, daß sie eine große, rassige Frau sei, die früher als Schönheit gegolten hatte. Wie sollte er die Dame nicht im passenden Augenblick trösten …

Lesja verstand seine Langzeitabsichten wohl kaum. Aber sie schätzte seine Fröhlichkeit. Als sie vertrauter wurden, zeigte sie ihm gerne ihr derzeitiges bescheidenes Leben – ihre Sorgen, ihre kleine Wohnung, ihre schönen vollen Arme und sogar mich.

»Da ist er, der Stolze!« Sie deutete mit den Augen auf mich. »Er will nicht mit euch essen.«

Ich hatte schon die Schirmmütze aufgesetzt.

»Er will sich mit euch zusammen nicht mal die Hände unter dem Wasserhahn waschen«, milderte LD rasch die bekannte volkstümliche Redewendung ab.

Der Fettsack verstand es, freundlich zu lavieren:

»Ja. Wir sind abscheulich«, sagte er lachend.

Vielleicht bin ich ihnen gegenüber ungerecht, sie suchten ihren Platz und waren ebenfalls Menschen, aber es ist nicht etwa so, daß ein bemooster UGler nicht gerecht sein kann – er will einfach nicht gerecht sein.

»Du Schwein! Du dreckiges Wohnheimschwein!« Sie schluchzte und brüllte, mal heiser schreiend, mal jämmerlich weinend.

Aber ich war nicht mehr zu bremsen. Wenn ich einen Gedanken ausdrücken will, hält mich niemand auf:

»Deswegen hast du dich ja auch mit mir erniedrigt, weil ich Dreck bin. Hätten deine Freunde etwa, die so solide und satt sind, hätten die deine Tränen würdigen können? Dein Leiden? Dein nächtliches Erbrechen ...«

»Du Dreck! Du Dreck!«

»Du schämst dich doch auch nicht wegen mir, weil ich Dreck bin. Du hast dich mit diesem Dreck (mit mir) erniedrigt. Aber heimlich – nur für dich selbst. Das war fein ausgedacht, Lesja: sich durch eine Erniedrigung, die niemand sieht, zu erniedrigen! ... Aber auch ein Wohnheimdreck (ich) kommt auf seine Kosten – wir halten uns ebenfalls schadlos, man nimmt sich, was man kriegen kann, man muß nur zahm bleiben ...«

»Schwein du ... A-aaa ...« LD schluchzte, und ich merkte, daß es genug war. Ich hatte alles gesagt. (Ich hatte noch einiges in petto, aber es reichte.)

Zeit zu verwunden und Zeit, zu bedauern. Schon gut, schon gut, flüsterte ich. Umarmte sie, sie schlug mir ins Gesicht, auf den Hals, traf mein Ohr, daß es dröhnte! – schlug mir auf den rasierten Kopf (nach der Klapse), auf die Stirn, sogar auf die Augen, aber ich fing ihre Hände ab. Meine Hände waren stärker, sie schrie auf. Ich umklammerte und küßte sie; es tat ihr weh – es tat mir weh. Komm, komm zu mir, Lesja. Ich bin's, Zeit, zu bedauern.

»Weißt du, was mich am meisten getroffen hat«, sagte sie, als wir nebeneinanderlagen (ihr Hinterkopf ruhte auf meinem Arm). Sie drehte sich auf die Seite und durchwärmte meine alten Knochen wie ein Ofen; großer, heißer, wärmender, weiblicher Atlasbauch.

»Was?« fragte ich schläfrig, obwohl ich es wußte.

»Als du gefragt hast: *Warum erniedrigst du dich nicht vor ihnen (vor deinesgleichen)?*«

»Und warum nicht?« fragte ich zurück.

Von Lesjas Freunden und ihrem großen Talent, zu ertragen und zu warten (die fremde Zeit zu ertragen und auf die eigene zu warten), lernte ich leider nicht das mindeste.

Lesja schalt mich: Wie konntest du nur, der du so ein sensibler, gutmütiger Mensch bist! ... (Wie konnte ich denn, wenn ich mich außerdem – ein ganz seltener Fall bei mir – an nichts erinnerte?) Wahrscheinlich aus Hunger.

An jenem Tag war ich so betrunken, daß von einem bestimmten Augenblick (Wendepunkt) an nichts mehr in meinem Bewußtsein verblieben war, nicht einmal die übliche schwarze Grube mit den Funken, wenn man auf leeren Magen Wodka getrunken hat. Das Gedächtnis hatte nicht einmal diese beruhigende Tintenschwärze mit den Funken vor Augen bewahrt. Aber Lesja erzählte mir natürlich alles.

Sie schalt mich. Du warst ein Flegel – ein Erzflegel warst du.

Ich stimmte zu. Ich weiß ja, daß ich ein Schwein bin. Nachdem ich mich mit ihrem Wodka besoffen hatte, zog ich sie auf, wie ich erfuhr.

»Wie wär's, wenn ihr zur Waffe greifen und ein bißchen schießen würdet?« Ich machte mich über sie lustig, über die »Ehemaligen«, nachdem eine ihrer Straßendemonstrationen aufgelöst worden war.

Sie hielten sich im Gebüsch, hatten sich schon mit ihrem Gehalt und ihrem Stuhl angefreundet, ihre Kameraden aber wurden vertrieben, »Ehemalige« wie sie, aber geradlinigere Hohlköpfe, die mit roten Fahnen auf den Platz geströmt waren und das Maul aufgerissen hatten. Verständlich, daß *diese*, die schon auf dem Stuhl saßen, um *jene* bibberten. Sie litten mit. Waren ohnehin schon durch die Auflösung der Demonstration und die Niederlage gedemütigt, und nun stichelte ich auch noch.

Ich spottete:

»Na ja. Jetzt hättet ihr gern eine Kalaschnikow in der Hand, was?«

Und klagte:

»Schade, daß ihr nicht schießt. Schade, daß ihr nur eure Sekretärin auf dem Schreibtisch bumsen könnt.«

Einer von ihnen spuckte mir ins Gesicht, er konnte sich einfach nicht mehr beherrschen. Er spuckte, und ich schlug ihm die Flasche auf den Schädel, nicht besonders stark, jemand, der neben mir saß, fiel mir noch rechtzeitig in den Arm. Wir wurden getrennt.

Sie, ihre Freunde, beschafften eine Wohnung (keine wie in früheren Tagen, aber doch gut: zwei geräumige Zimmer für die Dozentin L. D. Woinowa), legten zusammen und kauften ihr sofort moderne Stilmöbel. Alle Achtung! Mit einem Arbeitsplatz für sie ließen sie sich allerdings Zeit. Sie suchten noch. Die Stelle war nicht nur für Lesja wichtig, sondern auch für sie selbst. (Was wäre das sonst für eine Stelle?) Hier gingen sie klug und gezielt zu Werke – die Stelle sollte für viele Jahre sicher sein. Gehalt und Rente sollten stimmen.

Lesja zog um – neue Wohnung, frische Q-Meter ohne Gerüche. Schon hängte einer ihrer Freunde die Porträts ihres Ehemanns und Parteibonzen an die neuen Wände. Nicht ich. Und in der Tat – wozu brauchten sie mich? Wozu brauchte ich sie? … Ich sagte ihr, daß ich diese Woche nicht käme. LD fragte:

»Warum nicht?« Ich antwortete nicht. Schwieg eine Zeitlang und schenkte uns damit den Augenblick der reinen Trennung.

Aber ich besuchte sie doch. Ab und zu schliefen wir miteinander. Natürlich ohne ihre Selbsterniedrigung im Bett: ruhiger, gesunder Sex, im Einklang mit unserem Alter und mit einem in Maßen leidenschaftlichen, beiderseits schweigsamen Eintauchen in das Geheimnis des Akts. Ich versuchte allerdings, auf einen jener nächtlichen Wege zurückzukehren, die sie einst büßend ging (und anschließend mitten in der Nacht schluchzte). Aber ich stieß auf Leere. Wir begaben uns beide gleichsam in eine Pause hinein – in ein beredtes, sinnliches Schweigen. Dann machte sich Lesja vorsichtig bemerkbar: Sie wolle nicht mehr so wie früher.

Mit einem im Dunklen zu erahnenden Lächeln flüsterte sie: »Na-na, mein Lieber. Wir sind doch keine siebzehn mehr …« Ich stimmte zu, schließlich brauchte ich keine Wiederholung ihrer Erniedrigung.

Um dieselbe Zeit schaute ich im Obdachlosenasyl vorbei, um meine Schreibmaschine ausfindig zu machen. (Ich besuchte Nata nicht gleich zu Beginn.) Die Vietnamesen begannen ein Gepiepse, schlugen melodischen Lärm, stritten alles ab und schrien, sie seien kein Leihhaus, die Schreibmaschine hätten sie endgültig verkauft, aber ich beharrte immer sturer auf meiner Frage: »Wo?« Ich ließ kein Zimmer aus und suchte ihr ganzes nach Marinade stinkendes Stockwerk ab – zu guter Letzt fand ich sie, blätterte das Geld hin und löste sie aus. Ich gab ihnen etwas mehr Geld, das besänftigte sie. Außerdem war ihnen noch frisch im Gedächtnis, wie ich sie, die höflichen kleinen Menschen, in meinem Wahnsinnsanfall auf die Betten geschleudert hatte.

Ich schaute bei Nata herein; eine Weile saßen wir beisammen und tranken Tee. Nach der langen Unterbrechung klang die Flöte schrill. Aber die Zeit selbst war immer noch (in Gedanken) geteilt – in die Zeit vor und nach der Klapsmühle. Jetzt lebte ich danach. Und klaubte um so sorgfältiger die Teilchen des lebendigen Lebens aus der Vergangenheit heraus. Ein Teilchen war Nata. Ich erinnerte mich an sie. Ich will nicht sagen, daß ich den Wunsch hatte, sie zu sehen. Nein: Ich lief einfach in Gedanken voraus, in die heranrückende Zukunft: *Wer weiß* … Man stelle sich vor! – ich wäre nicht in die Klapsmühle gekommen, nicht in Zimmer eins, wenn ich dieser sanften Närrin etwas erzählt hätte, nicht einmal im Bett, wie üblich, sondern einfach am Tisch sitzend. Beim Tee – bei ihrem allabendlichen Gepfeife, ich hätte gesagt, leg die Flöte weg und hör dir mein Geheul an.

Wer weiß, dachte ich, als ich die Straße entlangging und den frischen, schon deutlich herbstlichen Wind abfing. Er blies durch meinen Pullover, in der Hand hielt ich die wiedererworbene Schreibmaschine, die ich gar nicht mehr brauchte …

Beim zweiten Mal holte ich meine Habseligkeiten aus dem Obdachlosenasyl: einen Koffer mit Wäsche, einen schäbigen Wintermantel und ein Bündel Bücher. Ich schaute zu Nata herein – dort hatte sich die armenische Verwandtschaft um den Tisch versammelt. Ich wurde eingeladen, iß und trink. Die russische Tante mit dem Hängebauch hatte zweihundert Fleischtaschen für die Gäste gemacht, hatte sich ordentlich angestrengt! … Man sprach über Natas Vater und Mutter, die schon lange tot waren, es waren gute Menschen. Nata lächelte. Die armenischen Verwandten nannten sie Anait.

Sie hatten versucht, sie an einen der Ihren zu verheiraten, es aber nicht geschafft. Früher oder später würde in dem Mann der orientalische Gatte (oder wer auch immer) erwachen, der normale Ehemann, der erwartet, daß morgens die Betten gemacht werden, die Wohnung gepflegt ist und das Essen verführerisch duftet. Was konnte Nata schon? – Kindlicher Verstand, zwei linke Hände und fünf oder sechs eingetrichterte traurige Melodien auf der Flöte. Aber die armenischen Verwandten hatten ihr wenigstens die kleine Wohnung kaufen können, eine großartige Sache; hätte Nata mit ihrer Flöte ohne eigene Wohnung dagestanden, das wäre schlimm gewesen. Sie machte sich zwar nichts aus Männern, aber schwach, wie sie war, wie lange hätte sie ihnen widerstehen können? – Ich weiß nicht, kann es mir nicht vorstellen. Sie war ein Kind, das man überreden konnte.

Die Verwandten waren während der grausamen Ereignisse aus Baku geflohen und wanderten nun als große, verzweigte Familie von fünfzehn Personen allesamt nach Frankreich aus. Sie hatten schon ihr Visum, saßen schon auf ihren Koffern. Sie erzählten, wie schwierig es gewesen sei, mit den französischen Armeniern schriftlich Kontakt aufzunehmen, damit sie eine Einladung bekamen, und wie schwer es für sie war zu beweisen, daß sie Menschen der Kunst seien, denen man in einem zivilisierten Land Asyl geben müsse (sich nach Frankreich durchzukämpfen ist nicht leicht! – erklärten sie). An diesem Abend hatten sie Nata gewissermaßen zum Abschied selbstgebackenen Streuselkuchen und viel Schokolade mitgebracht. Es war eng und laut. Mir gegenüber waren sie freundlich und aufgeschlossen, nicht einfach nur höflich. Wir saßen lange, tranken viel und aßen Fleischtaschen; ich hatte Nata vergessen und gaffte eine üppige vierzigjährige Armenierin an. Die fragte immer wieder, ob ich die Hoffnung hätte, daß sich das Leben in Moskau normalisieren würde, oder ob hier auch alles drunter und drüber gehen würde wie in Baku und in Tiflis. Ich aß Fleischtaschen und zuckte die Achseln: Es kommt so, wie es kommt. (Ich beruhige keinen, der auswandert. Und rede ihm sein Vorhaben nicht aus.) Ich trank Wodka und betrachtete ihre geschwungenen Lippen. (Sie waren nicht verführerisch. Sie waren schön.) Nata, die ganz rot geworden war, hatte bereits auf allgemeines Bitten hin die Flöte aus dem Etui genommen. Sie war aufgeregt, wie es sich für eine Interpretin gehörte.

Wir aßen, tranken und diskutierten lautstark über das aufgewühlte postsowjetische Leben, während Nata nach ihrer nächsten Nummer hinausging und wiederkam (sie hatte heimlich Baldrian genommen). Sie griff aufs neue zur Flöte. Das liebe, debile Wesen verstand nichts vom heutigen russischen Leben (sie hatte auch vom früheren nichts verstanden). Das stille, unaufdringliche Geschöpf, wozu und für wen lebte es? Wer hatte ein Interesse an ihr? Es war kein Wunder, daß diese fünfzehn auswandernden Personen sie nicht nach Frankreich mitnahmen. Man hätte sie einfach mit einem Ding, einem Gegenstand verwechselt. Von den Dingen aber nahmen sie nur das Wertvolle mit, alles andere ließen sie hier zurück.

Aber ich fürchtete mich ebenfalls davor, daß mich die kläglichen Flötentöne den Rest meines Lebens verfolgen würden. (Sie wird bei dir bleiben, flüsterte eine Stimme. Sie ist eine von denen, die nicht hochkommen. Die ihr Leben nie auf die Reihe kriegen. Sie wird immer unten bleiben, bei dir ...) Unser einziger körperlicher Kontakt fand statt, wenn Nata die Tassen abspülte. Sie spülte sie nach dem Teetrinken, zerbrach zwei Tassen nacheinander, Tränen in den Augen. Sie war ein Tolpatsch, spülte jedoch weiter, ich trat rauchend von hinten an sie heran und umfaßte ihre Schultern, um sie zu beruhigen. Ihre zitternden Hände waren mit den verfluchten Tassen beschäftigt. (Ihr kleiner Busen war leicht zu berühren; Nata war schutzlos.) Ihr Hals lief tiefrot an. Die rosigen Ohren flammten. Aber ich legte nur die Zigarette beiseite und half ihr beim Spülen, indem ich ihr die Tassen abnahm.

Die alte Tante aus der russischen Verwandtschaft kam ein- oder zweimal in der Woche zu Nata. Sie gab ihr keine Kopeke (lebte selbst von einer winzigen Rente), aber räumte dafür ihre Wohnung auf. Kochte für drei Tage Suppe und Brei. Wenn sie dann ein Stündchen gejammert hatte, ging sie wieder. Sie jammerte jedesmal mit denselben Worten: Wenn ich sterbe, wird Nata zugrunde gehen.

»Und es wird niemand dasein, der auf sie aufpaßt. Och-och. Sie wird im Dreck versinken ...« Das alte Klageweib vergoß eine Träne, während sie aus dem Fenster in den Herbst hinausstarrte. Es sah so aus, als versuchte sie, Nata mir, dem gebildeten Witwer, anzudrehen; die Alte hielt mich hartnäckig für einen Witwer. (Sie wollte es so. Ich hatte sie deswegen sogar einmal angeschrien.)

An diesem Abend hatten die Vietnamesen im Erdgeschoß des Obdachlosenasyls Streit. Hinter den Wänden hörte man eine Welle von Katzengezeter und Gestöhn (Geschrei in einer unbeschreiblichen Tonlage). Vielleicht feierten sie ein Fest? ... »Ich hab Angst, das was passiert«, sagte die Tante erschrocken.

Und fragte mich:

»Warum kommst du nicht mehr zu uns?«

Wir unterhielten uns.

Nata blies ganz leise die Flöte. Es schien, als überlebte sie inmitten des lauten, betrunkenen Obdachlosenasyls nur, weil sie dank ihres beharrlichen, kläglichen Flötengebets von oben beschützt wurde.

»Sie ist doch eine Frau, hat ein liebes Gesicht, ich hab Angst«, überlegte die Tante laut.

»Vor mir müßten Sie vielleicht am meisten Angst haben«, lachte ich.

Die Tante erschrak:

»Bist du wahnsinnig!« Sie fiel in den Flüsterton: »Wenn du ihr was antust, wird sie unglücklich werden. Wenn sie das kennenlernt, ist sie verloren. Sie wird es Tag und Nacht wollen – und was für ein Leben fängt dann für sie an?«

»Wie soll sie in dieser Schlangengrube ungeschoren davonkommen! Einer wird es schon schaffen.«

»Nein, mein Lieber. Wird er nicht. Gott meint es gut.«

Wir schwiegen.

»Gott meint es gut«, wiederholte sie. »Dreißig Jährchen hat sie schon gelebt. Noch mal zehn, dann wird keiner mehr auf sie scharf sein ... Ich würde sie ja zu mir nehmen, es ist so mühsam, immer hierherzufahren und alles zu machen. Ich bin alt! Krank! Hab ein Gefäßleiden.«

Sie begann zu weinen.

Nata begleitete mich hinaus. Vor der Tür, vor dem Eingang zum Obdachlosenasyl, strich ich ihr über die leicht gerötete Wange. Augenblick der Trennung.

»Gute Nacht.«

Ich sagte ihr, ich käme wohl kaum wieder, und wiederholte noch einmal: *Ich komme nicht mehr*. Nata wunderte sich:

»Warum nicht?«

Ich zuckte nur die Achseln. Noch ein Augenblick.

Ich besuchte Schwester Marusja. Wir freuten uns beide – wieso hast du eine Flasche mitgebracht? Ich hab doch selbst Alkohol!

schalt Marusja, das dicke Tönnchen, so sah sie zu Hause aus, ohne den weißen Kittel.

Freude schön und gut, aber an die Wand war schon ein Foto gepinnt – ein bekanntes Gesicht. Ich schaute genauer hin: Ja, es stimmte. Der Patient Schaschin! Man hatte mich also weit überholt, während ich meine beiden Rippen auskurierte. Schade. Auch hier mußte ich mich mit der Situation abfinden – mein erster Besuch bei Marusja entpuppte sich als Trennung. Kann passieren.

Meine Verspätung bei ihr hatte etwas Parodistisches, ich fühlte mich wie der Abklatsch des betrogenen Helden, der aus dem Krieg heimgekehrt ist. Ich hatte gekämpft und mich ehrenhaft geschlagen! (Mit den Pflegern – für uns alle.) Ich hatte gekämpft und war in Maßen versehrt. Unser He-eld! Marusja klatschte in die Hände. Wir lachten beide. So war das Leben nun mal. Marusja dachte nicht daran, mir etwas zu verheimlichen: »Ich warte auf ihn!« Sie zwinkerte mir zu. Also auf Schaschin aus dem Krankenhaus. Sie warte und hoffe sogar: Sie wünsche sich so sehr, daß alles gut werde! ... Ich pflichtete ihr natürlich bei: »Gott helfe dir!« (Sollte wenigstens sie Glück haben. Und keinen Drogenabhängigen bekommen.)

Marusja erzählte mir auch alle übrigen interessanten Neuigkeiten aus dem Krankenhaus: Iwan sei jetzt ganz oben, *an der Spitze* – sei versetzt worden; Chefarzt des Krankenhauses sei nun Cholin-Wolin. Das ist doch klar. Das war doch schon lange vorauszusehen, oder nicht? Ja, sie hätten es erwartet. Und was ist mit Inna? ... Die! Die sei Oberschwester, trage die Nase hoch, bilde sich ein, sie sei schön. (Ihre Beine seien noch länger geworden!) Das Krankenhaus sei eben ein Krankenhaus, alles wie früher ... Wir sprachen darüber, daß mich Iwan Jemeljanowitsch so leicht vergessen hatte, weil er mir *verziehen* habe. Und weil er an die Spitze aufgestiegen sei, stimmte Marusja zu. Wenn die Leute Karriere machen, verzeihen sie leichter. Und stell dir vor, Cholin-Wolin hat sich wie alle jungen, galligen Männer als umgänglicher Chef entpuppt. Er ist so locker und gesellig! Ja, er stichelt gerne. Stichelt mit Vergnügen. Aber er macht dich nicht fertig, geht sofort einen Schritt auf dich zu und lacht dann mit dir zusammen. (Die Brüder kennen wir. Ihr ganzes Gift ist das Gift der Selbstbestätigung.) Marusja und ich unterhielten uns prächtig. Und labten uns trefflich an Speis und Trank. Alles war in Butter, bis auf den Sex.

Da fiel ich plötzlich in einen Stupor, ich versagte – kaum erkannte ich den herben Duft ihres Körpers wieder, da strömten die lähmenden Gerüche der Klapsmühle auf mich ein. Ich erstarrte, konnte kaum die Finger rühren. Die findige Marusja holte eine Ampulle mit der Aufschrift *Trisulfatpiston* – gleich ist das Leben wieder wie vorher, verzage nicht, mein Lieber. Sie zog die Bullenmixtur mit Hexenbewegungen auf, aber beim Anblick der vertrauten riesigen Spritze fiel alles an mir, was nur fallen konnte. Mir troff sogar der Speichel aus dem Mund. Wie der debile Alik betrachtete ich mit halb geöffneten Lippen die Tapete an der Wand, das sich wiederholende Muster. (Alik suchte dort den Horizont.)

Marusja hatte sich ausgezogen. Verwundert ging sie umher, schwabbelte um mich herum und machte sich aufs neue zu schaffen: Diesmal geizte sie nicht und spritzte mir ein besonders wirksames, besonders teures *Trisulfattripiston,* aber leider auch diesmal ohne Gewinn. Wir tranken nur noch Tee mit Konfitüre. Redeten noch ein wenig. Lachten noch ein wenig. Und verabschiedeten uns bald voneinander. Als ich ging, schüttelte Marusja fassungslos den Kopf und schaute sogar im Kühlschrank nach, las noch einmal die Aufschrift der Ampullen, ob sie mir auch das Richtige gespritzt hatte.

Sie hatte mir das Richtige gespritzt. In der Nacht konnte ich vor Erregung lange nicht einschlafen; konnte nur und ausschließlich auf dem Rücken liegen, so einen Steifen hatte ich. Ich übernachtete im Obdachlosenasyl (hatte mich irgendwie hineingemogelt und ein Bett für die Nacht ergattert, ach, diese Betten mit dem abgeblätterten weißen Email am Kopfende!) und tat diese ganze lange Nacht kaum ein Auge zu, meine Decke wölbte sich. Sie haben dort freilich leichte, dünne Decken (bei den Vietnamesen gekauft). Am Morgen keine Veränderung: Ich lag auf dem Rücken, die Decke wölbte sich. Auf Sex als solchen legte ich nie viel Wert, er war eine nette Nebensache, aber hier war es plötzlich ein morgendliches Zeichen. (Mein Leben wölbte sich in die Höhe. Es versprach mir etwas.) Eine nette, sinnliche Nebensache, ich lachte schallend: Ich lebte.

Anders

Die berühmte N., damals noch jung und in dem *bodenständigen* Verlag beschäftigt, gab mir wohl schon zum achtenmal mein Manuskript mit negativem Gutachten zurück, also mit einer Absage.

N. sagte, es tue ihr leid. Sie sagte noch mehr: Sie verstehe, warum es für mich so schwierig sei, meine Erzählungen zu veröffentlichen.

»Sie sind *anders*«, sagte die blutjunge N. »Weil der Prozeß der Anerkennung in Ihrem Fall so schwer und holprig verläuft.«

N. war gescheit und sensibel. Was im übrigen schon ihren Wechsel als Kritikerin von den *Bodenständigen* zu den *Liberalen* verhieß. (Das war nichts Außergewöhnliches.) Ihre Augen wurden feucht. Sie gehörte zu denen, die im Schriftsteller den Menschen fühlen wollen. Ihre Worte klangen aufrichtig, und dazu glitzerten ihre feucht gewordenen Augen auch noch.

Anders ist ein philosophischer Terminus, der damals noch nicht in Mode war, soeben erst zu unseren Intellektuellen durchgedrungen. Das Wörtchen *anders*, angewandt auf einen Autor, war eine schmeichelhafte Auszeichnung – wie ein Orden, wenn auch ein kleiner. Immerhin keine Medaille mehr. Ich verließ den Verlag mit einem Lächeln. Wollte es mir sogar schon zur Regel machen und beim Gehen immer lächeln, wenn ich schon mal *anders* war.

Eineinhalb Jahrzehnte hätte ich von jetzt an lächeln können, fünfzehn Jahre totale Ablehnung, ein Jahr ums andere. Zugleich litt ich damals unter verzweifelter Geldnot, verließ meine Familie. Ich will nicht sagen, daß ich wie Sykow in dieser Phase der Nichtanerkennung einen Selbstmordversuch in der Metro überstand – es war kein Versuch, es war nur der Gedanke daran. (Der Gedanke an Selbstmord.) Die Metro ist seither ein Ort, der mir besondere Ruhe schenkt.

Ein (von meinem Ich) abgesonderter hysterischer Anfall, das war es, als ich plötzlich eine kalte Furchtlosigkeit (und zugleich den Wunsch) empfand, mich vor den einfahrenden Zug zu werfen. Der Gedanke, wie einfach, wie verblüffend einfach das sei, durchfuhr mich wie eine Erleuchtung – und volle Kraft voraus! –, ich zweifelte kaum daran, daß der Sprung nur eine Schwelle für mich bedeuten und unter den Rädern noch nicht das Finale eintreten würde, *dort würden wir weitersehen …*

»Na, na! Weg mit dir!« Die Frau mit der roten Schirmmütze und der Kelle stieß mich grob zurück. Sie hielt mich für betrunken. Ihr Arm war wie aus Stahl, ihre Schulter wuchtig (die Schulter macht den Arm stark), ich wurde eineinhalb bis zwei Schritte zurückgeworfen. Dann machte ich instinktiv selbst den dritten Schritt zur Menge hin und entfernte mich von den gefährlichen Gleisen.

Nur ein Augenblick, ein Zwischenfall, ein Komma, wir fuhren weiter – ich hatte nicht einmal denken können …

Die Absagen (von Redaktionen und Verlagen) hatten sich zu einer stattlichen Menge angehäuft, es war keine runde, aber eine symmetrische Zahl – 121. Die Absagen waren meist primitiv schmeichelhaft, mal höflich, mal unverschämt, höhnisch, komisch, borniert, gekünstelt, scharfsinnig, *bodenständig, liberal,* wie auch immer – und dennoch triumphierte über allen die Symmetrie – 121! Ich faßte plötzlich einen Entschluß. Ich brachte sie auf einen Schlag der Frau, die vor der Metro verkaufte (sie bat schon lange um Papier, um ihre Piroggen einwickeln zu können). Es war ein ganzer Sack voll.

Vor dieser Aktion aber stapelte ich die Absagen aufeinander. Zusammen mit den Rohfassungen meiner Erzählungen ergaben sie einen Papierstapel von meiner Größe. »Ich bin anders«, teilte ich dem erwachsenen Papierstapel mit tiefer Stimme mit. »Ich passe nicht ins Konzept«, teilte ich ihm mit. Der Papierstapel wankte aus Sorge vor der Straße (vor den Piroggen) und schaute mich an. Der Stapel wollte dableiben.

In einer der liberalsten Zeitschriften lag noch meine letzte Erzählung, ich mußte sie holen! Zu diesem Zeitpunkt war schon ein Jahr vergangen, mehr als genug, um sie zu lesen, doch anstatt mir die nächste Abfuhr zu erteilen, sagte man mir in der Redaktion: Das Manuskript ist beim Gutachter.

Ich hatte Zweifel. Irgend etwas war hier faul. (Wer ließ sich denn so lange mit dem Lesen Zeit?) Nein, den Namen durften sie nicht nennen. Redaktionsgeheimnis. Der Autor durfte ihn nicht wissen. *Damit kein Druck auf die Gutachter ausgeübt wird.* A-ah, sonst würde man sie bestechen, sagte ich lächelnd und natürlich ironisch. (Ich hätte hundertmal Schmiergeld gezahlt, wenn das etwas bewirkt hätte.) Darin bestand ja das Geheimnis der unerklärlichen, dumpfen, metaphysischen Undurchdringlichkeit der Breschnewzeit – Bestechung wirkte in den Redaktionen nicht! Geld bewirkte nichts, Geschenke bewirkten nichts, Talent bewirkte nichts, und sogar die ewig harte Währung, die weibliche Schönheit der Lyrikerinnen, bewirkte fast nichts ... Alles war wohlfeil. Für fünf Kopeken zu haben. Gut, sagte ich, den Namen des Gutachters brauchen Sie mir nicht zu nennen (das verstehe ich), aber sagen Sie mir doch bitte das Datum oder wenigstens den Monat, in dem das Manuskript an den Gutachter abgeschickt worden ist. Das Datum ist etwas Konkretes. Das

Datum ist eine saubere Sache. Warum sollten Sie mir nicht das Datum sagen? … Ja, sagten sie. Selbstverständlich, sagten sie. Gleich können wir es Ihnen sagen. Jetzt mußten sie ernsthaft auf den Tischen suchen. Es stellte sich heraus, daß das Manuskript nicht da war.

Es existierte nicht. Das heißt, sein Eingang war wohl registriert – hier das Datum, hier der Titel, hier der Vermerk: vom Autor abgegeben, aber *leibhaftig* war das Manuskript nicht vorhanden. Man konnte es dem Autor nicht einmal mit einer Absage zurückgeben.

Sie suchten aufs neue, riefen die Sekretärin zu Hilfe, den Redakteur, der durchnäßte Kurier lief herbei, dann erschien (mein Augenblick!) die kluge, einflußreiche N., in Moskauer Literatenkreisen berühmt für ihre Freisinnigkeit – eine Frau mit sympathischem Gesicht und angenehmen Manieren. Dieselbe N., jetzt arbeitete sie bei dieser bekannten Zeitschrift und war nicht mehr jung. (Wir beide waren nicht mehr jung, fünfzehn Jahre Absagen!) Unter ihrer Aufsicht wurde Schrank für Schrank durchsucht, Schublade für Schublade.

Von Zeit zu Zeit beruhigte mich N.:

»Keine Sorge. Setzen Sie sich. Wir werden es schon finden …«

Sie suchten alles ab. Das Manuskript war nicht da. Sie berieten sich. Ich wartete.

Endlich erklärte mir die einflußreiche N., das Manuskript sei natürlich beim Gutachter, sie erinnere sich sogar, bei wem (aber sie könne es mir nicht sagen, *sonst wird auf die Gutachter Druck ausgeübt*), ich solle also noch etwas warten und sie persönlich in, sagen wir mal, zwei Wochen anrufen. Ich nickte – gut. Ich machte kehrt, um zu gehen, und bewegte mich schon auf die Tür zu, als plötzlich einer der Redakteure, zweifellos von oben inspiriert, überraschende Worte sprach: »In den Schränken ist nichts. Hinter den Schränken ist nichts. Aber habt ihr schon *auf* den Schränken nachgeschaut?« Er holte eine Leiter, kletterte selbst mit der Geschicklichkeit eines Jünglings hinauf und angelte aus einem Dutzend dort vor sich hin gammelnden Manuskripten meines heraus, das von einer dicken Schicht Spinnweben bedeckt war. Seitlich, wo der Aktendeckel zugebunden war, war die Schicht noch ganz frisch: ein zartes, gewelltes Spinnennetz. Und dort – das werde ich nie vergessen! –, in dem krausen Netz, verbarg sich ein aufgescheuchtes kleines Spinnlein, ein lebendiges Wesen, das sich für Texte interessierte.

Ich wischte den Aktendeckel automatisch mit der Hand ab. Strich über die Kanten. Und hielt inne, weil ich nicht wußte, was ich mit der Spinne machen sollte.

Die Mitarbeiter rätselten unterdessen, warum und wie es geschehen konnte, daß nicht begutachtete Manuskripte *auf dem Schrank* gelandet waren – jemand machte Vorwürfe, jemand versuchte, sich zu erinnern, und jemand rechtfertigte sich. N., die auch im Zorn ein nettes Gesicht hatte, wusch den jungen Redakteuren den Kopf. Ich sagte N., daß ich das Manuskript mitnehmen wolle. Nein, ich würde nicht warten. Nein, keine Gutachten mehr. Sie redeten allesamt fast wie ein griechischer Chor auf mich ein, aber ich hörte nicht mehr zu – nahm behutsam das Spinnlein, riß es mitsamt einem Stück seines warmen Netzes ab und trug es auf der flachen Hand, vorsichtig Schritt für Schritt die Leiter erklimmend, auf den Schrank, zu seinem ständigen Aufenthaltsort. Als ich herabstieg, erklärte mir N.:

»Ich bin überzeugt. Bin ganz sicher, erinnere mich, daß das Manuskript beim Gutachter war. Es ist gerade zurückgekommen.«

»Das glaube ich nicht.« Ich schüttelte den Kopf.

»Doch, doch. Das Manuskript ist zurückgekommen, und der Gutachter fand, daß die Erzählung gar nicht schlecht ist. Aber der Autor sollte …«

Ich wiederholte knapp, daß ich es nicht glaubte. Streifte die letzten Spinnweben vom Manuskript ab und ging zum Ausgang.

Ich ging durch den Flur. Hinter mir (N. eilte mir nach, holte mich aber nicht ein) erschallten ihre prophetischen Worte. Sie schrie:

»Glauben Sie mir. Bitte!«

Ihre Stimme werde ich nicht vergessen. Sie klang aufrichtig, erregt, bereit, mich und meine Texte zu lieben, ein sinnloser Schrei aus der Leere in die Leere.

Ich hatte hundertmal Absagen erhalten, aber dieses letzte Mal war besonders, dank ihres erstaunlichen Schreis. Die Welt der Menschen, unsere riesige menschliche Welt, schrie und flehte mit ihrer Stimme, bat mich zu *glauben*, daß meine Stunde noch nicht gekommen sei, daß die Zeit für meine Texte noch nicht reif sei. Sie, die Menschen, baten mich. Sie, die Menschen, bekannten sich schuldig – vorläufig konnten sie nichts tun.

Es hatte keinen Wert, die Manuskripte irgendwo einzureichen, weder dieses noch andere. Jeder Mensch erkennt eines Tages, daß Werturteile als Formen der Anerkennung sinnlos sind. Die Welt der Werturteile hatte aufgehört zu existieren. Es war wie ein Aufklaren. Wie eine Stunde des Jubels. Die Seele stimmte plötzlich ein Lied an.

Der Mensch ging wohl immer noch durch den Flur (ich ging durch den langen Flur des Lebens) – ging zum Licht, das er aus der Ferne erkannte. Ich brauchte nun weder Manuskripte anzubieten noch Texte zu verfassen. Und man schrie mir nach (damit ich meine Entdeckung-Offenbarung nicht vergaß). Der Schrei dauerte an, hallte in meinen Ohren:

»Glauben Sie mir …«

Ich sollte wissen und glauben, daß mein Leben *kein* Mißerfolg sei. Ich sollte darauf *vertrauen*, daß Leute wie ich für irgendwelche besonderen Ziele und irgendeinen höheren Plan jetzt (in dieser Zeit und in diesem Rußland) unbedingt leben müßten, ohne Anerkennung und ohne Namen, aber befähigt, Texte zu verfassen. Underground. Man sollte versuchen, ohne das Wort zu leben, andere lebten ja auch; sollte man es riskieren, schweigend zu leben, oder nicht, das war hier die Frage, und ich war einer der ersten. Ich erblickte in meiner Nichtanerkennung keine Niederlage, sondern den Sieg. Erkannte darin die Tatsache, daß mein Ich über die Texte hinausgewachsen war. Ich schritt weiter.

Und als nach Gorbatschows Veränderungen Menschen des Undergrounds hier und dort aus dem Untergrund heraussprangen, sich kurz besannen und dann bei Tageslicht mit aller Kraft einen Namen machten (und zu Sklaven dieses Namens, zu Invaliden der Vergangenheit wurden), da blieb ich einfach ich. Ich brauchte nichts nachzuholen. Die Versuchung, Buch um Buch herauszugeben, Posten zu bekleiden, eine Zeitschrift zu leiten, war zunächst nichts weiter als eine Verführung und dann banale Routine. Mein nicht schreibendes Ich hatte sein eigenes Leben erworben. Gott schenkte mir in jenen Minuten der Absage viel. Er ließ mich bleiben, wie ich bin.

Die zigtausend kleinen und großen Zeitschriften und Verlage (nun ganz ohne Zensur) bedeuteten mir nichts mehr – Nachhall des fortdauernden, absurd jenseitigen Schreis: »Glauben Sie mir – bitte!«

Sogar im Obdachlosenasyl mit den Vietnamesen im Erdgeschoß und den Ratten in allen anderen Stockwerken nahmen sie mich nur für eine Nacht auf. (Warfen meinen Koffer aus ihrem stinkenden Lager. Den werde ich im Kursker Bahnhof abgeben.)

Bei Michail unterzukommen gelang mir nicht: In seiner Wohnung hauste eine ganze Brut unserer Landsleute, die nach Israel ausreisten (und nicht einmal von weitem wie Juden aussahen). Auswanderern bei ihren Besorgungen und Nöten zu helfen ist natürlich ein edles Tun. Manchmal holte mich Michail, dann halfen wir beide, Koffer und kleine Kinder zum Flughafen Scheremetjewo zu bringen.

»Bleibst du nicht da?« fragte Michail.

»Nein.«

Wenn man die Kinder mitrechnete, dann wuselten in seiner Zweizimmerwohnung zehn bis fünfzehn dieser überkandidelten Juden mit slawischen und mordwinischen Physiognomien herum. Bald würde sich Michail selbst irgendwo ein Nachtlager suchen müssen. Die Auswanderer waren seine Bürde.

Bei Sinaida oder irgend jemand anderem konnte ich nicht vorbeischauen. Nicht einmal für eine Stunde wurde ich in das Wohnheim eingelassen. Ich durfte nicht einmal den Staub meiner Gänge atmen, wo ich so lange gelebt und aufgepaßt hatte.

Neben allem anderen fürchtete man sich dort nun auch vor Dieben (Zeichen der Zeit) – am Eingang hatte man einen langen Tresen aus Eichenholz errichtet und dahinter, Schulter an Schulter, gleich zwei Pförtner gesetzt, ehemalige Afghanistankämpfer in Tarnuniform.

Einer drohte mir sogar mit der Faust – ich laß dich nicht rein, verschwinde!

Ich hatte fast kein Geld, nur ein paar Kopeken.

Ich probierte mancherlei, suchte. Endstation Kursker Bahnhof, nichts anderes hatte sich bislang *zum Leben* gefunden. (Ich hatte meine Schreibmaschine und den Koffer mit Wäsche in der Gepäckaufbewahrung abgegeben.)

Ich erwachte (im halbvietnamesischen Obdachlosenasyl) mit dem beklemmenden Gedanken, daß die Zeit abgelaufen war, daß ich das Bett nur für eine Nacht bekommen hatte und nun gehen mußte.

Mit 55 ins Nichts und Nirgendwo zu gehen ist nicht so einfach. Wenn man 55 ist, möchte man nicht daran denken, daß man wieder bei Null anfangen muß. Und der Gedanke, daß man nicht ins Konzept paßt, gibt leider weder Halt noch Trost.

In diesem schäbigen Obdachlosenasyl saß nun ebenfalls ein ehemaliger Kämpfer an der Pforte – ein wackerer Bursche im Tarnanzug. Gähnend wiederholte er, daß meine Erlaubnis nur für eine Nacht gegolten habe: Laß dich hier nicht mehr blicken, kapiert? ... Er gähnte noch einmal. (Gab mir träge meinen Paß zurück.)

Auf dem Tisch vor ihm prangte schwarz (und rot) ein Stapel von fünf oder sechs Pässen. Er hielt meinen Paß in der Hand und sah auf das verschossene Foto; dann fragte er: Wie ist der Name?

Ich antwortete mit einem zufälligen morgendlichen Seufzer:

»Anders.«

Er schleuderte meinen Paß weg und wühlte in dem Stapel, schaute der Reihe nach in jeden Paß hinein.

»Nein«, sagte ich. »Das war schon der richtige Paß. Ich bin anders.«

Er brauste auf.

»Ich geb dir gleich einen Tritt in den Arsch. Alter Wichser!«

Er glaubte, ich hätte die Nacht mit einer Frau verbracht. (Zu diesem Zweck hätte ich unbedingt in der kalten Herbstnacht im Obdachlosenasyl übernachten wollen.) »Hast wohl Lust auf eine Braut gehabt?« höhnte er. Ich grinste. Erinnerte mich, wie verspätet und sinnlos sich meine Decke am Morgen gewölbt hatte.

FÜNFTER TEIL

Der schwarze Rabe

Im feinkostladen hatte eine kleine Mafiagruppe das Sagen. Die Männer aus Sibirien ließen einen nur drei Tage Kisten schleppen. Ich weiß noch, als ich das Geld bekommen hatte, kaufte ich sofort Schwarzbrot und zwei Ecken Schmelzkäse. Ich verzehrte alles auf der Stelle, mein Gott, wie das schmeckte! Und wie satt es machte! ... Der drahtige Sibirier mit den Quadratschultern merkte, wie ausgehungert ich war, und spendierte mir ein halbes Glas Portwein zum Aufwärmen. Ich trank. Und aß wieder. Bis alles verputzt war. Als ich die Krümel von der Jacke streifte, den Mund abwischte und aufstand, war ich rundum glücklich. Strapazen verbittern mich nicht, das Leben ist eben so. Aber ich werde müde: Die Uhr tickt schon. Man kann sie schon hören. Der Winter stand noch bevor, aber mich, der ich dieses Jahr schwach war (nach der Heilanstalt), schreckte sogar der Herbst – er war kalt und windig. Ich übernachtete im Kursker Bahnhof; kein Zuckerlecken, wenn man jede Nacht dort verbringen muß. Ich schlief im Sitzen. Mit hängendem Kopf.

Ich will nicht sagen, daß es mich Schritt für Schritt zu gläubigen Menschen hinzog, ich wurde einfach (von Hunger und Durchzug) zur Wärme der Moskauer Kirchlein am Stadtrand getrieben. Mitten im Herbst setzte heftiger Schneefall ein. Sogar ein Schneegestöber, aber ein leichtes, die Kälte war noch gar nichts, »minus ein Grad«. Die Stimmen der Kirchensänger lösten süßen Jubel aus, die Tränen rollten von allein über die Wangen. Ich dachte an die Rührseligkeit der Religion, unterdrückte den Gedanken und wankte beim geringsten Anlaß zurück (vorwärts?) zu Puschkins Renaissance, wie ich sie verstehe. (Zum Einverständnis mit der Größe Gottes, aber ohne die Verpflichtung, inbrünstig an Ihn zu glauben.) Die Tränen rollten, und meine Jochbeine waren vom Hunger gestrafft. Wegen der hungrigen Jochbeine musterten mich die Bettler bereits scheel, aber zur Konkurrenz mit ihnen reichte es noch nicht. In der Kirchenvorhalle behaupteten sie knallhart ihre Stammplätze, aber ich wollte gar keine Almosen. Wenn ich in die Kirche hineinging, wärmte ich meinen Körper, wärmte auch meine besänftigte Seele, nur um den kalten Herbst zu überstehen, nicht länger. Taktik der Undankbaren.

Diese Gnade vergaß ich sofort, als ich eines Tages beim Hinausgehen aus der Kirche (schon auf der Straße) mit einer älteren Frau zusammentraf, mit meiner alten Liebe – sie stieß einen kleinen Überraschungsschrei aus, hatte mich erkannt! Sie sprach mich mit meinem Vor- und Vatersnamen an, ich verbesserte sie lachend und sagte, ich heiße jetzt einfach nur Petrowitsch. Sie dachte wohl, ich tarnte mich nur. Für sie war ich immer noch der verkannte Schriftsteller, der, wie sie glaubte, heimlich die Menschen und ihre Gewohnheiten studierte. Menschen, die im fortgeschrittenen Alter eine Krankheit durchgemacht hatten. Oder den Tod naher Verwandter hatten verkraften müssen. (Menschen, die heutzutage wieder in die Kirche gingen. »Ja. Ich bin so eine. Ich gehe jetzt in die Kirche und bete …«, erzählte sie mir seufzend.) Sie war tatsächlich keine Ausnahme. Noch vor fünf Jahren hatten sie und ihre reifen Altersgenossinnen in verschiedenen sowjetischen Kommissionen und örtlichen Gewerkschaftskomitees gekämpft, doch je näher die Rente heranrückte, um so näher rückten auch Krankheiten und das Bedürfnis zu beten. Dafür war ihr Leserintellekt für immer in der Vergangenheit erstarrt. (Vor langer Zeit hatte sie meine Erzählungen im Manuskript gelesen, eine oder zwei.) Die Arme dachte also immer noch, daß ich übermorgen gedruckt und anerkannt würde. Ich ließ mich sogleich von ihr verköstigen und aufwärmen. Abends erschien ihr erwachsener Sohn, der mich verständlicherweise nicht mochte (wegen meiner Pennerschuhe) und den

»Schriftsteller« nach zwei Wochen vor die Tür setzte. Aber zwei Wochen frostiger Herbst, das waren vierzehn Tage! Ich hatte wieder Mut gefaßt. Die liebe Frau, die so viele Jahre an mich gedacht und an mein Talent geglaubt hatte, wollte nicht mit mir schlafen (konnte sich nicht dazu durchringen); sie sagte, sie sei schon siebenundfünfzig (etwas älter als ich) und Sex lasse sie kalt. Das verwunderte mich. Aber es vereinfachte unsere Beziehung und machte ihr Brot für mich nicht bitter und hart. Eine gute Seele. Als mich ihr Sohn hinauswarf, blickte ich schon wieder wie ein Adler in die Welt.

Beflügelt von der Erfahrung, daß man mich wegen der Vergangenheit liebte, rief ich mir auf der harten Bank im Kursker Bahnhof nicht die Menschen, nicht ihre Gesichter in Erinnerung, sondern ihre Telefonnummern. (Mein Notizbuch war weg. Schade.) Auf der letzten Seite der »Dämonen« entdeckte ich gleich sieben oder acht flüchtig und zufällig notierte Nummern, ich begann sie anzurufen. Bahnhofszeitvertreib! Die alten Bekannten erinnerten sich nur schwach an mich, und als sie sich erinnert hatten, fragten sie lustlos, *wie es mir gehe*! Die Telefonnummern hatten sich im Lauf der Jahre auch geändert. Und das Alter machte sich schon bemerkbar. Meistens war der Mensch, der mich interessierte, seit langem weggezogen. Oder plötzlich antwortete eine fremde Stimme – *er* ist tot, *sie* ist tot, dann wunderte ich mich und fragte, ermutigt durch die Wende im Herbst (die Hungrigen spüren wie die Bettler als erste die Herbstsonne):

»Und jetzt?«

Die Stimme wiederholte empört:

»Was heißt: *und jetzt*? ... Ich habe Ihnen doch gesagt: Er ist *tot.*«

Immer noch von leiser Melancholie ergriffen, flötete ich in den Hörer:

»Schon lang?«

»Ja.«

»Ist das die Möglichkeit!«

Die gute Seele, die Frau, die sich an die alte Liebe erinnerte (seltener Fall!) und bei der ich zwei Herbstwochen lang gegessen und geschlafen hatte, führte mich einmal vor den Schrank. Zwischen anderen Lumpen zeigte sie mir eine graue Vogelscheuche am Rand der Kleiderstange. (Einst hier vergessen.)

»Dein altes Jackett«, sagte sie.

Ich zog es sofort unter die anderen Sachen an: Der Herbst war milder geworden, aber nachts herrschte dennoch Frost. In der Jackentasche entdeckte ich ein Bändchen, den Anfang der »Dämonen«, wie ein Vermächtnis des Schriftstellers an den Schriftsteller. Ruf doch an! (Auf der letzten Seite standen die Telefonnummern.) So erstand Lisjunin aus dem Nichts. Igorjok. Dr. habil. Vom Junggesellenleben wunderlich und mißtrauisch geworden. Ein hoffnungsloser Fall. Aber wenn man niemanden hat, den man anrufen kann, probiert man es eben bei Lisjunin.

Auf der Suche nach einem Vorwand (warum ich mich nach so vielen Jahren des gegenseitigen Schweigens meldete), erkundigte ich mich nach seiner Gesundheit. Tat so, als sei ich besorgt und beunruhigt. In unserem Alter müsse man mit allem rechnen, Lisjunin könne plötzlich sterben.

Ich fragte zurück:

»Bist du wirklich gesund?«

Ich erklärte meine Besorgnis damit, daß ich gestern von ihm, meinem alten Bekannten, geträumt hätte – ich hätte ihn deutlich erkannt. Deshalb riefe ich auch an. Er sei mir im Traum in Gestalt eines deutschen Kriegsgefangenen erschienen, den die Wachsoldaten durch eine ganz enge Röhre gejagt hätten …

Beim nächsten Mal (als ich anrief) hatte ich von Lisjunin in Gestalt eines Kaninchens geträumt. Ich erzählte ihm lang und breit von dem Kaninchen, das sich mühsam durch ein ganz kleines Loch zwängte. Der Mensch (sein Unterbewußtsein) ist auch in Träumen auf der Hut. Der Tunnel weist auf den Tod hin. Das weiß heutzutage jedes Kind. Lisjunin sollte es auch wissen. In der nächsten Nacht (im nächsten Traum) lief ein Mensch oder Iltis ein schmales Regenrohr hinunter …

Er schien meine Anrufe und ihre Thematik leid zu sein.

»Hör zu«, brummte Lisjunin. »Träumst du überhaupt noch von etwas anderem als von mir? Wenigstens manchmal?«

»Versteh doch, mein Freund, das Rohr war eng. Wie ein Tunnel. Und du bist in Gestalt eines Iltis hinuntergelaufen, immerzu hinunter!« betonte ich mit vielleicht übertriebener Sorge in der Stimme.

Ob der *Iltis* gewirkt hatte, weiß ich nicht; Lisjunin biß endlich an und gestand mit wärmerer Stimme, daß ihn mein Traum beunruhigt habe.

Aber Herr Lisjunin erfreute sich bester Gesundheit. Und mit seiner Arbeit stimmte auch alles. Geld hatte er ebenfalls. Sogar eine Datscha außerhalb Moskaus besaß er, zu der ich auf seine Einladung hin schon am Abend mit der S-Bahn hinausfuhr. Es stellte sich heraus, daß der alte Junggeselle Lisjunin verheiratet war. (War er wirklich der wunderliche Junggeselle – hatte ich ihn nicht mit jemand anderem verwechselt?) Geheizte Winterdatscha, geschäftige Ehefrau, nicht reiche, aber liebenswerte Behaglichkeit – ich war gerührt, ließ mich überreden, noch über Nacht zu bleiben, und frühstückte am nächsten Morgen noch einmal vorzüglich.

Wegen der längeren Unterernährung war mir an diesem Tag schwindlig (normale Erscheinung), dazu kam noch, daß ich auf einmal schlecht sah – ich stieß gegen den Schrank, gegen den Tisch. Das lieferte Lisjunin den Vorwand, mich *bis zum Sommer* in einem Heim für Blinde und Halberblindete unterzubringen, wo seine Frau als Buchhalterin arbeitete. Doch während Lisjunins reizende Frau telefonisch alle Hebel in Bewegung setzte und sich Sorgen machte (der Paß, sollte ich sofort hinfahren, wer würde als Blindenführer mitkommen usw.), wohnte ich diese Tage, diese vollen drei Tage, notgedrungen bei Lisjunins und aß mich satt. Natürlich kam mein im Ural abgehärteter Organismus wieder zu Kräften. (Ich brauche nicht viel, drei Tage genügen.) So daß ich an dem Morgen, als ich bei den Blinden erscheinen sollte, alles wieder bestens sehen konnte.

Ich wurde von einer hinfälligen, gelbgesichtigen Greisin empfangen, die den Kiefer eingebunden hatte. (Als wäre sie soeben dem Sarg entstiegen.) Sie schaute mich gleich mißtrauisch an. »Hierher. Komm hierher …« Die Blinden bastelten in einem großen Raum (es war auch der Speisesaal) tastend irgendwelche grauen Pappschachteln. Wir gingen an ihnen vorbei, daraufhin führte mich die Alte in ein ganz schmales Zimmer, einen Tunnel, wo ihre trostlosen Betten in einer langen Reihe standen. Ich sah leider die kleinsten Einzelheiten. Wie auf einem Stich. Dennoch tappte ich blind neben der Alten her, wie in dichtem Nebel. Ich werde nie vergessen, wie sie mümmelte: »Hier isch dasch Schlafsimmer. Schmale Tür …« Ich fand, daß der Augenblick der Prüfung gekommen sei, breitete die Arme aus und fiel ungeschickt hin.

Die Alte hatte alles begriffen. »Schämsch disch nisch, armen Menschen dasch Brot wegzuessen?«

Ich schwieg.

»Schämsch disch nisch?«

Ich sagte, gut, bis zum Abend bin ich weg. Ich esse nur zu Mittag.

Die Alte:

»Und schon grau!«

Es war nicht gerade einer meiner besten Tage, an dem ich Edik Salaskin in der Metro-Unterführung traf – wir stießen beinahe zusammen.

»Gott zum Gruß, alter Petrowitsch!« Ediks Lächeln war wirklich perfekt: ein wunderbares, gütiges professionelles Lächeln. (Das einzige, was er von den praktizierenden Volksheilern gelernt hatte. Lächeln, damit man Vertrauen entwickelte.)

Nein, nein, ich glaubte nicht ernsthaft, daß Edik meinen

Darm mit seinen Pranken heilen würde. Ich glaubte es nicht, konnte es nicht glauben, und gab dennoch nach: Herr Salaskin kurierte die Leute mit Diät. Er war ein alter Bekannter von mir. Und versprach, daß er mich verpflegen wolle. Und einen warmen Winkel bekäme ich auch. Ja, klar, ich hätte nicht einwilligen sollen. Aber nach der Klapsmühle (nach der stinkenden Nische in Nr. 1, wo wir entkräftet wurden) hatte ich noch ab und zu Darmkoliken.

Einst verkehrte ich mit begabten Heilern und habe einiges von ihnen gelernt. Zum Beispiel kann ich bei plötzlichem Temperaturrückgang vermeiden, daß alte, abgeklungene Krankheiten wieder ausbrechen. Ich kann bei Hunger einen klaren Kopf bewahren und intensiv lesen. Aber wie es bei den Begabten so ist, manche waren weit weg, andere gar nicht mehr am Leben. Sie waren entweder mausetot oder berühmt und teuer, an die kam man nicht mehr heran, echte Begabung ist selten, Edison Salaskin aber (wie er sich auf seiner Visitenkarte schrieb) war zur Hand. Ich fuhr mit ihm eine halbe Stunde mit der Metro. Edik wölbte die Brust vor, im dunklen Fenster schwankte ein zweiter Edik (sein Spiegelbild), einen extravaganten Diplomatenkoffer in der Hand mit einer Aufschrift, die ich spiegelverkehrt las: *Bangkok*. Ich wußte alles über ihn und gab doch nach.

Er verköstigte mich bescheiden, aber auch Fasten wäre mir in jenen Tagen eine Freude gewesen, wenn mich Edik nicht vor jedem Zwieback mit zerstoßener Eierschale gewürgt hätte. Ich weiß nicht, worauf er wartete. Die Schmerzen (nach dem Irrenhaus, ich nannte sie *Sesoscha-Schmerzen*) in meinem explodierenden Darm vergingen nicht nur nicht, sondern kamen immer öfter. Ich hatte so viele Schalen verspeist, daß ich ganz verkalkt war. Morgens knirschte es in mir, sobald ich den Arm hob oder den Fuß bewegte. Dann mußte ich mir Tropfen einverleiben – dunkel, schwarz, wie Erdöl. Vier Tropfen. Acht Tropfen. Zwölf Tropfen. Die Tropfen sollten die Gemütsstimmung des Kranken verändern.

Leider hielt ich meine Zunge nicht im Zaum. Das gefiel Edik nicht, nach jedem kleinen Scherz fing ich seinen erbosten Blick auf. Dann ging auch noch der Durchfall los, und zwar heftigst. Edik setzte sofort seine ausländischen Medikamente ab. Edik wurde kleinlaut. Wie sehr man auch mit Kalzium und schwarzen Tropfen die Gemütsstimmung verändern mochte, dieser Durchfall würde nicht aufhören, das war klar. (Ich dachte an Sesoscha – dessen Stimmung hatten sie auch verändert.) Als es mir nach ein, zwei Tagen richtig schlechtging – ich hatte Blut im Stuhl –, erschrak Edik. Er konnte mich jetzt nicht mehr den Ärzten übergeben. Die Doktoren würden ihm, dem Kurpfuscher, sofort die Schuld zuschieben. Außerdem würde er mit mir zusammen in eine Quarantäneklinik gesteckt (der Verdacht auf Cholera bestand immer und gefährdete alle).

Am Abend dann mein Mißgeschick: Da ich es nicht aufs Klo schaffte (Schwindel, Schwäche), entleerte ich mich in sein geliebtes Heilerbecken, dessen Volumen für Ritualhandlungen dimensioniert war – eine kleine Schale mit ins Metall eingeritzter Millimeterskala zur Dosierung. Edik ertrug es nicht mehr. Er unterstellte mir Absicht. Taumelnd und mit schwacher Stimme entschuldigte ich mich wegen der Schale, klopfte aber sogleich einen meiner scherzhaften Sprüche, den Edison auch in besseren Tagen nicht gern gehört hätte:

»Was hätte ich machen sollen, Edik? *Wenn die Götter schlafen, hilft auch kein Yogi.*«

»Das hättest du ihnen in der Irrenanstalt erklären sollen!« fauchte Edik.

Ich wankte. Stand neben seiner wunderbaren Schale und schwankte hin und her. Ich hatte nichts gegen Yogis, ich bedauerte nur, daß Edik zwar beruflich gewieft, aber immer noch ein Stümper war. Wir schwiegen eine Weile. Wir wußten ja wirklich nicht, was wir gegen den andauernden blutigen Durchfall machen sollten – weder er noch ich. Edik war erbost. Für ihn wurde die Sache juristisch prekär. Er ging fort, um jemanden anzurufen. Das kommt vor. (Ein alltäglicher Vorfall verkehrt sich plötzlich für beide in schwarze Tage.) Wahrscheinlich beschloß Edik schon damals, mich loszuwerden. So schnell wie möglich. Vielleicht hatte man es ihm geraten. Zu der Zeit hatte ich außer dem Mißbrauch der berühmten Schale auch schon anderes angerichtet. Aber der Geizkragen kaufte ja kein Nachtgeschirr in der nächsten Apotheke, und ich konnte mich nicht mehr auf den Beinen halten; ich fiel um.

Damals tauchte (in der Stadt Moskau und in Ediks wohlanständiger Straße) – zusammen mit Vik Vikytsch – ein gewisser Leonti auf, ein fröhliches Mannsbild, zweiundvierzig Jahre alt, Ingenieur aus Kostroma. Er war einer von denen, die jetzt vorübergehend bei Michail (Umschlagplatz) wohnten: Er reiste aus Moskau nach Israel aus, folgte seiner Frau, die schon (mit dem Gepäck und dem kleinen Sohn) dort war. Seine Wohnung hatte Leonti gegen Devisen verkauft und war gut bei Kasse, das Geld gab er jetzt für die Freuden des Lebens aus. Wie alle Provinzler liebte Leonti Moskau und fürchtete sich ein wenig vor der Großstadt. Wie alle, die Abschied nahmen, war er nett und lustig. Beim geringsten Anlaß wiederholte er zur Rechtfertigung für seine Feierlaune:

»Und das Heimweh?«

Michail war in jenen Tagen krank (wie ich, der Herbst setzte uns zu) – er mußte das Bett hüten und hatte deshalb Vikytsch den Provinzler aufgehalst.

Der gewandte Vik Vikytsch sollte mit Leonti freundschaftlich umgehen (kein Problem!) und ihn nach ein, zwei Tagen zum Flughafen Scheremetjewo begleiten, auf der Karawanenstraße der glücksuchenden Juden. Aber sie feierten durch. Aus den ein, zwei Tagen wurden sieben, acht. Und noch etwas. Im Unterschied zu Frau und Sohn, die bereits ausgereist waren, besaß Leonti, was sein Blut betraf, gewissermaßen kein moralisches Recht auf das gelobte Land. Deshalb ließ er sich unmittelbar vor der Abreise, schon in Moskau, auf die Schnelle beschneiden. Er wurde Chaim. »Ich dachte, ich wäre Leon!« grinste er. Um nach Israel zu gelangen (erklärte Michail), sei es überhaupt nicht notwendig, sich so streng an die Vorschriften zu halten. Aber der Provinzmensch aus Kostroma wollte *hier* alles nach den Regeln erledigen, damit ihm die Juden *dort* nichts am Zeug flicken könnten. »Ich habe es gern, wenn alles in Ordnung ist. Der Paß. Das Visum. Das Ticket. Das Glied«, erklärte Leonti am Tag der harmlosen Operation. Doch schon am nächsten Tag versicherte er in beleidigtem Ton, daß er jetzt für alle Zeiten den Komplex des Eilbeschnittenen haben werde. Er habe Angst, beim Sitzen ein Bein über das andere zu schlagen. Er habe Angst, die Hand in die Hosentasche zu stecken. Er sei nicht einmal sicher, wie er jetzt mit einer Frau schlafen sollte. Sie haben mich betrogen! Angelogen! Sie haben doch gemeint, das sei eine Lappalie, das sei so, als würde man von Zeit zu Zeit den Bleistift spitzen.

Nur ein guter Schluck, versicherte er, könne seine Psyche jetzt ins Gleichgewicht bringen – Vik Vikytsch und Leonti tranken. In jener wohlanständigen Straße holten sie Wodka und Wein, und Leonti-Chaim brach beim Anblick jedes ihm unbekannten bunten Etiketts in lauten Jubel aus.

Sie stöberten mich nach langem Herumfragen auf; und auch dann nur durch Zufall. Sie stießen auf der Straße auf mich.

Ich war am Ende.

»Was soll ich tun? Was? ... Ich bin ruiniert! Ich bin am Ende! Was soll ich mit ihm machen?!« schrie Edik Salaskin in den Telefonhörer. (Er dachte, es sei sein Ende.)

Er schrie gedämpft, es war ein hysterisches Flüstern. Der verängstigte autodidaktische Arzt.

Im Bett gekrümmt, hörte ich nur vereinzelte Klagelaute seines Gejammers am Telefon. Der Durchfall hatte mir bereits das Gehirn vernebelt. Die pausenlosen Attacken zermürbten mich, der Kopf war heiß, er schwirrte vor Hochspannungssummen, was war zu tun? Edik behandelte mich, Gott sei Dank, nicht mehr.

Edik hatte seine Situation begriffen, war nervös, erkundigte sich bei anderen, aber auch die anderen hatten jetzt Angst, ihm auch nur mit einem Rat zu helfen (das hätte ihre Mittäterschaft bedeutet). »Aber wie?« schrie er flüsternd in den Hörer. »Wie soll ich's denn machen?«

Wie sollte er, der arme Edison, aus dieser schrecklichen Situation herauskommen, und wie konnte er den kaum noch atmenden, geschwächten Scheißer (mich) loswerden? Einer der Kurpfuscher riskierte es und kam. Er räusperte sich incognito in der Diele, schaute aus der Entfernung herein und teilte seinem Freund Edison mit (ohne an mein Bett zu treten, er war vorsichtig), daß ihm mein Stöhnen *gar nicht* gefalle. »Er stirbt!« zischte er ihm ins Ohr und raubte Edik damit endgültig den Verstand. Loswerden – aber wie?

Er mußte unbedingt jemanden finden, der ihm half und der (das war die Hauptsache) diese grausige Episode auf der Stelle und für immer vergessen würde. Edik fand jemanden. Und zwar ziemlich schnell. In seiner Panik heuerte Herr Salaskin einfach zwei Alkoholiker vor dem Eingang zum Spirituosenladen (oder zum Möbelgeschäft, war auch nicht weit) an. Für eine Flasche, das übliche Entgelt. Er sagte ihnen, ein Stadtstreicher sei zu ihm gekommen, ein Penner, er habe ihn beherbergt, und jetzt wolle der nicht mehr gehen – schmeißt den Dreckskerl raus, der hat uns die ganze Wohnung versaut! Vielleicht sprach er auch nicht von einem Stadtstreicher und Penner, sondern sagte einfach: Schmeißt den Dreckskerl raus. Und sie taten es.

Als sie kamen, war ich besinnungslos. Doch der Mensch mag noch so krank sein, wenn man ihn hinausträgt, sträubt er sich. (Instinktives Klammern an den Ort als Leben. Weigerung, in die Grube zu fahren.) Der aufgeschreckte Kranke (der hinausgetragene Unglücksrabe) sieht und begreift plötzlich alles. Das Licht um ihn herum wird gleißend hell. Das Bewußtsein wird in diesem Augenblick klar, und der Mensch beginnt zu fluchen. So fluchte auch ich.

»Schwein! Scharlatan! Gauner!« röchelte ich. (Und spürte schon die einsetzenden Krämpfe im Magen. Von der stimmlichen Anstrengung.)

Er schwieg.

Allerdings spielte er mit den Kaumuskeln. Es war ihm peinlich. Mich loszuwerden war für ihn die einzige Möglichkeit, seine Heilerpraxis zu retten und sein Gesicht zu wahren, und mit dem Gesicht einen gewissen Status. Keine leichte Entscheidung. In der Mitte seines Lebens konnte (und wollte) der vierzigjährige Edik Salaskin keinen neuen Brotberuf mehr suchen. Unbegabt, wie er war, hätte er nicht noch einmal von vorne anfangen können.

»Wenn ich krepiere, krieche ich zurück!« drohte ich. »Hörst du! Ich werde vor deiner Tür krepieren!«

Die Alkonauten schleiften mich unterdessen schon hinaus. Sie machten verständlicherweise keine Umstände (das erwartete ich auch nicht von ihnen) – als sie mich aus dem Zimmer hinaustrugen und in der Tür abschwenken mußten, verdrehten sie meinen Körper, wodurch sich mein Darm in einem Krampf sofort entleerte und meine Hose füllte, ich stank zum Himmel.

»Iih. So eine Scheißerei!« schrie der eine Alki, sie schleppten mich noch schneller.

Im Lift, wo ich mich krümmen mußte, schoß der Darm noch einmal.

»Laß das, Mann!« drohte der zweite.

Und der erste machte wieder nur:

»Igittigitt!«

Am Anfang des Rauswurfs, als sie mich noch anzogen, hatte ich ihre Abmachung (Geschäftsvereinbarung) mit Edik gehört, es war die Rede von mindestens drei Häuserblocks Richtung Metro. Möglichst weit weg von hier. Aber die beiden Alkonauten, die ihr Geld im voraus bekommen hatten, fackelten nicht lange. Sie begnügten sich mit *drei Häusern*, schleiften mich lediglich bis zur Ecke dieses Häuserblocks.

Dort stellten sich mich vor einem Haus auf die Beine, neben dem Eingang. Sie bauten mich auf wie einen Menschen, gerade, den Kopf aufgerichtet – meine Knie zitterten unablässig, ich weiß gar nicht, wie ich mich hielt. Aber ich stand. Pfiffig, wie sie waren, hatten sie mich gegen die halbgeöffnete Haustür gelehnt und darin festgeklemmt. Dann rutschte ich natürlich zu Boden.

Sie waren weg. Und ich sackte zusammen. Jetzt saß ich vor der Mauer auf dem Asphalt. Ich weiß noch, daß ich versuchte aufzustehen. Tastend fand ich zwei nebeneinanderliegende Ziegelsteine und setzte mich mit meinem nassen, schweren Hintern darauf.

Da erschallte (wie vom Himmel) der vertraute Schrei:

»Petrowitsch! He! Was sitzt du da – langweilst du dich, oder ruhst du dich aus?«

Ich sah ein Auto halten. Und hinter seinen Scheiben (unscharf) Gesichter. Ich habe keine Bekannten, die mit dem Taxi fahren würden, dachte ich matt. Und schaute nicht genauer hin. Doch das war ein Irrtum. Einen Augenblick später erblickte ich Vikytsch, der sich mir näherte, und Leonti-Chaim.

Ich hielt es für ein Wahngebilde. Vik Vikytsch lächelte rauh (wie immer). Und der mir unbekannte Leonti-Chaim erklärte munter, daß er bei Michail wohne, Russe sei und sich habe beschneiden lassen. Er habe das Flugticket schon in der Tasche, werde in zwei oder drei Tagen abfliegen und freue sich höllisch, mich kennenzulernen – zwei Tage machen wir einen drauf, ja?!

»Machen wir«, hauchte ich.

Sie merkten, daß ich krank war. Hievten mich hoch, stützten mich unter den Armen und führten mich vorsichtig zum Auto. »Wir haben uns vollgekackt! Wir haben uns vollgekackt!« meldete Leonti-Chaim dem hartgesichtigen Vik Vikytsch fröhlich (und zugleich flüsternd), der bedeutete ihm *psst*, vor dem Taxifahrer den Mund halten, der läßt ihn sonst nicht ins Auto …

Aber der Taxifahrer war erfahren, erriet, was los war, und nahm mich nur mit, nachdem er sich ausbedungen hatte, daß mir Zeitungen untergelegt würden, damit ich keine Spuren hinterließ, und natürlich gegen Extrabezahlung. Der Handel kam zustande, als wir bereits fuhren, beim Aufschlag von *fünfzehntausend, zwanzigtausend, fünfundzwanzigtausend …* schaltete ich ab.

Sie brachten mich zu Michail – als ich die Augen aufschlug, erblickte ich den vertrauten Winkel in seiner Wohnung und den kitschigen Bildteppich (fast über mir). Und vernahm natürlich das vertraute Stimmengewirr.

Die ausreisewilligen, energischen Mordwinen rannten geschäftig in der Wohnung herum und packten. Zwei Hämmer klopften durcheinander. Zahllose Kisten wurden zugenagelt, es ging drunter und drüber, Kinder plärrten, Aufschreie und Zurufe, in einer Ecke aber saß still – wie im Herrgottswinkel – die alte Urgroßmutter (die einzige mit jüdischem Blut). Sie wurde als das kostbarste Gut nach Israel mitgenommen. In einer anderen Ecke lag Michail im Bett, krank, mit hohem Fieber. Er winkte mir – siehst du, wie schlimm uns der Herbst mitspielt! Ich konnte nicht einmal winken. Mir ging es viel schlechter. Vik Vikytsch und Leonti duschten mich im Badezimmer ab, Leonti-Chaim, der beim Buchstaben »m« leicht stotterte (M-m-million …) erzählte lustige Schnurren, um mich aufzumuntern. Er verstummte keinen Augenblick, nur damit ich lachte! Sein sprudelnder Frohsinn und seine überströmende Güte entsprangen wohl kaum nur der Nervosität eines Menschen vor seiner Ausreise (und der heimlichen Erwartung des neuen Lebens), sondern waren eher etwas anderes: Leonti hinterließ mir (und hinterließ hier) mit diesen witzigen Reden sein Leben in Kostroma, nimm davon, so viel du kannst. Es war seine Art, Abschied zu nehmen. Dieses Leben verließ ihn selbst.

Ich bekam frische Wäsche, man legte vorsorglich Wachstuch unter mich, scherzte, daß ich zum Glück keinen Husten hätte, und bot mir an, eine junge, kerngesunde Witwe aus Kostroma für mich ausfindig zu machen und ins Bett zu legen. Von Chaim-

Leontis dämlichen Schnurren weiß ich bis heute die von dem Tschuktschen, zu dem sich eine Geologin auf Skiern verlaufen hatte, sie stieß im Schneegestöber auf sein verschneites Nomadenzelt – im Zelt saß der Tschuktsche (M-m-mann) und klimperte auf einem Fischbein, das er zwischen zwei Zähne und zwei Finger geklemmt hatte: »plim-plim-plim-plim ...«

Als der Tschuktsche das Öllämpchen anzündete und das Fischbeinblatt aufs neue in die Hand nahm, mußte ich so lachen, daß sich meine Blase leerte; Vikytsch und Leonti lachten ebenfalls schallend, brachten mir eine Schüssel mit frischem Wasser, ich wusch mich, und sie halfen mir wieder, alles vor dem Schlafen zu wechseln. Dann gingen sie. Ich schlief so glücklich. Mir träumte ein Schneesturm (es war eigentlich kein Traum, sondern ein wiederholtes Kindheitserlebnis): Ich, als Junge, bahnte mir auf Skiern den Weg durch den tobenden, heulenden Februarschnee. (Deshalb blieben mir auch der Tschuktsche und die Skiläuferin im Gedächtnis.)

Durch bucklige Schneewehen hindurch, die Brücke über den zugefrorenen Fluß hinüber – da war auch das alte, von Schnee verkrustete Schild EUROPA-ASIEN, das die Grenze zwischen den Kontinenten markierte. Ich lief an der alten Aufschrift vorbei, wechselte achtlos von einem Kontinent zum anderen hinüber, wie alle Kinder. Ich hatte meine Fäustlinge verloren. Auf der Brücke über den zugefrorenen Fluß Ural legten sich Schneeflocken auf meine nackten Hände. Sie schmolzen und sickerten als Erinnerung an den transkontinentalen Übergang für immer in meine kindlichen Venen. Der Schneesturm flaute ab. Ich schlief.

Edik Salaskin (sein Gewissen regte sich) schickte die Heilerin Soja Valerijanowna zu mir – die mir seit Urzeiten bekannte Soja, die zum Teil ebenfalls eine Scharlatanin war, aber begnadete Hände hatte. Soja heilte mich. Eine Woche lange wärmte sie mir mit ihren Händen Magen und Darm. Sie durchwärmte mir auch die Wirbelsäule und gab mir eine Dosis vom Mittel ihres Großvaters, zerstoßenen Hühnermagen. »In zwei Tagen bist du wieder auf den Beinen«, sagte sie im Befehlston der Hexe, *in zwei,* wiederholte sie krächzend und ging; nach drei Tagen (eine gewisse Ungenauigkeit) stellte mein Darm seine Explosionen ein, ich kam wieder zu Kräften. Seltsam, daß sie, die so habgierig war, weder von Vikytsch etwas nahm, noch Leonti-Chaim einen seiner grünen Scheine abknöpfte. Vielleicht war sie in zu großer Eile.

Soja wurde ihrer Hände wegen vieles verziehen. Ich spüre auch jetzt noch (in Gedanken) ihre gerichtete Wärme. Wie zwei Parabolantennen hielt sie eine an meinen Rücken und eine an meinen Bauch. (Der Darm wurde durchwärmt.) Es waren große und erstaunlich warme, weiche Handteller. Was ihre Hände nicht daran hinderte, gierig und zäh zuzugreifen und alles an sich zu raffen, was ihnen in den Weg kam – Geld, Geschenke, gutes Essen, Männer …

Michail liegt krank im Bett, es gibt Komplikationen.

»Fahren wir ins Wohnheim und feiern dort weiter!« fordert mich Vik Vikytsch auf.

»Au ja, feiern wir weiter!« echot Leonti.

Ich sitze daneben. Bin noch schwach.

Vik Vikytsch und Leonti brechen auf und gehen, aber sie nehmen mich mit, wie sich plötzlich herausstellt – wir fahren doch ins Wohnheim, in *dein* Wohnheim! – schreien sie. Schon haben sie mich hochgehievt, ziehen mir Hemd und Pullover an und zerren mich fast mit Gewalt aus dem Bett ins Leben. Au ja, feiern wir weiter! Irgendwie muß Leonti ja hier, in Rußland, sein Geld vertrinken – ja, ja, trinken und singen bis zum Schluß!

Da sagt Michail (ich erinnere mich gut), der schwach im Bett liegt und kaum den Kopf vom Kissen heben kann, er sagt zu Vik Vikytsch:

»Aber denk dran: nicht den Schwarzen Raben singen!«

Der nickt.

Wenn Vik Vikytsch und Michail den Raben singen, dann spornen sie einander gewöhnlich an und provozieren sich gegenseitig: Wer wird als erster beginnen? Für sich allein den Raben zu singen bedeutet, den Tod heraufzubeschwören. So darf man keinen halben Takt zu früh einsetzen. Darin bestehen die Ironie, der Witz und die langjährige spielerische Abmachung – einer singt nicht ohne den anderen. An welchem Abend und in welcher Runde auch immer!

Michail ist krank, vergißt aber nicht zu scherzen: Einer allein darf nicht singen!

Vik Vikytsch ist einverstanden:

»Ich bin doch nicht blöd!«

Aber da empört sich Leonti – wieso nicht? Wieso darf man nicht singen?! – Der Provinzler schwört, daß er für sein Leben gern den Raben singe, was sei das für ein Diktat! Er habe von diesem Lied geträumt, vielleicht reise er nur nach Israel aus, um es auf dem Weg (in M-mm-moskau) mit irgend jemandem zu singen!

»Nein. Nie ohne Mischka!« neckt ihn Vik Vikytsch.

»Und nur den Refrain?«

»Auch nicht.«

Leonti jammert bereits, der Rabe sei sein Lieblingslied. Wenn er den am Himmel kreisenden schwarzen Vogel sehe, könne er weinen, so genial seien seine Kreise! M-mm-magie!

»Na, höchstens wenn ich stockbetrunken bin!« Vik Vikytsch lacht und schlägt plötzlich vor: »Probier doch, allein zu singen. Wirst du allein singen?«

Der Provinzler bewegt fröstelnd die Schultern:

»Ich? Allein? ... Da hab ich Schiß vor.«

Allgemeines Gelächter. Die Männer täuschen den Tod.

»Abmarsch der Truppe!« kommandiert Vik Vikytsch, schon betrunken.

»Wir feiern weiter!« trompetet der betrunkene, beschnittene Leonti. Schon morgen fliegt er zu seiner geliebten Frau, die irgendwo bei Tel Aviv die Sprache der Propheten lernt – sie hat den Sohn bei sich, die liebe, geliebte, teure, aber nicht ihn, Leonti-Chaim, morgen sind sie wieder vereint!

Mich hierlassen wollen Vik Vikytsch und Leonti um keinen Preis, sie stützen mich unter den Armen und führen mich – ich bin schwach, erschöpft, stammele etwas, aber die beiden haben mir ein halbes Glas Wodka eingeflößt: vorwärts, vorwärts, das *Wohnheim wartet*!

Bis zu den Läden im Taxi und weiter zu Fuß – das Wetter ist traumhaft! Wir gehen an den bunten Ständen und Kiosken vorbei, wandern an allen diesen nagelneuen Verkaufswagen und auf der Erde ausgebreiteten Waren vorüber und wählen Flaschen mit schönen Etiketten, teure Wurstsorten und Käse zum Imbiß aus. Leonti sucht Hering: Er wolle sich von Rußland gezielt und konkret verabschieden, mit den richtigen Speisen, sagt er. Mit den richtigen Weibern? droht ihm Vik Vikytsch lachend.

Hering ist jedoch nirgends zu haben. Es gibt Kartoffeln, aber keinen Hering. Na gut, den Hering sollen die Weiber holen, sobald wir es uns bei ihnen gemütlich gemacht haben … Welche Weiber denn?

»Frag nicht. Zahl nur!« befiehlt ihm Vik Vikytsch.

Als hinter der Kurve der gewaltige Gebäudekomplex des Wohnheims auftaucht, beginnt mein Herz zu klopfen. Ich erblicke die Fassade und die vertraute Anordnung der Fenster, die Vorhänge.

Den gefleckten Afghanen (meinen Feinden am Eingang) erklärt Vik Vikytsch:

»Wir besuchen die Schwestern – Anastasia und Mascha. Er (ich) geht heim! Erkennst du ihn etwa nicht, Soldat?«

Vikytsch und Leonti haben mich rechts und links untergefaßt und schleifen mich beinahe über die Stufen.

»Was, die Schwestern kennst du nicht? Warst du noch nie bei den Schwestern auf der Nordseite? … Bist du ein Frischling!« erklärt Vikytsch, während er auf den Afghanen zugeht. Leonti, der mich stützt, zerrt mit der anderen Hand einen Geldschein aus der Tasche (ich sehe ihn nicht, höre ihn nur knistern) und steckt ihn dem zweiten zu. Ich lächle nur schwach. Ich kann kaum einen Fuß vor den anderen setzen. Die Stufe ist steil. Aber plötzlich … fliege ich. Leonti und Vik Vikytsch haben mich unter den Armen gepackt und tragen mich mit Schwung über die steilen Stufen vor dem Eingang ins Haus hinein. (Völlig unvermutet ist meine Verbannung zu Ende. Man hat gewissermaßen die Frist verkürzt, *willkommen daheim*, Petrowitsch.) Beide lachen wiehernd – und ich, der ich in ihren Armen hänge, schwach, mit offenem Mund, habe weiter das Gefühl zu fliegen. Fühle, daß ich glücklich bin. Ein triumphaler Einzug.

Der Flur auf der Nordseite. Meine Wirkungsstätte. Vik Vikytsch war oft in diesem Haus (bei mir zu Besuch), so daß wir uns jetzt schnurstracks zu den Schwestern Anastasia und Mascha begeben. »Fast wie die Zwetajewas«, erläutere ich, und der angeheiterte Leonti gerät ganz aus dem Häuschen, das ist Rußland, es schenkt ihm zum Abschied ein schönes Andenken.

Ich warne ihn: Ja, ja, Anastasia und Mascha mögen Leute mit Geld, haben es gern, wenn bei ihnen gefeiert und Wein getrunken wird. Aber (aufgepaßt!) wie viele Frauen dieses Schlags werden die Schwestern bei Einbruch der Nacht unbewußt (unwillkürlich) ein Abenteuer erwarten, eine Klarstellung, wer mit wem, mitunter auch eine leichte Keilerei. (Im Speicher meines Gedächtnisses habe ich ein Bild: Die angetrunkene Ljuba verpaßt ihrem Liebhaber mehrere Ohrfeigen, während ihn die Schwestern *beruhigend* an den Armen festhalten.) Sie haben zwei Zimmer. Ein großes für Gelage und ein winzig kleines, in das gerade ihre beiden Betten hineinpassen. Ich erinnere mich auch, daß Anastasia und Mascha herrlich Pfannkuchen backen können!

Wir treten ein, und Anastasia fragt mich lachend: Wo warst du denn so lange?

Vik Vikytsch und Leonti erklären kurz: *Er* war krank. Ich lächle nur; mit weit offenem Mund; schwach und glücklich.

Vikytsch, Leonti und ich stehen in der Tür – Flaschen und Tüten in den Hosentaschen, in den Händen, ja fast noch zwischen den Zähnen. Anastasia freut sich über uns. Mascha wird gleich kommen und sich ebenfalls freuen. »Aber weißt du, was uns fehlt?« fragt Anastasia. Mit Hefe dauere die Sache zu lang, und Pfannkuchenmehl sei keines mehr da. »Das werden wir gleich haben!« Leonti rennt auf die Straße hinaus und bringt (gerade als Mascha eintrifft) vier große Tüten mit. Allgemeiner Jubel! Auf den Lärm hin kommen noch andere Frauen herbei, zwei von ihnen sind Schönheiten aus dem achten Stock. Leonti tropft die Spucke aus dem Mund, er weiß nicht, auf welcher er seinen Blick ruhen lassen soll. Ich dagegen kann kaum noch meinen Kopf halten, ich schlafe – so geschwächt bin ich.

Leonti ist glücklich, das ist Moskau, das sind die Moskauer Frauen, die nicht umsonst gerühmt werden. Er ist ein bescheidener Provinzler, ein kleiner Fabrikingenieur, aber er versteht schließlich auch etwas von Schönheit! »Wer sind die Zwetajewas?« fragt er mich verstohlen und ergänzt zugleich seine Allgemeinbildung. Er hat es auf Ljuba Nikolajewna, die Textilarbeiterin mit dem großen Busen, abgesehen und flüstert mir ins Ohr, er sei halt in einem Krähwinkel aufgewachsen, bäuerlicher Geschmack!

Die Schwestern beklagen sich, warum Viktor Viktorowitsch so selten komme.

»Wieso, braucht ihr mich denn öfter?« lacht Vik Vikytsch.

»Ja, ja!«

»Ich bin, mit Verlaub, kein Heimmensch. Es ist mir offenbar bestimmt, in einer schönen eigenen Wohnung zu sterben!« verkündet Vikytsch fröhlich und haucht uns seine Wodkafahne über den Tisch ins Gesicht. (Doch er wird auf der Straße sterben, er hat nur noch einen Monat zu leben.)

»M-m-moskau! M-m-moskau!« schreit mir der romantische Leonti zu (das Glas in der Hand).

Alle schreien. Nur ich schweige – ich kann nicht trinken, kann nicht essen, kann nicht sprechen, kann mich gerade noch auf dem Stuhl halten.

Der zu den Pfannkuchen geladene Fjodorow aus dem siebten Stock ist gekommen, Gitarre, Romanzen mit Gefühl, das geht jetzt lange so – jetzt geht es richtig los! Mascha und Anastasia sind beide gerührt. Vik Vikytsch überlegt bereits gespannt, wie die Vorräte ergänzt werden könnten, die Frauen um ihn herum sind alle trinkfest (und blicken noch dazu verstohlen auf den sich rasch leerenden Tisch). Wie langsam vergeht die Zeit für Kranke; und wie geschwind verfliegt sie für Gesunde! geht es mir durch den Kopf.

»Wohin willst du? Warum bist du aufgestanden?« fragt mich Ljuba Nikolajewna.

Ich bin also aufgestanden. Ich habe offenbar vor zu gehen, ich möchte es so gerne – es zieht mich auf den Gang hinaus. Mich lockt und ruft die Kühle des Gangs. (Möchte ganz die Rückkehr empfinden.) Aber wie kann ich gehen, wenn ich so schwach bin – werden die Füße mitmachen?

Vik Vikytsch hilft mir, er öffnet die Tür.

»Halt dich gut, lieber Freund. Wenn was ist, dann ruf, schrei!« redet er mir zu.

Ich schreite durch den Gang. Allein.

Ich wanke voran. Langsam. Wie vertraut, wie lebendig diese Wände sind! – Ich wandere lange Zeit durch den Gang, setze auf den alten, ausgetretenen Brettern, die ich auswendig kenne, einen Fuß vor den anderen. Steige in den dritten Stock hinunter, in den zweiten. Die Türen, die Wohnungsnummern verzaubern mich. Und das Fenster an der Stirnseite des Ganges mit der Aussicht auf die Bäckerei, die ich seit hundert Jahren kenne.

Schritte. Vom Lift her. Das typische Klappern der Absätze.

Ich blicke mich um – es ist die hinkende Sestrjajewa.

»Petrowitsch! Ich habe Sie und Ihre Freunde gesehen, als Sie ins Haus kamen. Guten Tag. (Sie sieht alles aus ihrem Beobachtungsfenster. Ist taktvoll. Ich bin nicht eingetreten – man hat mich hereingetragen.) Ich habe etwas für Sie, Petrowitsch!«

Sie hat mich immer gesiezt.

Ich suche die Nähe der Wand. Einen Halt. Geschwächt, wie ich bin, bräuchte ich ebenfalls eine Krücke. Tasja Sestrjajewa aber teilt mir (mit einem feinen Lächeln) eine umwerfende Nachricht mit. Ja, Lowjannikow. Hat mich gebeten, Petrowitsch auszurichten, daß seine Wohnung wieder einmal gehütet werden müßte. Ja, der junge Buchhalter Lowjannikow ist für einen bis eineinhalb Monate verreist. Wie immer. Sie, Tasja, habe die Schlüssel – sobald du Petrowitsch siehst, übergib sie ihm persönlich.

Sie reicht mir die Schlüssel. Der vertraute Schlüsselanhänger.

»Und Mars?« frage ich.

»Den Hund hat er mitgenommen.«

»Ist er schon lange weg?«

»Schon eine Woche. Lowjannikow hatte es sehr eilig …«

»Hat er Strom und Gas bezahlt?«

Ich frage sachlich und penibel, in Wirklichkeit kann ich das Glück kaum fassen, das Gefühl schlägt wie eine Welle dröhnend und schmerzhaft über mir zusammen – ich kann es noch nicht glauben: *Ich bin wieder da.* (Nicht nur eine Schlafstelle für eine Nacht, sondern eine Wohnung.) Ich lehne mich gegen die Wand. Ich habe nicht einmal gemerkt, wie die Sestrjajewa weggegangen ist. Mir ist schwindlig.

Plötzlich merke ich, wie ich aufs neue langsam durch den Gang gehe – wohin? – ich weiß es nicht. Akulow begegnet mir, nickt mir im Gehen zu.

Samjatow, nickt auch. Der eine wie der andere geht an mir vorbei. Sie haben sich nicht bewußt gemacht, was mit ihnen und mit mir geschehen ist. Nichts ist geschehen, wenn man davon absieht, daß ich seit zehn oder zwanzig (ich weiß nicht, wieviel) Minuten wieder ihren Korridorstaub atme. Die Leute haben mich gegrüßt, weiter nichts. Die Menschen haben sich in ihren nunmehr *eigenen* Q-metern beruhigt. (Besitzen sie bereits. Ich blicke sie gespannt an, um es ihnen einen Augenblick lang anzusehen.) Menschen sind Menschen, sie vergessen. Und mancher von ihnen wird nicht abgeneigt sein, wieder wie früher abends zu mir zu kommen (sofern ich gerade eine Wohnung hüte) und mir beim Wodka sein ganzes Leben zu erzählen. Vielleicht nicht sofort. Vielleicht bin ich zu voreilig, aber wer etwas verloren hat, möchte sich eilends vergewissern, daß er es wiederhat.

Ich klingle an Sinaidas Tür.

»A-ah. Sei gegrüßt!« Als wäre nichts gewesen.

Es duftet nach Quarkküchlein. Setz dich, setz dich, der Tee ist schon fertig! Als hätten sie und die anderen mich nicht im vorigen Herbst wie einen Pestkranken hinausgejagt. (Manche hatten ihre Tür einen Spalt weit geöffnet. Vertrieben mich nicht, aber riefen mich auch nicht.) Haben sie in ihrem gigantischen kollektiven Kleinhirn befunden, daß ich genug gebüßt habe und mir verziehen ist? Oder einfach *vergessen*? ... Ich bleibe eine Weile bei Sinaida sitzen. Trinke Tee zu ihrem Salzgebäck. Auch zu einem Quarkküchlein. Wir reden über dies und das. Sie fragt nach einer Weile und in unbestimmtem, neutralem Ton, ob ich ein Nachtlager habe.

»Ja.«

»Ja?«

Ich ziehe die Schlüssel mit dem Anhänger aus der Tasche, lasse sie auf der flachen Hand klimpern. Sie nickt – gut! ... Hätte mir Sinaida einen Winkel angeboten, wenn ich die Schlüssel nicht in der Hand gehabt hätte? Ich weiß es nicht, bin nicht sicher. Jetzt reden wir über die Gesundheit. Sie findet, daß ich furchtbar aussehe, ich müßte mich reinigen und dazu etwa zwei Wochen fasten. Kein Fett essen. Und nicht mehr als hundert Gramm Wodka am Tag. Du singst gut, Nachtigall, denke ich. Du singst gut mit, denke ich. Aber ohne Verdruß. Mir ist so wohl ums Herz. Man hat mir vergeben – ich habe vergeben.

Als ich auf dem Rückweg (von Sinaida) auch noch im Gang

stehenbleibe, um mit Kurnejew zu rauchen und zu quatschen, preßt mir der Zigarettenrauch eine kleine, lebendige Träne ab, die mich blind macht.

Kurnejew Pjotr Alexejewitsch ist von sich aus stehengeblieben.

»Wen sehe ich denn da?! Guten Tag.« Er sagt es ohne besondere Freude, aber auch ohne die Besorgnis des Hausbewohners. Wie zu seinesgleichen. Das Leben geht weiter, du und ich, wir rauchen noch immer. Halt mal die Zigarette!

»Ich hab selbst eine«, antworte ich. Das Streichholz wird angerissen. Da lehne ich mich erneut mit der Schulter gegen die Wand. Aus Schwäche. Und wegen der lebendigen Träne im Auge.

Das Weitere ist doch klar: Ich kann mich nicht länger beherrschen und begebe mich in das vertraute Stockwerk. Der alte Petrowitsch hat schließlich die Pflicht, in der Wohnung von Herrn Lowjannikow nach dem Rechten zu sehen.

Ein Fenster ist nicht richtig geschlossen. Verläßt man so seine Wohnung! knurre ich, während ich es verriegele. Der Sessel. Langweilige Buchhaltungsbücher im Regal. Ich blicke mich um. Der bekannte Kühlschrank. *Ich bin daheim*. Seinerzeit holte ich aus diesem Kühlschrank vorzügliches Sauerkraut als Futter für den Hund (und aß auch selbst davon). Zusatzration.

Da ist ja auch Mars! Grüß dich! Ich hebe den Blick zum Porträt des Hundes an der Wand. Das Zimmer (Wiedererkennen) leuchtet sogleich vor Freude auf. Es ist wie ein Aufblitzen. Aber die helle Freude des Wiedererkennens fällt von mir ab wie nasses Papier, das sich auf beiden Seiten ablöst … ich schwanke. Rote Tropfen auf den Händen. Nicht schlimm. (Nasenbluten.) Ich schleppe mich zum Bett, lege mich hin. Den Kopf hochbetten … Ich lag und empfand abwechselnd Freudenschauer und Schwäche.

Ich hatte mit Lowjannikow Bekanntschaft geschlossen, als Mars noch keine Dogge, sondern ein Döggchen, ein Welpe war. Lowjannikow verreiste und übergab mir die Wohnung mit dem

Hinweis, die Kampflust des Welpen sei vorerst nur in seinem klangvollen Namen zu erahnen, seine Knochen seien noch spröde, besonders die Hinterbeine; wenn ich mit ihm Gassi ginge, sollte ich ihn die Stufen vor dem Haus auf dem Arm hinuntertragen. Das machte ich auch. Im Lift und im Gang kannte sich der rasch größer werdende Edelhund bald schon aus – er bellte nicht.

Außer der Liebe zu unseren kleinen Brüdern wärmte mich damals noch die Hoffnung, daß Lowjannikow meine Dienste schätzen würde – die Dogge wuchs ohne Zwischenfälle auf –, daß er sich daran erinnern und mich erneut auf seine Q-meter aufpassen (darin wohnen) lassen würde. Mir gefiel diese Einzimmerwohnung. Kleiner Balkon. Ausblick aus den Fenstern. (Bei jedem Wetter erträglich.) Die Bücher hauptsächlich über Buchhaltung, Fachbücher, aber auch philosophische Bändchen. (Ihr Besitzer hatte einmal Berdjajew zitiert, ein andermal Fromm. Normal.) Bald schon überließ mir Lowjannikow die Wohnung für einen Monat, dann für eineinhalb bis zwei, wie es eben kam.

Wenn Lowjannikow jetzt verreiste, nahm er Mars mit. Die gefleckte Dogge war schon drei Jahre alt. Ein starker Hund. (Der die schlechte Angewohnheit hatte, mir den Mund abzulecken, wenn er mir begegnete.) Marsens Porträt an der Wand konnte eventuellem Diebsgesindel vorbeugend Angst einjagen (gemeint waren Auskundschafter, Lowjannikow lächelte) – sollten sie es nur sehen! Wenn es eine Zeichnung gab, existierte möglicherweise auch das Original.

»Und Leonti?« erkundigte ich mich.

»Ausgezeichnet!«

Vik Vikytsch versicherte, daß sie ausgezeichnet gefeiert hätten, es sei ein Abschied gewesen, wie er sich gehört. Leonti und die gackernde Ljuba Nikolajewna seien die ganze Zeit wie ein Weberschiffchen in Bewegung gewesen; sie seien immer mal wieder in Ljubas Wohnung verschwunden (irgendwo im achten

Stock) und dann wiedergekommen, um weiterzutrinken. Leonti habe sich allerdings über die zu frische Beschneidung beklagt. Leonti sei jedesmal zuerst erschienen (aus dem achten Stock) und habe Vik Vikytsch sauer (und leise) immer dasselbe ins Ohr geflüstert – *das* müsse man doch im Kindesalter machen. Aber von Ljuba Nikolajewna (die Textilarbeiterinnen sind routiniert) sei Leonti ganz begeistert gewesen. Er werde sie bis ans Ende seiner Tage in Erinnerung behalten. »Ich nehme die Erinnerung zusammen mit Rußlands blauem Schnee mit!« versprach er.

Es kam zur Prügelei, als sich Vik Vikytsch und Leonti noch zu einer gewissen Rawilja begaben, aber Rawilja hatte ihre eigene Fete und ihre eigenen Männer, Verladearbeiter. (Unfreundliche Typen! Entweder reichte der Wodka nicht, oder sie waren einfach knausrig.) Wenn Vik Vikytsch betrunken war, zettelte er gern Radau an; da strömte gerade eine halbe Brigade von der Straße ins Haus, die Verladearbeiter kamen von der Arbeit. Sie hatten unglaublich breite Schultern. Männer wie Schränke. *Und der kräftigste Schrank war der Brigadeführer*, der habe, ohne ein Wort zu sagen, Leonti zunächst weggeschleudert, so daß dieser zur Wand geflogen sei; Leonti sei nur deshalb nicht zerbröselt, weil er gegen die kreischende Rawilja geprallt sei. Vikytsch brauchte man nichts weiter zu erklären, er hieb den Brigadeführer seinerseits mit einem Faustschlag um. Und Leonti, der wieder zu sich gekommen war, befreite seine dunkelblonden Locken (Rawila krallte sich in seine Haare und hielt sie fest) und schrie: »Ich bin auf den Beinen, Vikytsch! Los, wir machen sie fertig!« Er schlug sich sofort, die Fäuste im Anschlag (mit einem Begeisterungsschrei!), zu seinem letzten Freund auf russischem Boden durch. Wie jeder Provinzler verstand sich Leonti aufs Schlägern; er und Vikytsch kämpften Rücken an Rücken; aber zwei sind leider nur zwei.

Beide kehrten stark ramponiert zu den Schwestern zurück, aber irgendwie doch auf eigenen Beinen – und beide tranken noch irgendwie weiter! Rawilja kam zu Mascha und Anastasia gelaufen, weinend, und hielt vier Flaschen Wodka in den Händen (irgendwie!), um für die Prügelei Abbitte zu leisten und böse Folgen zu verhindern. Vik Vikytsch und Leonti tranken noch, als es draußen schon dämmerte und das bestellte Taxi, das sie zum Flugplatz bringen sollte, unten vor dem Eingang nervös blinkte.

Leonti-Chaim war zugepflastert und hatte ein riesiges Veilchen unter dem Auge; man wollte ihn nicht ins Flugzeug einsteigen lassen. (So zerschlagen war er.)

Schon bei der Paßkontrolle gab man Leonti zu verstehen, daß er unkenntlich sei; man sehe sich außerstande, die Identität des Abreisenden zu bestätigen. Man drehte und wendete seinen Paß. Schlug ihm vor, die Pflaster vom Gesicht zu entfernen. Auf alle Spitzfindigkeiten antwortete Leonti, die Hand tief in der Hosentasche vergraben, bedeutungsvoll (und rauh): *Die Sache ist erledigt*. Endlich ließ man die Begleitperson rufen, damit seine Identität wenigstens mündlich bestätigt wurde. Als die Grenzbeamten den ramponierten, zugepflasterten Vikytsch erblickten, amüsierten sie sich: Es kann doch nicht sein, daß diese beiden, die einander so ähnlich sind, keine Brüder sind.

»Schluß. Das ist alles. Alles in Ordnung. Leonti fliegt«, beschloß Vikytsch seinen Bericht. (Zufrieden mit der erledigten Sache. Er hatte Leonti verabschiedet. Wie es sich gehört.)

Das letzte, worüber sie (Vikytsch und Leonti) im Flughafen sprachen, war die russische Provinz. Was sei sie doch wunderbar. Sie wollten dort nicht leben, in der Provinz (weder der eine noch der andere), aber sie liebten sie. Es gäbe nichts Schöneres als diese Gäßchen. Es gäbe nichts Vertrauteres als diese gewundenen Pfade und diese Staubstraßen, und die Weiden voll Staub, und diese kleinen Flüßchen! ... Sie weinten und fingen die Tränen auf, die von den zerschlagenen Augen, Lippen und blaugefleckten Jochbeinen tropften. Einer der Passagiere sprach ihnen sein Mitgefühl aus, er glaubte, die Männer seien vor dem Abflug bestohlen worden.

»Man hat uns bestohlen, kapiert?!« schrie mir Vik Vikytsch ins Gesicht.

Als Vikytsch ihr Gespräch wiedergab, hätte ich bei der Erinnerung an die staubigen, verwahrlosten Gäßchen auch beinahe eine Träne zerquetscht. (Ich dachte an Wenja im Krankenhaus, ich sollte ihn endlich besuchen.) Die Gäßchen und Feldwege standen mir genau so vor Augen – eher als Idee, denn als Wirklichkeit. Aber sie wurden immer noch von der Sonne gewärmt. Sie staubten.

Ich besitze noch einen anderen Pullover, einen wärmeren; von frischerer Farbe. Für meine hagere Figur genau richtig. Der Pullover hat hinten ein Loch – von einer Zigarette eingebrannt (fast auf dem Hintern). Aber wenn man beim Eintreten die Hände leicht auf dem Rücken verschränkt, ist alles perfekt, der Pullover ist eine Pracht. Ich hatte mich gekräftigt und bewältigte jede Entfernung. Außerdem verlief der Herbst gleichmäßig, der Luftdruck machte keine Sprünge (gut so!).

Als ich Wenja besuchte, empfing mich Cholin-Wolin. Der Chefarzt. Ich wußte bereits über die Veränderungen Bescheid (Iwan Jemeljanowitsch herrschte nun ganz hoch oben; Adler). Cholin-Wolin behandelte mich liebenswürdig, wie es sich im Umgang mit dem Angehörigen eines Dauerpatienten geziemte. Ruhiges Gespräch. Und keine Silbe über meinen kürzlichen Aufenthalt in diesem Krankenhaus – weder eine Anspielung noch ein zynischer Blick. Er war ernst.

»Sie besuchen Ihren Bruder? … Gut.«

Über Wenja und den schleppenden Verlauf seiner Krankheit sprach Cholin-Wolin ausführlich und besorgt – in seiner Stimme klang Interesse mit (professionelles; wie es seinerzeit auch in Iwans Stimme mitgeklungen hatte). Wir unterhielten uns. Darüber, daß ein neues amerikanisches Präparat auf den Markt gekommen sei. Über Ernährung. Über dies und jenes – zum Beispiel, wie dieser Herbst mit seiner Kälte auf Wenja wirkte. Ich verstand den Arzt nicht ganz: Er hatte mich doch noch vor kurzem für einen Geisteskranken und verkappten Verbrecher gehalten. Was bedeutete ich ihm? Woher auf einmal dieses Taktgefühl und der Wunsch, sich mit mir zu unterhalten und Tee zu trinken? (Oder war mein Fall Cholin-Wolin im nachhinein peinlich?) Auch wurde mir zum Tee ein Bonbon angeboten, genauso wie bei früheren Besuchen, nur eins, aber immerhin. Vielleicht aus Trägheit: So war es unter Iwan der Brauch – unter dem vorigen Zaren, Tee, Gespräch mit dem *Schriftsteller* …

Aber es konnte auch sein, daß Cholin-Wolin überhaupt nicht über mich nachdachte, gar nicht erst den Versuch unternahm. (Manchmal verblüfft mich der Gedanke: Die Menschen denken *nicht.*) Das totale *nicht,* das ist es, was die Menschen durchs Leben führt, Tag um Tag, Woche um Woche. Dieses *nicht* führte auch Cholin-Wolin, führte ihn zuverlässig und selbständig, Autopilot; daher die Rückkehr zum ehrlichen Ernst des Arztes, und der Takt, und die (zum Positiven) veränderte Einstellung mir gegenüber, daher der Tee und mein Bonbon.

Wir saßen und redeten:

»Wenedikt Petrowitsch erinnert sich sogar an seinen schlimmsten Tagen an Sie. Was man auch sagen mag, seine und Ihre Kindheit sind parallel verlaufen. Das ist doch viel. Und für ihn – sehr viel!«

»Ja«, nickte ich. »Unsere Eltern waren den ganzen Tag bei der Arbeit. Sie sperrten Wenja und mich in der Wohnung ein. Aus Rache an unserem Vater haben wir einmal die frische Zeitung mit der Schere zerschnipselt! … Kindermädchen hatten wir nicht.«

»Und im Sommer?«

»Im Sommer waren wir bei Großvater auf dem Land, da waren wir selig.«

»Zu zweit?«

»Ja.«

»Und Freunde?«

»Es gab auch Freunde. Aber erst später – in der Schule. Gerade Wenja hatte überall Freunde und Freundinnen. Er zog andere an. Er war überhaupt der Aufgewecktere von uns beiden und zweifellos begabter als ich ... Aber Eifersucht gab es nicht zwischen uns.«

»Sie sind also natürlich aufgewachsen.«

»Ja. Wie Gras.«

Man brachte uns (Adela Semjonowna, die Krankenschwester mit dem Muttermal) noch eine Tasse Tee.

In einer dieser Teeminuten versuchte ich, Herrn Cholin-Wolin zu erinnern. Ich machte zunächst die akademische Bemerkung (nicht ohne leichte Galligkeit), ob es vom wissenschaftlichen Standpunkt aus, lieber Doktor, nicht etwas Gemeinsames in Wenjas und meinem Leiden (und in der Psyche?) gebe – wir seien doch leibliche Brüder. Cholin-Wolin reagierte jedoch in keiner Weise. Doktor Cholin-Wolin hatte gleichsam beschlossen, mit keinem Wort jene erst kurz zurückliegenden (und unangenehmen) Tage zu erwähnen – wozu beides vermischen? Wenn du jetzt Besucher und Angehöriger bist, dann bist du's eben.

Meine Worte glitten an ihm ab. Ich verstummte. Nachdem ich gegen ihre Gepflogenheiten verstoßen hatte, erwartete ich nun (leicht schuldbewußt), daß mich Cholin-Wolin liebenswürdig, aber streng zurechtwies und mit dem Finger drohte: »Aber, aber!« – Diese Komplikationen und diesen dunklen Fleck sollten wir beide jetzt nicht berühren.

»Verzeihung«, sagte ich milder.

Doch nach drei Minuten (blöder Kerl!) konnte ich mich schon wieder nicht mehr beherrschen und wagte, das Gespräch über Wenja und unsere ferne Kindheit variierend, eine Art scherzhaft spöttischen Sprung (über das Bächlein unserer Unterhaltung) – von einem Ufer zum anderen.

Ich strahlte ihn an und fragte:

»Sagen Sie bitte: Wenn die Pfleger an jenem Tag brutaler gewesen wären? Wenn sie mich zusammengeschlagen hätten? ...

Hätte ich dann damit rechnen können, daß ich mit Wenja in einen Raum gelegt worden wäre? … Das wäre doch rührend! Wenja und ich hätten geglaubt, daß wir in unsere Kindheit zurückgekehrt seien. Und Iwan Jemeljanowitsch sei unser Vater, der zur Arbeit gegangen ist und uns eingesperrt hat …«

Ich lachte über den Scherz, der Arzt nicht. Er blickte mich nur milde lächelnd und mit kaum verhohlener Befremdung an.

»Ja, ja«, sagte er. So reden und schauen die Leute, wenn sie nicht ganz verstanden haben, worin eigentlich der Witz besteht. Wenn sie ihn nicht ganz kapiert haben, aber dennoch (das Leben geht weiter) aus Respekt das Gespräch weiterführen. Cholin-Wolin verstand nicht, was ich meinte.

Er hatte mich *vergessen*. Ich fuhr fort, ihm etwas (was?) zu sagen, ich hatte schon das Bonbon aufgegessen und die Tasse geleert. Ich lächelte ihn an. Aber innerlich war ich ein wenig erstarrt. Das also sind *wir*. Wir, die Menschen.

Wie durch ein Wunder hatte ich es vermieden, bei meiner alten Bekannten Sinaida zu versacken. Dabei war ich so mutlos und schwach! Ein Mann, der nach dem Krankenhaus (nach diesem Krankenhaus) in warme Behaglichkeit gerät, ist wie erwärmtes Wachs. Er sitzt da und schmilzt an den Seiten.

Sinaida war sonnenklar, was es mit dem Wachs auf sich hatte. Sie war feinfühlig. Zögerte jedoch.

»Wenn du nur einen Abend willst, warum soll ich mich dann auf dich einlassen?« fragte sie rundheraus, wie eine Soldatenfrau. Und gab nach, wie eine Soldatenwitwe, die sich jahrelang nach einem Mann gesehnt hat.

In meinen zum Teil noch durch das Präparat verwässerten Gefühlen war mir nicht ganz klar, was wir beide vorhatten. Richtig. Wenn sie nicht gewesen wäre, hätte ich vielleicht nicht die bekannte Abfolge unserer Parallelhandlungen eingehalten und gestockt, nachdem ich die Schuhe ausgezogen hätte, dann die Hose, und … was kam als nächstes?

Sie zögerte also selbst. (Knabberte nachdenklich und geräuschvoll einen Zwieback nach dem anderen.) Sie kämpfte grandios mit sich selbst und kapitulierte. So war das Leben nun mal. Ich kämpfte ja auch. Die Soldatenassoziationen verfolgten mich. Sinaida hat zwei erwachsene Söhne. Beide dienen in der Armee. Fotos von den wackeren Burschen mit Emblemen und Biesen auf den Schulterklappen.

Schon am nächsten Tag (im Anschluß an das Bett) beeilte sich Sinaida, mir eine Arbeit aufzuhalsen:

»Autos ausladen, wie wär's? Für einen Markenladen. Hör zu, Petrowitsch. Ab Dienstag. Die wollen nicht unbedingt einen Mann auf Dauer, sondern einen, der absolut ehrlich ist. Damit sie ihn nicht jede Stunde bis auf die Unterhose absuchen müssen!«

Ich hatte die Gelegenheit nicht versäumt und bei Sinaida gebadet. Also mich nicht nur rechts und links mit Wasser bespritzt, sondern in der heißen Wanne gelegen, mich geaalt und die Zeit so lang ausgedehnt, bis das Herz im Leibe hüpfte. Natürlich mit Bastwisch und ihrer guten, duftenden Seife (Sinaida, die den Augenblick des Glücks bemerkte, warf mir noch ein neues Frottierhandtuch herein). In dieser Hochstimmung trocknete ich mich seelenruhig ab (rubbelte nicht, saugte die Nässe vom Körper mit dem Handtuch auf) und warf einen Blick in den Spiegel. Ein hagerer, man kann sogar sagen, magerer Herr, sicher in seinen Bewegungen und selbstsicher, nur ein bißchen zerzaust (ich kämmte mich gerade), dieser Herr mit dem grauen Schnurrbart und den grauen Schläfen stand vor mir. »So sieht er also aus!« bemerkte ich in der dritten Person über den Mann, den ich erblickte. Das Gesicht erstaunte mich, in dem sich so stark der Lebenswille abzeichnete – dieses Gesicht, in das sich von mir unabhängige Züge der Lebensenergie und Wut eingeprägt hatten. Ich stieß sogar einen Laut der Verwunderung aus. Die Formel für das Verlassen der Irrenanstalt:

in der »P« die Präparate bezeichnet, die ausgelüftet (mit dem Atem ausgeschieden) werden müssen, diese Formel war sogar schon überholt. Mich verwirrte die zur Schau getragene Wut und Gefühlshärte und Sicherheit in diesem Gesicht, während von Sicherheit und Härte (wie ich sie kannte) doch noch gar nichts da war, es war nichts da, null. Mimikry, um zu leben. Einfach nur, um zu leben und zu überleben. Aber der Herr gefiel mir. Er stand sicher und fest auf den Beinen, kannte die Zeit ohne Obdach und seine Stunde.

Ich sagte laut zu mir:

»Was soll's? … Von mir aus.«

Ich spielte in Gedanken meine künftige Camouflage durch: Mit diesem Gesicht werde ich leben. Und erst zur Nacht werde ich wie ein Krüppel sein, der sich ins Bett rollt und sein Holzbein mit Lederriemen abschnallt, im Dunkeln werde ich ächzend ein Riemchen nach dem anderen lösen, mein Gesicht abschnallen (vor dem Einschlafen, heilige Minuten) und ich selbst werden. Ich werde mein sich ganz allmählich regenerierendes Ich streicheln, wie der amputierte Soldat seinen Stumpf streichelt – so Gott will, wird es wieder nachwachsen.

Am Morgen wird dieser Herr, das Bein angeschnallt, wieder arbeiten gehen, fremde Q-meter schützen, keine Beschädigung, darin besteht das Leben. Deswegen kriegen wir ja so viel ab – damit wir unsere einzigartige Geringfügigkeit verlieren. Damit wir uns an sie erinnern, uns um sie grämen. Damit wir sie kennen. Und sie uns durch unser Leben zurückholen. Jeden Tag. Jede Stunde. Ganz allmählich. Damit diese gerechte Angst, unser Ich zu verlieren, in Augenblicken der ärztlichen Generalbehandlung um so stärker in uns erwacht und lebt.

Ich schaute in den Spiegel. Ich blickte ins Leben. Das Leben gefiel mir. Ich kämmte mich.

Sinaida streckte den Kopf zur Badezimmertür herein und

erkannte mit dem Auge der Frau im Nu den wiederauferstandenen Herrn (vorerst nur äußerlich, aber auch das brauchte sie), sah, wie fest er hier und dort (im Spiegel) auf den Beinen stand, und legte sogleich los:

»Du hast gesagt, du hättest es eilig, dabei kämmst du dich stundenlang! Also hast du doch Zeit, stimmt's? Hör zu, Petrowitsch. Vielleicht bleibst du noch eine Nacht oder zwei, ich hab ein Süppchen mit Hammelfleisch gekocht! Ein Gedicht! ... Und Klaren treiben wir auch auf.«

Es war noch kein Monat vergangen, da starb Vik Vikytsch, er wurde von einem Auto überfahren; er war auf der Stelle tot, das Fahrzeug hatte ihn in nächtlicher Blindheit mit Wucht erfaßt.

Zu dieser späten Stunde war Vikytsch dabei, mit seinen wenigen Habseligkeiten in ein neues Quartier umzuziehen – er verließ eine Frau und ging zu einer anderen (begab sich aus einer Geborgenheit in die nächste). Im Bezirk Weschnjakoi wanderte Vikytsch am Rand der schlechtbeleuchteten Landstraße, gleich neben der Fahrbahn. Der Lenker des Autos beging nach dem Unfall Fahrerflucht. Der tote Vikytsch blieb die ganze Nacht neben der Straße liegen und wurde von Marodeuren entkleidet; er trug seinen einzigen guten Anzug (hatte ihn angezogen, um ihn nicht zu zerknautschen). Seine große Tasche mit der Aufschrift *Everest* war weg, und auch seine Manuskripte fehlten. Man hatte sie weggeworfen und die Tasche mitgenommen. Man hatte ihm alles ausgezogen, auch die Schuhe. So waren die Zeiten. Er lag in Unterwäsche da, mit eingeschlagener Schläfe. Die Frau, zu der Vik Vikytsch unterwegs war, entdeckte ihn erst am Morgen (gerade noch rechtzeitig!), als der Leichenwagen ihn, den Namenlosen, schon aufsammeln wollte.

Die Frau hatte die ganze Nacht auf ihn gewartet, er hatte ihr versprochen zu kommen. Am Morgen rief sie mit klopfendem Herzen die Frau an, *die er verlassen hatte;* nach einem Wortwechsel und gegenseitigen Sticheleien (nicht zu spitzen, da sich die Frauen nicht persönlich kannten) stellte sich heraus, daß Viktor Viktorowitsch schon gegangen war. Spät am Abend. Er ging immer um diese Zeit. Er habe seine Manuskripte eingepackt, ja, ja, und alle seine Sachen in eine einzige Tasche – und sei gegangen. Nein, ein Taxi habe er nicht bestellt, er sei zu Fuß gegangen, *er ist auch zu mir zu Fuß gekommen,* ich weiß nicht, meine Liebe, ich weiß nicht … geh ihn suchen.

Die Frau war knapp über Vierzig, bescheiden und hatte einen zwanzigjährigen Sohn (zu ihnen war Vik Vikytsch unterwegs). Der Sohn verstand seine Mutter in diesem schweren Augenblick, blieb ruhig und half ihr, den Leichnam zu holen; er half ihr auch bei der Einäscherung. Die Frau hatte Vikytsch, wie sich herausstellte, genau dreimal gesehen, eine schnelle Liebe, drei Begegnungen. Im Grunde kannten sie sich nicht. Diese Menschen gaben ihm also das Geleit. Die Frau hatte (von Vikytsch, für alle Fälle) meine Telefonnummer, aber bis man mich in dem riesigen Wohnheim aufgestöbert hatte, war kostbare Zeit vergangen. Ich raste zum Krematorium, sah Vikytsch jedoch nicht mehr. So etwas Blödes. Mir fehlten höchstens zwei Minuten. Ich rannte hinein, völlig durchnäßt, mit offenem Mund (Mann, wo sind deine Zähne? sagte einer von denen, die ich wegschubste), ich traf beinahe rechtzeitig ein, *sie waren noch dran,* die Frau und ihr Sohn befanden sich noch in der Abschiedshalle. Aber Vikytschs Leichnam war schon weg, war unterwegs ins Feuer, ich sah sein totes Profil nicht mehr. Eine Minute nur, buchstäblich eine Minute, und ich hätte ihn noch gesehen.

Ich kehrte ins Wohnheim zurück. Michail kam zu mir. Er schluchzte wie ein Kind.

Wir standen betrunken auf der Straße (im Winter!).

Vik Vikytsch tat wichtig. Er redete und nickte zu Michail hinüber, der sich die Wangen mit Schnee abrieb:

»Er ist ein armer russischer Jude. Und ich bin ein armer russischer Russe. Uns braucht kein Mensch. Dafür – schreiben wir! Dafür brauchen wir die ganze Welt.«

»Und die Frauen?« Ich lachte betrunken.

Vikytsch richtete sich würdevoll auf (um mich zu verbessern):

»Ja, auch die Frauen. Natürlich nur, wenn sie eine Wohnung haben.«

Eine Frau ohne Wohnung war für Vik Vikytsch ein nettes Wesen, aber geschlechtslos.

Ich lernte Vik Vikytsch vor Urzeiten kennen – bei einem Lehrgang für Reserveoffiziere. Wir schossen auf Sperrholzpanzer. Die Schießübungen fanden am zweiten Tag statt, mit einer Kanone, Kaliber 100 Millimeter, die heute bereits ausgemustert ist. Im Donner und graublauen, feuchten Qualm – es nieselte – sah ich vor jedem Schuß ein Lächeln über Vikytschs Gesicht huschen. Glückliches Warten auf den Schuß …

Er lud die Kanone, war der Ladekanonier. Zwei Munitionskanoniere, einer am Visier, insgesamt waren wir vier Mann – alle ertaubt. Bevor wir die Kanonen befehligen durften, mußten wir wie *Soldaten* schießen, ursprüngliche Offizierspraxis der Artilleristen – Vikytsch lud, schob das angelieferte Geschoß ins Rohr, und ich schrie:

»Los, los!«

Vikytsch pflegte die Frauen einmal im Jahr oder eineinhalb Jahren zu wechseln. Diese eineinhalb Jahre lebte er mit der Frau, wohnte in ihrer Wohnung und machte aus Prinzip keine Seitensprünge, betrog sie nicht. Er war den Frauen gegenüber auf seine Weise ehrlich. (Es sind meine Ehefrauen. Ich lasse meine Eheschließungen nur nicht registrieren, erklärte Vik Vikytsch spitzfindig.) Von einer Frau zur anderen ging er immer zu Fuß.

»Ich nähere mich ihnen allmählich. Schritt für Schritt.«

Wenn er im Dunkeln das grüne Licht eines freien Taxis bemerkte, hielt Vikytsch höchstens den vorbeifahrenden Taxifahrer an, um gestohlenen Wodka zum dreifachen Preis zu kaufen. Und ging weiter.

Wir redeten über Vikytschs Manuskripte, die in jener schwarzen Nacht irgendwo am Straßenrand verlorengegangen waren. Alles bis zum letzten Blatt. Er trug stets seine ganze Habe bei sich.

Wie rasch ließ sich die Bilanz dieses Lebens ziehen! Ein dünnes Bändchen mit Novellen hatte Vik Vikytsch doch noch bei einem Verlag eingereicht. Man mußte der Sache nachgehen. Das wollte Michail übernehmen.

Es fanden sich zwei weitere (ziemlich frühe) kurze Novellen. Michail entdeckte sie in einer von Vikytschs Schreibtischschubladen. Er zeigte sie mir. Mit der Hand beschriebene Seiten, regelmäßige Buchstaben. Das Deckblatt war vergilbt.

Michail reichte sie mir:

»Nimm du sie!«

»Ich?«

Es stellte sich heraus, daß es einen Verlag gab, der Anthologien herausgab. Er drucke jetzt alle und jeden. Da gebe es kein Problem. Doch der bekannte Sykow habe dort das Sagen, und den wolle Michail nicht sehen.

Ich wollte Sykow ebenfalls nicht sehen. Und was enthielten diese zwei Novellen eigentlich? Höchstens unsere erkaltete Erinnerung. Ich wiederholte Michail gegenüber meine Meinung. Ich wiederhole mich gerne. Wozu braucht Rußland so viele Talente, wenn es sie wie Ziegenköttel auf der Straße ausstreut?

Vik Vikytschs damalige Frau schickte sich zu einer weiten Dienstreise an – wohl gar nach Sibirien. Er stellte sie vor. Warja, eine riesige Frau, wahrscheinlich vierzig: sein Lieblingsalter. Ich kam erkältet und müde zu ihnen, ein Gast mit leeren Händen. Aber Warja behandelte mich respektvoll. Wir aßen zu Abend. Sie ging schlafen. Vikytsch und ich blieben noch sitzen und rauchten, leise, beim starken Tee, nach Mitternacht in der kleinen Küche – eben wie Leute, die gerne reden.

Warja oder Warwara Borissowna, so hieß die Riesin, war ungeachtet ihrer Größe, Gestalt und gewaltigen Hüften ängstlich wie ein Zicklein und besessen von dem Gedanken, daß sie in einer menschenleeren Gasse vergewaltigt werden könnte. Überall (und insbesondere in der Küche – präg's dir ein!) hingen Ausschnitte aus irgendwelchen blöden Zeitungen. Wie man eine Vergewaltigung hundertprozentig vermeiden könne. Selbstverteidigung. Schlag in die Eier. Im Mantel, in der Jacke, in der Handtasche – überall hatte Warja Trillerpfeifen stecken, damit sie beim geringsten Anlaß auf der Straße um Hilfe pfeifen konnte. Die Angsthäsin hatte Arme wie Herkules; man konnte nur mutmaßen, was mit einem drahtigen, kleinen Jaroslawler passierte, wenn sie ihm tatsächlich in die Eier boxte. Wenn man mit dieser Warja verkehrte und sich Tag für Tag von ihrer absurden Hilflosigkeit überzeugte (die vollkommen aufrichtig war), dann verstand man plötzlich, warum ein echter zweibeiniger Räuber unbedingt klein sein muß. Klein, schmächtig und auf Beute erpicht.

»Mein Krümel«, sagte Vik Vikytsch an jenem Abend zu ihr, und Warja schlug ihm zur Antwort, ebenfalls lächelnd, auf den Rücken, woraufhin Vikytsch etwa drei Minuten lang hustete. Seine Warja war nicht ohne Humor. Sie fragte: Hast du dich an einem »Krümel« verschluckt?

Vikytsch begeisterte sich: »Wenn ich den Reißverschluß auf ihrem Rücken aufmache, dann ziehe ich und ziehe, der Schieber gleitet wie durch Öl. Und kommt nicht zum Anschlag. Der Rükken hört nicht auf – das ist wie die Entdeckung eines Kontinents! ... Ich bin mal nach Alma-Ata geflogen – im Flugzeug flog ein Musikerensemble mit, im Flughafen baten sie mich, ihnen zu helfen, die Harfe aus dem Futteral zu nehmen. Das hatte seitlich auch einen Reißverschluß über die ganze Länge. Hast du noch nie eine Harfe aus dem Futteral genommen?«

Zugegeben, Vik Vikytsch war vorsichtig und fürchtete sich manches Mal, uns (mich; Männer insgesamt) seiner Frau vorzustellen – eine Frau mit Wohnung bedeutete ihm zuviel. Das Heim wird von der Frau erwärmt. Eine Frau *baut ihr Nest wie eine Schwalbe*, pflegte er, geheimnisvoll lächelnd, zu sagen.

Seit Vik Vikytschs Tod baute Michail stark ab. Er welkte schlagartig, als er den Freund und die Freundschaft verloren hatte. Natürlich hörte ich munkeln, ihr Verhältnis sei von dieser neumodischen, besonderen Intimität geprägt gewesen. Aber das glaube ich nicht. Ich kenne beide schon lange. Ich hätte es bemerkt. Es war vielmehr eine *alt*modische Freundschaft – im ganz alten und bei Männern schon fast vergessenen Sinn des Wortes.

Michail erlitt einen Herzanfall nach dem anderen. Nach kurzer Zeit starb er. Er flog nach Frankreich zu seiner geschiedenen Frau und seinem Sohn, aber seine Frau war damals in Israel (auf Besuch). Michail borgte sich von seinem Sohn Geld und brach ins sonnige Israel auf wie früher ins sonnige Usbekistan, ins sonnige Georgien, nur um sie zu sehen. Und um seine durchaus glückliche Frau erneut zu überreden, zu dem armen UGler nach Rußland zurückzukehren. »*Ich habe ein paar sehr ernsthafte Argumente!*« schrie mir Michail unmittelbar vor dem Abflug ins Telefon. Wie ich später erfuhr, konnte er seine Argumente nicht mehr vorbringen. Bei seiner Ankunft in Israel herrschte eine furchtbare Hitze. Der Wüstenwind, der über Galilea hinwegstrich, erreichte Michail auf dem Flughafen, kaum daß er die Maschine verlassen hatte. Sein Herz versagte. Im Auto (sein Bruder holte ihn ab) wurde Michail speiübel. Man wollte ihn ins Krankenhaus bringen, aber er weigerte sich. Seine Frau redete ihm zu. Sein Bruder bat ihn. Aber Michail hatte wahrscheinlich schon eine Vorahnung. Und wiederholte nur seinen berühmten Spruch: »Wenn ein Jude beschlossen hat, in Rußland zu sterben, dann soll man ihn daran nicht hindern.« Michail fuhr noch am selben Tag zum Flughafen zurück und trat den Rückflug nach

Moskau an. »Gebt mir die Flagge in die Hand!« scherzte er, während er zum Flugzeug ging und sich verabschiedete. Den Flug überstand er. In Scheremetjewo konnte er, fast erstickend, selbst in ein Taxi einsteigen und nach Hause fahren; aber er schaffte es nur noch, seine Wohnung zu betreten. Kaum hatte er die Schwelle überschritten, da brach er zusammen und schlug mit dem Gesicht auf dem Boden auf; ein jäher Tod; bei sich zu Hause.

Die Auswanderer, die sich in seiner Wohnung drängelten, bestatteten ihn. Ich wußte nichts davon. Und als ich anrief, wohnten dort schon andere Auswanderer. Sie wußten nicht und konnten mir nicht sagen, wo er begraben oder vielleicht eingeäschert worden war. Schluß, Ende.

Ein Leben ist so schnell vorbei, das kann doch nicht wahr sein! Ich höre noch seine lebendige Stimme. Die Stimme ist ganz nah. Michail sagt mir etwas. Er hat es eilig. (Drückt auf meine Tränendrüsen.) Aber jetzt ist er verstummt. Eines Tages ist seine Stimme plötzlich verstummt. Der Schmerz vergeht. Der Schmerz verläßt (und schont) uns. So läßt nun auch seine schmerzerfüllte Seele mich und uns alle (dieses Land) endlich in Ruhe.

Er hatte eine besondere Gabe zu monologisieren; sie war im Untergrund, auf dem Boden unseres literarischen Scheiterns, gediehen. Doch nach Vik Vikytschs Tod räsonierte Michail immer seltener laut und klagte immer öfter:

»Da sitzen wir beide zusammen, trinken Wodka und quatschen. Bald werden wir sterben. Du und ich. Und kein Hahn wird nach uns krähen. Wir sind alte Vielschreiber. Uns braucht niemand ...«

Und weiter:

»Manchmal denke ich nachts daran, wie du über den Fluß zur Schule gegangen bist. Du bist jeden Tag aus Europa nach Asien gelaufen und zurück. Du hast mal im Suff von deiner Kindheit erzählt. Ich war damals wie elektrisiert. Ich wäre beinahe verrückt geworden, so genial war das! Ich sehe den Schneesturm.

Der Schnee wirbelt. Die Brücke. Die Brücke über den Ural. Und der Junge hastet zur Schule …«

»Zwei Jungen hasten. Mein Bruder Wenja und ich.«

»Ich sehe nur einen. Ist unwichtig … Sag mal – das ist ein Seitenhieb – war *deine Schule* in Europa? Oder in Asien? … Egal. Spielt keine Rolle! Deine Geschichten geben mir so viel Halt. Schneesturm, Winter, minus fünfunddreißig Grad. Und über den Fluß weist ewig das Schild EUROPA – ASIEN … Warum habe *ich* diesen Schneesturm nicht als Erinnerung? Warum gibt es bei mir keine Brücke und kein derartiges Schild? Warum gibt es in meiner Kindheit nur Schulbücher?!«

Er schluchzt so sehr, daß er zu ersticken droht. Er hat die ganze Nacht durchgearbeitet; ist vollkommen fertig. Wenn Michail so aus dem Haus ginge, könnte es sein, daß man ihn festnimmt und nicht in die Metro läßt, weil er eine Überdosis Tabletten geschluckt haben könnte. »Geh schlafen!« Ich versuche, ihn ins Bett zu drängen. Aber er wehrt sich ungestüm und kratzt mich sogar. Endlich legt er sich hin; im Pullover. Er schläft ja immer in seinen Klamotten. Unter der Decke lugt sein grauer, alter Kopf hervor, das Leben liegt hinter ihm!

Ich habe ihm eine Tasse süßen Tees gemacht, um sein Herz zu stärken. Er schläft. (Zuckt mit den Beinen, jetzt beschleunigt er seinen Schritt über den Ural – über die vom Wind umtoste Brücke. Schneesturm. Wenn der Wind tobt, bekommt die Wange des Jungen vor Kälte schwarze Flecken. Und tut lange weh.)

Mittags wecke ich ihn schließlich. Wir gehen heute zur Malewitsch-Ausstellung am Krimwall. Michail beim Aufstehen ist eine Komödie. Er knurrt, er habe keine Lust aufzustehen, er habe es satt, das Teewasser aufzusetzen! Er wolle seine Zähne nicht putzen (das ganze Leben lang putze ich sie, wie lang denn noch!), er wolle nichts essen, nichts trinken, habe keine Lust zu leben – er wolle nur Malewitsch anschauen und gleich wieder ins Bett fallen.

Er beginnt sich langsam anzuziehen: »Der Teufel soll unser

Alter holen, alles tut weh! – Wie stehst du denn zum Beispiel morgens auf? Etwa mit einem Lied? … Na ja, ich versteh schon, Schneesturm über der Brücke, Fluß mit Schild, Uralgesundheit, aber woher soll ein spanischer Jude Uralgesundheit nehmen? … Mir würde es auch nichts schaden, wenn ich mir jeden Morgen die Eier im kalten Guadalquivir waschen würde. Hab ich dir gesagt, daß entfernte Vorfahren von mir aus Spanien stammten? Da gibt es den Guadalquivir und bestimmt auch irgendeine Brücke.

In den Händen zwackt es, die Füße sind verstaucht, und der Darm nimmt nur Wodka klaglos an!« Michail kommt einfach nicht in das Hosenbein hinein.

Er zielt, verfehlt es und zielt wieder.

»Verdammt!« murmelt er. »Bald werde ich nicht mal mehr Wodka trinken dürfen, siehst du, wie die Hände zittern? … Gestern kam eine Nichte mit ihrem Söhnchen. Sie versicherte, daß meine Sachen nie gedruckt würden. Weil in meinen Texten obszönes Vokabular verwendet werde – das sei ihr peinlich. Sie brachte ihr Söhnchen mit, folglich meinen Großneffen. Du liebe Zeit! Wir beide sind zusammen über hundert Jahre alt! Ich will nicht mehr leben – will nur noch auf der Schreibmaschine klappern. Meinst du, sie hätte mir ein bißchen Geld dagelassen? Pustekuchen! Rate mal, was sie ihrem Onkel als Geschenk mitgebracht hat …« Nachdem er endlich die Hose angezogen hat, geht Michail leicht schwankend zu seiner Aktentasche und holt etwas heraus: »Bo! Eine Dose Hering! … Die werden wir gleich veröffentlichen.«

Aber er kann sie nicht öffnen, seine Hände zittern. Ich greife zum Dosenöffner, richte aber ebenfalls nichts aus. Eine schroffe Bewegung, und ich reiße mir die Hand auf, sie blutet.

»Da siehst du's! Wozu taugen wir noch! Wir beiden alten Knacker sind nicht einmal imstande, eine Heringsdose zu öffnen!« Michail fragt, wer meine Nachbarn seien (vielmehr die von Konobejews, bei denen ich einhüte).

»So warte doch. Wir schaffen das schon«, sage ich und sauge das Blut von der Hand.

Auf dem Gang klopfe ich an eine Tür (die übernächste von Konobejews aus) – dort wohnt ein junges Mädchen. Die Nachbarin. Rank und frisch. Sie lächelt schon in der Tür. (Nimmt an, wir hätten ein Auge auf sie geworfen und wollten wie alte Männer kokettieren.)

»Entschuldigung, hätten Sie vielleicht ein wenig Brot? Schwarzbrot?« frage ich.

Sie bringt uns einen halben Laib. Geht wieder. Und strahlt, daß sie, so jung noch, zweifellos gleich von zwei Nachbarn verehrt wird. (Männern!)

Wir essen hastig – der erste Bissen am Mittag. Angeln den Hering aus der Dose, legen ihn auf die Brotscheibe und kauen. Mein Schnurrbart wird noch eine Woche lang in Erinnerung an den Ausflug zu Malewitsch nach Hering duften.

Im Zeichen des Mars

Der junge Lowjannikow und ich, wir stritten keineswegs, sondern plauderten beim Tee. Unser Gespräch war nicht oberflächlich, aber stets leicht und unverbindlich, wie eine zufällige Improvisation zweier Bekannter, die sich selten sehen – von Tee zu Tee, von Zeit zu Zeit.

Lowjannikow bezeichnete meine Generation vereinfachend als literarische Generation und seine (um etwa fünfundzwanzig Jahre jüngere) als die der Politiker und Geschäftsleute.

»Die Generation der Schwarzhändler?« neckte ich.

»Das sind Nuancen!« lachte er.

Ich versuchte noch, ernst zu bleiben: Was wäre Rußland ohne die Literatur! Ihr Jungen habt bislang noch kein Schicksal und könnt deshalb nicht die Größe des Problems ermessen: Ihr könnt euch nicht im mindesten vorstellen (aber ich stelle es mir bereits vor), was es bedeutet, ohne das Wort zu leben. Und so weiter …

Lowjannikow griff den Gedanken auf! Nicht ich, sondern er, der lächelnde Lowjannikow, skizzierte mit raschen Worten das Bild: Er stellte sich eine ganze Generation vor, die mit Erzählungen unterm Arm durch die Moskauer Straßen schritt. Jeden, der da ging, hatte er mit einem Aktendeckel versehen, darin war die Erzählung, und der Aktendeckel selbst war mit Bändern zugebunden. (Die Bänder – er lächelte – hatten die Farbe von langen, weißen Unterhosen. Das wollte er von seinen Eltern gehört haben.) Drei Jünglinge gehen durch die Straße, jeder hat eine Erzählung oder Novelle unterm Arm, sie reden über Dostojewski und Joyce, schwärmen von der Zeitschrift ›Nowy mir‹ – diskutieren aufgeregt und ein bißchen verrückt, dabei stoßen sie blindlings mit den entgegenkommenden Passanten zusammen. Einer von ihnen fuchtelt mit den Armen (vor Erregung stammelnd, ihm fehlen die Worte)! In jeder Straße und jeder krummen Gasse gehen sie, folglich gehen Tausende, Zehntausende ihres Schlags durch die Straßen von Moskau, Piter, Nischni Nowgorod, Rostow, Tscheljabinsk … was sind sie? *Soldaten der Literatur, eine Armee,* sagte (zeichnete) Herr Lowjannikow. Ich widersprach nicht.

Ich ließ mich sogar von seiner etwas aufdringlichen Verallgemeinerung gefangennehmen. Aus dem hellen Spalt der für mich (und meine Generation) so denkwürdigen sechziger und zum Teil siebziger Jahre erstand das Bild dieser *krummen* Moskauer Straße, in der Kurve zwei oder drei junge Männer in Pullovern. (Jeans waren noch keine Massenware.) Ja, ja, in Pullis! Schlichten Pullovern, drei, mit Erzählungen und Novellen im Aktendeckel unterm Arm. (Was die weißen Bänder angeht, waren sie wirklich weiß? Ich erinnere mich nicht mehr.) Und heute, in den neunziger Jahren, geht durch diese russischen Straßen und Gassen die Generation der Geschäftsleute ... Lowjannikow bestand darauf: richtig, Geschäftsleute, zum Teufel mit den grobgesichtigen Politikern und weichgesichtigen Fernsehjournalisten – alles nur Schaum! (Seifenschaum vom ersten, also schmutzigsten Waschgang.) Sie gehen in Anzug und Krawatte, in der Tasche piepst das Handy, und sie reden ebenfalls über ihr innerstes Anliegen – über das Geschäft, Schwarzgeld, den Börsenkurs und die strangulierenden Steuern. Die drei wirken ebenfalls wie Propheten und haben einen beschwingten Schritt. Einer der jungen Geschäftsleute fuchtelt mit den Armen (ihm fehlen vor Erregung die Worte). Auf den Straßen und Gassen von Moskau, Piter, Nischni Nowgorod, Rostow, Tscheljabinsk ...

Von so hoch oben, aus der Vogelperspektive (Straßen und Gassen lagen unter uns), sprachen wir am Tag von Herrn Lowjannikows Abreise über das Leben der Generationen – vielmehr *in der Stunde* seiner überstürzten Abreise. Just in der Stunde, in der mir Lowjannikow seine Wohnung für einen Monat oder eineinhalb Monate überließ, zum Hüten und Wohnen. Lowjannikow hatte sichtlich Reisefieber. Der Hund Mars war ebenfalls von Reisefieber ergriffen, saß auf dem Boden und lauschte uns.

Er bezeigte mir grenzenloses Vertrauen, beim Tee. Und den Tee verstand Lowjannikow fabelhaft zuzubereiten – die junge, schöne Frau, die ihn öfters besuchte, war in dieser Stunde ebenfalls zugegen. Wenn wir sonst zu dritt waren, tranken Lowjannikow und sie Kaffee aus kleinen Täßchen, während ich stets Tee vorzog. (Er wurde extra für mich gekocht.)

»Geld? ... Wozu brauchen Sie Geld, Petrowitsch! Sie sind ja verrückt geworden!« scherzte Lowjannikow, der sich im Wohnheim anfangs *lediglich* als Buchhalter und Wirtschaftsfachmann ausgab.

»Wenigstens nur eine kleine Summe!« lachte ich.

»Auf gar keinen Fall!«

Und wieder skizzierte Alexej Lowjannikow ein anschauliches Bild: Wie ich, mit Geld ausgestattet, im Handumdrehen Ähnlichkeit mit diesen armseligen, nichtsnutzigen Heimbewohnern bekäme. Wie ich mir eine Wohnung mit duftenden Q-metern kaufen würde. Wie ich die Frau, die mich besuchen käme, an mich und diese bescheidene Wohnung fesseln würde (ohne mich zur Heirat zu entschließen, aus Vorsicht). Und wie ich ganz schnell (das ist ein universelles Merkmal!) einen guten Fernseher kaufen, in die Ecke stellen und mich sofort für immer vom Gift der politischen Nachrichten verblöden lassen würde. »In Ihrem Alter ein politisiertes Denken zu erwerben ist der Untergang. Das ist Seelenkrebs. Wozu, Petrowitsch?! Schauen Sie sich doch mal Ihre Altersgenossen genau an!« Lowjannikow bot mir noch ein weiteres, mit losem Mundwerk skizziertes Bild: Ein alter Mann und eine alte Frau starren so gebannt auf den Bildschirm, haben sich so an der Glotze festgesaugt, daß sie keine Zeit mehr finden, sich ein anständiges Gebiß einzusetzen.

»Ist das Leben? Ist das Persönlichkeit? Ist das nicht Verfall? ... Sie, Petrowitsch, sind doch jetzt ein Held der Zeit. Ja, ja, machen Sie nicht so eine finstere Miene, Sie sind ein Held der Zeit. (Die Zeit ist zwar schon ein bißchen passé, aber was macht's? ... Sie sind ihr Held!) Sie sind ein Literat, auch wenn Sie jetzt nicht einmal mehr schreiben! Sie haben Ihren Aktendeckel mit den Erzählungen noch unterm Arm. Die weißen Bänder wehen immer noch im Wind des Arbat ...«

Lowjannikow hob das Kaffeetäßchen (mit einem Tropfen Kognak darin):

»Kräftige Hände. Klarer Kopf. Und Sie werden immer noch geliebt, ist mir aufgefallen, von den Frauen! Ein auserwähltes, *eigenes* Leben – was wollen Sie mehr?« Er verstand zu loben. (Mit ruhiger Stimme, ohne zu dick aufzutragen.) »Ich kann mir vorstellen, wie viele frustrierte Männer in ihrem Alter Sie beneiden, Petrowitsch ...«

Seine Hand mit dem Kaffeetäßchen flog noch höher:

»Auf Ihr Wohl, Petrowitsch, Sie sind die Zeit selbst. Und glauben Sie mir, Sie brauchen weder Geld noch weiße Autos!«

Die schöne Frau jauchzte auf und hob ebenfalls ihr Kaffeetäßchen! Ich schenkte mir Tee ein. Von den Worten seines Herrn aufgestachelt, machte Mars aus alter Hundeliebe einen Satz auf mich zu, legte mir die Pfoten auf die Schultern und leckte mir den Hals.

Die Handgelenke sind besonders kräftig, wenn man gut zwanzig Jahre auf die Schreibmaschine gehackt und sie noch dazu herumgetragen hat, hin und her durch die ganze Stadt, auf der Suche nach einem warmen Winkel. Zwanzig Jahre änderte sich nichts an meiner suchenden Lebensweise, aber die Schreibmaschinen wurden ab und zu ausgetauscht. Ich erinnere mich an die »Underwood«, ganz aus Metall. Ich trug sie in einem großen Rucksack, nachdem ich vorsorglich die klobigen, quadratischen Füße abgeschraubt hatte, damit sie mir beim forschen Ausschreiten nicht den Rücken malträtierten. Einmal gab ich den Rucksack (mit der »Underwood«, Baujahr 1904) in der Metro einem Bekannten, der ihn einen Augenblick halten sollte; er ließ ihn im dichten Gedränge sofort fallen; zum Glück niemandem auf den Fuß. Der Bekannte war bestürzt und verlegen. Ich hob die »Underwood« auf und schleppte sie weitere zehn Jahre mit mir herum. Ich hätte eine kleine Dankesgeschichte schreiben können: *Wie mich die Literatur stark und gesund gemacht hat.* Und ich hätte ihrer (der Schreibmaschine aus Metall) an dem Tag, als ich gefesselt wurde, mit einem guten Wort gedenken können.

Um genauer zu sein – es geschah an einem Mittag, die Heimbewohner waren bei der Arbeit, die Kinder in der Schule, auf den Gängen war es still. Es klingelte an der Tür, ich öffnete, ohne zu fragen – es war ein normaler Werktag, warum hätte ich fragen sollen? … Sie stürmten herein, verdrehten mir die Arme auf den Rücken und knebelten mich (mit meinem Handtuch). Es waren drei. Einer blickte verstohlen auf Marsens große Schnauze an der Wand: Würde er knurren? Sie stießen mich ins Bad und schoben außen den dekorativen Riegel zu. Unterhielten sich ziemlich laut: »Fang an!« – »Wir haben vi-iel Zeit!« – »Guck mal: Da sind ja die Bücher!« ... Noch etwas benommen, traf ich Anstalten, mich zu befreien. Das erste und Schwerste für einen gefesselten Menschen ist es, sich vom Stupor zu befreien, die Fesseln streift man dann von ganz allein ab, wenn die Handgelenke stark sind. Ich rieb meine Handwurzeln aneinander, drehte sie so herum und so herum, und sowie die Finger sich verflochten hatten, spannte ich sie an. Eine Anstrengung nach der anderen, jetzt bekamen die Finger das Ende der Schnur zu fassen. Noch ein Augenblick ... schon saß ich grübelnd da und strich mit den befreiten Händen über die Kante von Lowjannikows Waschmaschine, die in der Ecke stand. Die Finger waren ein wenig abgestorben.

Ich grübelte über folgendes nach: Ich bin doch kein Wohnungshüter im direkten Sinn. Ich schaue nur mehr oder weniger regelmäßig herein, damit die mir anvertraute Wohnung niemanden in Versuchung führt, auf Beutezug zu gehen, weder durch die Tür noch durch das Fenster (kleine Jungen). Wenn aber unverhofft Profis einbrechen, dann bin ich niemandem etwas schuldig. Lowjannikow würde diesen feinen Unterschied verstehen (alle Wohnungsbesitzer verstehen ihn). Wenn du gefesselt wirst, bleib ruhig sitzen. Mach keinen Aufstand. So sind die Regeln. Alle kennen sie. Mich aber kränkte das rücksichtslose Vorgehen, die Unverschämtheit der Eindringlinge: ihr barbarisches Ansinnen, alles zu durchwühlen, zu suchen, ungestraft einen Riesenverhau anzurichten und abzuhauen. (Danach würde ich wieder alles aufräumen müssen, um hier weiterwohnen zu können.) Ich konnte ja nicht wissen, daß sie nur gekommen waren, um in den Büchern zu stöbern. Ich dachte zwei oder drei Minuten nach. Die Waffe war schnell gefunden: der kleine Badehocker. Der Riegel war schwach (das wußte ich) – mit einem Schulterstoß würde die Tür sofort aufgehen.

Mir fiel ein, wie wichtig die Intitiative ist. Ich schwang den Hocker, platzte wie eine Bombe in das Zimmer und holte zum

Schlag aus. Griff den ersten an, der mir am nächsten saß und ein Buch las (so schien es mir). Schrie aus Leibeskräften: »Packt euch. R-raus!« Ich zielte mit dem Sitz auf seinen Kopf (flach, ohne Blutvergießen). Schlug aber nicht zu. (Die Drohung ist schlimmer als ihre Ausführung.)

Sein vor Schreck lang gewordenes Gesicht, das sich mir zuwandte, drückte starke Verwunderung aus. Er hob beide Hände, als wollte er sich ergeben. Das Buch lag auf seinen Knien. »Sachte. Sachte. Wir gehen ja schon. Du hast recht«, sagte er. Und wiederholte mit besonderer Betonung: »*Du hast recht* …« Dann verdrückten sich alle drei im Gänsemarsch. Der Sieg war leicht errungen. (Die beiden anderen hielten ebenfalls Bücher in den Händen. Und schienen ebenfalls höchst erstaunt zu sein: Der Flegel stürmt hier einfach so in die Bibliothek.) Sie verzogen sich ohne Lärm.

Nahmen nicht den Lift, sondern gingen die Treppe hinunter (das war unauffälliger), einer blickte zurück und knurrte: »Da hast du deinen Banker!« Ich stand im Treppenhaus (immer noch mit dem Hocker in der Hand), sie rannten schon die hallenden Stufen hinunter: Dort polterten jetzt ihre Füße, polterte ihr Verdruß. Ein einmaliger Aufschrei bedeutet im Wohnheim nichts. Nicht einmal die alten Mütterchen krochen aus Neugier auf den Gang heraus. Ich ging zurück. So erfuhr ich als einer der ersten, daß Lowjannikow in einer Bank arbeitete. Sie hatten wohl Devisen gesucht. (In den Büchern?) Die Eindringlinge hatten nur zwei Regalfächer mit seinen langweiligen Büchern über Buchhaltung durchsuchen können. Mars blinzelte mir von der Wand aus zu.

Ich überlegte: Beim nächsten Mal würde ich nach Akulow rufen. Aber der verstand mich nicht – Akulow wollte mich nicht verstehen (als ich ihm an diesem Abend von dem Überfall erzählte).

»Wenn der Banker Hilfe braucht, soll er sich selbst aus der Patsche helfen.«

»Ich brauche Hilfe.«

Akulow zuckte nur die Achseln und wiederholte: Im Notfall werde er herbeirennen und *mir* helfen, aber dieser Lowjannikow solle sich *selbst* kümmern, solle *selbst* die Miliz verständigen. Und wenn was nicht stimmt, dann sollen die reichen Leute ihre zerknitterten Rubelscheine für dich und mich lockermachen …

Doch als Lowjannikow zurück war, drückte er seine Einstellung mit ähnlichen Worten aus: War es das Risiko wert, Petrowitsch? Die drei wären sicher von allein gegangen!

Und als ich sagte, es handele sich nicht nur um die Unordnung in der Wohnung und ich hätte im Bad ja nicht geduscht, sondern wäre eingesperrt und erniedrigt gewesen, die drei hätten mir die Arme verdreht, da erinnerte Lowjannikow sogleich an unser Gespräch über die Generationen – er entgegnete nichts, sondern lächelte nur fein, intelligent:

»Ach, richtig! Sie sind ja Literat.«

Er verstellte sich dennoch ein wenig, als er mir lächelnd versicherte, so sei das Leben eben – Diebe seien Diebe, es werde immer welche geben, ihn könne man damit nicht treffen. (Lächelnd und klug.) Bald schon fuhr Lowjannikow wieder weg, vertraute mir die Wohnung an und lud mich vor seiner Abreise zum Tee ein. (Lockeres Gespräch. Instruktionen. Wie immer.) Doch diesmal rückte Lowjannikow mit der Hauptsache heraus: Die Wohnung, auf die ich schon so oft aufgepaßt hatte (und in der wir so gemütlich saßen und Tee tranken), wollte man ihm wegnehmen.

»Wer?« wunderte ich mich.

Lowjannikow wußte es nicht. Irgend jemand, der im Haus wohnte, gleich nebenan, ekelte Lowjannikow beharrlich aus der Wohnung, blieb aber immer im Schatten. Lowjannikow hatte ihm schon einen Spitznamen gegeben – *der Graue* –, weil er sich versteckt hielt und sich nicht sehen ließ, wie ein Raubtier im Dickicht.

Die Gefahr bestand in dem Gerücht, das plötzlich auf den Etagen kursierte, Lowjannikow habe eine andere Wohnung, vier Zimmer, sehr schick, am Neuen Arbat. Habe sie gekauft. Dieser Graue hatte irgendwie von seiner Wohnung Wind bekommen und hetzte jetzt die Leute im Wohnheim auf. Alle wüßten bereits, daß Lowjannikow ein großes Tier in der Bank sei und die Wohnung gekauft habe; sie wüßten es und stellten deshalb dem frischgebackenen Banker nach Wohnheimbrauch ein Bein – sie ließen Lowjannikow diese Einzimmerwohnung (in der wir saßen) nicht privatisieren und folglich verkaufen. Er pfeife drauf. Sie würden sich die Wohnung kostenlos unter den Nagel reißen. Es hänge nur an einer Kleinigkeit: Sie müßten Lowjannikow hinausekeln.

»Die Wohnungsverwaltung ist auf seiten des Wohnheims. Das ist klar. Der Graue hat dort seinen Mann.«

»Sie sind für die Leute ein reicher Banker«, bemerkte ich.

An diesem Tag hatte ich Lebkuchen zum Tee (und zum Gespräch) mitgebracht, um nicht mit leeren Händen zu erscheinen. Die Lebkuchen waren ganz frisch. Und ebensolche ganz frischen Lebkuchen mit weißem Zuckerguß hatte Lowjannikow für den Gast (mich) zum Tee besorgt, sie türmten sich bereits in der Schale. Er hatte sie auf dem Weg zum Haus gekauft. Wir lachten.

»Sie sind für die Leute reich, jung und ledig. Und Sie haben schon eine Wohnung mit vier Zimmern.«

»Aber der Graue hat auch eine Wohnung, warum soll ich ihm meine abtreten?« Lowjannikow wiederholte mit Nachdruck: »Warum soll ich *meine* abtreten?«

Der erwachsene Mars saß während der Teeunterhaltung etwas abseits in völligem Gleichmut, dennoch schnappte er Lebkuchen auf Lebkuchen im Flug kurz über dem Boden auf.

»Haben die schon einen ersten Schritt gemacht?«

»Ja«, sagte Lowjannikow lakonisch. »Sie haben mich verprügelt ...«

Man hatte ihn im Zwielicht unmittelbar vor dem Hauseingang geschlagen, es war aber noch glimpflich abgegangen. Immerhin hatte man ihn in die Leiste getreten und ihm nachgeschrien, man werde ihm hier das Leben zur Hölle machen und ihn *hinausfegen*.

Ich dachte: Ihn in der Wohnung zu verprügeln, haben sie nicht gewagt, aus Angst vor Mars.

Lowjannikow schrieb mir seine Handynummer auf.

»Wenn irgendwas ist, lassen Sie es mich sofort wissen. Und bitte: Keine krummen Sachen hinter meinem Rücken. Keine Mogeleien. Treffen Sie mit denen keine Abmachung!« Lowjannikow lachte.

»Das hätten Sie mir nicht zu sagen brauchen.«

»Weiß ich, weiß ich! Aber es kommt ja vor, daß jemand von einer Reise heimkommt, und seine Möbel sind schon eine Woche weg ...«

Ich widersprach nicht. Vom Standpunkt des Besitzers aus hatte der Junge (Lowjannikow war knapp über Dreißig) recht mit seiner Warnung; es könnte ja sein, daß ich willkürlich oder unwillkürlich gemeinsame Sache mit den Leuten machte.

»Vor allem aber seien Sie vorsichtiger, Petrowitsch. Heute ist schließlich alles anders: eine schöne, aber wirre Zeit!«

Lowjannikow machte keineswegs Druck, aber eine bedeutungsvolle Pause. Und warf einen Lebkuchen. Mars fing ihn auf.

»Ich werde mich bemühen«, versprach ich.

»Eine nette Wohnung. Appetitlich.«

»Ja.«

Ich fragte, was denn wäre, wenn ich zu denen rausginge und versuchte, sie in Schach zu halten.

Er lachte:

»Die werden Sie doch zusammenschlagen! ... Verstehen Sie, Ihr Wohl liegt mir wirklich am Herzen. Sie sind mir sympathisch. Ich habe überhaupt kein Interesse daran, daß ein grauer, alter Literat mit rasselnder Stimme (ich ...), mit dem man sich so angenehm beim Tee unterhalten kann, mit eingeschlagenem Kopf vor dem Hintereingang herumliegt.«

»Nicht doch!« sagte ich.

»Doch, genauso ist es. Vermeiden Sie jeden Kontakt zu ihnen.«

»Warum denn?«

Er hob ratlos die Hände.

»Die Menschen sind so. Die Zeit ist so. Sie werden schon sehen: Bis zu meiner Rückkehr werden sie den zweiten Schritt tun ...«

Richtig, kaum war Lowjannikow zurück, da taten die, die ihn hinausekeln wollten, diesen zweiten Schritt: Sie beseitigten Mars.

Das war ein Kinderspiel – Lowjannikow fuhr mit dem Hund im Lift zum gewohnten Abendspaziergang hinunter: Sie stiegen wie immer im vierten Stock ein. Im *dritten* hielt der Lift, und zwei junge Männer stiegen lachend zu, der eine drückte sofort den Knopf: *zweiter* Stock. Daraufhin warfen die beiden spielerisch – beide trugen abgenützte Lederhandschuhe – Mars weiße Kugeln in den Rachen. Preßten die Schnauze zu, damit er sie nicht ausspuckte. Das dauerte alles nur Sekunden. Der Lift ging auf, und beide stiegen im zweiten Stock aus. Liefen gemächlich hinunter. Lowjannikow blieb, starr vor Schreck, mit dem Hund, der schon Schaum vor dem Maul hatte, im Lift.

Er nahm die schwere Dogge auf die Arme. Schwankend schaffte er es, den Hund aufzuheben und aus dem Lift zu tragen – er versuchte, ihn zu tragen, ihm zu helfen, aber das Tier verendete bereits und drehte nur suchend den Kopf hin und her. Was suchte der Hund? ... Lowjannikow sagte, Mars habe ihn gesucht, er wollte nicht sterben, bevor er nicht den Blick seines Herrn erhascht hatte. Als seine Augen Lowjannikow erfaßt hatten, erloschen sie.

Danach machte ein neues Gerücht auf den Etagen die Runde, daß Lowjannikow nicht einfach nur reich sei – er besitze fünf

Wohnungen in Moskau, handele mit Immobilien! Außer der Wohnung am Neuen Arbat und dieser (im Wohnheim) habe er noch vier große Wohnungen, ebenfalls im Stadtzentrum. Herr Lowjannikow habe sie renovieren lassen und möbliere sie jetzt schick, um sie an Mitarbeiter von ausländischen Firmen zu vermieten. Auf den Stockwerken summte die Verbitterung. Der junge Mann, der mehrere Wohnungen besaß, behielt also auch noch die bescheidenen Q-meter im Wohnheim (klammerte sich daran), um sie zu gegebener Zeit an einen Außenstehenden zu verkaufen. Dabei könnten doch die beengt wohnenden Familien die überschüssigen Q-meter bekommen! Typischer Gedankengang der Leute im Wohnheim. Sogar in meiner Pennerseele regte sich ein Gefühl, das seiner Natur nach zweifellos der Heimmentalität entsprang: das Gefühl der gerechten Aufteilung. (Aber ich weiß noch, ich wollte mir dieses Gefühl nicht eingestehen!)

Mit der schmerzhaften Erbitterung, die das Gerücht (die Tatsache) auslöste, konnte es nicht einmal der Tod der bildschönen Dogge vor den Augen und auf den Armen ihres Herrn aufnehmen, obwohl dies ebenfalls ein Schmerz und ein Schlag war. Lowjannikow begrub den Hund und schluckte seine Tränen hinunter. Ich half ihm. Lowjannikow vergrub ihn nachts (damit niemand etwas dagegen einwenden konnte) in unserer Grünanlage, unter einer hohen Pappel. Zehn Schritte von der Bank entfernt, wo mir der Kaukasier eine lächerliche Summe abgeknöpft und mit dem Leben dafür bezahlt hatte. Ein schöner Platz: Die Bäume treten dort auseinander und geben die Aussicht frei. Stille. Und gleichmäßiges Rauschen der Bäume, deren Wipfel sich sogar bei Windstille regen.

Den *Reichen* abschlecken, Staubflusen von ihm abblasen und ihm dafür von Zeit zu Zeit etwas Rundes (klingende Münzen) abluchsen – oder aber das Gegenteil: ihm aus dem Weg gehen und ihn verachten, das sind die beiden Verhaltensweisen. Aber nach russischem Wohnheimbrauch wurde der Reiche abgeschleckt und zugleich verachtet. Sie (wir) verstanden es nicht anders.

Diese metaphysische kollektive Abstoßung war neu für Alexej Lowjannikow: Sie paßten *alle zusammen* auf seine kleine Wohnung auf und hüteten sie. Es machte ihr Wesen aus, daß sie *alle zusammen* ein feines Gespür dafür entwickelten, wie dünn der Faden war, an dem die kleine Wohnung hing, man brauchte nur ein wenig stärker daran zu ziehen, und schon würde sie Lowjannikow nicht mehr halten können. Eine normale Einzimmerwohnung, was wollte er damit?! (Güter sind auf der Welt sparsam verteilt. Ihm reichen doch vier überzählige Wohnungen, er braucht nicht unbedingt fünf.) Und so vertrieben sie ihn *alle zusammen*. Einer von ihnen zielte natürlich konkret. Der Graue. Einer hatte im Zentralcomputer die Information ausspioniert und auf den Etagen sofort die Kunde von seinen fünf (bereits privatisierten) Eigentumswohnungen verbreitet.

Beim Tee erzählte mir Lowjannikow nichts mehr von Geschäftsreisen in ferne Städte. Er erzählte ganz offen, daß er persönlich die Renovierung beaufsichtige und *Tag und Nacht* mit der Möblierung und der Gestaltung seiner Wohnungen beschäftigt sei – dort fuhr er nun also hin. Tagsüber arbeitete er in der Bank, und abends kümmerte er sich um die Renovierung. Schaute nach, brachte Muster und Baumaterial oder suchte nach Möbeln. Er ordnete den Arbeitern persönlich jedes Detail an und ließ sie nicht aus den Augen. Er übernachtete auch dort, schlief abwechselnd bald in der einen, bald in der anderen Wohnung auf dem harten Boden (bald in der dritten, hätte ich ihn beinahe nachgeäfft) und überwachte die Qualität der schleppend vorangehenden Arbeiten. Er war beschäftigt. So fängt man an. Das ist Busineß.

Ja, er habe ein Auto, ja, ein teures, aber er könne doch damit nicht unter den Fenstern des Wohnheims vorfahren. Es nicht einmal fünf Minuten lang hinter der Ecke stehenlassen. Nach Marsens Tod müsse er vor seinen Stammesbrüdern auf dem

Stockwerk einfach Angst haben. Aber die Zeit, sein Busineß legal zu betreiben und sich einen Leibwächter zuzulegen, sei eben noch nicht gekommen.

Als Unterkunft hatte ich noch die Wohnung von Ljalins in Reserve, die ich bewachte. Und die Wohnung von Konobejews war vorgemerkt ... Was gingen mich eigentlich Lowjannikow und seine neurussischen Probleme an?! Ich schwankte.

Ich fragte:

»Wie lange soll ich noch auf Ihre Wohnung aufpassen?«

Lowjannikow überlegte einen Augenblick.

»Zwei, drei Monate.«

Er bot mir mehr Geld an. Ich lehnte ab. Nicht aus Angst, daß man mir im Lift ein paar weiße Kugeln in den Mund stopfen würde. Ich wollte einfach nicht ganze zwei oder drei Monate gekauft (unnötig verpflichtet) sein – wollte eine gewisse Freiheit behalten.

Aber es gab auch ein persönliches Moment: In meinen unbehaustesten und schwersten Tagen hatte mir Lowjannikow als einer der ersten vertraut und mich seine Wohnung hüten lassen. Er hatte mir aus der Klemme geholfen – nun wollte ich ihm helfen.

Lowjannikow nickte:

»Danke.«

Er holte die Teedose aus seinem geschnitzten Schränkchen und bereitete den Tee (wie immer) vorzüglich zu.

Dabei wurden seine Wohnungen doch stetig teurer und waren schon heute, alle zusammen, wohl eine Million Dollar wert. (Plus die Bank.) Selbst ich, der ich Lowjannikow wohlgesinnt war, konnte nun mit ihm, dem *Reichen,* nicht mehr so umgehen wie früher. Und es plauderte sich nicht mehr so leicht und sorglos (mitunter auch angeregt) mit ihm beim Tee. Irgend etwas war erloschen. Obwohl ich ihm nicht den Rücken zukehrte und nicht zu seinen Gegnern überlief. Ich blieb ihm nach wie vor freundschaftlich verbunden und wünschte ihm sogar Erfolg mit dieser Heimwohnung, und sei sie seine fünfte oder sechste.

In den zwei Monaten würde Lowjannikow die Wohnung wohl verkaufen. Aber wie würde er sie so lange halten können? Das Wohnheim war die öffentliche Meinung. Für manche (hier) bedeutete Reichtum dasselbe wie Notzucht an einem jungen Mädchen. Und niemand würde für ihn, den Reichen, eintreten, kein einziger. Ich zählte nicht. Mir würde man, wenn nötig, ebenfalls einen Tritt geben. (Ich wollte ja auch weiter hier leben, *mit ihnen*.) Lowjannikow verstand das alles sehr gut. Möglicherweise wartete er. Möglicherweise konnte er sich nicht auf die Hinterbeine stellen, bevor er seinen Status legalisiert hatte.

Seine Stimme klang nun etwas kleinlaut. Er war immer noch einer von uns, einer aus dem Wohnheim. Er hatte sein Leben geändert, aber nicht sich selbst. Er war selbst so wie alle, die sich auf den Etagen ereiferten. (Fühlte sich wegen seines Reichtums schuldig.) Er wurde trübsinnig. Beim Tee sagte er, er habe Angst, wie sein Hund zu enden. Seufzte und begann allerhand düstere Bemerkungen über das fortdauernde Wohnheimleben in Rußland zu machen. Ich dachte flüchtig, wie zäh er doch an seinen Q-metern festhält. Es war schließlich seine sechste Wohnung. Sie war überflüssig. Ich hatte sogar Respekt: Selbst wenn er stürbe, würde er sie nicht hergeben. Er war ein *echter* Wohngenosse!

Nur einen Tag später wurde Lowjannikow erneut überfallen, auf dem Weg zum Wohnheim, gleich hinter der Ecke. Von drei Männern – klar, daß es die Leute des Grauen waren. Sie schlugen ihn nicht, hielten ihm aber die Faust unter die Nase und jagten ihm einen gehörigen Schrecken ein. Verfolgten ihn. Die verbissene Spannung auf den Etagen wurde sichtlich aufrechterhalten. Der Graue selbst wartete wohl und spazierte seelenruhig umher. (Vielleicht drückte er mir, dem Wächter, die Hand, wenn er mir auf dem Gang begegnete. Rauchte eine mit mir.)

Nach weiteren zwei Tagen war die kleine Wohnung mein. Lowjannikow kam (ich war bei Ljalins), grüßte, ohne zu lächeln, und setzte sich mir schweigend gegenüber. Er saß da wie eine Vollwaise in diesem Leben. So reich und so geknickt.

Ich konnte ihm weder Tee noch Wodka anbieten. Ich fragte nur, ob etwas passiert sei, und erkundigte mich scherzhaft, ob ich ihm nicht ein wenig Geld borgen solle. Mit der Neugier des Penners fragte ich auch nach der Eleganz seiner Moskauer Wohnungen, weltläufiges Gespräch – wie ist denn die Einrichtung, Alexej? Wie ist der Stuck an den Decken? ... Lowjannikow antwortete (seufzend), von welchem Stuck und welcher Eleganz könne die Rede sein, wenn dem Menschen inmitten dieser widerlichen Wohngenossen sogar der eigene Reichtum zur Last falle. Besonders der, den der Mensch nicht zu schützen und zu verteidigen vermöge. Hier zog Lowjannikow ein Papier aus der Tasche – das ist für Sie, Petrowitsch!

»Für mich?«

Ja. Er habe die Wohnung privatisieren können (über das Immobilienbüro) und sie mir vor zwei Tagen überschrieben – er gebe sie mir kostenlos, für immer. Das zweite Exemplar der Schenkungsurkunde liege beim Notar im Zentralen Notariat.

Schließlich und endlich sei er, Lowjannikow, kein armer Mann und könne es sich leisten zu schenken. Oder etwa nicht? ... Die Wohnung sei privatisiert (was für ein neues, handliches Wort), und er gebe sie direkt an mich ab. Händige sie mir sozusagen aus. »Lächeln Sie doch wenigstens«, sagte ich. Erst da lächelte der umdüsterte Lowjannikow: Ja, ja, es sei ihm ein angenehmer Gedanke, daß die Wohnung nicht irgendwer bekäme, sondern ich – er, Lowjannikow, könne sie sowieso nicht mehr halten ...

»Haben Sie kapituliert?«

Jetzt lachte er lebhafter und aufrichtiger:

»Ja.«

»Sie sind jung. Sie werden schon noch Freunde finden!« versprach ich ihm.

Das ist nicht zwingend. Dennoch wirkt sich viel Geld auch in dieser Richtung aus. (Früher oder später.)

»Früher oder später werden Sie Freunde haben, Alexej. Viele Freunde. Und wenn es das nächste Mal brennt, werden Sie keinem Penner mehr etwas schenken müssen ...«

Wir lachten.

Ich verstand: Lowjannikow tröstete es, daß nicht der Graue seine Wohnung bekam – jenes zweibeinige Raubtier, das auf den Etagen die Gehässigkeit und die nächtlichen Überfälle dirigierte. Das die unschuldige Dogge getötet (und sich selbst verborgen gehalten) hatte. Hauptsache, der bekam sie nicht, die bekamen sie nicht! Würde Lowjannikow seine Wohnung jetzt abgeben, dann bekäme sie sofort der Graue, da konnte man Gift drauf nehmen – das klappte wie geschmiert! Die Wohnungsverwaltung hatte die entsprechenden Dokumente schon vorbereitet, und der Kommandant des Wohnheims war bestochen und steckte mit dem Grauen unter einer Decke.

»Aber Sie müssen ebenfalls auf der Hut sein, Petrowitsch. Der Graue ist grau«, warnte Lowjannikow. »Glauben Sie nicht, daß er so einfach aufgibt ...«

Das glaubte ich auch nicht. Das sich auf den Etagen versteckt haltende Böse konnte jetzt auch mir auflauern.

Dennoch war mir die Wohnung durch ein Zusammentreffen von Umständen zugefallen und nicht als zufälliger Segen aus dem kurzzeitig zum Sieb gewordenen Himmel. Zufällig stimmte schon, aber immerhin erhielt sie doch der langjährige, ehrliche Kustode, nicht wahr? Nicht Lowjannikow gab mir die Wohnung. Nicht er gab sie mir, wenn sie mir von höherer Stelle gegeben wurde. *Man* gab mir schließlich nicht viel, eine normale, *seit langem erbetene* Einzimmerwohnung.

Lowjannikow setzte seine Erklärungen fort: Wenn er auf dieser Wohnung beharren würde, dann würden sie (der Graue und Konsorten) seine Schwachstelle, seinen wunden Punkt suchen. Sie würden gegen ihn intrigieren, im Rathaus anrufen, im Immobilienbüro. Was machte ihnen Verleumdung oder offene Erpressung aus! Sie hatten ja auch Mars umgebracht. Sie würden mit Sicherheit zum Mittel der Erpressung greifen, was seine anderen Wohnungen betraf – wenn man ihnen Zeit ließ, würde der Funke ihres Neides auch dorthin überspringen.

»Versprechen Sie mir, Petrowitsch, daß Sie ihnen diese Wohnung niemals und gegen kein Geld auf der Welt abgeben werden.«

Ich versprach es. Das war leicht. (Ich mochte diese Einzimmerwohnung. Würde sie weder an Graue noch Schwarze verkaufen.) Aber bei der anderen Bitte kam ich Lowjannikow nicht entgegen, obwohl es keine schwierige Bitte war. (Aber sie berührte offenbar das eigensinnige Leben meines Ichs.)

Lowjannikow fragte (bat mich), ob er mich gelegentlich – manchmal! – abends besuchen und dieses Wandbild von Mars anschauen dürfe. Wir würden beisammensitzen und ein wenig über die Generationen plaudern. Natürlich würde er ein Päckchen Tee oder eine Flasche mitbringen, das sei doch klar.

Aber ich sagte »nein«.

Diese Bedingung, sagte ich ihm, sei keine Belastung, nichts Besonderes, aber mich würde sie bedrücken (mein Ich). Ich wollte nicht im mindesten abhängig sein.

Ich hätte mir das selbst nicht genau erklären können – vielleicht wußte ich nicht, wie ich *mit Reichen* umgehen sollte. Vielleicht war es noch etwas anderes. (Mein Ich schlug instinktiv Alarm.) Grundlos oder nicht, aber so fühle ich eben, und so lebe ich mein Leben. Und selbst meine Wohnung, diese hier, diese privatisierte Einzimmerwohnung mit der Wandzeichnung des Hundes, empfände ich nicht vollständig als *meine*, solange sich diese ausbedungene Halbfreundschaft hinziehen würde.

»Nein, Alexej. Das geht nicht. Entschuldige … Ich bin ein Sonderling. Nimm die Wohnung zurück, wenn du willst.«

»Ich bitte Sie! Was fällt Ihnen ein!«

»Na, was schon? Schenk sie halt einem anderen!«

Lowjannikow schüttelte den Kopf: nein.

Er schluckte den Kloß im Hals hinunter: Ich sah, wie sich sein Adamsapfel bewegte. (Hörte es sogar.) Herr Lowjannikow fühlte sich einsam. Fühlte sich einsam und wünschte Gesellschaft: wollte sich an seinen Hund erinnern.

Also wärmen die Wohnheimflure auch unsere Reichen im nachhinein. Das ist nicht schlecht. Im 21. Jahrhundert wird ihnen das Geld auch gegen Einsamkeit helfen. Und die Jahrhundertwende steht schon vor der Tür.

Lowjannikow schwieg eine Weile. Aber nun lebte er auf, ein Lächeln huschte über sein Gesicht. Punkt! Er sagte – na schön, Petrowitsch, Punkt, wohnen Sie hier, wie Sie wollen. Es ist Ihre Wohnung und Ihr Leben. Seine, Lowjannikows, Bitte an mich sei jetzt nur noch ganz klein, ich möge den Hund nicht von der Wand löschen. Das sei alles! Beim Streichen solle dieses Stück Wand möglichst ausgespart werden – ihm, Lowjannikow, genüge es zu wissen, daß die Zeichnung erhalten bleibe. Ihm werde beim Gedanken warm werden, daß der alte Petrowitsch in der Wohnung lebe und Mars von der Wand schaue.

Selbstverständlich sagte ich »ja«. Alexej Lowjannikow war mir sympathisch. Als moderner Geschäftsmann übte er in Gesprächen keinerlei Druck aus, blieb locker und zugleich hart. Dafür erstaunte er mich; im Umgang mit ihm empfand ich zum erstenmal eine gewisse Poesie des Business – und zugleich das Problem des großen Geldes als etwas zutiefst Individuelles, als Talent. Er, Lowjannikow, hatte mir nämlich erklärt, daß es genauso schwer sei, Geld aus dem Nichts heraus (durch den Verstand, Intellekt) zu schöpfen, wie das entdeckte eigene Talent und das eigene Ich zu entwickeln. Er sprach nicht mit dem typischen Akzent des Wolgakaufmanns. Er verkleidete sich nicht und spielte nicht – er nahm geradewegs das neue Jahrhundert für sich in Anspruch. War intelligent. Mutig. Ein Held eurer Zeit. Schon sehr bald, nachdem er sein Business legalisiert hatte, verschwand er vollständig aus dem Wohnheim. Man wollte ihn im

Fernsehen inmitten einer bunten Versammlung von Moskauer Geschäftsleuten gesehen haben.

Am dritten oder vierten Tag nachdem Lowjannikow mit der bedeutenden Urkunde bei mir erschienen war, wußte der Graue, sein heimlicher Widersacher, bereits, daß die Wohnung privatisiert und in aller Eile auf meinen Namen überschrieben worden war. Nicht schlecht! Am Abend kam er zu mir. Es war bloß Sergej Trofimowitsch Susnin, der Elektriker aus dem siebten Stock, ein sehniger, kleiner Mann von fünfundvierzig Jahren. *Bloß* sage ich nicht im Sinne seiner Bedeutungslosigkeit, sondern im Sinne der vollständigen Überraschung für mich. Die Grauen leben eben so. Raubtiere. Wir begrüßten uns tatsächlich in diesen entscheidenden Tagen per Handschlag, rauchten im Gang und spielten ein- oder zweimal im Hof Schach.

Ich bat ihn, Platz zu nehmen. Hatte sofort alles begriffen. Susnin machte keine Anstalten, sich zu setzen, blieb stehen. Ich glaubte (graues Vorgefühl), er sei in feindlicher Absicht gekommen und wolle sich die Hände für den ersten Schlag freihalten. Meinetwegen. Vielleicht fürchtete er auch selbst einen Schlag.

Er fragte, ob es stimme, daß die Wohnung jetzt mir gehöre.

»Es stimmt.«

Ich machte keinen Verdunklungsversuch, gab ihm die Schenkungsurkunde in die Hand – da, schau!

In dem Papier stand alles klipp und klar geschrieben. Ich, der Besitzer dieser Wohnung, brauchte nur noch im Laufe eines halben Jahres einen kleinen Steuerbetrag an das Immobilienbüro zu entrichten, Peanuts.

Susnin sah sich das Papier kaum an – er musterte mich. (Maat der Marine, verheiratet, drei Kinder in der kleinen Wohnung, schwere tätowierte Arme, nach der Marine zwei Gefängnisstrafen. So schaute er mich an!) Er gab mir das Papier zurück. Das zweite Exemplar der Schenkungsurkunde lag beim Notar; Sergej

Trofimowitsch Susnin, Elektriker aus dem siebten Stock, wußte das auch.

Er fürchtete jetzt nur den Fall, daß ich ein Strohmann sein könnte, das hätte bedeutet, daß man ihn, den Elektriker, verheiratet, drei Kinder, tätowierte Arme und zwei Gefängnisstrafen, mit dieser Wohnung an der Nase herumgeführt hatte.

»Nicht getürkt?«

Darauf brauchte ich nicht zu antworten. Ich antwortete nicht. Ich hielt seinem Blick stand, in dem ich seine allseits bekannten Gefängnisaufenthalte lesen konnte, einmal *vier* und einmal *drei* Jahre, kein Strafmaß mehr wie damals. Ich schaute ihn ebenfalls an, Aug in Auge. Mein Blick hatte ihm ebenfalls einiges zu bieten.

Nach weiteren drei Tagen holte Alexej Lowjannikow seine geschnitzten Möbel ab. Die Wohnung war mein. Mein, wenn auch leer, ich besaß nichts, nicht einmal ein Klappbett. Ich wohnte und schlief bei Ljalins. Mein Koffer und die Schreibmaschine (wie leicht sie jetzt war!) wurden jedoch hertransportiert und feierlich in dem leeren Zimmer auf den Boden gestellt – mitten hinein. Augenblick der Wahrheit. Wie wenig und wie viel. In der Küche gab es noch zwei Stühle, die mir Lowjannikow überlassen hatte.

Ich wurde wieder geliebt; auf den Etagen gesellte man sich hier und dort auf einen Schwatz zu mir und wünschte mir alles Gute, und ach! – wie vertraut war der Tonfall. Wir standen auf dem Gang. Samstag. Die alten Gentlemen unter den sowjetischen Veteranen fragten mich aus, wo ich denn gewesen sei und was ich so lange Zeit gemacht hätte (als ich in der Klapsmühle war).

»Ich war auf Dienstreise.«

Damit erklärte ich alles.

»Alle Achtung! Na, siehst du, das war doch mal eine richtige Arbeit, ein Mann wie du und immer nur als Wächter arbeiten, für einen Hungerlohn, das ist ja zum Verrücktwerden! War es eine interessante Dienstreise?«

»Ja.« (Es gab allerhand zu erinnern.)

»Das ist ja prima! Wenn man sich vorstellt, wie viele Talente diese Kommunisten abgewürgt haben!« sagten sie zu mir, die komischen, nuschelnden Greise, allesamt natürlich Exkommunisten. (Die Sorge trugen, ihren Mitgliedsbeitrag pünktlich an die Partei zu entrichten.)

Er drückte mir die Hand.

»Wir haben schon gehört – du hast jetzt eine Wohnung! Und Möbel? Ich sag dir was, Petrowitsch: Laß dir mit den Möbeln Zeit …«

Ich nickte: Mach ich.

»Gut so!«

Die eigene Wohnung setzte einen Punkt. (Ich war für sie ein Mensch geworden.) Und erfreute ihr altes sowjetisches Herz, das an die endgültige Gerechtigkeit glaubte.

Nach eineinhalb Monaten klingelte es, und ich öffnete die Tür – auf der Schwelle standen Klara Andrejewna und ihre zwanzigjährige Tochter, ebenfalls Klara. Sie waren Flüchtlinge aus Alma-Ata, hatten dort den Leuten von Nasarbajew notgedrungen ihre große, helle Dreizimmerwohnung verkauft und für den Erlös hier, in Moskau (mit seinen Preisen), nur eine Einzimmerwohnung im Wohnheim kaufen können. Meine. Das heißt die Wohnung, die ich für meine hielt. Diesmal war die notarielle Urkunde über die Privatisierung und den Verkauf echt. In zwei Monaten hatte Lowjannikow tatsächlich alles geschafft.

Ich will nicht sagen, daß mich die Sache gekränkt oder stark bekümmert hätte. Ich lachte sogar laut: So ein Schlauberger! … Ich überließ den beiden Klaras sogleich die Wohnung. Drückte ihnen sogar die Hand und wünschte ihnen alles Gute zum Einzug. Dann ging ich.

Jetzt, da ich die Wohnung verließ, blickte ich mich nach dem Porträt von Mars um, den ich gepflegt hatte, als er noch ein dummer Welpe war. Hunde haben ausdrucksvolle Augen. Jetzt bedauerte ich es (natürlich insgeheim), daß die beiden Klaras das Hundebildnis wohl kaum erhalten würden; sie werden den Hund bei der Renovierung abkratzen, Herr Lowjannikow, schon in den nächsten Tagen.

Susnin kam, lachte mich aus – und ich ihn.

Nicht von Habgier ließ sich Lowjannikow leiten, und nicht sein Geld rettete er, das erkannte ich nun – er rettete sich selbst. (Es war keine Habgier, als ich den Kaukasier wegen der lächerlichen Summe erstach.) Ich kämpfte um mein Ich, und Lowjannikow um seines. Ich verstand jetzt seine Hartnäckigkeit: Der Mann kämpfte bis zum Schluß. Die Niederlage, die er von all diesen Susnins hatte einstecken müssen, kränkte ihn.

Lowjannikows Betrug war also kein Betrug, sondern ein Plan, ein Gedanke oder, sagen wir, ein kluger Schachzug, da der alte Petrowitsch dabei *nichts verlor*. Der war Literat. Wie Petrowitsch gelebt hatte, so würde er weiterhin leben. Er hatte nichts gewonnen, aber auch nichts verloren. Ein geschickter Zug, er hatte gesiegt – das war alles. Freilich hatte mich Herr Lowjannikow zwei Monate lang zum Narren gehalten – und er hätte mir auch für den Streich mehr zahlen können, da ich diese zwei Monate weit mehr riskierte, als wenn ich nur Wächter gewesen wäre.

Mich zu benützen war seine Chance. Er hatte erraten, auf wen er setzen mußte – auf den Paria, der sich ein Bein für eine Wohnung ausreißen würde. Und dem sie nicht einmal das Wohnheim wegzunehmen wagte, wie man auch einem Straßenbettler nichts wegzunehmen wagt.

Aber was riskierte ich damit Besonderes? Man hätte mich einschüchtern oder schlagen können, aber Prügel sind für einen Mann aus dem Heim etwas ganz Alltägliches. Und Geld – *Lohn der Angst* –, was hätte ich mit einer hohen Summe anfangen sollen? Hatte nicht Lowjannikow selbst einmal so trefflich bemerkt, wozu brauchen Sie Geld, Petrowitsch, es würde Sie in einen banalen, politisierten alten Mann verwandeln, würde Sie nur verderben!

Folglich hatte er auch in diesem Punkt recht. (Er ließ mich in meiner Zeit.)

Dabei schritt er, Alexej Lowjannikow, bereits ins 21. Jahrhundert – lebte in seiner Zeit und blieb seinem Charakter treu; kämpfte dort bis zum Schluß. Das war normal.

Es war also nichts geschehen. Ich wartete sogar darauf, daß Alexej eines Tages anrufen würde. Sich einfach an mich erinnerte und anrief. Ich vernahm schon im vorhinein sein angenehmes Lachen im Hörer, seine Stimme, die vertrauten Worte:

»Verzeihen Sie mir diese Aufregungen, Petrowitsch ... Das ist wie beim Schach: die Stellung! Es mußte sein: In der schwierigen Stellung fand sich nur ein einziger Zug, um zu siegen. Bitte verstehen Sie mich. Und verzeihen Sie mir.«

»Schon gut«, hätte ich gesagt.

Aber er rief nicht an.

Die bescheidene und ein wenig demütige Bitte, sie hatte in jener Stunde gewirkt, als Lowjannikow mir die Schenkungsurkunde überreichte und mit gedämpfter (aber ungekünstelter) Stimme darum bat, manchmal in *meiner* Wohnung sein zu dürfen. Mich besuchen zu dürfen. Wenn auch nur selten, um beim Plaudern und beim abendlichen Tee ab und zu Mars an der Wand zu sehen, seinen lebendigen Blick.

In dieser Bitte bestand der meisterhafte, geniale und so ausgefeilte psychologische Schachzug, daß mir keinen Augenblick Zweifel gekommen waren. »Gelegentlich. Wenigstens manchmal, was?« bat Lowjannikow. Und seine Stimme bebte ganz leicht. Der echte Kummer des Heuchlers verlieh dem ganzen Einakter, den er zum Abschied inszenierte, Echtheit. Theater, aber keineswegs nur mit einem Zuschauer! Er betrog schließlich nicht nur mich, sondern den grauen Susnin, betrog das ganze Stockwerk, betrog sie alle *mit mir*.

Ich war entzückt: Er hatte mich auf der ganzen Linie besiegt, psychologisch, menschlich, wie auch immer, aber ich war auch nicht auf den Kopf gefallen. Genauer gesagt: Ich erhob mitunter den Anspruch auf ein besonderes psychologisches Wissen und sogar auf ein einzigartiges Gespür für jeden Menschen, sobald der sich an meinen Tisch gesetzt hatte – neben mich oder mir gegenüber. Das trifft auch alles zu, die Kenntnis der fremden Seele und mein Gespür und, wenn man so will, meine Begabung für den Menschen, aber er … er hatte mich besiegt! Ich gebe es zu und klatsche begeistert: »Bra-vo!« … Zwei Monate lang waren die Tage verflogen, und ich hatte nicht nur nicht Verdacht geschöpft, war nicht nur nicht besorgt ins Notariat gegangen, sondern hatte sogar den Anruf dort vor mir hergeschoben, um zu fragen, ob die Schenkungsurkunde vorliege. (Ob eine Fälschung dort lag? Ich weiß es nicht.) Bra-vo! … »Wenigstens manchmal, Petrowitsch? Ich würde gerne kommen und die Augen meines Hundes sehen. Wir plaudern ein wenig miteinander. Ich werde natürlich guten Tee mitbringen … Und ihn selbst zubereiten!« beharrte Lowjannikow mit ruhiger (ungekünstelter) Stimme, und ich antwortete ihm: »Nein«. Ich weiß nicht, warum ich diese Antwort gab. Ja oder nein – das war unwichtig. Wichtig war, eine Saite in mir zu zupfen. (Und der kluge Lowjannikow wußte das.) Wichtig war, daß der Mensch, wenn er plötzlich etwas ohne Grund geschenkt bekommt, eine Wohnung oder sonst was, zu der Überzeugung gelangt, daß er des Geschenks würdig ist, daß er gut ist und wegen seines guten Kerns beschenkt wird, wie vom Himmel.

Lowjannikow, der Dichter, hatte schon lange vorher die Rede auf das Geld gebracht, das ich nicht brauchte, als er über die jungen Geschäftsleute, die jetzt überall in Rußland auftauchten, sprach, über diese *Soldaten*, die nicht von der Armee, sondern vom Herzen einberufen waren: Sie bildeten ein Heer von Aufständischen, das sich aus der Gosse rekrutierte! (Lowjannikow lachte – ja, ja, ein schönes Kompliment hatte er sich da selbst gemacht.) Soldaten des Geschäfts und des Geldes. Eine Armee. Sie sind überall, sie sind auf allen Straßen gleichzeitig, weil draußen eine andere Zeit ist, ein anderes Jahrtausend – *die jungen Geschäftsleute, Herren ihres Schicksals,* sie marschieren zu zweit, zu dritt, den Aktenkoffer in der Hand, Anzug, weißes Hemd und Krawatte!

Stop … hier streiken die Künstler – Busineß als Kunstschaffen! (Heute weiß man das bei uns. Muse Nr. soundso.) Glauben Sie mir, sie haben schon jetzt ihre Berühmtheiten, Talente und genialen Pechvögel und sogar – möglicherweise – ihren Underground. (Lowjannikow sagte dies bedeutungsvoll. Für mich.) In ein, zwei Jahren werden diese Bürschchen in schicke weiße und rote Autos einsteigen, rasen, blinken und überholen, dabei den Verkehr leicht behindern und noch leichter die Miliz auf den Kreuzungen bestechen. Doch vorerst gehen sie durch die Straßen und diskutieren. Reden, gestikulieren. Einer von ihnen holt im Gehen das Handy aus der Tasche und macht irgendeine Anfrage, präzisiert etwas. Das Gesicht ist mürrisch, todernst! (Die Straße sieht ihn. Ganz Moskau sieht ihn.) Von vorne, von links und rechts, von allen Seiten kommen zwei oder drei in weißen Hemden, billigen grauen Anzügen – und Krawatte, eine Armee in Krawatte. (Die hat Ihre literarische im Pullover abgelöst! Lowjannikow lächelte.) Aha. Daher also meine heimliche Eifersucht: Lowjannikow war einer von *diesen* Dreien, während ich einst einer von *jenen* war.

Aber wenn man von der Eifersucht absah, war mir Herr Lowjannikow menschlich sympathisch. Er war nicht böse. Sogar gutmütig. (Eher bin ich ein wenig böse.) Und man konnte nicht sagen, daß Lowjannikow herzlos war, Gott hatte doch nicht vergessen, daß er Russe war, und ihm einen gutmütigen, weichen Kern eingepflanzt – es war alles da, Dank, Seele und Geistigkeit. Er war zweifellos human. Menschlich. Ich konnte diesem Jungen nicht einmal Vorwürfe machen, höchstens den, daß er *nicht zurückblickte* – es war viel Liebe zu seinem Hund in ihm und kein Quentchen von unserer großen Altmännerzärtlichkeit für ausgesetzte Tiere. Für abgebrannte Wäldchen.

In der Zukunft, im 21. Jahrhundert, zeichnete sich bereits der künftige Geschäftsmann Lowjannikow ab, der reiche Süßholzraspler – der bei seinen Geschäften vielleicht insgeheim Gewissensbisse hätte und zerknitterte Rubelscheine für die Kultur spenden würde. Aber die Zukunft kreidet man niemandem an. So oder so, er war ein Mann der Zukunft, zudem besaß er Talent – was wollte ich eigentlich von ihm?

Die Zukunft kreidet man niemandem an, und der Mensch weiß nicht, wieviel er in seinem Rucksack hat – er geht und geht, und am Ende des Weges schnürt er seinen Sack auf. Das darf man ihm nicht ankreiden. Schnürst du deinen Sack auf, und er ist leer – dann hat Gott aus einer plötzlichen Laune heraus alles genommen. Das kann jedem passieren.

Aber es war eben nicht Gott (dem war das egal). Auf dem Weg erleichtern dich alle anderen um dein Eigentum – die Leute, das Wohnheim, wenn du es läßt. Sie sind es, die dir alles wegnehmen, während du gehst.

Gott dagegen gibt uns einfach nicht so viel, wenn man es recht bedenkt. Gibt uns nicht genug, das ist alles.

Der Schriftsteller und seine Belohnung

»Sie schauen doch bei Ljalins nach dem Rechten, nicht wahr?«

»Richtig.«

Ich hatte kaum das Haus betreten, da schnitt mir die Frau des Pförtners Grimassen und zwinkerte mir aufgeregt zu: Schnell, schnell, es gebe eine Neuigkeit. Sie sage es mir als erstem – aus Nummer 513 würden die Leute verreisen! (Für längere Zeit. Sie suchen jemanden, der auf die Wohnung aufpaßt.) Denk dran, ich hab mich für dich eingesetzt!

Schon an der Nummer rechnete ich mir aus, daß sich die 513 wahrscheinlich im Ostflügel des fünften Stocks befand – ziemlich düstere Ecke. Aber ich begab mich unverzüglich dorthin. Ich hatte nur Ljalins Wohnung, deshalb beeilte ich mich sogar: Zwei Wohnungen, die zu hüten waren, versprachen Stabilität.

Die Bewohner der fünften Etage, die auf dem Gang herumliefen (es war Abend, ich fragte), kannten entweder keine Wohnung mit dieser Nummer oder schickten mich noch weiter nach Osten. Aber im Halbdunkel leuchtete plötzlich das Ende des Gangs auf, und geradeaus vor mir befand sich die Tür mit der schief hängenden Blechnummer 513.

Ein älterer Mann öffnete.

»Was wollen Sie?«

Er ließ mich abblitzen: Niemand verreise hier. Dann schickte er den Gauner, also mich, mit der Schroffheit der Heimbewohner zum Teufel ... Von der Schwelle aus sichtete ich zwei Zimmer. Ohne Telefon. Aber ein Waschbecken glänzte. Aha, die Spüle war sauber! Ich sah mich um. Der Herd war sauber. Es duftete nach gutem Essen. Den Mann (und sein Geraunze) beachtete ich gar nicht, diese Q-meter wurden von einer Frau regiert. Ich wartete.

Das einzige, was mir sofort mißfiel, war der Käfig mit dem kleinen, ruckenden Papagei, der ununterbrochen schrie und mich weiterhin zum Teufel schickte:

»Hau ab, hau ab, hau ab ...«

Man mußte also den Papagei versorgen. Futter. Wasser. Daß er bloß nicht krank wird, eingeht oder zum Gaudium aller auf den Gang flattert!

»Was stehst du rum? Ich hab doch gesagt: Scher dich weg!«

Aber ich ging nicht.

»Ein Papagei?« fragte ich.

»Was stehst du hier rum?!« Der Mann hob die Stimme (das wollte ich ja).

Auf den Lärm hin erschien endlich aus dem entfernteren Zimmer eine Frau um die Dreißig. Offenbar die Tochter. Im Pullover, mit einem riesigen Busen, der unter dem Pullover bis zur Leiste herabbaumelte. Zwei Katzen im Sack. Sie bewegten sich bei jedem Schritt.

»Was ist los?« fragte sie, während sie meinen Blick auffing. Sie war sichtlich stolz auf ihren gewaltigen Busen. »Auf die Wohnung aufpassen? Wer sind Sie denn?«

Ich antwortete ihr zurückhaltend, intelligent (kenne ja auch meine starken Seiten), ich hätte Erfahrung, machte das nicht zum erstenmal. Ich würde zwar schlecht bezahlt, paßte aber gut auf die Wohnungen auf.

Die Tochter musterte mich weiter, da wußte ich, daß ich den Fuß schon in der Tür hatte.

Der Papagei kreischte wütend sein: »Hau ab! Hau ab! Hau ab!« Darauf reagierte ich erneut mit einem milden Lächeln, jeder hat halt seine Meinung, selbst ein Vogel.

»Warum wollen Sie nicht im Familienrat abstimmen, wer dafür ist und wer dagegen ...«

Die Tochter zeigte Humor. Sie griff die Idee auf:

»Mama! Abstimmen!« rief sie.

Da erschien die Mama aus der Tiefe, die Hauptperson – ebenfalls mit großem Busen, der indes schon nach allen Seiten auf dem Körper zerfloß.

Die Mutter hatte ein scharfes Auge; sie durchschaute im Nu die Situation und erwog die Lage. Sagte, ohne mich besonders zu ermutigen, aber doch ausreichend interessiert:

»Hier einhüten heißt nur achtgeben. Den Papagei nehmen wir mit, schauen Sie ihn nicht so schief an. Geld geben wir wenig: Wir sind arm.«

Die Mutter machte eine Pause.

»Sie«, sie zeigte auf die Tochter, »fährt zu ihrem versoffenen Mann ...«

»Mama!«

»Gut, gut … zu ihrem treuen Ehemann in den Ural, und wir fahren mit. Es gibt dort Arbeit. Die Tochter bleibt bei ihrem Mann, und wir … wer weiß? … wir werden von Zeit zu Zeit zurückkommen. Die Wohnung geben wir nicht auf. Man darf nicht alles auf einmal kappen.«

»Das ist gefährlich«, pflichtete ich bei.

»Ich fahre nirgendwohin«, sagte der Mann düster.

»Doch, er fährt!« unterbrach ihn die Tochter lachend und zwinkerte mir zu.

Ich wußte, auf wessen Seite ich mich schlagen mußte:

»Sie werden fahren, ob Sie wollen oder nicht, die Frauen werden Sie schon rumkriegen«, seufzte ich, wie um den Mann mitfühlend zu unterstützen, fügte jedoch sogleich mit verräterischer Objektivität hinzu: »Die haben schon ganz andere rumgekriegt!«

Sie lachten.

Der Papagei (auf den die allgemeine Stimmlage und das Lachen wirkte) begann wieder zu rucken und (vielleicht im Sinne aller) zu kreischen: »Hau ab!« Es klang schon etwas fröhlicher.

Der Mann beharrte:

»Ich werde nicht fahren.«

»Doch, doch, fahren Sie!« Jetzt bedrängte ich den Widerspenstigen. »Dort sind Ihre Lieben. Dort ist das Leben. Was wollen Sie hier allein? Was soll einer allein ohne seine Lieben machen? Ich zum Beispiel bin grau und einsam, wasche selbst, koche selbst, schäle selbst Kartoffeln, was ist daran gut?!«

Ich lamentierte nicht ernsthaft, sondern lächelnd (und zwinkerte den Frauen zu, für euch strenge ich mich so an).

»A-ah, dann sind Sie der Schriftsteller!« schrie plötzlich die Tochter auf und zupfte die Mutter am Arm. »Mama! Mama! Das ist der zuverlässigste Mensch! Das ist der, der Petro Wassiljewitsch vor der Schlinge gerettet hat!«

»Sie?« flötete die Mama, ihre Stimme wurde freundlich, Güte schwang darin mit: »Sie sind das? … Petro Wassiljewitsch hat uns erzählt … Petro Wassiljewitsch ist unser Nachbar!«

Petro Wassiljewitsch mit der Schlinge um den Hals war für mich eine völlige Überraschung. Dennoch setzte ich eine entsprechend wichtige Miene auf (es kam vor, daß auch Menschen gerettet wurden). Alle redeten auf einmal los – führten mich in alle Ecken, hier sei das Wasser, hier der Herd, diese Flamme sei defekt, man könne den Schalter nur nach rechts drehen. Da oben muß man den Strom ablesen, übrigens, wenn Sie den Strom zahlen, müssen Sie unbedingt 513 Ost angeben, sonst wird das Telefon abgestellt!

Die Sache klappte. Ich meinerseits begann ebenfalls zu flöten (nachdem ich erfahren hatte, daß es Telefon gab) und gurrte – ich werde mir alles einprägen und genau so machen. Für nette Menschen gebe ich mir doppelt Mühe.

Ich präzisierte:

»Kommunale Unkosten wie üblich. Ich werde die Quittungen aufheben. Werde manchmal übernachten. Manchmal von Ihrem Apparat aus telefonieren ...«

Der Mann fragte (immer noch mürrisch):

»Was schreiben Sie denn so? Ich würde gern was lesen!«

Aber die Frauen fielen ihm ins Wort – misch dich nicht ein, funk nicht dazwischen, ja, hast du überhaupt jemals ein Buch gelesen? ... Die Tochter zog ihren Vater sogar am Ärmel: Papa, sei still!

Dann begannen beide wieder (Begeisterung, Freude in der Stimme) von Petro Wassiljewitsch: Also ich sei doch ein wahrer Schriftsteller, da ich einem Menschen im Augenblick der Not geholfen, ihn gerettet und getröstet habe! Da erinnerte ich mich plötzlich wieder. Richtig, der! Genau ... Pjotr Wassiljewitsch. Der widerliche alte Mann, die Hände stanken nach Fisch. Er kam einmal zu mir. (Trübsinnig.) Ich schenkte ihm ein wenig Wodka ein. Stimmte ihm lustlos zu. Brachte ihn kaum zur Tür raus ...

Dieser Greis (jetzt wußte ich es wieder) gehörte zu den zählebigen Menschen, die im Alter von fünfundsiebzig von plötzlich aufbrechenden Verwandtschaftsgefühlen übermannt werden. Die beiden vergessenen Töchter und den Sohn hatte es in so verstreute Städte verschlagen, daß er sich nicht einmal an deren Namen erinnerte: Er konnte ihre Adressen nicht in seinem gelben, spekkigen Notizbuch finden. (Es muffelte ebenfalls nach Fisch.) Richtig – Pjotr Wassiljewitsch! Ich erinnerte mich an seine Tränen, sein Gejammer, seine Klagen. Greisengesicht, in dessen grauen Falten Altersegoismus, Habgier und Kopekenfuchserei erstarrt waren. Solche Lumpen kommen besonders gern zu mir. Um bei einem Gläschen zu quatschen. Eine Träne zu zerquetschen. Auf die ganze Welt zu fluchen …

Natürlich brachte ich die Frauen nicht von ihrer Überzeugung ab – sonst noch was! Ich beseufzte im selben Tonfall das Schicksal des ausgewachsenen Egoisten (der nebenan einen Schluckauf hatte). Petro Wassiljewitsch hat über das Leben geklagt? Wollte er sich wirklich aufhängen? Sie übertreiben!

»Doch, er wollte es. Und wie er es wollte«, säuselte die Mama mit dünner Stimme. »Er hat uns den Strick gezeigt. Er hatte sich ja schon einen Strick besorgt …«

Ich dachte: Schade, daß ich den Mann dran gehindert habe.

Die Tochter sagte:

»Wollen wir nicht zusammen Tee trinken? Wir haben heute einen Kuchen. Selbstgebacken!«

Sogleich wurde aufgedeckt. Die Frauen wieselten umher, ihre großen Brüste wogten. Wir saßen lange einträchtig am Tisch. Tranken Unmengen Tee. Besprachen, wie und was. Sie fragten mich über den Ural aus – über das Klima, stimmt es, daß man die Kälte dort leicht erträgt? Weil es keinen Wind gibt?

Der Kuchen war köstlich, Mutter und Vater saßen mir gegenüber, die Tochter neben mir, sie lachte. Menschen können auch wie Menschen sein! … Meistens sind es leider Lumpen. Ohne jede Begabung. Warum kommen sie zu mir? Tragen mir ihre Klagen vor, ihre ranzigen Beichten. (Nebenan hickste der Alte noch einmal.) Aber ich konnte ihnen nicht böse sein. Ich habe offenbar etwas an mir, daß diese Leutchen immer wieder zu mir kommen und sich mir öffnen, ohne sich im geringsten zu schämen. Bin wie ein Sumpf, wo man seine Notdurft verrichten kann, ein alter, rostiger Sumpf, ein Busch, weit weg von fremden Augen. Vor anderen Büschen geniert man sich, aber dieser ist gerade recht.

»Wir fahren. Der Schwiegersohn hat ein großes Holzhaus. Ein Haus!« betonte die Mutter stolz. »Acht Zimmer. Fünf geheizte unten, und drei oben … für den Sommer …«

Da war auch der Vater endlich reif und stieß heiser seine männliche Einwilligung aus: »Na gut. Dann fahren wir eben!« Er holte eine prächtige Flasche Portwein aus dem häuslichen Versteck. Wir tranken sie aus und wurden beide deutlich gutmütiger. Auch die Tochter bekam ein halbes Glas. Der Portwein war nicht schlecht, meine Hände begannen vor Kraft zu prickeln. Mein grauer Schnurrbart hing nicht mehr traurig herab, ich konnte es spüren, sondern machte sich wie ein kecker Kosakenschnäuzer, wie ein Gütezeichen, gute Rasse.

Als ich ging, begleitete mich die Tochter. Wir gingen zuerst durch den langen, dunklen Gang und streiften einander an den Hüften. Dann schmiegten sich die Schenkel aneinander, und schließlich gingen wir Arm in Arm.

Der Gang wurde heller, wir kamen in den vierten Stock, aber es war schon spät: Niemand begegnete uns. Wir lösten anstandshalber die Arme, aber die Schenkel berührten sich, wir bewegten uns komisch, wie zu einem Stück Fleisch zusammengewachsen, Bein an Bein. Sie lachte in sich hinein. Ich dachte ab und zu an ihren Busen. Wir erreichten schon die Südseite. Waren fast da.

Früher oder später ergibt sich dieses längere Gespräch, folgen stille Minuten, tritt bescheidene Vertraulichkeit ein … es war nett mit Ihnen. Der Mann bringt eine Flasche (oder wenigstens eine halbe), die Frau bringt sich selbst, was noch?

»Kommt auch niemand?« fragte sie, während sie sich auszog.

»Nein.«

»Erwartest du niemanden?« Sie lachte.

Im Bett befahl sie, das Licht auszumachen – wozu sollte ich sie sehen? Man müsse sie nicht unbedingt sehen, man könne sie auch tastend mit niemandem verwechseln. Diesen Körper präge man sich ein. Sie sagte die Wahrheit. Bald schnappte sie mein noch nicht zur Hochform aufgelaufenes Organ und versenkte es zwischen ihren riesigen Brüsten. Dort fühlte man sich wie im Meer, aber die Ufer waren hart. »Hierher. Hierher«, flüsterte sie. »Hier geht's ihm gut. Ich weiß, die Männer mö-öögen das …«

Sie rauchte ebenfalls eine Zigarette. Ich rauchte etwa drei. Ein Wort ergab das andere, da wir uns nun schon mal nähergekommen seien, habe sie eine Bitte an mich. Sie sei sicher, ihre Mutter und ihr Vater würden noch ein paarmal zurückkehren. Würden hin und her fahren, sich nicht auf Anhieb in Perm einleben. Nach ungefähr zwei Monaten kämen sie zurück. Mit Sicherheit werden sie zurückkommen! Alte Menschen leben sich schlecht ein. »Kannst du dich ein bißchen um sie kümmern?« bat sie. »Nichts Besonderes, schau ein-, zweimal bei ihnen vorbei und sag guten Tag. Komm zum Tee, du hast ja Mamas Kuchen gelobt.« Sie schluchzte kurz auf.

Wischte sogleich die Träne weg und lachte:

»Du bist mir aufgefallen. Bist mir auf dem Gang begegnet. Und draußen habe ich dich vor der Bäckerei gesehen!«

Menschen wie sie genieren sich, kommen nicht von sich aus, warten auf eine Gelegenheit, dafür kommen die Wohnheimmonster (die sich nicht so viel Gedanken machen) zu jeder Tages- und Nachtzeit. Sie wanzen sich ran, egal an wen. Aber sind halt auch Menschen. Wollen ein wenig zusammen am Treppenlauf stehen und rauchen. Ein wenig klagen, ein wenig reden. Um etwas bitten. Sie brauchen nicht viel. Sie brauchen wenig.

Im Dunkeln sagte sie:

»Ich laufe zur Arbeit und seh dich durch den Gang stiefeln. Du bist mir aufgefallen!«

Richtig: Das war im vorigen Herbst; ich ging durch den Flur, da rannte eine großbusige Frau im grauen Strickkleid an mir vorbei und schwenkte die Tasche. Sie hastete zur Arbeit. War zu spät dran …

»Einmal sehe ich alle zum Bus hetzen. Du sitzt auf der Bank und schaust zur Bäckerei rüber – und rauchst!«

Ich lachte: Sah die Bank und mich darauf, meinen Rücken, die krummen Schultern.

Ihr Nachname lautete Kaschtanowa; es war noch keine Woche seit ihrer Abreise vergangen, da tauchte schon ein fixes Kerlchen auf – angeblich ein Verwandter, der eine Woche hier wohnen wollte. Ich setzte ihn vor die Tür, kein Problem. Aber er blieb draußen stehen und ging nicht. Stellte sich dummdreist. Rauchte und schnippte die Asche in die Gegend.

Ich packte ihn an der Schulter: Wenn Kaschtanows wieder zurück sind, dann erzählen Sie ihnen, daß Sie auch ein Kaschtanow sind.

Und fügte hinzu:

»Ich bringe Sie runter.«

Damit er nicht den Weg zum Ausgang verfehlte. Wir gingen durch den Flur, er verzog das Gesicht:

»Ist das ein Gestank!«

»Kein Gestank. Gerüche«, erklärte ich und blieb bis zum Schluß liebenswürdig.

Draußen vor dem Eingang ins Wohnheim waren die gefleckten Afghanistankämpfer wieder von einem harmlosen alten Pförtner abgelöst worden. Ein Dauerhuster natürlich. Die Gefleckten, also die Afghanen, hatten einen lukrativeren Job gefunden. Dieses alte Männchen war im Grunde der Concierge, aber das Wohnheim war so riesig und hatte so viele Wohnungen, daß er sich nicht alle Gesichter einprägen konnte und uns nur durch Zufall erkannte. Diese allgemeine Anonymität der herein- und herausströmenden Menschenmassen am Eingang war eben der Grund, daß er kein Concierge war. Sondern nur ein *Pförtner*. Seinerzeit fragte mich der Ingenieur Gurjew zweifelnd: »Was, wenn Gott auch kein Concierge ist, sondern ein Pförtner und sich einfach nicht jedes Gesicht einprägen kann?«

Ich brachte den »Verwandten« von Kaschtanows (der dem Pförtner wahrscheinlich einen Schein zugesteckt hatte) bis zur Tür.

»Laß den Gauner nicht mehr rein«, schärfte ich dem alten Mann ein.

»Dieser Mistkerl! Wie ist der denn reingekommen, wieso hab ich den nicht bemerkt?! ... Und schnurstracks zu Kaschtanows! Sag mir doch, um Gottes willen, wie kommen die so einfach rein?!« lamentierte der alte Pförtner, schüttelte den Kopf und gestikulierte, obwohl er und ich genau wußten, wie.

Lärm. Ein Schrank wird durch den Gang getragen. Aha! Jemand zieht aus. Zieht er *ganz* aus? ... Das kann doch gar nicht sein. Soviel ich weiß, fehlt es den Leuten auf dieser ärmlichen Etage an Willen, Verstand, Begabung und sogar zäher Alltagsschläue, um sich irgendwann einmal aus diesen kargen Wohnheimstübchen herauszuarbeiten. Es ist ihnen nicht gegeben.

Diese prahlsüchtigen, großmäuligen Menschen waren immer arm. Denen machten die Veränderungen nichts aus. Sie würden als ganze Generation abtreten, ohne der Welt etwas zu hinterlassen, aber auch ohne ihr etwas genommen zu haben, bis auf die ererbte Prahlsucht und den kargen Winkel. Bis auf ihre Armut. Ihre Armut ist zum Glück nicht böse – sie ist herzlich und wärmt sogar (mich zum Beispiel). Mir ist langweilig mit ihnen, aber warm. Eine Frau weiß immer, daß sie dir (dem Mann) etwas zu essen vorsetzen muß. Eine wertvolle Eigenschaft. Wenn du sie fragst, warum, weiß sie es nicht. Es gehört sich einfach so. Du betrittst die Wohnung, hast noch nicht guten Tag gesagt, schon bekommst du etwas zu essen. Wenn du gehst, bekommst du auch zu essen. Oder Tee. Unbedingt. Dabei klagt sie: Meine Tochter ist erst sechzehn und schon mißraten – es vergeht kein Abend, wo wir keinen Zoff in der Familie haben; was ist, wenn sie ein Kind kriegt? … Oder die erste Abtreibung machen lassen muß? … Mein Mann knirscht mit den Zähnen, flucht sogar. Und ich werde hysterisch, schreie wie eine Wahnsinnige rum! … Wie gern erzählen sie (er, sie) von sich, wie sehr wollen sie, daß du sie verstehst. Sie trinken deswegen mit dir, schlafen deswegen mit dir. Verstanden zu werden ist ein Rausch besonderer Art. Eine Notwendigkeit, aber auch schon fast eine Art Abhängigkeit, wie von einer Droge. Es muß auf den verschlafenen Etagen einfach jemanden geben, der ihnen zuhört.

Die Leute aus dem Wohnheim helfen natürlich beim Umzug – vier Männer tragen mit Riemen einen sperrigen, schweren Schrank. Sie tänzeln mit ihrer Bürde wie Ladearbeiter. Schreien wie Ladearbeiter: »Verdammte Scheiße! Siehst du nicht die Ecke!« Hinter ihnen schleppen noch drei, mit vor Anstrengung herausquellenden Augen, furzend einen alten, kaputten Flügel. Sie stampfen wie Elefanten. Aha! Tjutjunnikows ziehen aus – das ist ihr Flügel, ihr Töchterchen im weißen Kleidchen geht hinter dem Flügel her. (Tjutjun versucht, seiner Tochter Klavierspielen beizubringen! Vielleicht lernt sie es ja.) Ich denke an all die Möbel, die ich mit hinausgetragen habe, wenn die Leute das Quartier im Wohnheim gegen eine richtige Wohnung getauscht hatten. Ich denke auch an das leere Zimmer von Tjutjunnikows. Wer wird es jetzt bekommen? … Irgendeiner wird sich vergrößern. Irgendeiner *verbessern*. Ich denke an alle diese Zimmer und Wohnungen, in denen ich mich nicht verbessert habe. An alle diese leeren Parkettböden, auf die ich nie auch nur ein Klappbett gestellt habe, *ich brauche das nicht*.

»He! Sie haben was vergessen!« schrie ich, drei Treppenstufen auf einmal nehmend, ein schäbiges Tischchen in der Hand (bin doch Wächter!), das mir wertvoll erschien, weil es, wacklig und alt, eine Wärme bewahrte, die ich nicht besaß.

Ich beeilte mich, um den Lastwagen noch zu erwischen.

»Sie haben was vergessen!«

Sie lachten. Streckten den Kopf aus dem Führerhaus (der Mann) und aus dem Taxi (Frau und Tochter) und schrien mir zu:

»Doch nicht vergessen – dagelassen!«

Der Doppelgänger

Über die Jahrzehnte der Absagen waren ihre Aktendeckel, die sie unterm Arm trugen, an den Kanten zerfleddert, die Bänder waren morsch und hatten die Farbe der Erde angenommen (wir alle werden in sie eingehen). Ein kläglicher Anblick. Die alten Männer schwirrten jedoch vor der Tür herum, so lästig wie Bremsen. Nahkämpfer. Sie waren alt geworden, aber gekommen. Gleich als ich zu ihnen eintrat, schluckte ich diese uralte, klebrige Bitternis unserer Eitelkeit.

Es waren besonders die verfluchten Aktendeckel mit den Bändern, die sie schon auf der Straße als alternde Graphomanen verrieten; es ließ sich nicht verheimlichen. Da waren sie alle. Kahlköpfig. Zahnlos. Krank. Einst stellten sie (wie sich Herr Lowjannikow ausdrückte) die Armee der Literaten; jetzt sah ich vor mir, was nach dem Feldzug übriggeblieben war: Invalide, Krüppel, Elendsgestalten in Lumpen, die Reste der großen Landwehr.

Aufschrift in Großbuchstaben: NEUER VERLAG – und klein geschrieben: *Nicht läuten, nicht klopfen. Redaktionsrat.* Zu läuten und zu klopfen, trauten sich die alten Kämpen nicht mehr. Aber warten konnten sie. Darauf verstanden sie sich. Es war vielleicht das einzige, was sie im Leben gelernt hatten: zu warten und sich ins Warme zu flüchten. Auf der Straße war es heute windig und kühl, aber neben dem Verlag befand sich ein Lageranbau (mit Stapeln von Verblendplatten), und die (schlechtgekleideten) alten Schreiberlinge hatten sich dort sogleich zusammengeschart.

In einer Ecke wurde ein Almanach vorbereitet.

»Männer!« erklang die Stimme des Herausgebers. »Aufgepaßt, Männer! Eine Novelle, aber ohne Schweinkram. Wer hat eine Novelle von einem halben Druckbogen, aber ohne Schweinkram? … Wird's bald, Männer!«

Man antwortete ihm scherzhaft – haben wir, ohne Schweinkram. Dafür mit zwei Schwulen.

Eine Stimme schrillte:

»Seid ihr übergeschnappt!«

Den Herausgeber in der Ecke konnte ich nicht sehen, aber seinen Schmerz gut hören. Der arme Kerl wurde regelrecht geschüttelt. (Sein Vorhaben konnte scheitern!) Dabei war es wirklich eine historische Stunde für die Literatur, es gab keine Zensur, man hatte alle Freiheit, aber es handelte sich doch um ein Jugendbuch, was hatten Schwule darin zu suchen! Seid ihr übergeschnappt!

Ihren Versammlungsort hatte mir noch Michail verraten, die Adresse und das Eckhaus NEUER VERLAG genannt, aber ich hätte nie gedacht, daß ich in ein Lager von Verblendplatten geraten würde. Die Platten lagen einfach auf dem Boden. Einst konnte man keine auftreiben, einst träumte man von diesen Platten und suchte händeringend nach ihnen, jetzt lag der künftige Glanz unserer Toiletten und Badezimmer herrenlos und unbewacht herum, und auf den Stapeln thronten hier und dort halbverrückte, alte Graphomanen. Schreiberlinge. Genies. Greise, die hier ihr letztes Glück suchten. Meine Jugend; was heißt, meine Jugend? Mein ganzes Leben – ich erkannte sie! Ich *erkannte sie wieder*, nachdem ich sie gemustert hatte, obwohl mich diese Glatzen (und diese Falten), diese Hängebäuche (und Hängebacken) auf den ersten Blick empört und beleidigt hatten – sie gemahnten mich an die demütigende Tatsache, was die Zeit mit uns anstellt. Es war zum Verrücktwerden! Die alten Männer hofften nicht mehr, aber sie *wollten* immer noch. Sie (wir) hatten nur noch einen kleinen Rest zu leben. Und auch nur noch einen kleinen Rest an Wünschen. Aber der dringendste aller dringenden Wünsche war derselbe wie früher: Sie wollten gedruckt werden. Eine Spur hinterlassen. Veröffentlichen, dann könnte man den Löffel abgeben. Und würde zu guter Letzt mit einer kleinen sowjetischen Träne beweint. Das Wohnheim hätte einen anerkannt.

Ein Greis schrie dem anderen ins Ohr:

»So schreibt kein Mensch mehr! Versteh doch: Meine Texte sind sakral! Sakral! Sakral!« krächzte der alte Rabe gequält, es war nicht auszuhalten.

Aber die großen und kleinen Vögel, die auf den Verblendplatten abgebildet waren, beantworteten die Schreie nicht. Die Badezimmer würden wie ein schweigender Vogelzug wirken. (Lärmen würde die Dusche.) Die Wildgänse und Kraniche auf den Platten flogen nicht Flügel an Flügel, die Krallen nach hinten gestreckt, in totalitärer Gefechtsformation in den Herbst, sondern in die Ewigkeit.

Ich erkannte sie. Aus den Greisenfalten schaute (wie aus dem Dickicht) ein Mann, den ich kannte, der Verfasser der unveröffentlichten »nächtlichen« Romane, Wassili Sarubkin, einst im Underground schlicht Wasja genannt; mein Gott, wie hatte ihn die Zeit zerfressen. Blaugraue Nase und zitternde Alkoholikerhände (sie haschten immerzu nach dem von der Platte auffliegenden Herbstvogel!).

»Dieses Schwein hat schon zwei Erzählungen veröffentlicht. Wenn auch auf eigene Kosten!«

»Hast du denn Geld?« verspottete man ihn.

»Ich werde einen Sponsor haben.« Der alte Wasja sprach das brandneue Wort fest aus, seine Augen blitzten.

Ich hätte mich auch beinahe auf die Platten gesetzt (sie waren mir ein bißchen zu kalt). Rundum wurde laut über die künftigen Publikationen diskutiert, es ging um den Sammelband, den

Almanach; wo fände man billiges Papier für die Druckerei in Tula oder Kaluga? Ich mischte mich nicht ein. (Das war alles so neu und komisch für mich.) Ich rauchte. Meine Gedanken entfleuchten ins Nichts, klöppelten dort Spitzen. Ich ließ sie.

Mein Herz war beklommen. Es gab keinen Vikytsch mehr. Keinen Michail. Und hier waren die letzten russischen Literaten, vereinzelt, einsam – in welchen Straßen trieben sie sich nur herum, womit verdienten sie sich nur ihr Brot! Mit leeren Taschen. Und Literatur im Blut. Absurde alte Männer. *Soldaten.* Aber sie waren gekommen! Und hatten ihre unvergeßlichen Aktendeckel mitgebracht! ... Die alten Frauen hatten schon viel früher aufgehört, die Redaktionen mit ihren Gedichten abzuklappern. (Als die Vorderzähne ausfielen. Sie waren klug.) Und noch einen erkannte ich, er schlenderte auf und ab, ich erkannte ihn an den Wangen mit der charakteristischen Einkerbung der alten Falten, das war einst Tolja Podkidysch (Findling), er trug den verstümmelten Nachnamen als Spitznamen, der Blondschopf, er war es! – mit unterdrückten Leidenschaften, aber hellwacher Eitelkeit.

Er erkannte mich ebenfalls. Krächzte heiser. Krächzte mir ins Gesicht, ohne zu grüßen, nachdem er mir einfach seine knochige Hand hingestreckt hatte – so werden wir noch in zehn (oder wieviel) Jahren miteinander umgehen:

»Du sollst einen Verleger gefunden haben?«

Ich lachte leise. Ja, ich habe etwas gefunden ... aber keinen Verleger. Was denn? Das kann ich nicht sagen, aber *etwas* habe ich in meinem Leben gefunden.

»Kannst du mir dann nicht ein bißchen Geld borgen?« (Humor?)

»Ich borge nichts«, sagte ich. Und schleuderte die Fluppe in den still vor sich hin qualmenden Eimer (voller Kippen) auf dem Fußboden.

Die alten Literaten, die zwar hüpfend und japsend, aber doch irgendwie auf die neue Zeit (die Straßenbahn) aufgesprungen waren, wirkten nicht so schizoid wie die glücklosen. Ich wurde zum Glück als einer von dieser Sorte erkannt. Mein ruhiger, gemessener Schritt erschien ihnen als Anzeichen, daß bei mir alles in Butter war und mein Roman, der seit der Breschnewzeit in der Schublade lag, demnächst irgendwo mit großem Tamtam herauskäme.

»Geh zu Anton Stepanytsch. Sag ihm was.«

»Was denn?« fragte ich.

»Rede einfach mit ihm. Muntere ihn wenigstens auf!«

Man zeigte mir einen völlig verelendeten, alten Rüden, der ein belegtes Brot mampfte, er schnupperte daran, zielte in den Mund, und happs – nein, zu dem gehe ich nicht. Mir würde nur das Herz schwer. Wozu ihn aufmuntern? Sollte er mampfen. (Ich vermochte mich nicht auf diesen Opa zu besinnen. Am Ende stellte sich gar heraus, daß er jünger war als ich!)

Auf der Straße quietschten Bremsen. Ein Auto. Vor dem Verlag, vor dessen Tür die Reste der schreibenden Generation in Agonie lagen, fuhr der nunmehr bekannte Sykow vor. Ich wußte noch von Michail (wir hatten meinen Ausflug hierher gemeinsam ausgeheckt), daß Sykow zum *Redaktionsrat* gehörte, bei dem man *nicht läuten und anklopfen* durfte, und den Verlag mitgegründet hatte, er sollte eine große Summe hineingesteckt haben; ich weiß es nicht mehr genau; Gerüchte.

Ach, wie ihn die Leute, die ihn erkannt hatten, von rechts und links bestürmten! Ihn umringten. »Ich verspreche nichts. Ich verspreche nichts. Wir werden bei der Auswahl der Manuskripte streng vorgehen«, antwortete er ihnen, ohne stehenzubleiben.

»Wir werden streng vorgehen … Ich verspreche nichts …« Doch Sykows Gesicht war im Gegensatz zu seinen Worten durchaus gutmütig und wohlgesinnt. Das Gesicht ihres alten Freundes. Sykow war ehrlich. Sykow würde sich bemühen, das war klar, und diese ganze Horde von halbverrückten alten Männern würde zum erstenmal im Leben gesetzt und gedruckt werden. Hundert Autoren. So versprachen sie es in der Reklame.

Das Buch würde natürlich dick werden, ein Ziegelstein aus Papier. Es würde in einer winzigen Schrift gesetzt sein. Es würde herausgegeben und sofort vergessen werden, wäre unverkäuflich und schlecht gebunden, mit losen, herausfallenden Seiten und mürbe wie getrockneter Lehm. Wie ein kleiner Hügel. Wie ein umfriedeter Erdbuckel – ein Massengrab für die Schreiberlinge, die mit Müh und Not die Zeiten Gorbis noch erlebten. (Und trotzdem wäre es ein Glück. Keine Frage! Wie ihre Gesichter strahlten!)

Sykow erblickte mich. Seine Augen blitzten auf. Er glaubte, daß ich den Stolzen spielte (was ich auch tat), und kam selbst freundlichen Schrittes zu mir. Drückte mir die Hand. Nahm das Manuskript entgegen (die anderen gaben alle ihre vergammelten Aktendeckel beim Sekretär ab, doch mir wurde es persönlich abgenommen). Nickte nur. Sagte beiläufig, wir sollten uns mal treffen und was zusammen trinken, was hältst du davon?

Und lächelte:

»Wenn wir uns heute treffen, dürfen wir nichts trinken.«

Der blaunasige Tolja Podkidysch drängte sich vor. Blaunasig, grauhaarig und – jetzt sah man sie – eine Narbe auf der Stirn. Er brabbelte etwas. (Hatte von weitem *treffen* und *trinken* verstanden.) Blickte Sykow in die Augen. Bettlerreflex. »Wer möchte nicht mit einer Berühmtheit trinken!«, also mit Sykow, er schleimte sich schon heftig bei ihm ein.

Doch Tolja Podkidysch nahm Sykow das Manuskript nicht ab.

Er unterschied (und trennte) uns noch stärker, als er meine Schulter leicht umfaßte und mich aus dem Lager zur Tür des Verlags führte. Aus dem tiefsten Inneren der Räume hörte man das betörende Rattern entweder eines Kopiergeräts oder einer kleinen Druckerpresse. Es roch scharf nach Druckerschwärze. Da spürte ich bereits (an Sykows Seite), daß er mich ein wenig umwarb (vorsichtig, natürlich, auf Distanz, aber er umwarb mich), meinetwegen, dachte ich, warten wir ab, was der Mann will.

Böse Zungen behaupteten, Sykow und ich seien als Prosaschriftsteller einander ebenbürtig, der ganze Unterschied zwischen unseren Schicksalen beruhe auf der zufälligen Anerkennung und Nichtanerkennung. Darauf, daß ich einst nach einem gemeinsamen Besäufnis den Kater bekämpft hatte und er nicht. Plötzlich tauchten damals westliche Korrespondenten auf (noch zu Zeiten der Zensur, sie rannten uns nach); sie wählten für das Foto Sykow aus, der ausgemergelter aussah. Das heißt, sie fotografierten uns beide, aber ich, der ich gerade meinen Kater überwunden hatte und guter Laune war, wurde von den Zeitungen verschmäht. (Was sollten sie mit Glückspilzen der Breschnewzeit anfangen?)

Das sind natürlich Hirngespinste. Wir wurden fotografiert, aber nicht auseinandergehalten. Zwischen uns gab es zwar eine leichte Eifersucht, das schon, aber wir waren Freunde. Und wenn man dem Gefühl des Doppelgängertums nachspüren will, dann sitzt es viel tiefer. Es läßt sich nicht analysieren. Und nicht durch verschiedene Lesarten heute bekannter oder wenig bekannter Tatsachen erhärten.

Wie ich (wie wir alle) wurde auch Sykow nicht gedruckt. Wie ich (wie viele von uns) wurde auch er ein- oder zweimal in die Lubjanka zitiert – er trank, hungerte und zog sich eine schlimme Gastritis zu. Nein, kein Magengeschwür. Doch mit diesem magenkranken Aussehen drang er plötzlich ins Ausland vor. Es erschien ein Buch von ihm. In den westlichen Zeitungen prangten eine Woche lang Fotos des ausgezehrten, elend wirkenden Sykow, da begann die Perestroika – beides fiel zusammen! –, und sogleich erschienen seine Bücher parallel dort und hier. Man hätte meinen sollen, er hätte sich gefreut und gejubelt, doch Sykow konnte nicht als Sieger leben (gemeinsames Übel). Er wurde oft gedruckt, doch was nutzte es ihm? Er hatte noch eine gute Schreibe, aber es gab keine Prosa mehr. Keine Texte. *Granitkrümel* des neuen Establishments, so sprach man über ihn, aber das wäre auch noch hingegangen. Das Gesicht war der Hauptgrund, er hatte kein Gesicht mehr! Das heißt, er war gutmütig, nett, eitel, aber mehr nicht. Insgeheim trauerte er wohl den vergangenen Zeiten nach, als er begabt, hungrig und chronisch betrunken war.

»Reg dich nicht auf! Ich hab mich nur nach deiner Gesundheit erkundigt.« (Nach der Gastritis. Ich hatte ihn gefragt, und Sykow war plötzlich eingeschnappt.)

Er versetzte skeptisch:

»Ach ja, diese Legenden. Ach, du lieber Untergrund!«

Wir schwiegen eine Weile. Waren beide alt und abgebrüht. Möglicherweise war Sykow doch aufrichtig. Möglicherweise waren der Wodka und der Hunger wirklich seine guten Geister.

Er schwenkte den Arm (fuchtelte dicht vor meinem Gesicht herum).

»Also wann trinken wir beide was?«

Er habe einen Namen, seine Erzählungen und Bücher seien gedruckt, er habe ein halbes Hundert Interviews gegeben, man habe ihn rundum versklavt. Ihm einen Stein an den Hals gebunden. Ein Joch angelegt. Und deshalb wolle er so hartnäckig mit mir einen trinken …

Die Idee der Unfreiheit, die mit dem Namen einhergeht, war seit langer Zeit meine ureigene Idee, Sykow kannte sie und wollte mich damit ködern. Aber er vereinfachte sie. Mein Gedanke (ein jugendlicher Pfeil, das stimmt schon) flog auch schon damals höher. An seiner Spitze blitzte schon damals der hehre Gedanke von den Gottesnarren und Spaßmachern, die vom Machtwechsel der Regenten unabhängig sind. Der Underground als Begleitung, als göttliche Eskorte der eitlen Menschheit.

»Worüber lächelst du?« fragte Sykow.

Ich lächelte also. Sykow lobte meine Prosa, nein, er schmeichelte nicht, er hatte sie auch früher schon geschätzt. Aber weit wichtiger als meine Texte war ihm jetzt natürlich mein Ruf als *Petrowitsch*, als waschechter UGler, der im UG geblieben war und folglich beim harten Kern des Undergrounds Einfluß besaß. (So dachte Sykow wahrscheinlich.) Ein Irrtum von vielen. Der Irrtum aller, die nach oben gekommen waren. Ein Mythos.

Im übrigen kann ich ja nicht wissen, welche Bedeutung man meinen Worten beimißt, vielleicht merkt man sie sich ja wirklich irgendwo beiläufig. Wiederholt sie vielleicht. (Es gibt ein Echo.) Ja, ja, ja, die »oberen Etagen« der literarischen Welt seien nicht nach seinem, Sykows, Geschmack. Deshalb habe er ja auch Lust, mit mir zusammen einen zu trinken …

Sykow schlug mir vor, zu ihm nach Hause zu kommen, was ein Besäufnis bedeuten würde mit langen, zermürbenden Klarstellungen, wie es früher im russischen Underground üblich war. Du und ich. Du, ich und die Literatur. In unserem Gespräch ginge es ausschließlich um uns selbst, es würde die anderen Sterblichen nur flüchtig streifen. Wir würden gar nicht mehr an die schreibenden Alten denken, die jetzt im Lagerraum auf den Platten mit den Vögeln saßen und sich den Hintern abfroren.

»Laß uns wenigstens ein bißchen reden.«

Ich versprach es, aber lustlos. Er verstand, daß ich nicht kommen würde.

»Aber ich bitte dich doch …« Er nannte mich plötzlich bei meinem Vornamen. Rief gewissermaßen in den Wald der längst vergangenen Jahre hinein.

Dann redete er auf mich ein, daß er mir bei der Veröffentlichung meiner Erzählungen helfen wolle. Der prominente Sykow werde mir helfen, ein Buch herauszugeben – sowohl hier wie auch im Westen. Er habe Einfluß in Schweden, im allesfressenden Deutschland. In England zähle sein Wort auch etwas, er nannte sogar den Verlag, aber irgendwie undeutlich und hastig, nuschelte den Namen und schnatterte eilig weiter.

Ich fragte:

»Was hast du davon?«

Er geriet in Verlegenheit.

Vielleicht wollte der Schriftsteller Sykow einfach nur einem alten Freund seine Bücher zeigen, das Regalfach mit zwei, drei Dutzend schönen westlichen Ausgaben. Wollte sie ihm zeigen und zugleich (mit fremden Augen) selbst aufs neue anschauen, um sich von dem kilometerlangen Abstand zu überzeugen, der uns trennte. Um die Grube zu sehen, über die er gesprungen war. Den Berg, den er bezwungen hatte. Das war verständlich. Um ihm eine Freude zu machen (eine winzige, aber menschliche und auf ihre Art ehrliche), hätte ich mich doch zu ihm geschleppt, wenn mich nicht dieses unvermeidliche Gespräch – du und ich – abgeschreckt hätte – wenn nicht seine endlose betrunkene Beichte über sein verlorenes Gesicht gedroht hätte. Das Gejammer über den Untergang des UGlers. Höchstens, wenn er mir etwas Gutes auftischen würde. (Das würde er doch sicher.) Trotzdem, ein ganzer Abend mit Sykow war nicht auszuhalten. Uns trennte schon zuviel.

Ich zögerte. Mit ihm zu reden hieße, vergessene, nicht unbedingt notwendige Rechnungen zu begleichen. Wozu? (Die beiden Kurzgeschichten von Vik Vikytsch würde er auch so herausgeben. Er hatte es versprochen.) Aber dennoch brauchte er irgend etwas von mir – *was* nur? Ich wurde neugierig. Als ich sah, wie seine in die Vergangenheit starrenden Augen weiter vor Leid hervorquollen, versprach ich ihm aufs neue und diesmal ernsthaft: Ja, ja … ich komme.

Ich erinnere mich an den verkommenen Sykow im Jackett, unter dem er nichts trug, weder Hemd noch Unterhemd, nur die hier und dort ergrauende Haarmatratze. Der betrunkene Sykow rannte dem Bus nach, der schon die Türen schloß. Der Schuh an seinem linken Fuß hatte keinen Absatz, im Schuh klaffte ein Loch, so daß die Ferse beim Laufen aufblinkte. Er fiel hin. Ich sah ihn plötzlich hinfallen. Ich (kaufte gerade Zigaretten) eilte zu ihm, aber Sykow war schon vom Asphalt aufgestanden und auf dem belebten Kalinin-Prospekt verschwunden. Im selben Jahr kam er aus der Gosse heraus, die Ehefrau eines anderen zog bei ihm ein und rettete den Schriftsteller Sykow vor dem Verderben. (So begann es.) Er lebte auf.

Die Sauferei ging weiter, doch da überstürzten sich die Ereignisse – Bücher im Ausland, Bücher im Inland, Zeitschriften, Anerkennung, Reisen, Lesungen und zugleich, Flügel an Flügel, seine scheinbar zufälligen, eleganten Essays, in denen er den sozialistischen Realismus und die muffige sowjetische Literaturwissenschaft aufs Korn nahm.

Äußerlich Sieger, aber innerlich unfrei und abhängig vom Literaturbetrieb (er verheimlichte zwar diese Abhängigkeit, doch dafür bedrückte sie ihn um so mehr), so präsentierte sich jetzt der ganze Sykow. Und das dauerte an. Ach, wie er sich selbst illustrierte. Als er bereits arriviert und gepflegt war, stand er vor dem Eingang zu irgendeinem Klub, der für einen Schriftstellerabend gemietet war. Sykow stand dort als allgemeiner Liebling und intellektueller Wächter. Er tat nicht Dienst, sondern trug die Verantwortung. Erwartete seine Leute. Er fragte nicht nach der Einladung, sondern musterte leichthin die Gesichter wie ein Mann, ein Diener, der bereits vollständig (schon seit gestern) in den Klan aufgenommen war. Ihr Weg führte sie unaufhaltsam nach oben, schon bald würden sie das Establishment von Gorbis Gnaden bilden.

Um es einfach zu sagen, Sykow empfing vor dem Eingang die buntgemischte Bruderschaft der Literaten. Ich, sein Doppelgänger, stand unterdessen fünf Schritte von ihm entfernt. Als ich gekommen war, wartete ich ebenfalls vor dem Eingang; ich wartete, wie verabredet, auf Michail, um die Koffer irgendeines Schriftstellers nach Scheremetjewo zu bringen; ich war auch ein Diener, aber freiwillig und nicht gedungen.

Zunächst kamen die Kritiker. Und Sykow empfing sie, Männer und Frauen. Ja-ja. Genau die Kritiker. Sogar die, deren Artikel und intellektuelle Ausrichtung dazu beigetragen hatten, daß Sykow und viele andere einst vor den KGB geschleift, verhört und schikaniert worden waren; sie erhielten damals eine Vorladung nach der anderen. (Aus kleinlicher Niedertracht wurde Sykow auch noch das Recht abgesprochen, die Poliklinik aufzusuchen – weil er eine ungedruckte Erzählung laut gelesen hatte!) Er war im Streß. Er war Quartalssäufer. Er war stolz und hochmütig, unser Sykow. Hatte es sich gelohnt, damals *so* zu leben, um heute *so* zu leben? Die Frage drängt sich auf, die Frage nach der Belohnung. Die Kritiker strömten ununterbrochen herbei. Die Rezensenten. Redakteure. Es kamen viele. Es waren dieselben Leute. Sykow empfing sie, gab ihnen die Hand. Erkundigte sich interessiert, wie *jener* Artikel eingeschlagen habe. Ob es darauf keinen Angriff aus dem anderen Lager gegeben habe? Und wer hat ihn geschrieben? Ach, diese Fieslinge. Und was planen Sie jetzt? *Man muß ihnen antworten, unbedingt. Paroli bieten …* Er war erregt. Nahm teil. Seine Stimme bebte sogar. Warum macht er das? dachte ich. Mir war in jenem Augenblick nicht klar, daß er es nicht für sich tat, sondern für seinen Namen. Er (der Name) lenkte ihn wie eine Marionette und zwang ihn, Hände zu schütteln, kluge Fragen zu stellen, erstaunt die Augen aufzureißen, sich in die Brust zu werfen oder, von plötzlichem Kleinmut ergriffen, sich zu ducken.

Vor dem Eingang erschienen Exilautoren; sie waren von europäischer Zurückhaltung und kamen pünktlich, waren bescheiden angezogen und hatten die Metro benützt. Der Klub hieß »Kautschuk«. Unsere Autoren und die Emigranten sollten gleichberechtigt auftreten, an einem gemeinsamen Tisch sitzen und sich kabbeln, fabelhaft, wunderbar, solche Zeiten haben wir jetzt! Der feinfühlige Sykow hatte sich nun ins Foyer begeben (er konnte die Emigranten doch nicht auf der Straße begrüßen), trat aus dem Schatten, grüßte und fragte:

»Wie sehen Sie denn von Paris aus unsere literarische Wirklichkeit? … Haben Sie bemerkt, wie stumpf die Zähne unserer Zensur geworden sind?«

Der grauhaarige Emigrant blies die Wangen auf und gab eine liebenswürdige Antwort auf diese rhetorischen Fragen. Sykow wußte ja selbst, *wie* man die literarische Situation in Paris sah und *was* man hinsichtlich der Zensur empfand; er wußte alles. Aber er fragte. Und es ging ihm nicht darum, sich einzuschmeicheln. Er strengte sich nicht für den Emigranten an, sondern für sich selbst. Auf seiner angespannten Stirn standen winzige Tröpfchen – er arbeitete im Schweiße seines Angesichts.

Er stand im Foyer und fragte:

»Und unsere Tempelpriester, ich meine unsere dicken Zeitschriften – behalten sie die russische Tradition bei?«

Und weiter:

»Und unsere scharfzüngigen jungen Philosophen?«

Ich langweilte mich. Michail kam einfach nicht. Nachdem ich lange genug gewartet hatte, zwängte ich mich doch in die Schwatzbude des Kautschukklubs, ging zu ihnen hinein, aber nur ins Foyer. Ich trat ein, um einen Happen zu essen und tüchtig dem (versprochenen) deutschen Freibier zuzusprechen. Ich trank und trank. Als ich wieder im Wohnheim war, schlief ich wie ein Stein ein und wachte mitten in der Nacht mit berstender Blase auf (ich hatte schon lang nicht mehr so gutes Bier getrunken). Dann schlief ich aufs neue meinen bayrischen Rausch aus, immer noch guten Mutes und von lang schon nicht mehr empfundenem jugendlichem Glück erfüllt. Vor meinen Augen huschten Gesichter vorbei, die ganze illustre Gesellschaft dieses milden Abends. Ich dachte: armer, eitler, begabter Sykow, er dauerte mich …

Im Kautschukklub (im Foyer neben dem Faßbier) trank ich eine Zeitlang mit dem verrückten Obolkin zusammen.

»Trink ein Bierchen. Gratis«, sagte ich zu ihm.

»Mach ich! Mach ich!« Er verschluckte sich, glücklich, daß er trinken durfte und wenigstens einen hatte, der ihm, dem verlotterten Paria, zuhörte.

Der Umgang mit Obolkin war schon immer schwierig, er philosophierte und redete gern. Als er dreißig war, machte das

Spaß – Obolkin war ein genialer Heißsporn. Hätte unser Verstand ihn damals richtig erkannt und gefördert, dann hätten seine unglaublichen formalen Sprachforschungen Widerhall in der ganzen Welt gefunden. Erst heute sehen wir, wie offen und heftig dieser Verrückte mit Wittgenstein gerungen hat. Er redete viel und seltsam. Und schrieb so kurz und knapp, daß einem von der Anstrengung, seine Zeilen zu verstehen, die Schläfen weh taten. Also lasen wir sie nicht. Das einmalige geistige Experiment wurde begraben. (Winter. Es schneite.)

Obolkins erregte Einbildungskraft, die sich einen Weg suchte und befreite (von seinen Texten, die sie wie eine Hülle abstieß), verwandelte sich, als er vierzig oder fünfundvierzig war, in Krankheit, in einen Wahn. Obolkin wollte unbedingt in den Westen vordringen und schickte seine Schriften mit Hilfe von Matrosen der Handelsmarine an die UNO. Ein Fall wurde bekannt: Der Verrückte versuchte, in der Zentralbibliothek zu übernachten, und versteckte sich hinter den Vorhängen, als sie geschlossen wurde (man konnte ihn von der Straße aus sehen). Mit Fünfzig wurde er von einer Eisverkäuferin mit drei Kindern geheiratet. Kaum waren die Kinder groß, brach die Frau einen Familienstreit vom Zaun und setzte ihn alsbald vor die Tür seiner eigenen Wohnung. Im Winter verkroch er sich in die Datscha von irgend jemandem, knabberte Zwieback und schlief bei Eiseskälte in einer Truhe Arm in Arm mit dem Hund; seine Manuskripte wurden jetzt an die UNESCO geschickt, ins gute alte Frankreich, da die UNO bestechlich und vom amerikanischen Kapital abhängig sei. Ich traf den Kranken einmal im Verbindungstunnel der Metro, er hielt die Kappe in der Hand, in der ein paar abgegriffene Rubel klimperten. Als mich Obolkin erblickte, zwinkerte er mir vielsagend zu. Er war immer noch ein stolzer Mann und sagte: »Ich übe mich in der Rolle des Bettlers. Ich bin gar nicht arm. Ich brauche nur neues Wissen.« Er sah elend aus, hatte wohl seit dem Morgen nichts gegessen. Ich erklärte ihm, daß ich ebenfalls neues Wissen suchte und mich gerade in der Rolle des Almosengebers übte. Warf ihm meine letzten Rubel in die Kappe, da zischte er: »Spinnst du! … Die Leute merken doch was!« Wir standen beieinander, plauderten über Semantik und Roman Jakobson, während ein riesiger Ventilator über uns rotierte. (Er pumpte frische Luft in die Metro und machte einen Heidenlärm.)

Obolkin hatte ein strenges und zugleich mystisches Verhältnis zum WORT – die Wörter waren für ihn ein abgewohnter *Raum*, ein lang genutzter Ort und zugleich eine heilige Stätte. Wie Golgatha. Jeder kann kommen. Wir alle suchen sie vorübergehend auf, um Andacht zu halten, *aber leben darf man dort nicht …* Als wir im Klub bayrisches Bier (vom Faß und umsonst) tranken, fragte mich Obolkin: Wie schreibt sich's? Wie denkt sich's? Die Lieblingsfrage des Verrückten, seine Augen irrten umher, die Brauen zuckten. Ich gab keine Antwort, versenkte meinen Schnauzbart noch tiefer in den Bierkrug.

Bei Obolkin selbst schrieb und dachte es sich bis fünfundfünfzig – bis zu seinem Schlaganfall. Bis zu der Stunde, da man in seine Behausung kam und den verwilderten, schmutzigen alten Mann bäuchlings auf dem Boden liegen fand (mangelnde Durchblutung des Gehirns, instinktiver Rettungsversuch).

Diese Leute – es sei ihnen gedankt – begruben ihn und schafften seinen ganzen Manuskriptkram nach und nach (sie schämten sich) auf den Müll. Einer der UGler fragte sanft nach; er wolle ja keine Vorwürfe machen, aber es müsse doch etwas dasein, Obolkin habe doch gearbeitet, worauf die Verwandten der Eisverkäuferin antworteten: Obolkin habe vor seinem Tod alles vernichtet. Seine Papiere. Fotos. »Es war ihm peinlich …«, sagten sie.

Was für glückliche und wohlklingende Worte findet man (finden wir), wenn ein Mensch soeben gestorben ist. Der große Stoff erlaubt es den Unbegabtesten, schön zu sprechen: »Was sollen Papiere, wenn der Mann tot ist!« antwortete die Eisverkäuferin aphoristisch. Tatsächlich: Steht uns jetzt der Sinn nach Papieren?

Ich habe ja meine Papiere-Erzählungen auch irgendwo weggeworfen. Habe sie in den Redaktionen ohne Absender liegenlassen, sollen sie ruhig auf den Müll wandern. Tick-tack. Jedem das Seine. Auch über mich wurde geredet, mein Abgang von der Bühne sei ein raffinierter Selbstbetrug und die Pflege meines postliterarischen Ichs bei diesem Schweigen ebenfalls halber Wahnsinn. Der Schreiber ist aus freiem Willen verstummt. Kein einziger Tag, an dem er eine Zeile zu Papier bringt.

Wie viele UGler hatte ich als Heizer angefangen, war aber bald als Nachtwächter ins wissenschaftliche Forschungsinstitut NIIASTECh übergewechselt, drei Tage. (Eigener Tauchsieder. Eigener Tee in der Abstellkammer. Lange Nächte und Lenins Bild beim Übergang von einem Stockwerk zum anderen.) Es war ein schlechtes Bild. Der aufgedunsene Lenin glich einem Trunkenbold, was ihn aber menschlich machte. Ich konnte ihn nicht lieben, als er von allen geliebt wurde und die Dichter aus Pietätsgründen vorschlugen, man solle sein Porträt von den Geldscheinen verbannen. Aber ich war an ihn gewöhnt, wie man sich eben an einen Menschen gewöhnt, ohne ihn zu lieben. Wie an einen kahlköpfigen Pförtner. (In den endlosen Winternächten.) Lenin war in voller Größe gemalt. Jedesmal wenn ich die Treppe mit dem Teekessel hinaufstieg, kniff er verkatert die Augen zu und blinzelte mich wie Obolkin an: Wie geht's – wie schreibt sich's und wie denkt sich's? Pichelst du immer nur Tee? Schade, daß wir zwei kein Bierchen haben!

Ich versuchte, auch Kostja hier unterzubringen (als Ablösung für mich), Kostja ... wie hieß er gleich noch? ... Kostja ... Kostja ... Aber das menschenleere, vielstöckige Institut, der karge Lohn und das Führerbild im Treppenhaus (»dein künftiger nächtlicher Freund«, stellte ich die beiden einander vor) machten auf Kostja einen deprimierenden Eindruck. Selbst das kostenlose Schreibpapier und die unbegrenzte Auswahl an Schreibmaschinen konnten ihn nicht in Versuchung führen. Er lehnte ab. Spuckte Gift und Galle. Machte mir ein häßliches Kompliment, dabei hatte ich mich so für ihn eingesetzt. Er bat um Diskretion, seine Frau dürfe nichts von dem Lenin wissen, wenn er hier doch noch aufpassen müsse. Komischer Kauz. Groß. Markantes Gesicht. *Kostja Rogow, der sich schließlich erhängt hat*! Jetzt war mir der Nachname wieder eingefallen! (Er hatte einen Roman geschrieben. Dick. Raffinierte Komposition.) Ach, wie verlangte es Kostja Rogow nach Anerkennung, wie sehr wünschte er sich die Veröffentlichung! ... Wir alle, die wir damals den Literaturredaktionen die Bude einrannten, kannten ihn. Rogow, das war ein Mann. Rogow, das war ein gerader, ruhiger Blick. Der hatte Haltung. Einen starken Charakter. Aber keine Stimme – seine Stimme klang ausweichend. Seine Stimme klang geschraubt und irgendwie bittend, hatte einen leicht beleidigten Tonfall.

In der Bibliothek gingen wir abends ins Raucherzimmer, Rogow verschwand nach nebenan, um zu telefonieren. Am Telefon sprach Kostja Rogow plötzlich keineswegs geschraubt: Er sprach geradlinig, mit hartem, fast gebieterischem Tonfall, so daß ich mich nicht beherrschen konnte und ihn hinterher fragte:

»Mit wem hast du gesprochen?«

Er war leicht verlegen (jemand hatte ihn also gehört), antwortete jedoch:

»Mit meiner Frau.«

Damals bemerkte ich auch die seltsamen weißen Blitze in seinen Augen, die Entschlossenheit oder plötzlich konzentrierte Willenskraft auszudrücken schienen, in Wirklichkeit aber Zeichen der herannahenden Krise waren. Rogow wurde von den Absagen der Redaktionen getötet: Er war ein stahlharter Mann, ging aber an den hastig beschriebenen weichen Papierblättern zugrunde. Um so rauher sprach er mit seinen Angehörigen. Mit seiner Frau. Seiner Tochter. Als bei den meisten von uns die Familien zerbrachen (oder sich ganz allmählich auflösten), blieb Kostja Rogow bei Frau und Kindern, tauchte nicht in den Untergrund ab. Vollständiges Scheitern, null, Punkt, aber seine Familie wurde davon nicht zerstört. Dort hatte er andere Schwierigkeiten.

Sein Scheitern und sein Wahnsinn fanden ein anderes Ventil. Äußerlich geschah nichts – der verdüsterte Rogow verteilte keine Romanfragmente an die Leute in der Metro. Trank nicht, legte sich nicht mit der Miliz an. Nur die Gabe des Wortes kam ihm abhanden. Karger Stil. Leere, saubere Absätze. Wie gereffte Segel. Unbeweglich. Unlebendig … als ich seinen Text gelesen hatte (nach einem Jahr Pause), konnte ich nicht anders, als ihm in die Augen zu schauen und zu fragen: »Hast du mir das im Ernst zum Lesen gegeben, Kostja?« … Zur Antwort blitzten in seinen Augen die bereits bekannten, hellen Funken der geistigen Zerrüttung auf (wurden quasi vorgeschoben). Bald darauf, schon in den nächsten Tagen, lud mich Rogow inständig zu sich nach Hause ein – ich hatte Hunger, besaß keine Kopeke; komm und iß was mit uns, sagte er.

Ich kam und lernte seine Familie kennen. Sie vergötterten ihn. Rogow thronte in der Mitte, eine Zigarette und die Zeitung in den Händen. Seine schöne Frau, die vierzehnjährige Tochter und der erwachsene Sohn – alle schauten ihn an, wie man ein Genie anschaut. (Und alle arbeiteten für ihn, tippten etwas ab, lasen Korrektur, archivierten.) Eine Familie wie in *Onkel Wanja*, dachte ich. Seine Frau servierte eine schmackhafte Bohnensuppe. Wir führten ein angeregtes Gespräch. Rogow scherzte ab und zu. Sie vergötterten ihn, erschauerten beim Klang seiner Stimme. Er war so egoistisch, daß er sich in seiner eigenen Wohnung umbrachte; er erhängte sich mit einer Schnur und stürzte alle in eine entsetzliche Trauer. Ich war zur Totenfeier eingeladen. Größeren Kummer habe ich nie in einer Familie erlebt.

»Sykow, der Schriftsteller? Sein Buch ist erschienen. Kennen Sie ihn?« Der Arzt Cholin-Wolin sprach plötzlich mit mir über Sykows neues Buch, er habe davon gehört und würde es gerne lesen. Aber man finde es leider in dem bunten Angebot der Buchstände nicht mehr, es sei vergriffen, man müsse auf die nächste Auflage warten.

Ich konnte es ihm nicht wirklich versprechen, ließ mich aber von Sykows Namen ködern und nickte bereitwillig – man nickt, wenn der Arzt deinen Bruder behandelt.

Die Aussicht auf das Buch bewog mich zur Zusage, schon rief ich Sykow an, mit dem ich schwierige fünf oder mehr Jahre gemeinsam gezecht hatte. Und dem ich übrigens einmal geholfen hatte, als seine Augen krank waren. Wenn man bei schlechtem Licht tippt, verdirbt man sich die Augen (den plötzlichen, stechenden Schmerz kennt jeder, der schreibt). Ich riet Sykow damals zu einfachen, aber wirksamen Volksheilmitteln, insbesondere zu heißen und kalten Wechselkompressen mit einem Handtuch. (Vier- oder fünfmal nacheinander abwechselnd auf die Augen legen. Die bleiben natürlich geschlossen.)

»Komm nur, komm! Am besten gleich!« schrie Sykow in den Hörer. »Ich habe Kubanskaja Wodka aus dem Kuban, erinnerst du dich an den?«

»Na klar«, lachte ich.

»Und erinnerst du dich noch an das Wechselhandtuch?! Du hast mich damals gerettet!«

Ich lachte wieder. (Das Handtuch war mir nicht besonders deutlich in Erinnerung. Aber es fiel mir wieder ein.)

»Wenn du nicht gleich kannst, dann komm etwas später. Wann du willst. Heute abend!« Sykow, der sich offenkundig freute, daß ich endlich angerufen hatte, rief mich zu sich. Allerdings rekapitulierte er laut (näselnd) alle möglichen Dinge, die heute und morgen zu erledigen waren, darunter ein Auftritt im Fernsehen, ein Gespräch mit dem eigens angereisten Übersetzer, der Verlag, der Deutsche, der Japaner … Aber der Abend war trotzdem frei.

Am Abend besuchte ich ihn in seiner neuen Wohnung in einer der besten Lagen Moskaus. Ein schönes Haus. Warm. Weiche Möbel. Einsamer Hausherr. »Nein, ich habe nicht geheiratet. Ich schleppe Frauen ab. Ist mühsam, muß aber sein«, erklärte er mit feinem Lächeln.

Er griff sich an den Hals. Und fragte lachend – er habe da etwas Böses, zwei Furunkel, zum Teufel damit, kennst du nicht noch ein todsicheres Hausmittel, so was wie die Wechselkompresse mit dem Handtuch?

»Ich kenne eins.« Und als Sykow fragte, was das für ein Mittel sei, erklärte ich: »Das Mittel ist bekannt. Es heißt *Ehefrau.*«

»In welchem Sinn?«

»In jedem. Furunkel kriegt man entweder vom Schmutz oder von einer Erkältung. Oder von langer Enthaltsamkeit, wie die Halbwüchsigen. Eine Ehefrau (oder eine liebende Frau) bewältigt das ganze Aufgabenpaket mit links.«

Ich redete bewußt pedantisch mit ihm. Ein UGler, der sich über die richtige Lebensführung ausläßt, ist schon kurios. Dennoch dozierte ich nicht nur, wie man richtig lebt, sondern gab zugleich auch ein wenig an (nebenbei, versteht sich), ja, ja, ich sei Wächter im Wohnheim, gebe aber auch Privatunterricht, die Leute rissen sich um mich, ich müßte jede Menge Stunden geben und hätte jede Menge Geld. (Ich wollte damit das Thema des Überlebens vermeiden. Wenn ich arm war, konnte ich ziemlich aufbrausend werden.)

»Wächter – das ist ja eine Denkweise«, sagte Sykow nachdenklich.

Und rief sogleich aus:

»Du bewachst *für* die Menschen und zugleich *vor* den Menschen! Hast du mal darüber nachgedacht?« Wortspielereien als leichter Auftakt, Vorspiel, Einleitung zum zwangsläufig eintretenden Augenblick, da jeder von uns (so dachte er) sein weinendes Herz entblößen würde.

Sykow berührte den Hals mit den Fingern (rieb die Stelle neben den Furunkeln) und lachte, volle Kraft voraus! Wir begaben uns in die Küche, wo wir sofort den bereiften Wodka entdeckten und wo ein Imbiß aus geräuchertem Fisch, verschiedenen Käsesorten, Salami, Marmelade und sogar Nüssen (Nußknacker daneben) bereitstand. Nicht schlecht.

Auf dem Weg dorthin – ich hatte darauf bestanden – warfen wir natürlich auch einen Blick in das Zimmer, wo drei lange Regalfächer mit seinen eigenen Büchern gefüllt waren, die bei uns und im Ausland erschienen sind. Schönes Wandregal aus Eichenholz. Bunte Umschläge. Er zeigte mir alle und erzählte dazu. Klagte nett. (Wie alle in dieser ungeschützten Pose neben ihren Büchern. Die so erfolgreichen ehemaligen UGler.) Ihre Klagen sind von besonderer Art, nett, amüsant und immer umständlich, wie eine Erzählung. Sie können aber auch grob und hart gegen sich selbst gerichtet sein. Ausstülpung der Bescheidenheit. Ja, der Schriftstellerkongreß … Hilton International … Hotelzimmer für zweihundert Dollar pro Nacht, Fernsehübertragung rund um die Welt … Aber … Aber … überall gibt's ein *Aber*! rief Sykow aus. Und beeilte sich, mit einem schiefen Lächeln zu erklären, sie hätten schon im Hilton gewohnt, aber für den Hotelservice nichts bezahlen müssen. Alle hätten gezahlt, aber sie (die Russen) nicht, als Bettler, als armes Land, sie hätten sogar Briefe kostenlos abschicken dürfen! Das Fernsehen habe auf der ganzen Welt vom Kongreß berichtet, *aber* dafür hätte man ihnen vorher gesagt, was sie sagen sollten. Natürlich nicht offen und direkt. Aber man hätte ihnen doch zu verstehen gegeben, daß sie nicht allesamt im Chor über die Vergangenheit, die Lager und die verfluchten Kommunisten reden sollten. Das sei ohnehin allen klar … Das schlimmste *Aber* (und ekelhafteste, glaub mir) sei gewesen, daß er, Sykow, ständig habe rotieren müssen: Statements in der Presse, Lesungen, Erklärungen, Unterschriften unter Protestbriefe – nicht, weil andere das von ihm wollten, sondern weil er es selbst wollte! Er hätte auf keinen Fall einfach rumsitzen dürfen, sonst wäre sein Name schon am nächsten Tag verblaßt, verschimmelt wie Käse …

Sykow hob ratlos die Schultern:

»Eine unglaubliche Zeit! Eine phantastische Zeit, und ich? Was ist mit mir? … Ich weiß selbst nicht, warum mir so ekelhaft zumute ist. Sag du mir, warum?«

Wir tranken bereits.

Als wir vor den drei Regalfächern standen, hatte er mir schweigend sein Buch geschenkt, es war schon signiert: *Für soundso zur Erinnerung an die Zeit des Undergrounds …*

Ich erinnerte mich sofort:

»Ich habe einen Bekannten. Er ist ein Verehrer von dir. Arzt. Schenkst du ihm eins?«

»Soll ich es signieren?« Sykow wurde ernst; er nahm ein weiteres Exemplar aus dem Regal.

»Ja: Für Dr. Cholin-Wolin von …«

Ich hielt beide Bücher in der Hand. Eine robuste Umhängetasche (wie Vik Vikytsch eine hatte) besaß ich nicht. Ich trug einen Pullover, ein frisches, sauberes Hemd, sogar meine Schuhe sahen anständig aus, es war heute trocken – aber eine Tasche hatte ich eben nicht. Er bemerkte es.

»Ich gebe dir eine Plastiktüte.«

Er holte eine schöne, bunte Plastiktüte mit der Aufschrift AD ASTRA, die Bücher glitten mit leisem Schurren hinein.

Der Wodka brachte uns nur mühsam und ganz allmählich zu früheren Worten und früheren Zeiten zurück. Aber Sykow legte seine Nervosität ab. Und ich nahm keine Notiz mehr von der satten Wohnung, den Büchern und Bildern an den Wänden. Natürlich hatte der Faden, mit dem ich um den Finger gewickelt wurde, ein Ende: Ich hatte schon gerochen (das war kein Kunststück), warum mich Sykow in seinem Verlag umworben hatte und weshalb ich eigentlich eingeladen war: Er brauchte mich (lediglich) wegen meiner Meinung oder, besser gesagt, für meine Meinung. Ja, ja, wie seltsam und komisch es auch war, er wollte meine Meinung über sich hören. Ungeschminkt. Die Meinung des UGlers über Sykow. Sein Plan konnte auch noch etwas mehr enthalten: Er wollte nicht nur mich und meine Meinung hören, sondern sie auch möglichst korrigieren, wenn auch nur um Haaresbreite, aber immerhin.

Ein vertrauter und ganz menschlicher Wunsch. So sind wir

eben. Der Ort ist neu, das Ritual alt. Sykow wollte um alles in der Welt gut sein. Wollte, daß man auch in diesen neuen Zeiten, da er einen Namen hatte, *dort, wo ich war* (also im Underground), nur Gutes von ihm dachte und keine Scheiße über ihn redete. In dem Sinne, daß er voll und ganz vom Establishment gekauft sei. Wie sonst (wenn nicht durch mich) hätte sich der berühmte Schriftsteller Sykow ihnen (uns) erklären sollen, und wie hätte er auf ihre hysterischen, unterirdischen Beschuldigungen antworten können? – gar nicht. Wie soll er mitteilen, wie dem Underground zuschreien, daß er gut ist, und wenn gekauft, dann doch nicht ganz und gar! Dorthin (zum Underground, so glaubte er) war ihm der Zugang verwehrt; es ging zu tief hinunter. Aber durch mich wäre es möglich, wie durch eine Sonde etwas abzutasten und zu erforschen, und nebenbei auch gewisse rechtfertigende Informationen über sich *dort* einzuführen. (Solche Sonden gibt es.)

Das biologische Altern und auch die Zeit selbst (die variantenreiche Gorbizeit mit ihren Verführungen) hatte viele von uns im Underground zersplittert und auseinandergeweht; eh man sich's versah, war man einsam und allein auf einer Sandbank gestrandet. Doch selbst bei den seltenen Treffen mit Wassiljok Pjatow und seinen Zechkumpanen oder mit irgendeinem anderen würde ich doch laut einen Namen nennen und berichten! (Das war Sykow klar.) Und mir war es jetzt auch klar. Der Gedanke, daß er mich brauchte, stimmte mich heiter, der Wodka (Kubanskaja) schmeckte nun süß. Mir fiel das alte Gleichnis vom Wolf und vom Hund ein, die sich eines Tages an einer Weggabelung trafen. Der Hund prahlte damit, daß sein Fell glänze, daß er eine warme Hütte habe und zweimal am Tag Futter bekomme, er zeigte dem Wolf Zeitungen mit Rezensionen und Fotos sowie seine diversen Bücher in bunten Umschlägen, die in Spanien und Schweden erschienen waren. Aber der Wolf beneidete ihn nicht. Der Wolf fragte: »Bruder, warum ist denn dein Fell am Hals durchgescheuert?«, während er verstohlen auf die Druckstelle des Halsbandes blickte, die sich auf der glatten Haut so deutlich abzeichnete. (Jeden Morgen bekam der Hund einen Löffel Pflanzenöl in seine dicke Suppe.) Ja-a-a, alter Freund! Du hast keine Furunkel, Bruder, dieses Übel hat einen ganz anderen Ursprung, und du wirst nicht mehr aufhören, dich am Hals zu kratzen und zu reiben. Noch dazu im Beisein eines UGlers, unter dessen gestopftem Pullover sich das Wolfsfell sträubt, wie freundschaftlich er auch seine Worte wählt, und unter dessen schlaffem Schnauzbart sich die Reißzähne verbergen.

Seine Wohnung, der Fisch und die Räucherwaren zum Wodka, das Regal mit den schönen Büchern, alles stand mir noch lange vor Augen, aber noch länger blieb mir der Anblick von Sykows schicker Computertastatur im Gedächtnis (und wollte nur unwillig verschwinden). Zartes, leichtes Klackern, das reinste Geflatter im Vergleich zum Rattern meines rostigen jugoslawischen Ungetüms. Meine Schreibmaschine und Sykows Computer hatten nichts miteinander gemein. Dafür war mir ihre Vereinigung im Traum gleichsam eine Notwendigkeit (Kokettieren mit einem fremden Schicksal). Beim Einschlafen spannte ich sie unbewußt zusammen, und mitten im schönsten Traum (flüchtige Traumbilder) hatte meine Schreibmaschine einen Farbmonitor bekommen, also einen Bildschirm, und verfügte über die flatternde Leichtigkeit der Tastatur. Ich schlief, und die Hybride zirpte zart, während sie Zeile um Zeile ausspuckte. (Es war angenehm: Auch im Traum arbeitete ich schon lange nicht mehr.)

Es hätten meine Bücher sein können. Diese drei Regalfächer mit bunten Büchern hätten mir gehören können, die Einladungen und auf dem Tisch verstreuten Faxe von ausländischen Verlagen hätten mir gelten können; *wenn es so hätte sein können, dann wäre es so, jetzt weiß ich es,* dachte ich mit dem existentialistischen Gefühl des Wolfes, der an der Gabelung des Evolutionsweges den Hund getroffen hat. Der Mensch wählt oder wählt nicht (nach Sartre), das stimmt. Aber seine Wahl versteht der Mensch (im Gegensatz zu Sartre) leider erst *hinterher*. (Versteht sie, wenn er keine Wahl mehr hat, wenn er sie schon getroffen hat. Wenn sie längst hinter ihm liegt.) Die Weggabelung. Die plötzlich auftauchende und nur halbbewußt erfaßte Gabelung ... das ist unsere ganze Wahl! Würde ich leben, wie Herr Sykow jetzt lebt, dann könnte ich jetzt nicht den Underground verteidigen (wirklich?) – ich würde in dem so glücklich erscheinenden Fall *dieses* Leben, nämlich seines, *diese* Bücher, *diese* drei Regalfächer, *diese* auf dem Tisch verstreuten Faxe verteidigen. Sollte das wirklich stimmen? ... Wie gut, daß ich von Privatunterricht geflunkert und mich als bemittelten Mann ausgegeben hatte. Ein Knacks meiner geistigen Haltung (Knacks meiner heutigen Selbstbehauptung) hätte einen Streit mit Sykow auslösen können – einen unsinnigen, vielleicht sogar häßlichen Streit. Bei mir mußte man auf alles gefaßt sein. Ich war Wächter, Gnadenbrotempfänger im Wohnheim, kein Lehrer, der Privatstunden gab (Sykow wußte es doch!), kein Schriftsteller mehr, ein Niemand, eine Null, ein Penner, aber ... aber einer, der sein Ich nicht geopfert hatte. Das war es, was ihn kratzte.

»Verstehe. Jetzt werden alle der Reihe nach gedruckt. Und deshalb willst du in dem allgemeinen Gedrängel nicht gedruckt werden. Du bist zu stolz.«

So erklärte er mir mein Verhalten.

»Wieso nicht? Das verstehe ich nicht.«

»Ich auch nicht«, antwortete ich.

»Wie kann das sein?« beharrte er. »Wie kann ein begabter Mann *freiwillig* aufhören, Erzählungen zu schreiben?«

Ich redete mich mit einer Phrase heraus – es sei halt so gekommen.

»Aber das verstehe ich nicht! Erklär's mir!« Sykow war verärgert.

So redeten wir, beide schon betrunken, beide schon schwerfällig, aber beide nicht umzurennen, erfahrene Trinker, die einander genau zuhörten und feinste Zwischentöne wahrnahmen.

Ich versuchte gar nicht, es ihm zu erklären. Wie kann man erklären, daß jemand schweigen will? ... Aber wahrscheinlich hätte ich ihm als Antwort etwas Rauhes, Bitteres über mich selbst sagen sollen, sozusagen die letzte Wahrheit. Hätte dem alten Freund mein Herz ausschütten sollen, aber nur, weil er sein Herz ausschütten wollte. Er. Er wollte es.

»Wie ein U-Boot«, lallte ich. »Solange die Luft reicht, so lange werde ich *unter* Wasser leben. Unter Wasser schwimmen. Autonom. Unabhängig.«

»Verstehe«, echote er betrunken.

Viele, die schrieben, darunter Sykow und ich, waren in den Underground abgetaucht, um zu überleben; wir buddelten uns ein, wie sich große Raubtiere, aber auch kleine Tierchen in die Erde einbuddeln, um gegen die Winterkälte gefeit zu sein. Wir wollten leben. Ich sagte ja auch nicht, daß zwischen uns (zwischen Sykow und mir) nun schon eine ganze Riege von Leuten stehe, Kostja Rogow, der sich erhängt hatte, und der verrückte Obolkin, Vik Vikytsch, Michail und Hunderte, Tausende von Waidwunden wie die halb dem Alkohol verfallene Veronika. Sie waren Sykow keineswegs persönlich anzulasten, und hätte jetzt ein anderer (aus der Schar der Erfolgreichen) an seiner Stelle gesessen, dann hätte ich sie auch diesem nicht angelastet. Ich war verblüffend friedfertig. Tobte nicht und fing keine Prügelei mit Sykow an, dabei saßen wir schon ziemlich lange zusammen, tranken, redeten, rührten Vergangenes auf – draußen war bereits Nacht! Außerdem ließ ich durchblicken, daß ich ihn, Sykow, *gut* fände und mein Urteil im Rahmen meiner Möglichkeiten nach unten (in den UG) weiterleiten wollte; sollte es ihm das Herz wärmen, sollte es ihm helfen, diesen oder jenen ungewöhnlichen Preis anzunehmen – ja, bitte schön! –, er war ja wirklich nicht niederträchtig, raffte nicht zuviel an sich und verriet niemanden, was denn noch?! ... Wir hatten uns einander in Maßen geöffnet und erklärt. Man konnte sich trennen. Die Bücher (eins für den Arzt Cholin-Wolin) lagen bereits in der schönen Tüte, ganz unten; sie würden bei schnellem Schritt schurren.

Es stellte sich heraus, daß Sykow über mich Bescheid wußte – er wollte mir das Märchen nicht abnehmen.

»Ich habe gehört, du bist Wächter. Mit den Privatstunden ist es längst aus.«

»Stimmt«, sagte ich.

»Du lebst in irgendeinem Wohnheim?«

»Mhm.«

Wir schwiegen eine Weile, dann rauchten wir und schwiegen wieder. Es war uns wohl beiden leichter geworden. Natürlich auch vom Wodka.

In jener aussichtslosen Zeit hatte Sykow, krank und dem Alkohol verfallen, ebenfalls beinahe den Verstand verloren: Er verfaßte plötzlich Briefe an namhafte Schriftsteller und schickte auch den Sekretären des Schriftstellerverbandes Schreiben, in denen er ihnen seine Liebe erklärte und sie bat, seine Texte zu lesen (und ihm zu helfen, sie zu veröffentlichen). Wie ein Idiot entblößte er ihnen gegenüber sein Herz, wie ein Verrückter beteuerte er, er schreibe doch auch und sei ihr Bruder. So schrieb er ihnen, als Bruder (hier meine Prosa, hier mein Niveau) – ich bin euer unterirdischer Bruder, der durch einen Unfall in der Sackgasse des Untergrunds steckengeblieben ist … ein Klageschrei! Zwei oder drei besondere Briefe schrieb Sykow an die begabten Autoren, die ehrlichen und begabten Autoren, die auf einem Grat wanderten, der so schmal war, daß sie keinen Sinn für ein fremdes Schicksal hatten und das eigene ihnen eine schwere Last war. Sykow bewahrte zwischen dem Krimskrams auf seinem Schreibtisch noch lange die Schnur (er war ja dabei, verrückt zu werden), vielmehr das Elektrokabel von Kostja Rogow auf, er werde diesen Galgenstrick eines Tages, der bestimmt käme, einem dieser Begabten zeigen. Stil als Grad der Ausgestoßenheit: Sykow schrie in seinen Bittbriefen nicht, er heulte, heulte, heulte … Und trank. Er trank so viel, daß ihm auch nach der

Ausnüchterung die Hände zitterten. Diese Briefe – fünf? oder sechs? – schrieb ich nach seinem hysterischen Diktat, bei ihm verfransten sich die Buchstaben, und wer würde schon einem Alkoholiker antworten?! Ich schrieb jene Briefe, und man kann sagen, *wir* schrieben sie, weil ich, Hand aufs Herz, ebenfalls hoffte, daß einer von ihnen wenigstens als Querschläger ihm (uns) antworten würde.

»Acht«, korrigierte Sykow. »Es waren insgesamt acht Briefe …«

Und fragte: »Was guckst du so?«

Ich blickte aus dem heller werdenden Fenster auf den Hof, blickte in den grauen Morgen und zählte die Tauben auf den Fenstersimsen des Gebäudes gegenüber. Waren es acht? Die Taube, der Postvogel.

Am frühen Morgen, als wir uns erschöpfend ausgetauscht hatten und ganz warm geworden waren, gingen wir auf die Straße hinaus.

Als Sykow an der frischen Luft einen klareren Kopf bekommen hatte, brachte er mich im Auto zum Wohnheim. »Was, du willst dich ans Steuer setzen? Du kannst doch kaum noch stehen!« – Darauf antwortete Sykow: »Aber sitzen kann ich!«, und schnaubte, er habe jetzt genug Geld, um sich selbst vom habgierigsten nächtlichen Verkehrspolizisten freizukaufen.

Er fuhr gut Auto, ruhig. Allerdings gab es um vier Uhr morgens auch kaum Gegenverkehr.

Ich begab mich weder in die eine noch in die andere der beiden Wohnungen, die ich gerade hütete. (Damit wir nicht versucht wären, noch lange zusammenzusitzen. Kein Komma mehr.) Wir stiegen im Flügel K in die Etage hinauf, wo ich zwar nie wohnte, aber einen Winkel in Reserve hatte, ein Bett. Ich teilte das Zimmer mit einem Dienstreisenden aus Archangelsk. Der Mann aus dem Norden hob den struppigen Kopf und kniff die Augen zu, als ich das Licht anknipste. Ich entschuldigte mich, nur fünf Minuten. Er fluchte kurz. Und schlief weiter.

Dreck. Die Decke auf meinem Bett war zerknautscht und noch dazu leicht verkotzt. Ein findiger Mensch hatte meine tagelange Abwesenheit genutzt und sich hier gelegentlich aufgehalten. Vielleicht mit einer Frau.

Nachdem sich Sykow im Zimmer umgeschaut hatte, holte er einen Viertelliter aus seinem Aktenkoffer:

»Na, trinken wir noch einen Absacker.«

Wir tranken, und nun stellte mir Sykow noch eine Frage, die ihn interessierte. Er fragte leicht, rasch, aber so fragt man das, was die Gedanken vielleicht schon den ganzen Abend lang beschäftigt hat. (Und was ihm vielleicht überhaupt das Wichtigste bei seinem Annäherungsversuch an mich war.) Sykow war es zuwenig, im Underground als guter Mann zu gelten. Er wollte etwas über die halb vergessene Vergangenheit wissen – tratschte man *dort* (im Underground) immer noch diesen Unsinn über seine angebliche Freundschaft mit einem KGB-Major herum? Klatschte man immer noch?

»Was so geklatscht wird«, antwortete ich vorsichtig. Es fiel mir sofort wieder ein: Sykow war der Gefahr ebenfalls nicht entronnen. In einem schlimmen Augenblick waren vor ihm ebenfalls Schlaglöcher und Buckel aufgetaucht. (Die ich mit einer Blutspur überfahren hatte.)

Selbstverständlich verachtete Sykow die KGB-Leute. Wie ich stand er ihnen reichlich fern. (Hundertprozentig.) Aber auch sein Herz hatte links eine schwache Stelle. Sykow ließ sich damals wohl einfach hinreißen und plauderte aus dem Nähkästchen. Pures Geschwätz. Wir sind alle Menschen – in redseliger Stimmung öffnet man eben einem Menschen sein Herz, wer immer es auch sei!

»Soll ich Teewasser aufsetzen?«

»Lieber nicht, Tee macht nüchtern.« Sykow lachte. Keine Sorge, ich verschwinde gleich.

Sobald Sykows Leiden ein Ende hatten und seine Bücher im Westen und bald auch bei uns in hohen Auflagen erschienen, erging sich der Major, oder welchen Rang er bekleidete, in Andeutungen, wahrscheinlich von seiner Ruhmsucht getrieben (vielleicht aber auch auf irgendwessen Geheiß, wer weiß!). Wo immer er konnte, erzählte der KGB-Major mit Wonne, er sei mit Sykow persönlich befreundet gewesen, sie hätten öfter zusammen gebechert, geangelt *und überhaupt, gut, daß Sie angerufen haben.* Ein Spaßvogel war dieser Major, oder was er war, er stach wie ein Skorpion. Sykows Leben war für eine Weile vergiftet: Alle zerrissen sich das Maul, wißt ihr etwa noch nicht – Sykow und der KGB? ... Wenn ich so etwas höre, kann ich mich kaum beherrschen: Ich werde stinkwütend. (Noch von Wenjas Zeit her.) Aber das Gerücht läßt sich nur schwer abstellen. Es gibt welche, die es auf kleiner Flamme weiterköcheln. Und sie machen es geschickt. Da ich Sykow in alten Tagen wie mich selbst kannte, hämmerte ich damals allen ein, das sei Unsinn, ein übles Gerücht sei ein Gerücht, mehr nicht. Daraufhin lächelte einer unserer berühmten Lyriker (zudem ein anständiger, ehrlicher Mann) und fragte milde:

»Ein Gerücht? ... Oder eine Spur?«

Ich werde nie seinen Gesichtsausdruck vergessen. So teuer sind Sykow diese ein oder zwei müßigen, scheinbar freundschaftlichen Gespräche zu stehen gekommen. Die Sache ist gründlich schiefgegangen. Allerdings hat er sich die Hände nicht blutig machen müssen. Der Glückspilz.

Dafür interessierte er, der Schriftsteller mit europäischem Namen, sich jetzt dafür, was der bemooste Wächter und UGler, der auf dem schmutzigen, verkotzten Bett saß, über ihn dachte. (Im schäbigen Wohnheimzimmer des Flügels K.) Er interessierte sich nicht einfach nur – es bekümmerte ihn.

Er war abhängig. Es war nicht Neugier und nicht die Vorsicht des Schriftstellers, sondern seine gefährliche Wirklichkeit: sein Sumpf, wo er plötzlich von Stein zu Stein springen mußte. Im Unterbewußtsein verbirgt sich eine riesige, besondere Welt. Der Underground ist das Unterbewußtsein der Gesellschaft. Und die Meinung des Undergrounds ist immer gebündelt. So oder so hat sie Bedeutung. Übt sie Einfluß aus. Selbst wenn sie niemals (nicht einmal durch Versprecher) in die Außenwelt gelangt.

»Sag, hat man (habt ihr, ihr alle) es dort, in eurem Untergrund, wirklich nicht vergessen?«

Es war sicher an einem sonnigen Tag gewesen. Sicher bei einem Bierchen. Ein gelöster Augenblick bei Tisch! Da rauchte und plauderte es sich so nett mit dem Major, draußen in der frischen Luft, bei einer leichten Brise – wie vergnüglich war es doch, sich zu entspannen, zu lachen und mit ihm und *über ihn* zu scherzen: Er war schließlich auch ein Mensch, wenn auch Major.

Ich schüttelte den Kopf: nein, nichts ist vergessen.

Sykow schluckte den Kloß hinunter. Und zuckte endgültig resignierend die Achseln. Was soll man machen.

»Aber du weißt doch, daß ich sauber bin?«

»Ja.«

Als fürchtete er, sich verhört zu haben, fragte mich Sykow noch einmal – mit denselben Worten, aber der Tonfall war jetzt anders:

»Sag, hat man wirklich nicht vergessen?« (Hat man wirklich nicht verziehen?)

Ich schüttelte den Kopf: nein.

Ein Tag des Wenedikt Petrowitsch

... Wetten! – eine kräftig geschüttelte Flasche Sekt so zu öffnen, zu entkorken, daß kein einziger Tropfen (nicht einmal ein Schaumspritzer) auf den Tisch fällt. *Du sollst keine Flecken machen!* Bryskin gleicht einem Zauberkünstler, was für sichere

Bewegungen! – Mit geübten Fingern und absichtlich langsam (der Spieler) entfernt er den verdrehten Draht vom Flaschenhals. Lacht.

Dann zieht er mit einem mutigen Ruck den satt knallenden Korken heraus und steckt sich blitzartig wie ein Husar die Flasche in den Mund. Kein Tropfen ist auf den Tisch gefallen. Das Tischtuch ist trocken. Doch der geschüttelte Perlwein läßt sich nicht so leicht austricksen. Im selben Augenblick, da Grischa Bryskin gierig den Flaschenhals mit dem Mund verschlossen hat und sicher ist, daß er schon trinkt und die Wette gewonnen hat, spritzt der Sekt in zwei prächtigen Strahlen aus seinen Nasenlöchern auf den Tisch. Petja Gugin (er kannte den Effekt wohl schon vorher) schreit in die Tischrunde, daß er die Wette gewonnen habe, dafür gebe es zehn Zeugen, und morgen werde er Bryskin das Modell Ljalja entführen ... Bryskin, der weiter schluckt, würgt und hustet, röchelt zur Antwort, den Teufel könne er holen, aber nicht Ljalja, Wein und Schaum auf dem Tisch *stammten nicht aus der Flasche,* der Schaum sei aus ihm, Bryskin, herausgekommen, er sei also zum Teil schon von ihm konsumiert worden, deshalb habe er gewonnen! ... Da (allgemeines Gelächter) schießt der Rest aus seinen Nasenlöchern, schwächer, aber wieder in zwei Schaumstrahlen. Stimmen schreien aufgeregt:

»Das Buch! Das Buch! ... Vorsicht!« (Bryskin, der blöde Husar, hätte es fast mit dem Schaum bespritzt.)

»Das Buch!« schrie auch ich.

Das Buch mit den roten Pferden auf dem Hochglanzumschlag wurde von Hand zu Hand gereicht und war schon bei unserer Tischhälfte gelandet.

Turow bekam jetzt das Buch, UGler, schon das zweite Jahr mit Ausstellungen im Ausland verwöhnt, er wischte den glänzenden Bildband liebevoll mit der Serviette ab. (Die Servietten hatte ich gekauft.) Von Turow galoppierten die roten Pferde in die jungen Hände von Kolja Sokolik, dann legte Wassiljok Pjatow, der

Tischmeister, das Buch vor den alten Umanski, nachdem er nicht ohne Feierlichkeit gerufen hatte: »Achtung!« (Der alte Mann war gebrechlich und schon vom ersten Gläschen geschafft.) Ich hatte darauf bestanden, daß sie ihn mitbrachten.

Der große Kunstexperte mußte angestoßen werden, damit er die Augen öffnete. Umanski belebte sich und stand sogar auf, aber kaum hatte er den schweren, luxuriösen Bildband in die Hand genommen, da plumpste er sofort wieder auf seinen Stuhl.

Aber er hatte verstanden und erhob sich aufs neue, ließ jedoch das Buch diesmal auf dem Tisch liegen.

»Eine Rede«, half man ihm auf die Sprünge.

Umanski hatte sich schon berappelt – er musterte die Tischrunde mit flinken, farblosen Äuglein.

»Lieber Wenedikt Petrowitsch ... Ich bin alt und darf zu Ihnen einfach sagen: Lieber Wenedikt! ... Wenja! ...«

Der alte Experte konnte schon lange nicht mehr trinken, nicht mit einem Buch in der Hand stehen, und in einer fröhlichen Tischrunde sitzen konnte er auch nicht mehr, er schlief ein und kippte zur Seite. Aber reden konnte er. Das Buch sei wunderschön! Es enthalte hundert (gut hundert) Bilder aus dem russischen Underground der sechziger und siebziger Jahre, darunter zwei Bilder von Wenja. *Eineinhalb*, weil das zweite nicht mit Sicherheit von seiner Hand stammte und mit einem Fragezeichen versehen werden mußte. Weder die Deutschen noch Umanski, noch Wenja selbst hätten die Arbeit genau identifizieren können. Leider!

Wenedikt Petrowitsch war bleich – er verstand nicht ganz, aber er fühlte natürlich alles (er stand im Mittelpunkt der Aufmerksamkeit!). Seine gefurchten Wangen bebten. Auch seine Lippen und sein Kinn begannen zu tanzen, Wenja schlug das ihm endlich überreichte Buch auf. (Ich hatte an der Tischkante rasch Platz gemacht.) Er betrachtete den Bildband nicht auf der richtigen, nämlich seiner Seite. Aber das war unwichtig. Wenedikt Petrowitsch verstand und sah nicht alles, aber zweifellos verstand und sah er etwas (und entnahm jetzt der Zeit sein verspätetes Teilchen irrationalen Glücks). Er zwinkerte unentwegt und rief sich den feuchten Tränenschleier in den Augen zu Hilfe. Die Buchseiten verströmten einen hauchfeinen Duft nach frischer Polygraphie.

»Hurra! Hurra auf den Künstler!« schrien alle gleichzeitig.

»Hurra-aaa-a ...«

»Hurra und auf das Wohl von Wenedikt Petrowitsch! Auf Ihr Wohl, Wenedikt Petrowitsch!« schrien sie einhellig, in betrunkener, aber zweifellos aufrichtiger Begeisterung.

Diese zechfreudigen Künstler hatten bereits die ersten Schritte aus dem Untergrund gemacht und ihre Arbeiten ausgestellt, hatten erste Erfolge im Westen und hierzulande gehabt, aber vom Alter und folglich vom Schicksal her waren sie alle gut zehn Jahre jünger als Wenedikt Petrowitsch, *eine Generation*. Sie befanden sich im Aufwind, der ganze Horizont der Anerkennung lag vor ihnen, doch mein Bruder Wenja gehörte schon der Kunstgeschichte an: Er gehörte der unbestreitbaren Vergangenheit an und war Legende. Ohne eine einzige Ausstellung. Ohne Bilder. Ohne Gesundheit. (Auf die sie gerade so laut tranken.) Die meisten sahen ihn zum erstenmal im Leben.

Grau, mit zitternden Wangen, lächelnd und unfähig, den Blick zu fixieren, schaute er nicht mehr in das Buch, er saß da und hatte den Kopf gesenkt. Dennoch verspürte Wenedikt Petrowitsch den großen Augenblick und stand auf. Bedankte sich. Verbeugte sich. Dann stand ich vom Tisch auf: Freunde, für Wenedikt Petrowitsch und mich ist es nun Zeit zu gehen!

Die Künstler schrien und lärmten uns betrunken nach. Ich bin sicher, daß Wenja in diesem glücklichen Augenblick alles verstand: Er ging, wie man für immer geht. Seine Zeit war vorbei. In der Tür blickte sich Wenedikt Petrowitsch um, breitete die Arme aus und schlug aus Spaß mit ihnen, wie ein müder Vogel mit den Flügeln schlägt. Auf Wiedersehen. Ich fliege fort. Alle lachten begeistert, und jemand sagte über Wenja – ein Kranich, der hinter seinem Schwarm zurückbleibt, *hinter seinem Herbst*. Ich winkte ihnen ebenfalls: Feiert schön weiter! Wir hatten zuvor ein Gentleman's Agreement getroffen: Ich würde sie, die Künstler, nicht lange mit Wenja belästigen. Wir überreichen ihm den Bildband, stoßen an, und Schluß. Sie achteten Wenedikt Petrowitsch, liebten ihn, konnten seinen Anblick aber nicht ertragen. Sie wollten unter sich sein. (Jemand ging schon ans Telefon, um die Frauen anzurufen.) Die Künstler wollten wie Künstler trinken, von Herzen und bis zum Morgen, von bis, dafür hatte ich ihnen die entsprechende Wohnung gegeben. Ich gab ihnen die Wohnung – sie gaben mir das Buch und eine halbe Stunde, um Wenja zu feiern.

In der Tür blickte ich mich (nach Wenja) zum Abschied nach den Künstlern um. Ich winkte Wassiljok Pjatow zu mir her.

Er kam sofort herbei.

»Ja, Petrowitsch ... Natürlich, Petrowitsch ... Selbstverständlich, Petrowitsch.«

Ja, ja, Wassiljok war einverstanden, er werde meine Hauptbedingung beherzigen: die Möbel! Ich hämmerte ihm ein: die Mö-bel!

Ich überließ ihnen die Wohnung von Bereszows, die im Urlaub waren, eine ehemalige Kommunalka, alt und ewig, mit muffigen Ecken und Schlieren an der Decke – alles wie gewünscht. Die Wohnung war der reine Wahnsinn. Zu einem vollwertigen Besäufnis mußte man ihnen jetzt das Kolorit liefern, den Staub der Jahrhunderte, die abgerissenen Tapeten einer bettelarmen Epoche – bitte schön, könnt ihr haben! Einzige Bedingung: Diese bescheuerten Altmoskauer Möbel dürfen nicht zertrümmert werden, da ich weder ihren Verlust noch ihre Zerstörung brauchen kann.

»Und noch eins, zuallerletzt: Wenn Frauen, dann denkt dran, dies ist der zweite Stock, schmeißt sie nicht aus dem Fenster.«

»Na, Petrowitsch, jetzt übertreibst du aber!« flüsterte Wassiljok empört.

Sein Blick glitt indes abschätzig über die Fenster, die Wohnung hast du ja astrein ausgesucht, Petrowitsch, die Tapete ist ausgefranst und der Staub Spitze, aber bei den Fenstern hättest du dich schon ein bißchen mehr anstrengen können! Fenster mit Gitter wären schon besser, *für den Fall des Falles*.

Das Buch unter den Arm geklemmt, ging ich hinaus. Wir befanden uns auf dem Gang.

»Hier geht's lang.« Ich zeigte Wenja den Weg.

Wenja blieb wie angewurzelt zwischen den endlosen Wänden stehen. Der Gang ängstigte ihn, erinnerte ihn an irgend etwas (mich an nichts mehr, *nur ans Leben*). Erinnerte er sich an den Flur im Studentenwohnheim, an die Gabelung, wo wir beide, 22 und 19, kurz zu verweilen pflegten?

Vor den großen Fenstern im Gang ragten die spitzen Baumwipfel auf. (Dritter Stock.)

»Diese Wohnung ist eine von meinen.« Ich deutete auf die Wohnung von Konobejews (während wir den Korridor entlanggingen). »Gehört auch mir! Ja, Bruder. Heute sind andere Zeiten, da kann man viele Wohnungen haben!«

Ich flunkerte nicht aus Angeberei in diesen endlos langen Gängen. Ich flunkerte, weil ich der Gestiefelte Kater war, der die ganze Korridorwelt zeigte, die dem Grafen gehörte. Weil *mein* bedeutete, daß auch Wenja alles besaß. Die Wohnungen, die Freunde, der Gang und alle meine Fenster, und in den Fenstern mein privatisierter Himmel – alles gehört uns, Wenja. Ich war im übrigen bereit, diese ganze Welt am nächsten Tag den erstbesten Leuten zu schenken, die mir begegneten – ich hätte gerne verteilt und geschenkt. War glücklich. Die Seele sang. Der Schritt war federnd (wie der eines Milizionärs vor dem Verjagen einer Menschenmenge, ein Scherz, Wenja, ein Scherz!).

»Warum gehen wir nicht rein?« fragte mein Bruder zaghaft, während er sich nach Konobejews Wohnung umschaute.

»Wir gehn rein, Wenja. Wir gehn schon rein. Aber erst später! … Jetzt müssen wir noch ein paar andere Freunde von mir besuchen.«

Wenedikt Petrowitsch sackte in sich zusammen (ihm hatte die Zechrunde der Künstler gereicht). Es strengte ihn an, unter lärmenden Menschen zu sein – das verstand ich. Aber ich konnte mir das Vergnügen nicht verkneifen, zur Wohnungseinweihung von Kurnejews zu gehen und mich dort satt zu essen (und zugleich Sinaida zu treffen).

Ich erklärte ihm: So oder so, Wenja, der Tag ist lang, wir müssen schließlich beide irgendwo ausgiebig spachteln. Die Künstler hatten viele Flaschen, aber wenig Essen und nur ganz kleine Teller. (Außerdem hätten uns die Kreativen gar nicht länger vor dem Teller sitzen lassen.)

»Wir müssen hingehen. In den vierten Stock. Sonst sind sie beleidigt, Wenja!« lachte ich.

»Beleidigt?«

Die Wohnungseinweihung von Kurnejews (und ihren reichen Tisch) hatte ich zeitlich mit den Künstlern zusammengelegt, als ich ihnen diesen Samstag angeboten hatte, alles am selben Tag, warum nicht? Was hinderte mich und meinen Bruder daran, ausgiebig zu feiern und von einer Tischrunde zur nächsten zu ziehen?

Kurnejews hatten Sinaida und Anastasia eingeladen, hatten Akulow und Samjatow gebeten, etwa zwanzig Personen saßen am Tisch und kauten schon, als ich eintrat. Kurnejews waren freigebig, und der Tisch bog sich unter den Speisen, eßt, trinkt, wir lassen uns nicht lumpen! Doch als Madame Vera mich (den Penner) erblickte, kräuselte sie leicht die Lippen. Sie mochte solche Männer nicht. Doch sie überwand sich. Kluge Frau. Lächelte. Ich mag solche Frauen. Ich war, ehrlich gesagt, nicht zur Wohnungseinweihung eingeladen, und der ungebetene Gast erschien auch nicht allein, sondern mit Wenja – Madame hatte selbstverständlich schon manches über ihn gehört, über den Dauerpatienten im Irrenhaus.

Dennoch fragte Vera flüsternd die in der Nähe sitzende Sinaida – ist das dieser Bruder? Oder hat er (ich) mehrere? … Statt einer Antwort lachte Sinaida laut, sie war rot im Gesicht, hatte dem Wein schon wiederholt zugesprochen. Ich legte Wenja Lachs auf den Teller. Langte auch selbst kräftig zu. Dann erhob ich mich in der ersten Pause und bat um Aufmerksamkeit für meinen Trinkspruch. Mein Glas war voll Wein. Mein Mund voll energischer Worte.

»Alle diese Menschen, Wenja, sind meine Freunde! Ihre Freude ist meine Freude, ihre Einweihungsfeier ist mein Fest!«

Wenedikt Petrowitsch war verschüchtert; sein Blick huschte zaghaft über die roten Gesichter.

»Hoch die Gläser! Mein Trinkspruch, Herrschaften, gilt unmittelbar meinem Bruder, heute ist sein Tag, seine Stunde. Es ist der Tag von Wenedikt Petrowitsch … wir alle haben uns hier versammelt, um auf ihn und (Pause) … die neue Wohnung zu trinken! Auf die neue Wohnung und auf ihn!«

Sie glaubten, ich erlaubte mir einen kleinen Spaß, Petrowitschs Pennerwitze – da faßte ich zusammen:

»Auf die Veränderungen, Herrschaften!«

Veränderungen, ich konnte Kurnejews doch nichts anderes versprechen – Veränderungen und, meinetwegen, eine neue grandiose Erfolgswelle, Erschütterungen, ja, ja, ich könne doch bekanntlich vorausschauen und vorausfühlen. (Besonders mit einem vollen Glas in der Hand.) Die Zukunft läuft mir entgegen, Herrschaften, ich darf nur nicht faul sein und muß sie lesen!

Für Kurnejew und seine Frau Vera wollte ich jetzt durch Jahrzehnte hindurchblicken, die kälteempfindlichen Büsche der Prognosen zerteilen und die Berge auseinanderschieben, und wenn die Berge nicht zu mir kämen, dann würde ich selbst im Geschwindschritt des offenherzigen Propheten zu ihnen eilen, ich würde hinaufsteigen und weit ins Land sehen – ach, wie mir diese Menschen lauschten! Wo sonst, außer in einem russischen

Wohnheim, gibt es diesen tief verborgenen Hang, vielmehr Drang (Hang ist ein zu schwaches Wort), zu beängstigenden Prophezeiungen, zu so begeistert und ehrlich vorgetragenem Unsinn?! Bis zum letzten waren allen meine Worte zu Kopf gestiegen, ach, wie er das gesagt hat, ach, der Petrowitsch, uch, dieser Petrowitsch, das ist ein *Schriftsteller!* Nach meiner Stegreifrede (und den Beifallsrufen) mußte ich einfach das Wodkaglas leeren, wie das runterging!

Alle tranken erregt, sogar Madame Vera lockerte sich. Eine nette Frau, aber so etepetete. Hielt Distanz. Als Madame zu mir kam (um mir zu danken), wehte mich ein Hauch ihres Parfüms an; ihre Kleidung, ihre feine Wäsche verbreiteten die Wärme eines gepflegten Körpers. Vera lächelte: Sie flimmerte vor mir wie eine abgeschlossene Novelle. Als Lob für meine Rede fragte sie, nachdem sie sich ein wenig zu mir herabgeneigt hatte, ob ich mir schon von der Sülze genommen hätte? Sie sei heute sehr gut, alle hätten sie gelobt! Und wie ich ihre erweiterte Wohnung fände – diese großen und hellen miteinander verbundenen Zimmer?

Ich (Scheusal) wollte sie in Verlegenheit bringen, winkte sie noch näher an mich heran und flüsterte ihr ins Ohr – ach, diese drei Zimmer. So viel Platz! Ich überlegte schon die ganze Zeit, ob ich nicht meinen Bruder Wenedikt Petrowitsch über Nacht bei ihr lassen könne – er habe einen Tag Urlaub bekommen …

Sie zuckte mit keiner Wimper.

»Bitte sehr.«

Kurnejews, mein Lieber, sind immer schlagfertig! (Sie verstand, daß ich Spaß machte.)

Aber ich machte weiter: Wenedikt Petrowitsch sei nur für eine Nacht entlassen worden. Ein Nachtlager, ein warmes Plätzchen, würde ich ihm schon einrichten, keine Frage, aber mit wem soll er schlafen, was meinen Sie? Der Arzt habe es geraten. Möglichst mit einer unverheirateten Frau. Es würde ihm guttun. Der

Arzt habe gesagt, daß es meinen Bruder tüchtig durchrütteln würde …

Madame Vera schaute mir tief in die Augen, sie hatte einen guten Blick. (Gefiel mir.) Um uns herum wurde am Tisch gelärmt, geschrien, sogar gebrüllt, man unterbrach einander mit Trinksprüchen.

»Ihr Bruder ist schön.« Madame dachte ein wenig nach. Sie legte langsam den Finger auf ihre zarte Nasenwurzel und antwortete ruhig, dieses Problem sei ihr neu. Frauen seien keine Pfefferminzbonbons, und ich als Bruder müsse den Geschmack von Wenedikt Petrowitsch besser kennen.

»Er ist schön. Ich lege ihm noch etwas Lachs vor.« Sie lächelte; du kannst mich nicht erschüttern.

Kurnejew selbst, Pjotr Alexejewitsch, präsidierte der Tafel – satte Wangen, hohe Geheimratsecken. Er war dick geworden. Trank schon lange nicht mehr Tee und Kaffee bei mir.

Der ehemalige Konstrukteur scharwenzelte wie früher schüchtern vor dem Wohnheim herum. (Er ging sogar zu den freiwilligen Samstagseinsätzen, ehrlich, jedesmal.) Er war es ja, der diese Einweihungsfeier veranstaltet hatte, denn mit dem Kroppzeug auf der Etage mußte man sich gut stellen und in Frieden leben, sonst würden sie einem die Decken mit Wasserschäden versauen und vor die Tür kotzen. Wie allen Göttern mußte man auch dem Wohnheimdemos von Zeit zu Zeit ein gewaltiges Trankopfer darbringen: genau so muß man es machen, man darf nichts von ihnen nehmen, nichts von ihnen erbetteln – den Göttern muß man *geben*.

»Ein Lied! Na, wie wär's mit einem Lied?!« sagte Pjotr Alexejewitsch Kurnejew, der als Gastgeber alle fragte beziehungsweise aufforderte (man muß die Leute rechtzeitig singen *lassen*).

Wenja aß unterdessen. Prachtkerl. Der graue Kopf beugte sich hingebungsvoll über den Teller und das Glas (mit Sprudel), das er fest – nicht kaputtmachen – in der Hand hielt.

Nicht betrunken, aber guter Dinge verließ ich die Tafel zur Wohnungsbesichtigung. Um zu begutachten, ob die beiden alten Zimmer auch richtig mit dem neuen verbunden waren (das Pjotr Alexejewitsch und Vera von irgend jemandem dazugekauft hatten).

Diese Wand hatte es also früher abgetrennt – aha, jetzt war eine Tür drin. Hatten Kurnejews diese neutrale Wand wie üblich mit dem Brecheisen durchgebrochen (durchstoßen), um sich das Zimmer unter den Nagel zu reißen? … Wohl kaum. Sie hatten es wohl kaum selbst getan. Aber das Brecheisen steckte – auch ein Einfall, der zum Ritual gehörte! Sie hatten einen erfahrenen Mann aus dem Haus geholt, der kam mit dem rostigen Ritualbrecheisen auf der Schulter und durchschlug mit einem Hieb die Wand zum zugekauften Zimmer, entjungferte es. Kurnejews bezahlten alles zusammen: das Zimmer, die Renovierung und den hauseigenen Renovierungstrupp (warmer Regen für den Demos).

Ich hatte den Geruch der durchgebrochenen Wand schon auf dem Gang bemerkt. Eine Zufallsgabe, die feine Nase des Gnadenbrotempfängers, wozu brauchte ich noch diesen Geruchssinn, wenn ich schon auf die Sechzig zuging? (Um mich für immer als Wächter festzulegen?) Stop … Ich machte mir klar, daß ich am Übergang aus den beiden bisherigen Zimmern ins dritte stand. Genau in der durchgebrochenen Tür. Als die Türöffnung noch nicht da war, steckte hier (in Höhe meiner Augen) das Brecheisen, das die Trennwand durchgeschlagen hatte – die rostige Hieroglyphe. Ich sah dieses Brecheisen in der Luft hängen, wie man manchmal noch die Zickzacklinie des Blitzes sieht, obwohl der schon verloschen ist.

Am Tisch wurde über das Lieblingsthema im Wohnheim diskutiert: Warum leben wir so arm und kärglich, wenn unser Land so reich, man kann sogar sagen, so ungeheuer reich ist? Alte Frage, Wassili Samjatow stand schon, die Gurke auf die Gabel gespießt, um alle zu überschreien – er vergaß zu essen und brüllte uns an (Bauleiter auf der Baustelle):

»Man muß arbeiten! Ar-bei-ten!«

Er schrie so, daß ich gar nicht sehen konnte, ob er noch Arme und Beine hatte. Nur den Mund. Und die Gurke auf der Gabel.

Plötzlich hob Sinaida das Wodkagläschen zum Himmel und schrie fröhlich:

»Ein Mann muß ständig tri-inken!«

Schrie noch schriller:

»Wein! Tee! Kaffee! Wodka in Maßen! Bier! Ein Mann, der nichts zu tun und zu trinken hat, kommt auf dumme Gedanken. Was auch immer, Hauptsache, er hat was zu tri-i-inken!«

Alle stimmten begeistert ein – trinken, ach, wie wahr! Trinken, um zu leben! ... Mit lautem Gebrüll würdigten sie den gesunden Frauenverstand, ein Hurra auf die Frau! Hurra! ... Wildes Stimmengewirr. Sie stießen an: Trinken wir, trinken wir immerzu!

Sogar Wenedikt Petrowitsch hatte etwas von der Aufforderung mitbekommen: Er starrte Sinaida an, sein Unterbewußtsein arbeitete, und Wenja (das Kind) schmatzte mit den Lippen und machte mit dem Kehlkopf Schluckbewegungen: trank, saugte an der Brust.

Ich traf eine Entscheidung: Es war an der Zeit. Wir hatten gut getrunken und gegessen, jetzt sollte man auch den Anstand wahren.

Ich machte Sinaida ein Zeichen: Wie wär's, meine Liebe, wenn wir mal für fünf Minuten rausgingen? Und damit sie es ganz klar verstand, winkte ich mit der Hand zur Tür.

Sie kam lächelnd heraus. Die Frau! Sie folgte mir, aufgetakelt, sehnig, nach hundertjährigen Hyazinthen duftend, und wie laut sie bei jedem Schritt mit ihren modischen Pumps auftrat! (Der Gang hallte hier besonders stark.) Ich beschleunigte meinen Schritt, war betrunken, Sinaida ging neben mir und trug den Kopf hoch. Sie hatte einen Mann bei sich.

Außerdem hatte sie heute Telefon bekommen. Sehr angenehm. Stolz auf ihr gelungenes Leben. Einen nagelneuen Apparat, Einzelanschluß. (Geistige Neuanschaffung.) Doch kaum waren wir bei ihr angelangt, da raubte ich ihr schon auf der Schwelle ihren äußerlichen Stolz, diesen ewigen weiblichen Hochmut. Ich sagte, Sinaida, du hilfst mir doch zu leben, folglich mußt du auch *Wenja helfen*, Jahr für Jahr schmachtet er im Krankenhaus, du hattest ja selbst schon Mitleid mit ihm! Jetzt hilf dem Mann bitte, sagte ich, mit einem kleinen Liebesdienst. Aber nein, ich bin nicht verrückt geworden! Ich bin betrunken, aber nicht übergeschnappt. Hab Mitleid mit dem Armen, Sina! Er muß doch schon morgen wieder zurück ins Krankenhaus …

»Er braucht eine Frau. Das hat der Arzt gesagt. Das verstehst du doch, Sina … Du hast es doch versprochen.«

»Ich habe nichts versprochen«, beharrte sie.

»Doch, das hast du.«

»Wenn ich etwas versprochen habe, dann nur beim Wodka und nur zum Spaß.«

»Dann mach's doch zum Spaß!«

Ich bearbeitete sie weiter, setzte sie unter Druck – antworte: Tut er dir leid oder nicht? … Sie nickte: Er tut mir ja leid. Schon rollten die Tränen. Was soll das? fragte ich. Sinaida schluchzte, weinte – wie kannst du mir das antun? Nein, sie könne das einfach nicht, bringe es nicht fertig; ja, ja, Helfen sei schon eine heilige Sache, aber auf diese Weise und mit deinem Bruder! …

Dummes Zeug! sagte ich. Gerade mit meinem Bruder, was hätte ich davon, wenn es mit Onkel Koljas Bruder wäre? … Mit meinem Bruder ist es dasselbe wie mit mir.

Sie nickte. (War eine mitfühlende Seele, das wußte ich doch!) Und weinte. Bitte, Petrowitsch, bitte … Aber ich blieb hart: Du hast es versprochen. (Ehrlich gesagt, ich wußte nicht mehr genau, ob sie es versprochen hatte. Aber ich war betrunken und störrisch.) Sinaida vermochte nicht zu antworten – weder ja noch nein, sie fürchtete sich vor mir.

Doch nun stand sie schluchzend auf und begann langsam das

Bett zu richten; nahm das Kissen weg, rollte die Decke auf. Ich besann mich plötzlich eines anderen. Ach, diese Frau. Ach, Sinaida. (Größe oder Demut, wovon besaß sie mehr?) Schon gut, sagte ich, Kommando zurück! … Sie stand da, preßte das Kissen an die Brust. Ein altes, aufgetakeltes Weib.

Verharrte stocksteif mit einem dümmlichen Ausdruck. Statue im Park, nicht die Frau mit dem Ruder, sondern das *Weib mit dem Kissen*. Für immer und ewig.

»Kommando zurück!« wiederholte ich. »Setz dich. Sitz ganz ruhig und hör mir zu …«

Mit meiner Bitte überspannte ich natürlich den Bogen, aber sie paßte in meinen betrunkenen und etwas überraschenden (für mich selbst) Plan. Ein feiner psychologischer Dreh. Ich hatte diese Pirouette offenbar von Lowjannikow gelernt. (Wollte auch ins 21. Jahrhundert.) Hätte ich ihr gleich gesagt, sie offen und ehrlich gebeten: Hole doch bitte deine Freundin Asja Igorjewna (ja, die mit dem netten Lächeln, mit der du mich in der Klapse besucht hast), husch, ruf sie schnell her für Wenja. Für ein Stündchen oder zwei – wenn ich es so gesagt hätte, wäre Sinaida empört gewesen. Sie hätte mir ins Gesicht gespuckt.

Sie hätte mich vielleicht geschlagen. Sie hätte gekreischt, sie sei keine Kupplerin! Sie hätte Asja wahrscheinlich nicht geholt, und ich hätte ihr dann stundenlang oder gar einen halben Tag gut zureden und schöntun müssen. Natürlich hätte ich auch mit ihr schlafen müssen. (Vielleicht auch noch mit Asja Igorjewna. Ich erinnerte mich an die Schwalbe.) Aber so – keinerlei Überredungskünste, sondern gleich das Ergebnis! Sinaida willigte ein. War innerhalb von zehn Minuten weichgeklopft. Zehn harte Minuten, offen gestanden.

Die Sache war abgemacht – ich geh gleich, sagte sie. Ich hol Asja sofort, sagte sie.

»Ruf sie doch an«, sagte ich. »Du hast doch jetzt Telefon.«

Sie riß den Mund auf:

»Woher weißt du?!«

Ich lachte – ich sei doch ein Gedankenleser. Und das Rätsel sei auch nicht schwer. Ruf an.

Doch Sinaida rief nicht an, ebenfalls Psychologie, *ihr* Telefon war ihr noch zu heilig. Zu intim. Außerdem war das Thema heikel. Über diese Bitte könne sie mit Asja nicht in Gegenwart eines Dritten reden. (Der Dritte war ich!) Gleich ... Sofort ... Schon lief sie davon.

Sie kamen zu zweit wieder. Hallo, hallo, lang nicht mehr gesehen. Asja Igorjewna hatte ebenfalls Hyazinthen, aber was für welche! Viel zarter und frischer. Sehr klug, sie duftete gut! Doch Asja Igorjewnas Gesicht hatte nichts mehr von seiner kecken Fröhlichkeit, auf ihm lag diese philosophische Nachdenklichkeit – warum nur?

Wenja trat ein, kam von der Tafelrunde zurück. (Er wurde gebracht, ich hatte die Nummer von Sinaidas Wohnung hinterlassen.) Wenja setzte sich still hin. Glücklich. Na, sagte ich zu den Frauen, schaut ihn euch an – tut er euch nicht leid? Einsam und still, und so schön, dauert er euch nicht – zwanzig Jahre in Krankenhausmauern!

Wenedikt Petrowitsch nickte, glücklich. Sein Gesicht strahlte – ja, stimmt, in diesem Jahr werden es genau zwanzig.

Sinaida winkte mich mit dem Finger zu sich und raunte mir etwas ins Ohr (ich konnte nicht verstehen, was). Sie nuschelte. Flüsterte.

»Was gibt's denn noch?« fragte ich. Sinaida schien Asja irgendwelche Versprechungen zuzuflüstern, immerzu Worte, Worte, Worte, schlüpfrig wie im Wasser. Ich ärgerte mich. Sagte, Wenja und ich, wir gehen jetzt, knallen die Tür zu.

Erst jetzt lächelte die herzensgute Asja Igorjewna endlich ihr vertrautes Lächeln: Also gut, hier bin ich.

Ich trat an sie heran. Fragte sie ganz offen. (Aber gedämpft.)

»Meinst du, du wirst es schaffen?«

»Keine Sorge.«

»Wirklich?«

Sie lächelte.

»Nicht lächeln.« Ich schlug einen strengeren Ton an. »Sag ja. Hier geht es um eine heikle Aufgabe. Hier geht es nicht einfach nur darum, auf dem Rücken zu liegen und die Arme überm Kopf zu verschränken.«

Um mich zu überzeugen, fuhr sie sich mit der Zunge über die Lippen. Zwinkerte. Antwortete ruhig:

»Wir können alles.«

Da gab Asja Igorjewna dem Gespräch eine andere Wendung – Spaß beiseite, ein Mann muß Hilfsbereitschaft und weibliche Güte zu würdigen wissen. Ich müsse sie, Asja, ins Restaurant einladen. (Ja, ich. Und zwar in den nächsten Tagen.)

Ich zögerte.

»Du weißt doch, liebe Freundin, was die heute für Preise haben?!«

»Aber, aber, Petrowitsch. Sei kein Knauser!«

»Und du sei nicht so unverschämt!«

Da mischte sich Sinaida ein (erschrocken): Sie zwinkerte mir heftig zu – verabrede dich mit Asja Igorjewna zum Essen im Restaurant und wozu auch immer, sie, Sinaida, habe gerade Geld und werde mir helfen. Etwas unter die Arme greifen.

Aber ich gab nicht nach. Ein Handel war ein Handel – was bedeutete ihr taktvolles *etwas unter die Arme greifen* (wie hoch veranschlagte sie es)?

»Sina, deine Freundin hat kein Herz.«

Asja Igorjewna schrie:

»Ja, braucht denn dein Bruder mein Herz?!«

Sinaida mischte sich erneut ein – gut, gut, sie werde noch was drauflegen. Sie werde alles bezahlen, stimm zu!

Wir stritten uns, nur Wenja, der Engel, lächelte – was soll das, Wenja? – wir drehten uns alle drei zu ihm um, als hätten wir uns plötzlich auf ihn besonnen. Wenja räusperte sich schüchtern.

Schüchtern (aber neugierig) fragte mich Wenedikt Petrowitsch: Ist das auch deine Wohnung? Und könne er, mein Bruder, sich dann ein bißchen hinlegen, wenn er müde sei? Er sei doch an das Krankenhausbett gewöhnt – im Krankenhaus könne man sich auch ab und zu hinlegen. Er fragte genau im richtigen Augenblick. Die Stimme von oben. Natürlich, Wenja, du kannst dich ein bißchen hinlegen. Kannst dich ausziehen: Leg dich hin. Leg dich hin und ruh dich aus! Hier gehört alles mir. (Folglich auch dir, Wenja.)

»In ein gutes Restaurant. Nicht zum Vietnamesen«, drängte Asja Igorjewna.

Aber ich winkte nur ab: Das sehen wir dann schon! Geizkragen. Was das Alter mit den Menschen macht!

Ich gab Sinaida ein Zeichen. Sie und ich, wir gingen und ließen das junge Paar allein. Das Mysterium ist immer ein Geheimnis.

Kaum waren wir in dem langen Gang um die Ecke gebogen, wehte mich Sinaida mit einem Duft nach Hyazinthen unbestimmbaren Alters an. Sie klapperte mit den modischen Pumps und trug stolz den Kopf hoch. In letzter Zeit hatte sie etwas Fett angesetzt, trotzdem bestand sie in der Hauptsache aus Knochen. Sie war gutmütig, aber knochig, machte mich einfach nicht an. Es war zu hell in den Gangfenstern.

»Vielleicht gehen wir ein wenig spazieren?« schlug Sinaida vor.

Sie dachte an Asja Igorjewnas Liebkosungen (vielleicht hatten sie schon angefangen) und parallel dazu an uns.

Doch mich zog es zur Wohnungseinweihung und dem fortdauernden Gelage zurück.

»Nein, Sina«, sagte ich. »Wir gehen wieder zu Kurnejews. Ein Mann muß ständig trinken. Warst du es nicht, die das gesagt hat?«

»Ich habe nicht nur an Wodka gedacht.«

»Wirklich?«

Ich trat ein, sofort ertönte der Schrei:

»Oh! Oh! … Petroo-owitsch!«

Hier, bei Kurnejews, war mein Trinkspruch über die Veränderungen und Erschütterungen, über den Silberstreif des künftigen Erfolgs und die rauhe Einmaligkeit des Menschen in unserem Wohnheim immer noch in aller Munde. (Ich hatte ihn schon vergessen, wußte nur noch, daß ich mich heiß geredet hatte – nicht um ihretwillen, um Wenjas willen.)

»Trinken wir, Petrowitsch, auf uns! Auf uns alle!« schrie Samjatow und stieß mit mir an, auch alle anderen streckten mir ihr volles Schnapsglas, ihr volles Weinglas entgegen. Auf das Wohnheimleben! brüllte die vielköpfige, rotgesichtige Zechrunde. Auf die Zeit der Veränderungen und auf unsere unveränderliche Einmaligkeit! (Sie schrien, brüllten, während ich mich in verspätetem Befremden fragte: Habe wirklich ich diesen blühenden Unsinn dahergeredet? Alle Achtung!) In einer Stunde mußte ich Wenja abholen. Nicht später. Eine Stunde wäre genug. Keine Ahnung, was die begabte Asja Igorjewna mit ihm anstellte, Hauptsache, Wenja war an diesem Freudentag mit ihr zusammen, mit einer Frau: allein mit ihr und ihrem Duft nach Hyazinthen. Mein Beitrag zur Therapie.

»Petrowitsch!«

»Petro-owitsch, du Freund unserer Etage, trinken wir!« (Freund vieler Etagen! scherzte ich. Klar trinken wir.) Akulow, Samjatow und Krassawin mit dem tiefen Baß schrien immer wieder aufs neue die Worte aus meiner so glücklich zum Wodka gehaltenen Stegreifrede, die sich ihnen eingeprägt hatten: Ja, ja, auf unser untergehendes, einmaliges Gemeinschaftsleben, auf unsere Insel, auf unser versinkendes Atlantis, ja, darin hast du die Veränderungen auf den Punkt gebracht, Petrowitsch, wie klug du bist, wie recht du hast! (Mit jeder Wiederholung fanden sie Petrowitschs Worte bedeutungsvoller.) O-oh, Petrowitsch! Unser Petrowitsch steht mit dem Wort auf gutem Fuß … als du geredest hast, das ging mir so zu Herzen, ach, wie du das gesagt hast, du lieber Freund, du Hundesohn!

Mir war es etwas peinlich, daß sich erwachsene Menschen so aufrichtig öffneten und entblößten: Mit welcher Leidenschaft, mit welchem Schmerz machten sie sich meine halb betrunkenen Worte zu eigen! Niemand hat uns das besser gesagt, Petrowitsch! (Wie wenig hat man euch gesagt.) Sie glaubten jetzt, daß unsere, also ihre Korridor- und Tischgemeinschaft tatsächlich ein unvorstellbar hohes geistiges Gut war und daß wir, also sie, hier und jetzt die letzten auf der Welt waren – die letzten Menschen, die eine Gemeinschaft bildeten. Und denen ein letztes gemeinsames Glück auf Erden gegönnt war. Vielleicht grundlos. Vielleicht durch Zufall. (Vielleicht sogar irrtümlich.) Aber es ist uns gegönnt, das sind wir, das ist unser Leben, und wir haben es noch erlebt: Haben es noch mitbekommen!

Doch meine eigenen Worte nervten mich bereits. Und wie es manchmal so ist, wenn es dem Abend zugeht und die Lustbarkeit abflaut, verspürte ich ein unangenehmes Stechen: Sollte das wirklich das Beste gewesen sein, was ich ihnen, also *uns*, in meinem langen Leben gesagt habe?

In den ersten Minuten schaute sich Wenedikt Petrowitsch um. Das Foto im Bücherschrank (ich hatte es hinter die Scheibe gestellt – wir beide als kleine Jungs, daneben Vater und Mutter) bemerkte er natürlich. Lächelte.

»Du hast keine schlechten Möbel«, sagte er mit leiser Stimme. So reden Verwandte, die endlich unter sich sind.

So war es, wir waren unter uns. In der Wohnung von Konobejews. Aber ihre Bücher ließ ich Wenja nicht anschauen: Mit ihrem Geschmack war es leider nicht weit her. (Bücher gibt es bei Sobolews, gedulde dich, Wenja.) Wenja dachte nicht daran, zu lesen, aber er wollte wohl die bunten Buchrücken betrachten.

»Gehn wir in die Küche«, schlug ich vor.

»Warte!«

Wenja betrachtete den Lüster im großen Zimmer (ich bemerkte ihn erst jetzt).

Der gläserne Kronleuchter verströmte nicht nur Licht, sondern auch Behaglichkeit: glitzernde Visitenkarte des Familiennestes und eines gewissen Wohlstands. Konobejews waren bescheiden – auch ihr Heim war bescheiden. Die Wohnung ist auf die Schnelle eingerichtet, Wenja. Mir fehlt einfach die Zeit. Bei mir ist alles bescheiden, hörst du? … Aber nach den Krankensälen mit den Bettenreihen, nach den Behandlungszimmern und kahlen Gängen erschien Wenedikt Petrowitsch der normale Lüster als wunderschöner Teil einer wunderschönen Welt. Er konnte sich nicht vom Anblick der schillernden Glasklunker losreißen. Er setzte sich in den Sessel. Die Pose empfand er mit einem Mal als bequem und lang entbehrt, er lehnte sich zurück. Sein Kopf ruhte auf der Rückenlehne. Er war glücklich.

Seit dem Morgen stellte sich das Problem des sauberen Unterhemds, Wenja sollte eins bekommen, wenn er badete (die Unterhose hatte ich ihm bereits vorige Woche gekauft). Ein normales Unterhemd, die Jugend trug keine mehr, es gab keine zu kaufen, aber wir waren doch daran gewöhnt, so hatte ich also endlos die Verkaufsstände vor der Metro abgeklappert – und schließlich eins gekauft. Ein blütenweißes Unterhemd; konnte ich mir dieses Geschenk für meinen Bruder leisten, war es nicht nur eine Laune? Ja, es war wohl eine Laune, ich wollte es! – ich wollte, daß die Pfleger morgen (übermorgen), wenn sich Wenja im Krankensaal auszog, über ihn sagten: *Aha, der war bei seinem Bruder,* das sieht man doch gleich. Mir lag nichts an ihrem Lob, ich pfeife drauf, aber Wenja sollte einen Pluspunkt haben (das ist mal ein Patient, um den man sich kümmert!). Über die haltbaren Kleidungsstücke und ihre Neuanschaffung sollte meine sporadische Sorge in Wenjas armes Hirn eindringen. Die Unterhemdchen unserer Kindheit, Mama gab uns am Badetag immer frische, ich bin fünfundfünzig, Wenja ist zweiundfünfzig, wo sind unsere weißen Hemdchen, Bruder? – *Im Gedächtnis,* sagte Wenja. Er hatte sie dort gefunden, und ich glaubte ihm wie einem Mythos: Da war Mama, da war die Badehütte, ich entsann mich an die Hemden, aber die Unterhemdchen schimmerten in allzu tiefer Tiefe; an sie erinnerte ich mich nicht.

Als abgebrühter Wohnheimwächter mit einem einmaligen Riecher für Q-meter hätte ich eigentlich alles ausbaldowern müssen, ich fand im Schrank einfach kein frisches Handtuch für meinen Bruder! ... Doch halt! Konobejews hatten auch nur einen bescheidenen Wäschevorrat. Ich spielte mit den Nasenflügeln. Und sagte: »Einen Augenblick, Wenja! ... Wir finden schon was für dich.« Dann ging ich schnurstracks zum Schrank. Es war ein fremder Schrank, da kann man sagen, was man will. Wie ein Hellseher zerrte ich ein großes und eben weißes Frottierhandtuch unter einem Stapel Bettlaken hervor (die ebenfalls weiß waren, das war der Haken gewesen). Fand Weißes unter Weißem.

Wir gingen gemächlich.

»Was für ein langer Gang«, seufzte Wenja müde.

Ich lachte:

»Aber nicht länger als das Leben, was, Wenja?!«

Er antwortete nicht, der Gang machte einen Knick und führte wieder geradeaus, wir gingen jetzt in die Wohnung von Sobolews (zum Baden). Wir waren 55 und 52, wir gingen zusammen, und der Gang war zweifellos nicht länger als das Leben. Die Gänge ähneln sich, nicht wahr, Wenja? – Wenja zuckte nur die Achseln, er war müde. (Der Intellekt sprang nicht an.) Dafür gefiel es ihm offensichtlich, aus einer Wohnung, die mir gehörte, in eine weitere zu gehen. Die Verstreutheit meiner Q-meter auf verschiedene Stockwerke verstand er als besondere Form meiner endlich erlangten Anerkennung in der Welt, als eine Art Reichtum. Ach, wie schön! stieß Wenedikt Petrowitsch hervor – wir waren jetzt schon bei Sobolews.

Auch hier bemerkte Wenja als allererstes die gediegenen Polstersessel. Wenedikt Petrowitsch verspürte nicht nur den Drang, sich in die Sesselkissen zu lümmeln, auch die hohe Stehlampe sollte hinter ihm stehen, die Taschensonne, und ihm sanftes Licht und Wärme spenden. Er wollte durch das milde Licht Häuslichkeit verspüren. Ja, sagte ich – in dieser Wohnung bin ich auch zu Hause … mach es dir im Sessel bequem, Wenedikt. Und blättere in einem Buch. Du kannst nach Herzenslust in den Büchern schmökern, während ich koche.

Doch er stand wie angewurzelt vor dem Regal, die Bücher! … Die Bücher und Farben der Hochglanzumschläge, Wenedikt Petrowitsch war nicht imstande, die Hand auszustrecken, die Einbände mit Goldprägung flimmerten vor seinen Augen. (Er liest nicht, hatte mir sein behandelnder Arzt gesagt – er blättert im Buch, liest aber nichts.) Na, ich muß jetzt in die Küche. Noch ein *Ach*: Ach, was haben Sobolews für einen Herd! Jetzt das Gas anstellen. Das Wasser aufdrehen …

»Ich mache uns was zu essen, Wenja.«

Er schwieg.

»Wenja, du darfst die Bücher anfassen und rausnehmen – hörst du?«

Er schwieg. Bevor sie mir meinen Bruder für volle vierundzwanzig Stunden herausgaben, hatten sein behandelnder Arzt und Cholin-Wolin (er stand dabei) dem Angehörigen (mir) genau erklärt, was zu tun sei. »Eine Remission als solche ist derzeit nicht zu beobachten. Wenedikt Petrowitsch weint zeitweise bitterlich …« – »Verstehe«, ich nickte. Für den Ernstfall (Zerrüttung der Nerventätigkeit, Hysterie) hatte mir der Arzt eine Einwegspritze und eine dunkle Ampulle gegeben. Auch eine große, helle Tablette hatte ich für den leichteren Fall bekommen, daß es Tränen oder mürrischen Starrsinn geben sollte. Einfach in den Mund schieben. »Das wird nicht nötig sein«, hatte ich voller Überzeugung versprochen. Aber Cholin-Wolin warnte mich noch einmal, daß mir Wenjas Tränen keine Freude machen würden, und der Arzt wiederholte, die Tablette sei eine Kapsel, schmecke nicht bitter und könne ohne Wasser eingenommen werden, danach würden die Tränen trocknen wie im Maiwind. »Die Tablette wirkt zuverlässig. Aber denken Sie dran: Sie kann eine Defäkation auslösen.« – »Verstehe …«

Durch den Küchenlärm drang ein feines Kratzen zu mir; ich dachte: Was sind das für Mäusegeräusche? Dachte es und ging mit schnellen Schritten in das große Kabinett von Sobolews zurück. Mein grauer, krummer Bruder zog den Kopf ein wie ein Schüler, der etwas ausgefressen hat.

»Was hast du, Wenja?«

Er war verstört. Schwieg.

»Was ist los?« Aber ich ahnte es bereits: Er hatte die Malerei entdeckt. Ein ganzes Fach mit Kunstbänden! Ganz vorne prangte der einohrige Van Gogh auf dem Hochglanzumschlag, dazu Sonnenblumen. Wenedikt Petrowitsch wollte sie wahrscheinlich berühren. Doch die Sonnenblumen (der Kunstband) waren hinter Glas, und Wenja kratzte leise mit den Fingernägeln an der Scheibe, Versuch einer Berührung.

»Aber, aber«, sagte ich. »Was soll der Unsinn, Wenja? Warum machst du das?«

Ich legte meinen Arm um seine Schulter und führte ihn ans Fenster. (Ich versuchte, mich zu erinnern, in welcher Wohnung ich den deutschen Kunstband mit den beiden Bildern von Wenja gelassen hatte.)

»Ganz schön viel Platz, nicht wahr?«

»Sehr!« Wenja war entzückt.

In dieser meiner Wohnung war es so geräumig, daß man auf und ab gehen konnte, ohne die Wände, die weit genug weg waren, zu spüren, *man kann gehen, ohne die Wände zu spüren,* nicht wahr, Wenja?

In der Küche garten unterdessen die Kartoffeln. Wir begannen eine Partie Schach. (Aktiver Kontakt.) Zwischen einem Zug auf dem Brett und dem nächsten ging ich zum Kochtopf und probierte mit dem Messer, wie weit die Kartoffeln waren, sie sollten nicht verkochen (kein Wasser aufnehmen, nicht wäßrig und geschmacklos werden – das hatte mir noch mein Vater beigebracht, Wenja auch). Die Partie endete remis (ich wollte es so), die Kartoffeln waren ebenfalls gar. Aber als ich sie grob zerhackt, die Zwiebel gewürfelt sowie Öl dazugegeben hatte und Wenja zum Essen rief, reagierte er nicht. Ich rannte zu meinem Bruder: Er schlief. Hatte die Beine hochgezogen und lag zusammengerollt im Sessel.

Wenedikt Petrowitsch schlief, ich schlenderte durch die Wohnung, lächelnd und ein wenig besorgt: Er schlief! … Ich hatte wenig von seinem so einseitigen, schlafenden Glück; was gab es für ein Glück ohne Worte? Aber Wenja zu wecken, wagte ich nicht.

Er wachte erst gegen zehn Uhr abends auf.

»Schön ist es bei dir!« waren seine ersten Worte, und ich, der ich ebenfalls döste, rollte mich im Nu von Sobolews Sofa und stand auf.

Im Handumdrehen wärmte ich das Essen in der Pfanne auf, und nun (gewonnene Zeit) verzehrten Wenja und ich, die beiden Petrowitschs, die Hausmannskost: große Kartoffelschnitze mit Sonnenblumenöl und Zwiebeln. Unterhielten uns. Dann wurde der Fernseher eingeschaltet. Ich vertiefte mich in den Historienschinken, und Wenja betrachtete die Fenster im Haus gegenüber.

Der Film langweilte Wenedikt Petrowitsch, aber die fremden, nächtlichen Fenster nicht.

»Es ist schon spät. Aber die Leute schlafen nicht. Sie streiten«, teilte mir Wenja mit.

Und weiter:

»Im ersten Stock wird getanzt, willst du mal gucken?«

Fernsehen konnte Wenedikt Petrowitsch auch im Krankenhaus. Mit ungleich größerem Interesse beobachtete er das für ihn wunderliche lebendige Leben.

»Ich erkenne die Möbel. Hab schon lang keine Vorhänge mehr gesehen! Die Lampen. Wie unterschiedlich heute die Holzbetten sind. Und die Sofas! Ich habe sogar einen Puff gesehen.«

»Was?«

»Na, einen Puff. Einen Stuhl ohne Lehne, ein junger Mann

hat sich draufgesetzt und zieht seine Schuhe an. Bindet die Schnürsenkel zu.«

Wenja badete. Sobolews hatten ein herrliches Badezimmer, groß, mit Spiegeln – Wenja hätte in der Wanne liegen können, im schmeichelnden Wasser, aber sich aalen konnte er nicht mehr. Hatte es verlernt. Alles mußte schnell gehen. Er zog das Unterhemd an. Mein Bruder ist hochgewachsen, so groß wie ich. Er hat die Augen unserer Mutter. Dafür auf der rechten Seite einen Haufen Leberflecke wie unser Vater.

Vor etwa acht Jahren ging es ihm schlecht, er lag bewußtlos und schwach im Krankenhausbett, ich mußte meinen Bruder, ob ich wollte oder nicht, oft besuchen und drehen, damit er nicht wundlag. Einer dieser Leberflecke, ein großes, deutliches Mal, war auf der rechten Seite plötzlich verschwunden. Ich hatte es offenbar weggerieben, mit dem Laken und dem Gewicht von Wenjas umgedrehtem Körper entfernt: Es war auf einmal weg. Und man konnte nicht glauben, daß es vorher da war. Nur eine feine, rote Spur auf dieser Seite, vielleicht eine Verbrennung. Ich fragte damals den behandelnden Arzt: »Ich habe meinem Bruder ein Muttermal abgerissen, was soll ich jetzt machen?« Der Arzt winkte nur ab: »Das ist ganz belanglos!« Eine Lappalie, nicht der Rede wert; er hat ja recht, dachte ich, was bedeuten ihm unsere Muttermale?

Wenedikt Petrowitsch zog sich frische Sachen an, ich war schon fertig und bereitete ihn auf unseren letzten Marsch durch den Gang vor: Zum Schlafen gehen wir in die dritte Wohnung – ja, die gehört auch mir. Dort ist schon alles vorbereitet, Wenja. Ich schlafe immer dort. (Bei Kaschtanows. Kleine Wohnung.)

»Wir gehen, Wenja.«

Wir ge-eehen! Hörst du? Wenedikt Petrowitsch nickte mechanisch, aber er konnte die wunderbare, helle Welt von Sobolews einfach nicht verlassen. Konnte sich nicht trennen. Er ging sogar durch die Zimmer ins große Kabinett zurück. Stand da und betrachtete den Sessel, in dem er vor kurzem geschlummert hatte. (Wir erinnern uns, wo wir schön geschlafen haben.) Kissen in den Sesseln. Nie im Leben wird meine harte, grobe Hand lernen, das Kissen so im Sessel zu plazieren (es nicht zu zerknautschen, keine Ecke abzuknicken, aber doch eine entzückende Taille hineinzukniffen). Das war wohl kaum die Haushaltshilfe, das machten sie selbst, natürlich! Der Ästhet war in ihnen nicht gestorben, in Sobolews, sie waren reich, aber wohlwollend und gütig (hatten mir, dem Penner, den ganzen Buchweizen gestiftet), und so viel Geschmack überall, in den Teppichen, den Sesseln, den taillierten Kissen, da konnte man nur staunen, vor Verwunderung klatschen, verrückt werden!

»Aber wir sind auch nicht von schlechten Eltern, und der Sohn ist auch was geworden!« sagte ich plötzlich laut in meiner Begeisterung über das Menschengeschlecht und lachte.

»Wen meinst du?« fragte Wenja.

Es zog ihn erneut zu dem Regal mit den Kunstbänden.

»Wenja, wir gehen.«

Er erschrak: Gehen wir *für immer*? ... Auf Wenedikt Petrowitschs Gesicht malte sich Bestürzung. Dürfte er nie mehr in diese wunderbare Welt zurückkehren, warum nicht? Warum geht man weg? Kindliche Frage, unkindlicher Schreck.

Wenedikt Petrowitsch trat an die Bücherschränke heran. Streckte immer wieder die zitternde Hand nach den golden schimmernden Buchrücken hinter der Scheibe aus und ließ sie sinken. Ich konnte seine Erregung hören.

»Was ist, Wenja?«

Er schwieg.

Da zeigte ich mit der Hand auf die farbigen Bildbände:

»Ja. Sehr schöne Gemälde! Manche in diesen Bänden sind von dir, Wenja.«

Mein Bruder blickte mich leicht erstaunt an. Und ... nickte. Er (harmoniebedürftiger Mensch) glaubte mir immer: ja ... ja ...

Ich nahm ein Buch heraus und reichte es ihm:

»Das ist von dir. Das hast du gemalt.«

Wenedikt Petrowitsch hielt den Bildband in der Hand und wagte nicht, den Titel mit den Augen zu überfliegen. Er liest, nimmt aber den Inhalt nicht auf, hatte mir der Arzt gesagt. (»Wie alle Leute«, hatte ich geantwortet.)

Ich zog noch einen Bildband heraus. (Im Idealfall hätten die Deutschen mehrere Sammlungen von Arbeiten meines Bruders ausfindig machen und herausgeben können.) Dann legte ich ihm auch dieses Buch in seine zitternden Hände:

»Die Zeichnungen sind auch von dir, Wenja. Das ist dein Buch.«

Ich gab ihm noch ein drittes:

»Und das auch.«

Er preßte sie gegen seine Brust; die großen, klobigen Bände ragten mit ihren Ecken nach allen Seiten, als würden sie von den ungeschickten Händen eines kleinen Jungen gehalten. Aber Wenedikt Petrowitsch ließ sie nicht fallen und blickte mit Augen um sich, die von Glückstränen blind waren.

Die Nacht (bei Kaschtanows) verlief ruhig: Wenja hatte das Bett bekommen, ich schlief auf dem Klappbett. Aber neben ihm. Brüder. Fünfundfünzig und zweiundfünfzig. Das Leben war doch geglückt!

Am nächsten Tag gingen wir spazieren; ich führte Wenja hinter den Gebäudekomplex des Wohnheims – in die Allee. Häuserkästen, graues Einerlei der Megapolis, langweilig und schmuddelig, der Asphalt beschädigt (wenn es nur kurz regnete, konnte man nicht mehr auf der Straße gehen, nur nebendran) – dafür Weite! Dafür keine Menschenseele, nur Wenja und ich. Wir blieben etwa zwei Stunden an der frischen Luft. Dann *servierte ich das Mittagessen.* Komisch! Samajatow hatte mir während der Unterhaltung ein Stück Fleisch versprochen und es plötzlich bedauert (wem passiert das nicht). Die Fleischstücke seien zusammengefroren, er könne sie nicht trennen – der ganze Kühlschrank sei vereist, entschuldige, Petrowitsch. Aber ich stellte mich naiv: Macht nichts, Wassili Andrejitsch, sagte ich, ich hole ein Brecheisen. Hacke es auseinander. Warum soll ich meinen Bruder mit Würstchen bewirten? Die bekommt er ja im Krankenhaus.

Wenja sah fern, ich kochte – Nudeln und Fleisch standen frisch gekocht auf dem Tisch. »Dein Tee ist Extraklasse!« sagte Wenja, als er den Duft roch, ohne den Blick vom bläulich schimmernden Bildschirm zu lösen. (Das wäre ja noch schöner. Sobolews haben immer vorzüglichen Tee.) Wir aßen und schlafften natürlich beide ab, Ruhe, Frieden, die Bäuche arbeiteten, Stunde des fleischlichen Glücks. Wenedikt Petrowitsch saß im Sessel, der dem Fernseher gegenüberstand, ich lag auf dem Sofa. (Und schaute ebenfalls schräg auf den Bildschirm.) Da spürte ich meine Müdigkeit, zog die Beine an, drehte mich auf die Seite, alter Mann, dein Körper bittet um eine Ruhepause …

»Schau doch mal: die Steppe, die Steppe!« schrie Wenja. Mir schwebte meine eigene Steppe vor, mein Steppengras, das sanfte Weiß der Hügel – ja, murmelte ich, die Steppe. Schön, Wenja!

War es schon Zeit? … Wenja stimmte sofort zu und packte rasch alles zusammen. Zog sich an. Die Umhängetasche – ich steckte ihm die Zahnbürste hinein, die frisch gewaschene Wäsche (sie war schon trocken, ich wickelte sie in Zeitungspapier ein). Wir verließen das Haus.

Auf dem halben Weg zur Bushaltestelle fragte Wenja zaghaft (noch zaghaft), ob er nicht noch einen Tag bei mir bleiben könne. Nur einen? … Auf dem halben Weg zum Bus. Gut, daß es nicht schon zu Hause angefangen hat, dachte ich. »Nein«, sagte ich, »dein behandelnder Arzt wartet, Wenja. Und Cholin-Wolin ist davon unterrichtet (unser gebieterischer Fürst). Wir haben es versprochen, Wenja. Dir hat es also bei mir gefallen? Eine tolle Badewanne! Und die Kacheln an der Wand, hast du die bemerkt? Die Kacheln spielen mit dem Wasser! Man liegt gemütlich in der Wanne, beobachtet die Lichtreflexe, die Stimmung hebt sich, und der Blutdruck sinkt, hahaha!«

Der Trolleybus ist gestopft voll, Sonntagabend, die Leute hätten daheim bleiben sollen, aber nein, sie tuckeln alle irgendwohin. Wenja kann Menschenmassen nicht ertragen. (Verschlepptes Gefühl, daß er eingesperrt ist. Er könnte zu heulen beginnen.) Zu Fuß? … Natürlich, wir gehen zu Fuß, Wenja! (Ich hatte gedacht, wir könnten wenigstens eine oder zwei Stationen weit fahren.) Doch kaum ist Wenedikt Petrowitsch aus dem Bus ausgestiegen, schneidet er einem eiligen Mann fast den Weg ab: »Wie spät ist es?«

Und gleich darauf zum nächsten: »Wie spät ist es?«

Da werde ich plötzlich wach:

»Wenja! Wenja!« Ich halte ihn zurück, aber es drängt ihn schon mit Macht zu den Leuten.

Äußerlich keine Veränderung, höchstens die Pupillen verengt, seine Augen sind wie immer, kaltblau. Aber den Kopf neigt Wenedikt Petrowitsch bereits eine Spur zur Seite. Ein Hahn, der ein Korn anvisiert. Er will *wegen der Zeit* zu den Menschen, sie sollen Rede und Antwort stehen …

»Fang ihn ein, sonst passiert was!« Das sagen die Leute zu mir, ohne sich besonders aufzuregen, erste Warnung. (Ich verstehe: Bei den Leuten geht es auch langsam los.)

»Er stürzt sich ja auf jeden!« schreit mich ein großer Mann an, obwohl *er* (Wenja) nur gefragt hat. Ich nicke – *ja, ja, Sie haben recht, ja, ja, ich paß schon auf*. Wenedikt Petrowitsch geht unterdessen entschlossen auf eine Frau mit heller Handtasche zu: »Wie spät ist es? Bürgerin, ich frage Sie, wie spät ist es?« Da kann ich dazwischenfunken: »Meine Liebe, gehen Sie einfach weiter, gehen Sie Ihrer Wege. Und schauen Sie sich nicht nach ihm um! Sie haben keine Uhr, gehen Sie vorbei – er hat ja nicht gewußt, daß Sie keine Uhr haben. Stimmt: Da ist eine große Uhr, aber *er* hat sie nicht gleich bemerkt. Gehen Sie, gehen Sie. Man hat Sie doch nur nach der Uhrzeit gefragt. Nicht um Geld angebettelt.«

An den Bildband, die Nudeln, das Fleisch, das weiße Unterhemdchen zum Badetag, an alles habe ich gedacht, aber daß mich Wenja nicht verlassen will, habe ich nicht vorhergesehen. (Der behandelnde Arzt hatte es.) Ich taste in meiner Hosentasche nach der Tablette: Da ist sie, in weicher Metallfolie, ich ziehe sie mit dem Fingernagel auf. Schäle die Tablette heraus, dabei denke ich fieberhaft: Ist es nicht zu früh? Habe ich nichts verwechselt? Geht es vielleicht doch noch mit gutem Zureden?

»Wenja. Dort ist die Uhr. Auf dem Pfosten ... Ich kann die verhakten Zeiger nicht erkennen. Gehen wir ein bißchen näher ran!« Ich zerre ihn, zerre ihn von der Haltestelle fort. Weg von den Menschen. Zudem strömen immer wieder neue Leute zusammen, sobald der Bus auftaucht. Wie habe ich das außer acht lassen können! Sonntag, hatte ich gedacht, da wird es schon klappen. Aber wer, zum Teufel, fährt denn jetzt noch in der Gegend herum, es ist doch kalt, bleibt doch zu Hause! möchte ich die Leute anschreien.

Wir gehen zu Fuß, Fußgänger werden nicht erdrückt. Wenedikt Petrowitsch geht neben mir, aber in seinem Inneren summt etwas (ich höre die Erschütterung, Wenja zittert) – dort summt ein verborgener Transformator, das Summen schwillt an, die Umdrehungen – fünf, zehn, zwanzig ... uuuu, er läuft schon auf vollen Touren. Ich taste nach der Tablette, ein großes Ding.

»Ich werde dir nicht zur Last fallen. Werde Nudeln kaufen, die Läden abklappern«, bettelt er.

Und er werde fegen und in meinen Wohnungen aufräumen; im dritten Stock und im vierten und in der kleinen Wohnung, wo wir übernachtet hätten ... Mir sind unterdessen die Tränen in die Augen geschossen, ich sehe schlecht, aber er drängt unentwegt, er habe doch in all den Jahren gelernt, Betten zu machen und zu fegen, und er pullere doch nicht wie viele andere in die Hose – warum sollte es denn dann nicht gehen?

Uuuuu –, summt Wenjas Transformator, Spannung liegt auf der Spule seiner kranken Seele. Jetzt will Wenedikt Petrowitsch unbedingt telefonieren, nein, nein, nicht seine Exfrau anrufen, sondern eine alte Freundin: Dann werde er nämlich bei ihr bleiben (wenn es seinem Bruder peinlich ist, ihn bei sich zu behalten!). Als Wenja entschlossen zur Telefonzelle marschiert und dort wie betrunken um sein Recht zu telefonieren kämpft, halte ich es nicht mehr aus, die Tablette …

»Wenja!«

Mein Bruder prallt auf einen jungen Burschen und gleich darauf (das ist gefährlich) gegen einen hünenhaften Mann – der bleibt stehen, flucht, fuchtelt mit den Armen, ich beeile mich! Laß ihn in Frieden! (Die ganze Szene spielt sich auf dem Asphaltweg ab. Der graue Wenedikt Petrowitsch springt hin und her, stürzt sich auf die Passanten.)

Ich bin schon bei ihm, halte ihn an den Armen fest, fürchte einen Zwischenfall, einen Zusammenstoß auf der Straße, Ausgang ungewiß.

»Ich will bleiben. Will zu dir. Will bei dir wohnen.«

»Beruhige dich!«

»Du hast Sessel und so eine sanfte Abendbeleuchtung. Du hast so schöne Wohnungen, du bist reich. Du hast so viel von allem. Ich will bei dir bleiben. Die Bücher …« Er schleudert mir einen Satz nach dem anderen ins Gesicht.

Aber als ich energisch nein sage, fängt Wenedikt Petrowitsch an, wie ein Greis zu flennen, er macht einen Buckel, die Tränen sind flach, wie Flecken. Die Tränen sind eine taktische List: Plötzlich reißt er den Arm hoch, um sich zu befreien (seinen Arm aus meinem Griff zu entwinden). Aber ich halte die Tablette bereits in den Fingern …

Zögere noch (er bestürmt mich immer weiter mit seinen flehenden Sätzen), dann nehme ich ihn in den Arm:

»Ruhig. Ruhig. Halt wenigstens einen Augenblick still!« So spricht man mit einem lieben Menschen, nachdem man einen Fleck auf seiner Stirn bemerkt hat, einen Fussel oder einen Krümel am Mund: Laß mal, ich mach das weg, *halt still.* Mein Bruder gehorcht aufs Wort und bleibt stocksteif stehen, ich greife um seinen grauen Hinterkopf herum und werfe ihm von der anderen Seite die Tablette zwischen die halb geöffneten Lippen (während er weiterredet). Stecke ihm die Finger in den Mund und zerdrücke die Tablette an den Zähnen, verschmiere sie (die Tablette ist weich und nicht bitter) – Wenedikt Petrowitsch schluckt sie, von den Pflegern trainiert, und versucht nicht, sie auszuspucken. Jetzt gehen wir Seite an Seite, aber ich habe meinen Bruder verloren.

Er redet, doch sein Herzmuskel, der erste, der gedämpft wird, verringert die Gangart. Das gemaßregelte Herz geht – Schlag um Schlag – runter auf siebzig, auf sechzig und (immer langsamer, immer schleppender) auf fünfzig Schläge in der Minute, dann findet sich das Gehirn mit der geringen Blutzufuhr ab: Wenja sinkt fast in Schlaf. Der schläfrige Wenja beginnt zu gähnen. Jetzt bleibt er stehen. Schaut schweigend vor seine Füße.

»Warum bleibst du stehen? Wenja! Wenja!« rufe ich.

Er schaut vor seine Füße. Ist nicht mehr da.

Ich frage ihn immer wieder, schüttele ihn: »Was ist los? Warum bleibst du stehen? Was willst du?«

Nach langem Schweigen wispert Wenedikt Petrowitsch:

»Sitzen.«

»Hier kann man nirgendwo sitzen. Nur Erde ...«

Ich rede ihm zu weiterzugehen. (Wir müssen doch zur Metro.) Blicke mich um, ob keiner in der Nähe ist. Irgendwer aus dem Wohnheim. Ich weiß, wie man einen zufälligen Passanten anhaut – hilf mir, Freund (wie man jemanden herbeiruft, egal ob er nüchtern ist oder sich halb betrunken langweilt, wie man ihn unverschämt anbrüllt und an seine Menschlichkeit appelliert), doch Wenja und ich haben uns schon zu weit von der belebten Bushaltestelle entfernt. Kein Mensch weit und breit. Die Straße und rasende Autos. Na, und wer hätte denn Lust, deinen Bruder zu schleppen? ... Das ist doch sonnenklar: Du selbst? sagte ich grinsend. Aber ich hatte noch kein Gefühl dafür, wie wörtlich ich diesen unwillkürlich ausgesprochenen Satz würde nehmen müssen.

Ich hielt ein Auto an, da drüben steht mein kranker Bruder, bring den Armen zur Metro. Ich sprach von Krankheit und Krankenhaus, aber der ältere Mann schaute geradeaus, Hände am Lenkrad, und kurbelte schon das Fenster hoch, ohne sich nach Wenja umzuschauen. (Hörte mir gar nicht bis zu Ende zu.)

Ein zweiter Fahrer hielt an. Ein dritter. Ich wiederholte bei allen meine Bitte – bis zur Metro, nur bis zur Metro, aber irgendwie betonte ich das Wort »Krankenhaus« besonders. (Im tiefsten Seelengrund dachte ich alter Fuchs, daß er uns aus Gutmütigkeit direkt dorthin fahren würde – warum sagt er denn, nur bis zur Metro?) Ich sammelte meine letzten Brocken Englisch und versuchte mein Glück auch in der Weltsprache. Wollte wohl Interesse wecken. Der Fahrer des Schiguli-9 antwortete in perfektem Englisch (und sehr eilig), er fahre grundsätzlich ungern zu Krankenhäusern, halte sich die Ärzte vom Leibe. Und riet mir: »Speak Russian. Speak Russian, dear ... Mach's dir nicht so schwer. Warum radebrechst du, Alter?« Ich zeigte ihm, warum: Der graue Wenja, was soll ich denn machen, wenn keiner meinen Bruder im Auto mitnimmt. Wenedikt Petrowitsch saß in diesem entscheidenden Augenblick auf der Erde.

Der Fahrer schwankte etwas:

»Du singst gut, Alter. Aber ich glaube, dein Bruder ist einfach besoffen, stimmt's?«

»Das kann man ganz leicht feststellen: Er hat keine Fahne!«

»Soll ich etwa an ihm schnüffeln?« Er schloß das Fenster und ließ das Gas aufheulen. (Blickte sich nicht einmal nach mir um, als ich zur Seite sprang, während das Auto davonschoß.)

Ich änderte die Taktik. Es war viel Verkehr, aber meine Ansprüche wurden bescheidener: Ich winkte den Lastwagen zu. Einem Lastauto nach dem anderen, doch auch sie rasten vorbei.

Ein zerbeulter, schmutziger Lkw hielt dennoch an:

»Männer. Nur bis zur Metro!« flehte ich schreiend.

Es waren zwei. Sie bugsierten Wenja ins Auto. Doch schon auf halber Strecke wollten sie Geld von mir haben. Wenedikt Petrowitsch verstand kein Wort, freute sich still: Wir fahren, fahren schon! (Der kleine Bruder fährt meistens lieber Auto als der große. Selbst wenn beide schon grauhaarig sind.) Als sich herausstellte, daß ich kein Geld hatte, stießen die beiden Wenja wortlos und kaltblütig aus dem Auto, er flog sogleich hinaus, fiel auf die Straße, ich sprang hinterher, um ihn aufzuheben (er war geradewegs vor die Räder der Autos gefallen, die unseren Lkw auf beiden Seiten eilig überholten). »Scheißkerle! Arschlöcher!« schrie ich und zerrte meinen Bruder an den Straßenrand.

Wenja und ich befanden uns nun in einer fast schlimmeren Lage als zuvor: Man hatte uns in einer völlig menschenleeren Gegend rausgeworfen. (Wozu Zeugen? Die beiden Männer im Lkw kannten sich aus.) Bis zur Metrostation erstreckte sich Brachland ohne einen einzigen Pfad. Ich war schon bereit (reif), Fußgänger um Hilfe zu bitten. Aber der Pfad, der gewöhnlich neben der Fahrbahn verläuft, führte jetzt steil oben auf dem Erdwall entlang – zu weit weg von hier: Ich sah die Kette der Menschen, die dort gingen.

Nachdem ich meinen Bruder zweihundert Schritte Richtung Metro geschleppt hatte, mußte ich aufgeben: Er war zu schwer. Außerdem jammerte und stöhnte Wenedikt Petrowitsch, daß ich ihm weh täte. Ich ging ja nicht zimperlich mit ihm um, als ich ihn bald trug, bald zog, was blieb mir anderes übrig? Jetzt lag er auf der Erde, was weiter?

Mit gutem Zureden, Druck und (besonders wichtig) Erinnerungen an unsere Kindheit gelang es mir, ihn in ein altes Spiel zu verwickeln: »Schau her, Wenja. Als Kinder sind wir beide wie Pferde galoppiert …« Ich zeigte ihm, wie man auf allen vieren galoppierte (Arme und Beine versetzte). Galoppierte ein Stück voraus, dann wieder zurück, dann probierte Wenja, es mir nachzumachen. Es klappte. Hurra! Schulter an Schulter bewegten wir uns auf allen vieren voran, ohne große Eile übrigens – Hauptsache, wir bewegten uns. Es dunkelte bereits. Die Autos rasten parallel zu uns mit eingeschaltetem Licht die Straße entlang.

Wir überwanden den Anstieg, dann den Abstieg. Ich schleppte schließlich auch noch seine Tasche. Herbstliches Gras, winzige Staubkügelchen – diese dunkelnde, abendliche Erde war erstaunlich. Schon lange hatte ich sie nicht mehr aus dieser Nähe gesehen: Was für eine Erde! ... Das Kreuz schmerzte. Aber ich wieselte immer weiter neben meinem Bruder her und gab ihm gewissermaßen den Ton an. Wie eine Küchenschabe, aber beweglicher und lebhafter; ich lief munter voraus und spornte ihn an, los, los, hol mich ein! – und blieb immer wieder stehen, um auf ihn zu warten. Vor uns (als Ziel) brannte die Straßenlampe und wartete ebenfalls (auf uns beide): trüb, aber hoch (und begeisterungswürdig, wenn man auf Knien kroch). Von Straßenlampe zu Straßenlampe.

Wir wurden von einer Gruppe eiliger Menschen überholt, lustige Leute, einer sagte: »Nein, nein. Mir gefällt der da – schau, wie *motorisch* der ist!« Er meinte natürlich mich. Sie gingen an uns vorüber, hielten uns für Besoffene, die den halben Tag verschlafen hatten und gerade erst im Gras aufwachten. Sie hatten es eilig. Einer von ihnen erlaubte sich übrigens einen Witz (dieser feine Nischegoroder Humor): Er beugte sich im Gehen zur flinkeren Schabe herab, zu mir, und sagte kumpelhaft, als feuerte er bei einem Wettrennen seinen Favoriten an: »Willst du wirklich als Zweiter durchs Ziel gehen?« Dann klopfte er mir ermunternd auf die Schulter. Der Humor war an die Gruppe adressiert – sie lachten laut, als sie das hörten. Und gingen weg.

Wir bewegten uns in aller Ruhe vorwärts, indem wir das verschwommene Zwielicht überwanden (zwischen zwei Straßenlampen). Ab und zu schlug uns ein Grashalm ins Gesicht. Bei der nächsten Straßenlampe rasteten wir; dort richtete ich meinen Rücken auf und pinkelte stolz im Knien. Ohne Aufforderung, aus uralter menschlicher Synchronie, richtete sich auch Wenedikt

Petrowitsch auf seinen Knien auf und netzte das herbstliche Gras, wenn auch nicht üppig. Seitwärts, mit dem Wind, alles richtig.

Dort, in der Bewegung auf Knien über die Erde und in der Stille (vielleicht dank der Stille), vernahm ich plötzlich das WORT, und dieses Wort war *ich selbst*. Es dünkte mich lediglich so. Nach zehnjährigem Schweigen (so schien mir) vernahm ich das vertraute Hallen. Erde und Luft – alles begann zu schaukeln. Ich sah, wie sich mein Bruder von den Knien erhob. Er wankte, einmal, zweimal. Stand auf.

»Ich gehe selbst.« Das sagte Wenedikt Petrowitsch. Und schritt aus.

Wir waren schon im Vorfeld der Metrostation. Er ging auch selbst in die Metro hinein. Und als ich meinen Bruder auf den steilen Stufen der Rolltreppe festhielt, wischte sich Wenedikt Petrowitsch (völlig richtig) den Schweiß vom Gesicht und sagte (ganz vernünftig), ihm sei heiß. Mir war ebenfalls heiß. Aber der Tag kam zum Abschluß, der Tag war geglückt! Und auf der Fahrt brauchten wir, Gott sei Dank, nicht mehr umzusteigen.

Wir waren beide erschöpft und müde, beide schweigsam – wenn doch nur bald das Krankenhaus käme – da war es schon! Jetzt war alles leichter: Jetzt konnte sich Wenedikt Petrowitsch ins Gras setzen und sitzen bleiben. Sitzen, liegen, schreien, kriechen, der Begleitperson konnte das alles schnuppe sein, weil Wenja hier alles durfte. Und wenn er im Auffahrtbereich vor dem Krankenhaus vor allen Leuten gepinkelt und noch dazu sein erregtes Glied geschüttelt hätte wie einen Packen Geldscheine – bitte sehr, der Bus würde um ihn herumfahren, der Passant um ihn herumgehen, und sogar die aufgebrachte Menge auf der Straße wäre Wenedikt Petrowitsch gegenüber machtlos, weil er sich schon auf dem Klinikgelände befand. Weil, was immer er auch anstellte, schon in *ihre* Verantwortung fiel. (Er gehörte *ihnen* – genau das, nämlich ihn seines Ichs berauben, hatten *sie* ja selbst gewollt und erreicht, als sie ihn vor dreißig Jahren in Behandlung nahmen.) Sollte er pinkeln, sich entblößen, vielleicht auch den Lagerschuppen, das Häuschen in der Nähe oder das große Haus anzünden, ja sogar das ganze Krankenhaus in Brand stecken, dann trügen wiederum *sie* die Schuld, dann wäre die Gesellschaft schuld, die ganze Welt, aber nicht er, weil es ihn nicht gab, sein Ich existierte nicht, ich hatte keinen Bruder. Wenedikt Petrowitsch stand da und wankte ein wenig. Vor dem Eingang. Wir warteten, daß man uns einließ. »Aufmachen!« schrie ich.

Trotzdem führte ich ihn hinein. Das war wichtig nach dem Genuß der häuslichen Atmosphäre. Ich hatte mehrmals erlebt, wie die Pfleger einen *Urlauber* antrieben, los, los, lachten sie, wollen wir um die Wette laufen, mein Lieber? Mit Püffen trieben sie den Kraftlosen vorwärts, der eine von links, der andere von rechts. So stießen sie ihn wie einen Ball durch den Gang zum Krankensaal, und dann, ach, hier ein blauer Fleck und dort ein blauer Fleck?! Warum fällst du denn hin, Mann, nicht schlappmachen. Beim Fressen macht er doch auch nicht schlapp, steht nicht dumm rum, sondern schnappt sich noch ein Würstchen vom Nachbarn – das kapiert er, aber noch einen Schritt durch den Gang, das schafft sein Grips nicht.

Was?! Wieso bringen Sie ihn erst so spät?! Mischen Sie sich nicht ein, kümmern Sie sich um Ihren eigenen Fall … Sie glauben, er schnappt sich keine fremden Würstchen vom Tisch? Bei Ihnen nicht, dafür scheißt er bei Ihnen daneben – nein? Na, wenn er noch nicht danebenscheißt, dann hat er schon geschissen und wird wahrscheinlich noch danebenscheißen … Laß doch das Geunke, was quasselst du da mit den Angehörigen! Das sagte der zweite Pfleger, er war mürrischer und selbst halb bekloppt. Von wegen unken – siehste! Sie hatten Wenedikt Petrowitsch von links und rechts untergefaßt und führten ihn, da machte es plop aus seinem linken Hosenbein, und nochmal plop, und Spuren auf dem Fußboden … Na, ist das ein Tag heute! Schrei doch nicht so vor den Angehörigen! Das ist doch nicht sein Angehöriger, der kann mich mal! ... Was sollen wir jetzt mit ihm machen, mit dem hier? Was? Na, was schon! – Wir schleppen ihn zum Waschen, müssen ihn doch waschen, los, mach schon, wir können ihn doch nicht in der Scheiße lassen. Um den Boden soll sich die Krankenwärterin kümmern oder die Verwandtschaft! Soll die Verwandtschaft auf allen vieren kriechen und schön mit dem Lumpen den Boden aufwischen – und zwar von Wand zu Wand.

Wenedikt Petrowitsch blickte sich um, er wollte mich aus der Ferne sehen. (Verstand, daß ich ihn ebenfalls sah.) Er stieß die Pfleger von sich weg. Und sagte zu beiden leise wie zum Abschluß: »Stoßt mich nicht, ich gehe selbst!« Er richtete sich sogar auf, stolz, für diesen einen Augenblick – das russische Genie, durch Prügel abgestumpft, erniedrigt, blau gestoßen, in der Scheiße, und trotzdem – stoßt mich nicht, *ich gehe selbst!*

Nachwort

In seinem hellsichtigen Essay »Sozialistischer Realismus – was ist das?« (1956) forderte der zehn Jahre später in einem aufsehenerregenden Prozeß als Dissident verurteilte Andrei Sinjawski (Pseudonym Abram Terz) seine russischen Autorenkollegen auf, der offiziellen sowjetischen Kunstdoktrin den Rücken zu kehren. Sinjawski lud die Schriftsteller ein, anstelle der am »Soz-Realismus«-Dogma orientierten Literatur »eine Kunst zu entwickeln, in der das Groteske eine realistische Schilderung des alltäglichen Lebens ersetzen würde«. Eine ganze Reihe von russischen Autoren entdeckten, daß das stärkste Potential für eine derartige Kunst tatsächlich in Beschreibungen des Alltagslebens lag. Die Existenz des *homo sovieticus* während des Vor-Perestroika-Regimes – die »Soz-Art«-Künstler bzw. Konzeptualisten und auch der Philosoph Boris Groys haben darauf hingewiesen – war nämlich am Rande eines spezifisch sowjetischen alltäglichen Surrealismus angesiedelt, und ein begabter Schriftsteller konnte das Groteske daran hervortreiben, bisweilen mit spektakulären Ergebnissen.

Wladimir Makanin (geboren 1937 in Orsk im Ural) gehört seit den siebziger Jahren zu diesen »Surrealisten«. Mathematiker von Beruf, publizierte er 1965 seinen ersten literarischen Text, einen Roman mit dem Titel »Die gerade Linie«, der im Sinne der »Tauwetter«-Literatur um Fragen der Wissenschaftsethik kreiste. Nachdem Makanin Kurse für Drehbuchautoren absolviert und als Lektor beim Verlag »Sowjetski pissatel« (Der Sowjet-Schriftsteller) gearbeitet hatte, entschloß er sich Ende der sechziger Jahre zu einem Leben als freischaffender Schriftsteller in Moskau. Die Protagonisten seiner Texte aus den siebziger

Jahren – Sonderlinge und Durchschnittsbürger, Ausgestoßene und Angepaßte, Depressive, aber auch Glückspilze – stammen aus allen sozialen Schichten und liefern mit ihren ausschnittweise erzählten Lebensläufen ein Kaleidoskop der Gesellschaft.

Makanin gehört der sog. »Moskauer Schule« an, einer Generation von Schriftstellern, die – im Gegensatz zu den Vertretern der »Dorfprosa« – eine komplexe Innensicht des Großstadt-Alltags betrieb. Charakteristisch für diese Prosa, die das hohle Pathos des Sozialistischen Realismus bloßstellte, ist die Tendenz zur Porträtierung von Figuren samt der rätselhaften Seiten ihrer Psyche und eine nüchterne Analyse ihres Verhaltens im Stil Tschechows. »Neugier auf die geheimnisvollen Seiten der Seele« war gemeinsames Merkmal der in den siebziger Jahren etwa Vierzigjährigen, der »sorokaletnije«. Was Makanin an der städtischen Lebensweise, dem »byt«, faszinierte und zur Archäologie des scheinbar Unbedeutenden veranlaßte, brachte er in einem Interview auf den Punkt: »Ringsum stehen Betonhäuser, und in ihrem Innern geht etwas vor sich. Ich wohne im vierten Stock, und über mir, auf den zehn weiteren Etagen, spielt sich ein geheimnisvoll verschlüsseltes Leben ab. Diese Schachteln, Stockwerke, Telefonanrufe, die Abgegrenztheit jedes einzelnen hinter seiner Wohnungstür, die kollektive Hektik und das kollektive Leben – das alles macht die Thematik des neuen Stadt-Romans aus.«

Nach einer Phase, in der sich Makanin stärker auf das Formexperiment und die Thematisierung des Schreibvorgangs verlegte, kulminierte sein Schaffen in seinem vorerst letzten – 1998 in Buchform erschienenen und von der russischen Literaturkritik sehr schnell in seiner hervorragenden Bedeutung gewürdigten – Roman mit dem vielsagenden Titel »Underground oder Ein Held unserer Zeit«. Der Roman zeigt die russische Postmoderne in Hochform: Intertextualität als Aufweis der Prämisse, daß jeder Text sich auf andere Texte bezieht und jedes literarische Werk sich im Schnittpunkt von Traditionslinien befindet, die in ihm zusammenlaufen; Intertextualität als Spiel mit Texten und Versatzstücken, mit Anspielung, Zitat und Selbstzitation. Makanin hat mit »Underground« seinen Ort im System der russischen Literatur gefunden, einem Roman, der sich in seiner Bedeutungsfülle nur mit Andrej Bitows 1971 abgeschlossenem Roman »Puschkin-Haus«, der erst 1989 in der Sowjetunion erscheinen durfte, vergleichen läßt. Ähnlich wie sein Altersgenosse Bitow, aber mit etwas stärkerem Bezug zu moral-ästhetischen Schreibtraditionen, installiert Makanin in seinem Roman einerseits Anspielungen auf die bedeutendsten Epochen der russischen Kultur- und Literaturgeschichte und ihrer Repräsentanten (samt Verweisen auf die Weltliteratur von Homer, Platon und Dante bis Joyce und Kafka), andererseits gibt er aber ein Bild von der Moskauer (literarischen und psychologischen) »Unterwelt« der Breschnew-Zeit bis hin zur Gorbatschow-Ära zur Besichtigung frei. Wie gelingt es ihm, dieses quasi enzyklopädische Panorama zu entwickeln? Indem er verschiedene Zeitebenen und komplex gestufte Räume miteinander verschränkt, in denen er ein ganzes Arsenal von Kontrast- und Komplementärfiguren mit dem Hauptfelden und Ich-Erzähler interagieren läßt. Dabei erstrekken sich die Tätigkeiten der Figuren auf Alltagsbereiche wie Schlangestehen, Einkaufen, (Gelegenheits-)Arbeiten, Fahrten mit der Metro und gegenseitige Besuche; ausführlich wird von Alkoholexzessen, sexuellen Aktivitäten und Gewalttaten berichtet, aber auch von den typisch russischen alltagsphilosophisch-politisch-literarischen Gesprächen, in denen gleichzeitig Seelenentblößung betrieben wird (»Die Gespräche – das sind unsere Pyramiden. Für immer!«), sowie vom als existentielle Suche interpretierten ewigen Herumstreifen auf den Wohnheimkorridoren.

Wie Lermontows Roman »Ein Held unserer Zeit« besteht auch Makanins »Underground« aus fünf *Teilen,* die – da sie das Geschehen nicht in chronologischer Abfolge präsentieren – durchaus einzeln zu lesen sind. Innerhalb der einzelnen Teile gibt es

ebenfalls mehr oder weniger abgeschlossene erzählerische Miniaturen, beispielsweise im ersten Teil »Das Quadrat von Malewitsch«, wo der Protagonist in den prosaischsten Alltagssituationen (beim Schlangestehen à la Sorokin oder in der verdreckten Ausnüchterungszelle) Reflexionen anstellt über Sein und Zeit, das »Schwarze Quadrat«, hinter dem sich in seiner Phantasie der Mond verbirgt, und über das »Duell des Genies mit dem System« (Petrowitsch, gestärkt durch seine »Philosophie des Schlags«, widersetzt sich als einziger der willkürlich Festgenommenen der Obrigkeit und schlägt dem grinsenden Polizisten ins Gesicht). Beispielhaft als Erzählminiatur auch im dritten Teil der Abschnitt »Hunde-Scherzo«, eine lautlich-semantische Anspielung auf Bulgakows Satire »Hundeherz« und deren Vorgängertexte »Hundeglück« von Kuprin bzw. »Hundeseelen« von Fedin, wo jeweils die Art des Umgangs mit Hunden (Petrowitsch vergleicht sich an mehreren Stellen selbst mit einem »alten Hund«) ein Spiegelbild der menschlichen Gesellschaft liefert.

Erzählt wird der Roman in unterschiedlichen *Zeiten*: Die post-sozialistische Erzählgegenwart, vom Erzähler sarkastisch als »Wunder des neuen Weins in alten Schläuchen« charakterisiert, umfaßt etwas über ein Jahr, beginnend mit dem Sommer 1991, während die Breschnew- und die »Gorbi«-Jahre in Rückblenden aufgegriffen werden. Die Darbietung der Erzählung erfolgt durchgängig aus der Perspektive des Ich-Erzählers Petrowitsch, eines im »Untergrund« lebenden heruntergekommenen Schriftstellers, dessen Werke jahrelang Ablehnung erfuhren und der nun das Schreiben aus prinzipiellen Gründen aufgegeben hat. Er lebt an der Grenze zu einer parasitären Existenz als privat bezahlter Wohnungs-Wächter, und seine Überlebensstrategien als Opfer und Täter zugleich bestimmen den Erzählbericht. Die erzählten *Räume*, in denen er agiert, sind vor allem drei im Stadtzentrum gelegene Örtlichkeiten, Fixpunkte einer quasi mythologischen Topographie des Molochs Moskau: ein achtstöckiges Wohnheim – mit seinen endlosen Korridoren, Kreuzungen und verschlossenen Türen mehrfach als Metapher des Lebens apostrophiert, ferner eine labyrinthische Irrenanstalt und ein dreigeschossiges, rattenverseuchtes Obdachlosenasyl. Das Lieblingsverkehrsmittel des Protagonisten ist die Moskauer U-Bahn, wobei er feststellt, daß Moskau auf Straßenniveau häßlich, aber von einer kitschigen Schönheit im Untergrund ist. Andere Räume sind das Forschungsinstitut bzw. ein Lagerhaus, in denen Petrowisch früher gearbeitet hat, eine Korridor-Bar im Gebäude der Schriftsteller-Vereinigung sowie der Platz vor dem Wohnheim mit seinen von Tschetschenen betriebenen Kiosken (einen dieser Kaukasier ersticht Petrowitsch, weil er sich durch dessen dreiste Geldabzocke erniedrigt fühlt, in einem Quasi-Duell und leidet fortan unter dem Raskolnikow-Schuldkomplex!). Die Zahl und Vielfalt der im Roman erzählten *Figuren* ist extrem: über 80 namentlich genannte und eine Reihe von namenlos Bleibenden bilden das gesellschaftliche Spektrum. Der Leser wird allein mit über 30 Bewohnern des Appartementhauses, v. a. der Klientel von Petrowitsch, bekannt gemacht, die den Exschriftsteller einerseits als vertrauenswürdigen Wohnungshüter, als gebildeten Gesprächspartner oder als »Beichtvater« zu schätzen weiß, ihn andererseits aber als arbeits- und obdachlosen Versager verachtet und schließlich sogar vertreibt. Das Personal des Romans besteht ferner aus Vertretern der Intelligenzia, Angestellten oder Handwerkern, aus neureichen oder zu politischem Einfluß gelangten Bürgern, aus Vertretern der alten Nomenklatura, aus Psychopathen in der Klinik und Künstlern wie Kriminellen im Untergrund.

Die meisten seiner *Verweise* auf Schlüsseltexte der russischen Literatur verpackt Makanin in Titel, Untertitel und Kapitelüberschriften, das heißt, er stellt seine Bezüge mehr oder weniger offen aus, um die Reflexion des Lesers über die verarbeiteten Vorgängertexte anzuregen. Daß der *Titel* von Makanins Roman »Underground oder Ein Held unserer Zeit« sowohl auf Dostojewskis »Aufzeichnungen aus dem Untergrund« (1864) als auch auf Lermontows »Ein Held unserer Zeit« (1840) verweist, ist zunächst offensichtlich. Bei näherer Betrachtung ergibt sich indes eine differenzierte Spiegelung der Gegenwart in der Vergangenheit und umgekehrt. Um eine Ähnlichkeitsrelation zu dem Dostojewski-Text herzustellen, ohne ihn aber einfach fortzuschreiben, wählt Makanin bewußt nicht das russische Wort für »Untergrund« – »podpolje« – seines Vorgängertextes, sondern er verfremdet den Dostojewski-Titel durch den Anglizismus »underground«. Selbstverständlich soll aber die Ambivalenz des alten »Untergrund«-Titels in der zeitgemäßen Formulierung durchschimmern – Untergrund, Unterwelt, aber auch Unterbewußtsein, der Grund des Verdrängten, der Abgrund der Psyche. Dostojewskis verbitterter Zweifler findet keinen Rückhalt bei anderen, nicht einmal bei seinen Standesgenossen. Wie jener hat sich der Held des Makaninschen Untergrunds (»UG«, davon abgeleitet »UGler«) durch sein Verhalten selbst in eine gesellschaftliche und psychologische Rückzugsposition gebracht, aber im Unterschied zu diesem ist er kein Soziopath: So pflegt er z. B. eine enge emotionale Beziehung zu seinem Bruder Wenja, einem zum Wrack gewordenen, ehemals hochbegabten Künstler, der nach einer Denunziation beim KGB für zwanzig Jahre der staatlichen Psychiatrie mit ihren menschenverachtenden »Behandlungs«-Methoden (einschließlich Verabreichung von Inkontinenz hervorrufenden Neuroleptika) ausgeliefert worden ist. Aber wie der aus dem Untergrund seiner Innenwelt schreibende und in Literaturschablonen denkende namenlose Räsoneur bei Dostojewski lebt auch Petrowitsch eigentlich kein lebendiges Leben, sondern ein Surrogat. Er wünscht sich zwar ein Dasein im Modus der Eigentlichkeit, doch er kann (oder will?) sein Leben nicht ändern und existiert im Sinne Heideggers (der gleich zu Beginn des Romans als Lektüre des Helden genannt wird) vorwiegend in der Gegebenheit uneigentlichen Seins, und sowohl das »Gequatsche«, zu dem das Wort, der Logos, nach Meinung des Protagonisten verkommen ist, wie das anonyme »Man« der Alltagsexistenz, in die der Mensch geworfen ist, sind gerade durch den Verlust echter Seinsbezüge charakterisiert. Ähnlich den Intellektuellen in Makanins Romanerzählung »Schlupfloch«, die in die innere Emigration abgetaucht sind und – so will es die Bildsprache – in einem Raum *unterhalb* der im zivilisatorischen Niedergang begriffenen Hauptstadt Moskau isoliert dahinleben, verkörpert Petrowitsch mit seinem Verweigerungs-Habitus die inzwischen hoffnungslos veraltete Dissidentenideologie der sechziger Jahre, die sich nun (die Menschen »haben gelernt, ohne Literatur zu leben!«) als ebenso bankrott erweist wie die Ideologie, gegen die sie opponierte. Der Typus von Dostojewskis Untergrundmenschen wurde in Auseinandersetzung mit Stirners subjektivistischer Schrift »Der Einzige und sein Eigentum« (1844) und vor allem dem Roman »Was tun?« (1863) von Tschernyschewski geschaffen, in dem der – von Dostojewski angezweifelte – Glaube an die Entwicklungsfähigkeit des Menschen formuliert wurde. In Weiterführung Dostojewskis stellt sich der Typ Petrowitsch – ebenso wie die Mehrheit der Figuren in den Texten Bulgakows, auf die in »Underground« verwiesen wird – als Fehlschlag der Doktrin eines *neuen* »sozialistischen Menschen« dar. Während Dostojewskis hysterischer, zwischen Masochismus und Sadismus schwankender und dabei die Autonomie des menschlichen Willens beschwörender Held mit seinem Buchwissen (Karamsins sentimentalistische Erzählung »Die arme Lisa« ist eine seiner Folien) prahlt und sich an seiner eigenen Rhetorik berauscht, ohne auf die Gefühle der von ihm gedemütigten Prostituierten Lisa Rücksicht zu nehmen, wird Petrowitsch eher von Faszination und Mitleid beherrscht. Deshalb – und auch aus Desinteresse an nicht-gleichaltrigen Frauen (junge Frauen mahnen den 54jährigen an sein Alter!) – nimmt er z. B. die Dienste der 20jährigen Prostituierten, die ihm von der Straße gefolgt ist und ihn als einen noch tiefer »Gefallenen« erkennt, nicht in Anspruch; außerdem stellt er in seiner Reflexion über den literarischen

Typus der »gefallenen Frau« fest, daß diesem Strichmädchen das Format von wahrhaft erniedrigten Frauen wie seiner verflossenen Geliebten Veronika oder Dostojewskis (heiliger) Hure Sonja fehlt. Schließlich erinnern ihn die durch Rasierklingenschnitte von Freiern verursachten Narben auf der Brust der billigen Prostituierten an den erstochenen Tschetschenen und wecken bei ihm erneut den »Ruf des Gewissens« (à la Heidegger). Ein anderes Zusammentreffen von tiefenpsychologischen Einsichten Dostojewski-Freudscher Provenienz findet sich in Petrowitschs kompliziertem Verhältnis zu der Witwe eines früheren Parteibonzen, Lesja Dmitrijewna (»LD«). Auf leitendem Nomenklatura-Posten in einem Forschungsinstitut, wo der Held arbeitete, war sie federführend bei dem Verfahren, bei dem u.a. auch Petrowitschs Hinauswurf beschlossen wurde. Petrowitsch erinnert »LD« nicht an das zurückliegende Ereignis, genießt aber dieses Wissen. Er empfindet Genugtuung darüber, »LD«, mit der er im Sinne »symbolischer Politik« unter den Fotografien ihres Verblichenen sexuell verkehrt, als eine nach der Perestroika von ihrem Sockel gestürzte »gefallene Frau« zu erleben, eine, die sich als Buße für ihre politische Schuld nun laufend selbst erniedrigt. Petrowitsch begreift, daß auch er, der heruntergekommene »UGler«, ihr zu dieser Selbsterniedrigung dient, und verläßt sie. Als er »LD« später, nach seinem Absturz in die Tiefen des Obdachlosenasyls und die Hölle der »Klapsmühle« bei ihren wieder aufgestiegenen Freunden begegnet, ist sie ihm ohnehin nicht mehr »gefallen« genug.

»Der Held unserer Zeit *ist ein Bildnis, aber nicht eines einzelnen Menschen: Es ist ein Bildnis, das sich aus allen Lastern unserer Generation in ihrer vollen Entfaltung zusammensetzt*«, schrieb Lermontow 1840 in seinem »Vorwort des Verfassers«. Daraus hat Makanin das Motto seines Romans, in dem der »Held *unserer* Zeit« gezeichnet wird, gewonnen. War Lermontows Held Petschorin, ein junger, im Kaukasus dienender Adeliger, einer der sogenannten »überflüssigen Menschen«

(auch Puschkins »Eugen Onegin« gehört dazu), mit den für seine Generation und seinen Stand typischen Charakterzügen wie Gefühlskälte, Grausamkeit, Arroganz, Zynismus und Lebensüberdruß ausgestattet, so wird Petrowitsch (sein Vaters-Name ist durchaus als Anagramm zu Petschorin lesbar!) ähnlich seinem Bruder Wenja als nicht-korrumpierbarer Individualist gezeichnet (»Ich gehe selbst!« lauten die letzten Worte des Romans). Makanins Protagonist mit seinem speziellen *Ehrenkodex*, der ihm beispielsweise den Mord an einem KGB-Spitzel (seinen zweiten!) moralisch erlaubt, erweist sich als sensibler Analytiker mit philosophischem Durchblick, aber auch als Überlebenskämpfer, der sich recht und schlecht von billigem Essen ernährt, tatsächlich aber nur auf der Basis von Alkohol- und Nikotinkonsum lebensfähig ist. Dennoch kann er auf seine physische Konstitution stolz sein (als Gradmesser dient ihm seine an zahlreichen Frauen erprobte sexuelle Potenz), die ihn selbst nach massiven Schlägen und der Verabreichung debilisierender Drogen in der psychiatrischen Klinik nicht abhanden kommt. Petrowitsch, der die 30 Jahre seines Moskauer Lebens hindurch nie eine eigene polizeiliche Anmeldung besessen hat, verachtet die Idee eines regulären Jobs und lehnt deshalb Aufstiegsangebote der neuen »demokratischen« Freunde seiner Ex-»UG«-Geliebten Veronika ab. Selbst der individuelle Schreibakt ist Petrowitschs Ansicht nach im alten Regime durch Opportunismus und Bürokratie und in der neuen Ära durch Kommerzialisierung hoffnungslos korrumpiert. Deshalb dient seine mit einer Kette am Bett gesicherte Schreibmaschine, sein einziger Besitz, nur noch als ein verblichenes Identitäts- und Statussymbol, ähnlich einem längst abgelaufenen Paß.

Eine der zahlreichen auf andere Texte verweisenden *Kapitelüberschriften* findet sich im vierten Teil des Romans: »Krankensaal Nr. 1«, ein Bezug auf Tschechows 1892 erschienene düstere Erzählung »Krankensaal Nr. 6«, welche in einer von Korruption und Geistlosigkeit geprägten Kleinstadt mit ihrem verwahrlosten Krankenhaus und der gefängnisartigen Irrenabteilung spielt. Tschechows Geschichte, die auf seinen Erfahrungen als Arzt in der russischen Provinz beruhte und die er unter dem Eindruck des gravierenden Sachalin-Erlebnisses verfaßt hatte, wurde symbolisch gelesen – Rußland ein großes Gefängnis. Makanins Roman-Kapitel »Ein Tag des Wenedikt Petrowitsch«, mit dem er sich bewußt auf Solschenizyns spektakuläre *Gulag*-Erzählung »Ein Tag des Iwan Denissowitsch« von 1962 bezieht, knüpft an diese Tradition an.

Wie alle gelungenen Romane der klassischen Moderne und erst recht der Postmoderne ist auch Makanins »Underground oder Ein Held unserer Zeit« mehrfach kodiert. Auf diese Weise läßt sich der Text mit ganz unterschiedlichen Diskurserwartungen und Ansprüchen lesen: als *psycho-historischer* Roman über die jüngste Vergangenheit der russischen Gesellschaft und den künstlerischen »UG« (Makanin war allerdings selbst kein »UG«-Autor), als *Metaroman* der russischen Literaturgeschichte (mit einer immensen Fülle von Verweisen auf Schlüsseltexte, angefangen von Puschkin, Lermontow, Gogol, Nekrassow und Dostojewski über Saltykow-Schtschedrin, Turgenjew, Tschechow, Zwetajewa, Platonow und Bulgakow bis zu Solschenizyn, Wenedikt Jerofejew, Sokolow, Sorokin und Bitow), als *kafkaeske Parabel* (Petrowitsch ist nicht nur Hüter seines Bruders, sondern quasi auch schutzengelartiger Wächter über die Bewohner der hyperrealen Welt »Wohnheim« samt seiner Metaphysik sich kreuzender Gänge, eines Mikrokosmos, dessen Mitte allerdings leer, d. h. gottlos ist); als – in der Tradition von Gogol und Solschenizyn verfaßte – Neuauflage der »*Göttlichen Komödie*« (mit dem Wohnheim und seinem Figurenbestand als »Fegefeuer«, dem Obdachlosenasyl als »Vorhölle« und der Irrenanstalt als einem der »Höllenkreise« – allegorisch, wie bei Dante, als der mühevolle Weg einer verirrten Seele lesbar). Schließlich kann der Text im Sinne von Heideggers Existenz-Philosophie aufgefaßt werden als ein *ontologischer* Roman über den in Dasein und Zeitlichkeit, in die Bodenlosigkeit des öffentlichen »Nach-Geredes« und die Banalität des »Man« geworfenen und um ein In-der-Welt-Sein im Modus der Eigentlichkeit ringenden Menschen.

»Jetzt werden bittere Arzneien, ätzende Wahrheiten gebraucht«, heißt es gegen Ende von Lermontows Verfasser-Vorwort, gefolgt von einem Schlußsatz, der sich in Modifikationen durch die ganze russische Literatur des 19. und 20. Jahrhunderts fortpflanzt: »Es mag genügen, die Krankheit gezeigt zu haben; wie sie jedoch zu heilen ist – weiß Gott allein!« Tschechow hat sich ähnlich geäußert, und auch Makanins geistesverwandte Zeitgenossin Petruschewskaja steht auf dem Standpunkt, Schriftsteller hätten zwar diagnostische, aber keine therapeutischen Aufgaben. So gilt auch für Makanin und die Abgründe, die sich in seinem »Underground« auftun, der Satz von Alexander Herzen, den ein anderer Vertreter der russischen Stadtprosa, Juri Trifonow, in seinem Briefwechsel mit Martin Walser zitiert hat: »Wir sind nicht die Ärzte, wir sind der Schmerz!«

Dagmar Burkhart

Hanns-Josef Ortheil

72798

Liebevoll und mit leichter Hand schildert Hanns-Josef Ortheil seinen Alltag zwischen Schreibtisch und Wickelkommode.

72477

Venedig im ausgehenden 18. Jh.: ein junger Künstler im Sog dieser faszinierenden und geheimnisvollen Stadt und im Bann seiner schönen Herrin, die ihn als Reisebegleiter engagiert hat.

72478

Genaue Detailkenntnis und raffinierte Komposition gepaart mit erzählerischer Eleganz und sinnlicher Erotik machen Ortheils Opernroman zum Lesevergnügen der ganz besonderen Art.

72476

Goethe in Rom: Der junge Tunichtgut Giovanni Beri heftet sich an seine Fersen und muss bald mit Schrecken feststellen, dass der geheimnisvolle Unbekannte ihm seine schöne Freundin Faustina ausspannen will...

btb

www.btb-verlag.de